Knaus
K

PETER CHIPPINDALE

Nerz!

ROMAN

Aus dem Englischen
von Gerald Jung

ALBRECHT KNAUS

Die Originalausgabe erschien 1995 unter dem Titel «Mink!»
bei Simon & Schuster Ltd., London

Umwelthinweis:
Dieses Buch und sein Schutzumschlag wurden auf chlorfrei gebleichtem Papier gedruckt.
Die vor Verschmutzung schützende Einschrumpffolie ist aus umweltschonender und recyclingfähiger PE-Folie.

Der Albrecht Knaus Verlag
ist ein Unternehmen der Verlagsgruppe Bertelsmann

1. Auflage

Gesetzt aus 10.3/12 pt. dtp Fairfield leicht
Satz: Filmsatz Schröter GmbH, München
Schutzumschlag von Günter Mattei
Druck und Bindung: Graph. Großbetrieb
Pößneck GmbH · Printed in Germany
ISBN 3-8135-2622-4

Für meine Tochter Lucy Dorothy Jane

Inhalt

TEIL III

TEIL IV

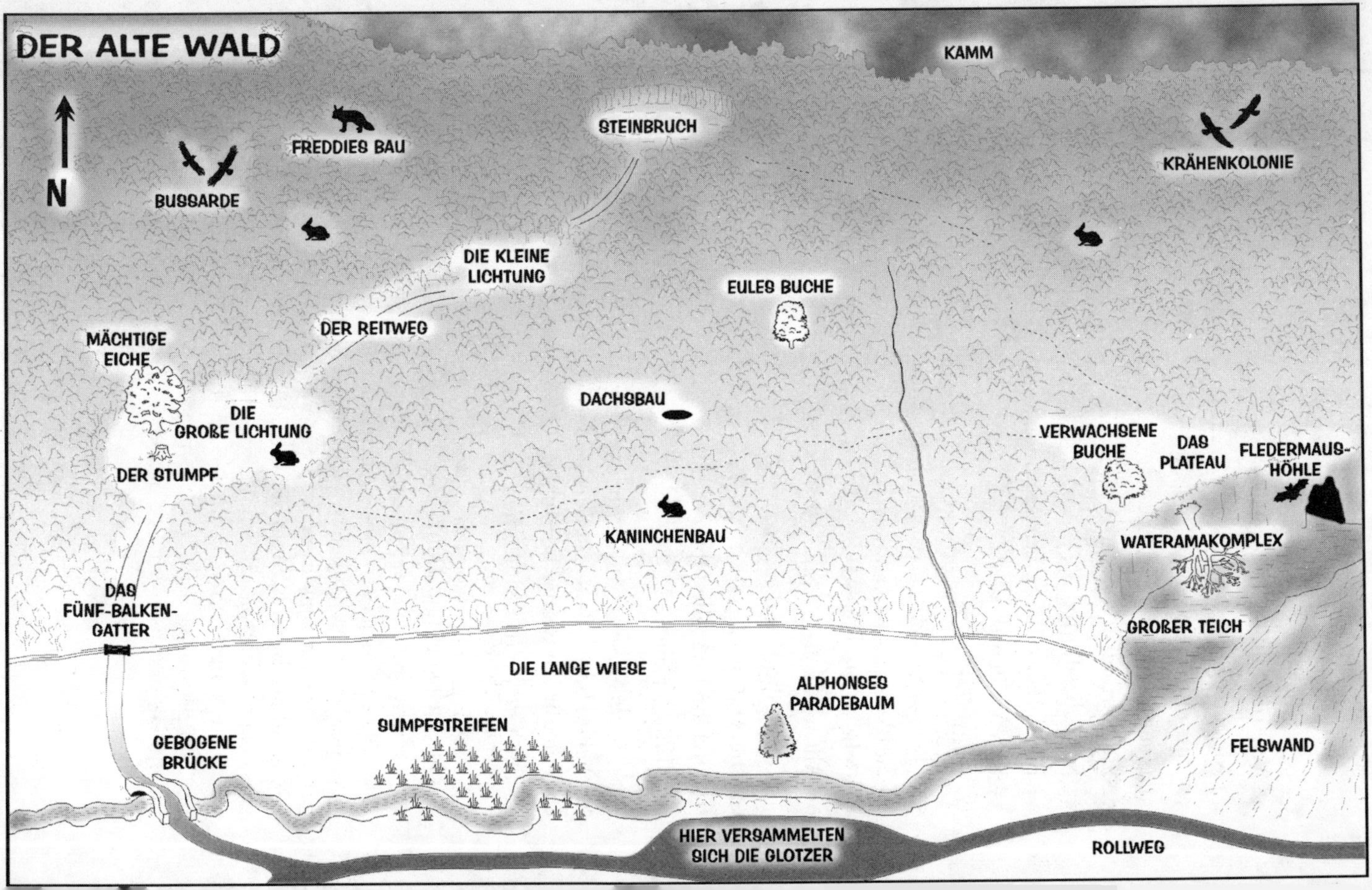
DER ALTE WALD
N
KAMM
STEINBRUCH
FREDDIES BAU
BUSSARDE
KRÄHENKOLONIE
DIE KLEINE LICHTUNG
EULES BUCHE
DER REITWEG
MÄCHTIGE EICHE
DACHSBAU
DIE GROßE LICHTUNG
DER STUMPF
VERWACHSENE BUCHE
DAS PLATEAU
FLEDERMAUS-HÖHLE
KANINCHENBAU
WATERAMAKOMPLEX
DAS FÜNF-BALKEN-GATTER
GROßER TEICH
DIE LANGE WIESE
ALPHONSES PARADEBAUM
SUMPFSTREIFEN
GEBOGENE BRÜCKE
FELSWAND
HIER VERSAMMELTEN SICH DIE GLOTZER
ROLLWEG

Prolog

Raus! Raus! Raus! Wir kommen raus!»
Der Vollmondwahn hatte die Nerzkolonie gepackt. In den Käfigen brodelte es.

«Raus! Raus! Raus! Wir kommen raus!» jauchzten mehrere Gruppen, die wild in dem gemeinsamen Auslaufgehege herumtollten.

Natürlich kamen sie nicht heraus. Das wußten sie alle. Die Käfige, in denen der Wärter sie hielt, waren so solide, der Draht so stabil, daß noch keiner von ihnen je entkommen war. Doch jetzt, in diesem Moment, als sich die große, runde Scheibe über die Dachluke schob, konnten sie wenigsten so tun als ob. Das hatten sie auch bitter nötig! Selbst an ihren entwürdigenden Maßstäben gemessen war der Tag im Schuppen ekelhaft gewesen. Die Nerven sämtlicher Bewohner lagen blank – besonders die der Ältesten. Der alte Nerz, der das Käfigleben unter seiner Fuchtel hatte, mußte allen die Leviten lesen, nachdem in einer Gruppe schwangerer Weibchen ein brutaler, blutiger Streit ausgebrochen war. In einer nicht minder häßlichen Szene hatte ein Schlägertrupp sein schreiendes Opfer beinahe zu Tode geprügelt, und eine ganze Reihe kleinerer Zwischenfälle strapazierte die Nerven und die Geduld der Kolonie bis aufs äußerste.

In gewisser Hinsicht war es immer das gleiche. Die Käfige waren wie Druckbehälter. Egal, wie sehr einzelne Nerze auch versuchten, miteinander auszukommen – und bei ihrer aggressiven Natur versuchten es viele erst gar nicht –, die Rivalitäten zwischen ihnen schaukelten sich immer weiter hoch, bis die Atmosphäre vor Spannung zu knistern anfing. Dann lag eine fast greifbare Bedrohung in der Luft, die die unterdrückten Aggressionen schier überkochen ließ, was ohne den Vollmondwahn auch bestimmt geschehen wäre. Dieses Ritual wurde von den Ältesten ganz bewußt eingesetzt, als Sicherheitsventil für ein komplexes Gemenge aus Gefühlen und Sehnsüchten, die sie offiziell als «böse Gedanken» bezeichneten, und die von allen Nerzen sonst tunlichst zu unterdrücken waren. In den Vollmondnächten hingegen wurden die Nerze förmlich dazu aufgefordert, diesen Impulsen nachzugeben. Die Ältesten wußten sehr wohl, daß das Abreagieren aufgestauter Frustrationen dazu beitrug, das Leben in ihren beengten Verhältnissen wieder einigermaßen erträglich zu machen.

Als der erste bleiche Mondstrahl in den Schuppen fiel, machten die Ältesten sogar selbst mit, schlugen ihre eigenen Verbote in den Wind und liefen gemeinsam mit der durchgedrehten Menge Amok. Sie mußten sich deswegen keine Sorgen machen. Am nächsten Morgen würde der Mondwahn wie ein Traum vergangen sein. Unter dem besänftigenden Einfluß der Sonne kam alles wieder unter Kontrolle, ihre Untertanen würden von neuem dazu bereit sein, sich dem Regime der Ältesten zu beugen.

Jetzt hingegen regierte der Wahnsinn. Sie und ihre Untertanen durften nach Belieben ausrasten.

Als der Mond langsam über das schmutzige Glas der Dachluke segelte und die Käfige in kaltes blaues Licht badete, versammelten sich die Männchen zur traditionellen Conga.

«Raus! Raus! Raus! Wir kommen raus!»

Braune Leiber wiegten sich in Schlangenlinien wie im Delirium quer durch das Auslaufgehege. Die spitzen Gesichter waren nach oben gereckt, um die leuchtenden Strahlen in sich aufzunehmen.

Der Gesang verwandelte sich in anfeuernde Rufe, als das erste Männchen dem Ritual folgend aus der Gruppe ausbrach und sich mit voller Wucht gegen den Maschenzaun warf.

«Los! Los! Los, du schaffst es!» brüllten die Conga-Tänzer, als es wie betäubt zurückwankte.

Die Männchen begannen jetzt rhythmisch zu stampfen, und schon sauste das nächste, zu einer Kugel zusammengerollt, mit dem Rücken gegen den Zaun. Eines nach dem anderen folgte seinem Beispiel, bis der Draht auf der gesamten Länge unter der Wucht der lebenden Geschosse bebte und erzitterte und die Schuppenwände vom schnalzenden Zirpen und Dröhnen widerhallten, das die aufgebrachten Weibchen an verschiedenen Drahtsträngen auslösten.

«Raus! Raus! Raus! Wir kommen raus!» schrien einzelne Wagemutige, die vom Deckendraht herabhingen und ihre Gefährten von oben zu weiteren Exzessen anfeuerten.

Jemand warf einen Futtertrog um und fing an, ihn mit metallischem Klappern gegen die Rückseite des Käfigs zu treten, während die Conga sich zu einer weiteren triumphalen Parade formierte.

Zack! Das erste Männchen krachte in den Zaun.

Zack! Zack! Zack! folgten die anderen hinterher.

Plötzlich zerriß ein unerwarteter Schrei das rasende Durcheinander: «Seht doch nur!»

Einer nach dem anderen blieben die Nerze wie angewurzelt stehen. Im Schuppen wurde es mucksmäuschenstill. Alle starrten ehrfürchtig nach oben und durch das Deckenfenster hinaus. Der Mond, der eben noch so prall und rund gewesen war, schrumpfte. Ein Schatten kroch über sein Angesicht und verdunkelte ihn nach und nach, obwohl keine einzige Wolke am Himmel zu sehen war. Ein Schauder der Furcht durchlief sie alle, als sie sahen, wie er immer kleiner wurde, bis nur noch eine schmale Sichel übrigblieb. Dann verschwand er ganz.

Gerade in dem Moment, als sie sich voller Panik einander zuwandten, hörten sie die ersten schrillen Geräusche aus dem Einzelkäfig, in dem der Wärter Sheba untergebracht hatte.

Sofort wurde ihre Aufmerksamkeit dorthin abgelenkt.

«Das Luder kriegt sie endlich», zischten sie und hasteten hinüber zum Drahtzaun.

Sie hatten Sheba alle gehaßt, sogar schon bevor der Wärter sie aus den Hauptkäfigen herausgeholt hatte. Sie war die Außenseiterin, die als ganz junges Tier aus einer anderen Kolonie hergeschafft worden war, weil eine Krankheit ihre gesamte Familie getötet und sie als Waise zurückgelassen hatte. Allein das machte sie automatisch suspekt. Das Regime der Ältesten lehrte, daß man allem und jedem, besonders neuen Dingen, mit Mißtrauen begegnen soll. Als sie größer wurde, machte Sheba alles nur noch schlimmer, indem sie erklärte, sie habe kein Interesse, sich dem Kreis der Weibchen anzuschließen – den «Schreckschrauben», wie die Männchen sie höhnisch nannten. Um so schlimmer war es, daß der Wärter ausgerechnet sie für den Einzelkäfig aussuchte, wo sie sich mit diesem großen blauen Nerz, der ebenfalls von außerhalb kam, paaren sollte. Einen weiteren Höhepunkt erreichten die Feindseligkeiten, als die anderen sahen, welche Spezialbehandlung ihr dort zuteil wurde. Am meisten sorgte ihr besonderes Futter für Neid und Aufregung. Der Anblick des Wärters, wie er mit herrlich duftenden, fetten, silberglänzenden Fischen den Gang entlangmarschierte, hatte bei allen wahre Wutanfälle ausgelöst.

«Ersticken sollst du daran, du fette Schlampe, ersticken!» hatten die Weibchen hinübergezischt und Gift und Galle gespuckt. «Verrecke, Sheba, verrecke!»

Jetzt reckten sie die Hälse, um zu sehen, wieviel Junge sie werfen würde. Sämtliche Weibchen waren entweder schwanger oder hatten gerade geworfen. Darin bestand auch schon der Höhepunkt in ihrem ansonsten langweiligen Käfigleben, das normalerweise von den Männchen dominiert wurde, die sich selbst als das überlegenere Geschlecht bezeichneten und diesen Anspruch durch die simple Tatsache rechtfertigten, daß sie größer, schwerer und stärker waren. Nur der Prozeß der Fortpflanzung verschaffte den Weibchen zeitweise einen höheren Status. Die höchste Ehre wurde jedoch derjenigen zuteil, die den größten Wurf zur Welt brachte, und vor allem anderen hatten die Weibchen unter sich ausgemacht, daß es nicht Sheba sein durfte.

«Das erste ist da», zischten sie einander zu.

«Was glaubst du, wieviel sie insgesamt kriegt?»

«Ich glaube, vier.»

«Fünf.»

«Was ist mit sieben?»

«Doch nicht Sheba. Die schafft niemals die magische Sieben.»

Sie warteten noch ein bißchen länger. Noch immer war nicht mehr als dieses einzelne, piepsige Maunzen zu hören.

«Sie muß doch noch ein paar mehr werfen», sagten sie skeptisch und blickten einander verwirrt an. «Eins ist unmöglich! Wir haben immer mindestens drei!»

«Erinnert euch an Mekow!»

Die legendäre Mekow, die ihnen die Ältesten ständig ins Gedächtnis riefen, hatte zehn geschafft.

«Seht mich an. Ich habe schon vier», tönte es prahlerisch.

«Ich hatte sechs», erinnerte eine andere die Versammlung. «Und ich bin keine eingebildete Schlampe wie die – ich bin nur ein ganz normaler Nerz.»

Sie warteten weiter, bis sie sich schließlich, als nichts mehr passierte, nicht mehr länger halten konnten.

«Ist das zu fassen?» riefen sie und tanzten triumphierend im Kreis. «Sie hat nur eins!»

«Sheba! Sheba! Hat nur eins!» rief eine.

Der Ruf wurde rasch aufgenommen.

«Sheba! Sheba! Hat nur eins!»

Genau in diesem Augenblick kam der Mond zurück, ganz langsam, so wie er verschwunden war, und gab Anlaß für neue Spekulationen. Keiner von ihnen hatte jemals zuvor etwas Derartiges gesehen, da stimmten Männchen und Weibchen überein. Warum aber hatte sich diese Sache mit dem Mond gerade in dem Moment ereignet, als Sheba ihr einziges Kind zur Welt brachte? Hingen die beiden Ereignisse etwa zusammen? Der Mond hatte die Kraft. Wie konnte Sheba, ausgerechnet Sheba, ihn beeinflußt haben?

«Vielleicht, um anzuzeigen, daß sie so gut wie nichts zustande gebracht hat!» rief jemand.

Unsicheres Gelächter ertönte.

«Oder um ihre Schande zu verbergen!» schrie ein anderes Weibchen.

«Aber was war das wirklich?» erhoben sich mehrere besorgte Stimmen.

Sie drängten sich ängstlich um Gabbla, den Sprecher der Ältesten.

«Ja, was war das?» Er lächelte sie gütig an und schien nicht im geringsten beunruhigt. «Im Namen des Ältestenrats kann ich euch versichern, daß es sich lediglich um eine vereinzelte Wolke handelte. Sie verdeckte den Mond für kurze Zeit im Vorüberziehen, obwohl der Himmel sonst klar war. Ihr habt es alle gesehen, und ihr wißt auch, daß es solche Wolken schon früher gegeben hat. Es wird sie zweifellos auch in Zukunft geben. Sonst war da nichts – nur eine vereinzelte Wolke. So, und damit ist die Sache erledigt.»

Die Nerze gingen wieder zum Zaun zurück und waren sehr

erleichtert, daß der Einzelgeburt von offizieller Seite jede besondere Bedeutung abgesprochen worden war.

«Eine vereinzelte Wolke, was?» stießen sie immer wieder hervor. «Typisch Sheba! Immer muß sie irgend etwas tun, um uns zu ärgern.»

«Sheba! Sheba! Sheba hat nur eins!» setzte der gehässige Gesang wieder ein.

Seit Beginn ihrer Schwangerschaft war sich Sheba auf aufregende Weise sicher gewesen, daß sie einen besonderen Wurf austrug. Doch das hätte sie auch dann niemandem gesagt, wenn sie in den normalen Käfigen geblieben wäre; nicht einmal den wenigen Mitgliedern ihrer heimlichen Intellektuellengruppe. Den anderen sagte sie ohnehin überhaupt nichts. Sie waren der Doktrin der Ältesten so sklavisch ergeben, daß sie sie nur als gesichtslose Nullen wahrnahm.

Obwohl sich Sheba selbst für stark hielt, fiel es ihr anfangs recht schwer, mit der offen zur Schau getragenen Gehässigkeit der anderen Weibchen zurechtzukommen. Wobei die Männchen auch nicht viel besser waren, denn sie hegten einen besonderen Groll gegen sie. Bevor Sheba weggeholt wurde, hatten sie sämtliche Weibchen taxiert und sich davon überzeugt, daß Sheba mit ihren großen Augen, dem wunderbaren Fell und dem perfekten Hinterteil mit Abstand am attraktivsten war. Unter den zahlreichen Männchen, die um sie buhlten, waren bereits heftige Kämpfe ausgebrochen, auf die schließlich bittere Enttäuschung folgte, als der Wärter sie zugunsten eines Männchens von außerhalb auf die Plätze verwies.

«Kümmere dich nicht um den, meine Süße, wie wär's mit einer Ladung hiervon?» hatten sie gejohlt und dabei obszöne Kopulationsbewegungen vollführt und ihr ihre erigierten Penisse entgegengestreckt. «Wenn du einen von denen drin hast, du Schlampe, dann weißt du erst, was eine ordentliche Latte ist!»

Dank Solomon, ihrem Partner von außerhalb, hatte Sheba diese Erniedrigungen nicht nur ertragen, sondern sie war sogar richtiggehend aufgeblüht. Sie hatte einen dumpfen Beschäler erwartet, nur Schwanz und kein Gehirn. Dabei hatte er sich in dieser Hinsicht als so stark, gutaussehend und gut im Heu erwiesen, wie sie es sich nicht besser hätte wünschen können.

Sein blaues Fell, das sich deutlich vom einheitlichen Braun der anderen unterschied, hatte sie wahnsinnig angemacht. Doch erst nachdem er sie auf herrliche Weise und wiederholt bestiegen hatte, war es ihm gelungen, sie auch auf eine ganz andere Weise zu elektrisieren. Zu ihrer großen Freude hatte er sich als wahrer Gentleman herausgestellt: intelligent, besorgt und, was am wichtigsten überhaupt war, überaus gebildet.

Es war sein Wissen, das ihr Leben vollständig verändert hatte.

«In meinem Job komme ich sehr viel herum», hatte er erklärt. «Ich bin in zahllosen Kolonien gewesen und habe von allen möglichen unterschiedlichen Systemen gehört. Falls du etwas über das deine wissen möchtest, so mußt du nur fragen. Aber du mußt dir zuerst absolut sicher sein, Sheba. Es gibt Zeiten, in denen es besser ist, wenn man von alledem nichts weiß, und ich möchte dein Leben nicht zu sehr durcheinanderbringen.»

Sie hatte ihn dankbar angelächelt und anerkannt, wie sehr er sich um sie sorgte. Wollte sie denn etwas wissen? Sie wollte absolut alles wissen!

Bis dahin war Sheba das leuchtende Zentrum der Intellektuellengruppe gewesen, eines kleinen und heimlichen Kreises, der endlos die zentralen Mysterien des Nerzlebens diskutierte: warum hielt sie der Wärter in Käfigen, und warum holte er die älteste Generation immer gerade dann ab, wenn sie in der Blüte ihres Lebens stand? Der Doktrin der Ältesten zufolge deshalb, weil er sie liebte. Er war ihr ganz besonderer Freund, so hieß es. Und wenn sie brav waren, brachte er sie zur Belohnung ins Land des Glücks, wo sie bis ans Ende aller Zeiten ohne Sorgen leben durften.

Die anderen Nerze akzeptierten diese Gehirnwäsche, während die winzige Gruppe der Intellektuellen gerade von ihrem Skeptizismus zusammengehalten wurde. Trotz aller Anstrengungen war es ihnen jedoch nie gelungen, mit einer glaubwürdigen Alternative hervorzutreten.

Jetzt war Solomon hier und bot ihr die Antwort an.

«Sind wir Nerze wirklich wilde Geschöpfe, für ein freies Leben geboren?» lautete ihre erste Frage.

«Ja.»

«Warum hält uns unser Wärter dann in diesen Käfigen gefangen?» fragte sie wissensdurstig weiter.

«Die Antwort blickt dir direkt ins Gesicht, meine Hübsche», entgegnete er lächelnd. «Sieh mich an – was siehst du vor dir?»

Sie schaute ihn liebevoll an und dachte daran, wie gut er mit seinem blauen Fell aussah.

«Einen liebevollen, herrlichen, wundervollen Partner!» lächelte sie zurück. Worauf wollte er wohl hinaus?

«Und weiter?»

Er drängte und drängte sie immer wieder, bis er es ihr schließlich sagte und die Verbindung herstellte, die das Geheimnis ein für allemal lüftete. Obwohl er keinen Beweis für seine Antwort hatte, leuchtete sie Sheba sofort ein. Sie akzeptierte sie ohne weitere Fragen. Es dauerte eine Weile, bis ihr die Schändlichkeit des Systems der Ältesten bewußt wurde, doch dann war ihr klar, daß sich ihr Leben radikal verändert hatte. Jetzt, da sie eine Alternative hatte, konnte sie wenigstens die verdummende Doktrin, auf die sie ihre Macht stützten, von sich weisen.

Doch Solomon hatte noch mehr zu erzählen und teilte ihr etwas mit, was sie noch weitaus mehr ernüchterte. Nicht nur daß die Lehren der Ältesten in alle Winde zerstoben waren – sie alle hatten auch eine berechtigte Hoffnung, dem Schuppen für immer zu entfliehen und hinaus in die Wildnis zu gelangen, wohin sie gehörten. Freiheit war nicht länger ein unerreichbares, nebulöses Konzept, wie es die Intellektuellengruppe immer geglaubt hatte. Sie war jetzt eine greifbare Realität, auf die sie zuarbeiten konnten. Am aufregendsten war, daß sie persönlich durch ihre Schwangerschaft maßgeblich dazu beitragen sollte, den Weg dorthin zu ebnen.

Als ihre Zeit gekommen war, erschrak Sheba wie alle anderen ehrfürchtig vor dem schrumpfenden Mond, wurde jedoch von den Krämpfen der einsetzenden Wehen sogleich weit stärker in Anspruch genommen. Als sie den Erstgeborenen sah, schluchzte sie vor Freude darüber, daß es ein Männchen war. Es sah normal und gesund aus und hatte einen starken Einschlag des väterlichen Blaupelzes, was ihn sogleich zu etwas Besonderem machte.

Keuchend, aber zufrieden legte sie sich zurück und sammelte ihre Kräfte, um das nächste Junge herauszupressen. «Ob es wieder ein Junge wird?» fragte sie sich. Statt dessen spürte sie, während sie wartete und wartete, nur einen dumpfen, wachsenden Schmerz in ihrem Inneren. Dann wurde sie von einer so tiefen Melancholie erfüllt, wie sie noch keine zuvor erlebt hatte. Niemals hätte sie es für möglich gehalten, doch jetzt mußte sie der schrecklichen Wahrheit ins Gesicht blicken. Es kamen keine weiteren Kinder!

Sie fing an zu weinen, denn sie fühlte sich als Versagerin. Wie allen anderen war ihr bewußt, wie wichtig die Anzahl der Jungen war, und wie alle anderen hatte sie insgeheim auf die magische Sieben gehofft. Der jämmerliche Trost, daß sie jetzt endlich wußte, weshalb sie trotz ihrer speziellen Diät so wenig zugenommen hatte, brachte keine wirkliche Erleichterung.

Sie versuchte, die verächtlichen Gesänge aus den regulären Käfigen so gut es ging zu ignorieren, und kümmerte sich mit wilder Entschlossenheit um den nassen kleinen Wicht. Dabei bemerkte sie, daß der Mond inzwischen wieder so hell wie zuvor herabschien. Warum mußte ihr so etwas passieren – nachdem sie so große Erwartungen gehabt hatte? Was hatte sie nur falsch gemacht? Später, als die anderen Nerze keine Lust mehr hatten, sie anzugiften, und sich erneut der Raserei hingaben, besserte sich ihre Laune allmählich wieder. Staunend wurde ihr ganz langsam bewußt, was das alles zu bedeuten haben mußte. Bevor Solomon wieder abgeholt wurde, waren sie übereingekommen, daß sie aus dem Wurf mehrerer Jungen, die sie erwarten durfte, den ersten Anführer der Kolonie auswählen sollte – denjenigen, der heranwachsen sollte, um die Verschwörung der Ältesten zu zerschmettern und alle anderen in die Freiheit zu führen.

Jetzt mußte sie sich nicht mehr den Kopf zerbrechen. Die Wahl war für sie getroffen worden.

«Du mußt derjenige sein, denn du bist der einzige», flüsterte sie, als das kleine Mäulchen zufrieden an der Zitze nuckelte, die es sich aus dem Überangebot ausgesucht hatte. «Ich werde dich Mega nennen. Denn eines Tages, mein mutiger Sohn, wirst du das sein!»

TEIL I

Kapitel 1

Die Grube

Mega verschloß die Nasenlöcher und schob sein Hinterteil über die Latrinengrube. Was hatten sie alle bloß an diesem schrecklichen Ort verloren? dachte er angewidert, als einer seiner Hinterläufe wegrutschte und er fast das Gleichgewicht verloren hätte. Das Holz, auf dem er stand, war nicht nur mit einer schleimigen Mixtur aus Urin und Kot bedeckt, sondern auch so verrottet, daß es diesen Sud wie ein Schwamm aufsaugte und einen säuerlichen Gestank ausdünstete, der sich im Fell festsetzte. Man wurde ihn nie vollständig los, nicht einmal dann, wenn der Wärter die Latrine frisch gesäubert hatte. An manchen Tagen – der heutige gehörte eindeutig dazu – war er so heftig, daß einem die Tränen in die Augen stiegen.

Mit neuerlichem Ekel spürte er, wie sich die Nässe in seine Ballen saugte. Er blickte nach unten und sah, wie der Schleim klebrig und widerlich über die Haut zwischen seinen Zehen quoll. Voller Abscheu hob er eine Pfote, wankte ein wenig und wäre fast erneut ausgerutscht. Er schüttelte sich bei dem Gedanken daran, daß ihn in seinen frühen Tagen ein Bande von Rüpeln einmal ganz in diese Brühe hatte hineinwerfen wollen. Er hatte schon über der Kante gehangen und vor Entsetzen geschrien, mit dem Kopf nach unten in dieses schlammige Meer blickend, als seine Mutter herbeigeeilt war und ihn gerettet hatte. Auch sie war nicht rechtzeitig dagewesen, um ihn davor zu bewahren, mit der Schädeldecke eingetunkt zu werden, und noch Tage später war es ihm unmöglich gewesen, sich von der Überzeugung zu lösen, daß die widerwärtige Mixtur noch immer sichtbar um ihn schwebte und ihn zum stinkenden Gespött der Öffentlichkeit machte.

Das war bis jetzt der absolute Tiefpunkt in seinem Leben gewesen. Inzwischen hatte er sich, als kräftiger Jugendlicher, in der Hierarchie seiner Generation eine Position erkämpft, die es ihm erlaubte, respektvoll in Ruhe gelassen zu werden.

Trotzdem haßte er die Latrinen noch immer mehr als alles andere. Nicht nur, daß die Bedingungen so abstoßend waren. Wo blieb etwa das Zugeständnis an den männlichen Trieb, sein Territorium zu markieren? Warum konnten sie nicht alle ihr Geschäft dort erledigen, wo sie es wollten, und das in einer gewissen Privatsphäre? Natürlich kannte er die Antwort. Die Ältesten beharrten insbesondere darauf, daß es aus Hygienegründen geschah, wogegen schlecht zu argumentieren war. Obendrein gehörte es zu den wichtigsten Geboten, die sie allen Nerzen auferlegten, ihr Leben nicht zu sehr zu «privatisieren», wie sie es nannten. Wie der Wärter unternahmen sie keinerlei Anstrengungen, Spontaneität und Natürlichkeit zu fördern, den eigenen Kern zu ergründen. Sie schienen weit eher dazu entschlossen, alle anderen zu unterdrücken, ihre Existenz dadurch zu reglementieren, daß sie das Leben in so vielen Bereichen wie möglich organisierten und kontrollierten. Jeder Nerz wurde anstelle eines Individuums eine Einheit, deren einziger Zweck darin bestand, das System ohne anzuecken zu durchlaufen.

Die gleiche Geschichte beim Futter – der Grund, weshalb sich Mega gerade damit abfinden mußte, sich eine Zeitlang über der Latrine zu krümmen. Die regelmäßigen Fütterungszeiten waren vermutlich die Höhepunkte des Tages. Jeden Morgen und jeden Abend öffnete der Wärter die Schuppentür, woraufhin ihm aufgeregtes Geschnatter entgegenbrandete, das noch anschwoll, wenn er zum hinteren Teil des Schuppens ging und das weiche Zeug in ihre Tröge schüttete. Nachdem er die Behälter in die Käfige geschoben hatte, mußten alle zunächst einmal warten. Der Speichel triefte ihnen aus den Mäulern, und die Mägen knurrten, doch sie mußten warten, bis die Ältesten sich die Wänste vollgeschlagen hatten. Massam, der aufgedunsene Chef, ließ sich dabei stets am meisten Zeit. Dann erst stieß er seinen gewohnten lauten Rülpser aus, wischte sich umständlich das Fett von der Schnauze und trollte sich schließlich, laut furzend, von dannen. Erst dann gab Gabbla, der Sprecher der Ältesten, das Signal, auf das hin sich alle einander knuffend und zur Seite drängend auf die Tröge stürzten und sich hastig vollstopften.

Erst vor kurzem hatte der Wärter ihre Ernährung umgestellt. Die Ältesten behaupteten, das neue Futter sei als eine weitere seiner besorgten Gesten zu verstehen; Gabbla hatte sogar eine offizielle Erklärung über den verbesserten Nährwert abgehalten. Mega hatte es eher aus Notwendigkeit denn aus Genuß hinuntergeschlungen und es als ebenso schal und einfallslos wie das bisherige Futter eingestuft. Jetzt litt er wie alle anderen unter Verstopfung. Da sein Bauch so angeschwollen war und schmerzte, mußte er sich endlich etwas herausquälen. Er schnitt eine Grimasse und konzentrierte sich darauf, durch den Mund zu atmen, während er den Rücken krümmte und so gut es ging drückte. «Es liegt nicht nur an der Latrine», dachte er und blickte verzweifelt in die Runde, ob sich nicht irgend etwas anbot, was seine Gedanken von dem, was er gerade tat, ablenkte. Der Schuppen und mit ihm alles, was sich darin befand, war eine einzige Jauchegrube.

Die Einrichtung war jedoch zweckmäßig angelegt, wie Sheba damals gesagt hatte, als sie mit ihm die erste Führung durch die Kolonie gemacht hatte. Sie hatte ihm gezeigt, daß die ganze Käfiganlage erhöht über dem Boden angeordnet war, ungefähr auf halber Höhe des Wärters. Die Einzelkäfige verliefen in zwei parallelen Reihen oberhalb der Gänge, durch die er in den hinteren Teil des Schuppens gelangte, wo er ihr Futter und verschiedene Ausrüstungsgegenstände verstaut hatte. Dort, in der hintersten Ecke, so hatte ihm seine Mutter gezeigt, war Mega zur Welt gekommen. Ohne große Begeisterung hatte sie ihm dann demonstriert, daß die einzelnen Käfige lediglich durch eine dünne Holzwand voneinander getrennt waren. Der Wärter konnte den vorderen Draht aufschließen, doch der einzige Ausgang für die Nerze führte durch die Türen an der Rückseite in das gemeinsame Auslaufgehege. Diese Einrichtung hatten die Ältesten als weiteren Kernpunkt zum Beweis der Liebenswürdigkeit des Wärters erkoren, und sogar Sheba hatte widerstrebend zugeben müssen, daß das rechteckige Areal groß genug war, um darin herumzurennen, ohne daß man sich allzu beengt fühlte. Allerdings nur, hatte sie warnend eingeschränkt, wenn sich dort nicht zu viele andere Nerze aufhielten. Ständig wurden die Jungen von älteren Nerzen zur Seite gestoßen, die wie mit Scheuklappen ihre Runden drehten und sich entweder nicht darum scherten, ob ihnen jemand im Weg stand, oder die Jüngeren absichtlich umstießen.

Mit dem lockeren Maschendrahtzaun an beiden Enden und oben vermittelte das Auslaufgehege zumindest den Eindruck einer gewissen Offenheit. Natürlich war das Ganze nur ein schwacher Trost, wenn man bedachte, daß die gesamte Käfiganlage von einem stickigen Schuppen umschlossen war. Der einzige Ausblick nach draußen wurde den Nerzen durch die verdreckte Dachluke zuteil. Das wiederum bedeutete, daß sie meistens in schummrigem Dämmerlicht lebten – bis auf die Zeiten, in denen der Wärter sein Klickding betätigte und Lichter erstrahlten, die heller als die Sonne waren.

Auch die verschiedenen Aktivitäten, die die Ältesten erlaubten, machten nicht sonderlich viel Spaß, weder ihr noch ihm. Sheba hatte ihm die unterschiedlichen organisierten Spiele erklärt, mit ihm die gemeinsamen Putz- und Pflegeveranstaltungen besucht und ihm gezeigt, wie die Fitneß-Gruppe schnaufte und stöhnte. «Einige Nerze sind davon begeistert», hatte sie gesagt, ihm aber gleichzeitig gestanden, daß sie sie unglaublich langweilig fand. Die Ältesten mochten die Wichtigkeit der Teilnahme an Gruppenveranstaltungen noch so sehr betonen, sie bewahrte sich ihre Abneigung gegen organisierte Aktivitäten.

«Vielleicht gelingt es dir ja besser, Mega», hatte sie hoffnungsvoll gesagt, doch er hatte ihren Zweifel gespürt. «Die meisten Spiele – wie die Fangwettbewerbe und die Balgereien nach festen Regeln – sind Männerkram. Vielleicht findest du ja Spaß daran.

Und das wär's dann auch schon, mein Kleiner», hatte sie den Rundgang abgeschlossen, bevor sie strahlend hinzufügte: «Es gibt aber noch etwas anderes, Mega. Wenn du die Muster an der Wand intensiv genug betrachtest, kannst du ab und zu Gesichter darin erkennen.»

«Wozu sollte das den gut sein?» hatte er so manches Mal gedacht. Seit damals hatte er natürlich seine Meinung darüber geändert, denn er suchte nach Mitteln und Wegen, die Uniformität aufzubrechen und seiner Phantasie etwas zu geben, womit sie sich beschäftigen konnte. Mit dem Boden des Geheges war es das gleiche. Er kannte inzwischen jede Unebenheit und jede Abstufung auswendig.

Als er sich jetzt umsah, traf es ihn wieder wie ein Faustschlag, wie eintönig und schäbig alles war. Es gab keine Farben, kein Leben – nichts, was den Geist anregte oder etwas Freude brachte. Wie sehr die Ältesten ihnen auch eintrichterten, daß ihr Wärter sie liebte, er fand nichts, was diese Aussage gerechtfertigt hätte. Alles kam ihm verlottert vor, baufällig und heruntergekommen. Auf nichts konnte man stolz sein, angefangen vom rostigen Maschendraht bis zur dicken Schicht aus Staub und Dreck, die über allem lag; nichts, was einen dazu veranlassen würde, freiwillig hierzubleiben. Abgesehen von der allgemeinen Verwahrlosung lag der Dreck an häufig benutzten Örtlichkeiten so dick, daß man mit den Krallen Rillen hineinkratzen konnte. Die Luft selbst roch alt und abgestanden. Bei dieser widerlichen, stinkenden Atmosphäre war es kein Wunder, daß sie die meiste Zeit in Lethargie verbrachten – falls sie nicht miteinander stritten.

Als er der Kindheit entwuchs, gesellte sich schon bald ein weiterer Faktor hinzu. Es war ihm bereits früh aufgefallen, daß er und Sheba anders als die anderen Nerze waren. Sie schien ihm eine gute Mutter zu sein, und er liebte sie von ganzem Herzen, und doch lebten sie gemeinsam in ihrer eigenartigen Isolation. Dann war ihm aufgefallen, daß sie beide von den anderen gemieden wurden, auch wenn sie sich nicht unbedingt feindselig aufführten. Außerdem hatte er, im Gegensatz zum brodelnden Familienleben in anderen Käfigen, niemanden, mit dem er zusammen aufwachsen konnte.

Damals hatte er damit begonnen, sie mit vorwurfsvollen Fragen zu löchern.

«Mama, warum darf ich keine Brüder und Schwestern wie die anderen Jungen haben?» hatte er sie wieder und wieder gefragt.

«Das ist keine Frage des Dürfens, mein Lieber. Es ist einfach so, daß du keine hast», hatte sie ihm dann freundlich geantwortet.

«Warum nicht?»

«Weil du anders bist, mein Sohn.»

«Warum, Mama?»

«Weil du es bist.»

«Muß ich das denn sein, Mama? Warum kann ich nicht so wie die anderen sein?»

«Jeder wird für eine bestimmte Rolle im Leben geboren, mein Sohn», hatte sie geduldig wiederholt. «Deine besteht darin, anders zu sein. Du mußt lernen, es zu akzeptieren und dich darüber zu freuen.»

«Habe ich deswegen auch keinen Papa?»

«Du hast einen Papa, mein Lieber. Er ist nur nicht hier.»

«Wo ist er denn?»

So war es endlos weitergegangen, und stets hatte sie die gleiche Antwort wiederholt: «Du mußt noch warten, Mega. Es wird sich alles offenbaren, wenn die Zeit reif dafür ist.»

«Werde ich dann meinen Papa sehen?» hatte er sie traurig gefragt.

«Nein, mein Lieber», mußte sie ihm, nicht minder traurig, immer wieder antworten. «Was auch geschieht, ich befürchte, keiner von uns wird Solomon jemals wiedersehen.»

Nur ein einziges Mal hatte sie ihm einen Ausblick darauf gewährt, was ihm bevorstand, «wenn die Zeit reif dafür» sein würde.

«Wie ist denn mein Papa?» hatte er wie schon so oft zuvor gefragt.

«Dein Papa ist etwas ganz Besonderes. Du kannst dir nicht vorstellen, wie besonders. Er hat mein Leben verändert.» Das war ihre Standardantwort. «Aber er war nicht so besonders wie du, mein Liebling», hatte sie ganz unerwartet hinzugefügt. «Dein Schicksal ist es jedoch nicht, mein Leben zu verändern, sondern das von allen.»

«Was meinst du damit, Mama?» hatte Mega unverblümt zurückgefragt und sie dabei mit seinen tiefschwarzen Augen fixiert. «Sag es mir!»

Sie hatte es ihm nicht gesagt. Wie verbissen er sie seither auch mit seinen Fragen gelöchert hatte, sie hatte sich stets auf ihr «wenn die Zeit reif dafür ist» zurückgezogen, den Spruch, mit dem sie ihn schon immer hingehalten hatte.

Das Geräusch nahender Schritte riß ihn aus seiner Träumerei. Falls einer der Ältesten die Latrine betrat, mußte Mega – im Widerspruch zum Prinzip der reduzierten Privatsphäre – dieses Areal verlassen und warten, bis ersterer sein Geschäft verrichtet hatte. Er war erleichtert, daß es sich nur um Mata aus dem Käfig nebenan handelte. Seine Konzentration war jedoch dahin, er mußte sich geschlagen geben. Egal, wie lange er sich noch über der Grube krümmte, er würde vorerst kein Ergebnis erzielen.

Also erhob er sich, patschte einige Schritte aus dem Schleim heraus und begrüße sie. Mata war freundlich und redete sogar mit ihm, obwohl er stets Distanz wahrte und peinlich darauf achtete, ihren Familienkäfig nicht zu betreten. Etwas um sie und ihr Leben sagte ihm, daß er auf der Hut sein mußte. Ihr Vater, Mugger, war ein berüchtigter Grobian und Sadist, und Mega und Sheba saßen oft beschämt und schweigend beisammen, wenn Schreie und dumpfe Schläge durch die dünne Trennwand zu ihnen herüberdrangen. Einmal hatte Sheba ihren Stolz hinuntergeschluckt und die Ältesten darum gebeten einzugreifen. Wie sie ihm hinterher berichtete, hatten sie sie einfach ignoriert. Obwohl häusliche Gewalt in der Kolonie weit verbreitet war, war es die Politik der Ältesten, sich in dieser Frage nicht in die Angelegenheiten der einzelnen zu mischen. So war es auch, als er damals getriezt wurde. Sheba allein hatte ihm beigebracht, wie man seine eigenen Interessen vertritt und sich den Respekt verschafft, der ihm mittlerweile gezollt wurde.

«Wie lange bist du schon hier?» fragte Mata und verzog wie automatisch die Nase vor Ekel.

«Viel zu lange», antwortete Mega und lächelte sie an.

«Hier ist jede Sekunde zu lang», gab sie brüsk zurück. «Nicht nur hier an der Grube. Überall.»

Obwohl Mega ihr im stillen beipflichtete, sagte er nichts. Sheba hatte ihm geraten, sich nicht an den gelegentlichen, heimlichen, subversiven Gesprächen der anderen Jungnerze zu beteiligen, um nicht unnötig die Aufmerksamkeit auf sich zu lenken.

«Das sind die sogenannten ‹bösen Gedanken›», hatte ihm seine Mutter erklärt. «Wir alle kennen sie. Die Ältesten werden sich noch ausführlich darüber äußern, wenn sie dich und deine Generation indoktrinieren. Bis dahin möchte ich, daß du dich darauf konzentrierst, dich zu amüsieren, Mega. Versuche alles, was diese Gedanken betrifft, zu vergessen – oder behalte sie wenigstens für dich.»

Seit damals hatte Mega öfter mit nicht geringer Bitterkeit daran gedacht, wie leicht diesem Wunsch zu entsprechen war, wenn die meisten anderen ohnehin nicht mit einem redeten.

«Es wird Zeit, daß wir alle herauskommen», fuhr Mata fort, beinahe so, als wäre er gar nicht mehr anwesend. «Ich für meinen Teil glaube, daß ich es nicht mehr viel länger aushalten kann. Hast du die eine gesehen, die total durchgedreht ist? Es geht ihr heute ganz schön mies.»

Mega hatte sie gesehen. Obwohl er noch sehr jung war, lebte er schon lange genug in der Kolonie, um bewußt mitzuerleben, wie die Neurose des älteren Nerzweibchens immer schlimmere Auswüchse annahm: die äußeren Anzeichen des nervösen Ticks, die unfreiwilligen Zuckungen, der abwesende Blick, das stete Auf- und Abmarschieren immer am Drahtzaun entlang. Mega hatte das Weibchen bedauert, besonders, als er sah, wie die anderen Nerze, sobald sie die Symptome erkannten, einen großen Bogen um sie machten und ihre Angst dadurch nur noch verstärkten und ihren Zustand verschlimmerten.

«Eines Tages werden wir Jungnerze auch so enden», fuhr Mata verzweifelt fort. «Früher, als uns lieb ist. Weißt du, daß unsere Indoktrination kurz bevorsteht?»

«Ja», gab Mega knapp zurück.

Wie hätte er es nicht wissen sollen? Alle Jungen waren sich des bevorstehenden Ereignisses schrecklich bewußt, nach dem die Ältesten sie offiziell nicht mehr als Kinder, sondern als junge Erwachsene einstufen würden. Bis vor kurzem noch schien das alles in weiter Zukunft zu liegen. Doch jetzt kam es mit großen Schritten auf sie zu, und sie wußten, daß sich damit ihr Leben völlig verändern würde. Obendrein trichterten es ihnen die Eltern pausenlos ein: mit dem Erwachsensein kommt auch die Verantwortung. Wer kein Kind mehr war, hatte keine Entschuldigung dafür, sich den offiziellen Richtlinien zu entziehen.

«Was wirst du denn dagegen tun?» erkundigte sich Mata.

Mega staunte. Was sollte er denn dagegen tun?

«Nichts», gab er so neutral wie möglich zurück. «Sheba sagt, ich muß teilnehmen. Sie sagt, keiner von uns hat eine andere Wahl.»

«Da hat sie recht», gab Mata zu. «Ich muß auch hingehen. Aber ich werde es nicht einfach so schlucken. In meinem Kopf werde ich mich mit ganzem Willen dagegenstemmen. Es gibt noch ein paar andere Weibchen, die wie ich denken. Wir sind nicht wie die Männchen. Wir haben unseren eigenen Kopf, und, was weit wichtiger ist, wir wollen ihn uns bewahren.»

«Ach, wirklich?» entgegnete Mega unverfänglich.

Insgeheim jedoch war er verärgert. Mata mußte immer gleich alle Männchen über einen Kamm scheren.

«Sag mir eins», fragte er sie dann und sprach damit zum erstenmal einen Gedanken aus, der ihn schon lange beschäftigt hatte. «Wenn alle Männchen so schrecklich sind, wie kommt es dann, daß augerechnet du der einzige Nerz bist, der sich mit mir unterhält?»

«Die Antwort müßtest du selbst wissen, Mega», sagte sie lächelnd. «Du bist nicht wie alle anderen – du bist etwas Besonderes. Auch wenn wir es nicht alle mit eigenen Augen gesehen haben, so kennt doch jeder die Geschichte mit dem Mond. Glaubst du an die Erklärung der Ältesten, daß es nur eine vereinzelte Wolke war?»

«Ich bin mir nicht sicher», antwortete Mega vorsichtig.

Er hatte Sheba schon oftmals danach gefragt, doch sie hatte sich nie eindeutig dazu geäußert.

«Ich weiß es nicht, Mega. Ich war zu sehr damit beschäftigt, dich zur Welt zu bringen», so hatte sie sich immer um eine Antwort gedrückt.

«Hast du es denn vergessen, Mega? Ich bin genau zur gleichen Zeit geboren», sagte Mata jetzt. «Das bedeutet, daß wir beide etwas Besonderes sind. Siehst du es denn nicht? Wir sind ein Paar.»

«Sind wir das?» dachte Mega. «Gehören zu einer solchen Entscheidung nicht immer zwei?» Für seinen Geschmack wurde das alles viel zu brenzlig.

Plötzlich hatte er keine Lust mehr, mit ihr zu reden.

«Na ja, eins haben wir ganz sicher gemeinsam», sagte er scherzhaft, als er sah, wie sie ihr Hinterteil elegant in die Schleimzone bewegte und eine angeekelte Grimasse schnitt. «Ich hoffe, du hast mehr Glück als ich.»

«Das ist nicht lustig, Mega», blaffte sie wütend zurück. «Es ist fürchterlich, es ist entwürdigend, und es ist ekelhaft – wie alles hier. Du weißt ebensogut wie ich, daß wir nicht geboren wurden, um solch ein Leben zu führen. Und jetzt laß mich bitte allein.»

«Entschuldige, Mata», sagte er rasch. Er wußte, wie recht sie hatte. Es gab keinen Grund, weshalb man so tun sollte, als handle es sich bei ihrem Käfigdasein um etwas anderes als das, was sie gesagt hatte – es war sogar noch viel schlimmer.

Er schlenderte in den Auslauf zurück. Nasse Pfotenabdrücke markierten seinen Weg, sein Magen war noch ebenso angeschwollen wie zuvor und schmerzte kaum weniger. Plötzlich fühlte er sich schrecklich niedergeschlagen. Er liebte Sheba noch immer und hatte unerschütterlichen Glauben an das, was sie gesagt hatte. Trotzdem hatten ihre Versprechungen hinsichtlich dessen, was er erfahren würde, «wenn die Zeit reif dafür» war, einen zunehmend hohlen Klang angenommen. Bevor es soweit war, mußte er sich gemeinsam mit den anderen dieser elenden Gehirnwäsche unterziehen. Die Indoktrination stand kurz bevor.

Kapitel 2

Kanincheneifer

Drinnen im Bau war es so warm und gemütlich, daß nichts auf der Welt Burdock nach draußen gelockt hätte – wäre seine Aufgabe nicht von so grundlegender Wichtigkeit gewesen. An Tagen wie diesem nahmen er und die anderen Kaninchen lieber eine Nacht voller Hungerkrämpfe in Kauf, als sich wie gewöhnlich noch einmal zur Abendmahlzeit hinauszubegeben. Als Anführer der Delegation, die Eule aufsuchen sollte, hatte er jedoch keine andere Wahl, auch wenn sich das Wetter seit dem Morgen eher noch verschlechtert hatte. Der schneidende Ostwind wuchs sich zu einem richtigen Sturm aus, der sogar hier unten zu spüren war und es in den Gängen des Baus unangenehm ziehen ließ. Hier und da rieselte Erde von der Decke; ein sicheres Anzeichen dafür, wie sehr sich die starken Wurzeln der Eiche festkrallen mußten, um das

Schwanken des massigen Stamms auszugleichen. Gleichzeitig waren die Temperaturen so kraß gefallen, daß alle sich zunächst einmal in die Kauer- und Kuschelhaltung geflüchtet hatten. Unterm Strich gesehen war es, zumindest für Kaninchen, ein ziemlich ekelhafter Tag.

Widerstrebend stupste er Dandelion an. Sie war sofort wach und starrte ihn einen Moment verständnislos an. Dann huschte ein liebevolles Lächeln über ihr Gesicht.

«Es ist Zeit, ich muß los», murmelte er, erwiderte aber ihr Lächeln. «Du nicht. Du mußt heute hierbleiben. Da draußen ist es viel zu scheußlich für meine Schöne.»

Sie grinste ihn dankbar an, und er kroch davon, um die anderen zusammenzutrommeln, die auch nicht mehr Lust zu einem Ausflug verspürten als er. Die kleine Gruppe machte einen ausgesprochen mürrischen Eindruck, als er seine kurze Ansprache hielt.

«Kameraden, wir begeben uns jetzt auf unseren siebzehnten Besuch in Folge zum Nest von Eule. Unser Ziel ist nach wie vor, ihn zu rekrutieren. Wie ihr gleich feststellen werdet, ist das Wetter draußen recht unfreundlich. Trotzdem dürfen wir uns dadurch nicht von unserer Aufgabe abbringen lassen. Es ist wohl kaum nötig, daß ich euch, als euer Arbeitsgruppenleiter, an die grundlegende Bedeutung unserer Mission hinsichtlich der Gestaltung der Zukunft unserer Betroffenen Wächter des Waldes erinnere. Wir orientieren uns an den heiligen Prinzipien von Vernunft und Freundschaft, die alle Geschöpfe miteinander verbinden.»

Sie blickten starr auf den sandigen Boden zu ihren Vorderläufen, doch diese schwache Reaktion erstaunte ihn nicht sonderlich. Wie so oft, wenn es sich um Angelegenheiten der Betroffenen Wächter des Waldes handelte, schwand der anfängliche Enthusiasmus für ein Projekt rasch, sobald sich konkrete Schritte abzeichneten.

«Gruppenleiter, bei aller Entschlossenheit, unser erklärtes Ziel zu erreichen – ist es denn absolut nötig, daß wir auch an diesem Nachmittag hinausgehen?»

Burdock blickte den Sprecher unheilvoll an. Wenn es jemanden gab, der sich drücken wollte, dann war es garantiert «Nörgler» Groundsel, den man auch sonst bei jeder Gelegenheit jammern und wehklagen hörte. Vielleicht war es nicht richtig, andere kritisch zu beurteilen, doch nichtsdestoweniger war Groundsel im ganzen Gehege dafür bekannt, «eher ein bißchen auf der lethargischen Seite zu stehen». «Mit anderen Worten», dachte Burdock, «er ist stinkfaul.»

«Wenn ich mir die Bemerkung erlauben und darauf hinweisen darf, daß eine Unterbrechung unserer Besuche uns zum Vorteil gereichen könnte?» fuhr das mürrische Kaninchen fort. «Gleichzeitig würde es jedem von uns, die wir unser ungebrochenes Engagement bereits mehrfach unter Beweis gestellt haben, die Gelegenheit zu einer wohlverdienten Ruhepause verschaffen. Nicht, und das muß ich gleich hinzufügen, daß ich einen solchen Vorschlag eigennützig vorbringen würde. Aber vielleicht darf ich vorschlagen, daß eine Abstimmung in dieser Hinsicht eindeutige Klarheit verschaffen könnte.»

«Danke, Kamerad», gab Burdock zurück, erleichtert, daß die Revolte eine Form angenommen hatte, mit der er leicht umzugehen wußte. «Ich muß dich jedoch daran erinnern, daß dein Vorschlag, unseren gültigen Statuten zufolge, auf eine Änderung der Grundsatzordnung abzielt. Da dies eine grundsätzliche Neubewertung unserer prinzipiellen Strategie erfordert, möchte ich dich darauf aufmerksam machen, daß dein Vorschlag nur ihm Rahmen einer offiziellen Vollversammlung diskutiert werden kann. Gehe ich recht in der Annahme, daß du für die nahe Zukunft eine solche beantragst?»

Groundsel sah sich in der Runde um. Die Augen der anderen waren noch immer starr auf den Boden gerichtet.

«Nein, nein, Gruppenleiter!» lachte er angestrengt. «Ich dachte nur, es könnte hilfreich und vielleicht im Interesse aller sein, den Vorschlag vorzubringen. Wenn du natürlich nicht mit mir übereinstimmst, daß...»

Seine Stimme verebbte, und auch er schlug die Augen nieder.

Burdock ließ die Stille einen Moment lang wirken.

«Kameraden, Delegationsmitglieder, dann sind wir wohl alle einer Meinung. Können wir also weitermachen?» sagte er und ging in den Tunnel voran, ohne auf eine Antwort zu warten.

Als er sich dem Ausgang näherte und hörte, wie der Wind draußen die blattlosen Zweige peitschte, fing er an zu zittern. Es würde nicht einfach werden, und Groundsel hatte recht, wenn er behauptete, daß sie nicht unbedingt gehen mußten. Wenn die Nächte länger wurden, ließen die Aktivitäten der Betroffenen Wächter des Waldes normalerweise nach, so wie der Wald insgesamt ein wenig zur Ruhe kam. Die Kaninchen saßen dann in ihren Bauen und vertrieben sich die Zeit mit Schlafen, Geschichtenerzählen und vor allem damit, die nächsten Schritte ihrer unermüdliche Kampagne zur Verbesserung der Lebensqualität im Wald zu planen. Leider war dieser natürliche Ablauf von den militanten Jungtieren, die stets für Unruhe und Ärger sorgten, durcheinandergebracht worden. Den ganzen Frühling und Sommer über hatten sie Streit und Zwietracht in die regulären Versammlungen getragen, bis sich die Vorfälle zu einer solchen Krise ausgeweitet hatten, daß Burdock und seine Anhänger zu sofortigen Gegenmaßnahmen greifen mußten.

Nachdem er eine geheime Arbeitsgruppe zur Erörterung des Problems gebildet hatte, war Burdock zu dem Schluß gekommen, den er vor seinen Gesinnungsgenossen verkündet hatte: «Kameraden, um die Kontrolle bei unseren Versammlungen zurückzuerlangen, müssen wir uns einer extrem mächtigen und starken Kreatur bedienen. Ich schlage also vor, daß wir einen entsprechenden Helfer rekrutieren.» Niemals, solange er lebte, würde Burdock den Schrecken vergessen, mit dem sein schnörkelloser Eröffnungsvorschlag aufgenommen worden war.

«Das heißt doch wohl nichts anderes, als ein Raubtier zuzulassen, oder?» hatte Cowslip mit ihrem gewohnt dämlichen Grinsen wissen wollen. Dieses junge Weibchen mit dem langen, schmalen Gesicht hatte sich durch eine Mischung aus Körpergröße und lautstarkem Feminismus und durch ihr Engagement für die Würmer-Befreiungsfront in die vorderste Reihe der Jungtiere gedrängt.

Bei ihren Worten hatten die anderen über die bloße Vorstellung noch gelächelt.

«Genau», hatte Burdock erwidert. «Und ich habe auch schon ein bestimmtes im Auge.»

Damit hatte er ihnen das Lächeln von den Gesichtern gefegt.

«Ein Raubtier zulassen – einen widerlichen Jäger und Schlächter der Unschuldigen!» hatte Cowslip geschrien. «Du weißt genau, daß du damit gegen jedes Prinzip verstößt, für das die BWW stehen. An so etwas dürfen wir nicht einmal im Traum denken!»

Burdock hatte schweigend und regungslos abgewartet, bis sich die Aufregung etwas legte und jemand die Geistesgegenwart aufbrachte zu fragen: «An wen hast du gedacht?»

«Ollie, die Eule», hatte er geantwortet, und das Geschrei war erneut ausgebrochen.

Dann hatte er alle politischen Waffen aus seinem beträchtlichen Arsenal zum Einsatz gebracht, um sie zu überzeugen, indem er sie wiederholt aufforderte, eine brauchbare Alternative zu nennen.

«Stimmst du damit überein, daß du dich mit deinem Vorschlag von unseren grundlegenden Prinzipien verabschiedest?»

Wieder hatte Cowslip auf ihn eingedroschen.

«Zeitweilig.»

«Und daß das genau die Art von Kurzsichtigkeit ist, die wir bekämpfen wollen?»

«Wenn du es so ausdrücken willst.»

«Und daß es, vor allem anderen, unseren Ausverkauf bedeutet?»

«Kann sein.»

«Dann muß ich sagen: Es ist nicht gut genug! Ich sage nicht, daß ich einen besseren Vorschlag habe. Aber das ist nicht der springende Punkt ... »

Es hatte noch vieler Treffen und Lobbyarbeit hinter den Kulissen bedurft, bis er endlich einen Stimmungswechsel verbuchen konnte. Seine ergebensten Anhänger, diejenigen, die erkannt hatten, daß unbedingt etwas unternommen werden mußte – wie unangenehm auch immer –, waren ihm treu geblieben. Dann hatte er seine mächtigste Waffe aufgefahren: den Ehrwürdigen Buck, seinen Urgroßvater, mit dem er den Vorschlag lange vorher abgeklärt hatte. Obwohl er schon ziemlich tattrig war, genoß der alte Rammler noch überall großen Respekt. Als er vor der Arbeitsgruppe aufgetreten war, um keuchend seine Unterstützung kundzutun, war die Opposition endlich zerbröckelt, und die Versammlung hatte die jetzige Delegation damit beauftragt, Eule für die genannten Zwecke einzuspannen.

«Ich selbst bleibe meinen Prinzipien treu, indem ich euch hiermit meine Kooperation entziehe und nicht teilnehmen werde», hatte Cowslip daraufhin verkündet und mit ihrem langen Gesicht bedeutungsvoll und verärgert genickt. Burdock, im stillen dankbar für die unerwartete glückliche Fügung des Schicksals, hatte Cowslip nur angestrahlt.

*

Während er draußen herumhoppelte und der kalte Wind ihm bis auf die Knochen durch das Fell blies, tröstete sich Burdock damit, daß sich bei diesem Wetter wenigstens sonst niemand herumtrieb. An freundlicheren Nachmittagen waren die anderen ein ums andere Mal stehengeblieben, um die Landschaft zu bewundern oder mit irgendwelchen Bekannten zu plaudern. Burdock empfand eine lebhafte Sympathie für sie. Jeder BWW-Aktivist vergaß hin und wieder alles andere, erfreute sich einfach an der Schönheit des Alten Waldes und seiner angrenzenden Ländereien und fand viele Worte, um sie ausführlich zu kommentieren. Bis vor kurzem hatten sie reichlich Anlaß dafür gehabt. Anstelle der Stürme, die normalerweise den Sommer hinwegbliesen, hatte eine anhaltende Windstille die warme Jahreszeit unerwartet verlängert. Obwohl kaum noch Saft durch die Äste transportiert wurde, hatten sich die Blätter an die Zweige geklammert. Kurz darauf hatten einige Frostnächte ein herrliches Kaleidoskop in den Blätterwald gezaubert: Zitronengelb, Strohgelb, Chromgelb, Orange, Orangerot, Zinnoberrot, Karminrot, Magenta, Purpur, Rostbraun, Kupfer, heller Ocker, verbrannter Ocker, Bernstein – die Kaninchen hatten bei den Versuchen, einander in der wortreichen Analyse der wundervollen Palette zu übertreffen, die sich ihren Augen darbot, ihr Farbenvokabular ziemlich erschöpft.

Obwohl die Kraft der Sonne auf ihren flacheren Bahnen spürbar nachließ, hatte sich der Wald noch einer ganzen Reihe unerwartet milder Tage erfreut. Im Gras sammelten sich bereits dicke Tautropfen und verzierten die feinen Spinnweben mit funkelnden Glanzlichtern, ein Anblick, an dem sich künstlerisch veranlagte Kaninchen kaum satt sehen konnten. In der Luft hing der Geruch des Verfalls, und in der feuchten, dampfigen Atmosphäre schossen überall leckere Pilze aus dem Boden und sorgten für eine reiche Ernte. Die Brombeeren wurden weich und bitter, als die Sträucher ihre Früchte aufgaben. Eicheln und Haselnüsse und Bucheckern regneten herab, ebenso die Platanen- und Eschensamen, und überall brach die Zeit der roten Beeren an. Leuchtende Stechpalmen, so glänzend wie die stachligen, immergrünen Blätter dieser Bäume, hatten sogar die dunkleren Vogelbeeren in den Schatten gestellt, die in dichten runden Büscheln von den Zweigen hingen. Im Unterholz wetteiferten rotbraune Hagebutten mit orangefarbenem Geißblatt, und die gewundene, rote Zaunrübe funkelte zwischen den grauen Flecken der Waldrebe hervor. Das Zartrosa der herzförmigen Pfaffenhütchen, besonders beliebt bei Romantikern, hob sich vom rosigen Weißdorn ab, der die Hecken wie ein feiner Nebel überwucherte; dazwischen schlängelten sich um die nicht minder stachligen Zweige dicke Schlehen und überzogen den Vogelmist mit einem beinahe anmutigen schwarzen Hauch.

Alles im Wald war so warm und angenehm geworden, beinahe schon traumverloren. Die saisonalen Besucher, die Zugvögel, hatten sich ohne die gewohnte Eile versammelt und verweilten ungewöhnlich lange im Wald, bevor sie ihn wieder ganz seinen eigentlichen Bewohnern überließen. Ufermäuse raschelten durch die nur langsam absterbende Vegetation, knabberten an den Spitzen der Eicheln, um die wohlschmeckenden Kerne herauszuholen, und den Eichhörnchen wurde es fast langweilig, immer mehr Vorräte anzulegen und vor neugierigen Blicken zu verstecken. Igel und Haselmäuse hatten ihren Winterschlaf bis auf weiteres verschoben. Die Kaninchen und ihre Freunde hatten oft nachdenklich beisammengestanden, und alle waren sich darüber einig gewesen, daß sich der Sommer noch nie zuvor so üppig und kraftstrotzend verabschiedet hatte. Wenn das nicht einen Widerspruch in sich selbst bedeutete, hatten sie dann eilig hinzugefügt. Inzwischen hatten sie sich ausgiebig an dem saftigen Gras gütlich getan, das immer noch weitersproß, als würde die Große Kälte den Alten Wald niemals wieder heimsuchen.

Zu dieser Jahreszeit spielten die Kaninchen normalerweise gern «Blätterfangen», was mehr als nur ein Spiel war. Es ging darum, ein fallendes Blatt aufzufangen, bevor es den Boden berührte; dieses Blatt symbolisierte gleichzeitig das Ende der warmen Jahreszeit. Die wertvolle Beute wurde in ihre unterirdischen Behausungen getragen, wo sie zur Erinnerung aufbewahrt wurde, bis sich im Frühjahr neue Blätter an den Zweigen entfalteten. Bei den lauen Brisen waren jedoch nur so wenige herabgesegelt, daß kaum jemand – auch Burdock nicht – eins davon gefangen hatte, bevor die Stürme mit lautem Brüllen durch das Tal herabfegten, als wollten sie die verlorene Zeit gutmachen. Als die Große Kälte wie die Vergeltung über sie kam, waren die Bäume fast über Nacht kahl geworden.

So war es seither fast die ganze Zeit über geblieben. Für die Delegation, die in einer ungeordneten Reihe davonhoppelte, war nicht mehr viel Bewundernswertes übriggeblieben. Der heulende Wind schien ein bösartiges Eigenleben zu führen, so hinterhältig fuhr er in das dürre Laub und blies ihnen die Blätter so heftig in die Gesichter, daß es weh tat. Diese ungewohnten Angriffe machten die Kaninchen noch nervöser, als sie sonst schon waren. Es widersprach ohnehin ihren natürlichen Instinkten, sich so weit vom heimatlichen Terrain zu entfernen; das zeigte sich schon daran, daß sie körperlich nicht dafür geschaffen schienen, größere Strecken zurückzulegen. Sie konnten nur kurz sprinten oder gemütlich hoppeln, und so bewegte sich die Delegation meist in einer Serie von raschen Sprüngen von einem Deckung bietenden Gebüsch zum nächsten weiter. Das war nicht gerade würdevoll, wie Burdock auf peinliche Weise bewußt war, doch es war der einzige Weg, auf dem sich ein brauchbares Resultat erzielen ließ.

Nachdem sie die ungeschützte Spanne des Reitwegs ohne Zwischenfälle hinter sich gebracht hatten, kamen die Kaninchen bis auf Sichtweite an den Bach heran, der mitten durch den Wald floß. Er war so angestiegen und dermaßen mit ekelhaftem Unrat angefüllt, daß Burdock sich schon überlegte, an welcher Stelle sie ihn wohl überqueren konnten, ohne sich die Pfoten naß zu machen, als er plötzlich hinter sich Tumult hörte. Er drehte sich um und sah, daß Clover so abrupt stehengeblieben war, daß Ragwort auf sie aufgelaufen und beide auf den Bauch gefallen waren. Burdock nahm sofort an, daß es nicht Clovers Schuld gewesen sein konnte. Ragwort dürfte eigentlich nicht dabeisein, da er, obwohl er eigentlich ganz nett war, offiziell als geistig benachteiligt galt. Burdock hatte ihn nur aufgenommen, weil Cowslip nach ihrem Weggang zurückgekommen war und darauf bestanden hatte, daß die Delegation einen Beschluß der BWW direkt umsetzte und einen der nicht so vom Glück Begünstigten mitmachen ließ. Nachdem sie das durchgedrückt hatte, war sie sogar noch weiter gegangen und hatte darauf bestanden, die dreibeinige Toadflax aufzunehmen, die kaum noch hüpfen konnte. Sie verstärkte auf geniale Weise sowohl die Fraktion der Benachteiligten als auch die der Frauen, hatte Cowslip erklärt – trotz Toadflax' Bekenntnis, sie würde viel lieber zu Hause bleiben. Nachdem Burdock sich wenigstens auf diesem Feld durchgesetzt hatte, saß Toadflax jetzt sicher, warm und dankbar in ihrem Bau.

Ragwort sortierte umständlich seine verwickelten Glieder, woraufhin sich auch Clover wieder aufsetzen konnte. Ihre sonst schlaff herabhängenden Ohren waren steil aufgerichtet und zitterten. Burdock, der wußte, daß sie mit einem extrem guten Gehörsinn ausgestattet war, stellte ebenfalls die Löffel auf. Außer dem Rauschen der Bäume konnte er jedoch nichts Außergewöhnliches wahrnehmen; dann warf ihn eine plötzliche Windbö beinahe um und erstickte alle anderen Geräusche. Er fluchte. Heute schien hier draußen wirklich nicht viel zu holen zu sein; auch die anderen Delegationsmitglieder würden das zweifellos bestätigen. Wie sie da flach am Boden lagen und die Augen gegen den Wind nach oben verdrehten, sah man ihnen an, daß sie es gründlich satt hatten.

Als Burdock zu Clover hoppelte, warf ihm Groundsel einen gehässigen Blick zu.

«Hörst du etwas oder nicht?» schrie Burdock.

«Nein, nein! Ich horche nicht auf das, was ich hören kann», schrie sie aufgeregt zurück. «Ich versuche auf das zu horchen, was ich nicht hören kann.»

Burdock versuchte, den vielfältigen Windungen dieser Aussage auf die Schnelle zu folgen. Das Erziehungskomitee konnte die Wichtigkeit des klaren Ausdrucks zur Demonstration der überlegenen Intelligenz und Vernunft der Kaninchen noch so sehr betonen – die Probleme waren noch nicht überzeugend gelöst.

Er war gerade dabei, sich zu entscheiden, ob er fragen sollte: «Was hörst du denn nicht?» oder lieber «Worauf horchst du denn nicht?», als ihm die Antwort selbst einfiel. Das Dröhnen des Volvers eines Menschen, der auf dem Rollweg vorüberfuhr – Burdock hatte es eben noch als Hintergrundgeräusch eingestuft –, war jetzt gänzlich verstummt.

«Was ich jetzt nicht mehr hören kann, klang wie der Volver, der immer den Menschen mit dem gelben Hund bringt», informierte ihn Clover.

Burdock fluchte erneut. Wenn sie recht hatte, mußten sie die Expedition abbrechen und zum Basislager zurückkehren. Und so wie sich heute alles gegen ihn verschwor, könnte das der direkte Weg ins Verderben sein.

Kapitel 3

Spassvögel

«Darf ich mich neben dich setzen, Mega?» fragte Mata, wartete die Antwort jedoch nicht erst ab, sondern hockte sich dreist an seine Seite.

Mega stimmte aufgeregt nickend zu. In gewisser Hinsicht war er aufs äußerste gespannt zur Indoktrination gekommen; nicht aufgrund der Unterweisungen, die ihm und allen anderen seiner Generation zuteil werden sollten, sondern weil sich ihm zum erstenmal die Gelegenheit bot, sich als Teil einer Gruppe zu fühlen. Zwar hatte er bis zu einem gewissen Grad akzeptieren müssen, daß er etwas Besonderes war, wie Sheba immer wieder betonte, doch das hieß nicht, daß er sich nicht manchmal wünschte, wie alle anderen zu sein. Jetzt saß er also mitten unter ihnen, und er hatte sich bereits strahlend nach seinen Altersgenossen umgesehen, die ihm wenigstens heute einigermaßen freundlich gesinnt zu sein schienen. Obendrein hatte sich ihm bei einem so öffentlichen Ereignis auch noch ein derart attraktives Weibchen wie Mata genähert und demonstrativ neben ihn gesetzt! Er war noch nie so stolz gewesen.

Als er die anderen Jungmännchen hämisch kichern hörte, drehte er sich nach links und rechts um, woraufhin die meisten verstummten. Seit er sich den einen oder anderen von ihnen einzeln vorgeknöpft hatte, ließen die Versuche der Familienbanden, ihn zu ärgern und zu mißhandeln, drastisch nach. Einige der Jungtiere hatten sich ihm mittlerweile sogar unterworfen. Er zwang sie nicht dazu, doch hin und wieder war es recht nützlich, über eine gewisse Macht zu verfügen. Jetzt, wo sie so einträchtig nebeneinandersaßen und Mata ihn bezaubernd anlächelte, fühlte er sich direkt wohl.

Die Ältesten hätten die jungen Nerze natürlich schon viel früher formell indoktrinieren können, doch sie warteten lieber damit, bis die Jungtiere fast erwachsen waren. Vorher verließen sie sich darauf, daß die Eltern bei der Erziehung für die notwendige geistige Einstellung sorgten. Bei der öffentlichen Indoktrination ging es nur noch darum, das, was den Jungtieren bereits zur Genüge eingebleut worden war, offiziell abzusegnen. Sheba hatte sich für einen Mittelweg entschieden: Sie ging niemals so weit, die Ältesten und ihre Regeln offen zu kritisieren, andererseits heuchelte sie auch nie übertriebene Zustimmung. Statt dessen schien sie sich zu einer neutralen Haltung entschieden zu haben.

«Halte stets Augen und Ohren offen, Mega, und beobachte, was um dich herum vorgeht. Die Entscheidung, was richtig oder falsch ist, liegt bei dir. Am besten vergißt du die Ältesten erst einmal. Sieh nur zu, daß du dich richtig amüsierst, bis die …»

«Bis die Zeit reif dafür ist», war er ihr ins Wort gefallen, und beide hatten tüchtig lachen müssen. Seit er mit seinem Status, «etwas Besonderes» zu sein, gelassener umging, konnten sich die beiden auch über solche Scherze gemeinsam amüsieren.

Trotzdem achtete Sheba sehr darauf, wie sich ihr Sohn nach außen hin verhielt.

«Du magst anders sein, Mega, aber benimm dich nicht aus Prinzip anders als die anderen. Vergiß nie die Anstandsregeln: schlag die Augen nieder, wenn du einem der Ältesten begegnest, geh immer nur zu ihrer Linken, und sprich nur, wenn du dazu aufgefordert wirst.»

Mega hatte ihren Rat stets befolgt, was dazu führte, daß er

so gut wie keinen näheren Kontakt mit den Ältesten pflegte. Sie ignorierten ihn einfach, so wie es die meisten anderen älteren Nerze auch taten. Die einzige Ausnahme bildete Ramses, der der mittleren der drei Generationen angehörte. Dieses beeindruckende Männchen bemühte sich, ganz besonders freundlich zu ihm zu sein – nicht nur zu ihm, sondern zu allen jungen Nerzen; nicht zuletzt deshalb war er bei ihnen ungemein beliebt. Trotzdem hatte Mega auf Shebas Rat hin die Ältesten genau beobachtet und dabei gesehen, wie sie um die Gunst des Wärters buhlten. Jedesmal, wenn er den Schuppen betrat, sprangen sie zu ihm hin, um ihn zu begrüßen, und wieselten um ihn herum, während er ihr Futter zubereitete oder die Latrine säuberte. Er reagierte auf ihre Anbiederungen, indem er ihnen freundlich zuredete und ihnen mitunter kleine Leckereien mitbrachte. Sie waren eindeutig seine Lieblinge.

Mega begriff allmählich, wie sorgfältig die Ältesten das Leben in den Käfigen organisiert hatten, um sich immer die besten und größten Stücke vom Kuchen zu sichern: die geräumigsten und am besten plazierten Käfige, freie Bahn im Auslaufgehege, das Recht auf Ungestörtheit in den Latrinen und, vor allem, die vorderen Plätze an den Futtertrögen. Kein Nerz mußte je Hunger leiden, doch die Ältesten waren trotzdem verdächtig glänzend und fett geworden. Massam watschelte eigentlich nur noch, und sogar der aktivere Gabbla hatte ein dermaßen dickes Gesicht, daß seine winzigen Äuglein beinahe darin verschwanden, was so gar nicht dem normalerweise unerschrockenen Blick eines Nerzes entsprach. Im Gegensatz zu Mega hatten viele seiner Altersgenossen und die ältere Generation Angst vor ihnen. Diese Nerze, die in ihrer natürlichen Hackordnung weiter unten rangierten, krochen vor den Ältesten auf dem Bauch und erniedrigten sich auf eine Weise, die Mega ganz und gar widerlich fand. Nur zu gern hatte er den Rat seiner Mutter befolgt, die Ältesten und ihre Doktrin nicht zum Mittelpunkt seines Lebens zu machen. Heute blieb ihm jedoch keine andere Wahl. Gleich ihm hatten sich alle anderen Jungtiere am heutigen Vormittag noch einmal besonders ungezogen aufgeführt, im Bewußtsein dessen, daß ihnen dieses Vorrecht offiziell entzogen werden würde.

Als Gabbla herbeikam und alle um Aufmerksamkeit bat, rückte Mega dichter an Mata heran. Bei ihrem Lächeln wurde ihm fast schwindlig.

Gabbla räusperte sich.

«Wie ihr alle wißt, ist unser Wärter ein Mensch», sagte er mit seiner tiefen, kräftigen Stimme. «Menschen sind außergewöhnliche Geschöpfe, habe ich recht?»

Seine jungen Zuhörer nickten beflissen.

«Sie sind so groß, daß wir ihnen mit Respekt begegnen müssen, stimmt's?»

Wieder nickten die jungen Nerze. Sie wußten nur zu gut, welche entscheidende Rolle körperliche Größe, in Verbindung mit Stärke, im Käfigleben spielte.

«Warum laufen sie dann so komisch?»

Mega lachte mit den anderen. Einmal hatten die Jungtiere unter viel Gelächter versucht, in einer Reihe nur auf den Hinterbeinen umherzuspazieren. Doch es sah genauso komisch aus, wie es sich anfühlte, und schon bald hatten sie es wieder aufgegeben.

«Und wie ihr wißt, haben sie nicht nur einen Pelz, so wie wir», rief ihnen Gabbla ins Gedächtnis. «Sie haben Wechselpelze, die sie nach Belieben an- und ausziehen können.»

Er hatte recht. In der Hitze des Sommers, der nun glücklicherweise vorüber war, hatte der Wärter einen ganz dünnen Pelz angezogen, während sie beinahe verschmachtet wären. Wechselpelze waren eine feine Sache, darin stimmten sie alle überein.

«Menschen sind überaus klug», fuhr Gabbla fort, als hätte er ihre Gedanken gelesen. «Das ist der Grund dafür, daß sie und nicht wir diese Welt, in der wir leben, geschaffen haben! Sie haben diesen festen Schuppen errichtet und unsere schönen Käfige, und es gibt nichts, was sie nicht tun können – zum Beispiel machen sie die Nacht zum Tage, wenn sie nur wollen.»

Die Jungen nickten eifrig. Dieser Trick ihres Wärters versetzte sie immer wieder in größtes Erstaunen.

«Doch die Macht der Menschen ist gut für uns Nerze», lächelte Gabbla aufmunternd. «Denn sie lieben uns, wie ihr wißt, und keiner liebt uns mehr als unser Wärter. Er ist unser ganz besonderer Freund. Wer gibt uns denn unser leckeres Futter?»

«Unser Wärter!» riefen die Jungtiere nach einem winzigen Zögern im Chor zurück. Die Erinnerungen an die Verstopfungsepisode war noch nicht ganz verblaßt, auch wenn sich die Lage in dieser Hinsicht wieder verbessert hatte.

«Das ist richtig; nicht zu vergessen unser Wasser. Und eines Tages, wenn wir brav sind, holt er jeden von uns ins Land des Glücks, wo wir bis in alle Zeit glücklich und zufrieden leben werden.»

Gabbla blickte gutmütig auf sie herab.

«Nehmen wir nur einen Augenblick einmal an, der Wärter sei nicht unser Freund. Stellen wir uns statt dessen vor, er sei unser Feind.»

Schon bei dem Gedanken daran verdüsterte sich seine Miene.

«Wenn das der Fall wäre, dann würde er uns doch wohl kaum in diesen herrlichen Käfigen halten, oder?» fuhr er fort, und das Fett um seine Augen rollte sich in einer Folge winziger Lachfältchen. «Was hätte er auch davon? Ich glaube kaum, daß er uns fressen will. Dafür sind wir ein bißchen zu zäh, oder?»

Die jungen Nerze lachten.

«Nein, am einfachsten für ihn wäre es, uns zu töten. Denkt nur an die viele Arbeit, die er mit uns hat, darunter so unangenehme Aufgaben, wie euren Kot wegzuräumen.»

Vereinzelt wurde gekichert. «Kot» war ein schlimmes Wort.

Gabbla hielt einen Augenblick inne und ließ den Blick über die leuchtenden jungen Gesichter schweifen, die sich ihm erwartungsvoll entgegenreckten.

«Doch jetzt zum nächsten Thema. Die vornehmlichste Aufgabe von euch Rangen ist die Pflicht, unsere Art zu erhalten.»

Ersticktes Kichern. Einige der Jungtiere interessierten sich bereits für Sex, obwohl sie es dabei noch nicht viel weiter gebracht hatten, als ihr eigenes Geschlechtsorgan oder das ihrer Altersgenossen zu untersuchen.

«Durch Paarung?» ertönte inmitten der Ausbrüche unterdrückter Albernheit eine mutige Stimme. «Paarung» war auch ein schlimmes Wort. Mega, der wie alle anderen grinste, warf Mata einen Blick zu, doch er war verwirrt, daß sie mit grimmigem Gesicht dasaß. Er konnte sie gut leiden, aber warum mußte sie nur alles immer so ernst nehmen? Auch ihm gefielen die rohen, primitiven Witze, die die anderen Jungs ständig rissen, nicht besonders, doch das mußte ja nicht gleich heißen, daß man nicht von Zeit zu Zeit ein bißchen Spaß haben konnte!

«Wir werden später noch zu diesem Thema kommen», vertröstete sie Gabbla mit versteinertem Blick, doch damit rief er nur neues Gelächter hervor. «Kommen» hatte etwas mit «Paarung» zu tun und war in diesem Zusammenhang ebenfalls ein schlimmes Wort.

«Jetzt aber genug», rief Gabbla energisch. «Hört mir zu. Um unsere Art zu erhalten, müßt ihr für alle Zeiten in den Käfigen bleiben. An dieser Stelle kommen wir zu euren bösen Gedanken. Ihr alle habt böse Gedanken, ich weiß es. Nicht nur in den Nächten des Vollmondwahns. Gebt es zu – jeder von euch hat schon daran gedacht zu fliehen.»

Als sich die Jungtiere schuldbewußte Blicke zuwarfen, schaute Mega wieder zu Mata hinüber. Sie blickte immer noch unbewegt geradeaus.

«Wenn man jung ist, denkt man wie ein Kind, spricht wie ein Kind, und man versteht die Welt wie ein Kind», fuhr Gabbla ernst fort. «Doch jetzt ist es an der Zeit, daß ihr erwachsen werdet. Die Welt dort draußen mag euch verlockend vorkommen, und ihr fühlt euch vielleicht von ihr angezogen. Aber laßt es euch gesagt sein – sie ist nicht für euch gemacht!»

Gabblas Stimme hatte einen drohenden Unterton angenommen. Er klopfte mit der Vorderpfote auf den Boden.

«Wenn jemals einer von euch auch nur eine Pfote vor diesen Schuppen setzt, so wird der Himmel einstürzen, das müßt ihr begreifen! Diese Weisheit wird durch die Ältesten von Generation zu Generation weitergegeben. Das ist das große Geheimnis, das Wissen, das ihnen anvertraut wurde. Und wenn der Himmel einstürzt, dann heißt das, daß alle Nerze ausgelöscht werden, überall! Die Nerze werden ausgerottet!» Er räusperte sich. «Ich kann euch das nicht eindringlich und oft genug sagen – von heute an dürft ihr keine bösen Gedanken mehr haben, dürft sie nie mehr aussprechen, ja, ihr dürft sie nicht einmal träumen! Tatsache ist, daß es für euch niemals ein anderes Leben dort draußen geben kann, egal, wie ihr darüber denkt. Denn was wird geschehen, wenn einer von euch zu fliehen versucht?»

«Der Himmel stürzt ein», schrien einige Streber.

«Allerdings!» kreischte Gabbla so laut er konnte und trommelte erneut auf den Boden. «Und zwar nur wegen eines Nerzes, der seine bösen Gedanken nicht kontrollieren konnte! Er allein ist dann für den Tod von uns allen verantwortlich! Er allein trägt die Schuld! Denn was geschieht dann?»

«Der Himmel stürzt ein!»

Diesmal riefen es alle im Chor, auch Mega und Mata.

«Richtig», sagte Gabbla, sichtlich entspannt. «Vergeßt das nie! Niemals!»

Nachdem Gabbla sie entlassen hatte, spazierte Mega stolz an der Seite von Mata durch das Auslaufgehege. Wie alle anderen waren sie schweigsam und hatten damit zu tun, ihre Indoktrination zu verdauen. Keiner traute sich mehr, böse Gedanken zu äußern.

«Ist dir aufgefallen, daß Gabbla, als er von dem Nerz, der ausbrechen will, immer nur von ‹ihm› redete, niemals von ‹ihr›»? fragte Mata plötzlich.

«Nein», antwortete Mega, dem es tatsächlich nicht aufgefallen war.

«Das ist doch typisch, findest du nicht? Warum tut er das deiner Meinung nach?»

«Vielleicht hat er die Weibchen einfach vergessen?» entgegnete Mega stirnrunzelnd. Verglichen mit Gabblas eindrucksvollem Rundumschlag war Matas Empfindlichkeit so nebensächlich.

«Vergessen!» rief Mata wütend. «Er hat sie nicht vergessen. Er ist wie alle Männchen – du eingeschlossen. Ihr glaubt, Weibchen sind nur zur Fortpflanzung da, stimmt's? Wartet nur ab. In dieser Hinsicht wird sich hier bald so einiges ändern. In Zukunft werden wir Weibchen unsere Rechte einfordern.»

Mega bemerkte, daß eines oder zwei der anderen Jungtiere sie neugierig beobachteten.

«Gabbla hat doch nicht behauptet, die Sache mit dem einstürzenden Himmel könne nur einem Männchen passieren», widersprach er. «Er sagte, wir würden alle sterben – und das schließt auch die Weibchen ein.»

«Stimmt», gab Mata zu. «Warum sind dann aber alle Ältesten Männchen?»

Mega sah, wie sich mehrere ihrer Altersgenossen um sie scharten. Er versuchte, Matas Bemerkung mit einem Lachen abzutun, denn er fühlte sich unwohl dabei, daß sie die Aufmerksamkeit auf sie beide lenkte.

«Du willst damit doch nicht andeuten, daß das alles wieder eine Verschwörung der Männchen ist?»

«Will ich das nicht?» gab Mata mit säuerlichem Gesichtsausdruck zurück. «Uns Weibchen kannst du wohl kaum für die Verhältnisse verantwortlich machen, oder? Wenn *wir* etwas zu sagen hätten, würde so manches anders aussehen. Meinem Vater beispielsweise würde es ganz schön an den Kragen gehen.»

Mega spürte die feindselige Stimmung, die um sie herum entstanden war, fast körperlich. Warum konnte Mata nicht einfach still sein, wenn so viele andere zuhörten? Er hatte sich in der Gruppe richtig wohl gefühlt, doch jetzt spürte er, wie er in den Augen der anderen wieder zum Außenseiter gestempelt wurde, zumal in der Gesellschaft eines so vorlauten Weibchens. Was wollte Mata mit derlei offenen Provokationen erreichen, wo ihnen allen doch gerade erst das Gesetz auferlegt worden war? Es kam ihm vor, als wolle sie aus Prinzip einen Streit vom Zaun brechen. Gleichzeitig bewunderte er sie gerade dieser Kühnheit wegen, die sie für ihn noch attraktiver machte. Im Vergleich zu den anderen war sie so lebendig, mit ihren strahlenden Augen und diesem entschlossenen Gesichtsausdruck.

Trotzdem mußte er sich ihrer erdrückenden körperlichen Nähe entziehen. Gabbla hatte ihm bereits genug Stoff zum Nachdenken gegeben, auch ohne daß sie mit ihrem feministischen Kram noch zusätzlich alles durcheinanderbrachte.

«Wenn die Weibchen das Sagen hätten, würden einige von ihnen vielleicht lernen, wie man die Klappe hält», sagte er vernichtend. Dann drehte er sich um und schlenderte zu seinem Käfig zurück.

Kapitel 4

Die gelbe Gefahr

Burdock hatte schon damit gerechnet, daß ihr Glück nicht von ewiger Dauer sein würde. Erst am Tag zuvor hatte Dandelion davon gesprochen, wie glücklich sie sich schätzen durften, daß sie bei keiner der vorangegangenen Expeditionen dem Menschen und seinem gelben Hund über den Weg gelaufen waren, obwohl man sich über diese beiden eigentlich nicht allzu viele Sorgen machen mußte. Alle Tiere im Alten Wald waren sich darüber einig, daß sie es unverschämt gut getroffen hatten; ihr Territorium wurde nur von diesem einen Menschen betreten, wohingegen man sich aus den Gebieten ringsum, wo die Menschen immer mehr Platz für sich beanspruchten, die reinsten Alptraumgeschichten erzählte. Wenn man den unendlichen Diskussionen bei den Sitzungen der Betroffenen Wächter des Waldes Glauben schenken durfte, hatten sich die Menschen zu der Spezies aufgeschwungen, nach der sich alle anderen Lebensformen zu richten hatten. Man hatte viele Unterausschüsse gebildet und eine ganze Reihe von Resolutionen verabschiedet, in denen mit tiefstem Bedauern dieses oder jenes verurteilt wurde, doch bisher war nichts Entscheidendes unternommen worden, um dem Treiben der Menschen Einhalt zu gebieten.

Burdock spähte voller Verbitterung durch die Zweige. Da das Hügelland hier leicht abfiel, konnte er ein großes Stück des Rollwegs überblicken; außerdem bestand kein Grund dazu, an Clovers außergewöhnlicher Begabung zu zweifeln, den Klang der verschiedenen Volvers zu unterscheiden. Jetzt brauchte er zuallererst einen Blick aus der Vogelperspektive. Wo sie bloß wieder steckten, diese verdammten Heckenbraunellen! Diese Vögel waren geradezu versessen darauf, an allen Versammlungen teilzunehmen, doch persönlich war Burdock mehr als enttäuscht von ihnen. Er fand sie ausgesprochen trantütig und wünschte sich, daß sie etwas energischer und engagierter auftreten würden. Natürlich hätte er so etwas niemals in aller Öffentlichkeit gesagt, das wäre politisch nicht korrekt gewesen. Er mußte darauf achten, daß seine Nase sauber blieb und er es sich nicht mit seinen potentiellen Parteigängern verdarb. Als allgemein anerkannt galt jedoch die Tatsache, daß die Braunellen garantiert dann nicht in der Nähe waren, wenn man sie dringend brauchte – was sich gerade jetzt wieder eindeutig zeigte.

Burdock stieß einen Seufzer der Erleichterung aus, als er ein graues Eichhörnchen behende über die schaukelnden Äste auf die abwartende Delegation zuhüpfen sah. Die Eichhörnchen nahmen zwar nicht so oft an den Versammlungen teil wie die Braunellen, aber wenigstens konnte man sich auf sie verlassen.

«Es ist der gelbe Hund», bestätigte das Eichhörnchen von der Höhe eines Astes herab. «Er kommt in eure Richtung!»

Im gleichen Moment sah Burdock weiter unten einen ganzen Schwarm Braunellen wie eine Wolke aufsteigen. Etwas näher schreckte ein Waldtaubenpärchen auf; der Wind trug das Geräusch ihrer flatternden Flügel heran, als sie durch die Bäume davonflogen. Dann brachte eine kräftige Bö den Klang eines tiefen Bellens zu ihnen, woraus Burdock schloß, daß der Mensch und sein Hund den Reitweg heraufkamen. Sie schoben die reinste Schockwelle vor sich her. Die Delegation hätte sich nach einem Versteck umsehen können, doch sie war ziemlich weit vom nächsten Kaninchenbau entfernt. Andererseits konnten sie es auch riskieren, draußen zu bleiben. Der Mensch des Hundes schien nicht sehr gefährlich zu sein. Jedenfalls hatte er nie ein Peng-Peng dabei, eines dieser schrecklichen, unnatürlichen Instrumente des Todes, vor denen die Freunde der Kaninchen, die Fasane, in Angst und Schrecken lebten. Der gelbe Hund selbst war riesengroß und wirkte auf den ersten Eindruck bedrohlich, doch schien er von Natur aus eher harmlos zu sein, fast so, als wollte er nur spielen. Das Problem lag darin, daß sein Mensch ihn immer dazu aufforderte, auf eine so irrationale und unvorhersehbare Weise umherzurennen, daß man unmöglich wissen konnte, wohin er lief, und ihm deshalb auch nicht richtig aus dem Weg gehen konnte.

Burdock beschloß, die Expedition abzubrechen. Seine Aufgabe bestand nun darin, den geordneten Rückzug der Delegation zu organisieren. Dabei ging er recht klug vor und hielt die ganze Horde zusammen, bis sie wieder am Reitweg angelangt waren. Kaum hatten sie die breite, offene Grasfläche erreicht, da erspähte der gelbe Hund sie auch schon und stürmte, angefeuert von den lauten Rufen seines Menschen, laut bellend auf sie zu. In diesem Moment verlor Burdock die Kontrolle über seine Delegation, denn die Mitglieder ließen sofort, angestiftet von dem unvermutet schnellen Groundsel, jede Verantwortung fahren und stoben in wilder Panik kreuz und quer davon.

Burdock weigerte sich, an dieser unkoordinierten Flucht teilzunehmen. Sein Herz pochte zwar so rasend wie das der anderen, doch er mußte sich noch etwas beweisen. Da er schon lange vermutete, daß Kaninchen weitaus tapferer seien, als allgemein behauptet wurde, begrüßte er Gelegenheiten wie diese, um seine Theorie in der Praxis zu überprüfen. Dabei galt sein Interesse nicht dem blanken Heldenmut. Zu dem war jeder fähig. Er wollte vielmehr den Anstoß dazu geben, daß die Kaninchen den Weg in die Zukunft über den Pfad der Vernunft einschlugen; in diesem konkreten Fall wollte er zeigen, daß der dumme Hund seinem Geruch nicht folgen konnte und deshalb kein Grund zu übertriebener Aufregung bestand.

Er zwang sich, so gleichmäßig und unaufgeregt wie möglich durch das Unterholz zu hoppeln. Der Wind, dessen Rauschen nicht mehr von den Blättern in den Zweigen gedämpft wurde, toste noch immer, und Burdock hörte in der Nähe die zwitschernden Rufe eines bunten Goldfinkenpärchens, während er sich darauf konzentrierte, dem ausgetretenen Waldpfad zu folgen. Die ganze Zeit über zwang er sich, nicht nach hinten zu sehen, von wo er bereits lautes Krachen und Knacken hörte. Der Hund war ihm noch auf den Fersen, so viel war sicher. Kam er wirklich näher, oder spielte ihm da nicht eher seine von der Angst beflügelte Phantasie einen Streich? Er entschied sich für seine Phantasie, schlug allerdings trotzdem einen Haken seitlich durch ein Dornengestrüpp, um seinem Verfolger die Aufgabe etwas zu erschweren. Als er auf der anderen Seite herauskam, hörte er hinter sich schmerzverzerrtes Jaulen und mußte grinsen. Also hatte die Vernunft doch gesiegt!

Jetzt befand er sich wieder auf dem Pfad und widmete seine

Aufmerksamkeit dem umgestürzten Platanenstamm, der den Weg in einiger Entfernung teilte. Gewann da schon wieder seine Phantasie die Oberhand, oder hörte er wirklich starkes Keuchen und trommelnde Pfoten hinter sich? Er konzentrierte sich verzweifelt auf den Stamm. Die Geräusche wurden lauter, doch er durfte sich nicht umdrehen. Dann sprintete er mit voller Kraft los, streckte die Läufe so lang er nur konnte. Die Geräusche kamen trotzdem immer näher. Es bestand kein Zweifel mehr daran – der Hund holte ihn ein wie die Theorie die Praxis. Wirklich? Plötzlich stellte Burdock fest, daß er angehalten und sich nach seinem Feind umgedreht hatte. Da kam der Hund auch schon heran, mit fliegenden Ohren und sabbernden Lefzen, die riesigen Pfoten warfen die Erde nur so hinter sich. Burdock wußte nicht, weshalb, doch er merkte, daß er wieder losrannte, aber nicht weg, sondern frontal auf den Hund zu. Er schnitt seinem Verfolger eine Grimasse, fletschte die Zähne und stieß zu seinem großen Erstaunen ein schreckliches Knurren aus. Der Hund reagierte sofort. Er bremste aus vollem Lauf, blieb einen Moment zögernd stehen und warf sich dann herum. Jetzt jagte Burdock den Hund, hetzte hinter einem Wirbel trommelnder Pfoten her und holte sogar auf.

Dann fiel ihm jedoch ein, daß er nicht vergessen durfte, sich rechtzeitig aus dem Staub zu machen, und er schlug im richtigen Moment einen schlitternden Haken. Rechtzeitig aufhören – schließlich konnte man sein Glück nur bis zu einem gewissen Punkt erzwingen.

Als er ohne weitere Zwischenfälle sicher am Bau ankam, blieb er demonstrativ vor dem Eingang hocken und nahm seine Abendmahlzeit zu sich. Einige Braunellen zwitscherten leise und wurden gelegentlich von einem garstigen Windstoß aufgestört. Er lächelte ihnen höflich zu. Auch wenn sich heute alles gegen die Delegation verschworen hatte, war das kein Grund, seinerseits allen anderen mürrisch zu begegnen. Er mußte die Würde seines Amtes wahren. Aus strategischen Gründen kauerte er sich dicht neben ein Eingangsloch – falls er doch noch einen Satz machen mußte – und knabberte allein und zufrieden an dem rauhen Gras herum. Ob der schreckliche Hund und sein Mensch überhaupt eine Vorstellung davon hatten, für wieviel Aufregung sie sorgten und wieviel unterschiedliche kleine Geschöpfe sie durch ihr gleichgültiges und rücksichtsloses Handeln in Panik versetzten? Wahrscheinlich nicht. Nur die Betroffenen Wächter des Waldes waren selbstlos genug, statt der bloßen Befriedigung der eigenen Wünsche auch an das Wohl aller anderen zu denken.

Als Burdock, in dessen Kopf noch immer die grausamen Windstöße widerhallten, sich in die Stille des Baus zurückzog, war von dem Hund noch immer keine Spur zu sehen.

«Du wirst noch einmal erfrieren!» rief Dandelion. «Wo warst du denn? Die anderen sind schon lange wieder zurück. Komm her, ich wärme dich auf.»

Sie kuschelte sich eng an ihn.

«Es ist wirklich zu dumm, daß ausgerechnet heute dieser Mensch wieder in unserem Wald herumlaufen mußte», sagte sie, als er sich dankbar an ihr wärmendes Fell schmiegte. «Groundsel hat den anderen erzählt, daß sie sich mit dem gleichen Ergebnis einen schönen Tag hätten machen können, wenn man gleich seinem Rat gefolgt wäre, und obendrein hätte sich keiner dermaßen ängstigen müssen. So eine Frechheit. Als hätte er den gelben Hund vorhergesehen! Die Sache hat jedoch auch ihr Gutes, mein Lieber. Da der Mensch und sein Hund nicht sehr oft in den Wald kommen, ist es so gut wie sicher, daß sie uns in der kurzen Zeit, in der wir unser Ziel bestimmt erreichen werden, keinen zweiten Besuch mehr abstatten.»

Sie lächelte ihn freudestrahlend an, und Burdock lächelte froh zurück; allmählich hörte er auch auf zu zittern. Was den politischen Alltag betraf, mochte Dandelion zwar etwas naiv sein, doch nur wenige Kaninchen – besonders jene, die so engagiert waren wie er – konnten sich auf einen verständnisvolleren Partner verlassen. Er erzählte ihr nichts von dem Experiment in Sachen Vernunft, das er mit dem gelben Hund durchgeführt hatte. Sie würde sich nur aufregen, und er hatte ohnehin nicht vor, es zu wiederholen. Einmal reichte völlig!

Auch Dandelions Einschätzung der Lage kommentierte er nicht weiter, obwohl er ihre Meinung nicht teilte. Als er die Delegation ins Leben gerufen hatte, bestand seine Strategie darin, ausnahmslos jeden Nachmittag vor dem Eulenbaum zu erscheinen; aus diesem Grund hatte er auch Groundsels Vorschlag so rigoros abgeschmettert. Der Schlüssel zum Erfolg lag darin, so regelmäßig aufzutauchen, daß die Neugier der Eule geweckt wurde. Bis zum Fehlschlag der heutigen Mission war er davon überzeugt gewesen, daß sie kurz vor dem Durchbruch standen. Durch die Unterbrechung ihres Besuchsmusters könnte jetzt der hypnotische Zauber, mit dem er die Eule umwoben hatte, gebrochen sein, und das wiederum könnte bedeuten, daß er gezwungen war, wieder ganz bei Null anzufangen.

Auf dem Weg in den Bau hatte er einen Blick in den Raum des Ehrwürdigen Buck geworfen und gesehen, daß sein Urgroßvater schlief, wie so häufig in letzter Zeit. Es bestand kein Grund, ihn zu wecken und über diesen ernsten Rückschlag zu informieren. Komme, was kommen mag, die Delegation würde sich morgen erneut auf den Weg machen.

«Wir müssen alle weiterhin auf das Beste hoffen, mein Liebster», sagte Dandelion und unterbrach seine düsteren Gedankengänge.

Sie brachte viel Verständnis für die Arbeit ihres geliebten Partners auf, der sich sosehr für das Wohlergehen aller einsetzte, doch manchmal wünschte sie, er würde alles etwas leichter nehmen und mehr darauf vertrauen, daß sich einiges von allein einrenkte. Er sollte sich wirklich nicht so viel Sorgen machen. Streß war nicht gut für seine Gesundheit.

«Leg dich hin und schlaf gut, mein Liebster. Bleib nicht wieder die ganze Nacht auf und zermartere dir den Kopf», sagte sie und schmiegte ihre Wange an seine.

Dann machte sie die Augen zu und war sofort fest eingeschlafen.

«Selig sind, die reinen Glaubens sind!» dachte Burdock und starrte in die Dunkelheit.

Kapitel 5

Custard

Als er mit Gabbla im Auslaufgehege saß und Mega dabei beobachtete, wie er einen weiteren Herausforderer niederkämpfte, sah Massam noch finsterer als sonst drein.

«Sieht ganz so aus, als habe er sich zu einem talentierten Raufbold entwickelt», seufzte der oberste Chef der Nerze, nachdem der junge Außenseiter seinem Gegenspieler gerade einen vernichtenden Schlag in den Nacken versetzt hatte. «Hast du gesehen, wie er es anstellt, Gabbla? Es liegt nicht allein an seiner Größe, auch nicht an seinen Muskeln. Entscheidend ist vielmehr seine unwahrscheinliche Fähigkeit, die nächste Bewegung des Gegners vorauszuahnen.»

Bei diesen Worten täuschte Mega wieder einen Gegner mit Hilfe einer tadellosen Doppelfinte, gefolgt von einem tadellosen Körperstoß.

«Er kann gewiß schon auf sich selbst aufpassen», stimmte Gabbla widerwillig zu.

Seitdem die Jungtiere in das letzte Reifungsstadium hineinwuchsen, in dem sie die Hierarchie in ihrer Generation etablierten, hatten die Ältesten Megas Entwicklung aufmerksam verfolgt. Was sie zu sehen bekamen, wollte keinem von ihnen so recht gefallen.

«Wir müssen etwas unternehmen, Gabbla», fuhr Massam gereizt fort. «Er kommt noch nach ganz oben. Natürlich kann er sich nach wie vor keiner Bande anschließen – alle Eltern gehorchen unseren Anweisungen und schärfen ihren Kindern ein, sich nicht mit ihm einzulassen. Mit Ausnahme von Atara, aber ihre Karte haben wir schließlich schon vor langer Zeit gezinkt. Außerdem haben wir Mugger dazu gebracht, ihr endlich etwas Vernunft einzubleuen. Allerdings scheint sich ihre Tochter für Mega zu interessieren, was mir ebenfalls außerordentlich mißfällt. Sie ist auch ein sonderbares Kind. Alle unsere Maßnahmen haben ihn jedoch bisher nicht aufgehalten, so viel ist sicher.»

«Da hast du leider recht, Chef.»

Als Sprecher der Ältesten war Gabbla stets darauf bedacht, genauer als alle anderen über die Stimmung in der Kolonie Bescheid zu wissen. Er wußte sogar besser als sein Chef, wie eindrucksvoll Mega sich entwickelt hatte.

«Andererseits ist er eben ein Männchen», rief er ihm geduldig ins Gedächtnis. «Du kennst das doch. Die Hierarchie ist ein natürlicher Prozeß. Wir können uns nicht einfach nach Gutdünken einmischen.»

«Warum nicht? Wir mischen uns in alle möglichen anderen natürlichen Prozesse ein», entgegnete Massam barsch. «Ich sag dir nur eins, Gabbla, wir müssen etwas unternehmen.»

Gabbla schluckte seine Verdrossenheit hinunter. Ganz so einfach ging das auch wieder nicht. Man hatte ihn zwar zum Sprecher des Ältestenrates berufen, weil er ein geschickter Redner war, aber das hieß noch lange nicht, daß er jederzeit eine Lösung aus dem Hut zaubern konnte, wenn es offensichtlich keine gab.

«Hast du gesehen, wie Mega es vermeidet, sich aufzuspielen?» fuhr Massam fort, streitsüchtiger als je zuvor. «Er sucht seinen Vorteil nur in den ritualisierten Herausforderungen, und mir ist aufgefallen, daß er auch etwas sehr Ungewöhnliches tut. Und das finde ich besonders beunruhigend. Erst kürzlich sah ich, wie die anderen Psycho herumschubsten, diesen widerlichen Zwerg, der für uns spioniert; dann kam Mega hinzu und half ihm. Ich weiß nicht, ob er das aus eigenem Antrieb tut oder ob ihn seine Mutter so erzogen hat – wir wissen ja alle über Sheba Bescheid. Er ist schon des öfteren durch ähnlich freundliche Gesten aufgefallen, und ich sehe bereits, wohin das führt: Er fängt an, Jünger um sich zu scharen. Psycho ist ziemlich beeindruckt von ihm.»

Gabbla seufzte. Auch er beobachtete die Verbindung zwischen Mega und diesem windigen Schnüffler mit Argwohn. Oberflächlich betrachtet, schien Psycho derjenige zu sein, der in seiner Generation am wenigsten mit Mega gemein hatte. Als der Kümmerling seines Wurfs, von den Eltern ungeliebt und zurückgewiesen, wurde er überall verachtet und blieb chancenlos am unteren Ende der Hierarchie zurück. Dann hatte Gabbla wie Massam die beiden gemeinsam herumziehen sehen, ein Anblick, der wegen ihrer körperlichen Verschiedenheit einer gewissen Komik nicht entbehrte. Er hatte erkannt, daß sich die beiden gerade durch ihr Außenseitertum verbunden fühlten. Vielleicht hatte Massam gemerkt, daß sich Gabbla in dieser Hinsicht noch nicht sicher war, doch Gabbla wollte sich unter keinen Umständen Ärger einhandeln. Also erwähnte er nichts davon.

«Noch etwas, Gabbla: Wie sollen wir mit Maxi verfahren?» knurrte sein Chef schon wieder.

Gabbla seufzte. Maxi, der am anderen Ende der Hierarchie rangierte, war ein weiteres Problem, das ihm Massam aufgehalst hatte.

«Maxi ist vielleicht ein bißchen schwer von Begriff, Gabbla, aber er ist sehr stark.» Massam ließ nicht locker. «Er hätte Mega schon längst herausfordern müssen. Doch so, wie er zu ihm aufschaut, bezweifle ich, daß er das jemals tun wird. Ich sag dir eins, Gabbla: Mir gefällt nicht, wie sich die ganze Geschichte entwickelt. Wir hatten uns von Anfang an darauf geeinigt, daß Mega ein Außenseiter bleiben muß, genau wie seine Mutter.»

«Das gefällt keinem von uns, Chef», antwortete Gabbla, der versuchte, den ärgerlichen Unterton aus seiner Stimme herauszufiltern. «Aber wir haben entschieden, daß wir mit ihm fertig werden können, und ich sehe keinen Grund, weshalb wir unsere Meinung ändern sollten. Ich habe ihn zusammen mit den anderen indoktriniert, vergiß das nicht. Keine Sorge, er wird sich schon bald fügen.»

Massam sah nicht sehr überzeugt aus. Jetzt drang anschwellender Jubel an ihre Ohren. Sie blickten zur Kampfstätte hinüber und sahen Mega triumphierend über seinem Gegner stehen, der mit weit gespreizten Beinen in Unterwerfungspose auf dem Rücken lag. Maxi starrte Mega bewundernd an, und Psycho neben ihm grinste zufrieden.

«Wieder einer weniger, Gabbla.»

«Warum mußt du nur alles so verbissen sehen, du griesgrämiger alter Sack?» dachte Gabbla, als er sah, wie die jungen Nerze ihre Aufmerksamkeit auf die Schuppentür richteten. Der Wärter hatte sie heute offenstehen lassen. Das tat er öfter, um ihnen ein wenig frische Luft zu verschaffen, was sehr angenehm war. Heute hatten sie sogar mehr als üblich davon abbekommen. Noch immer jagten wilde Wolkenfetzen über die Dachluke hinweg, und die Schuppenwände knarrten und wackelten unter dem Ansturm der Sturmböen. Die erfrischend kalten Windstöße, die durch den Auslauf fauchten und den Staub in kleinen Wirbeln aufsteigen ließen, hatten die Kolonie aus ihrer alltäglichen Lethargie gerissen. Die Nerze waren schon den ganzen Nachmittag unheimlich aufgekratzt.

«Custard kommt uns besuchen!» riefen sie jetzt aufgeregt.

Gabbla riß den Kopf hoch. Die Labradorhündin des Wärters war ein wichtiger Bestandteil von Gabblas Indoktrinationsprogramm, doch zu seinem großen Ärger hatte sie sich in der letzten Zeit nicht mehr gezeigt.

«Das ist die Gelegenheit, den jungen Mega noch tiefer zu beeindrucken», grunzte Massam.

«Allerdings, Chef», stimmte Gabbla unterwürfig zu. «Wenn du mich jetzt entschuldigst, dann sehe ich mal, was sich machen läßt.»

Froh, einen Grund zum Weggehen zu haben, eilte er wichtigtuerisch auf die rasch anwachsende Menge in der Nähe der Schuppentür zu.

«Versau jetzt bloß nichts!» zischte Massam noch hinter ihm her.

«Ach wo!» rief er zurück und widerstand der Versuchung, seinen Chef zu fragen, warum er ihm jedesmal, wenn er sich verabschiedete, ein Messer in den Rücken jagen mußte.

Er verfiel sofort in einen schnellen Trab, denn er wollte nicht, daß einer der jungen Nerze die Hündin in ein Gespräch verwickelte.

«Nur mir ist es gestattet, mich mit Custard zu unterhalten, denn zwischen uns besteht eine besondere Beziehung.» So weit hatte er sie schon vorbereitet. «Wenn ihr unserer Unterhaltung genau zuhört, werdet ihr allmählich verstehen, wieviel unserem Wärter nicht nur an unserem, sondern am Wohlergehen aller Tiere liegt. Was noch wichtiger ist: Unser Wärter nimmt Custard regelmäßig bei seinen Besuchen im Land des Glücks mit, in das auch ihr eines Tages eingehen werdet, wenn ihr brav seid. Custard wird euch genau beschreiben, wie herrlich dort alles ist.»

Mega drückte sich an den Maschendraht, Mata quetschte sich neben ihn, und gemeinsam bestaunten sie das Wesen vor ihnen. Custard war früher schon hin und wieder im Schuppen aufgetaucht, doch sie waren zu jung gewesen, um diese Besuche in angemessener Weise zu schätzen.

«Sieh mal, wie riesig sie ist, Mega!» keuchte Mata und blickte an dem rundlichen cremefarbenen Körper auf und ab. Die Hündin saß schnaufend da und ließ die rosa Zunge heraushängen. «Wie komisch sie riecht.»

«Sie stinkt», entgegnete Mega und dachte nach, wie sehr sich ihr Geruch von dem der Nerze, um nicht zu sagen, der Latrinengrube, unterschied. Er sah, daß in Custards Fell überall Lehm hing, wenn es sich nicht sogar um Schlimmeres handelte.

«Sie ist ganz und gar mit Kot verschmiert, Mata», flüsterte er staunend. «Sieh nur – überall.»

Mata war noch schockierter. Immerhin war Custard ein Weibchen.

«Wie ekelhaft», entgegnete sie angewidert. «Sie ist nicht wie Pussles, oder?»

Pussles, die Katze, war das einzige andere Lebewesen, das regelmäßig im Schuppen auftauchte. Aber auch mit ihr sprachen sie nicht. Gabbla hatte sie sofort als hinterhältiges Katzentier und damit zum Erzfeind der Nerze abgestempelt und den Jungtieren eingeschärft, sie ja zu ignorieren. Als Mega und Mata ihr wildes Gesicht und ihre scharfen Zähne zum erstenmal sahen, waren sie über diese Anweisung gehörig verwirrt. Zumindest auf den ersten Blick glich Pussles ihnen ein wenig, wenn sich auch ihr Fell, eine Mischung aus Schwarz und Orange, von dem einheitlich einfarbigen Fell der Nerze unterschied.

Später dann hatte Pussles ihre Standardvorstellung abgezogen, und allmählich hatten sie verstanden, was Gabbla gemeint hatte.

«Wie geht's euch denn, meine Lieben? Immer noch hier, hä?» hatte sie sich erkundigt, während sie angeberisch vor den Käfigen auf und ab stolzierte und sie verächtlich mit ihren schrägen grünen Augen taxierte. «Immer das gleiche, was? Dürfte ich euch noch einmal daran erinnern, weshalb das so ist: weil ihr minderwertige Wesen seid, besonders im Vergleich zu mir, einer Katze. Wie ich schon des öfteren betonte, bin ich euch so überlegen, daß mir euer Wärter besondere Eigenschaften zuschreibt. Er glaubt zum Beispiel, ich hätte neun Leben. Außerdem hörte ich wiederholt, daß seine Vorfahren die meinen anbeteten. Ihr wißt bestimmt, wie sehr er und sein Weibchen mich verwöhnen und immer dafür sorgen, daß ich nur das Allerbeste bekomme. Ihr dürft sicher sein, daß ihnen schon mein unbedeutendster Wunsch Befehl ist.

Ihr hingegen seid ein so ungehobelter, dreckiger Haufen, daß er euch in diesen abscheulichen Käfigen gefangenhält, in die ihr auch gehört, wie er ganz zu Recht vor langer Zeit entschieden hat.

Ich möchte es euch mit einem meiner kleinen Scherze zusammenfassen: Euer Problem liegt darin, daß ihr im Gegensatz zu mir keine Schmusekatzen seid.»

Dann war sie mit einem letzten Zucken ihres schwarz-orange gestreiften Schwanzes davongegangen.

Mega und Mata hatten während ihrer unsäglichen Ausführungen beide einen Zorn in sich aufsteigen fühlen, hatten jedoch an sich gehalten, als sie sahen, wie die Ältesten nur stirnrunzelnd die Köpfe schüttelten und damit andeuteten, daß sie auf diesen Köder nicht hereinfallen durften. Anschließend wurde rasch ein offizielles Fangenspiel organisiert, damit alle ihre angestaute Wut abreagieren konnten.

Gabbla hatte allen jungen Nerzen erklärt, Custard sei anders, und sie wichen erwartungsvoll ein paar Schritte zurück, als der Sprecher der Ältesten jetzt herbeieilte.

«Hallo, Custard. Ich freue mich, dich bei uns zu sehen», begrüßte er die Hündin. «Wie geht's deinem Herrchen heute?»

«Sehr gut, danke der Nachfrage», antwortete Custard höflich.

«Custard, liebst du dein Herrchen?»

«Ja. Und mein Frauchen auch. Sie sind so gut zu mir. Sie wissen wirklich, wie man sich um uns Tiere kümmert.»

«Allerdings», stimmte ihr Gabbla zu und blickte betont nickend in die verzauberte Runde um ihn herum. «Mit Herrchen meint Custard unseren Wärter», flüsterte er, damit es auch die etwas Langsameren kapierten. Bittere Erfahrungen hatten Gabbla gelehrt, daß man manche Dinge nicht deutlich genug sagen konnte.

Custard blickte ihn erwartungsvoll an. Die Nerze, die sie abwechselnd faszinierend und widerwärtig fand, machten sie immer etwas unsicher. Doch im Grunde genommen war sie sehr gesellig, und da sie sich sonst nur mit der überlegeneren Pussles unterhalten konnte, schlüpfte sie gerne mal in den Schuppen, zumal es etwas Unerlaubtes an sich hatte. In letzter Zeit hatten sich nur wenig Gelegenheiten dazu ergeben. Zuerst hatte Frauchen sie auf eine lange Reise mitgenommen, dann war Herrchen so beschäftigt gewesen, daß er sie meistens zu Hause gelassen hatte. Erst an diesem Nachmittag hatte er sie, trotz des stürmischen Wetters, zu ihrem Lieblingsplatz mitgenommen, in den herrlichen Wald.

Bei ihrer Rückkehr hatte er ihr jedoch Hausverbot erteilt, weil sie sich gerollt hatte. Untröstlich hatte sie eine Weile auf der Matte vor der Tür gelegen und sich gefragt, ob man sie jemals wieder hineinlassen würde, als plötzlich dieses Klingelding ertönte und Herrchen und Frauchen im Volver davonbrausten. Da ihr nichts anderes übrigblieb, als auf dem Hof herumzustromern, hatte Custard schließlich die offene Schuppentür entdeckt.

Die vielen fragenden Gesichtchen vor ihr erinnerten sie wieder einmal daran, wie sehr diese Tiere Pussles ähnelten. Doch sie waren viel freundlicher als die Katze, besonders dieser dicke Geselle, der sich immer mit ihr unterhielt. Er schien sich wie stets über ihren Besuch unheimlich zu freuen.

Sie blickte ihn mit trüben Augen an und wedelte mit dem Schwanz.

«Hat Herrchen denn in letzter Zeit etwas Tolles gemacht, Custard?» erkundigte er sich.

«Ja, komisch, daß du gerade danach fragst», antwortete sie voller Begeisterung. «Wir sind nämlich vorhin erst aus dem herrlichen Wald zurückgekommen, deshalb bin ich auch so schmutzig.»

«Was für ein dummes und widerwärtiges Tier», dachte Gabbla, als er sah, wie stolz sie auf ihre Schande auch noch war. Trotzdem boten sich ihm dadurch unerwartete Möglichkeiten. Er würde Massam schon zeigen, wozu er fähig war.

«Meinst du etwa das Land des Glücks?» fragte er mit gespielter Verwunderung.

Custard wedelte mit dem Schwanz und nickte eifrig. Der Nerz, der ihr die Fragen stellte, nannte den Wald immer so. Sie widersprach ihm nie. Schließlich fühlte sie sich dort unendlich glücklich.

«Du bist wirklich ein glücklicher Hund, Custard. Sag mir, ist das Land des Glücks noch so herrlich wie eh und je?»

«Absolut.»

Gleich beim erstenmal, als Herrchen sie ins Land des Glücks beziehungsweise in den herrlichen Wald mitnahm, hatte Custard entdeckt, um welch einen besonderen Ort es sich handelte. Obwohl er sie sofort ermahnt hatte, war es ihr in ihrer unkontrollierten Freude nicht möglich gewesen, mit dem Bellen aufzuhören. Daraufhin hatte er sie gleich wieder in den Volver gesteckt und war mit großer Geschwindigkeit davongebraust. Erst dann hatte sie verstanden, daß sie dort eigentlich nicht sein durften, und seit damals schätzte sie ihre heimlichen gemeinsamen Ausflüge um so mehr.

«Erzähl uns vom Land des Glücks, Custard.»

Der Nerz, der die Fragen stellte, schien nie genug von den Einzelheiten zu bekommen; sie hingegen wurde niemals müde, sie zu wiederholen.

«Es ist ein großer Wald, der sich über einen ganzen Hügel erstreckt, so groß, daß ich noch nie bis zu seinem anderen Ende gekommen bin. Dort gibt es Hecken und Büsche und Grasflächen und Bäume ringsum, so weit man sehen kann. Einige Bäume sind unglaublich riesig, besonders der eine in der Mitte, der ganz frei steht.»

«Gibt es dort auch Tiere, Custard?»

«Oh, viele, ganz viele Tiere gibt es da. Alle möglichen Vögel: Fasane, Tauben, Krähen, Elstern, Buchfinken, Raben, Rotkehlchen, sogar eine unheimliche Eule, die ich schon einmal oder zweimal rufen hörte. Unten auf dem Erdboden gibt es Millionen kleiner Tiere wie Feldmäuse, Spitzmäuse, Wühlmäuse, Ratten, die sind ziemlich schrecklich. Es gibt aber auch größere: Wiesel und Igel und Füchse und Dachse – die sind ein bißchen zu groß, sogar für mich. Ach ja, und es gibt Unmengen von Kaninchen, die gefallen mir am besten. Ihr solltet mal sehen, wie ich in ihren Löchern herumschnüffle. Gerade heute, als ich auf dem großen breiten Pfad entlangkam, traf ich auf eine ganze Herde. Eins davon habe ich so lange gejagt, daß ich mich verlaufen habe.»

Bei dieser Erinnerung fingen die sanften Augen der Labradorhündin noch jetzt zu glänzen an.

«Hast du es erwischt, Custard?»

«Nein, nicht ganz, jetzt, wo du es erwähnst», sagte Custard rasch und erinnerte sich nur unwillig daran, daß sie sogar eine Zeitlang von dem Kaninchen gejagt wurde. «Warum wurde es plötzlich so aggressiv?» fragte sie sich schon die ganze Zeit. «Ich war aber ganz dicht dran», sagte sie und mogelte sich damit etwas um die Wahrheit herum. «Wißt ihr was? Es hatte das größte Hinterteil, das ich je gesehen habe.»

«Gut gemacht, Custard! Du bist ein braver Hund», sagte Gabbla anerkennend. Dabei fragte er sich, wie eine so erbärmliche Kreatur wie dieser Hund überhaupt überleben konnte.

«Der Fluß», schlug er jetzt vor und erinnerte sie damit an den nächsten Punkt ihrer Litanei.

«Da bringt mich Herrchen immer am Schluß hin, damit ich sauber werde», erklärte Custard gehorsam. «Heute war ich leider sehr böse und habe mich hinterher noch in irgendeinem Kuhzeug gewälzt.»

«Das ist uns gleich aufgefallen», bemerkte Gabbla trocken.

Die Jungtiere kicherten, als er sich zu ihnen umdrehte und demonstrativ die Pfote über die Nase legte. Seine kleinen Äuglein funkelten, und Custard grinste gutmütig.

«Der Fluß», wiederholte Gabbla nachdrücklich und wischte sich das Grinsen vom Gesicht.

«Oh, Entschuldigung», sagte Custard. «Er ist so breit und so tief, daß ich an manchen Stellen nicht bis auf den Grund komme. Heute war sehr viel Wasser darin, ganz braun, und ich mußte ganz doll schwimmen, um die Stöckchen zurückzuholen. Mein Herrchen kann prima Stöckchen werfen, müßt ihr wissen. Er sucht nie zu lange Stöcke aus oder solche, die untergehen. Sie sind auch nicht zu kurz. Und immer haben sie das richtige Gewicht ...»

Gabbla erkannte sofort die Anzeichen einer weit ausholenden Custardschleife.

«Was ist mit den Fischen?» unterbrach er sie.

«Es gibt jede Menge Fische. Manchmal sehe ich, wie sie aus dem Wasser springen. Einige sind so lang wie mein Bein. Da sind auch Enten, heute habe ich sie aufgescheucht. Außerdem habe ich einen Reiher gesehen.»

«Dann ist im Land des Glücks noch alles in Ordnung, Custard?»

«Es ist schöner dort als je zuvor.»

«Darüber freuen wir uns alle sehr, habe ich recht?»

Der Nerz, der immer die Fragen stellte, drehte sich zu seinen Artgenossen um und nickte eifrig.

«Es ist wirklich ein ganz toller Ort, für alle», fügte Custard außerplanmäßig hinzu. «Und das verdanken wir nur Herrchen. Er ist wirklich so gut zu mir.»

«Ich hätte es nicht besser ausdrücken können, Custard», lächelte sie der Nerz an. «Wo wir gerade von Herrchen sprechen: Solltest du jetzt nicht besser nach draußen laufen, bevor er dich hier findet?»

«Da hast du recht», sagte Custard verunsichert, und plötzlich fiel ihr ein, daß sie bei dem lauten Wind womöglich noch den Volver überhörte. Dann gab es bestimmt Ärger.

«Ich glaube, ich gehe lieber», sagte sie kurz entschlossen. «Wir sehen uns bald wieder.»

«Auf Wiedersehen, Custard!» riefen die Nerze ihr im Chor hinterher, als sie freudig hinaus und wieder zur Veranda trottete. Sie hoffte nur, Herrchen blieb nicht zu lange fort. Es war ja ganz lustig, von ihren Abenteuern zu berichten, doch im Nerzschuppen war es immer so ungemütlich. Sie sehnte sich nach Herrchens schönem, warmem Kaminfeuer.

Gabbla drehte sich zu den anderen um.

«Da habt ihr es selbst gehört, sogar aus dem Maul der Hündin. Das Land des Glücks ist so wunderschön, wie wir es euch immer erzählt haben. Ist Custard denn nicht gut dran, daß sie sich so gut mit unserem lieben und fürsorglichen Wärter stellt?» lächelte er und richtete seine Augen besonders auf Mega.

Doch zum erstenmal wankte sein autoritärer Blick, und schließlich wich er sogar aus, als sich Megas schwarze Augen in die seinen hineinbohrten.

Nachdem sich die anderen kurz darauf aufgeregt schnatternd entfernt hatten, blieben Mega und Mata sitzen und starrten auf den feuchten Fleck auf dem Boden, den Custard hinterlassen hatte. Sie schwiegen eine ganze Weile, genossen die Wärme ihres Beisammenseins, und jeder hing seinen eigenen Gedanken nach.

«Was hältst du denn vom Land des Glücks, Mega?» fragte Mata schließlich.

«Es hört sich wie eine ganz andere Welt an, was, Mata?» antwortete er zurückhaltend, wobei er sich bemühte, sich den Aufruhr der Gefühle, der in ihm tobte, nicht anmerken zu lassen. Man konnte es sich eigentlich nicht vorstellen, und doch gab es dort offensichtlich so viel zu erforschen, so viel zu erleben, so viel Platz zum Herumrennen. Custards Gerede hatte eine große Sehnsucht in ihm ausgelöst.

«Allerdings, Mega», entgegnete Mata. «Hast du auch daran gedacht, wie seltsam es eigentlich ist, daß nur Gabbla mit Custard reden darf?»

Wie sooft, wenn er mit ihr zusammen war, wußte Mega nicht genau, wohin die Unterhaltung führte.

Er suchte sein Heil darin, sie mit ihren feministischen Tendenzen aufzuziehen.

«Du meinst wohl, jemand anders sollte sich mit ihr unterhalten, so von Weibchen zu Weibchen?» fragte er scheinheilig.

«Nicht unbedingt!» entgegnete sie bissig. «Aber ein Weibchen würde wenigstens die richtigen Fragen stellen und Custard nicht immer nur dazu ermuntern, zu erzählen, wie herrlich alles ist.»

«Soll das heißen, du glaubst Custard nicht?»

«Ich behaupte nicht, daß der Wald nicht existiert», gab Mata zurück und starrte ihn unternehmungslustig an. «Custard ist so doof wie Kot. Sie ist nicht schlau genug, sich so etwas auszudenken, und für sie ist es wahrscheinlich wirklich so herrlich, wie sie es uns erzählt. Ich würde sie gern einmal fragen, weshalb das Land des Glücks, wenn es das wirklich ist, nicht voller Nerze ist. Sie hat nichts von Nerzen erwähnt. Findest du das nicht sonderbar?»

«Du hast recht», sagte Mega nachdenklich. Es war ihm nicht einmal aufgefallen. Aber Mata hatte recht; nach allem, was man ihnen erzählt hatte, müßte der Wald von Nerzen nur so wimmeln.

Sie sahen einander lange in die Augen.

«Weißt du was, Mega?» fragte Mata dann ernst. «Ich glaube, ich zweifle an allem, was uns die Ältesten von diesem Land des Glücks erzählen. Und ich weiß, daß es dir nicht anders geht.»

Ihre Blicke verfingen sich, und Mega spürte, wie Mata ihn herausforderte. Das war ihm bei einem Weibchen noch nie passiert. Er wußte nicht, wie er sich verhalten sollte. Mata benahm sich oft wie ein Männchen, übernahm meistens die Führung und war auch sonst immer sehr offen und direkt.

Er starrte sie weiter an, wartete darauf, daß sie wie alle anderen Nerze schließlich wegsah. Doch sie machte die Augen nur noch weiter auf, funkelte ihn so unnachgiebig an, daß er sich letztendlich gezwungen sah, etwas zu sagen: «Vielleicht geht es mir auch so, Mata», gab er langsam zurück. «Trotzdem lautet die Frage: Was fangen wir damit an?»

Mata starrte ihn mit unverminderter Intensität an.

«Ich weiß es nicht, Mega», antwortete sie achselzuckend. «Aber etwas werden wir damit anfangen.»

Kapitel 6

Hintergründigkeit

Eule hatte sich vorgenommen, früh aufzuwachen. Er streckte sich genüßlich, warf einen skeptischen Blick auf Ula und ging auf Zehenspitzen über den Unrat auf dem Boden des Nestes zum Licht. Die Kaninchen waren gestern nicht erschienen, und er kam sich deshalb etwas hintergangen vor. Außerdem war ihm klargeworden, daß er sie vermißte. Er nahm an, daß ihr Fernbleiben etwas mit dem Besuch des Menschen und seines gelben Hundes zu tun hatte, deren Auftauchen ihr Leben, wie das vieler anderer Waldbewohner, zeitweilig ins Chaos gestürzt hatte.

Auch Eule selbst war durch den Aufruhr wach geworden, und obwohl er wußte, daß er sich hoch oben in seinem Nest völlig sicher fühlen durfte, hatte er nicht mehr einschlafen können. Schließlich hatte er es aufgegeben, sich auf einen Ast gesetzt und dem Krachen im Unterholz sowie dem begleitenden, hirnlosen Gebell zugehört, wobei ihn Ulas permanentes Stöhnen noch weiter verärgert hatte. Einmal hatte er sogar das Keuchen dieses idiotischen Tieres gehört, das weit unter ihm wie verrückt im Wald herumgerast war. Später dann hatte er das Geräusch des sich entfernenden Volvers vernommen, noch eine Zeitlang auf die Kaninchen gewartet und sich dann hinaus in die Nacht geschwungen. Es gab jedoch keinen Grund, weshalb sie auch heute nicht auftauchen sollten. Der Sturm hatte gestern so heftig geblasen, daß er heute außer Atem zu sein schien.

«Du willst dich doch nicht schon wieder mit diesen blöden Karnickeln unterhalten!» Eine schneidende Stimme ließ ihn erstarren.

«Kacke!» entfuhr es ihm leise.

Er war sich absolut sicher gewesen, daß Ula noch schlief. Als er jedoch den Kopf nach hinten drehte, sah er, wie sie mit aufgeplusterten Federn in der Baumhöhle stand.

«Wie oft soll ich es dir noch sagen: Ich will nicht, daß du dich mit diesen Nagern direkt vor unserem Nest unterhältst. Das sind keine richtigen Tiere, sondern dämliche Grünzeugfresser! Und wenn du dich mit ihnen abgibst, bist du genauso dämlich.»

Eule hüpfte hinaus auf den Ast und versuchte sie zu ignorieren. Das Nest, dessen Lage sie in den überschäumenden Tagen der Liebe – oder, seiner jetzigen Einschätzung nach, den Tagen der Lust – ausgesucht hatten, befand sich weit oberhalb des Erdbodens im Stamm einer herrlichen Buche. Sein Einstiegsloch war klein, wodurch das Nest selbst bei jedem Wetter sicher und trocken war. Der Ast, auf dem er jetzt saß, war eine natürliche Sitzstange. Das Heim von Eule und Ula war das einzige, womit beide zufrieden waren. Eine von Eules liebsten Erinnerungen reichte in die Zeit zurück, als sie die Leidenschaft mit dem Sinn fürs Praktische kombiniert und einander darin überboten hatten, die weichsten Materialien für ihr Bett herbeizuholen, und sogleich jede einzelne Zutat an Ort und Stelle getestet hatten. Auf das Nest, das so entstand, waren sie sehr stolz gewesen, wenigstens bis es durch ihre Nachlässigkeit in den jetzigen heruntergekommenen Zustand geraten war.

Gewohnheitsgemäß ließ er den Blick über das vor ihm ausgebreitete Panorama schweifen. Die Buche stand beinahe genau in der Mitte des Waldes, nicht weit vom Bach entfernt, und durch das blattlose Geäst sah er, wie der Hügel weiter unten in die Lange Wiese überging. Dahinter blitzte der Fluß im schwachen Sonnenlicht, das plötzlich von dem glänzenden Volver reflektiert wurde, der über den Rollweg heranbrauste. Andere Lichtblitze markierten drüben auf der anderen Seite des Tales, wo die Saatkrähen kreisend und herabstoßend einem Pflug folgten, weitere Aktivitäten der Menschen.

Eule betrachtete das Karomuster, mit dem die Menschen die Landschaft überzogen hatten, stets mit gemischten Gefühlen. Bevor sie alles nach ihren Bedürfnissen umgestaltet hatten, mußte es hier völlig anders ausgesehen haben, vielleicht sogar überall wie im Alten Wald. Das behauptete jedenfalls Boris Dachs, dessen Sippe sich schon sehr lange und, soweit Eule das beurteilen konnte, zu Recht über die Art und Weise beschwerte, in der die Dachse seither verfolgt wurden. Andererseits hatten er, Eule und Freddie Fuchs, die sich hin und wieder unter der nicht ganz ernstgemeinten Bezeichnung «Club der Toten Wühlmäuse» zum Meinungsaustausch trafen, zugegeben, daß das alles bereits so lange zurücklag, daß es schon keine Rolle mehr spielte. Boris hatte sogar brummig berichtet, daß die Menschen in letzter Zeit eher weniger rachsüchtig seien als zuvor, jedenfalls was Dachse anbelangte. Eule konnte dazu nicht viel sagen. Er wußte nur, daß er alles darum geben würde, wenn ihre Spuren nur für eine einzige Nacht ausgelöscht wären und er einmal eine Welt ohne sie erblicken dürfte – deshalb ging ihm der Mensch mit dem gelben Hund auch so auf die Nerven. Eule hielt sich nicht für den Eigentümer des Waldes, doch er wandte sich strikt gegen jedes Eindringen in die Gefilde, die für sie alle die letzte Zuflucht bedeuteten. Freddie war natürlich anderer Meinung. Für ihn waren die Menschen dazu da, den Tieren gute Gelegenheiten zu verschaffen, wie zum Beispiel seine geliebten Hühnerhausorgien.

«Oder beispielsweise die Fuchsjagd», sagte Eule dann immer, um ihn zu provozieren.

Doch Freddie ließ sich nicht so leicht auf den Arm nehmen.

«Einer gewinnt, der andere verliert», sagte er meist achselzuckend. «Ich habe die Welt nicht gemacht, Ollie. Ich lebe nur darin.»

Natürlich wußte keiner von ihnen, wer oder was sie so gemacht hatte, daran erinnerte ihn auch Ula regelmäßig, wenn er sich mit ihr darüber unterhalten wollte.

«Warum begnügst du dich nicht damit, eine Eule zu sein, Ollie, und hörst mit dieser ewigen Grübelei auf? Du bekommst sowieso keine Antwort auf deine Fragen – schon gar nicht von Boris oder Freddie.»

Eule hatte daraus, nicht ganz zu Unrecht, geschlossen, daß sie lediglich eifersüchtig auf seine Freunde war. Er hatte herausgefunden, daß Ula ein Vogel mit äußerst beschränktem Horizont war. Hauptsächlich deswegen fand er das Leben mit ihr zunehmend unerträglich, so unerträglich, daß er sein Interesse anderen Dingen widmete, zum Beispiel dem Wald als Ganzem. Und deshalb auch, so vermutete er, kam die Kaninchenabordnung der Betroffenen Wächter des Waldes zu ihm. Und deshalb wiederum interessierte es ihn, mit ihnen zu reden …

Er riß sich von seinen Tagträumen los und konzentrierte sich auf das, was direkt unter ihm geschah. Zu seiner großen Genugtuung sah er, daß die Kaninchen wieder da waren. Ihre weißen Schwänzchen wackelten, als sie unter dem Stechpalmenbusch hervorwinkten, in den sie sich vorsichtigerweise stets zurückzogen.

«Hallo! Hallo, allmächtige Eule!» riefen sie.

Die Kaninchen waren anfangs immer nervös. Mit Recht, denn sie gehörten zu Eules und Ulas Lieblingsspeisen. Aber wenn Eule ehrlich war – und Ehrlichkeit gehörte zu den Eigenschaften, auf die er besonders stolz war –, dann konnte er es nur mit den ganz jungen und den ganz alten von ihnen aufnehmen. Auf der Jagd schaute er sich deswegen meist nach etwas Mäuse- oder Hamsterartigem um, besonders nach Wühlmäusen. Wühlmäuse waren von jeher sein Lieblingsgericht, und das würden sie auch immer bleiben.

Die Kaninchen kamen jetzt schon seit einem halben Mond vor seine Buche. Eines schönen Tages waren sie ganz unerwartet aufgetaucht, ohne besonderen Grund, soweit er das bisher beurteilen konnte. Eule hätte sie leicht erschrecken und davonjagen können, doch da er gerade auf den Sonnenuntergang gewartet und nichts Besseres zu tun gehabt hatte, tolerierte er ihre Anwesenheit. Zunächst beachtete er sie nicht besonders, doch als ihre Besuche zu einer regelmäßigen Einrichtung wurden, war er allmählich neugierig geworden. Es mußte bei ihnen etwas Interessantes vor sich gehen, wenn sie einen derartig uncharakteristischen Mut aufbrachten, denn sonst mieden sie ihn verständlicherweise wie Myxomatose.

Burdock, der Große mit der auffälligen weißen Blesse auf der Stirn, hoppelte jetzt heraus und winkte zum Gruß mit der Vorderpfote.

«Hallo, verehrter Kamerad!» rief er herauf. «Wie geht's heute abend – an einem so außergewöhnlich schönen Abend, wenn ich das anmerken darf?»

«Gut, danke», heulte Eule zurück. «Besser als gestern, hm?»

«In der Tat, Kamerad. Ich muß mich entschuldigen, daß es uns nicht möglich war, unsere gewohnte Pilgerfahrt zu dir durchzuführen. Schuld daran war eine unglückliche Kombination von schlechtem Wetter und der überaus ungelegenen Anwesenheit des Menschen und seines gelben Hundes im Wald, was, wie ich hoffe, deinen Schlafrhythmus nicht übermäßig gestört hat.»

Eule nickte gelassen.

«Wie du weißt, bedauern wir BWW-Aktivisten, stellvertretend für alle anderen Tiere, diese rücksichtslose Invasion aufs tiefste, und zweifellos wird es dich freuen zu hören, daß wir eine Protestversammlung einberufen wollen.»

Eule schwieg. Wie immer war er von Burdocks geschraubter Ausdrucksweise fasziniert. Wie viele Worte brauchte man, um auf den Punkt zu kommen? Nicht umsonst waren die Kaninchen im ganzen Wald als «die schwatzhaften Tiere» bekannt. Wie oft schon hatten sich Burdocks wortreiche Ausführungen am Ende in warme Luft aufgelöst, und Eule war sich oft nicht sicher, wie er darauf antworten sollte.

«Seid ihr immer noch ums Verrecken darauf versessen, daß ich einmal mit zu euch komme?» fragte er, um Zeit zu gewinnen.

«Jawohl, allmächtige Eule.»

«Woher wollt ihr wissen, daß ihr nicht verrecken müßt, wenn ich mitkomme?»

Er hatte diesen Scherz schon einmal ausprobiert und sich darüber amüsiert, wie nervös die Kaninchen geworden waren.

«Sehr lustig, Ollie. Er ist doch der reinste Witzbold, was, Kameraden? Wirklich sehr spaßig. Aber trotzdem hätten wir ihn gern einmal dabei, stimmt's?»

Burdocks Frage löste den Chor der Bittsteller aus: «Bitte komm zu uns, allmächtige Eule! Bitte komm zu uns, allmächtige Eule!»

Genau diesen Wunsch hatten sie bisher jeden Tag geäußert.

«Warum kommst du nicht auf ein Schwätzchen mit herüber?» hatte Burdock immer wieder gefragt. «Nichts Offizielles, mein Wort darauf, keine Tagesordnung, keine strikten Vorschriften, nichts dergleichen. Eher eine weitgefaßte Diskussion, in deren Verlauf wir dich über unsere Versammlungen informieren und eventuelle Fragen deinerseits beantworten können. Bei dieser Gelegenheit könnten wir auch gleich eine unserer Ideen durchsprechen, die dich wahrscheinlich sehr interessieren wird. Du siehst schon, Ollie, ohne daß ich ungebührlich übertreiben will: Wir brauchen dich. Was hast du denn groß zu verlieren?»

«Ja, was hast du zu verlieren?» wiederholte Burdocks hübsche Gefährtin Dandelion und ließ hinter den stachligen Blättern die weichen Wimpern klimpern. «Wir gehen doch alle davon aus, daß wir rationale Wesen sind, oder nicht?»

Eule, der sich nicht sicher war, was ein rationales Wesen sein sollte, nickte an dieser Stelle immer.

Dann fing Burdock regelmäßig damit an, ihm zu schmeicheln.

«Tatsache ist nun einmal, allmächtige Eule, daß du so weise bist, so stark, ein Geschöpf, das einfach zum Führen geboren wurde», sagte er und ermunterte seine Kollegen zu weiteren Lobeshymnen.

«Ja, allmächtige Eule, deine Autorität.»

«Welch überwältigende Ernsthaftigkeit, welche Gravität.»

«Welche Hintergründigkeit. Verfügt er nicht über eine schier unglaubliche Hintergründigkeit, Kameraden?»

«Aber ja», bestätigten die anderen dann und stimmten sogleich wieder ihren Chor an: «Bitte komm zu uns, allmächtige Eule! Bitte komm zu uns, allmächtige Eule!»

Eule wußte nicht, was Gravität bedeutete. Und was Hintergründigkeit anging... Er drehte sein leicht spitz zulaufendes Hinterteil, auf das er immer so stolz war, wenn sie seine Hintergründigkeit erwähnten. Verglichen mit den riesigen Hintern der Kaninchen war seine Hintergründigkeit zweitrangig. «Wahrscheinlich können sie ja nichts dafür», vermutete er. Außer ihren kräftigen Hinterläufen hatten sie nichts, womit sie ihr Fell retten konnten. Das änderte aber nichts daran, daß sie verführerisch zum Hineintreten einluden – besonders dieses riesenhafte Teil von Burdock, den er entsprechend insgeheim «Dickarsch» nannte.

Burdock wollte gerade mit seinen Schmeicheleien anfangen, da übertönte Ula ihn mit ihrem Gekeife: «Ich sage dir zum letztenmal, schaff sie dir sofort vom Hals!» kreischte sie direkt in das empfindliche Ohr von Eule, der daraufhin vor Schmerz zusammenzuckte. «Wie könnt ihr es wagen, schon wieder hier vor unserer Haustür aufzutauchen? Habt ihr vergessen, daß wir erstrangige Raubtiere sind, die ihre Stellung hier im Wald behaupten müssen?»

Als er den Kopf nach hinten drehte, schnellte sie mit ihrem Gesicht heftig gegen seins, die schwarzen Augenkreise erregt aufgeplustert. «Wie kann sie sich nur so aufregen?» fragte er sich nicht zum erstenmal. Sie war völlig außer sich.

«Wir sind keine unwürdigen Kräuterfresser, die blödes Gras knabbern, wir sind Eulen!» fuhr sie mit ihrem Gezänk fort. «Wir plaudern nicht mit Kaninchen, wir fressen sie. Ihr macht uns noch zum Gespött des ganzen Waldes!»

Eule spürte, wie ihn die Wut packte.

«Warum verbringst du all deine Zeit damit, darüber nachzudenken, was die anderen von uns halten?» brüllte er zurück. «Hast du keine eigene Meinung?»

«O ja, allerdings habe ich eine eigene Meinung! Und die

kümmert sich nicht um Kaninchengedanken, wie es offensichtlich bei dir der Fall ist», kreischte sie grob. «So wie du dich benimmst, wirst du bald selbst ein Kaninchen werden. Dann kannst du dich endlich den BWW anschließen oder wie sie ihre blöde Gruppe nennen. Ich schäme mich bei dem Gedanken daran, mit einem solchen Deppen wir dir gepaart zu sein!»

Eule breitete die Schwingen aus. «Depp» war die schlimmste Beleidigung. Er hatte Ula nie verziehen, daß sie ihn einmal so vor einer Gruppe von Artgenossen genannt hatte. Sie hatten schadenfreudig gekichert, und seither war er nie ganz den Verdacht losgeworden, daß sie ihn hinter seinem Rücken noch immer so nannten.

«Warum fliegst du nicht weg und kommst nie mehr zurück?» setzte Ula grundlos noch eins drauf.

«Vielleicht tue ich das, du alter Rattensack», heulte er und ließ sich vom Ast hinabgleiten.

«Und was ist mit den Reparaturen am Nest, die du mir versprochen hast?» Noch im Sturzflug hörte er ihr Abschiedsgekeife, und aus dem Augenwinkel sah er die verschreckten Kaninchen, die noch immer ihre Chorsprüche aufsagten.

Er ignorierte sie, drehte wieder nach oben und schwang sich mit zwei kräftigen Flügelschlägen über die Baumwipfel hinaus. Dann war er draußen, im grenzenlosen Himmel, und begrüßte die wunderbar rosige Abenddämmerung, die bereits die heraufziehende Nacht ankündigte.

Einfach weg! Darin lag doch die ganze Herrlichkeit des Vogeldaseins. Wenn es einem reichte, flog man einfach weg.

Kapitel 7

Spielverderber

Es war Pech für die Ältesten, daß ausgerechnet am Tag nach Custards Besuch die beiden Vögel ihr gesamtes System durcheinanderbrachten. Mega schoß aus seinem Käfig heraus und sah, wie sie verrückt vor Angst am anderen Ende des Auslaufgeheges gegen den Maschendraht flatterten. Eine Wolke brauner Federn regnete herab, und als er zu seinen Altersgenossen hinüberrannte, schnappte er eine im Flug und schüttelte sie wild herum. Die anderen winkten ebenfalls mit Federn ausgestattet zurück und vergaßen in der allgemeinen Aufregung zeitweise sogar ihre Abneigung gegen ihn. Schon des öfteren waren Vögel in den Schuppen hereingeflogen, aber noch nie auf dieser Seite des Maschendrahts.

Den Gerüchten ringsum konnte er entnehmen, daß sie sich wahrscheinlich hereingequetscht hatten, um an die Futtertröge zu gelangen. Mehrere Jungtiere zeigten nach oben, wo sie die Stellen vermuteten, durch die die Vögel eingedrungen waren. Doch dieses Detail interessierte Mega weniger. Statt dessen weckte die flatternde, kreischende Panik der beiden Vögel etwas aus seiner tiefsten Vergangenheit in ihm, etwas so Grundsätzliches, daß es ihn – er spürte es – mit seinen entferntesten Vorfahren verband. Vor seinem geistigen Auge erschien plötzlich das Bild einer langen Ahnenreihe, die sich so weit in die Vergangenheit erstreckte, bis sie sich im Nebel der Zeit verlor.

Das Gefühl war ein anderes als der Vollmondwahn, bei dem es sich um ein von den Ältesten diktiertes Ausrasten handelte. Das hier hingegen war atavistisch, kam aus dem tiefsten Inneren und sollte aus diesem Grunde eigentlich seiner Kontrolle unterliegen; doch es löste genau das Gegenteil aus: Es ließ ihn völlig außer Kontrolle geraten, indem es ein einziges, dringendes Verlangen auslöste, das sein Bewußtsein mit einem Gedanken ausfüllte.

«Töten!» hörte er sich selbst aus voller Lunge schreien.

Rings um ihn her ertönte dieser Schrei: «Töten! Töten! Töten!»

Mit einemmal tanzte ein Mob heulender Jungtiere unter den beiden Vögeln auf und ab, deren Panik sich noch verstärkte, als auch sie die Unvermeidbarkeit dessen, was geschehen würde, begriffen. Verwirrt und betäubt von den Schlägen, die sie sich selbst zufügten, rutschten sie allmählich immer weiter nach unten. Das Geschrei des Mobs brandete erneut auf, und vereinzelt sprangen die Tiere bereits übereinander, um zu den Vögeln hinaufzuschnellen. Daraufhin sammelten die Vögel noch einmal all ihre Kräfte und schwangen sich wieder zum Deckengitter empor. Schon bald darauf rutschten sie jedoch erneut hinab, um noch einmal, jetzt für eine kürzere Zeitspanne, hinaufzuflattern. Der weitere Ablauf des Geschehens zeichnete sich klar ab.

Mega versuchte auf den Beinen zu bleiben, während seine Genossen ringsum vor ungestillter Blutgier knurrten und um sich bissen. Er sah wie sie, daß sich die Vögel dem Punkt völliger Erschöpfung näherten. Er mußte von den anderen wegkommen! Er mußte einen für sich allein haben! Er kämpfte sich aus der Masse brodelnder Leiber heraus und sah, daß sich die Ältesten im Hintergrund hielten und auch die anderen älteren Nerze sklavisch ihrem Beispiel folgten. Als er sich an Massams fettem Wanst vorbeischob, wäre er beinahe mit Gabbla zusammengestoßen, der ihm mit offenem Maul hinterherblickte, wie er sich eilig zum anderen Ende des Auslaufs durchkämpfte. Einem ungekannten Instinkt folgend, drückte er seinen Rumpf fest gegen den Maschenzaun. Auf diese Weise ergab der Zaun ein hervorragendes Katapult, so wie er es schon oft beim Spielen ausprobiert hatte. Mega konnte sein Zittern beinahe nicht mehr beherrschen, als er sah, wie der schwächere der beiden Vögel weiter heruntierglitt, und dann wußte er, daß der richtige Zeitpunkt gekommen war – und sprang.

Als er durch die Luft schoß, sah er neben sich aus dem Augenwinkel noch einen anderen Nerz. Es war Mata. Sie mußte genau die gleiche Idee gehabt haben. Jetzt war allerdings nicht die Zeit dafür, sich darüber auszutauschen. Mit gefletschten Zähnen und mit in stummen Schreien aufgerissenen Mäulern katapultierten sie sich auf die Rücken und Köpfe ihrer Gefährten, benutzten sie als Sprungbretter, von denen aus sie weiter hinaufhechteten und simultan die Zähne in ihr Opfer schlugen. Dann kugelten sie über den Boden, jeder einen Flügel fest zwischen den Kiefern. Hinter ihnen ertönte ein unbeschreibliches Gebrüll, als der andere Vogel ein letztes Mal nach unten rutschte und von dem Mob zu Boden gezogen wurde.

Allein in ihrem Teil des Geheges, fauchten sich Mega und Mata an. Mit einemmal waren aus ihnen erbitterte Feinde geworden, die jeder für sich die Beute allein davontragen wollten. Dann fanden sich ihre Blicke, und sie erstarrten, als etwas Undefinierbares zwischen ihnen geschah. Im nächsten Moment schon verbissen sie sich wieder in das Opfer, nicht mehr als Feinde, sondern als Partner, die zusammenarbeiteten. Mega schlug die Zähne in die Kehle des Vogels und erstickte beinahe an einem völlig neuen Wonnegefühl, als er ein heißes Sprudeln zwischen den Zähnen spürte. Frisches rotes Blut und jetzt rohes Fleisch, das war es, was er spürte und schmeckte, als sie beide an dem Tier zu reißen begannen, die Flügel abfetzten und den noch immer zuckenden Körper in zwei Teile rissen.

Als sie einander gegenübersaßen und sich vollstopften, konnte er das Glitzern in Matas Augen sehen. Er spuckte ein Maulvoll Federn aus und grinste sie an. Sie grinste fast noch besessener zurück, zeigte ihm ihre blutverschmierten Zähne. Ein Bund war eben zwischen ihnen geschlossen worden, das wurde Mega klar, und für einen schrecklichen Augenblick hatte er das Gefühl, daß er zuerst unterworfen und dann versklavt werden sollte. Er schüttelte heftig den Kopf und schob diesen Gedanken weit weg. Mata mochte wohl ein besonderes Weibchen sein, vielleicht das einzige für ihn, doch blieb sie immer noch ein Weibchen.

Plötzlich wurde der Schuppen von einem Chor gezischter Warnungen erfüllt. Der Wärter nahte! Ein kollektives Schuldgefühl griff um sich, und alle entfernten sich so schnell es ging von den zermalmten Überresten und hüpften rasch in die Einzelkäfige, gerade noch rechtzeitig, bevor der Wärter in der Tür erschien. Er ging schweigend den Gang entlang, und sie spitzten heraus, beobachteten ihn, wie er die Maschentür am Ende des Auslaufs öffnete und die Hände hineinstreckte, um die verbliebenen Fetzen der Vogelkadaver wegzufegen. Ohne auch nur einen Blick auf die Futtertröge zu werfen, verkündete er stumm seinen Urteilsspruch, indem er die Schuppentür hinter sich schloß und die Nerze ohne Abendmahlzeit zurückließ.

Sobald sie sicher waren, daß er nicht mehr zurückkam, krochen die Nerze aus den Käfigen, und alle Augen richteten sich auf Massams Behausung, wohin sich die Ältesten zu einer eilig einberufenen Konferenz zurückgezogen hatten, die aber ohne Abschlußerklärung endete. Einige ältere Nerze schlurften hinter Gabbla her, der alsbald in seinen Käfig zurückkehrte, blieben jedoch stehen, als er sich umdrehte und verdrossen den Kopf schüttelte. Verunsichert und leise flüsternd zogen sie sich zurück. Nicht nur die Instinkte der Jungtiere, auch ihre eigenen waren aufgewühlt worden, und es hatte sie sehr viel Beherrschung gekostet, nicht mitzumachen. «Jetzt lassen uns unsere Anführer auch noch im Stich», murmelten sie einander zu. Es war Gabblas Aufgabe, sie wenigstens durch eine offizielle Erklärung zu ermutigen, so wie er es damals bei der vereinzelten Wolke am Nachthimmel getan hatte.

Die Jungtiere hingegen gaben sich nach außen hin betroffen, unter der Oberfläche kochte es jedoch gewaltig. Sie hatten schon gewisse Erfahrungen mit dem wilden Leben draußen gemacht. Da gab es einmal die Ratten, die die Nerze ignorierten und nur über den Boden huschten, wenn sie nach irgend etwas Brauchbarem suchten. Gelegentlich rannten auch andere kleine Tiere umher und versetzten sie mit dem Trippeln ihrer kleinen Füße in helle Aufregung. Direkterer Kontakt wurde ihnen durch fliegende oder kriechende Insekten zuteil, die sich in den Auslauf verirrten; die jungen Nerze jagten sie immer gerne, schlugen mit den Pfoten danach und zerbissen sie dann zwischen ihren scharfen Zähnen. Niemals zuvor hatte es jedoch etwas so Aufregendes wie die Vögel gegeben. Dieses Erlebnis hatte ihnen eine völlig neue Dimension eröffnet.

Zeitweilig vergaßen die Jungtiere sogar Gabblas Indoktrination und tauschten individuelle «böse Gedanken» miteinander aus.

«Gabbla hatte recht. Wir alle haben diese Gedanken.»

«Ich habe sie jedenfalls ständig. Und dann kann ich es nicht erwarten herauszukommen.»

«Ich auch nicht. So muß es da draußen immer sein.»

«Genau. Vögel töten, wann immer man Lust dazu hat.»

Sie gestanden einander, daß sie die Einschränkungen des Käfiglebens seit langem verabscheuten. Schon allein das Wetter: die tosenden Winde; die seufzenden Brisen; der Regen, der auf das Schuppendach tröpfelte, trommelte, ja manchmal sogar peitschte; das blendende Sonnenlicht, das ab und zu in goldenen Strahlen durch die Dachluke herabfiel und in dem glitzernde Staubpartikel feierlich schwebten; das geheimnisvolle Zwielicht und die lockende Dunkelheit, die sie in ihre kalte und geheimnisvolle Umarmung zu rufen schienen. Dann gab es diese herrlichen Gerüche, die hereindrangen und nach Aufregung und Abenteuer dufteten; die quälenden Blicke durch die Dachluke und gelegentlich durch die offene Schuppentür; die unablässigen Geräusche: brummende Volvers, menschliche Stimmen und die Töne so vieler anderer Lebewesen, Zwitschern, Muhen, Heulen, Quieken, Tausende von Geheimnissen, die nur darauf warteten, erforscht zu werden. Bis zu diesem Zeitpunkt hatten diese Klänge zu einer Welt gehört, die ihnen verschlossen war, einer Welt, die sie niemals erleben durften, und deswegen hatten sie ihnen auch nichts bedeutet. Jetzt hatten sie jedoch Blut geleckt. Plötzlich waren sie zu Mördern geworden. Wie sollten sie sich jetzt jemals wieder mit dem Käfigleben zufriedengeben?

Doch ihre Erregung hielt nicht lange an.

«Es funktioniert», berichtete Gabbla Massam geflissentlich und legte zufrieden das Fett um seine Augen in Falten. Es war seine Idee gewesen, nach der Konferenz keinen Kommentar abzugeben. «Warte nur ab, sie werden sich von selbst wieder beruhigen», hatte er seinem Chef versichert. «Ich habe sie nicht umsonst indoktriniert.»

Wie er es vorausgesagt hatte, schlichen sich allmählich trübe Gedanken in die subversiven Unterhaltungen. Massams Lächeln wurde immer breiter, als er zwischen den Käfigen umherwatschelte und hier und da Gesprächsfetzen aufschnappte.

«Der springende Punkt ist doch der, daß wir hier nie herauskommen.»

«Es gibt keine Möglichkeit.»

«Niemals – das ist das Problem.»

«Gabbla sagte doch, selbst wenn, dann stürzt der Himmel ein.»

«Das wissen wir nicht genau», erhob sich eine mutige Stimme.

Doch sie blieb die einzige.

«Nein, wir dürfen es auf keinen Fall versuchen», ertönten sogleich ängstlichere Stimmen.

«Ohne Himmel gibt es nämlich auch keine Vögel mehr!»

«Und auch sonst nichts.»

«Uns eingeschlossen.»

Massam sah, wie sie sich verzweifelt anblickten, dann kehrte er lächelnd in seinen Käfig zurück.

«Gut gemacht, Gabbla», beglückwünschte er seinen Sprecher. «Wir scheinen das Problem momentan wieder im Griff zu haben. Was nicht heißt, daß wir schon ganz aus dem Wald heraus sind. Denk dir etwas anderes aus, ja?»

«Jawohl, Chef», antwortete Gabbla und mußte über das unbewußte Wortspiel seines Chefs grinsen. Einen kurzen Moment dachte er daran, ihn darauf aufmerksam zu machen. Dann begrub er die Idee wieder. Massam hatte noch nie viel Sinn für Humor bewiesen, weder für freiwilligen noch für unfreiwilligen. Statt dessen kniff Gabbla die Augen zusammen und runzelte die Stirn, sobald Massam ihm den Rücken zudrehte. Was er sich auch ausdachte, sein Chef würde sich niemals damit zufriedengeben. Zum erstenmal hatte Gabbla jedoch das eigenartige Gefühl, daß sein gewohnheitsmäßiger Pessimismus gerechtfertigt sei. Sie waren noch nicht aus dem Wald heraus; oder besser gesagt, im Wald drinnen, nur weil sie die Jungtiere mit der Geschichte vom Land des Glücks überzeugt hatten. Er starrte lange durch den Maschendraht und wälzte seine Entscheidung hin und her. Dann traf er seine Entscheidung. Soweit er sich erinnern konnte, war es zwar noch nie zuvor geschehen, doch er wollte die Jungen ein zweites Mal durch den Prozeß der Indoktrination schleusen.

Eine doppelte Rückversicherung konnte nie schaden, außerdem hielt er sich dadurch Massam eine Weile vom Hals.

Kapitel 8

KRÄHENFREUNDSCHAFT

Eule mußte zwei große Runden über den Alten Wald fliegen, bevor sein Zorn einigermaßen verraucht war. Egal, wie sehr er Ula anbrüllen mochte, egal, was sie zurückschrie, es waren nur Worte. Selbst wenn sie ihn einen Deppen nannte, so blieben sie trotz allem fürs Leben gepaart, aneinander gefesselt in einer Partnerschaft, die keiner von ihnen jemals auflösen konnte. Also sollten sie sich in ihrer Beziehung zumindest gegenseitig unterstützen. Das konnte doch wundervoll sein: Wehmütig erinnerte sich Eule an die ersten Anfänge. Seitdem hatte sich jedoch so viel Bitterkeit darübergelegt, daß heute keiner mehr den anderen ertragen mochte. Die Tragödie bestand darin, und das wußten sie beide nur zu gut, daß keiner von ihnen diesen Teufelskreis durchbrechen konnte. Es war so, als befänden sie sich in einem Luftstrom, der sie nach unten drückte, und keiner von ihnen konnte oder wollte die richtige Thermik nutzen, um wieder in die freien Lüfte hinaufzusteigen.

Der Vorfall mit den Kaninchen war nur die letzte in einer langen Reihe von Auseinandersetzungen. Sie komprimierte jedoch in gewisser Weise alle ihre unterschiedlichen Auffassungen und hatte sich deshalb zu einer der bisher erbittertsten ausgeweitet.

«Du interessierst dich mehr für diese Kaninchen als für mich», hatte Ula ihm erst am vorangegangenen Abend vorgeworfen, und weil Eule es nicht sofort abstritt, hatte er damit alles nur noch schlimmer gemacht.

Jetzt, hier draußen in der grenzenlosen Weite, konnte er das alles vergessen. Der Himmel schenkte ihm nicht nur die nötige Freiheit, sondern auch den Überblick – das Privileg, auf den Alten Wald hinabzusehen, auf seine vertraute Heimat und seine ganze Welt. Der Anblick machte sein Herz jedesmal ganz leicht, denn er liebte ihn so sehr und lebte für ihn mehr als für alles andere. «Warum teilt Ula diese Begeisterung nicht mit mir?» fragte er sich. «Warum sieht sie nicht weiter als bis zum Ende ihres eigenen Schnabels, warum erfreut sie sich nicht gemeinsam mit mir an den Milliarden von Wundern um uns herum?»

Als die Stille unter ihm seine zitternden Nerven allmählich zur Ruhe kommen ließ, entspannte er sich wieder. Dort unten schien sich nichts zu rühren. Er lauschte angestrengt, doch es gab Momente wie diesen, da lag der Wald so still, als gäbe es kein einziges Lebewesen darin. Schon bald würde überall von neuem die unerbittliche Jagd beginnen, von der man nur das

Geräusch gurgelnder Todesschreie, zuschnappender Kiefer und stoßender Schnäbel hörte. Alles hing von der jeweiligen Einstellung ab: Entweder sah man den Wald als Stätte der Schönheit und Stille oder als Ort des allgegenwärtigen und gewaltsamen Todes.

Ulas Haltung war eindeutig.

«Der Wald existiert für die Killer, besonders für hochentwickelte Raubtiere wie uns. Wir sind die einzigen, die zählen. Die anderen sind nur da, um gefressen zu werden.»

«Sie hat recht, denn es wird ständig irgendwer von irgendwem gefressen», überlegte sich Eule. Er schlug ein paarmal kräftig mit seinen kurzen Schwingen und ließ sich in einen langgezogenen geräuschlosen Gleitflug fallen. Besonders in der Nacht verwandelte sich der Waldboden in ein Gewimmel umherstreifender Geschöpfe, von denen jedes nur eins im Sinn hatte, nämlich etwas zu fressen zu finden und gleichzeitig zu vermeiden, selbst gefressen zu werden. Er erinnerte sich daran, daß Ula einmal gesagt hatte, sie alle zögerten das Unvermeidbare lediglich hinaus.

«Mir reicht es jetzt mit diesem Kaninchengeschwätz über den wundervollen Wald, in dem wir leben!» hatte sie außer sich vor Wut geschrien. «Er ist nicht wundervoll – er ist sogar ausgeprägt bösartig! Siehst du das denn nicht, du Depp, daß es tausend Arten zu sterben gibt, von denen die meisten obendrein von ausgesuchter Schrecklichkeit sind? Wer nicht vorzeitig abtritt – also nicht erjagt, zu Tode gehetzt, niedergeschossen, geködert, in die Falle gelockt, lebendig begraben, zermalmt, zertreten, gegen einen Felsen geschmettert oder aus großer Höhe hinabgeworfen wird, wer nicht verschluckt, zerbissen, ausgeschlürft, am Stück verspeist, zu Tode gepickt oder ausgesaugt wird, wer nicht den Schädel eingeschlagen bekommt, in Stücke gerissen, von Insekten systematisch zerlegt wird, von Parasiten die Gedärme zerstört bekommt, wer keiner Krankheit zum Opfer fällt, wer nicht verhungert, ertrinkt oder verdurstet, wer nicht in der Hitze vergeht, in der Kälte erfriert oder vom Wind davongeweht wird –, der gibt am Ende tatsächlich auf natürliche Weise den Geist auf, was auf das gleiche hinausläuft. Sogar wenn du tot bist, dienst du allen möglichen Aasfressern als Nahrung, von den Krähen bis zu den Käfern, bis dein Kadaver vor Maden wimmelt und du dich letztendlich auch noch mit den Würmern anfreunden mußt!

Erzähl mir bitte nichts von einer Stätte der Schönheit und der Ruhe! So denken nur diese Betroffenen Vegetarier des Waldes. Und was wissen die schon vom Wald? Was wissen die überhaupt? Warum versaust du dir dein Leben, indem du dich mit dämlichen Blattfressern abgibst, Ollie?» hatte sie ihre Tirade ziemlich traurig beendet. «Warum genießt du nicht, daß du ein ordentlicher Raubvogel bist?»

Eule war sehr beeindruckt gewesen. Noch nie zuvor hatte sie eine so lange Rede gehalten, und seither hatte sie sich auch nie mehr so deutlich ausgedrückt. Er hatte sehr wohl verstanden, worauf sie abzielte. Die Kaninchen, die in großer Zahl im Wald und den angrenzenden Äckern und Feldern lebten, waren für die Gründung der BWW verantwortlich. Unter diesem Oberbegriff hatten sie eine bunte Mischung von Knabberern, Grasern sowie Pflanzen- und Samenfressern versammelt, obendrein eine Reihe von Allesfressern, die sie ständig ermahnten, sich ganz auf die Seite der Pflanzenfresser zu schlagen. Keiner zweifelte daran, daß sie es gut meinten und ernsthaft bei der Sache waren, doch Ula hatte nicht ganz unrecht, wenn sie fragte, welchen praktischen Sinn das alles eigentlich erfüllte. Das einzige, was die Kaninchen zuwege brachten, war, Versammlungen abzuhalten. Ulas Bemerkung hinsichtlich des «ordentlichen Raubvogels» hatte ihn tief getroffen. Eule war ein ordentlicher Raubvogel. Er tötete mit der gleichen effektiven Rücksichtslosigkeit und dem erforderlichen Mangel an Mitgefühl wie sie. Schließlich konnte man nicht plötzlich Mitleid mit dem eigenen Abendbrot haben. In seinen Augen war das jedoch kein Hinderungsgrund, sich gleichzeitig für die Kaninchen und ihre Aktivitäten zu interessieren.

Mit einem weiteren Flügelschlag blickte er auf den dunkler werdenden Wald hinunter. Der Sturm hatte den nebelfeuchten Schleier weggeblasen, die Luft war jetzt belebend frisch und kristallklar. Die nackten ausgestreckten Äste, die in den Lichtungen von Grasflecken unterbrochen wurden, nahmen jetzt diesen dunklen Grauton an, der zu seinen Lieblingsfarben gehörte. Inzwischen hatte er sich beruhigt, und Ula tat ihm schon fast wieder leid. Was auch immer sie über die Stille gesagt hatte – sah sie denn diese Schönheit nicht? Seine Liebesaffäre mit dem Wald und allen Naturelementen war es doch gerade, die alles andere für ihn wettmachte, sie gab Eule erst einen Grund zu leben. Das würde er niemals aufgeben, egal, mit welchen Tiraden Ula ihm noch aufwartete.

Nachdem er sich von seinen düsteren Gedanken befreit hatte, verlangsamte er seinen Flug etwas am Ende des Hügelkammes und machte mit Hilfe eines kurzen Anwinkelns der Schwingen eine elegante Kehre. Das rosige Glühen am Himmel verwandelte sich in Purpur, und er spürte bereits, wie sich ein leiser Frost in der Luft ausbreitete. Solange er schlief, hatte er unbewußt die Wärme der Sonne gespürt. Der Wald hatte sich jedoch noch nicht ganz dem Einfluß der Großen Kälte entzogen, und nach dem Sturm würde der Himmel heute nacht bestimmt klar werden. Helle Sterne und ein großer Mond über einem härter anziehenden Frost, der den Boden nach und nach mit glitzerndem Weiß bedecken würde. Dann war der Wald völlig still und damit noch viel schöner. Er freute sich schon darauf.

Zunächst kam ihm jedoch der von seinem harten Tagewerk zurückkehrende, ungeordnete Krähenkonvoi entgegen. Die überaus geselligen Krähen galten im Wald als stabilisierendes Element. Trotz ihrer rauhen Umgangsformen waren sie methodische Arbeiter, die früh am Morgen im ganzen Schwarm zu den weiter draußen liegenden Äckern loszogen, wo sie den ganzen Tag auf der Suche nach Raupen, Larven und Würmern für den täglichen Nahrungsbedarf verbrachten.

Wie Eule gehofft hatte, flog Raka zu ihm herüber.

«He, Ollie», krächzte sie gutgelaunt. «Wie läuft das Kaninchengeschäft?»

Eule gab darauf keine Antwort, doch das war noch lange kein Grund für sie, sich von weiteren Fragen abhalten zu lassen.

«Sag bloß, Ula hat wieder auf dir rumgehackt?» rief sie. «Das darfst du ihr wirklich nicht vorwerfen, Ollie. Warum läßt du diese blöden Spinner nicht einfach links liegen? Nichts für ungut, aber merkst du nicht, daß du sie damit immer mehr aufregst?»

«Aber weshalb denn, Raka?» entgegnete Eule aufbrausend.

Er wußte, daß er und die Krähe sich zwar als Freunde bezeichneten, Raka aber trotzdem mit Ula schwatzte. Manchmal fragte er sich, auf wessen Seite sie eigentlich stand.

«Du bist auch nicht besser als sie», sagte er, während sie nebeneinanderher flogen. «Es gehört nicht zu den Aufgaben eines Weibchens, zu bestimmen, mit wem ein Männchen sich unterhalten darf und mit wem nicht.»

«Kann schon sein, Ollie. Aber welcher andere Raubvogel unterhält sich mit Kaninchen? Welcher andere Fleischfresser?»

Wie Eule fraß auch Raka lebendiges Futter. Strenggenommen war sie jedoch kein Raubtier. Die saftigen, aber dämlichen Würmer, die sie aus der Erde zog, konnte man nicht ernsthaft als ordentliche Beute bezeichnen, die nach allen Regeln der Kunst erjagt werden mußte.

«Sie haben uns Krähen schon tausendmal zu ihren Versammlungen eingeladen», fuhr sie fort. «Aber wie viele von uns sind jemals hingegangen? Die Antwort lautet: keine einzige. Die Braunellen sind die einzigen Vögel, die wirklich scharf darauf sind. Aber wer will sich schon mit Braunellen auf eine Stufe stellen?»

Eules Federn richteten sich leicht auf. Mit Braunellen verglichen zu werden war fast so schlimm, wie Depp genannt zu werden. Er verachtete diese langweiligen kleinen Heckenspatzen von ganzem Herzen, weil sie so schüchtern waren und immer nur auf dem Boden herumhopsten, wo sie sich ihr mickriges Futter zusammensuchten. Und jetzt sahen sie ihre Aufgabe ausgerechnet darin, die Handlanger für die Kaninchen zu spielen. Das wiederum führte dazu, daß sie sich für weit wichtiger hielten, als sie es eigentlich waren, was sie nur noch verachtungswürdiger machte. Trotzdem verspürte Eule das irrationale Bedürfnis, wenn schon nicht die Braunellen, so doch die Kaninchen zu verteidigen.

«Es gibt eine Menge anderer Vögel, die mitmachen, Raka: Zaunkönige, Goldfinken, Lerchen, alle möglichen Meisenarten ...»

«Genau», warf Raka krächzend ein.

«... und auch in der Erde lebende Fleischfresser», fuhr Eule unbeirrt fort. «Maulwurf ist immer dort, und der frißt nichts anderes als Würmer. Die Frösche und die Kröten sind Stammgäste, die Aale gleiten manchmal vorbei, auch Ratten waren schon dort. Und dann die Spitzmäuse. Wenn das keine richtigen Fleischfresser sind!»

«Schön und gut, aber die sind doch keine ernst zu nehmenden Tiere, Ollie», unterbrach ihn Raka. «Nicht wie du und Ula oder die Wiesel und Hermeline oder Freddie oder Boris – oder die Bussarde.»

«Die Bussarde nehmen nirgendwo teil», sagte Eule mürrisch. Hatte Raka denn vergessen, daß er sie einmal aus den Klauen eines Bussards vor dem sicheren Tod gerettet hatte? Damals hatte er sich so darauf konzentriert, auf eine Feldmaus herabzustürzen, daß er die beiden, im tödlichen Kampf ineinander verbissen, gar nicht bemerkt hatte. Sein unerwartetes Auftauchen hatte den Bussard so verwirrt, daß er seinen Griff ein wenig lockerte. Raka konnte sich ihm entwinden, und erst später, als sie ihm dafür dankte, hatte er festgestellt, daß sie keine gewöhnliche Krähe war.

«Ich war ein Ästling, weißt du, ich wurde aus dem Nest gestoßen, weil es zu voll war», erklärte sie ihm. «Meine Eltern fütterten mich zwar noch, doch irgendwann verlor ich den Halt und fiel auf den Boden hinunter. Ich überlebte, weil ich mich von den Kadavern anderer Ästlinge ernährte, und hatte viel Glück, daß ich nicht von einem Raubtier erwischt wurde, bevor ich fliegen lernte.

Soweit ich weiß, bin ich der einzige Ästling, der überlebt hat, und seither scheint mir das Glück gewogen zu sein – das beweist die Rettung durch dich erneut. Ich unterscheide mich ziemlich deutlich von anderen Krähen. Ich interessiere mich für alles, wenn du weißt, was ich meine.»

«Ich weiß genau, was du meinst», hatte Eule aufgeregt geantwortet. Auch er hatte durch die Freundschaft zu Freddie und Boris versucht, seinen Horizont zu erweitern. Ein Vogel, mit dem er sich unterhalten konnte, war natürlich weitaus besser. Er hatte Raka seine häuslichen Probleme anvertraut, und sie hatte sich als einfühlsame Zuhörerin erwiesen; außerdem war es ganz nützlich, aus ihrem Schnabel den weiblichen Standpunkt dargelegt zu bekommen. Obwohl er in allem, was Ula anging, schon lange die Waffen gestreckt hatte, waren sie Freunde geblieben – bis zum heutigen Abend, an dem er ernste Bedenken hegte, daß ihre Freundschaft in die Brüche gehen könnte.

«Raka, ich dachte, wir hätten uns darüber verständigt, daß wir uns für alles interessieren», sagte er. «Wenn die Kaninchen immer wieder zu mir kommen, dann haben sie doch irgend etwas auf dem Herzen. Möchtest du nicht, daß ich es herausfinde?»

«Nein», krächzte Raka. «Das sind doch nur Schwätzer, Ollie, die haben nichts zu sagen. Aber warum gehst du nicht einfach hin und siehst dich bei ihnen um, dann bist du vielleicht kuriert. Ich habe es ebenso satt wie Ula, ständig diese Kaninchengeschichten zu hören. Weißt du was, Ollie? Sie machen den reinsten Langweiler aus dir!»

Als Eule den Kopf zu ihr drehte, um sie in den Flügel zu picken, ließ sie sich seitlich wegkippen.

«Ach ja, ein Langweiler bin ich also?» rief er. «Dann muß ich dir sagen, Raka, daß es nichts Langweiligeres gibt als dein eintöniges Leben. Die Kaninchen denken wenigstens nach und verbringen nicht ihr ganzes Leben mit Arbeit, so wie du. Ich werde sie also besuchen, wie du mir geraten hast. Und wenn ich etwas Wissenswertes herausfinde, dann wirst du die letzte sein, die es erfährt.»

Raka wußte bereits, daß sie zu weit gegangen war, doch es kümmerte sie nicht mehr. Es wurde Zeit, daß jemand Eule die Augen öffnete.

«Ula verriet mir den wahren Grund, warum du ihnen zuhörst. Es ist nur, weil sie dir sagen, wie toll du bist. Du bist nicht nur ein Langweiler, Ollie, du bist obendrein ein eingebildeter Langweiler.»

Eule hackte erneut mit seinem Schnabel nach ihr, doch trotz ihrer schwarzen Masse war sie erstaunlich schnell und wich ihm behende aus.

«Viel Spaß bei deiner Versammlung», höhnte sie noch, dann ließ sie sich fallen und schoß auf das Ulmenwäldchen zu, das die Krähenkolonie beherbergte. «Hoffentlich geben sie dir ein bißchen von ihrem leckeren Gras zu fressen.»

Eule flog mit energischen Flügelschlägen zu den weiter entfernt gelegenen Feldern. Ein eingebildeter Langweiler war er also? Na schön, in diesem Fall würde er morgen besonders früh aufstehen, um zur Versammlung der Kaninchen nicht zu spät zu kommen. Raka hatte recht. Zumindest würde das der Sache einen Endpunkt setzen – auf die eine oder die andere Art.

Kapitel 9

HEISSE SPRITZER

Mega rannte los und krümmte sich über die Latrinengrube. Bei dem wäßrigen Zeug, das aus seinem Darm sprudelte, überkam ihn der Ekel. Der Wärter hatte wieder einmal ihre Ernährung umgestellt; jetzt litten alle unter Durchfall. In der Latrine drängten sich erbarmungswürdige Gestalten in ihrer Verzweiflung aneinander. Etwas früher am Tage hatte es eines der Jungtiere im Auslauf auf so schreckliche Weise beinahe zerrissen, daß jetzt keiner das Risiko einzugehen wagte, von einer ähnlich peinlichen Situation überrascht zu werden.

Mega versuchte, die anderen um sich herum auszublenden, blieb dort hocken, wo er war, und ließ sich von seinen Gedanken treiben. Seit dem denkwürdigen Zwischenfall mit dem Vogel, als sie das noch lebende Tier gemeinsam zerrissen hatten, war er von einer seltsamen Scheu befallen, und er hatte sich bewußt von Mata ferngehalten. Zwischen ihnen hatte sich etwas so Grundlegendes ereignet, daß er etwas Zeit brauchte, um es zu verarbeiten. Es war nicht nur Mata. Seine ganze Welt war von der Kombination aus Vogelereignis, Custards Besuch und Gabblas Indoktrination auf den Kopf gestellt worden. Letztere empfand er noch immer als außerordentlich unbefriedigend, obwohl alle Jungtiere sie überraschenderweise ein zweites Mal über sich hatten ergehen lassen müssen. Bei seinen Empfindungen konnte er sich auf keinerlei Logik stützen, nur auf ein brennendes Gefühl, das ihm sagte, daß er und Mata recht hatten. Die schwachen Erklärungen, die die Ältesten über das Käfigleben abgaben, klangen schlicht falsch. Sheba hatte ihm damals gesagt, er solle nicht darauf hören und sich lieber amüsieren; jetzt wurde ihm klar, daß er genau das getan hatte. Er war stets darauf bedacht gewesen, guter Laune und offen zu sein, ungeachtet der Art, wie die älteren Nerze ihn behandelten. Und nicht nur ihn: auch diejenigen, die sich mit ihm abgaben, belegten sie mit einem Bann. Was hätte er auch sonst tun sollen?

Die Tage der kindlichen Raufereien waren lange vorüber; er hatte vergeben und vergessen. Sheba hatte ihm die Grundbegriffe des Kämpfens beigebracht, doch auf eine – wie er fand – ziemlich weibische Weise: dem Gegner immer einen Gedanken voraus sein, seine Bewegungen vorherahnen und dann dessen eigenes Gewicht gegen ihn einsetzen. In der Zwischenzeit hatte er wie seine Generationsgenossen gelernt, mit seiner rasch wachsenden körperlichen Kraft umzugehen. Als es darum ging, sich einen Platz in der Hierarchie der neuen Generation zu suchen, was eine durchaus ernsthafte Angelegenheit war, hatte er frohgemut jeden Positionskampf angenommen, der ihm angeboten wurde. Natürlich hatte er auch gewinnen wollen. Warum auch nicht? Hin und wieder fragte er sich jedoch, ob Sheba es mit ihren Vorstellungen vom «Anderssein» und von dem, was die Zeit bringen würde, sobald sie «reif» war, nicht etwas übertrieb. War es etwa ihr Ehrgeiz, der ihn antrieb, damit er ihr Leben stellvertretend für sie lebte? Er würde sie deshalb nicht weniger lieben, doch am meisten wünschte er sich, er selbst zu sein und das zu tun, was er für richtig hielt.

Als er einen der ritualisierten Kämpfe nach dem anderen gewann, wurde ihm allmählich klar, daß er für eine Position ganz oben in der Hierarchie geschaffen war, egal, was seine Mutter sich von ihm erhoffte oder wünschte. Dieses Wissen erfüllte ihn mit einer gewissen Befriedigung, doch nicht unbedingt auf eine glorreiche Art. Macht – das sah er bei denjenigen unter ihm, die dessenungeachtet ihre Macht über die noch Schwächeren ausübten –, Macht konnte ein üble Sache sein. Wurde sie mißbraucht, war sie entwürdigend; das sah man an den Ältesten, die von allen anderen verlangten, daß sie vor ihnen dienerten und kuschten. Ihm gefielen diejenigen weit besser, die es fertigbrachten, daß man ihre Macht unausgesprochen anerkannte, ohne daß sie permanent zur Schau gestellt werden mußte. Hin und wieder erlaubte er seinen Gefühlen, sein Handeln ungebeten zu diktieren, etwa um einem Unglücklichen zu helfen, der schikaniert wurde. So etwas machte er nicht jeden Tag, doch es verschaffte ihm größere Befriedigung als die rohen Manifestationen brutaler Kraft, denen sich so viele seiner Gefährten verschrieben hatten.

Was sollte er jetzt tun? Er kam sich vor, als würde er auf einem schmalen Balken balancieren. Nicht auf dem Latrinenbalken, dachte er mit einem schiefen Grinsen, sondern auf dem Balken des Lebens. Durch den Zwischenfall mit dem Vogel war ein völlig neues Kapitel aufgeschlagen worden, das ihn mit einer Fülle neuartiger Gefühle überschwemmte. Das Chaos, die Verwirrung, das Flattern, das Geschrei – das alles hatte er rasch wieder vergessen, ebensoschnell wie den Mondwahn. Was sich jedoch unauslöschlich in sein Gedächtnis gebrannt hatte, war der Moment, als er die Zähne in den zuckenden Körper schlug und das heiße Blut gegen den Gaumen spritzen fühlte. Er sah noch immer Mata vor sich, die ihn wie wahnsinnig angrinste und ihm dabei ihre rotverschmierten Reißzähne zeigte. Sie mußte es ebenfalls gespürt und genau wie er sofort gewußt haben, daß dieses Erlebnis viel wirklicher war als alles andere, was sie bisher erlebt hatten. Es fühlte sich wie der Inbegriff des Nerzdaseins an.

Sollte er diese neuen Gefühle wirklich ausklammern, versuchen, sie zu vergessen, so wie es die Ältesten verlangten? Bisher hatte er stets sein eigenes Leben gelebt, auch wenn es immer wieder von Shebas Gerede davon, daß sich «alles offenbart, wenn die Zeit reif dafür» sei, beeinträchtigt war. Welche Pläne sie auch für ihn ausheckte, er wußte instinktiv, daß sein Leben nach diesem Ereignis nicht mehr dasselbe wäre. Er würde ein anderer werden, weil er in eine andere Richtung dirigiert wurde, ob es ihm gefiel oder nicht. Er würde sich etwas anderem beugen müssen, außerhalb seiner selbst, würde seine Identität aufgeben und sich opfern, indem er die Kontrolle aufgab. Die Vögel hatten ihn schon einmal dazu verleitet. Nie wieder konnte er diese Ahnung eines anderen Lebens, die sie in ihm hervorgerufen hatten, unterdrücken. Obwohl er sich dagegen sträubte, die Zeit seiner Unschuld zu beenden – er mußte es wissen. Auch wenn sich sein Leben unwiderruflich dabei ändern sollte – und, wie Sheba einmal erwähnt hatte, auch das Leben aller anderen –, so mußte er es doch akzeptieren.

«Außerdem bin ich es mir selbst schuldig, ebenso wie den anderen», dachte er, als er sich umsah. Welche Alternative hatte er denn? Hier in diesem kotverspritzten Loch bleiben? Niedergehalten, unterdrückt, bevormundet? Immer nur auf die tägliche Fütterung warten, sich an organisierten Keilereien beteiligen und voller Verzweiflung die Muster an der Wand anstarren? Sich hier über der Grube krümmen und die letzte Gemeinheit ihres «fürsorglichen» Wärters ausbaden? Dieser Gestank! Er zuckte, als sich der zusammengekauerte Nerz neben ihm plötzlich aufrichtete, und er spürte, wie auch sein Fell von den wäßrigen Spritzern besudelt wurde. Noch nie zuvor hatten so viele Tiere in so kurzer Zeit derartige Mengen ausgeschieden. Es war so schlimm, daß die Ältesten sogar zeitweise ihr Gebot der Privatsphäre außer Kraft setzen mußten, was Massam der doppelten Erniedrigung aussetzte, sich neben seinen Untertanen zu entleeren und dabei am stinkigsten von allen zu furzen und zu pinkeln. «Alles war besser als das hier, egal, wie sehr wir vielleicht später einmal dafür büßen müssen», dachte Mega abschließend.

Diese Entscheidung brachte ihn jedoch unweigerlich in ein weitaus schmerzlicheres Dilemma, das ihm beträchtliche Seelenqualen bereitete. Bis jetzt war er immer stolz auf seine Ehrlichkeit gewesen, so wie ihn Sheba erzogen hatte. Einige andere Nerze logen, das wußte er, doch seine Mutter hatte ihn immer wieder daran erinnert, daß derjenige, der betrügt, am Ende stets selbst als der Betrogene dasteht. Was also sollte er tun, wenn ihm alle seine Instinkte davon abrieten, Sheba zu erzählen, daß es zuerst Mata – nicht er – gewesen war, die ihre Zweifel an den Ältesten und ihren Vorschriften geäußert hatte? Wenn er sie schon nicht anlügen wollte, so mußte er sie durch Verschweigen täuschen, und auch das behagte ihm absolut nicht. Wohin sollte das führen? Würde er jemals wieder damit aufhören können? Würde er sich am Ende selbst betrügen? Möglich. Es war jedoch an ihm, den nächsten Schritt zu tun, wenn er das neue Wissen ausloten wollte. Nur eine winzige, genau kalkulierte Frage bedeutete, daß er die Kontrolle abgegeben, daß er den neuen Weg eingeschlagen hatte. Wohin ihn dieser Weg führte, konnte er nicht wissen.

Plötzlich hörte er wütendes Geschnatter, gleich darauf lautes Schreien. Er drehte sich so schnell um, wie es auf dem glitschigen Schleim ging, und sah, daß am anderen Ende der Grube ein Kampf zwischen zwei Weibchen ausgebrochen war. Sie schubsten sich keifend dicht am Rande der Grube hin und her, bis sie, fest ineinander verkrallt, das Gleichgewicht verloren und in das Meer aus Kot hinabstürzten. Ein dumpfer «Plumps» war zu hören, gefolgt von panischem Platschen; die widerliche Suppe hob und senkte sich im Rhythmus seines Magens. Das mußte doch jetzt wirklich das Ende sein! Sogar Massam sah erschrocken aus, wie er da hilflos zwischen all den anderen stand. Sie wußten genau, daß die beiden Weibchen sich aus der Grube befreien konnten, doch wer von denjenigen, die sie hier gesehen hatten, würde jemals die Schande, den Schrekken, die Entwürdigung vergessen können, wie die zwei Weibchen hustend, spuckend und mit fest zugekniffenen Augen verzweifelt auf den Rand zupaddelten? Es handelte sich um seine Gefährten, seine Artgenossen, und das hier war ihr Leben – es sei denn, er unternahm etwas.

Er kümmerte sich nicht mehr darum, ob ihn ein weiterer Anfall erwischte, und rannte los, um Sheba zu suchen.

Sheba erkannte sofort, wie aufgewühlt ihr Sohn war, und ließ ihn erst einmal gewähren.

Als er sie jetzt mit dem Rücken an die Holzwand des Käfigs drückte, spürte sie, daß er von einer ungekannten Entschlossenheit erfüllt war.

«Sheba, ich muß dich etwas fragen», sagte er ohne weitere Umschweife. «Wenn der Wald, in den Custard immer geht, wirklich das Land des Glücks ist, warum hat sie dann nie erwähnt, daß er von Nerzen wimmelt?»

«Eine sehr gute Frage, Mega», gab sie hocherfreut zurück. Genau darauf hatte sie gewartet. «Du weißt, daß ich dich immer vertröstet habe, bis die Zeit reif ist, Mega, eine Zeit, in der alles offenbart werden würde. Wann diese Zeit reif war, das hing immer von dir ab, nicht von mir. Doch jetzt ist sie gekommen. Erzähl mir also zuerst einmal, was du schon alles weißt.»

«Ich weiß gar nichts, Mama», protestierte Mega. «Ich zweifle nur daran, daß es ein Land des Glücks überhaupt gibt.»

«Warum erzählen uns die Ältesten dann immer davon?»

Sie drängte ihn nicht, sie tastete sich nur heran. Wieviel hatte er bereits allein herausgefunden?

«Es ist nicht fair, mich so etwas zu fragen», entgegnete ihr Sohn noch betrübter. «Ich kann nichts erklären. Ich finde nur, daß die ganze Sache einen falschen Beigeschmack hat. Auch die Geschichte mit dem einstürzenden Himmel. Woher sollen wir wissen, ob sie der Wahrheit entspricht? Erst als die Vögel im Käfig waren, fühlte ich mich wirklich anders … als würde eine riesige Last von mir genommen … als lebte ich zum allererstenmal tatsächlich.»

Er blickte sie flehend an.

«Weißt du, was ich meine, Mama?» fragte er ängstlich.

Sie lächelte ihn glücklich an: «Ich weiß es genau, Mega. Ich hatte das gleiche Gefühl, als ich mit deinem Vater zusammen war. Ihm hast du auch zu verdanken, was ich dir jetzt offenbaren werde. Komm mit.»

Er folgte ihr zu dem kleinen Versteckloch, von dessen Existenz hinter dem letzten Käfig er bereits wußte. Bisher waren sie jedoch noch nie gemeinsam hiergewesen.

Es war leer.

«Dein Vater Solomon ist viel herumgekommen, Mega», sagte sie, ließ sich nieder und erlaubte den Erinnerungen, sie ganz gefangenzunehmen. «Er hat sich so einiges zusammengereimt und mir alles erzählt. Im Gegensatz zu dem, was die Ältesten uns lehren, sagte er mir, daß die Menschen, auch unser Wärter, nicht unsere Freunde sind, sondern unsere Feinde.»

«Und was ist mit dem Land des Glücks, Sheba», drängte er mit sorgenvollem Gesichtsausdruck.

«Es gibt kein Land des Glücks.»

Er blickte sie fragend an. Da redete nicht seine Mutter. Es war jemand anders.

«Warum hast du mir das nicht schon früher gesagt?» fragte er mit einer Stimme, in der ein Hauch Autorität mitschwang.

«Du hast nicht danach gefragt, Mega», entgegnete sie wenig

überzeugend, während sie ihn weiterhin mit liebevollem Blick betrachtete.

«Du hast mir doch gesagt, ich soll mich nur amüsieren», widersprach er.

Sheba spürte, wie eine Woge der Liebe über ihr zusammenschlug. «Das ist wahr, mein Sohn. Hatte ich nicht recht damit?»

«Doch, Mama», erwiderte er lächelnd. «Und ich bin dir sehr dankbar dafür. Ich habe viel dabei gelernt, das weißt du. Aber jetzt fühle ich etwas Neues auf mich zukommen. Ich weiß nicht, was es ist, und ich weiß auch nicht, ob ich froh darüber sein soll. Aber wenn du es willst, werde ich darauf vorbereitet sein.»

Sheba glaubte, ihr Herz müsse zerspringen. Solomons Kraft und Klarsicht durchströmten Mega wie das Blut in seinen Adern.

«Darf ich dich noch etwas anderes fragen, Mama?»

«Was du willst, Mega.»

«Bei unserer Indoktrination stellte Gabbla die Frage, weshalb sich unser Wärter um uns kümmern sollte, wenn er unser Feind wäre. ‹Was hat er denn davon?› fragte Gabbla. ‹Er kann uns nicht einmal essen. Wenn er unser Feind wäre, würde er uns töten.› Stimmt das, Mama?»

«Niemand, auch ich nicht, konnte sich das erklären, bevor ich deinen Vater traf», antwortete sie. «Dein Vater hat mich lange hingehalten, doch ich wollte es wissen, und schließlich hat er es mir gesagt: Er tötet uns. Er tötet uns unserer Pelze wegen, das sagte er. Ich sagte ihm, daß der Wärter unsere Pelze doch nicht essen könne. Ich bin eben manchmal etwas schwer von Begriff, Mega.»

Sie lächelte ihn liebevoll an.

Trotz des Schocks, den ihre Worte bei ihm auslösten, lächelte er zurück.

«‹Er will sie auch nicht essen, Dummkopf›, sagte Solomon zu mir. ‹Er will sie haben, weil andere Menschen sie anziehen möchten, damit sie nicht frieren.› Verstehst du, Mega?»

Mega verstand sofort. Die Wechselpelze der schlauen Menschen! Da sie kein eigenes Fell hatten … was konnte sie wärmer halten als dicker Nerzpelz?

«Die Sache hat allerdings einen Haken», sagte Sheba rasch.

«Solomon sagte mir auch, es sei nur eine Theorie, die so die Runde machte. Er könne es nicht beweisen. Ich glaubte ihm jedoch sofort, ich weiß nicht, warum.»

«Ich auch», antwortete Mega, ohne nachzudenken.

In seinem Kopf spielten sich jetzt eine Menge Dinge gleichzeitig ab.

«Dann fragte mich dein Vater: ‹Wird eure jeweils älteste Generation vom Wärter abgeholt?›» fuhr Sheba fort. «‹Ja›, sagte ich. ‹Die Ältesten sagen, er bringt sie ins Land des Glücks.› Dein Vater sagte: ‹Vielleicht glauben sie es sogar selbst, obwohl ich es bezweifle. Man kann aber nie wissen. In anderen Kolonien gibt es ähnliche Gruppen: Präfekten, Senioren, Herrscher. Andere Namen für die gleiche Sache.

Aber selbst wenn eure Ältesten nicht an das Land des Glücks glauben, so werden sie euch das niemals sagen, und ich verrate dir auch, warum nicht. Was würde wohl geschehen, wenn die Nerze hier wüßten, daß ihnen allen früher oder später das Fell über die Ohren gezogen wird? Denk mal darüber nach. Ohne Aussicht auf Entkommen würden sie ein elendes Leben führen, in banger Erwartung dieses Tages. Ist es nicht viel angenehmer, sich auf etwas zu freuen – beispielsweise auf das Land des Glücks? Bis dahin bleiben eure Ältesten selbstverständlich an der Macht.›»

Mega wurde allmählich schwindlig. Matas Zweifel am Land des Glücks waren nie über einen gewissen Skeptizismus hinausgegangen. Sheba hingegen hatte eine vollkommen andere Alternative zu bieten.

Sie saß ruhig vor ihm und wartete auf die nächste Frage.

«Dann sind die bösen Gedanken also nicht schändlich?» fragte er schließlich.

«Überhaupt nicht, Mega», antwortete sie lächelnd. «Im Gegenteil, es sind keine bösen, sondern richtige Gedanken, wahrhaftige Nerzgedanken.»

«Aber was ist mit dem, was Solomon sagte? Gabbla erzählte uns, wir hätten keine Chance zu entkommen, und das stimmt wohl auch, oder?»

Sheba erinnerte sich an die Depressionen, die die Intellektuellengruppe jedesmal heimgesucht hatten, wenn sich ihre Gedanken an dieser Stelle im Kreis drehten.

«Das waren die wirklichen Neuigkeiten, die dein Vater brachte, mein Sohn», sagte sie sanft. «Eines Tages werden wir befreit!»

Mega starrte sie schweigend an. Angesichts dieser Informationen hätte sein Bewußtsein eigentlich durchdrehen müssen. Statt dessen durchflutete eine tiefe Erleichterung seinen ganzen Körper. Es fing irgendwo tief in seinem Rücken an und breitete sich rasch aus, verschaffte ihm eine innere Ruhe, die er noch nicht kannte. Als seine Mutter weiterredete, fiel ihm auf, daß er es in seinem tiefsten Inneren schon immer gewußt hatte. Jetzt, wo es ihm zum erstenmal richtig bewußt wurde, rückte sich plötzlich sein ganzes Leben zurecht.

«Ich versuche, mich genau an die Worte deines Vaters zu erinnern, Mega», fuhr Sheba fort und spürte, wie sich die Balance der Macht bereits verschob. «Er sagte: ‹In letzter Zeit ereignen sich seltsame Dinge. Es fing damit an, daß ich auf einer Farm eintraf, wo ich meine Beschälungsaufgaben erledigen sollte. Dort fand gerade ein Aufstand statt. In der vorangegangenen Nacht hatten einige Menschen den Schuppen aufgebrochen und ungefähr die Hälfte der Käfige aufgeschnitten. Sie hätten auch noch die restlichen aufgeschnitten, doch sie hörten ein Geräusch von draußen und liefen weg.

Inzwischen habe ich über die Buschtrommeln von so vielen ähnlichen Vorkommnissen erfahren, daß ich keinen Zweifel mehr daran hege, daß einige Menschen auf unserer Seite stehen – nicht so, wie es euch eure Ältesten weismachen wollen, sondern als wahre Freunde, die alles daransetzen, uns zu befreien.›

‹Warum?› fragte ich ihn.

Du siehst also, Mega, daß er recht damit hatte, unseren Wärter für einen Feind zu halten. Ich hatte schon immer den Verdacht, daß es so sein könnte. Aber daß die Wahrheit irgendwo dazwischen liegt, daß es nämlich Menschen gibt, die gegen uns, und andere, die für uns sind, darauf war ich nicht gekommen. Leider konnte es dein Vater nicht richtig erklären, jedenfalls nicht so, daß ich es völlig verstand. Alles, was er sagen konnte, war, daß die Menschen komplizierte Wesen sind, die nicht immer alle die gleiche Meinung vertreten.

Am meisten überzeugte ihn die Tatsache, daß der Wärter

hinterher so wütend auf diese Befreier war. Dein Vater war sicher, daß er sie getötet hätte, würde sich die Gelegenheit dazu geboten haben. Sie wiederum müssen Angst vor ihm haben, sonst wären sie nicht so schnell davongelaufen.

‹Soweit ich es sehe›, sagte dein Vater dann, ‹liegt das Problem jetzt bei uns Nerzen. Wenn unsere neuen menschlichen Freunde kommen und einzelne Kolonien befreien, sind die Nerze nicht darauf vorbereitet. Sie wissen nicht, wie sie sich verhalten sollen. Im vorliegenden Fall entwischten einige rein zufällig, der Rest irrte in einer Ecke herum und konnte rasch wieder eingefangen werden. Einige wagten sich nicht einmal aus ihren Käfigen heraus, andere wiederum blieben an der Schuppentür stehen. Ein paar kamen sogar zur Futterzeit wieder zurück!›

Darüber lachte dein Vater sehr, Mega.»

Sie unterbrach sich, als sie sah, wie intensiv er sie mit seinen durchdringenden schwarzen Augen anblickte. «Er weiß es bereits», dachte sie verblüfft. «Er weiß es bereits!»

Sie beeilte sich, die Geschichte zu Ende zu bringen.

«Solomon sagte mir folgendes, Mega: ‹Was jede Kolonie jetzt braucht, ist einen starken Anführer. Kein Komitee wie eure Ältesten, sondern jemanden, der sie davon überzeugt, daß die Freiheit bevorsteht, und dann einen erfolgreichen Ausbruch anführt.›

Mein lieber Sohn, wie du bereits vermutest, bist du dieser Nerz. Deshalb warst du ein Einzelkind. Deshalb warst du immer anders als die anderen. Deshalb wirst du immer anders sein. Denn dies ist dein Schicksal: sie anzuführen.»

Mega wußte es. Er hatte es schon immer gewußt, fiel ihm jetzt auf. Das war sein Platz in der Hierarchie. Nicht nur eine Hierarchie der körperlichen Stärke – es ging weit darüber hinaus. Wie weit, das wußte er nicht, aber das spielte auch keine Rolle mehr. Er mußte es akzeptieren.

Sheba klopfte das Herz im Hals, als sie beobachtete, wie er die Stirn vor Konzentration in Falten zog. Es war nicht damit getan, dachte sie ängstlich, wenn er es nur vom Verstand her aufnahm. Er mußte es fühlen!

Zu ihrer großen Freude erhob er sich und marschierte gebieterisch in dem Geheimversteck auf und ab.

«Mutter, diese Unterdrückung darf nicht länger währen», verkündete er.

Sheba war wie gelähmt. So hatte sie ihren Sohn noch nie erlebt, so herrisch, so selbstbewußt, so unerschütterlich davon überzeugt, daß er im Recht war.

Als er herumwirbelte und auf sie zukam, mit funkensprühenden schwarzen Augen, fühlte sie die Entfaltung seiner Macht.

«Ich akzeptiere alles, was du sagst, Sheba. Ich akzeptiere, daß ich, Mega, der Auserwählte bin. Ich akzeptiere, daß ich, Mega, die Vorherrschaft unserer Ältesten und die unserer menschlichen Feinde beenden werde. Ich akzeptiere auch, daß ich, Mega, anschließend auf dem Weg in die Freiheit voranschreiten werde.»

Sheba umarmte ihn und weinte vor Dankbarkeit und Erleichterung. Er nahm seine schwere Bürde an.

«Ich akzeptiere es auch, mein lieber Sohn. Ich habe es immer akzeptiert. Meine einzige Hoffnung besteht darin, daß du nicht allzulange warten mußt. Denn das einzige, was ich dir nicht sagen kann, ist, wann unsere menschlichen Retter die Käfige öffnen werden. Früher oder später wird der Tag der Befreiung jedoch kommen.»

Während sie ihn in den Armen hielt, eilten ihre Gedanken wieder in jene sonderbare Nacht zurück, zu dem verdunkelten Mond, unter dem er geboren worden war. Erst jetzt, wo sie ihr von den Schultern genommen war, spürte sie die Last, die sie seitdem mit sich herumgetragen hatte. «Bin denn auch ich so wie er, eine Auserwählte?» fragte sie sich. War es auch ihr vorherbestimmt gewesen – die Rolle derjenigen, die seine Befähigung erst möglich machte? Sie würde es niemals erfahren. Doch heute hatte sich ihre Mission erfüllt. Von nun an konnte sie zufrieden abwarten.

Mega sah sie liebevoll an, dann rieb er seine Nase sanft an der ihren. Es war eine der zärtlichsten Gesten zwischen ihnen beiden, und ihr Herz schmolz jedesmal dahin. Wie konnte sie ihm die Liebe erklären, die eine Mutter ihrem Sohn gegenüber empfindet – den Stolz, das Bewußtsein, ihn geschaffen zu haben, und gleichzeitig den Schmerz, ihn wieder loslassen zu müssen?

«Liebe Mutter, wir werden gemeinsam frei sein», sagte er.

Sie war so gerührt, daß sie in tiefes Schluchzen ausbrach. Denn obwohl ihr Sohn aufmerksam zugehört und wahrscheinlich vieles klar verstanden hatte, gab es eine Sache, die ihm noch nicht aufgegangen war.

Kapitel 10

Der trotzige Tausendfüssler

Die Delegation befand sich im Freien und überquerte gerade den Reitweg, als Eule im rasanten Gleitflug über die Baumwipfel kam. Alle blieben wie angewurzelt stehen. Groundsel stieß ein Wimmern aus, und Burdock, der an der Spitze gegangen war, spürte eine Mischung aus Erleichterung und schrecklicher Angst. Es ging ja noch an, Eule bei seiner Buche zu besuchen und sich aus der Sicherheit des Unterholzes mit ihm zu unterhalten. Diesen riesigen Vogel über sich zu sehen, wie er den Himmel verdunkelte, die geschwungenen Flügel und die Klauen weit ausstreckte, das war schon etwas ganz anderes!

«Achtung, Achtung, an alle Kaninchen! Euer letztes Stündlein hat geschlagen!» heulte Eule und freute sich diebisch über seinen theatralischen Auftritt. Er wartete, daß sie in Lachen ausbrachen. Als sie jedoch wie versteinert hockenblieben, erkannte er, daß er wohl etwas übertrieben hatte, und flog ein Stück zu den Bäumen hinüber, wo er sich auf dem niedrigen Ast eines Holunderstrauchs niederließ. Langsam erwachten die Kaninchen wieder zum Leben, und Burdock hoppelte Eule nervös entgegen. Unterwegs arbeitete sein Gehirn auf Hochtouren. Er hatte zwar angenommen, daß das Treffen mit Eule irgendwo in der Nähe von dessen Nest stattfinden würde. Nach Ulas lautstarken Einwänden verwunderte es ihn allerdings nicht, daß Eule nun einen neutralen Ort vorzog. Das einzige, was zählte, war, daß er überhaupt gekommen war.

«Ich habe doch immer gesagt, es klappt», flüsterte Dandelion freudig erregt. Da das Wetter etwas besser geworden war, hatte sie darauf bestanden, mitzukommen; sie schien über Eules unerwartetes Auftauchen nicht im geringsten erstaunt. Als Burdock die anderen vorstellte, machten sie nicht gerade den glücklichsten Eindruck. Groundsel starrte noch immer verdattert vor sich hin, als stünde er unter Schock.

«Wie du bereits weißt, allmächtige Eule, heiße ich Burdock. Das hier sind Groundsel, Campion, Bryony, Bluebell, Vetch, Meadowsweet – und natürlich meine Gefährtin Dandelion.»

«Ich glaube, wir kennen uns bereits», sagte Eule, der jetzt, nachdem er sich zu diesem Treffen entschlossen hatte, die gesellschaftlichen Regeln einhielt. Sein Versuch, sich heimlich davonzustehlen, war von Ula zunichte gemacht worden. Wieder einmal hatte sie ihn dabei ertappt, wie er auf Zehenspitzen aus dem Nest schleichen wollte.

«Du verdrückst dich, weil du dich mit diesen verdammten Kaninchen treffen willst, hab' ich recht?»

Dem war nichts mehr hinzuzufügen, wie sie beide wußten. Eule war immer der Frühaufsteher gewesen, der seine «ruhige Zeit», wie er sie nannte, genoß, um seine Gedanken zu sammeln, bevor Ula sich vom Nest erhob. Er verließ gewohnheitsmäßig das Nest vor ihr, weil er den Wald noch bei Tageslicht sehen wollte, wo alles so anders aussah als in den schattigen Helldunkeltönen der Nacht. Ula, die keinen Grund sah, zu einer Zeit draußen herumzufliegen, die sich zum Jagen nicht sonderlich eignete, wartete immer bis nach Einbruch der Dunkelheit. Ein weiterer Unterschied zwischen den beiden.

Eule sah jedoch keine Veranlassung, sich herauszureden.

«Und wenn?» fragte er scharf zurück. «Das geht dich überhaupt nichts an.»

«Es geht uns aber beide sehr viel an», kreischte sie, sofort auf hundertachtzig. «Wenn sich das herumspricht, bin ich diejenige, die die Schande ertragen muß, daß dich alle für komplett verrückt halten. Aber dir ist es ja egal, ob du mich zum Gespött der Leute machst oder nicht!

Dann viel Glück und hau ab, du Depp! Wenigstens tauchen dann diese verfluchten Hasen hier nicht wieder auf.»

Eule hatte erkannt, daß es sinnlos war, den Schnabel zu öffnen, und war ohne ein weiteres Wort davongeflogen. Ula hatte unrecht. Er wollte sich nicht aus Trotz mit den Kaninchen treffen. Gleichzeitig wußte er nicht genau, was ihn wirklich dazu veranlaßte. Es war wie beim Jagen: Er suchte nach etwas, wovon er erst dann wußte, was es war, wenn er es gefunden hatte. Doch als er den kurzen Flug bis zum Reitweg zurücklegte, kam ihm Rakas Bemerkung über den «eingebildeten Langweiler» wieder in den Sinn, und plötzlich wünschte er sich sehnlichst, daß die Kaninchen wirklich etwas Interessantes herausgefunden hatten.

«Wir sind überaus erfreut, dich zu sehen, allmächtige Eule, stimmt's Kameraden?» strahlte Burdock.

«Ja, wirklich», tönte es pflichtbewußt im Chor zurück, was sich jedoch eher besorgt als überzeugend anhörte. Eule spreizte übellaunig eine Klaue und sah, daß Groundsel beinahe umgekippt wäre. Auch Burdock war reichlich nervös. Er kam mit der Situation jedoch besser zurecht als die anderen, denn er hatte schon immer vermutet, daß er ein gewisses Raubtierelement in sich hatte. Nicht daß er wirklich jemanden hätte töten können, so weit würde er niemals herabsinken, doch er glaubte es an einer gewissen Haltung festmachen zu können. Erst gestern hatte er das bei dem gelben Hund unter Beweis gestellt. Eine andere Raubtierqualität bestand seiner Meinung nach darin, daß jeder Vorteil rücksichtslos ausgenutzt wurde, und auch davon glaubte er ganz sicher etwas zu haben. Seine Größe mochte ihm dabei geholfen haben, in der Hierarchie des Geheges zur Spitze aufzusteigen, entscheidender war jedoch die Art gewesen, in der er alle Ereignisse zu seinem Vorteil ausgenutzt hatte, ohne viel Zeit zu verlieren – und genau das würde er auch jetzt tun.

Problematisch an dieser Nachmittagsdelegation war, wie Groundsel bereits lang und breit erklärt hatte, daß sie sich mit der außerordentlichen Versammlung überschnitt, die einberufen worden war, um die Invasion des gelben Hundes zu diskutieren. Jetzt sah Burdock jedoch eine Möglichkeit, beides miteinander zu verbinden. Sicher, ein gewisses Risiko war dabei, aber seiner Meinung nach war eine seiner Stärken auch seine überdurchschnittliche Risikofreudigkeit.

Er traf rasch die Entscheidung, den ursprünglichen Plan fallenzulassen, Eule sofort seinem Urgroßvater, dem Ehrwürdigen Buck, vorzustellen.

«Allmächtige Eule», sagte er statt dessen, «wir haben so viele wichtige Dinge zu besprechen. Gerade eben waren wir zu einer außerordentlichen Versammlung unterwegs, um über den Menschen und seinen gelben Hund zu diskutieren. Komm doch einfach mit. Wir möchten dir aber nichts vorschreiben, ganz im Gegenteil, das würden wir niemals wagen, stimmt's, Kameraden?»

Die anderen schüttelten in emphatischer Verneinung die Köpfe.

«Du könntest bei dieser Gelegenheit jedoch sehr schön sehen, worum es eigentlich geht», sagte Burdock. Dann beugte er sich etwas näher heran und fuhr in verschwörerischem Flüsterton fort: «Das beste daran ist, daß du dich im Hintergrund halten kannst, ohne daß jemand weiß, daß du überhaupt da bist. Zuerst wollen wir die anderen loswerden.»

Eule nickte.

«Kameraden, in seiner großen Weisheit hat Eule freundlicherweise zugestimmt, euch zu entlassen, damit ihr unsere überaus wichtige Versammlung nicht versäumt», verkündete Burdock der zitternden Delegation. «Wenn ihr also schon mal losziehen wollt ...»

Er hätte nicht zu fragen brauchen. Unter der Führung von Groundsel, der sofort aus seiner Trance erwacht war, flitzte die Delegation mit solch unverhüllter Hast davon, daß Burdock peinlich berührt zusammenzuckte.

«Ich hoffe nur, du hältst sie nicht für unhöflich», entschuldigte er sich, als das letzte weiße Hinterteil außer Sichtweite war. «Sie sind einfach furchtbar ängstlich, so weit weg von ihrem Bau und in deiner beeindruckenden Gegenwart.»

Dandelion, das einzige Kaninchen außer Burdock, das zurückgeblieben war, lächelte ihm freundlich zu und nahm den abgerissenen Faden der Unterhaltung wieder auf.

«Du könntest dabeisein, alles beobachten, ohne selbst gesehen zu werden, genau so, wie es beim Jagen sein muß», sagte sie fröhlich.

Eule schätzte die Lage rasch ein. Sein Gehör war scharf genug, um zu tun, was sie vorschlugen. Dandelion hatte recht:

Es war ein guter Kompromiß, sich erst einmal anzusehen, auf was er sich da einließ. Außerdem gefiel ihm die Idee, unentdeckt dabeizusein.

«Gut. Dann los», sagte er und dachte schon nicht mehr darüber nach.

Burdock lächelte glückselig. Eule hatte bereits den ersten Test bestanden, indem er sein neugieriges Interesse zeigte. Jetzt demonstrierte er sogar eindrucksvoll, daß er ein Tier war, das sich ohne langes Zaudern entscheiden konnte. Die jungen Militanten würden schön staunen, wenn sie von dieser Geheimwaffe Wind bekamen!

Burdock ließ jetzt die geschraubte Redeweise, deren er sich als Betroffener Waldwächter bediente, fallen und riskierte einen Scherz: «Die Versammlung findet auf der Großen Lichtung statt wie immer. Wir sehen dich dann dort; oder besser gesagt, wir sehen dich nicht dort.»

Zu seiner großen Enttäuschung zeigte sich nicht das geringste Lächeln auf Eules Gesicht.

Eule suchte sich in einer der Eichen, die die Große Lichtung säumten, eine bequeme Astgabel aus. Sein leiser Flug hatte es ihm ermöglicht, geräuschlos durch die Bäume zu gleiten, ohne irgendwelche Alarmrufe auszulösen; er war sicher, daß seine Ankunft nicht beobachtet worden war. Halb hinter dem Stamm versteckt, konnte er jetzt sehen und hören, ohne selbst gesehen zu werden, so wie es Dandelion vorgeschlagen hatte.

Obwohl ihm schon so einiges über die BWW-Versammlungen zu Ohren gekommen war, hatte Eule noch keine selbst miterlebt. Bevor er Freddie und Boris kennengelernt hatte und die Kaninchen anfingen, ihn an der Buche aufzusuchen, war das alles für sein Leben ohne jede Bedeutung gewesen; die Kommentare seiner beiden Freunde waren beißend gewesen.

«Unglaublich langweilig», hatte Boris geschnauft. «Die Spinner hocken nur herum und quatschen, quatschen, quatschen: Vorschläge, Tagesordnungspunkte, Änderungsanträge, Gegenstimmen, das zieht sich endlos hin, bis sie irgendwann doch noch einen Antrag verabschieden. Anschließend gehen sie in ihre Baue zurück und sind fest davon überzeugt, sie hätten den Wald verändert.»

«Ihre Löcher, Ollie, mehr ist das doch nicht», hatte Freddie eher gleichgültig hinzugefügt. «An deiner Stelle würde ich mich gar nicht darum kümmern. Du solltest auch die Finger davon lassen, Boris, sonst platzt dir eines Tages noch ein Äderchen.»

Der Dachs hatte vor Empörung angefangen zu stottern, doch Ollie war eher geneigt, Freddie zuzustimmen. Boris' Problem bei der Sache bestand darin, daß er ein richtiger BWW-Fan geworden war.

«Ich verachte mich deswegen selbst, Ollie. Ich wünschte, ich hätte niemals etwas von den Spinnern mitgekriegt. Das ist fast so schlimm, wie Zecken zu haben: Es nervt einen so, daß man nicht mehr aufhören kann, daran zu denken. Jedesmal spielt sich irgendein blödes Drama ab, und schon hänge ich wieder fest.»

Wie Boris bereits erzählt hatte, fanden die BWW-Versammlungen immer am Fuß der Mächtigen Eiche statt, des riesigen alten Baums, der mitten auf der Großen Lichtung stand. Diese wiederum befand sich am Ende der breiten Schneise des Reitweges, die sich bis zu dem vermoosten Fünf-Balken-Gatter und hinaus auf die Lange Wiese durch den Wald zog. Nicht nur die BWW-Anhänger, sondern beinahe alle Tiere stimmten darin überein, daß die Mächtige Eiche bei weitem der eindrucksvollste Baum im ganzen Wald war, was weder etwas mit Schönheit noch mit Anmut zu tun hatte. Ihr Stamm war klobig und mißgestaltet, ihre Äste verwittert und verwachsen, überall klafften Löcher, wo dicke Äste von den schweren Stürmen herausgebrochen worden waren, die die Eiche an ihrem vergleichsweise ungeschützten Standpunkt ertragen mußte. Von seinem Versteck aus konnte Eule eine frische Wunde erkennen. Dort mußte der letzte Sturm einen Ast abgeknickt haben. Doch die Mächtige Eiche stand schon so lange da, daß ihre eindrucksvolle Robustheit und der riesenhafte Wuchs sie nahezu unzerstörbar wirken ließen. So weit die Tiere zurückdenken konnten, galt sie als das Symbol des Waldes.

Eule schielte um den Stamm der Mächtigen Eiche herum und sah, wie ein Kaninchen auf den Überrest einer anderen Eiche kletterte, die von den Menschen vor langer, langer Zeit gefällt worden war und bei allen nur «der Stumpf» hieß. Der Stumpf, so hatte Freddie ihn informiert, galt in der Versammlungskultur als Allerheiligstes.

«Solange ein Sprecher dort oben steht, darf ihn keiner unterbrechen. Du solltest dir mal anhören, was dabei herauskommt, Ollie! Es ist schlimm. Absolut schlimm!» hatte Freddie gesagt.

«Es geht immer weiter und weiter und immer weiter!» hatte Boris gezischt.

Während das Kaninchen auf dem Stumpf dieses Urteil mit einem monotonen Vortrag unterstrich, blickte sich Eule um. Die Versammlung bestand aus einer eigenartig buntgemischten Teilnehmerschar. Außer den Kaninchen waren noch andere sanftmütige Tiere wie Feld- und Waldmäuse anwesend, außerdem eine Reihe ungefährlicher Vögel, darunter, wie er mit einem leisen Anflug von Haß feststellen mußte, scharenweise Braunellen. Eigenartigerweise waren auch jede Menge Insekten erschienen, was er nicht erwartet hätte. Was hatten die denn hier verloren?

Als sich die Versammlung plötzlich in ein brodelndes Chaos aus wedelnden Fühlern und klappernden Kauwerkzeugen verwandelte, wußte er, was sie suchten.

«Und was ist mit den Würmern?» rief ein junges Kaninchenweibchen wütend. «Würmer-Befreiungsfront an die Macht, alles klar?»

Eine Masse feuchter, sich windender Körper neben ihr entrüstete sich vehement.

«Und Spinnen! Das Spinnen-Netzwerk sagt: Wir müssen dieses Gewebe der Diskriminierung zerreißen, und zwar sofort!»

Als sich in verschiedenen Ecken mehrere Dutzend Achtbeiner in eifernder Zustimmung erhoben, sah Eule, wie Burdock aufsprang.

«Ich muß darauf bestehen, daß ihr das Protokoll einhaltet!» rief Dickarsch. «Nehmt bitte Rücksicht darauf, daß euer Kamerad auf dem Stumpf steht!»

Die militante Menge ließ sich davon jedoch nicht sonderlich beeindrucken, das Stimmengewirr nahm sogar noch an Lautstärke zu.

«Hilfe für Hundertfüßler will wissen: Warum keine Hundertfüßler?»

Tausende von Beinchen reckten sich zornig.

«Platz für den Trotzigen Tausendfüßler!»

Millionen von Beinchen drohten wild protestierend.

Eule empfand beinahe so etwas wie Mitleid für Burdock, der dermaßen niedergebrüllt wurde. Die Versammlung war jetzt völlig außer Kontrolle geraten und hatte sich in eine Vielzahl erboster Streitereien zwischen den unterschiedlichen Insektenfraktionen aufgelöst. Als das Kaninchen auf dem Stumpf den ungleichen Kampf aufgab und herunterhüpfte, sprang Burdock hinauf und erklärte brüllend die Versammlung für beendet. Die Teilnehmer hörten ihm nicht einmal zu, sondern setzten ihre lautstarken Dispute fort, bis sie allmählich diskutierend davonschlenderten und die Kaninchen ihre Schützlinge hinter sich herzogen. Als das letzte Paar, das sich noch immer angeregt über die Verdienste der Initiativen von Respekt für Raupen und Larven Wollen Leben! unterhielt, im Wald verschwunden war, hoppelten Burdock und Dandelion zur Mächtigen Eiche herüber.

«Hast du gesehen, wo das Problem bei unseren Sitzungen liegt?» rief Dickarsch herauf.

Eules Kopf wollte schier zerplatzen. Hatte man ihm nicht gesagt, in der heutigen Versammlung ginge es um den Menschen und seinen gelben Hund? Und jetzt dieser Quatsch mit den niederen Lebensformen!

«Problem?» heulte er zurück. «Ich sehe nichts als Probleme!»

«Genau. Und mit diesen Schwierigkeiten haben wir zu kämpfen, Ollie. Zunächst möchte ich dir jedoch meinen Urgroßvater vorstellen, den Ehrwürdigen Buck, der dir einen Vorschlag zu unterbreiten hat. Wie wäre es mit morgen?»

Eules allerschlimmste Befürchtungen schienen sich zu bestätigen. Doch jetzt hatte er keine andere Wahl mehr. Er steckte schon zu tief drin.

«Hoffentlich läuft das besser als dieses Trauerspiel hier», antwortete er und funkelte streng von seinem Ast herab.

«Bestimmt», versprach Burdock kurz angebunden. «Am großen Bau, kurz vor Sonnenuntergang.»

«Am großen Bau.»

«Allmächtige Eule, laß dich bitte nicht von dem, was du heute gesehen hast, abschrecken», fügte Dandelion sanft hinzu. «Wir versprechen dir, daß der Ehrwürdige Buck dir alles genau erklären wird.»

«Das will ich doch sehr hoffen», entgegnete Eule und starrte die beiden Kaninchen düster an. Bis jetzt war alles so klar wie dichter Nebel.

Kapitel 11

Abgeholt

Sheba wartete noch einen ganzen Tag, bevor sie Mega die Neuigkeit so schonend wie möglich beibrachte.

«Mein Lieber, du mußt noch etwas anderes erfahren, etwas sehr Trauriges: Ich selbst werde bald geholt. Ich weiß nicht genau, wann, aber ich fühle, daß es nicht mehr lange dauern wird. Wie du jetzt weißt, geht die Reise nicht ins Land des Glücks. Wahrscheinlich bleibt uns nur noch wenig Zeit miteinander, wir sollten sie also dazu nutzen, dich so gut wie möglich auf deine Aufgabe vorzubereiten.»

«Was du manchmal für einen Unsinn redest, Mutter!» stieß Mega entgeistert aus. «Die Befreiermenschen werden vorher zur Stelle sein. Und wenn sie nicht kommen, dann werde ich dich retten – laß mich nur machen!»

«Du bist ein wunderbarer Junge, Mega», lächelte sie. «Ich weiß, daß du dein Bestes tust. Es gibt jedoch einige Dinge, die wir alle akzeptieren müssen, mein Auserwählter. Du mußt dir keine Sorgen um mich machen. Ich habe meine Rolle gespielt.»

Mega war von dem Fatalismus seiner Mutter schockiert. Selbst wenn sie recht hatte – wie konnte sie sich nur so ergeben in ihr Schicksal fügen?

«Du kannst nicht einfach dastehen und es geschehen lassen, Mutter. Ich werde dir helfen. Wir werden kämpfen. Gemeinsam schaffen wir es, ich verspreche es dir. Noch besser: Ich informiere die anderen, dann zetteln wir eine Revolution an, und du bist gerettet!»

«Nein», antwortete Sheba mit fester Stimme, wobei sie ihn voller Stolz ansah. Er war vor neun Monaten geboren worden und hatte sich zu einem herrlichen Exemplar entwickelt. Sein Fell war wunderbar buschig und der blaue Farbton sogar etwas heller als das Braun seiner Gefährten; dadurch unterschied er sich noch mehr von ihnen. Körperlich war er zweifellos für die kommenden Aufgaben gerüstet. «Geistig», dachte Sheba, «bin ich mir da nicht so sicher.» Sie machte sich Sorgen wegen seines naiven Selbstvertrauens in Verbindung mit seinem jugendlich unbändigen männlichen Stolz.

«Du darfst niemandem etwas sagen, unter keinen Umständen», schärfte sie ihm ein. «Auch Mata nicht. Ich hoffe doch, daß sie nichts davon weiß?»

Sie schaute ihn forschend an und erhielt einen festen Blick zur Antwort.

«Mega, ich möchte nicht wissen, ob da etwas zwischen euch ist, ich möchte nur, daß du sie aus dieser Sache heraushältst. Ich habe auch nichts gegen sie, doch sie verfügt über einen starken Willen, und du hast eine Aufgabe zu erfüllen.

Du mußt verstehen, daß Solomons Wissen für uns bestimmt ist, für uns allein. Wir wollen uns jetzt darauf konzentrieren, was wir als nächstes unternehmen sollten ...»

Mega sagte nichts. Er hatte schon daran gedacht, Mata von den letzten Entwicklungen zu unterrichten, doch jetzt war er dankbar, daß er der Versuchung widerstanden hatte. Er hatte noch immer ein etwas schlechtes Gewissen, weil er seiner Mutter nicht alles gesagt hatte. Außerdem begriff er allmählich, daß er vielleicht doch noch nicht ganz bereit war. Das spontane Gefühl der Macht, das ihn ergriffen hatte, als Sheba ihm die Wahrheit verkündete, blieb jedoch ungebrochen. In der Praxis aber sah alles anders aus, und er wußte nicht so recht, was er tun sollte. Er mußte sich eingestehen, daß er Sheba nicht nur liebte, sondern noch immer ihrer führenden Pfote bedurfte.

«Es tut mir leid, wenn ich dir Kummer bereitet habe, Mama», antwortete er schließlich gehorsam. «Aber ich werde dich retten, vergiß das nicht. Ich muß es tun. Die Freiheit wäre nicht die gleiche ohne dich.»

Sheba lächelte ihn liebevoll an. Mega war zwar jetzt über alles aufgeklärt, aber er war noch immer ein lieber Junge.

Als es jedoch kam, wie Sheba vorausgesagt hatte, war Mega machtlos. Mitten am Tag, als alle Nerze matt in ihren Käfigen dösten, betrat der Wärter mit einer Gruppe anderer Menschen den Schuppen. Die Menschen machten einen sehr entschlossenen Eindruck, teilten sich auf, und dann ging jeder von ihnen auf einen anderen Käfig zu. Sheba verhielt sich merkwürdig ruhig, als einer sich auch ihr näherte.

«Die Zeit ist gekommen», mehr sagte sie nicht, als ringsum ein unbeschreibliches Gezeter und Gekreisch anhob. Mega sah, wie weiter drüben ein zappelnder Nerz aus dem Gehege gezerrt wurde, dann versperrte ihm der Mensch, der das Schloß an ihrem Käfig öffnete, die Sicht.

«Nein!» schrie Mega. «Sie dürfen dich nicht holen!»

Als die Vordertür ihres Käfigs aufklappte, schlug er seine Zähne in die große Menschenhand, die hereinlangte. Doch statt eines heißen Strahls spürte er, daß das Fleisch von einem harten Material geschützt war, das er nicht durchbeißen konnte. Er grub sich mit aller Kraft hinein; Tränen des Zorns und der Enttäuschung schossen ihm in die Augen. Dann packte ihn eine unsichtbare Hand am Kragen und schleuderte ihn mit solcher Wucht an die Rückseite des Käfigs, daß er für einige Sekunden das Bewußtsein verlor. Als er wieder zu sich kam, wurde die Käfigtür bereits zugeschlagen.

Voller Verzweiflung warf er sich gegen den Maschendraht und sah gerade noch, wie Sheba in einen Sack gesteckt wurde.

«Mutter!» schrie er.

«Sei bereit, mein Sohn! Sei bereit!» hörte er ihre gedämpfte Stimme. «Die Befreier werden kommen!»

Dann wurde der zappelnde Sack davongetragen.

Durch seine etwas andere Erziehung fühlte sich Mega um einiges erwachsener als seine Generationsgenossen. Mit der Ausnahme von Mata kamen sie ihm oft kindisch vor, wohingegen seine Mutter ihn schon lange wie einen Gleichberechtigten behandelt hatte. Als sie weggeholt wurde, war er in der Lage, auf seinen eigenen vier Pfoten zu stehen, für sich selbst zu denken und zu handeln. Er fühlte sich ihr noch immer sehr zärtlich verbunden, doch er betrauerte sie eher wie ein Erwachsener, nicht mehr wie ein Jugendlicher. Sein Schmerz war namenlos, doch er währte nur kurz. Er brach nicht unter dem Gewicht der Trauer zusammen, sondern sein Zorn verwandelte sich in harte, kalte Entschlossenheit, und dank Shebas Stoizismus hatte er nicht das Gefühl, versagt zu haben, weil er sie nicht retten konnte. Nicht nur sie, auch Massam, Gabbla, Atara, Mugger und alle anderen Nerze ihrer Generation waren geholt worden, und im nachhinein erkannte er, daß weder er noch ein anderer Nerz irgend etwas hätten tun können, um es zu verhindern.

«Die Alten müssen immer gehen, mein Sohn.» Er erinnerte sich lebhaft an ihre Worte. «Wie sonst sollen wir für die Neuen Platz machen?»

Während er noch schwach dagegen protestierte, hatte sie ihm einen Plan und eine Strategie dargelegt.

«Du darfst niemandem etwas verraten», hatte sie ihn angewiesen und bei dieser Gelegenheit einfließen lassen, daß es die Intellektuellengruppe zu nichts gebracht hatte. «Deine erste Aussage machst du mutig, offen und vor allen anderen. Der richtige Zeitpunkt dafür ist die Zeremonie, bei der der neue Ältestenrat eingeschworen wird. Deine Aufgabe besteht darin, den Keim der Revolution zu legen, bevor sie sich etabliert haben; dann wartest du, daß sich deine wahren Anhänger zu erkennen geben.»

Diese große Versammlung, hatte sie ihm erklärt, war den Nerzen, die die ehemalige mittlere Generation stellten, vertraut. Sie hatten schon einmal eine miterlebt, und jetzt würden sie zur Spitze aufsteigen. Nur für Mega und seine Altersgenossen war es das erstemal.

«Ich kannte meine Eltern nicht und konnte sie also auch nicht verlieren», hatte Sheba weiter gesagt. «Doch ich erinnere mich noch gut daran, wie schockiert alle anderen waren. Sie warteten sehnsüchtig auf die Zeremonie und die Sätze über das Land des Glücks, damit sich ihre Gemüter wieder beruhigten.

Der eigentliche Zweck dieser Versammlung liegt jedoch darin, daß die neuen Gesichter offiziell die alten Positionen übernehmen. Da sich die Auswahl durch die natürliche Hierarchie ergibt, kann ich dir jetzt schon sagen, daß Ramses der neue Anführer sein wird. Trotz seiner zur Schau getragenen Freundlichkeit darfst du ihn niemals unterschätzen.»

«Deshalb also waren die älteren Nerze so freundlich gewesen, nicht nur ihm, sondern auch allen anderen Jungnerzen gegenüber», dachte Mega. Eine weitere Erkenntnis, deren er sich immer stärker bewußt wurde: daß hinter den anscheinend so unschuldigen Handlungen der Erwachsenen ganz andere, heimliche Motive versteckt lagen.

«Seine Freundlichkeit ist nur Fassade», hatte Sheba ihm bestätigt. «Dahinter ist er gerissener und zäher als alle anderen. Trotzdem wird er nicht auf eine Auseinandersetzung vorbereitet sein – vorausgesetzt, du hast den Mund gehalten. Noch niemals wurden die Ältesten bei der Einschwörung herausgefordert. Wenn eine Herausforderung jedoch Erfolg haben soll, dann muß sie zu diesem Zeitunkt stattfinden. Danach ist es zu spät, dann sind die Würfel gefallen, die Autorität ist etabliert und wird im alten Stil weitergeführt.»

Mega rief sich ihre Worte immer wieder in Erinnerung, als er sich ziemlich weit hinten in der Menge und so weit von Mata entfernt wie möglich aufstellte. Sie hatte in der großen Verwirrung, nachdem die älteren Nerze abgeholt worden waren, schon mehrmals versucht, sich ihm zu nähern. Dafür stand er plötzlich neben Maxi, der ihn ehrerbietig anlächelte.

Als die zukünfigen Ältesten würdevoll aus Massams ehemaligem Käfig herausschritten und sich in die Ecke des Auslaufgeheges, die der Tür am nächsten lag, begaben, verstummte das aufgeregte Gemurmel.

«Meine lieben Mitnerze, es ist unmöglich, das Glück unserer Brüder und Schwestern nachzuempfinden, die ins Land des Glücks gebracht wurden», fing Ramses in seinem onkelhaften Stil an. «Einiges habt ihr über diesen wunderbaren Ort schon von unserer Freundin Custard erfahren. Also versenkt euch bitte mit mir gemeinsam in einen kurzen Moment des Schweigens, in dem wir der älteren Generation gedenken wollen, wie sie frei von allen Sorgen in ihrer neuen Heimat herumtollt.»

Als die zukünftigen Ältesten voller Zufriedenheit die Augen schlossen, blickte sich Mega rasch um und sah, daß alle Anwesenden ihrem Beispiel gehorsam folgten.

«Habt ihr sie gesehen?» fragte Ramses dann, öffnete die Augen und lächelte glückselig. «Ich habe sie gesehen. Welch ein herrlicher Anblick! Jawohl, unsere Brüder und Schwestern sind uns vorangegangen.

Ich kann verstehen, wenn es einigen von euch etwas seltsam vorkam, wie die Glücklichen abgeholt wurden. Es ging ein wenig rauh zu, was? Wir dürfen unseren Wärter nicht dafür verantwortlich machen. Woher soll er, unser guter Freund, denn wissen, daß wir dieser Aktion verständnisvoll und gelassen entgegensehen? Nicht nur gelassen, sondern freudig erregt. Wenn wir an der Reihe sind, werden wir es kaum erwarten können, habe ich recht? Was mich betrifft, so würde ich lieber heute als morgen gehen!»

An dieser Stelle hielt Ramses inne und erstarrte, als er ein leises, ungläubiges Knurren zu hören glaubte. Als darauf jedoch nichts als Schweigen folgte, ging er sogleich zum offiziellen Hofprotokoll über.

«Wenn einer der anwesenden Nerze eine Frage stellen will oder Einwände zu machen hat, weshalb wir, die wir vor euch stehen, nicht den Herrschermantel der Ältesten übernehmen sollten, um Ordnung und Harmonie in unserer herrlichen Kolonie aufrechtzuerhalten, so möge er jetzt vortreten und sprechen oder für immer schweigen!»

«Ich verlange zu wissen, wohin meine Mutter verschleppt wurde!» ertönte ein lauter Ruf aus dem Hintergrund.

Die zukünftigen Ältesten wurden etwas unruhig. Sie kannten diese Stimme.

«Das weißt du sehr wohl, junger Mega. Sie ist wie alle anderen ins Land des Glücks gebracht worden», antwortete Ramses mit einem gekünstelten Lachen, das die Situation entschärfen sollte. «Aus diesem Grund sind wir doch alle hier – um uns darüber zu freuen, daß sie wie die anderen von unserem wunderbaren Wärter auserwählt wurde.»

Die anderen zukünftigen Ältesten nickten zur Bekräftigung.

«Nein, das stimmt nicht! Sie wurde ermordet! Und nicht nur meine Mutter! Sie wurden alle abgeholt und ermordet!»

Jetzt machte sich auch im Publikum Unruhe breit.

«Halt's Maul, du junger Wichtigtuer!» zischte ein älterer Nerz neben Mega.

«Was meinst du mit ermordet, du kleiner Wichser?»

«Hör auf, hier Unruhe zu stiften!»

Sämtliche unausgesprochenen Vorurteile, die die älteren Nerze gegen ihn hegten, wurden jetzt an die Oberfläche gespült. Die ältere Generation rückte zusammen. Es war schlimm genug, daß es überhaupt jemand gewagt hatte, die Stimme zu erheben. Das Protokoll war eine reine Formalität; noch nie zuvor hatte jemand diese Zeremonie gestört. Wie konnte er bloß! Wo blieb sein Respekt für die Ältesten und seine anderen Artgenossen – ganz zu schweigen von ihrem menschlichen Wohltäter?

«Unser Wärter ist unser Freund!» ertönte ein Ruf.

Bevor er die Stimme erhoben hatte, war Mega so nervös gewesen, daß er sich schon Sorgen darüber gemacht hatte, ob Maxi sah, wie seine Vorderpfoten zitterten. Doch jetzt, wo das Adrenalin durch seine Adern rauschte, spürte er nur noch ein Gefühl freudiger Erregung.

«Unser Wärter ist nicht unser Freund, er ist unser Feind!» rief er. «Er weiß, daß wir wilde Tiere sind, zur Freiheit geboren. Deshalb hält er uns in Käfigen eingesperrt, damit wir nicht davonlaufen. Dann holt er uns ab, um uns unserer Pelze wegen zu ermorden. Wir sind nur aus diesem einen Grund hier: um die Menschen mit Wechselpelzen zu versorgen, die sie anziehen können.»

«Wie kannst du es wagen!» Wütende Schreie tönten aus allen Richtungen auf ihn ein.

Ramses und die zukünftigen Ältesten verhielten sich still und ließen die Versammlungsteilnehmer selbst die Arbeit für sie erledigen. Mega war nicht im geringsten darüber erstaunt, mit welcher Wucht die anderen ihren Haß auf ihm abluden. Sheba hatte ihn darauf vorbereitet.

«Nicht nur die Ältesten unterwerfen sich der Doktrin», hatte sie erklärt. «Die anderen aus ihrer Generation sind ebenso in ihrer Vergangenheit gefangen. Du darfst sie nicht dafür verantwortlich machen. Die dümmsten und unwissendsten unter ihnen haben schon alles geschluckt und sind ohnehin verloren.

Die Klügeren haben noch einige Zweifel, doch auch sie wollen die Wahrheit eigentlich nicht mehr hören. Du ziehst ihren Haß auf dich, wenn du Fragen aufwirfst, die sie nicht beantworten können. Die einzigen freien Denker findest du in deiner eigenen Generation – und nur dann, wenn Gabbla und ihre Eltern ihren freien Willen noch nicht gebrochen haben.»

Mega, der sich an ihre Worte erinnerte und wußte, daß er zu diesem Zeitpunkt nicht mehr erreichen konnte, schwieg jetzt. Zu seiner großen Erleichterung blieb Maxi an seiner Seite stehen, sträubte gleich ihm das Fell, und gemeinsam knurrend warnten sie alle anderen davor, sich mit ihnen anzulegen. Keiner unternahm einen Versuch, und nachdem wieder so etwas wie Ordnung eingekehrt war, wurden die Ältesten in aller Eile eingeschworen.

Ohne sich um die Buhrufe und das Zischen zu kümmern, verließ Mega die Versammlung mit einem Gefühl der Zufriedenheit. Maxi schlenderte wortlos neben ihm her. Mega hatte das erreicht, was er mit Sheba geplant hatte. Die neuen Ältesten mochten zwar offiziell gewählt sein, doch genau in dem Augenblick, in dem sie ihre absolute Macht festigen wollten, hatte sich alles ins Gegenteil verkehrt. All die unbeantworteten Fragen standen wieder auf der Tagesordnung, der ganze Schuppen bebte vor Wut und Haß. Mega konnte zwar seine Sache ebensowenig beweisen wie die Ältesten die ihre, doch er hatte erneut bei dem Zwischenfall mit den Vögeln angesetzt, er bohrte tiefer, um das wahre Wesen der Nerze zu treffen – die ursprünglichen bösen Gedanken, zu deren Unterdrückung das Regime eingerichtet worden war. Sein Weg zur Macht lag jetzt deutlich vor ihm.

Dock kaum hatte er seinen Käfig erreicht und Maxi mit einem stummen Nicken für seine Unterstützung gedankt, als Psycho hereinplatzte.

«Die Ältesten bitten dich um eine private Unterredung», quiekte er aufgeregt.

Kapitel 12

Gegen den Strom

Als Eule in die Kleine Lichtung geflogen kam, wartete bereits eine Gruppe Kaninchen vor dem großen Bau. Burdock stellte sie der Reihe nach vor, doch Eule vergaß die Namen sofort wieder. Für ihn waren Kaninchen von jeher eine namenlose Menge gewesen. Trotzdem fiel ihm auf, daß sie alle nach Pflanzen benannt waren, was Boris immer bis an den Rand eines Schlaganfalls geführt hatte.

«Typisch!» hatte er sich ein ums andere Mal ereifert. «Du nennst dich nach einem Stück Vegetation, denkst eine Weile darüber nach, und was tust du dann? Du frißt es verdammt noch mal auf!»

«Deshalb heißt keiner von ihnen Nachtschatten», hatte Freddie gegrinst.

«Oder Schierling», hatte Eule hinzugefügt, glücklich darüber, diesen Zug nicht verpaßt zu haben.

Kerbel, Hasenkohl, Winde und die anderen Pflanzennamen benahmen sich ihm gegenüber jetzt extrem höflich.

«Tut uns schrecklich leid, aber unsere Prinzipien erlauben nur einige Nüsse und Beeren zur Erfrischung», sagten sie lächelnd. «Möchtest du eine Buchecker oder eine Eichel? Die kommen immer gut an, besonders bei unseren Freunden, den Eichhörnchen. Oder vielleicht einen Holzapfel? Mit dem herrlich säuerlichen Geschmack ist er vielleicht eher etwas für dich.»

Eule verneigte sich ebenso höflich und hörte dann zu, als sie erneut den Lobgesang auf seine Würde, seine Weisheit, seine Gravität, seine Hintergründigkeit, seine Autorität …

«Du bist so mächtig», murmelten sie und trauten sich sogar, schüchtern seine Federn zu berühren, wobei sie ihn die ganze Zeit über so bewundernd ansahen wie früher seine Mutter. «So stark …»

Eule nahm ihnen nicht alles ab. Insgeheim hielt er sich manchmal für so beschränkt wie die Sicht bei einsetzender

Dunkelheit. Doch ihr Auftritt war so virtuos, selbst an ihrem Standard gemessen, daß er sich einfach geschmeichelt fühlen mußte. Zur Abwechslung war es einmal ganz nett, gebraucht zu werden, und sei es auch nur von Kaninchen.

Plötzlich mischte sich Burdock ein und verkündete: «Ollie, sei bereit für den Ehrwürdigen Buck.»

Bevor dieses Wesen erwähnt wurde, hatte Eule Dickarsch für den Anführer der Kaninchen gehalten – sofern sie überhaupt einen Anführer hatten. Im Vergleich zu den anderen wirkte er autoritär. Abgesehen von seinem auffälligen Hinterteil zeichnete er sich durch eine ungewöhnlich weiße Blesse auf der Stirn aus; außerdem hoppelte er bei den Besuchen der Delegation immer vorneweg und redete am meisten. Alles in allem machte er einen recht dominanten Eindruck – falls Kaninchen überhaupt dominant sein konnten. Doch jetzt kroch aus einem Loch ganz in der Nähe ein Kaninchen, das Eule noch nie gesehen hatte und das, wie er auf den ersten Blick bemerkte, sehr, sehr alt war. Eule befand sich mit seiner dreifachen Saisonrunde im besten Alter, ebenso wie Ula, Raka, Freddie und Boris. Den Gesetzen des Waldes zufolge verlieh ihnen besonders dieser Umstand Stärke und damit Macht. Eule hatte Raka einmal erzählt, wie fasziniert er von dem Gedanken war, daß das Leben ausgerechnet am Anfang und am Ende der Lebensspanne so hart war.

«Es ist schon komisch, findest du nicht? In der Kindheit ist man am verwundbarsten. Wenn man alt wird, schreitet man zurück und wird wieder schwach. Uns erstrangigen Raubvögeln geht es nicht anders. Was auch immer der Alte Wald sein mag, ein Altersheim ist er mit Sicherheit nicht.»

«Allerdings nicht», hatte ihm Raka beigepflichtet. «Aber du weißt nicht, wie gut du dran bist, Ollie. Für uns Krähen und auch für viele andere Tiere besteht das Leben hier draußen aus nichts als Arbeit, Arbeit und noch mehr Arbeit. Und dabei leben wir im Gegensatz zu dir ständig in der Angst, einem Raubtier zum Opfer zu fallen. Denk nur einmal an die Kaninchen; du höchstpersönlich sorgst dafür, daß viele von ihnen kaum eine Saison überleben. Was die Wühlmäuse betrifft ...»

Eules Vater hatte ihm in etwa das gleiche gesagt.

«Du hast nichts zu fürchten mein Sohn, außer vielleicht hin

und wieder angepöbelt zu werden. Und natürlich die Menschen. Sie sind die wirklichen Feinde von uns allen hier. Halte dich unter allen Umständen von ihnen fern. Ansonsten konzentriere dich darauf, dein Leben zu genießen – und vergiß nie, wie gut du dran bist.»

Trotz alledem hatte es das Kaninchen, das ihm da entgegenhoppelte, irgendwie geschafft, all das zu überleben und das älteste Lebewesen zu werden, das Eule je gesehen hatte. Das Gesicht des Ehrwürdigen Buck war ergraut, seine Schnurrhaare waren ganz weiß und der Rest seines Fells dünn und grau. Sein Körper darunter war kaum mehr als ein Knochensack, und als er eine dürre Pfote zum Gruß hob, tat er das mit so langsamen und bedächtigen Bewegungen, daß man annehmen mußte, daß seine Gelenke so gut wie festgefressen waren. «Womöglich hat er große Schmerzen», dachte Eule und sah, daß neben Buck ein atemberaubendes Weibchen herankam, offensichtlich eine Art Pflegerin.

Als sich die anderen Kaninchen ehrerbietig im Halbkreis um die beiden niederließen, fuhr Eule eine Kralle aus, die auch akzeptiert und geschüttelt wurde.

«Hoch erfreut, dich kennenzulernen, und als erstes muß ich mich dafür bedanken, daß du dir die Mühe gemacht hast, heute nachmittag hier herauszukommen. Das ist überaus reizend von dir. Überaus reizend…»

Die Stimme des Ehrwürdigen Buck war sanft und leise, so ganz anders als die der anderen, meist ewig quasselnden Kaninchen, die sich jetzt allerdings ganz untypisch still verhielten. Er hätte erneut einen bunten Strauß von Lobeshymnen über sich ergehen lassen können, doch bislang hatte ihn noch niemals jemand *reizend* genannt. Wenn er das Ula erzählte! «Falls sie», dachte er nach einem Moment, «falls sie die Bedeutung dieses Wortes überhaupt kennt.»

«Vergiß einfach alle persönlichen Schwierigkeiten, die ich bei der Unterhaltung mit dir haben könnte», fuhr das alte Kaninchen fort. «Weißt du, als Vegetarier bin ich fest von den Prinzipien der Gewaltlosigkeit überzeugt, wohingegen Gewalt sozusagen der bestimmende Faktor deines Lebenswandels ist.»

Er sah Eule scharf an.

«Ich zweifle nicht daran, daß du, selbst als Raubvogel mit den besten Absichten der Welt, unsere Betroffenen Waldwächter als spinnert abtust.»

Eule schaute ihn sprachlos an. Woher konnte ein Kaninchen das wissen? Der Ehrwürdige Buck hatte es nicht ganz getroffen – Boris nannte sie immer Spinner, nicht spinnert. Doch über solche Kleinigkeiten wollte Eule jetzt keinen Streit vom Zaun brechen. «Wenn nur Boris hier wäre», fiel ihm auf einmal ein. Er war so entschieden gegen die BWW eingestellt, daß es schon an Verblendung grenzte, aber das hier spielte doch in einer anderen Liga als die Versammlung.

«Es ist nicht schwer, uns zu kritisieren», sagte das alte Kaninchen. «Über vieles an unserer Art zu leben kann man spotten. Was uns jedoch von anderen unterscheidet, ist die Tatsache, daß wir uns Sorgen machen. Wir kümmern uns leidenschaftlich um alle möglichen Dinge, obwohl der Wald in vieler Hinsicht ein grausamer und qualvoller Ort ist, man könnte sogar sagen, eher ein Ort des allgegenwärtigen Todes als ein Ort der Schönheit und der Stille.»

Eule unterdrückte einen begeisterten Aufschrei. Genau darüber stritt er sich immer mit Ula!

«Wie du sicher weißt», fuhr der Ehrwürdige Buck fort und fixierte ihn mit einem triefenden Auge, «gibt es hier viele, deren Wahlspruch lautet: Wer die Macht hat, ist im Recht. Es sind diejenigen mit der Killermentalität, die denken, sie würden den Wald regieren. Dabei haben *sie* unrecht, nicht wir. Sie sind es, denen es nicht gelingt, anzuerkennen, daß wir alle gleich sind und daß jeder einzelne von uns die gleichen Rechte hat.»

Das alte Kaninchen schaute zum Himmel empor. Eule folgte amüsiert seinem Blick und betrachtete den rötlichen Schleier eines weiteren herrlichen Sonnenuntergangs: ein Anblick, bei dem sich beide kurzzeitig in ihren Gedanken verloren. Eule hatte schon jetzt das unangenehme Gefühl, daß dieser alte Knabe zu einer wesentlich tieferen Erkenntnis der Dinge des Lebens gelangt war als er selbst, obwohl Burdock und die anderen ständig von Gravität und Hintergründigkeit redeten. Was aber meinte er damit, daß alle gleich seien? Wie konnte das denn sein, wenn Eule ein erstrangiger Raubvogel war und der ganze Wald ansonsten von minderwertigem Leben nur so wimmelte, angefangen von Maden bis hin zu Ohrwürmern. Und Wühlmäusen natürlich.

«Warum sollte eine Wühlmaus auf der gleichen Stufe stehen wie ich?» entfuhr es ihm. «Wo ich doch jeden Abend eine zum Frühstück verspeise?»

Als der Ehrwürdige Buck ein feines Lächeln aufsetzte, spürte Eule zum erstenmal die andere Dimension des Waldlebens, die er unbewußt schon lange gesucht hatte. Wie auf glühenden Kohlen wartete er auf eine Antwort, doch der Ehrwürdige Buck nahm die Herausforderung nicht an.

«Wundervoll, findest du nicht?» bemerkte er statt dessen und wandte den Blick wieder zum Himmel, wo sich jetzt ein tiefes Karminrot in das Eierschalenblau ergoß. Der Wind war abgeflaut, und alles war sehr still. Nicht weit entfernt zelebrierten einige Vögel ihren herrlichen Abendgesang. «Weißt du, ich genieße das jeden Tag mehr. Leider schwindet mein Augenlicht rasch, und ich weiß nicht, wieviel ich davon noch sehen darf.»

Eule flüchtete sich in einige gemurmelte Sympathiebekundungen. Eine eigenartige hypnotische Qualität, die das alte Kaninchen ausstrahlte, zwang ihn zum Zuhören. Er warf Burdock, der sich ebenfalls in dem Halbkreis niedergelassen hatte und Eule aufmunternd zunickte, einen raschen Blick zu. «Dranbleiben», schien ihm Dickarsch zu signalisieren.

«Du fragst, wie es möglich ist, daß wir alle gleich sind», sagte das alte Kaninchen und schaute ihn freundlich an. «Du hältst dich deinem Frühstück gegenüber für überlegen. Mein Freund, du hast noch so viel zu lernen. Doch zuerst mußt du einmal verlernen ...»

Eule zuckte zusammen. Wie kam es, daß er sich einem blöden Kaninchen gegenüber so klein vorkam? Bloß gut, daß Boris doch nicht mitgekommen war. Inzwischen wäre ihm das Äderchen wohl schon längst geplatzt.

«Wenden wir uns etwas Einfacherem zu», verkündete der Ehrwürdige Buck mit fester Stimme. «Es betrifft unsere Versammlungen, die, wie ich bereits weiß, du und deine Freunde für Kacke halten.»

Eule hüpfte in die Höhe. Kacke war ein Eulenwort. Wieder

hatte sich ihm auf beunruhigende Weise gezeigt, welch scharfer Verstand hinter dieser grauen Fassade lauerte.

«Ich muß zugeben, daß unsere Versammlungen momentan extrem bekackt sind», fuhr der Ehrwürdige Buck in seiner freundlichen Art fort. «Um nicht zu sagen: kaninchenknottelig. Ich glaube, du hast ebenfalls ein Bewußtsein für die Probleme entwickelt, die uns umtreiben.»

Eule nickte und hoffte zugleich, daß er nicht erklären mußte, was er von seinem Versteck hinter dem Baumstamm aus erfahren hatte. Der Ehrwürdige Buck verschonte ihn, indem er sich durch ein keuchendes Husten unterbrach.

«Die traurige Wahrheit ist die, daß einige unserer jungen Artgenossen vom Wege abgekommen sind», erzählte er weiter, und die Pflegerin streichelte ihm tröstend mit der Pfote über die Stirn. «Einige verfolgen dabei zweifellos die besten Absichten. Andere sind jedoch zu meinem großen Leidwesen von Boshaftigkeit getrieben. Obwohl ich ein überzeugter Pazifist bin, befürchte ich, daß wir an einem Punkt angelangt sind, an dem wir mit äußerster Strenge durchgreifen müssen. Unglücklicherweise bin ich selbst, wie du siehst, zu alt und tatterig. In den alten Zeiten, da hätte ich vielleicht ...»

Er lachte wehmütig auf, und als er tief in Eules riesige Augenkreise sah, erkannten beide die Signale gegenseitigen Respekts.

«Doch du bist anders, deshalb wende ich mich mit der dringenden Bitte an dich, unseren Versammlungen als Ständiger Leitender Vorsitzender beizuwohnen und alle Autorität auszuüben, die diesem Amt zusteht. Es ist ein recht praktischer Job, mit dem du uns einen großen Gefallen tun würdest; nicht nur uns, sondern der ganzen Waldlandgemeinde.»

Die Stimme des Ehrwürdigen Buck war jetzt ganz lebhaft geworden, und Eule erkannte, wie beeindruckend er in seiner Jugend gewesen sein mußte.

«Wenn du unserer Bitte Folge leistest, wirst du dir niemals über das ganze Ausmaß deines Tuns im klaren sein. Ich zweifle auch keine Sekunde daran, daß deine Toleranz gelegentlich bis an die Schmerzgrenze strapaziert werden wird. Denn, wie soll ich es ausdrücken ... Einige unserer Artgenossen sind umgänglicher als andere.» Er lächelte dünn. «Doch, mein Freund, egal, welche Widerwärtigkeiten dir auch begegnen, ich muß dich dazu auffordern, Geduld zu üben. Denn der momentanen Verwirrung liegen herrliche Prinzipien und großartige Wahrheiten zugrunde, wie zum Beispiel, um nur eine zu nennen, die bedeutende Erkenntnis, daß alle gleich sind. Aber das werde ich dir bei einer anderen Gelegenheit näher erläutern.»

Das Lächeln des Ehrwürdigen Buck wurde jetzt breiter, wobei Eule seine bis auf die Stümpfe abgenutzten Zähne zu sehen bekam.

«Wir alle, die wir hier im Wald leben, dürfen diese Wahrheiten niemals aus den Augen verlieren», sagte das alte Kaninchen ergänzend und sah jetzt sehr ernst aus. «Besonders jetzt, wo uns bald schwerwiegende Veränderungen zu überwältigen drohen. Ich kann nicht mehr sagen, aber ich rieche, daß da ein großes Unglück auf uns zukommt – ein Unglück, das uns alle in gleichem Maße angeht, unsere Prinzipien auf die härteste Probe und unsere tiefsten Wahrheiten wie nie zuvor in Frage stellen wird ...»

Das alte Kaninchen sank in sich zusammen, und als es noch einmal die Stimme erhob, mußte sich Eule vorbeugen, um überhaupt noch etwas zu verstehen.

«Mein Freund», flüsterte der Ehrwürdige Buck, «es muß dir genügen, wenn ich sage, daß meine Wahl unter allen Tieren des Waldes auf dich gefallen ist. Kannst du mir deshalb versprechen, daß du meine Wahl annimmst? Es wäre eine so große Erleichterung, ein solcher Trost ...»

Seine Augen sahen glasig aus, und ihm versagte die Stimme.

Während sich die junge Pflegerin darum bemühte, ihn zu stützen, erkannte Eule, daß er heute nicht viel mehr sagen würde. Das wiederum war nicht die schlechteste Lösung, denn Eule litt schon jetzt unter einem Informationsschock. Schwerwiegende Veränderungen drohen uns zu überwältigen? Auf ihn war die Wahl gefallen? Was war hier eigentlich los?

Und doch flüsterte er, ohne so recht zu wissen, warum, zurück: «Ich nehme sie an.»

Er blickte zu Burdock hinüber, der zufrieden über das ganze Gesicht grinste. Der Ehrwürdige Buck riß sich noch einmal zusammen und schenkte Eule einen Blick, der so voller Dankbarkeit war, daß Ollie ihn niemals wieder vergessen würde.

«Ich war mir sicher, daß ich auf dich zählen kann», keuchte Buck. «Es ist wirklich überaus großzügig von dir, so überaus reizend. Mein Urenkel Burdock wird dich jetzt mit den Details vertraut machen.

Inzwischen sage ich dir auf Wiedersehen – bis zum nächsten Treffen.»

Mit letzter Anstrengung streckte er ihm eine Pfote entgegen und schüttelte Eule die Kralle. Dann zog er sich, unterstützt von der bezaubernden Pflegerin, wieder zurück. Als Eule das verwitterte Hinterteil zitternd verschwinden sah, erschien es ihm plötzlich recht optimistisch, vom nächsten Treffen zu sprechen.

Dann bemerkte er Burdock neben sich.

«Ganz schön beeindruckend, mein Urgroßvater, was? Ich sagte doch, daß er dir alles erklären kann. So, jetzt erzähle ich dir, was ich mir als nächstes ausgedacht habe.»

«Aufhören, und zwar sofort!» sagte Eule scharf. Der hypnotische Zauber des Ehrwürdigen Buck war bereits gebrochen. «Bevor wir noch einen Schritt weitergehen, verlange ich mehr zu erfahren, zum Beispiel, worum es hier überhaupt geht.»

«Gute Idee, Ollie», stimmte ihm Burdock gutgelaunt zu. «Dann berufen wir einfach eine neue Versammlung ein; diesmal aber nur für zwei Teilnehmer, dich und mich.»

Eule stöhnte innerlich auf. Noch eine Versammlung! Aber wie es aussah, hatte er wohl keine andere Wahl. Er war oft genug gewarnt worden – Versammlungen waren nun mal das ein und alles für die Kaninchen.

Kapitel 13

Schliess dich an!

Mega bewegte sich noch immer auf Gelände, das er mit Sheba ausgelotet hatte, als er durch den Auslauf ging, um sich der privaten Anhörung durch die Ältesten zu stellen; auch diese Möglichkeit hatte Sheba exakt vorausgesehen und ihn davor gewarnt, sich von seinen Emotionen überwältigen zu lassen. In diesem Augenblick hatte er jedoch den Eindruck, daß der Ratschlag überflüssig war. Die schlimmste Hürde war die öffentliche Zeremonie gewesen. Doch auch dort hatte er sich, sobald er das Wort ergriffen hatte, unerwartet gelöst gefühlt, geradeso, als befände er sich außerhalb seines Körpers und würde sich selbst dabei zusehen, wie er Dinge tat, über die er keinerlei Kontrolle mehr hatte. Dieses Gefühl beseelte ihn noch immer, als er Massams ehemaligen Käfig betrat.

Die Ältesten hatten sich dort in einem kleinen Halbkreis eng aneinandergedrängt aufgebaut, Ramses genau in der Mitte. Mega stellte sich vor ihnen auf und nickte höflich, als er sah, daß sie sich bemüht hatten, ihm in dieser überfüllten Zelle einigermaßen Platz zu schaffen.

«Herzlich willkommen, junger Freund», begrüßte ihn Ramses betont freundlich. «Wir möchten uns nur ein bißchen mit dir über die ungewöhnlichen Dinge unterhalten, die du gesagt hast. Du mußt uns erzählen, woher du sie erfahren hast. Du bist jung, und vielleicht verstehst du gar nicht, welchen Aufruhr du da verursacht hast. Dir ist doch aber bewußt – oder nicht? –, daß du durch deine Worte sowohl die Ältesten als auch unseren Wärter aufs schlimmste verunglimpft hast? Glaubst du wirklich, wir würden untätig zusehen, wie man unseren ehemaligen Anführer Massam abholt und ermordet? Oder Gabbla – nachdem er so unermüdlich für unser aller Wohl gearbeitet hat? Für wen hältst du uns eigentlich?»

Dann schüttelte er sorgenvoll und distinguiert den Kopf.

«Tatsache ist doch, junger Nerz, daß der Wärter deine Mutter ins Land des Glücks gebracht hat, so wie es uns allen eines Tages ergehen wird. Das ist die Belohnung, die er für uns bereithält.»

Mega ließ die altbekannten Worte an sich vorüberrauschen. Genau so funktionierte die Doktrin: die endlose Wiederholung, wie das stete Tropfen von Wasser auf einen Stein, so zermürbte sie nach und nach Geist und Willen, um sie einheitlich nach der gewünschten Schablone zu formen. Darüber war er schon lange hinweg. In seinem Innern spürte er die Gewißheit, so tief, daß sein Wille nie reprogrammiert werden könnte. Selbst wenn er körperlich noch nicht frei war, so hatte er doch die Freiheit des Geistes bereits erlangt.

«Wir empfinden alle großen Respekt für deine Mutter», fuhr Ramses fort, und die anderen Ältesten nickten zustimmend. «Aber sie hatte schon immer eine blühende Phantasie. Wie soll ich es besser ausdrücken ... Manchmal brachte sie einiges durcheinander. Sie hatten eine Sache laufen, die sogenannte Intellektuellengruppe. Wußtest du das? Sie trafen sich, redeten über die Freiheit und erzählten Lügengeschichten. Die früheren Ältesten tolerierten es als harmlosen Quasselverein. Ist dir schon jemals der Gedanke gekommen, daß deine Mutter dir diese Geschichten einfach weitererzählt haben könnte?»

Er lächelte mitfühlend.

«Ich zweifle nicht daran, daß es tolle Geschichten sind; niemand hätte deine Mutter je als dumm bezeichnet. Ich muß dir jedoch die Mitteilung machen, daß es trotz allem eben nur Geschichten waren.»

In Mega zog sich etwas zusammen. Sheba hatte ihm gesagt, die Intellektuellengruppe sei niemals verpfiffen worden. Das hier war das erste Anzeichen dafür, daß auch sie nicht alles gewußt hatte. Dann rief er sich ihre Ermahnungen in Erinnerung und schwieg.

«Sie werden mit Silberzungen auf dich einreden, mit Schmeicheleien und Drohungen kommen», hatte sie ihn gewarnt. «Sie werden versuchen, meinen Namen zu beschmutzen, dich in Angst, Schrecken und Zweifel zu stürzen. Sie werden dir Versprechungen machen: Macht, Posten, Privilegien. Du aber mußt durchhalten, mein Sohn, du darfst nicht schwach werden. Denn du kennst die Wahrheit, und die Wahrheit wird am Ende siegen.»

Jetzt löste sich auch Megas vorangegangene Gefühlsverwirrung auf. An ihre Stelle trat ein anschwellender Zorn, der ihn gleichsam wappnete. Er hatte nicht erwartet, auf diese Weise belehrt zu werden. Nur weil Mega jung war, behandelte Ramses ihn wie einen Säugling, er redete nicht einmal ernsthaft mit ihm. Die Ältesten dachten wohl, hinter den Kulissen ließe sich das Problem rasch erledigen.

Megas Instinkt täuschte ihn nicht. Nachdem er sie mit seinen Zwischenrufen aus der Reserve gelockt hatte, waren die Ältesten jetzt davon überzeugt, diese jugendliche Revolte im Keim ersticken zu können. Alle Jungtiere hegten dann und wann solche Gedanken, doch sie nahmen bald Vernunft an. Trotz Megas eigenartiger Fellfärbung und seines unbestreitbaren Mutes und Talents war er letztendlich auch nur ein junger Nerz. Das System würde ihn kleinkriegen, so wie es in der Vergangenheit auch schon andere Dissidenten kleingekriegt hatte.

«Warum läßt du dir's nicht einfach gutgehen wie die anderen auch, Mega?» fragte Ramses gutmütig. «Abgesehen davon, daß es deine Pflicht ist, spricht auch sonst sehr vieles dafür. Ich möchte dich an all das erinnern, junger Freund, womit unser Wärter uns versorgt: mit komfortablen Käfigen, Schutz vor den Unbilden des Wetters, gutem Futter, einem geräumigen Auslauf. Unsere Käfige werden regelmäßig saubergemacht. Wenn wir krank werden, kümmert er sich um uns. Was könnte ein Nerz denn noch mehr verlangen?

Warum schließt du dich uns nicht an, Mega? Denn sieh mal, ich bin bereit, dir etwas Besonderes mitzuteilen. Es ist höchst ungewöhnlich in einem so frühen Stadium, doch unter den gegebenen Umständen haben wir uns dazu entschlossen, daß es besser ist, wenn du es weißt: Dir, Mega, ist es als einem aus deiner Generation vorbestimmt, ein Ältester zu werden. Ich kann es dir nicht versprechen, doch du könntest sogar einmal Anführer werden!

Das ist natürlich streng vertraulich und muß unbedingt ein Geheimnis zwischen uns bleiben», lächelte er verschwörerisch. «Du siehst also bereits jetzt, daß deine zukünftige Position in der Kolonie gesichert ist; warum solltest du das alles aufs Spiel setzen?»

Als Mega noch immer schwieg, schlug Ramses einen schärferen Ton an. Die Ältesten hatten sich vorher darüber geeinigt, daß sie ihn, falls er sich nicht biegen ließ, notfalls auch brechen würden.

«Wo sind deine Beweise für die lächerliche Pelzgeschichte?» fragte Ramses mit lauter und drohender Stimme. «Du hast keine, stimmt's? Du und deine Mutter, ihr habt euch das alles ausgedacht!»

Ramses hatte genau die schwache Stelle erwischt, vor der ihn Sheba gewarnt hatte.

«Wenn man es bei der Einschwörungszeremonie öffentlich zur Sprache bringt, kann sich jeder seine eigene Meinung darüber bilden», hatte sie erklärt. «Da du es jedoch nicht beweisen kannst, macht es dich gleichzeitig verwundbar gegenüber Spott und Kritik.»

«Du bist lediglich auf Ärger und Unruhe aus», bearbeitete ihn Ramses weiter. «Dazu bist du nicht schlau genug. Jeder von uns könnte so etwas tun, wenn er das wollte. Es ist höchst verantwortungslos und beweist nur, wie unreif du noch bist. Werde also erwachsen, und nimm deine Behauptungen zurück!»

Als Mega sich nach wie vor in stillem Trotz übte, versuchte es Ramses auf einem anderen Weg.

«Hör doch mal zu: Selbst wenn du mit den Pelzen recht hättest – ich will damit nicht sagen, daß es so ist –, was sollten wir in diesem Fall denn tun? Weglaufen?»

Jetzt machte Mega zum erstenmal den Mund auf. «Ja», sagte er.

Ramses und die anderen brachen in schrilles Gelächter aus. Dieser Bursche war wirklich zu komisch!

«Und wie genau soll das funktionieren?» fragte er, während die anderen sich noch die Bäuche hielten.

«Sollen wir uns durch den Draht fressen?»

«Uns in Menschen verwandeln?»

«Wie die Vögel auf und davon fliegen?»

«Wir müssen nur darauf warten, daß die Befreiermenschen kommen und unsere Käfige öffnen», unterbrach sie Mega.

Das saß.

«Welche Befreiermenschen?» fragte Ramses ungläubig und aufs höchste alarmiert. Wußte dieser räudige junge Nerz am Ende doch etwas, wovon sie noch nichts wußten?

Gemeinsam mit den anderen Ältesten hörte er erstaunt zu, wie Mega ihnen Solomons Informationen unterbreitete. Keiner von ihnen hatte das ganze Ausmaß der alternativen Doktrin erahnt, die Sheba ihn gelehrt hatte, und jetzt hörten sie eine derartig faszinierende Mischung aus Ketzerei und Hoffnung, daß sie nicht wußten, wie sie darauf reagieren sollten. Wenn

Flucht jetzt wirklich im Bereich des Möglichen lag, dann konnten sogar sie sich mit dem Gedanken anfreunden – Land des Glücks hin oder her!

Die Befragung wurde härter, sie forderten immer mehr Details. Doch als Mega, wie zuvor bei der Pelzgeschichte, keine Beweise bieten konnte, gaben sie auf. Das klang alles viel zu naiv. Befreier! Flucht! Der Hauptpunkt und zentrale Gedanke ihrer Doktrin bestand darin, daß es absolut keine Möglichkeit zur Flucht gab.

Erleichtert grinsten sie einander an.

«Ich fürchte, es gibt diese Befreier nicht, junger Mega», sagte Ramses und schüttelte erneut besorgt den Kopf. «Gewiß, wir würden alle gern daran glauben, aber es ist wieder nur eine der Geschichten deiner Mutter. Werde also vernünftig, akzeptiere, daß es hier drinnen gar nicht so schlecht ist und daß du ohnehin einer der privilegierten jungen Nerze bist. Sei zufrieden mit dem, was du hast!»

Als Mega sich offensichtlich noch immer nicht beugen wollte, mußten sie sich nur kurz besprechen.

«Der Rat hat seine Entscheidung gefällt», verkündete Ramses mit einer vor lauter Autorität und Amtsbeflissenheit belegten Stimme. «Da du der Doktrin in aller Öffentlichkeit widersprochen hast, muß die Angelegenheit auch in aller Öffentlichkeit verhandelt werden. Wir Ältesten fordern dich daher zu einer Debatte auf. Wir werden unseren Standpunkt vortragen, du den deinen. Die Kolonie wird dann entscheiden; beide Parteien sind an die Entscheidung gebunden. Du hast das Recht, dich zu weigern. In diesem Fall werden wir auch das öffentlich bekanntmachen und dich somit diskreditieren.

Bis dahin bist du entlassen.»

TEIL II

Kapitel 14

GRUNDSATZDISKUSSIONEN

Eule war nicht zum Spaßen zumute, als er zu seinem Zwiegespräch mit Burdock flog. Als Ort der Zusammenkunft hatte er den alten Steinbruch am Ende des Reitweges ausgesucht, da er ihn für abgeschieden genug hielt, um nicht gestört zu werden. Das letzte, was er jetzt brauchen konnte, war, von Ula oder Raka oder, schlimmer noch, von Freddie und Boris dabei erwischt zu werden, wie er sich von einem Kaninchen den Lauf der Welt erklären ließ. Seit er sich in diesen BWW-Morast gestürzt hatte, mied er seine alten Freunde. Ula hatte ihm zwischen den üblichen Nörgeleien wegen der dringend nötigen Nestreparaturen auf verächtliche Weise klargemacht, daß sie darüber kein einziges Wort hören wolle. Dafür war Eule sehr dankbar. Der Ehrwürdige Buck hatte einen Schleier gelüftet, und Eule hatte das Gefühl, an der Schwelle zu völlig neuen Erkenntnissen zu stehen, wenn er auch noch nichts davon erklären, geschweige denn verteidigen konnte.

Da Dickarsch noch nicht da war, ließ sich Eule auf einem passenden Felsbrocken nieder. Der Steinbruch war ein Mahnmal für die letzte Invasion der verhaßten Menschen, die die Steine mit roher Gewalt aus dem Boden gehackt und den Reitweg hinuntertransportiert hatten und ein häßliches hufeisenförmiges Loch zurückließen. Unförmige Brocken wie derjenige, auf dem er saß, waren überall achtlos liegengelassen worden. Der Boden des Steinbruchs war hingegen mit scharfkantigen Splittern übersät. Die Erdschicht war dort so dünn, daß sich nur einige struppige Silberbirken angesiedelt hatten, und der ganze Ort wirkte trostlos. Die meisten Tiere mieden ihn. Sie gruselten sich davor, besonders in hellen Mondnächten, wenn das Loch wie ein finsteres, bösartiges Gesicht grinste und die Baumstämme gespenstisch weiß leuchteten. Eule hatte das nie sonderlich gestört. Schatten und Zwielicht waren sein Jagdrevier. Er hatte sich jedoch überlegt, daß Burdock sich dort nicht ganz so wohl fühlen würde, und unter den gegebenen Umständen wollte Eule jeden erdenklichen Vorteil für sich ausnutzen.

«Hallo, allmächtige Eule!» rief Burdock, als er keuchend herbeihoppelte. «Tut mir leid, daß ich etwas zu spät komme, aber es gab Probleme mit dem Wald- und Wiesenkodex, an den ich gerade letzte Hand lege. Die Sitzung zog sich leider ziemlich hin. Hast du allzulang warten müssen?»

«Lang genug», antwortete Eule. «Es wäre auch nicht schlecht, wenn du so sprechen könntest, daß ich es verstehe. In meiner Welt gibt es so etwas wie ‹allzulang› nicht. Ich habe gewartet, das reicht.»

«Ich muß mich entschuldigen», entgegnete Burdock reumütig. «Die meisten Kaninchen haben dazu ein anderes Verhältnis und drücken alles gern möglichst kompliziert aus. Ich werde mich jedoch um äußerste Präzision bemühen.»

«Gut. Jetzt erzähl mir präzise, worum es eigentlich geht», wies ihn Eule an.

Schon bald wünschte er, er hätte sich nicht erst darauf eingelassen. Er war bloß dankbar dafür, daß er sich nur auf ein einziges Kaninchen konzentrieren mußte. Noch immer war er sich nicht ganz im klaren darüber, ob er Dickarsch leiden mochte, doch wenigstens vermittelte er ihm den Eindruck, etwas gerissener als die anderen Kaninchen zu sein. Zwar war Burdock ebenso wie alle anderen an die Gruppenethik der BWW gebunden, doch er hatte die anderen in den Hintergrund verwiesen und sich selbst zum alleinigen Sprecher gemacht. Was er momentan allerdings erklärte – und zwar nicht unbedingt präzise –, war so vertrackt, daß Eule Kopfweh bekam.

«Das Problem der Sitzungen liegt darin, Ollie, daß wir einen grundlegenden Fehler im Wahlsystem entdeckt haben. Die Versammlungen sind immer öffentlich abgehalten worden, Entscheidungen wurden nach dem Grundsatz ‹ein Tier, eine Stimme› gefällt. Das funktionierte hervorragend, solange wir uns auf Tiere wie uns Kaninchen beschränkten, die über die intellektuelle Kapazität verfügen, vernünftige Entscheidungen zu treffen.

Unglücklicherweise hat die neue Brut militanter Jungtiere dieses System völlig auf den Kopf gestellt», fügte Burdock traurig hinzu und sah zu Boden.

Eule fing an, wieder etwas Land zu sehen. Wahrscheinlich sprach Burdock von den Komischen Karnickeln, die nach und nach alle möglichen Formen niederen Lebens in die Versammlungen eingeschleust hatten. Noch nie hatte jemand die unterschiedlichen Arten und Unterarten im Alten Wald gezählt, doch es waren so viele tausend, daß es wohl ewig gedauert hätte. Außerdem wäre nichts damit gewonnen gewesen, da niemand, der noch einigermaßen bei klarem Verstand war, in Betracht gezogen hätte, sich mit den niederen Spezies überhaupt nur zu unterhalten. Die allermeisten von ihnen waren so winzig und uninteressant – wenn nicht gar schrill – und verfügten über so wenige Gehirnzellen, daß im wahrsten Sinne des Wortes keine Kommunikation zustande kommen konnte.

«So ein bodenloser Quatsch!» hatte sich Boris voller Abscheu schnaubend bei der letzten Versammlung des Clubs der Toten Wühlmäuse geäußert. «Superschnecke, Frösche für die Freiheit, Bewegung Blattschneider, Kampftruppe Käfer, Heuschrecken Hopp Hopp – ich habe eine ganz Liste angefertigt, bis ich nicht mehr zuhören konnte.»

Dann kratzte er sich wie wild.

«Meine Flöhe sind in letzter Zeit ziemlich aufmüpfig», beschwerte er sich.

«Wahrscheinlich ist da die Freie Flohliga am Agitieren», grinste Freddie. «Womöglich auch eine Splittergruppe der Freien Läuseliga.»

Eule wühlte sich in Boris' Fell und holte einige dieser Parasiten heraus.

«Ich werde euch kleine Scheißer gleich befreien», verkündete Boris, senkte seine eindrucksvolle Schnauze und schnüffelte hinter jeder einzelnen her.

Als sie damit fertig waren, brachte sich Raka lachend mit den neuesten Nachrichten von den Alarmierten Aasfressern, einer Konkurrenzpartei zu Maden an die Macht, ins Gespräch, die wiederum der Bewegung Schmeißfliege angeschlossen war, und alle zusammen befanden sich in wildem Disput mit den Offensiven Mistkäfern.

«Hat man je von einem derartigen Mist gehört?» fragte sie. Auch in der Krähenkolonie gab es Unzufriedene, doch dort machte man diese Angelegenheiten wenigstens unter sich aus.

«Alles in allem ist es den jungen Militanten gelungen, in ein Wespennest zu stechen», sagte Burdock jetzt resigniert. «In einem Fall sogar buchstäblich: Höchste Zeit für Hornissen! ist der letzte Schrei.»

«Ich habe diesen ganzen Kack ja mit eigenen Augen gesehen», unterbrach Eule Burdocks Bericht.

Er klang so ungeduldig, daß Burdock laut seufzte. Hier, weit weg vom dampfenden Treibhaus der Politik im Bau, kamen ihm die Erklärungen selbst ziemlich verrückt vor. Seine Anwesenheit hier machte ihm weit größeren Spaß, während die anderen BWW-Aktivisten sich um diese Bemühungen zu drücken schienen. Wie aufregend konnte das Leben doch sein, wenn man allein, auf sich selbst gestellt, ausgerechnet im unheimlichen Steinbruch war, obendrein in der Gesellschaft eines Raubvogels, der sich jederzeit auf einen stürzen konnte. Allerdings nicht ganz auf sich selbst gestellt. Obwohl Eule es nicht wußte: Dandelion hatte darauf bestanden, als Rückendeckung mitzukommen, und wartete etwas weiter entfernt, um notfalls sofort zu seiner Rettung herbeizueilen. Natürlich konnte sie nicht viel tun, wenn wirklich etwas schiefging. Im günstigsten Fall würde Burdock übel zugerichtet werden. Andererseits betrieb er diese ganze Angelegenheit nicht deswegen, weil er sich unnötig in Gefahr bringen wollte.

Eines wollte er jedoch unbedingt erreichen: Eule beeindrucken.

«Die jungen Militanten wollen eine Regenbogen-Allianz gründen, was heißen soll, daß alle möglichen Schattierungen unter einer Plattform erfaßt werden», erklärte er. «Als das Wahlsystem eingeführt wurde, dachte keiner daran, daß es eines Tages von militanten Quertreibern mißbraucht würde, die ihre Wähler massenhaft heranschleppen, um ihre Anträge durchzubringen. Was ich mit massenhaft meine, kannst du dir sicherlich vorstellen, wenn du an Organisationen wie Bewegung Ameise denkst.

Die Debatten spielen sich natürlich weit über ihren Köpfen ab – was nicht besonders schwierig ist, wenn man sich so weit unten befindet. Trotzdem bestehen die Militanten auf dieser tragenden Säule unserer Demokratie: ein Tier, eine Stimme.»

Eule hätte ihn gern unterbrochen, um zu fragen, was er mit

«Demokratie» meinte, wollte vor dem neunmalklugen Kaninchen aber nicht als Dummkopf dastehen. Er würde später den Ehrwürdigen Buck fragen, falls er noch unter ihnen weilte.

«Was uns würdigere Waldwächter bisher gerettet hat, ist die Tatsache, daß sich die verschiedenen Fraktionen glücklicherweise meist gegenseitig bekämpfen», fuhr Burdock ernst fort. «Andererseits ist das fast genauso schlimm, weil wir immer weiter an den Rand gedrängt werden und sich fast jede Versammlung ausschließlich mit diesen Machtkämpfen befassen muß.»

Eule verlagerte sein Gewicht von einer auf die andere Klaue.

«Ich berichte dir kurz von dem jüngsten Drama; vielleicht amüsiert es dich ja», lächelte Burdock überlegen und wechselte den Köder. «Es geht um Wirtstiere und ihre Parasiten. Die Wirtstiere verlangen, daß ihre Parasiten genau wie sie abstimmen, da sie ja völlig von ihnen abhängig sind. Keinesfalls, meint dagegen Parasiten Power. Parasiten seien individuelle Geschöpfe mit eigenen Rechten und hätten deshalb Anspruch darauf, nach eigenem Gutdünken zu wählen. Das schafft natürlich Probleme, da sie ihre Wirte zahlenmäßig meist um ein Hundertfaches übertreffen.»

Er lachte trocken auf.

«Komisch, was? Und jetzt sprechen die jungen Militanten ein noch größeres Problem an, indem sie die Diskussion auf Lebensformen erweitern, die nicht einmal eine Vorstellung davon haben, daß sie Individuen sein könnten. Sie wissen nicht einmal, was ein Ich ist – geschweige denn, was sie mit ihrem Stimmrecht anfangen sollen. Unterm Strich ist das alles wie ein Sack voll Flöhe. Natürlich dürfte ich das nie auf einer Versammlung sagen», seufzte Burdock tief. «Die Freie Flohliga würde mir sofort an die Kehle springen.»

Eule fand Parasiten Power weniger lustig, bei Burdocks letzter Bemerkung mußte er jedoch grinsen. Wenigstens hatte Burdock seinen Humor nicht verloren, auch wenn er sehr verzweifelt klang. Andererseits gab es keinen Grund dafür, zu verheimlichen, daß Eule mit diesem ganzen Gerede noch immer nichts anzufangen wußte.

«Ich dachte, alle Geschöpfe sind gleich?» fragte er und versuchte, dabei autoritär zu wirken. «Was ist denn so schlecht daran, daß jeder eine Stimme hat?»

Burdock sah ihn so scharf an, daß Eule sofort wußte, daß er mit dieser Frage seine Kralle in eine offene Wunde gelegt hatte.

«Gleichheit ist eine Sache», antwortete das Kaninchen. Es hörte sich so an, als hätte Eule eine ganz üble Ketzerei ausgesprochen. «Aber im wirklichen Wald müssen einige Tiere, in der Praxis jedenfalls, gleicher als die anderen sein – ungeachtet der demokratischen Grundsätze.»

Burdock verstummte, als er sah, wie Eule seine großen Augenkreise rollte. «Demokratische Grundsätze», das hatte ihm den Rest gegeben. Da er selbst kaum Zeit für Insekten hatte, versuchte er, sich den Alptraum, den Burdock ihm da ausmalte, so vorzustellen, als ob die Parasiten in seinem Nest ihm plötzlich vorschreiben wollten, was er zu tun hatte. Diese Aussicht war es nicht einmal wert, daß man darüber nachdachte. Dann fiel ihm etwas ein, was Boris einmal gesagt hatte: «Der Witz bei der Sache ist, daß keiner dieser Anträge und Resolutionen jemals zu etwas führt, Ollie. Der Sinn der Übung besteht allein darin, sie durchzubringen und zu verabschieden. Du siehst also, es ist nichts als Geschwätz.»

Damals hatte Eule das nicht so gesehen. Doch heute glaubte er, Boris' Bemerkung könnte ihm vielleicht dabei helfen, den Nebel zu durchdringen.

«Welche Rolle spielt das überhaupt, wenn es doch alles nur Gerede ist?» fragte er.

Burdock funkelte ihn jetzt so herausfordernd an, daß Eule plötzlich einen ganzen Abgrund von unterschwelligen Bedeutungen sah, der noch lange nicht erforscht war. Es war fast so, als unterhielte er sich mit dem Ehrwürdigen Buck. Unter jeder Bedeutungsschicht wartete bereits die nächste, die weggeschält werden mußte.

«Warum vergißt du den ganzen Mist nicht einfach und sagst mir, was du von mir willst?» fragte er beinahe flehentlich, in der Absicht, wieder festeren Boden unter die Krallen zu bekommen.

Burdock relativierte seine Vorgaben rasch. Was er Eule bisher erzählt hatte, kratzte eigentlich nur an der Oberfläche des komplexen Gewebes der BWW-Politik. Wenn er ihn erst für die vielfältigen Nuancen und Subtilitäten interessieren könnte, dann würde sich das alles für ihn mit Leben füllen. Doch als Kaninchen hatte er im Gespräch mit einem Raubvogel noch so seine Bedenken, und vielleicht hatte Eule ja recht, wenn er meinte, daß sie fortfahren sollten. Raubtiere waren der Meinung, Taten sprächen eine deutlichere Sprache als Worte. Und letztendlich waren sie ja hier, um Taten in die Wege zu leiten. Eule würde die Hintergrundinformationen sicherlich noch früh genug begreifen lernen.

«Bei der nächsten Versammlung werde ich dich zum Ständigen Leitenden Vorsitzenden ernennen», antwortete er ohne weitere Umschweife. «Du wirst die gegenwärtige Situation dann mit extremer Strenge beenden. Was ich im Moment vorbereite, ist die Vorlage für eine Fell- und Federqualifikation. Wenn sie durchkommt, dürfen nur noch diejenigen wählen, die eins von beiden vorzuweisen haben, und das wiederum heißt, daß die niederen Formen außen vor bleiben.

Ich möchte nicht, daß du mich für elitär hältst», fügte er rasch hinzu. «Ich muß zugeben, daß diese Qualifikation ziemlich willkürlich ist – damit werden beispielsweise solche Anomalien wie Frösche und Kröten disqualifiziert, die ich für ihren Beitrag zu FAUB im höchsten Maße schätze. FAUB heißt Fische und Angrenzende Uferbewohner, falls du es noch nicht wußtest.»

Eule wußte auch nicht, was «elitär» bedeutete. FAUB war da wesentlich einfacher: Es handelte sich um eine weitere blöde BWW-Organisation wie Wanzen und Bazillen für die Freiheit.

«Ich frage mich, was die Spinner von Schleich dich! heute wieder treiben», hatte Boris erst kürzlich amüsiert vor sich hin geschnauft. «Höchstwahrscheinlich halten sie eine Versammlung mit Amsel, Drossel, Fink und Star ab.»

«Wir dachten sogar kurzzeitig daran, diejenigen Tiere mit einzuschließen, die zwar äußerlich weich und schlabbrig wirken, aber trotzdem über ein Skelett verfügen», quasselte Burdock unaufhaltsam weiter. «Damit hätten die Frösche und Kröten ihre Stimmberechtigung behalten. Du kannst dir sicher vorstellen, welche Ängste da hinsichtlich weiterer Auswahlkriterien hochkamen; man befürchtete, daß am Ende auch noch Rückenschilder oder Chitinpanzer zugelassen werden. Wir mußten diese Überlegung leider wieder fallenlassen.»

Eule betrachtete Burdock, dessen Maul nicht mehr stillstand, während seine Augen voller Begeisterung für sein Thema feucht glänzten. Burdock war bestimmt nicht dumm, aber wie konnte ein Lebewesen im Vollbesitz seiner geistigen Kräfte sich nur so für diesen bodenlosen Schwachsinn begeistern, ganz abgesehen von den trivialen Details, die dahinter verborgen lagen?

«Interessant wird es an der Stelle, wenn wir die Eingabe durchdrücken wollen. Und genau da kommst du ins Spiel», sagte Burdock endlich und rieb die Vorderpfoten mit einer solchen klammheimlichen Freude aneinander, daß Eule unwillkürlich zusammenzuckte.

Als Burdock ihm dann die Details der Aktion auseinanderlegte, besserte sich Eules Laune beträchtlich. Er mochte nicht ganz mitkommen, wenn es um «gleich und gleicher» ging oder um «ungeachtet der demokratischen Grundsätze», aber eine Sache wurde allmählich deutlich: Die Hauptrolle in den bevorstehenden Ereignissen sollte eindeutig «Raubvogel Power» übernehmen.

Kapitel 15

Modernes Querdenken

Erwischt!»

Mega sprang vor Schreck in die Höhe. Mata hatte sich gerade in dem Augenblick an ihn herangeschlichen, als er an etwas ganz Ähnliches dachte; nicht unbedingt, daß ihn die Ältesten erwischt hatten, aber er fühlte sich entschieden in die Enge getrieben. Momentan sah er keinen Ausweg. Diese Entwicklung hatte Sheba nicht vorhergesehen.

«Du kannst mir ruhig gleich alles erzählen», fügte sie leiser hinzu. «Ich kriege es sowieso heraus.»

Mega wußte, daß er ihr nicht ewig ausweichen konnte. Nicht nur sie, auch alle anderen würden es bald herauskriegen. Die Ältesten hatten keine Zeit verloren, um die Kolonie über die bevorstehende öffentliche Debatte zu unterrichten, und in den Käfigen wartete man bereits voller Spannung und Ungeduld auf das Ereignis. Das Ergebnis der Abstimmung konnte er bereits von den Gesichtern der älteren Nerze ablesen.

Wenn er Sheba jedoch beim Wort nahm, dann offenbarte sich Mata ihm jetzt gerade als Anhängerin. Wieder verkomplizierte die Tatsache, daß er seiner Mutter hinsichtlich Mata nicht die Wahrheit gesagt hatte, die Situation. Jetzt wünschte er, er hätte sich anders verhalten und statt dessen Shebas Meinung dazu eingeholt. In seinen Augen war Mata unter allen Nerzen in der Kolonie derjenige, der ihn am meisten irritierte, und in gewisser Hinsicht auch derjenige, der ihm am meisten Angst einjagte. Warum fürchtete er sich nur so vor ihr, wo er sich doch gleichzeitig so stark zu ihr hingezogen fühlte?

«Du hast vor, uns hier herauszubringen, stimmt's?»

Mega zuckte wie unter einem Fausthieb zusammen.

«Wie kommst du denn darauf?»

«Sonst hättest du die Ältesten wohl kaum herausgefordert», antwortete Mata lächelnd. «Du wärst auf ihre Seite übergewechselt.»

Ihre Stimme war sanft, aber entschieden.

«Ich bin auf deiner Seite, Mega, das weißt du.» Sie lächelte ihn fast liebevoll an. «Wir werden immer zusammensein, egal, was kommt. Wir sind ein Paar. Erinnerst du dich an den Vogel?»

Der Vorfall war nur zu deutlich in seinem Gedächtnis eingegraben; ebenso wie das Gefühl, daß sie sich ihm damals zuerst unterworfen und ihn dann ihrerseits versklavt hatte. Ein Schauer lief über seinen Rücken, und sein Fell sträubte sich.

«Ich kann dir nur helfen, wenn du mir die ganze Geschichte erzählst, Mega. Jetzt.»

Ohne einen weiteren Gedanken zu verlieren, führte er sie zum Geheimversteck. Woher wußte sie nur, daß er inzwischen so weit war, daß er sich trotz all seiner Befürchtungen jemandem anvertrauen mußte?

«Das ist schlau», sagte Mata nachdenklich. «Auf diese Weise kannst du nicht gewinnen. Die älteren Nerze werden dir nicht einmal zuhören, und, egal, was du sagst, die Ältesten kontern mit ihrem einstürzenden Himmel. Daß das nicht passieren wird, kann man nicht beweisen, indem man über Flucht nur redet. Jemand muß es tun. Aber wer würde sich je dazu bereit erklären?»

Mega hörte aufmerksam zu. Mata hatte ihn schon dadurch ungemein verblüfft, daß sie sich ruhig anhörte, was er über Solomon zu sagen hatte, über die Befreiermenschen und, zu einem gewissen Grad, über seine Stellung als «auserwählter» Anführer. Letzteres hatte er jedoch nicht allzubreit ausgewalzt. Eigentlich hatte er erwartet, daß sie vor Aufregung außer sich geraten würde, doch sie hatte sich, ohne viel Fragen zu stellen, gleich an die Analyse gemacht. Sie redete nicht wie eine Anhängerin. Sie hatte sich bereits jetzt mit ihm auf die gleiche Stufe gestellt.

«Sie sind ziemlich klug, diese Männchen, das muß man ihnen zugestehen», fügte sie hinzu, als führte sie ein Selbstgespräch. «Aber nicht so klug wie ein Männchen, dem das richtige Weibchen zur Seite steht. Es wird Zeit, daß sie endlich bemerken, daß sie uns schon viel zu lange ausgeschlossen haben.»

Trotz seiner tiefsitzenden männlichen Vorurteile stimmte Mega ihr im stillen zu. Das Leben mit seiner Mutter hatte ihm die Augen dafür geöffnet, wieviel Einfluß die weibliche Seite auf die Kolonie hatte, unabhängig davon, wie sehr die arroganten Männchen auch davon überzeugt sein mochten, daß sie allein die Geschicke lenkten.

«Ich gebe allerdings zu, daß wir momentan kein Weibchen, sondern ein besonderes Männchen brauchen, um sofort die Macht zu übernehmen», verkündete Mata.

«Was soll das heißen?» fragte Mega plötzlich mißtrauisch. «Ich entscheide das.»

«Tatsächlich?» antwortete Mata und schaute ihn grimmig an. «Wie kommst du denn darauf?»

«Weil ich der Auserwählte bin.»

«Der einzige Auserwählte?» fragte sie geschickt. «Hast du mir nicht zugehört? Wir werden immer zusammenbleiben, egal, was geschieht.»

Bevor Mega antworten konnte, war sie aus dem geheimen Versteck herausgeschossen und flitzte quer durch das Auslaufgehege. Es war mitten am Tag, und nur wenige Nerze schlenderten mißmutig umher. Wie er angenommen hatte, war von den Ältesten keine Spur zu sehen. Das paßte. Sie hockten wahrscheinlich alle in Ramses' Käfig zusammen und bereiteten sich auf den Tag der Abrechnung vor. «Nichtsdestoweniger», dachte Mega, als er Mata demonstrativ rückwärts aus einem der Käfige heraustanzen sah, «ging sie ein enormes Risiko ein.» Bis er die Methode hinter ihrer scheinbaren Verrücktheit erkannte. Sie ging im Zickzack, um ihre Zielrichtung zu verbergen, und die wenigen Nerze, die ihr am Anfang neugierige Blicke zugeworfen hatten, hielten es für ein Spiel und verloren rasch das Interesse.

Jetzt wurde Mega jedoch aufs neue alarmiert. Mata brachte Psycho mit.

Seine Gedanken rasten in die Vergangenheit zurück, als sie alle noch Jungtiere gewesen waren und seine Mutter genau diesen Kriecher als seinen besonderen Gefährten ausgewählt hatte.

«Warum muß ich mit dem Doofmann spielen?» hatte er gekränkt gefragt. «Niemand kann ihn leiden. Er ist ekelhaft.»

«Ich weiß, daß du ihn nicht für ebenbürtig hältst, Mega», hatte Sheba geduldig geantwortet. «Spiel trotzdem mit ihm und kümmere dich ein wenig um ihn. Es wird sich eines Tages auszahlen, das verspreche ich dir.»

Mega hatte sich murrend dem Willen der Mutter gefügt. Obwohl er Psycho auch weiterhin nicht besonders mochte, fand er doch, daß sein scharfer Verstand und seine noch besser ausgeprägte Fähigkeit, sich auszudrücken, ihn gelegentlich zu einem unterhaltsamen Spielgefährten machten. Im Gegenzug erwies sich Psycho als geradezu krankhaft dankbar. Dann machten die ersten Gerüchte die Runde. Psycho war schon immer dafür berüchtigt gewesen, daß er sich schamlos bei den Ältesten einschmeichelte und versuchte, ihre Gunst zu erwerben. Man erzählte sich, er würde seine Altersgenossen ausspionieren und belügen. Es gab keine direkten Beweise dafür, doch der Verdacht allein genügte, daß ihn niemand mehr herumschubste und er statt dessen endgültig zum Außenseiter gestempelt wurde. Mega war dankbar für die stichhaltige Entschuldigung, die ihm erlaubte, den Ratschlag seiner Mutter nicht mehr zu befolgen, und hatte sich dem Boykott angeschlossen.

«Weiß Mata denn nichts davon?» fragte er sich jetzt, als sie mit dem kleinen Kriecher im Schlepptau durch den Auslauf zurückkam, bevor beide zu ihm in das geheime Versteck schlüpften.

«Was tust du da?» zischte er.

Mata zischte zurück und brachte ihn damit zum Schweigen. Dann spähte sie um die Ecke des Käfigs, um zu sehen, ob ihnen jemand gefolgt war. Psycho zitterte erkennbar und grinste unsicher.

«Los, Mega», sagte Mata dann und warf den Kopf zurück. «Sag ihm, wie die Sache steht.»

Einen Moment dachte Mega, er müsse den Käfig verlassen. Mata redete nicht mehr wie eine Gleichgestellte. Sie hatte das Kommando übernommen.

«Weißt du nicht, daß er für die Ältesten spioniert?» fragte er sie und bleckte die Zähne in Richtung der schlotternden Gestalt.

«Das stimmt nicht, ehrlich», warf Psycho mit seiner quäkenden Stimme ein. «Ich tat nur so, damit die anderen aufhörten, mich ständig herumzuschubsen. Ich bin auf deiner Seite, Mega. Frag Mata, sie glaubt mir.»

«Halt die Schnauze, du Kriecher», herrschte Mega ihn an.

«Er sagt die Wahrheit, Mega. Ich vertraue ihm. Sonst hätte ich ihn nicht mitgebracht», sagte Mata.

«Hab' ich doch gleich gesagt», quiekte Psycho und heulte auf, als Mega einen Schlag gegen seinen Kopf andeutete.

«Das reicht», sagte Mata gereizt. «Eines mußt du akzeptieren, Mega, und zwar recht bald: Du brauchst Unterstützung. Unterstützung findest du bei denen, die am Rande stehen. So fangen alle Revolutionen an – mit den Unzufriedenen, den persönlich Benachteiligten, denjenigen, die die meiste Wut im Bauch haben. Die große Masse springt erst später auf, wenn die Signale gesetzt sind und alles etwas sicherer ist.

Du hast ein Problem, und ich glaube, Psycho kann es lösen. Es ist mir egal, ob du ihn gut leiden kannst oder nicht. Ich kann ihn auch nicht gut leiden. Niemand kann das. Aber wir brauchen ihn, so sieht es nun mal aus.»

Mega blickte sie erstaunt an. Nicht nur, weil sie ihm Vorträge hielt, sondern auch, weil sie über Psycho wie über ein unbelebtes Objekt redete, als sei er ein Stück Holz, ein Werkzeug, das man aufhob und dessen man sich bediente. Mega wußte nicht, ob er das gutheißen sollte oder nicht. Psycho mochte zwar ein widerwärtiger Nerz sein, trotzdem blieb er ein Nerz, und Megas Schicksal bestand darin, alle Nerze anzuführen, die guten wie die weniger guten.

«Soll ich dir die ganze Wahrheit sagen, Mega?» fuhr Mata jetzt fort und sah den kleinen Kriecher voller Verachtung an. «Ich fürchte, sie ist nicht sehr angenehm. Egal, was Psycho behauptet, er hat für die Ältesten spioniert. Doch jetzt ist er übergelaufen, weil er erkannt hat, daß die Chancen auf unserer Seite besser stehen.»

Als Psychos Augen vor Angst und Schuldbewußtsein hin und her flitzten, mußte Mega sich beherrschen, daß es ihn nicht schüttelte. Diese Augen hatte er seit jeher an Psycho gehaßt. Sie waren heller als die einheitlich pechschwarzen der anderen Nerze, und es fehlte ihnen auch dieses schwarze Leuchten. Statt dessen hatten sie einen neugierigen, metallischen Glanz und wurden trübe, wenn sich das Licht in ihnen brach, weshalb man niemals genau wußte, was gerade in Psycho vorging. Er konnte auch noch mit anderen abstoßenden Merkmalen aufwarten: der knochige Kopf, die hoch angesetzte Schnauze, die auffälligen Zähne, die beim Lächeln hervorstanden, wenn er sich, so wie jetzt, einzuschmeicheln versuchte.

«Ich will dir helfen, Mega, ehrlich», flehte er und wackelte dabei auf und nieder. «Weißt du, ich habe einen Plan für dich entwickelt, der garantiert funktioniert. Gib mir eine Chance.»

«Wieviel weiß er?» fragte Mega, wobei er Psycho völlig ignorierte.

«Nicht viel», erwiderte Mata gelassen. «Aber genug, um an mich heranzutreten.»

«Tatsächlich?» fragte Mega, bevor er Psycho direkt ansah. «Worum geht es also?»

Psychos Augen blitzten.

«Ballaballa!» quiekte er, woraufhin er gewohnheitsgemäß ohne ersichtlichen Grund zu kichern anfing.

Mega schüttelte sich und warf Mata einen wütenden Blick zu. Ballaballa? Was war denn das für ein Quatsch?

«Ich meine Ballaballa bei der Versammlung, Mega», fuhr Psycho fort, kicherte noch lauter und fing sogar an, ein wenig herumzutanzen. «Weißt du, du läßt zuerst die Ältesten ihre Ansichten vortragen. Dann, wenn du an der Reihe bist, stehst du auf und sagst: ‹Ballaballa!› Begreifst du, wie gerissen das ist?»

«Nein», antwortete Mega verunsichert.

Er kannte die Macht der Worte, und «Ballaballa» war zweifellos der hirnrissigste Ausdruck im Vokabular der ganzen Kolonie. Aber was sollte ihnen das einbringen? Mata mußte durchgedreht sein, daß sie einen derartigen Schwachsinn ernsthaft in Betracht zog.

«Dann schwenkst du um auf ‹Balla›», fügte Psycho hinzu. «Das ist noch besser.»

«Warum ist es besser?» fragte Mega, jetzt restlos verwirrt.

«Weil es noch griffiger ist», kicherte Psycho.

«Nimm mich bloß nicht auf den Arm, du Zwerg», knurrte Mega, der jetzt nicht mehr nur wütend, sondern tief enttäuscht war. Mit Psychos Vorschlag war überhaupt nichts beantwortet.

«Hör ihm doch zu!»

Matas Stimme wirkte wie ein Peitschenhieb. Er gehorchte instinktiv.

«Rede weiter!» befahl sie Psycho.

«Du weißt, daß ich mich schon immer fürs Querdenken interessiert habe, Mega», sagte Psycho und sah plötzlich sehr nervös aus. «Erinnerst du dich daran, wie ich dir einmal erklärte – da waren wir noch kleine Jungtiere –, daß ich seitwärts denke statt hoch und runter wie andere Nerze?»

Mega stöhnte leise. Damals hatte er vergeblich versucht, es zu begreifen. Schließlich hatte er es aufgegeben und sich Sheba anvertraut, die ihm nur geraten hatte, sich nicht weiter darum zu kümmern.

«Aus diesem Grund möchte ich, daß du nett zu ihm bist», hatte sie erklärt. «Er hat sich da etwas sehr Schlaues ausgedacht, Mega, aber es ist nichts für dich. Deine Aufgabe besteht, wie ich dir schon immer gesagt habe, darin, ganz du selbst zu sein. Überlaß es ihm.»

Dankbar hatte Mega es seither dabei belassen.

«Laß uns dein Problem einmal von der querdenkerischen Seite betrachten, Mega», fuhr Psycho fort. «Sag mir eins: Sind die anderen Nerze hier Intellektuelle? Sind es große Denker? Beschäftigen sie sich grundsätzlich mit ernsten Belangen?»

Mega kannte die Antwort auf all diese Fragen. Im Gegenteil, die Jungtiere tollten ständig nur herum und rissen ihre Witze über alles – «ein bißchen Spaß haben», wie sie es nannten.

«Sie sind doch nicht mehr als ein Haufen gutmütiger Einfaltspinsel, oder nicht?» fragte Psycho weiter. «Wenn wir ehrlich sind, interessieren sie sich für nichts anderes als Fressen, Spaß und sinnlose Gewalt – obwohl sie hier drinnen von allem nicht allzuviel bekommen.

Sieh dir das Leben an, das sie hier führen, Mega», drängte er weiter. «Es ist so langweilig, daß es sie zu Nullen degradiert. Vielleicht wird es ihnen noch nicht einmal bewußt, aber in diesem Schuppen hier fällt ihnen eines Tages vor lauter Langeweile der Pelz vom Rücken. Sie verhalten sich nur ruhig, weil sie noch niemals jemand zu etwas anderem ermutigt hat – außer während der Vollmondnächte.»

Mega hatte sich etwas beruhigt und hörte genau zu. Er wußte schon lange, daß Psycho als Ausgleich für seine körperlichen Unzulänglichkeiten mit einem messerscharfen Verstand ausgestattet war, kombiniert mit einer natürlichen Gerissenheit und einer außergewöhnlichen Hinterhältigkeit. Obendrein verfügte er über eine angeborene Neugier und durch seinen schändlichen Kontakt mit den Ältesten über ungehinderten Zugang zu beiden Seiten des Zauns. Alles in allem war er wahrscheinlich besser als jeder andere dazu in der Lage, die Stimmung in der Kolonie zu beurteilen.

«Aber wo paßt ‹Balla› in deine Ausführungen hinein?» fragte er widerstrebend.

«Wir alle haben hin und wieder etwas von einer bevorstehenden Rebellion klingeln hören, Mega», antwortete Psycho eifrig. «Aber es ist nie zu einer gekommen, weil sich alles stets heimlich, voller Haß und absolut negativ abspielte. Was meinst du, was passiert, wenn wir hingegen aus der Revolution einen Riesenspaß machen? Was, wenn wir die ganze Chose als Unterhaltung anbieten? Dann sind unsere Lieblinge rasch auf unserer Seite, glaubst du nicht?

So wie die Dinge stehen, Mega, wirst du die Debatte haushoch verlieren. Aber wenn du hingehst und anstelle des gleichen Gesabbels wie die Ältesten einfach ‹Balla› sagst, machst du aus dieser ganzen langweiligen und bierernsten Geschichte einen Superspaß, einen von der Sorte, den wir Nerze so lieben.»

«Aber ‹Balla› ist doch keine Antwort», protestierte Mega. «Es ist bloß blöder Quatsch.»

«Natürlich ist es Quatsch!» Psycho kicherte irre und vollführte einen kleinen Freudentanz. «Aber es ist kein *blöder* Quatsch, Mega. Genau das ist der springende Punkt. Die Kolonie wartet doch überhaupt nicht auf eine richtige Antwort. Du weißt doch, was unsere Lieblinge mehr als alles andere schätzen …?»

«Ein bißchen Spaß», stieß Mega ungläubig hervor.

Vielleicht hatte Psycho wirklich einen guten Riecher.

Kapitel 16

Zisch ab

Als Eule sich auf einem niedrigen Ast der Mächtigen Eiche niederließ, freute er sich direkt auf seinen ersten Auftritt als Leitender Vorsitzender. Nachdem er hin und her überlegt hatte, war er zu dem Schluß gekommen, zur Demonstration der äußersten Strenge, die der Ehrwürdige Buck ausdrücklich verlangt hatte, sein Mienenspiel auf schreckenerregende Aggressivität umzuschalten. Er ließ die Augen in ihren großen Augenkreisen funkeln, plusterte seine Federn auf und zischte dabei laut. Im Wald draußen konnte er damit kleinere Tiere in lähmenden Schrecken versetzen.

Burdocks Eröffnungsrede war glatt über die Bühne gegangen; sogar die Regenbogen-Allianz beteiligte sich am höflichen Applaus. Sämtliche Gruppierungen waren heute vollzählig und hatten auch wimmelnde Massen der niederen Lebensformen mitgebracht, die sie hier vertraten. Allgemein nahm man wohl an, daß Eule das geltende Wahlsystem in ihrem Sinne unterstützen werde. Die Versammlung war jedoch noch nicht lange im Gang, als Eule entgegen seinen guten Vorsätzen ausrastete. Er hatte sich den geschwätzigen Sermon von Kingcup angehört, einem jungen Kaninchen, das seine Stimme für einen Schwachsinn, der sich SOS Blattläuse nannte, erhob. Anschließend war ein Wühlmausweibchen auf den Stumpf gehuscht. Im Vorfeld hatte Eule sich gedacht, daß ihm wohl die Braunellen am meisten auf die Nerven gehen würden. Er hatte allerdings nicht mit den Ausfällen gegen seine eigene Spezies gerechnet, die jetzt von einer Gruppierung namens Wühlmäuse gegen Gewalt in aller Breite ausgeführt wurden. Seine Verärgerung stieg parallel zu den lautstarken Anschuldigungen.

«… bösartig, hinterhältig, rachsüchtig, gehässig, gnadenlos, brutal, sadistisch, abgestumpft, blutrünstig, skrupellos, hartherzig, ohne jedes kreatürliche Mitgefühl, allein auf unsere Vernichtung aus …»

Abgesehen davon, daß nichts davon stimmte, war dieser ganze Auftritt so unglaublich, daß Eule der Geduldsfaden riß. Ohne Vorwarnung stieß er von seinem Ausguck herab, sauste über den Stumpf hinweg und packte die keifende Rednerin mit den Klauen. Er schleuderte sie in die Luft, riß den Schnabel weit auf, und als sie wieder herabfiel, schnappte er sie und verschluckte sie mit einem Haps. Nachdem ihre Schreie abrupt verstummt waren, erstarrte die ganze Versammlung in atemlosem Schweigen. Der widerliche Raubvogel hatte sein wahres, artentypisches Gesicht gezeigt. Er hatte die oberste Regel gebrochen, die die Versammlungen zusammenhielt: «Kein Tier», lautete Regel Nummer eins, «darf ein anderes Tier fressen, solange die Versammlung andauert.» Das Protokoll verlangte, daß er jetzt ausgeschlossen wurde. Genau da lag das Problem. Als Ständiger Leitender Vorsitzender hatte er zu bestimmen, was als nächstes geschehen sollte. Sämtliche Augen richteten sich auf Burdock, den man wegen seiner engen Verbindung zu diesem Raubtier am ehesten persönlich für diesen Vorfall verantwortlich machen konnte.

Derweil stand Eule auf dem Stumpf und kam sich ziemlich blöd vor. Er war stolz darauf, die Maus so sauber erwischt zu haben, gleichzeitig hatte er den unbestimmten Eindruck, daß er nicht die Art von äußerster Strenge gezeigt hatte, die der Ehrwürdige Buck gutheißen würde. Da er durch die Überschreitung dieser Grenze alles vermasselt hatte, würde er wahrscheinlich sofort verabschiedet werden. Burdock hatte jedoch, ohne ein Wort über den Vorfall zu verlieren, die Pfote emporgereckt, Eule auf seinen Platz auf dem Ast verwiesen und ihm signalisiert, den nächsten Redner aufzurufen.

Daraufhin schwang sich Eule wieder in den Baum hinauf und winkte ein Braunellenweibchen herbei, das sich mit piepsender Stimme für die Belange von Hilfe für Hundertfüßler einsetzte, während Tausende von Beinchen sich in mechanischer Zustimmung in die Luft streckten.

Solange das dünne Stimmchen der Braunelle über die Versammlung hallte, vermieden Burdock und Eule Blicke in Richtung der Kaninchen von der Regenbogen-Allianz, die protestierend einen Wald von Vorderpfoten erhoben hatten. Die jungen Militanten mußten sich kochend vor Wut anhören, wie die Braunelle weiter von den Überlegungen der Arbeitsgruppe berichtete, die entscheiden sollte, welches ihrer hundert Beinchen die Hundertfüßler offiziell zum Wählen benutzen sollten. Auch auf diesen Unsinn hatte Burdock Eules Aufmerksamkeit gelenkt. Es hatte mit den Anschuldigungen von Superschnekke begonnen, deren Vertreter monierten, die Hundertfüßler benutzten alle ihre Beinchen, um ihre Stimmenzahl massiv zu erhöhen. Das wiederum hatte zur Bildung eines Unterausschusses geführt, der einen passenden Wahlmodus für die Schnecken selbst austüfteln sollte, da sie ja ohne Beine «elektoral benachteiligt» seien. Eule hatte dazu gemeint, Schnecken hätten schließlich auch kein Gehirn, doch Burdock hatte ihn rasch darüber aufgeklärt, daß diese Bemerkung «politisch nicht besonders korrekt» sei. Eule hatte diesen Ausdruck neben «demokratisch», «elitär» und «ungeachtet» als ein weiteres Rätsel abgelegt, das in Zukunft gelöst werden mußte.

«Unser Vorschlag lautet folgendermaßen», piepste die Braunelle jetzt: «Schnecken ziehen sich zu kleinen Klumpen zusammen, um *dagegen* (oder mit *Nein*) zu stimmen, und strecken sich lang aus, um ein *Dafür* (oder *Ja*) anzuzeigen. Wo ich gerade beim Thema bin, darf ich verkünden, daß der Unterausschuß für Schnecken mit Häusern vorschlägt, daß sie einen Fühler ausstrecken, um *dagegen* (oder mit *Nein*) zu stimmen, und zwei für ein *Dafür* (oder *Ja*). Bei Stimmenthaltung bleiben sie in ihren Häusern.

Außerdem werdet ihr alle darüber erfreut sein, daß wir jetzt unseren Erlaß, was die quälende Frage hinsichtlich der Beinchen der Hundertfüßler betrifft, auf das noch weit vielfältigere Problem für die Tausendfüßler ausgeweitet haben.»

Als die Braunelle unter höflichem Applaus das Rednerpult verließ, brach unter den Kaninchen der Regenbogen-Allianz eine wahre Stampede Richtung Stumpf aus. Da erhob Eule jedoch seinen Krallenfuß, bremste sie mitten im Lauf ab, und Burdock zitierte eine obskure Regel, von der er behauptete, sie lasse eine Debatte über den Zwischenfall mit der Maus nicht zu. Alle Blicke richteten sich auf den Ständigen Leitenden Vorsitzenden. Als Eule seine Telleraugen aufriß, leise zischte und Burdock zustimmend zunickte, bröckelte die Opposition bereits. Erst dann begriff Eule, wie verblüffend erfolgreich seine ungeplante Mäuseaktion gewesen war. Als die Versammlung fortgesetzt wurde, fing er an zu experimentieren und machte die Erfahrung, daß die kleinste Geste seinerseits die ganze Meute vor Schreck erstarren ließ. Schließlich langweilte er sich und begann, sich unter dem Flügel zu kratzen. Zu spät erkannte er, daß er mit diesem routinemäßigen Putzverhalten alle Anwesenden an den Rand der Katatonie brachte.

Doch selbst Eules drohende Anwesenheit reichte nicht aus, den Sturm des Protests zu ersticken, als Burdock den Fell- und Federantrag einbrachte. Die Frösche und Kröten verhielten sich zunächst ruhig, da man ihnen heimlich eine Ausnahmeklausel versprochen hatte. Die Komischen Karnickel hingegen riefen zu einer Massendemonstration auf, und Eule sah voller Staunen zu, wie sich die gesamte Opposition in einem winkenden Heer aus Fühlern, Hörnern, Kauwerkzeugen, Beinchen, Flügeln und Krallen empörte. Zum erstenmal war es der Allianz gelungen, ihr Ziel zu verwirklichen und ihre zerstrittenen Fraktionen zu vereinen. Die Marienkäfer vergaßen zeitweilig ihre Auseinandersetzung über zwei, sieben oder zehn Punkte, Nackt- und Weinbergschnecken gaben glitzernde Schleimspuren der Empörung von sich, Ameisenkolonnen marschierten wütend auf und ab, und Würmer ringelten sich furchterregend.

Burdock, der keine Zeit mit Reden verlor, ignorierte dieses Treiben einfach und stellte den Antrag direkt zur Abstimmung. Eule wartete, bis die Bildung der neuen Opposition abgeschlossen war; dann ging er wieder dazu über, sie eulenhaft anzublinzeln, die Federn aufzustellen und zornig zu zischen, woraufhin die gesamte Versammlung keinen Mucks mehr von sich gab. Natürlich abgesehen von Burdock und seinen Parteigängern. Sie waren vorgewarnt und vorbereitet. Schon früh am Tag hatten sie sich getroffen, damit Eule ihnen sein Angst- und Schreckenritual demonstrieren konnte und sie nach und nach ihre Lähmung überwanden. Daher waren sie auch jetzt, als er die Ja-Stimmen aufrief, die einzigen, die sich rühren konnten. Sie reckten Eule ihre Pfoten entgegen, und Ollie, der sich weiterhin in Drohgebärden erging, rief die Gegenstimmen auf. Dabei krönte er seinen Auftritt mit einem kurzen Schrei, der einem das Blut in den Adern gerinnen ließ. Als sich kein einziger Fühler, kein Beinchen, kein Kauwerkzeug und keine Kralle regte, verkündete er: «Null Gegenstimmen», erklärte den Antrag für angenommen und die Versammlung für geschlossen.

Vereinzelt regte sich Protest, doch es war zu spät. Diejenigen ohne Fell oder Federn waren für alle Zeiten vom Entscheidungsprozeß ausgeschlossen, egal, für wie gleichberechtigt ihre militanten Repräsentanten sie auch ansahen.

Eule blieb bescheiden auf seinem Ast hocken und nahm die Glückwünsche zahlreicher bewundernder Kaninchen entgegen. Er war sehr mit der Art und Weise zufrieden, wie er und Burdock die Sache durchgezogen hatten. Boris und ebenso Raka und Ula hatten die BWW unterschätzt. Auf ihre sonderbare Art konnten Burdock und seine Anhänger so skrupellos sein wie jeder Raubvogel. Und jetzt erzählten sie ihm auch noch stürmisch, daß er, Eule, derjenige gewesen sei, der es überhaupt möglich gemacht habe.

«Herausragend, Ollie!» rief Burdock voller Begeisterung im Siegestaumel. «Du mußt dich unbedingt noch einmal mit dem Ehrwürdigen Buck treffen. Ich weiß, daß ihn das ungemein freuen würde.»

Kapitel 17

Ballaballaballa

Mega war mit Psycho noch nicht fertig. Er hatte zwar das Gefühl, daß er mit «Balla» wahrscheinlich nicht so schieflag, doch mißfiel ihm die Vertraulichkeit des Kriechers und daß er so tat, als seien er und Mega die ältesten Freunde der Welt.

«Warum schlägst du dich auf meine Seite?» wollte er wissen. Jetzt fiel ihm auch wieder ein, wie gut Psychos Spitzname *Rattenspitzel* zutraf. Mit diesem Nagergesicht, den dünnen Haaren und dem räudigen Fell fehlte ihm nur noch ein rosafarbener Schwanz. «Und was soll dieses Gerede von *wir*? Es gibt hier kein *wir*. Es heißt *ich*, weil ich der Anführer bin. Und aus welchem Grund sollte ich glauben, daß ein Schleimer wie du sich aus seinem gemachten Nest bei den Ältesten herausbequemt?»

Während er redete, untersagte er Mata mit funkelndem Blick jede Einmischung.

Sie verhielt sich still, und Psycho, der nicht im geringsten beleidigt zu sein schien, antwortete offen: «Das ist doch ganz einfach, Mega. So wie die Dinge stehen, gibt es dort keinen Platz mehr für mich. Erinnerst du dich noch an die Zeiten, als du mich beschützt hast?»

Mega erinnerte sich noch gut daran. Und er mußte zugeben, daß Psycho mit dem, was er sagte, recht hatte. Der Ältestenrat mochte zwar den allgemeinen Rahmen für die Kolonie bestimmen, er räumte jedoch jedem Nerz die Chance ein, seine Ecke nach bestem Wissen und Gewissen zu verteidigen.

«Es ist nicht meine Schuld, daß ich so geboren bin, Mega», fuhr Psycho in einem vor Selbstmitleid triefenden Winseln fort. «Du kennst so etwas natürlich nicht, du bist stark. Hast du dir jemals überlegt, wie man sich fühlt, wenn man ganz unten ist – das Herumgeschubstwerden, die Grausamkeiten, die Hänseleien, die Verachtung, die man erleiden muß? Was du auch tust, du kannst niemals gewinnen.

Du aber kannst mein Schicksal verändern, Mega. Ich beweise dir, wie nützlich ich dir sein kann. Du kannst die Kontrolle übernehmen – und dann gibst du mir Macht. Das ist es nämlich, was ich will. Letztendlich sind wir uns sehr ähnlich: zwei Außenseiter, die hinter der gleichen Sache her sind.»

Mega spürte, wie sich sein Nackenfell sträubte, und sah das Lächeln, das über Matas Lippen huschte. Sie wußte, wie sehr es ihm gegen den Strich ging, daß sich dieser kleine Verräter mit ihm auf eine Stufe stellte. Sobald Mega jedoch etwas sagte, konterte Psycho mit einer noch schlaueren Bemerkung. Genau darin bestand Psychos Problem. Er war zu gerissen. Das demonstrierte er auch jetzt wieder, als er dem Plan seine liebste Zutat beimischte, die er *Ränkeschmieden* nannte.

«Ich habe keine Ahnung, wieviel du wirklich weißt, Mega. Ich frage dich auch nicht danach, obwohl ich selbst so einiges weiß. Als dein Ränkeschmied kann ich dir nur eins sagen: Das hier ist der Witz an der ganzen Sache! Mit unserem Balla spielt es keine Rolle, ob deine Theorie mit den Pelzen richtig oder falsch ist. Ich muß nicht daran glauben, ebensowenig wie alle anderen. Denn, vergiß das nicht, wir wollen vor allen Dingen unseren Lieblingen zu einem bißchen Spaß verhelfen. Hör mir zu ...»

Dann fing er an, leise zu singen: «Balla! ! Balla! Balla! Es ist total ballaballa! Balla! ! Balla! Balla! Es ist total ballaballa!» Er kicherte gespenstisch in sich hinein. «Eins ist sicher: Das hier ist nicht ballaballa. Denn ich garantiere dir, daß du es jetzt, wo du es gehört hast, nicht wieder aus dem Kopf kriegst.»

«Mach dir keine Gedanken um meinen Kopf! Ich kriege dich schnell heraus, und zwar sofort! Raus!» zischte Mega angeekelt. Etwas derartig Blödsinniges war ihm noch nie zu Ohren gekommen.

Psycho schaute zu Mata hinüber und erhielt ein bestätigendes Kopfnicken, woraufhin er so hastig davoneilte, daß ihm nicht einmal die Zeit für einen Abschiedsgruß blieb.

«Wie kannst du es wagen, ihn hier anzuschleppen, ohne mich vorher zu fragen?» Mega drehte sich wutentbrannt zu Mata um.

«Zumindest ist er so ehrlich, zuzugeben, daß er aus rein egoistischen Gründen dabei ist», konterte sie. «Was spielt es außerdem für eine Rolle, solange er recht hat?»

«Eine ziemlich große», dachte Mega voller Bitterkeit. Er war der Erwählte, und er hatte einen inbrünstigen, tief verwurzelten Glauben an die Rechtmäßigkeit seiner Sache. Mata durfte seine edlen Motive nicht dadurch entweihen, daß sie vorschlug, er solle sich mit solch einem unverfrorenen Zyniker zusammentun. Psychos Geist war ebenso mißgebildet wie sein Körper. Was wußte er schon von Überzeugungen, Prinzipien, einer Mission? Er war wie alle jene Machtlosen, die keine Ahnung davon hatten, daß Macht mehr bedeutete, als sie nur um ihrer selbst willen zu besitzen.

«Wie kommt der elende Wicht dazu, alle anderen als unsere Lieblinge zu bezeichnen?» fragte er. «Es ist extrem entwürdigend und zeigt nur, wie wenig Respekt er hat. Am schlimmsten ist jedoch, daß er unrecht hat. Die Nerze sind nicht schuld daran, daß sie so eingeschüchtert sind. Sobald ich die Passivität von ihnen genommen habe, wird ihr wahres Selbst darunter zum Vorschein treten: stolz, wild, unabhängig wie richtige Nerze.»

«Du hast unrecht, Mega, nicht er», erwiderte Mata hitzig. «Was wir insgeheim auch sein mögen, unsere Lebensumstände machen uns zu Speichelleckern, besonders uns Weibchen. Wir haben innerhalb der Käfige keine Macht, von außerhalb ganz zu schweigen. Letztlich werden wir nichts anderes sein, als Psycho voraussagt: gehorsame und unterwürfige Diener des Systems.»

«Und was ist mit seiner Behauptung, sie seien alle Einfaltspinsel?» widersprach Mega. «Es sind keine Einfaltspinsel, es sind Nerze.»

«Psycho hat aber recht, wenn er sagt, daß sie nicht gerade die hellsten Köpfe sind, oder nicht, Mega?» konterte sie gnadenlos. «Dabei möchte ich nicht behaupten, daß sich die Weibchen anders verhalten. Sie halten es mit den einfachen Freuden des Lebens und amüsieren sich gerne, ebenso wie die Männchen. Das ist nur natürlich.»

Inzwischen war Mega richtiggehend wütend geworden. Mata schien es darauf anzulegen, jedem seiner Argumente zu widersprechen. Andererseits hatte er wirklich noch nie darüber nachgedacht, wie er andere auf seine Seite ziehen konnte. Als Sheba ihn aufgeklärt hatte, lag der Weg, den er einschlagen mußte, sonnenklar vor ihm. Sobald er sich der Ehre bewußt geworden war, als derjenige auserwählt worden zu sein, der seine Artgenossen retten würde, hatte er eine große Wärme in sich verspürt. Wie er dabei im einzelnen vorgehen sollte, das war schon eine ganz andere Frage. Die Schuldgefühle seiner Mutter gegenüber hatten ihn so gefangengehalten, daß er niemals darüber nachgedacht hatte, sich vielleicht einmal selbst erniedrigen zu müssen. Natürlich sollte er sich nicht mit primitivem Kram wie «Balla» abgeben. Er wollte an höhere, nicht an die niedrigsten Instinkte appellieren. Markierte Psychos Weg nicht von vornherein einen völlig falschen Start? Mußte er tatsächlich seine Ideale auf dem Altar der Zweckmäßigkeit opfern?

Er schüttelte den Kopf und versuchte wieder klarzusehen. Momentan hatte er von diesem Zeug wirklich genug.

«Das einzige, was überhaupt nicht in der Natur der Nerze liegt, ist, so schamlos die Seiten zu wechseln, wie es Psycho angeblich getan hat», verkündete er. Etwas Überzeugenderes fiel ihm zum Abschied nicht ein.

Dann stapfte er zornig aus dem Versteck, ohne sich darum zu kümmern, ob sein Weggang beobachtet wurde; und doch konnte er nicht verhindern, daß Mata das letzte Wort hatte.

«Aber genau das erwarten wir doch von allen anderen auch», rief sie ihm wütend nach.

Obwohl Mega Mata nichts mehr entgegnet hatte, stimmte er ihr später, als er über Psychos Einschätzung der Lage nachdachte, allmählich zu. Ein weiterer Aspekt, den er vor ihr geheimhielt, gab ihm sogar noch mehr zu denken. Diese neuartige Taktik des Kriechers hatte dazu geführt, daß er zum erstenmal spürte, wie Kritik an Sheba in ihm aufflackerte. Hatte seine Mutter nicht erkannt, daß Humor seine beste Waffe sein konnte? Vermutlich nicht, mußte er sich eingestehen. Obwohl er sie so sehr geliebt hatte, war sie genauso ernst gewesen wie die Ältesten. Die Vorstellung, aus der Revolte der Wahrhaftigkeit «ein bißchen Spaß» zu machen, hätte sie schockiert. Als sein eigener Instinkt ihn dazu brachte, sich immer mehr mit «Balla» anzufreunden, kam es ihm vor, als habe er die Erinnerung an sie verraten. Der Unsinn sprach einen so direkt und so kraftvoll an, daß Mega bereits deutlich vor sich sah, wie es funktionierte. Bei dem Gedanken daran, wie unglaublich akkurat Psycho vorgegangen war, mußte er sogar grinsen. Die Lehren der Ältesten waren ein Haufen Balla! Mehr gab es wirklich nicht dazu zu sagen. Selbst wenn ihm der Ausdruck «Balla» aus Gründen persönlicher Abneigung gegenüber Psycho nicht so behagte – den anderen Jungnerzen würde er garantiert sofort gefallen. Die unsinnigen Lehren wurden damit im Handumdrehen zerschlagen, und genau das war ja seine Absicht. Hatte Mata also recht? Lag seine Erfüllung darin, den anderen nicht hohe, edle Ideale aufzuzwingen, sondern sie eher so zu akzeptieren, wie sie waren, mit allen Fehlern und Unzulänglichkeiten? Die wichtigste Frage überhaupt konnten natürlich weder er noch Mata, noch irgend jemand anders beantworten: Auf wessen Seite stand Psycho? Gab er Mega wirklich den Schlüssel in die Hand, oder legte er ihn im Auftrag der Ältesten aufs Kreuz, damit sie ihn vor aller Augen vernichten konnten?

Das entscheidende Argument war jedenfalls, wie Psycho es so akkurat vorausgesagt hatte, dieser lächerliche eingängige Balla-Song. Er war so tief in seinen Kopf eingedrungen, daß er sich nicht dagegen wehren konnte; er mußte ihn immer wieder vor sich hin singen.

Als sich am Morgen des Tages, an dem die öffentliche Debatte stattfinden sollte, noch keine Alternative aufgetan hatte, traf er seine Entscheidung. Er würde es probieren. Schließlich hatte er nichts zu verlieren.

«Balla! Balla! Balla!» sang er zur Übung leise. «Es ist total ballaballa!»

Mega hörte kaum zu, als Ramses die offizielle Doktrin erneut des langen und breiten auswalzte. Der junge Herausforderer konzentrierte seine Aufmerksamkeit auf die jüngeren Nerze im Publikum. Sie alberten herum, offensichtlich tödlich gelangweilt; ihre Eltern warfen ihnen finstere Blicke zu und versetzten ihnen gelegentlich einen Klaps. Doch selbst diese Mißbilligung wirkte nur halbherzig, und auch viele der älteren Nerze gähnten unverhohlen. So weit erwies sich Psychos Querdenken als durchaus korrekt.

Erst als Ramses zum Ende kam, hörten alle wieder aufmerksam zu: «Dieser junge Nerz ist arrogant genug, um die heilige Doktrin herauszufordern, den Grundpfeiler unserer Gesellschaftsordnung. Es soll sein. Das ist sein Vorrecht. Ebenso ist es jedoch seine Pflicht, sich zu rechtfertigen. Wir fordern ihn also hiermit auf, die formale Widerlegung unserer Lehren allen hier Versammelten kundzutun.»

Mega spürte, wie sich alle Augen auf ihn richteten. Er erhob sich und ging langsam nach vorne. Dann kehrte er das Gesicht dem Publikum zu und holte tief Atem.

«Ballaballa!» sagte er.

Dann setzte er sich nieder.

Aus den Reihen der Ältesten und der älteren Nerze war lautes Keuchen zu vernehmen.

«Würdest du das bitte wiederholen?» forderte ihn Ramses auf, der seinen Ohren nicht trauen wollte. Der Rat hatte viel Zeit damit verbracht, sich auf die erwartete, gut durchdachte Argumentation vorzubereiten. Was sollte jetzt dieser lächerliche Ausfall?

Mega stand wieder auf.

«Ballaballa!» wiederholte er wie verlangt.

«Ist das alles, was du uns zu sagen hast?» fragte Ramses mit erstickter Stimme.

«Ja. Eure Doktrin ist total ballaballa. Anders kann man das nicht ausdrücken.»

Damit hatte er die Aufmerksamkeit aller Versammelten eindeutig auf sich gezogen. Die älteren Nerze sahen sehr ungehalten aus. Doch bei seinen Altersgenossen machte sich das erste Kichern breit. Bei der Aussicht auf einen gehörigen Spaß, der den immer gleichen zähen Kram ordentlich durcheinanderwirbelte, spitzten sie ungeduldig die Ohren.

«Ruhe!» befahl Ramses.

«Schsch!» fügten die Eltern hinzu und fuhren ihre Jüngsten wütend an.

«Ich möchte meine vorangegangene Aussage konkretisieren», verkündete Mega plötzlich. «Eure Doktrin ist nicht ballaballa – sie ist balla. Total und abgrundtief balla.»

Die Ältesten sahen völlig verwirrt drein. Als sie die Köpfe zusammensteckten, um sich zu beraten, brach überall leises Gekicher aus, das sogar noch lauter wurde, als Ramses aus dem aufgeregten Haufen wieder zum Vorschein kam.

«Kraft der Autorität, die uns als Regierender Rat verliehen wurde», wandte er sich an Mega, «befehlen wir dir, dich entweder vernünftig zu äußern oder zu schweigen.»

Die Versammelten spürten sofort, daß es jetzt wirklich ernst wurde, und es trat vollkommene Stille ein. Trotz Megas äußerlicher Gelassenheit klopfte sein Herz wie wild. Der Moment war gekommen, in dem sich alles für oder gegen ihn entscheiden würde!

«Balla! Balla! Balla!» sang er geradezu unverschämt fröhlich. «Es ist total ballaballa»

Wie eine ansteckende Krankheit griff lautes Kichern im Publikum um sich.

«Es ist total ballaballa!» sang Mega in einem plötzlichen Anflug von Selbstvertrauen jetzt noch viel lauter.

Es funktionierte. Die Jungen versuchten ihre Belustigung schon nicht mehr zu verbergen und stießen einander ganz offen in die Rippen.

«Ruhe, alle miteinander!» blökte Ramses aus Leibeskräften. «Das hier ist eine ernsthafte Versammlung und kein Kindergarten!»

Mega sah, wie die jungen Nerze die Köpfe einzogen. Trotzdem war das Kichern noch überall zu hören.

«Balla! Balla! Balla!» sang er wieder, und diesmal beobachtete er, wie einige mutige Zuschauer die Worte leise mitsprachen.

«Ich sagte, Ruhe, ihr ungehorsamen Flegel!» belferte Ramses ins Publikum hinunter.

«Und ich sagte: Balla!» rief Mega trotzig zurück. «Und jetzt alle! Balla! Balla! Balla!»

«Balla! Balla! Balla!» ertönte eine rauhe, unmusikalische Stimme aus dem Hintergrund.

Es war Maxi.

Die anderen Jungnerze drehten sich um, grinsten noch breiter als zuvor und faßten durch diese erste Zuschauerbeteiligung neues Vertrauen. Endlich was zu lachen, kicherten sie. Sie hatten gar nicht gewußt, daß Mega so ein Scherzbold war. Der alte Ramses sah aus, als würde er jeden Moment explodieren. Was für eine herrliche Wendung. Es war einfach toll!

«Balla! Balla! Balla!» sang Mega.

«Balla! Balla! Balla!» sangen sie, wenn auch noch etwas zögernd, doch freudig und dankbar zurück. «Es ist total balla-balla!»

«Wenn du auf diesem kindischen Unfug besteht, läßt du uns keine andere Wahl!» kreischte Ramses über das heitere Getöse hinweg. «Die Versammlung wird bis auf weiteres unterbrochen! Du hörst später noch von uns!»

Doch der Balla-Song war heraus, und es war zu spät, dem Unfug einen Deckel zu verpassen. Als die Jungen, noch immer singend, davonschlenderten, hatten Ramses und die anderen Ältesten das Gefühl, als würde ihnen der Boden unter den Füßen weggezogen. Bisher hatten sie alles zertreten, was auch nur danach aussah, als könnte es einen Keil zwischen die Generationen schieben. Dieser alberne Balla-Song machte sie jedoch völlig hilflos. Ihr System war darauf ausgerichtet, auf intellektuelle Fragen zu reagieren. Da sie selbst so ernsthaft waren, besaßen sie keine wirkungsvolle Waffe, mit der sie einer derartig infantilen Form der Revolte begegnen konnten. Kochend vor unterdrückter Wut, begingen sie einen fatalen Fehler. Kurz nach der vorzeitig aufgelösten Versammlung wurde den Nerzen mitgeteilt, daß der Balla-Song mit sofortiger Wirkung auf Beschluß des Rats verboten war. Außerdem war es allen Nerzen verboten, das Wort «Balla» auch nur auszusprechen.

Doch dann entdeckten die Ältesten zu ihrem großen Unbehagen, daß der feste Boden, auf dem sie sich vorher bewegt hatten – die Doktrin, die Sache mit dem einstürzenden Himmel, die Erhaltung der Art, der Wärter als Freund –, auf einen Schlag wegsackte, sobald die jungen Nerze auf die lächerliche, neue Parole eingestiegen waren.

Die Ältesten drückten sich zwischen den heimlich diskutierenden kleinen Grüppchen herum und bekamen den einen oder anderen Gesprächsfetzen mit.

«Warum sollten wir es nicht singen, wenn es uns Spaß macht?» fragten die Jungen einander ungehalten.

«Oder balla sagen, wenn wir möchten?»

«Was ist denn das für ein Verbrechen?»

«Wenn ihr mich fragt, ist der Bann der Ältesten total balla-balla!»

Die subversiven Gespräche wurden immer lauter, und die spionierenden Ältesten mußten zu ihrer großen Empörung mitanhören, wie sie als «Alte Ballaköppe» bezeichnet wurden. Inzwischen waren kurze Fetzen des Balla-Songs überall im Auslauf zu hören, und einige der unverschämtesten Jungnerze formulierten das verbotene Wort sogar tonlos direkt unter ihren Augen.

Während der Unmut wuchs, hielt sich Mega selbst weitgehend im Hintergrund. Das hatte jetzt nichts mehr mit ihm zu tun. Die junge Generation demonstrierte eindeutig, daß sie nicht gewillt war, nur wegen einiger alter Spießer auf einen famosen Spaß zu verzichten. Immer mehr von ihnen kamen zu ihm herauf und baten ihn darum, den Balla-Bann einfach eigenhändig aufzuheben. Die Ältesten verfolgten die Entwicklung ganz genau und wußten, daß es nur eine Frage der Zeit war, bis Mega den nächsten Schritt unternahm. Ihre Notsitzung zur Bewältigung der heraufziehenden Krise verlief ungemein stürmisch. Sie hatten sich selbst in einem Teufelskreis gefangen, das mußten sie zugeben. Je willkürlicher und autoritärer sie den Balla-Virus bekämpften, desto mehr isolierten sie sich als humorlose Spielverderber. Obendrein mußten sie sich eingestehen, daß sie sogar selbst davon angesteckt waren. Sie konnten den Balla-Song nicht einmal mehr aus den eigenen Köpfen herausbekommen. Trotzdem, darin stimmten alle überein, hatten sie ihren Standpunkt klargemacht und konnten jetzt nicht mehr zurück.

Ramses' Vorschlag wurde ausführlich diskutiert. Sie wußten, daß damit der Einsatz erhöht wurde und sie sich noch weiter auf gefährliches Terrain wagten. Andererseits hatte es in der Vergangenheit immer funktioniert, und außerdem blieb ihnen inzwischen gar nichts anderes mehr übrig! Der Präventivschlag mußte ausgeführt werden, beschlossen sie nach langem Hin und Her. Eine andere Lösung gab es nicht.

«Wir hungern ihn aus», verkündete Ramses zuversichtlich. «Ihr werdet schon sehen. Wir kriegen ihn klein!»

Die Neuigkeit wurde einer eilig einberufenen Vollversammlung verkündet: «Auf Beschluß des Rats gilt Mega ab sofort als geächtet. Er ist jetzt offiziell eine Unkreatur, die mit niemandem reden und mit der niemand reden darf, bis er öffentlich widerrufen hat.»

«Geächtet!» flüsterten die Nerze einander in ehrfürchtigem Schrecken zu. Diese Strafe hatte noch niemand ausgehalten.

Kapitel 18

ABGESCHMETTERT

Eule war derjenige gewesen, der den Club der Toten Wühlmäuse ins Leben gerufen hatte. Nicht zuletzt deshalb fühlte er sich verantwortlich für dieses informelle Forum, das seinen Mitgliedern die Gelegenheit bot, die Vorkommnisse im Wald hin und wieder nach Belieben durchzuhecheln. Im Gegensatz zu den rigide strukturierten Versammlungen der BWW war der Club ganz nach dem Geschmack der Jäger und Fleischfresser organisiert – nämlich überhaupt nicht. Es gab weder Regeln noch formale Mitgliedschaften, abgesehen von der Zutrittsbeschränkung auf Fleisch- beziehungsweise Allesfresser, und obwohl er prinzipiell auch weiblichen Lebewesen offenstand, hatte er sich in der Praxis zu einem reinen Männerverein entwickelt. Zu dieser lockeren Organisationsform paßte die Gepflogenheit, daß die Versammlungen jeweils mit denjenigen Mitgliedern vollzählig waren, die gerade Zeit und Lust hatten, vorbeizuschauen. Da die Treffen obendrein recht spontan einberufen wurden, waren sie meist nur schwach besucht. In der Regel fanden sich lediglich die drei Gründungsmitglieder Ollie, Freddie und Boris ein. Gelegentlich schauten einige andere ernst zu nehmende Raubtiere vorbei, etwa die Wiesel und die Hermeline, hin und wieder gab sich auch ein Turmfalke oder ein Sperber die Ehre. Doch als die Tendenz immer stärker wurde, die Angelegenheiten der BWW praktisch zum einzigen Gesprächsthema zu machen, verloren sie rasch das Interesse. Ihrer Meinung nach waren Vegetarier allein dazu da, um ihnen als Beute zu dienen.

«Denkt doch nur daran, wie die Kaninchen bei eurem Anblick sofort wie hypnotisiert stehenbleiben», erläuterte ein Wiesel einmal mit ungewöhnlichem Scharfsinn. «Sie könnten weglaufen, doch sie stehen einfach nur da und erfüllen ihr Schicksal als passive Opfer. Sie wissen genau, daß ihre Lebensaufgabe darin besteht, Mahlzeiten auf vier Beinen zu sein.»

Eule, den dieser Gedanke sehr betroffen machte, hatte versucht, das Wiesel zu genaueren Aussagen zu bewegen, was jedoch daran scheiterte, daß es die Sache für zu offenkundig hielt, um weiter darüber zu diskutieren.

Ab und zu kam das Otterweibchen Orwella vorbei und brachte die neuesten Nachrichten von den Amphibien- und Fluß-BWW mit. Unten am Wasser lebte eine sehr starke, von einer Schar Wasserhühner angeführte Gruppe, der sich vor allem die Rötelmäuse voller Enthusiasmus angeschlossen hatten. Doch Orwella wohnte so weit flußabwärts, daß sie eigentlich nicht richtig zur Gemeinde gehörte, und die seriösesten Raubvögel des Waldes, ein Bussardpärchen, das in der oberen Ecke des Hügelkamms wohnte, waren sogar noch mehr auf Distanz bedacht und übten sich in der Haltung, die sie für Raubvögel als die allein angemessene ansahen: jegliche Geselligkeit zu vermeiden.

Eule konnte es kaum erwarten, seine Kaninchenabenteuer zu erzählen. Als er nach der triumphalen Fell- und Federversammlung den Club zusammenrief, war er überzeugt davon, daß seine Freunde nicht mehr aus dem Staunen herauskommen würden. Er hatte ihnen so viel mitzuteilen: Burdock, die Versammlung, die Wühlmausepisode (die Boris vielleicht sogar beobachtet hatte) und vor allem die Untergangsprophezeiung des Ehrwürdigen Buck. Zunächst fühlte er sich durch die Reaktion seines Publikums ermutigt und wollte sogleich ins Detail gehen. Doch kurz darauf verließ ein Paar Wiesel den Tagungsort, Boris setzte seine «Will-ich-nicht-wissen»-Miene auf, und auch Freddie gab sich zunehmend desinteressiert. Während Ollie einen Schritt auf die BWW zugemacht hatte, waren seine Freunde nämlich einen Schritt zurückgetreten, was er wiederum noch nicht wußte. Boris hatte sich tatsächlich an die Versammlung herangeschlichen, war jedoch, als er

Eule so pompös auf seinem Ast sitzen sah, voller Abscheu wieder gegangen und hatte so den Zwischenfall mit der Wühlmaus verpaßt. Als er kurz darauf Freddie getroffen hatte, waren sie übereingekommen, daß Ollie zunehmend untragbar wurde. Natürlich wollte sich jetzt keiner von ihnen seine ausführlichen Schilderungen anhören.

«Die Spinner werden immer alberner, Ollie», unterbrach ihn Boris streng. «Ich habe keine Lust, mich noch länger mit ihnen zu beschäftigen. Daß du dich ihnen angeschlossen hast, macht die Sache auch nicht besser. Keiner von uns hat jemals mehr im Sinn gehabt, als ihr Treiben aus sicherer Entfernung zu beobachten.»

Als er sah, wie niedergeschlagen Eule wirkte, fügte er hinzu: «Tut mir leid, Ollie, aber ich habe zu Hause viel um die Ohren. Du kannst dir nicht vorstellen, wie kompliziert so ein Familienleben ist.»

Obwohl Boris sonst stolz darauf war, mit seiner Meinung nicht hinter dem Berg zu halten, behielt er es diesmal für sich, daß Ollie in seinen Augen von den Aktivitäten der Kaninchen geradezu besessen war. Um seinen Freund nicht allzusehr zu verletzen, schützte er familiäre Probleme vor. Dieses Verhalten hatte er zuvor mit ihrem gemeinsamen Freund Freddie, der ebenfalls schon sehr lange dabei war, abgesprochen. Bevor er sich einen eigenen Bau einrichtete, hatte sich Freddie sogar mit Boris die Höhle geteilt. Sie waren sich darüber einig, daß sie als am Boden lebende Tiere mehr miteinander gemein hatten als mit ihrem geflügelten Freund mit seiner Vogelperspektive. Außerdem führten beide ein intensives und glückliches Familienleben, das sie als privat betrachteten und nicht in die Freundschaft mit Ollie oder sonstwem einbrachten. Es verlieh ihnen eine gemeinsame starke Basis und ließ sie eine recht entspannte Haltung anderen Dingen gegenüber einnehmen – obwohl Boris diesbezüglich verwundbarer war. Er regte sich schnell über alles auf, was seine Routine durcheinanderbrachte, und wenn er einmal wütend war, mußte man sich vorsehen.

Die beiden Familienväter mochten Eule gerne und betrachteten ihn immer noch als ihren Freund, darin waren sie sich einig, erkannten jedoch gleichzeitig an, daß er ihre Weltsicht nicht teilte. Da sie mit ihm fühlten, waren sie zu dem Schluß gekommen, daß Ula, der sie soweit wie möglich aus dem Weg gingen, sein Hauptproblem war. Nichtsdestoweniger verstanden sie auch Ulas Standpunkt. Wenn sie ihren Freund kritisieren müßten, würden sie sagen, er nehme alles viel zu ernst und lasse sich zu schnell für alles mögliche begeistern. Und es gab in seinem Wesen noch ein weiteres Element, das ihrer Meinung nach für die gegenwärtige Situation ausschlaggebend war.

«Du scheinst es ja wirklich genossen zu haben, den Boß zu spielen, Ollie», zog ihn Freddie jetzt gutgelaunt auf.

«Eigentlich nicht so sehr», sagte Eule protestierend. «Ich bin nicht nur um meinetwillen dabei, müßt ihr wissen. Es geht um den ganzen Wald. Ich habe einige sehr wichtige Neuigkeiten erfahren, die jeden angehen. Etwas wirklich Ernstes wird bald geschehen. Ein großes Unglück kommt auf uns zu.»

«Wer sagt das?» fragte Boris.

Eule gab die Untergangsprophezeiung des Ehrwürdigen Buck so gut er konnte wieder.

«Das klingt sehr nach BWW, Ollie», unterbrach ihn Boris. «Weißt du denn nicht, daß die Kaninchen ständig in der Furcht leben, etwas Schreckliches könnte passieren? Ich habe den Tattergreis, von dem du sprichst, noch nie gesehen, aber er hört sich wie jeder x-beliebige alte Spinner an. Freddie, wie oft schon haben sie Katastrophen vorausgesagt, die das Ende des Waldes, so wie wir ihn kennen, bedeuten werden?» Ärgerlich schüttelte er seinen großen gestreiften Schädel. «Wie oft haben sie von der größten Krise, der wir uns je stellen mußten, geredet? Daß ein Unglück geschehe, wenn nicht sofort etwas unternommen werde?»

«Schon ziemlich oft, um es gelinde auszudrücken», nickte Freddie zustimmend.

«Und was kommt bei ihrem Szenario vom Untergang des Waldes am Ende heraus?» wollte Boris weiter wissen. «Heiße Luft, Ollie, sonst nichts. Es verläuft einfach im Sand, und dann denken sie sich etwas Neues aus. Ein großes Unglück kommt also auf uns zu, was? Das hat man davon, wenn man sich mit einem senilen Karnickel unterhält, das nicht mehr alle Tassen im Schrank hat.»

Für Boris' Verhältnisse war das eine lange Rede. Eule seufzte. Derartig ätzenden Sarkasmus hätte er nicht erwartet. Dabei hatte der Dachs nicht einmal unrecht. Die BWW-Anhänger sahen immer irgendwelche Katastrophen heraufziehen. Diesmal, davon war Eule zutiefst überzeugt, war es jedoch anders. Wie sollte er seinen skeptischen Freunden sein Gefühl erklären, daß der Ehrwürdige Buck sich in anderen Gefilden bewegte, in Verbindung mit Elementen stand, von denen sie kaum einen blassen Schimmer hatten?

«Was hältst du davon?» wandte er sich verzweifelt an Freddie.

Doch Freddie war so bekannt für seine abwartende Haltung, daß Eule eigentlich keine klare Position von ihm erwartete. Viele Tiere hielten Freddie deswegen für verschlagen und hinterlistig, doch Ollie hatte ihn immer verteidigt. Er konnte unglaublich charmant sein, besonders dann, wenn sein herrlich rotes Fell leuchtete. Doch obwohl Eule Freddies Intelligenz bewunderte, wußte er nur zu gut, daß er sich nie für etwas engagierte. Sein Hauptinteresse am Club der Toten Wühlmäuse lag darin, immer auf dem neuesten Stand zu sein. Freddie mochte das am besten informierte Tier im ganzen Wald sein, doch diese Position sicherte er nur dadurch, daß er sich auf Distanz hielt. Er war der geborene Opportunist, der überall auf der Suche nach dem eigenen Vorteil herumschnüffelte und sich dabei sämtliche Optionen offenhielt. Eule hatte von Anfang an den Eindruck, daß er ihm nur so weit trauen durfte, wie er ihn tragen konnte, was in Anbetracht seiner Größe und seines Gewichts nicht sehr weit sein konnte.

«Ich kann es bereits jetzt hören, Ollie», gab der Fuchs gähnend zurück. «Was sagen sie immer, Boris? Einerseits könnte es das Ende des Waldes, wie wir ihn kennen, bedeuten ...»

«Andererseits jedoch ...», warf Boris ein und rang die kräftigen Vorderschaufeln in gespielter Furcht. «Du kannst ja schon mal üben, Ollie. Auf der einen Kralle ... »

«Was ist, wenn der Ehrwürdige Buck recht hat?» unterbrach ihn Ollie mitten im Satz. «Könnt ihr nicht akzeptieren, daß ich etwas erfahren habe, was mehr als nur ein flauer Witz ist?»

«Ich habe jedenfalls noch nichts davon mitgekriegt», entgegnete Boris und gab zu verstehen, daß die Sache damit für ihn erledigt war. «Vielleicht ist es auch zu anspruchsvoll für mich, alter Kumpel», fügte er in dem Versuch hinzu, weiterhin freundlich zu bleiben. «Wir Dachse sind eben nur einfache Wesen.»

Eule wußte, daß das nicht stimmte. Boris war ein besonders aufgeweckter Zeitgenosse, und normalerweise brüstete er sich damit, daß ihm kaum etwas entging.

«Dieser alte Knabe, der Ehrwürdige Buck, sieht höchstens ein Unglück für die Kaninchen voraus, wenn überhaupt», bemerkte Freddie. «Würde mich nicht wundern, wenn es sich um Myxomatose handelte. Wenn es etwas anderes ist, fresse ich meine Rute.»

«Wir wollen dir nicht den Spaß verderben, Ollie», sagte Boris freundlich. «Aber da du dich so engagierst, ist es vielleicht das beste, wenn wir mit unseren Treffen für eine Zeitlang aussetzen.»

«Ganz meine Meinung», klinkte sich Freddie wieder ein. «Du kannst ja wiederkommen, wenn du mit dir selbst im reinen bist, Ollie.»

«Soll das heißen, daß wir drei uns nicht einmal mehr treffen sollen?» fragte Eule bestürzt. «Haben wir denn nichts mehr miteinander zu tun?»

«Sieht so aus. Tut mir leid, Ollie», antwortete Freddie gleichmütig. «Wirklich schade, aber so ist es nun einmal.»

An anderer Stelle wurde Eule noch weniger Entgegenkommen gezeigt.

«Ständiger Leitender Aufschneider, das trifft's wohl eher», krächzte Raka. «Du interessierst dich weder für die Kaninchen noch für den Wald, Ollie. Du bist nur auf einem Egotrip. Was mich angeht: viel Spaß dabei!»

«Ich will nur wissen, wann du diese Ecke im Nest endlich in Ordnung bringst», sagte Ula. «Diese Kaninchengeschichte muß endlich ein Ende haben!»

«Auf keinen Fall», erwiderte Eule trotzig.

Er konnte den tiefen Eindruck, den der Ehrwürdige Buck in seiner Gedankenwelt hinterlassen hatte, nicht einfach wegwischen. Wenn es sonst niemand wissen wollte, dann war es um so dringlicher, daß er sich selbst noch intensiver damit beschäftigte. Schließlich – Schmeicheleien hin, Schmeicheleien her, Egotrip oder kein Egotrip – war er das einzige Lebewesen im Wald, das über genügend Weisheit, Gravität, Hintergründigkeit und jetzt, als Ständiger Leitender Vorsitzener, wirkliche Macht verfügte.

Kapitel 19

MAXIMUM

Wir müssen noch einen Schritt weitergehen, Mega», sagte Mata nachdrücklich. «Vielleicht verlierst du nicht, aber du gewinnst auch nicht. Es ist eine Pattsituation entstanden, was den Ältesten gerade recht kommt. Sie wissen, die Chance, daß die ganze Angelegenheit einfach im Sande verläuft, wird immer größer, je länger die gegenwärtige Situation anhält.»

Der geächtete und isolierte Mega hatte ihre Zeichen und Signale seit Tagen ignoriert. Da es ihn jedoch nach einem Gespräch mit ihr verlangte, hatte er widerstrebend einem Treffen zugestimmt. Jetzt saßen sie verschwörerisch im Geheimversteck, und Mata drängte ihn zum Handeln, so wie er es erwartet hatte. Er hatte ihr mitgeteilt, daß er persönlich die Dinge auf sich beruhen lassen würde. Es hatte ihm ein außerordentliches Vergnügen bereitet, als er sah, wie bestürzt die Ältesten reagierten, nachdem er auch unter dem Druck der Ächtung nicht nachzugeben schien. Da Nerze extrem gesellige Tiere sind, galt diese Strafe gemeinhin als die schlimmste. Jeglicher verbale Kontakt mit dem Verurteilten war verboten, und auch das Opfer durfte seinerseits mit niemandem reden. Das hatte sich bislang immer verheerend ausgewirkt. Früher oder später wurde die Isolation unerträglich, und die Opfer gaben klein bei. Dann mußten sie auf erniedrigende Weise vor der versammelten Kolonie ihre Tat bereuen; erst dann gaben ihnen die Ältesten offiziell Pardon und hießen sie wieder in der Gemeinschaft willkommen.

Inzwischen war Mega jedoch fest davon überzeugt, daß er

die Isolation bis in alle Ewigkeit ertragen konnte. Das lag zum einen daran, daß er an ein Außenseiterdasein gewöhnt war, andererseits beflügelte ihn angesichts der Feigheit der Ältesten eine unbändige Wut. Wie konnten sie es wagen, jeglichen Kontakt mit ihm zu verbieten! Er würde es ihnen schon zeigen!

Auch Shebas Umsicht hatte ihm dabei geholfen, sich innerlich darauf vorzubereiten. «Wenn es hart auf hart kommt», hatte sie vorausgesagt, «wird ihnen kein anderes Mittel einfallen, um dich zum Schweigen zu bringen.»

Da er sich jetzt in einer Situation befand, die er noch mit seiner Mutter besprochen hatte, empfand Mega ihren Verlust wieder um so stärker. Gleichzeitig gab ihm seine Isolation die Gelegenheit, darüber nachzudenken, wie stimmig ihr Weggang zeitlich mit den Ereignissen zusammenfiel. Er verabscheute es, so über seine Mutter zu denken, doch er erkannte ganz deutlich, daß er erst jetzt, da er sich von ihr gelöst hatte, zu seinem wahren Selbst finden konnte. Seitdem sie abgeholt worden war, hatte er sich unbewußt von ihrer Art zu denken entfernt, und im nachhinein kam ihm ihr Vorgehen, wie sie ihn mit Solomons Weisheiten angespornt hatte, unglaublich idealistisch vor. Nachdem er sich auch mit ihrer Naivität arrangiert hatte, war seine Zuneigung zu ihr jedoch eher noch größer geworden.

«Wenn du geächtet bist, dann hast du die Geschichte, daß wir unserer Pelze wegen ermordet werden, bereits an die Öffentlichkeit gebracht», hatte sie erklärt. «Die Ältesten werden einfach nicht damit umgehen können. Du siehst, Mega, deine Stärke liegt nicht nur darin, der Botschafter zu sein. Du wirst die Wahrheit in dir tragen, und wie immer wird diese Wahrheit den Sieg erringen!»

Ganz so hatte es nicht funktioniert. Psychos Balla-Geschichte hatte die Sache ins Rollen gebracht. Doch das war Megas Entscheidung gewesen, nicht Shebas, und er war sicher, daß er die richtige Entscheidung getroffen hatte. Sobald er selbst zu denken angefangen hatte, war ihm aufgefallen, daß Revolution zu machen nicht einfach nur hieß, die Wahrheit zu verkünden. Revolution war auch keine exakte Wissenschaft mit starren Regeln und Formeln. Nichts ließ sich im voraus planen, wie

Mata ganz richtig betonte. So, wie die Dinge jetzt standen, überließen die Ältesten – im Gegensatz zu dem, was Sheba vorausgesagt hatte – ihm den nächsten Schritt.

Mega runzelte konzentriert die Stirn, und Mata blickte ihn mitfühlend an. Sie wußte, was in seinem Kopf vor sich ging. Sie hatte ihn bewundert, wie er die Ächtung von einem Tag zum anderen unbeugsam ertrug, und sich zu diesem heimlichen Gespräch entschlossen, nachdem sie die Stimmung in der Kolonie genau beobachtet hatte. Sie hatte sich überlegt, ob sie den Bann selbst brechen sollte, indem sie vor aller Augen mit ihm redete. Doch obwohl sie jederzeit für direkte Aktionen zu haben war, erkannte sie, daß dieser Plan sinnlos war. So vorzugehen hätte nur zu ihrer eigenen Ächtung geführt. Außerdem hatte sie die leise Hoffnung gehegt – Psycho hatte die Idee naserümpfend ins Reich der Phantasie verwiesen –, daß die jungen Nerze den Bann brechen würden, indem sie Mega direkt ansprachen. Seine Anhängerschaft hatte eher noch zugenommen, besonders unter den Weibchen, die kichernd davon schwärmten, wie romantisch ihn sein Status als Gesetzloser doch mache. Immer wieder schlichen sich auch junge Männchen in seine Nähe, um schweigend ihre Solidarität und ihre Unterstützung kundzutun. Mata hatte jedoch erkannt, daß man nicht viel mehr von ihnen erwarten konnte.

Psycho war inzwischen, von seinem großen Erfolg geblendet, hoffnungslos in Selbstbewunderung versunken.

«Die Ältesten sollten für oder gegen den Balla-Song abstimmen lassen», schlug er in seiner unbekümmerten verrückten Art vor. «Er ist so beliebt, daß sie auf jeden Fall verlieren werden. Dann übernehmen wir das Ruder. Wie wär's damit?»

«Hältst du sie wirklich für so dämlich?» wies sie ihn scharf zurecht. «Warum sollten sie dieses Risiko eingehen? Die Jungen finden ‹Balla› vielleicht toll, wir dürfen jedoch nicht erwarten, daß sie dafür den Kopf hinhalten.»

«Das kann man nie wissen», antwortete Psycho, nur für einen kurzen Moment entmutigt. «Bei der Versammlung hat es doch hervorragend geklappt. Das war ein Ding, was? Jede Wette, daß Mega deswegen ganz aus dem Häuschen ist.»

«Da ich mich entschlossen habe, mit ihm zu reden, kann ich ihn ja fragen», konterte Mata barsch. «Damit sind wir bei deiner nächsten Aufgabe. Aus naheliegenden Gründen möchte ich nicht bei ihm gesehen werden, also wirst du für Ablenkung sorgen.»

«Weißt du auch schon, wie, Mata?» fragte er und grinste noch immer albern.

«Indem du einen Streit vom Zaun brichst, wie am Spieß schreist und die ganze Sache so lange wie möglich hinziehst.»

Psycho schluckte ungläubig.

«Deinen Gegner darfst du dir selbst aussuchen. Andernfalls gibt es unter meinen Kriegerinnen mehr als genug, die diese Aufgabe freudig übernehmen würden.»

«Nein, danke – ich suche mir selbst jemanden aus», antwortete Psycho eilig.

Jetzt hörte Mega voller Genugtuung die schrillen Schmerzensschreie, die vom anderen Ende des Auslaufgeheges herübertönten.

«Ich habe meine Kriegerinnen angewiesen, im Zweifelsfall zu seinen Gunsten einzugreifen», grinste sie. «Wir können jedoch nicht damit rechnen, daß er allzulang durchhält. Also, bringen wir die Angelegenheit rasch hinter uns. Ich brauche deine Einwilligung für den nächsten Schritt. Dafür verlange ich von dir nur, daß du dich irgendwo aufhältst, wo dich so viele Nerze wie möglich sehen können – besonders die alten.»

«Ich brauche also ein Alibi», verdächtigte Mega sie. «Wofür das denn?»

«Das werde ich dir nicht sagen», gab sie energisch zurück. «Es ist von größter Wichtigkeit, daß du nichts weißt. Ich möchte dich nur daran erinnern, daß ich es nicht riskieren müßte, dich hier zu besuchen. In deiner gegenwärtigen Lage kann ich draußen alles tun, was ich will.»

«Sie hat recht», dachte Mega. Er hatte schon des öfteren darüber nachgegrübelt, daß mit seiner Isolation die Macht seiner beiden Untergebenen gestärkt wurde. Im Gegensatz zu ihm konnten sie sich nach Belieben mit jedem verbünden. Jetzt jedoch spürte er, daß Mata eine tiefergehende Frage aufgeworfen hatte, die es dringend zu beantworten galt.

«Wer von uns liegt denn obenauf?» fragte er, wobei er bewußt eine krasse, maskuline Anspielung wählte.

Dazu grinste er sie lüstern an, in der Hoffnung, eine heftige Reaktion hervorzurufen.

«Keiner von uns liegt obenauf – und keiner liegt unten», kam Matas schneidende Antwort. «Wir sind gleichberechtigt. Und worüber wir uns hier unterhalten ist unendlich wichtiger als Kopulation.»

Damit war zum erstenmal, wenngleich auf eher indirekte Weise, das Thema Sex zwischen ihnen angesprochen worden, und Mega war ein wenig enttäuscht davon, wie nüchtern sie es gleich wieder abtat. Er war sich noch immer nicht im klaren darüber, was ihn so sehr zu Mata hinzog. Vermutlich mußte auch Sex mit im Spiel sein.

Der springende Punkt war jedoch, daß sie recht hatte. Bei dieser Angelegenheit hatte er keine andere Wahl.

«Gibst du mir also dein Einverständnis?»

Er fügte sich nur widerstrebend: «Ja, Mata. Aber nur unter der Bedingung, daß du diese verräterische Ratte aus der Sache heraushältst, ganz gleich, was du im Schilde führst.»

Genau in diesem Augenblick bemerkten sie beide, daß die Schreie im Hintergrund immer matter wurden.

«Einverstanden», grinste Mata hinterlistig. «Nach dieser Vorstellung wird er ohnehin nicht mehr einsatzfähig sein.»

Mega lachte laut auf. Zumindest im Moment waren er und Mata gleichberechtigte Partner.

Maxi fing sein Training ziemlich schlecht gelaunt an. Er wußte immer noch nicht genau, was er von diesem Balla-Song halten sollte, der ihn eigentlich sehr verunsicherte. Wenn er über etwas nachdachte, machte er sich am liebsten erst einmal im Kopf eine Liste der Dinge, die er schon kannte. Dann stellte er die verschiedenen Fakten in Reih und Glied auf und marschierte auf korrekte militärische Weise an ihnen vorbei. Jedes Stückchen Wissen war ein Schritt, und jeder Schritt brachte ihn unweigerlich der gesuchten logischen Lösung näher. Durch den Balla-Song hingegen war dieser sehr anstrengende Prozeß unterminiert worden, indem er Maxis Gedanken immer wieder in schwer ergründliche Gefilde abschweifen ließ.

Er hechtete in den vorderen Liegestütz und versuchte, alles noch einmal zu durchdenken. Als Mega «Balla» zum erstenmal vorstellte, hatte Maxi ihn treu und brav unterstützt. Trotzdem mußte er auch später stets sein dröhnendes Lachen einsetzen, um sein Unverständnis zu überspielen. Maxi stand von jeher mit dem Humor auf Kriegsfuß, was ihn, so weit er zurückdenken konnte, zur Zielscheibe sarkastischer Bemerkungen und Hänseleien gemacht hatte. Als er bei der Einschwörungszeremonie neben Mega gestanden hatte, schien die Welt noch in Ordnung gewesen zu sein. Dann war sein Held mutig aufgestanden und hatte seine Überzeugungen kundgetan. Es war ziemlich heftig zugegangen, und Maxi konnte in seiner Rolle als Beschützer schwelgen. Aber auch da war ihm nicht ganz klargeworden, worauf Mega eigentlich hinauswollte. Ihm selbst wäre nicht einmal im Traum eingefallen, die offiziellen Lehren der Ältesten in Zweifel zu ziehen. Aber natürlich hatte auch er nicht alles kritiklos geschluckt, versteht sich.

Er wechselte in den hinteren Liegestütz und dachte weiter nach. Warum hatte Mega bei der öffentlichen Debatte plötzlich diesen dämlichen Balla-Song angestimmt? Wenn er etwas Wichtiges zu sagen hatte, warum hatte er es dann nicht getan? Stattdessen hatte er mit diesem blöden Quatsch angefangen. Wollte er die Ältesten ernsthaft auf den Arm nehmen, oder was?

Dann, als die Ächtung in Kraft trat, hatte Mega ihn beiseite geschoben. Ihm zu Gefallen hatte sich Maxi auch dareingefunden. Trotzdem fühlte er sich zurückgesetzt – besonders nachdem er erfahren hatte, daß Psycho hinter dieser ganzen Balla-Geschichte steckte. Was hatte er denn falsch gemacht, daß Mega ihm diesen schrecklichen Kriecher vorzog? Als der kleine Schnüffler dann gestern aus unerfindlichen Gründen Streit anfing, hatte Maxi ihm nur zu gern eine ordentliche Abreibung verpaßt, bis dann plötzlich – ebenso aus heiterem Himmel – eine Bande fauchender Weibchen zu Psychos Rettung aufgetaucht war. Sogar Maxi war nichts anderes übriggeblieben, als sich einige Schritte zurückzuziehen.

Jetzt kam das Zirkeltraining an die Reihe. Für heute hatte er sich vierzig Runden vorgenommen, was außer ihm kein anderer Nerz in der Kolonie schaffte. Er verfiel in einen gleichmäßigen Trab und versuchte dabei noch immer, seine durcheinanderwirbelnden Gedanken in eine logische Reihenfolge zu bringen. Besonders gut gefiel ihm, wie der Balla-Song die jungen Nerze aus ihrer Lethargie gerissen hatte. Er hatte ein Gefühl der Gemeinsamkeit gestiftet, was Maxi in seinem Eindruck bestärkte, daß sie alle viel zu unterdrückt waren. Maxi war fest davon überzeugt, daß Nerze zu anderen Aktivitäten bestimmt waren als zu denjenigen, die ihnen das langweilige Käfigleben bot. Inzwischen befand sich jedoch alles wieder in der Schwebe. Wenn Mega seine Strafe weiterhin so stoisch ertrug, würde er nicht weit kommen. Wenn er nur etwas unternehmen würde, was den Funken neu entfachte – ein bißchen Zoff würde die Dinge wieder ins Rollen bringen. Alles in allem, das mußte sich Maxi eingestehen, sah es ganz so aus, als wäre seinem Anführer das Konzept abhanden gekommen.

Als er die lange Gerade erreichte, verfiel er in einen lockeren Sprint und holte dabei Mata ein, die ebenfalls eifrig ihre Runden zog. Gerade als er auf gleicher Höhe mit ihr war, legte sie an Geschwindigkeit zu. Er beschleunigte ebenfalls, um sie hinter sich zu lassen, doch als sie an der Ecke ankamen, war sie noch immer neben ihm.

Verdrossen verlangsamte er seine Geschwindigkeit, und sie joggten Seite an Seite weiter.

«Ich habe eine Botschaft von Mega», zischte sie unerwartet aus dem Mundwinkel zu ihm herüber.

Maxi zuckte vor Schreck zusammen und kam kurzzeitig aus dem Tritt. Mata durfte ihm nicht in aller Öffentlichkeit derartige Mitteilungen machen. Sicherheit war oberstes Gebot. Erst dann erkannte er, wie gerissen sie war. Keiner der anderen Nerze, die sich zum Laufen draußen aufhielten, gehörte zu den Ältesten.

Maxi hatte die Ältesten schon von jeher aus tiefstem Herzen dafür verachtet, daß sie keinen Sport trieben, was auch einer der Hauptgründe für ihr widerliches Übergewicht war. Maxis Meinung nach hatte sich jeder Nerz, der diesen Namen verdiente, fit zu halten, ob nun im Käfig oder nicht. Deshalb fühlte er sich wohl zu Mata hingezogen, obwohl er sich sonst aus den Weibchen nicht viel machte. Mata hielt sich stets in Form. Er sah zu ihr hinüber, ließ den Blick über ihren Körper wandern und dachte, wie geschmeidig und wendig sie doch war. Sie lächelte so einladend zurück, daß er ein wenig vorauslaufen mußte, um seine Beschämung zu verbergen.

Als er wieder etwas langsamer wurde, holte sie ihn ein. Kein anderer Nerz befand sich in Hörweite.

«Mega möchte, daß du Ramses eliminierst», flüsterte sie, ohne die Lippen zu bewegen.

Maxi wäre vor Schreck beinahe gestolpert.

«Du meinst … ihn aus dem Weg schaffen?» zischte er staunend zurück.

«Genau.»

«Wie denn?»

«Indem du ihn tötest, du Scherzbold. Egal, wie. Du darfst es bloß nicht versauen – und dich nicht dabei erwischen lassen.»

«Und weiter?»

«Nichts weiter. Dann bleibt nichts mehr zu tun. Damit hast du die Revolution bereits ausgelöst.»

In einem Moment verblüffter Erkenntnis wurde Maxi klar, daß er es sogar gern tun würde. Jetzt, wo es etwas zu erledigen gab, standen auch seine Gedanken wieder ordentlich in Reih und Glied. In den Käfigen gab es immer Gewalt, hin und wieder sogar ernsthafte Verletzungen. Vor einem Mord schreckte jedoch jeder zurück. Die Ältesten bestanden darauf, daß Mord strikt verboten war, und alle Nerze hielten sich daran, wie erbittert sie ihre individuellen Streitigkeiten und Kämpfe auch austrugen. Sie wußten instinktiv, daß sie damit die unsichtbare Grenze überschreiten würden, die ihr Wärter gezogen hatte. Die Angst vor einer Bestrafung durch ihn wirkte noch nachhaltiger als die Verbote der Ältesten. Das hieß nicht, daß der Tod in den Käfigen völlig unbekannt war. Einmal war ein Weibchen so plötzlich schwerkrank geworden, daß sie starb, bevor der Wärter sie holen konnte. Alle hatten sich um den Kadaver versammelt und fanden ihn unangenehm und verstörend. Mord hingegen – nicht nur Zeuge des Todes sein, sondern ihn willentlich herbeiführen – war etwas anderes. Ob Maxi der Gedanke gefiel? Er war begeistert davon! Das war viel mehr als der Funke, nach dem er bei seinem Anführer gesucht hatte. Es war eine Granate, absolut!

«Du sprichst von Zoff, hm?» flüsterte er verwundert.

«Allerdings, Maxi», lächelte Mata liebenswürdig. «Du weißt ja, aus welchem Holz Mega eigentlich geschnitzt ist.»

Maxi war nicht sicher, ob er das wußte. Trotzdem fühlte er

sich noch immer enorm aufgekratzt. Jetzt hatte er die Bestätigung, daß der Balla-Song, wie er gehofft hatte, nur eine vorübergehende Abweichung war. Mega war wieder auf seinem Weg. Und noch wichtiger – er hatte Maxi zu seinem Vollstrecker gemacht.

Plötzlich kam ihm ein alarmierender Gedanke.

«Was hat Psycho damit zu tun?»

«Nichts.» Mata warf ihm einen düsteren Blick zu. «Hältst du Mega für blöd?»

«Natürlich nicht», erwiderte Maxi rasch. Trotzdem hätte er die Botschaft lieber direkt aus dem Mund seines Anführers gehört und nicht von einem Übermittler, schon gar nicht, wenn es sich dabei um ein Weibchen handelte.

«Bist du völlig sicher, daß Mega das von mir verlangt?» zischte er besorgt.

«Völlig.»

«Kann ich ihn selbst fragen?»

«Du weißt doch, daß du unter keinen Umständen mit ihm sprechen darfst», antwortete Mata schroff.

Maxi akzeptierte den Befehl als Befehl und trabte schweigend weiter.

«Vor allen Dingen, sagte mir Mega, besteht deine Aufgabe darin, ihn aus der Sache herauszuhalten», fügte Mata freundlich, aber bestimmt hinzu. «Deshalb hat er dich dafür ausgewählt, Maxi, hast du verstanden? Er weiß, wie verläßlich du bist. Ebenso wie ich vertraut er darauf, daß du ohne Wenn und Aber losziehst und den Auftrag ausführst. Wir zählen alle auf dich, Maxi. Du willst uns doch nicht etwa im Stich lassen?»

Sie schoß davon und schenkte ihm einen Blick auf ihr unverschämt wohlgeformtes Hinterteil, dann bog sie ab und ließ ihn den Rest seiner vierzig Runden allein absolvieren. Damit seine Gedanken wieder klar wurden, erhöhte er sein Pensum um zehn Runden, und als er endlich schnaufend anhielt, hatte er sich alles klipp und klar zurechtgelegt.

Er suchte Mata auf und nickte ihr bestätigend zu. Anschließend setzte er sowohl seine Sicherheit als auch ihr Wohlwollen aufs Spiel und tat das gleiche bei Mega. Es erstaunte ihn nicht, daß keiner von ihnen zurücknickte. Offensichtlich war das alles Teil des Plans.

Kapitel 20

STIRB UND WERDE

Eule war fest entschlossen, das nächste Zusammentreffen mit dem Ehrwürdigen Buck nach seinen eigenen Bedingungen zu gestalten. Er hielt auch dann noch unbeirrt an seiner Meinung fest, nachdem Boris und Freddie mit ihrem zornigen und vernichtenden Urteil über die Weissagung des «großen Unglücks» nicht hinter dem Berg gehalten hatten. Gleichzeitig war er sich darüber im klaren, daß es dem Ehrwürdigen Buck irgendwie gelungen war, ihn in seinen Bann zu ziehen. Wie dergleichen überhaupt geschehen konnte und woher ein Kaninchen die Fähigkeit dazu nahm, wußte er sich nicht zu erklären. Es war jedoch zweifellos geschehen, das mußte er sich eingestehen, wenn er den Überblick nicht verlieren wollte. Falls das alles tatsächlich nur auf Einbildung beruhte, konnte er ja immer noch einen Rückzieher machen.

Eule hatte Dickarsch dazu überredet, das Treffen an genau der gleichen Stelle wie beim letztenmal zu verabreden: auf der Kleinen Lichtung am späten Nachmittag. Diesmal bestand Eule jedoch darauf, daß niemand außer ihm selbst und dem alten Buck daran teilnahm. Burdock hatte diese Vereinbarung außerordentlich mißfallen, aber er konnte Eule noch die Einschränkung abringen, daß die Kaninchenpflegerin dabeisein durfte. Auf weitere Zugeständnisse hatte sich Eule nicht eingelassen. Schließlich hatte er das Kaninchen mit seinen eigenen Waffen geschlagen, indem er darauf verwies, dies seien exakt die gleichen Bedingungen, die Burdock damals für ihr Treffen verlangt hatte.

Als Eule sich auf den Weg machte, war es genauso feuchtkalt, grau und dunkel wie an den Tagen zuvor. Hier und da waren bereits die ersten, noch kümmerlichen Zeichen des neu erwachenden Lebens zu entdecken – an den Zweigen zeichneten sich die ersten knolligen Weidenkätzchen ab, einige wilde Narzissen arbeiteten sich durch den mit altem Laub bedeckten

Boden hindurch, kleine Gruppen von Schneeglöckchen hoben sich mit nickenden Blütenköpfen als Vorboten besseren Wetters vom schmutzigbraunen Hintergrund des Waldbodens ab. Nach wie vor gab es jedoch keinen Grund, sich vorzumachen, das Wetter sei anders als einfach nur lausig. Eule hatte sogar mit dem Gedanken gespielt, gar nicht erst zu erscheinen. Fast verspürte er Schuldgefühle, daß er den Ehrwürdigen Buck bei diesen miesen Verhältnissen, in denen sich seine zahlreichen Gebrechen und Schmerzen zwangsläufig verschlimmern mußten, vor die Türe gelockt hatte.

Als er seine Schwingen zur Landung auf einem geeigneten Ast ausbreitete, entdeckte er zu seinem Verdruß den nur schlecht versteckten Burdock, der hinter den herabhängenden Zweigen eines Stechpalmenbusches hervorspähte. Der verdammte Dickarsch wollte sich die Unterhaltung offensichtlich doch nicht entgehen lassen. Aber da bei der momentanen Lage der Dinge kein Anlaß bestand, deswegen einen Streit vom Zaun zu brechen, richtete Eule seine Aufmerksamkeit auf den Ehrwürdigen Buck, der aus seinem Bau herausgekommen war und sich über das nasse Gras heranschleppte. Er stützte sich schwer auf seine Pflegerin und sah noch hinfälliger aus als beim letztenmal. Falls er sich weiterhin in diesem Tempo auflöste, dachte Eule insgeheim, dann brauchte er anstelle der Pflegerin bald eine Trage.

«Trostlos, nicht wahr?» begrüßte ihn Eule und nickte zum dunklen Himmel hinauf.

«Auch das gehört zum großen Kreislauf», lächelte das alte Kaninchen sanft, während die Pflegerin es vorsichtig auf dem nassen Gras niedersetzte. «Schlechte Zeiten sind für uns alle von großem Nutzen, denn wie sonst könnten wir jemals die guten zu schätzen wissen?»

Sofort spürte Eule, wie er unweigerlich unter den Einfluß von Bucks unheimlichem Zauber geriet. Er selbst hatte den Zugvögeln genau das gleiche gesagt, als sie sich über die Schönheit des Alten Waldes begeisterten. Vielleicht nicht im gleichen Wortlaut – zu den Stärken des EB gehörte zweifellos die griffige Formulierung grundsätzlicher Gedanken –, aber die Aussage war die gleiche. Jedenfalls empfand es Eule so. Das Problem mit all diesem EB-Kram bestand darin, daß er ihn derart beschäftigte, und am Ende fand er immer, er sei eigentlich noch schwieriger zu fassen als eine Kralle voller glitschiger Eingeweide.

«Ich empfinde genau dasselbe», erwiderte er erregt. «Alles ist ein Teil dessen, was ich als die Vielfalt des Waldes bezeichne.»

«Gut, sehr gut», stimmte der Ehrwürdige Buck mit freundlichem Lächeln zu. «Du wirst dich sicher daran erinnern, daß ich dir beim letztenmal versprach, dir zu erklären, weshalb wir alle gleich sind. Es hört sich ganz so an, als seist du auf diesem Weg doch schon weiter vorangeschritten, als ich ursprünglich angenommen hatte. Vielleicht fällt es dir gar nicht so schwer, das alles zu verstehen.»

In seinem ganzen Leben hatte sich Eule noch nicht so hoffnungslos am Anfang eines langen, beschwerlichen Weges gefühlt wie gerade jetzt. Aber egal, Flugkorridore waren ja wohl etwas anderes als die Stolperwege hier unten auf der Erde.

«Entschuldige, ich habe nicht daran gedacht, daß du ja meistens fliegst, nicht wahr?» fuhr das alte Kaninchen fort, und Eule zuckte erschrocken zusammen. Schon wieder las das Kaninchen in seinen Gedanken. «Du mußt mir einmal erzählen, wie das ist. Das wollte ich schon immer wissen.»

Eule, der fühlte, wie er immer mehr den Boden unter den Füßen verlor, versuchte sich verzweifelt am eigentlichen Thema festzukrallen.

«Du weißt sicher, welches große Unglück auf uns zukommt. Ist es etwa Myxomatose?» platzte er heraus.

«Du hast dich mit deinen Raubtierfreunden unterhalten, stimmt's?» lächelte der Ehrwürdige Buck und schien nicht im mindesten verstört. «Nein, das ist es nicht, obwohl es mir fast lieber wäre. Natürlich würde ich meinen Freunden niemals etwas so Entsetzliches wünschen; ich selbst werde dann nämlich nicht mehr hiersein, weißt du.

Nein, das große Unglück, dessen Kommen ich übrigens von Tag zu Tag deutlicher spüre, besteht eher darin, daß es mit dem Wald, so wie wir ihn kennen, zu Ende geht. Das betrifft nicht nur uns Kaninchen, sondern alle, dich gute Seele eingeschlossen.»

Mit Hilfe der verachteten Phrase «Ende des Waldes, so wie

wir ihn kennen» gelang es Eule wieder, sein inneres Gleichgewicht zu finden.

«Ihr Kaninchen seid bekannt für eure düsteren Prophezeiungen», zitierte er Boris falsch.

«Du denkst, wir schlagen nur blinden Alarm?» sagte der alte Weise grüblerisch, und als er bedächtig nickte, kräuselte sich das lose Fell an den Falten um seinen Hals. «Vielleicht hast du recht. Manche unserer Brüder sind etwas, wie soll ich sagen, übereifrig.» Er lächelte gedankenverloren. «Ich gebe zu, daß auch ich in der Vergangenheit mitunter falschen Alarm ausgelöst habe. Aber tritt nicht am Ende doch immer zuverlässig eine Katastrophe ein?»

Eule fühlte sich wie erschlagen. So hatte er die Sache noch nie betrachtet. Wäre der Ehrwürdige Buck doch nur dabeigewesen, als Freddie und Boris ihn auseinandergenommen hatten.

«Lieber Freund, es ist ganz reizend von dir, daß du gekommen bist, um mich wieder einmal zu besuchen», sagte das alte Kaninchen plötzlich und lenkte die Unterhaltung damit wieder in gefestigtere Bahnen. «Mein Urenkel Burdock hat mir von deinem Triumph erzählt, neulich bei der Versammlung. Das hat mich sehr gefreut, nicht nur für euch beide, sondern für uns alle. Burdock ist ein guter Kerl, er will nur unser Bestes.

Ich fürchte jedoch, daß er es mit seinen Versammlungen etwas übertreibt. Gemessen an unserer eigentlichen Aufgabe sind sie von untergeordneter Bedeutung, und es besteht die Gefahr, daß man sich zu sehr auf sie konzentriert und dabei das Ziel aus den Augen verliert. Deine Mitarbeit wird ohne Zweifel von unschätzbarem Wert sein, um unserer Zukunftsplanung hier wieder das rechte Maß und Ziel zu geben.»

Eule war aufgefallen, daß der Ehrwürdige Buck mit Absicht etwas lauter gesprochen hatte. Er drehte den Kopf und warf einen Blick auf den Busch, hinter dem sich Burdock versteckt hielt. Ein aufgestelltes, heftig zitterndes Karnickelohr war unübersehbar. «Du alter, gerissener Halunke», dachte er und sah den Ehrwürdigen Buck mit neuer Bewunderung an. «Gibt es denn irgend etwas, was du nicht weißt?»

Er spielte das Spiel mit, indem er die eigene Stimme ebenfalls ein wenig anhob.

«Ich habe schon einigemal mit ihm darüber gesprochen, aber ich fürchte, das wird alles seine Zeit brauchen», sagte er und nickte verschwörerisch. «Aber er ist ja noch jung.» Vermutlich war Burdock genauso alt wie er selbst, dachte er, während er weiterredete. «Da müssen wir wohl ein wenig nachsichtig sein. Zweifellos wird er im Lauf der Jahre noch klüger werden.»

Wieder sah er zu dem Gebüsch. Das Ohr vibrierte jetzt wie ein Blatt im Sturmwind.

«Ich nenne ihn übrigens Dickarsch», fügte er beiläufig hinzu. «Ist natürlich nicht persönlich gemeint.»

«Anatomisch mag der Name zutreffen. Aber ich fürchte, es ist politisch nicht ganz korrekt», lächelte der Ehrwürdige Buck. «Heutzutage muß selbst ich bei der Wahl meiner Worte vorsichtig sein», fügte er hinzu und senkte die Stimme zu seinem gewohnten sanften Geflüster. «Als Raubtier fühlst du dich natürlich nicht so fest daran gebunden, was übrigens für die Zukunft einige interessante Auswirkungen verspricht ... «

Er kicherte in sich hinein, woraufhin Eule ratlos vor sich hin starrte. Bei «politisch korrekt» hatte er irgendwie den Faden verloren.

«Und dann gibt es da noch den Wald- und Wiesenkodex und das Gesetz zur Erklärung der kreatürlichen Rechte, die meinen Urenkel ebenfalls viel Zeit und Kraft gekostet haben», fuhr der EB fort, jetzt wieder mit lauter Stimme. «Und obwohl ich seinen Bemühungen meine Anerkennung nicht versagen kann, frage ich mich doch, wem das letzten Endes nützen soll.»

EBs Stimme war plötzlich wieder so leise geworden, daß sich Eule auf seinem Ast nach vorne beugen mußte, um seine Worte zu verstehen.

«Weißt du, seine Mutter hat ihn zu sehr verwöhnt», flüsterte er. «Hat ihm immer alles gegeben, was er haben wollte. Er hatte so viele Blätter und Stöckchen zum Spielen, daß keiner mehr wußte, wo man sie unterbringen sollte. Dennoch wollte er immer noch mehr und mehr. Und dann hat es nicht mehr lange gedauert, bis er herausfand, daß er, so stark und klug wie er war, nicht nur bei seiner Mutter, sondern auch bei allen anderen seinen Willen durchsetzen konnte. Zu dem Zeitpunkt fing er an, sich bei den Versammlungen zu engagieren. Trotzdem steckt tief in seinem Innersten immer noch ein prächtiger Kerl, das kann ich dir versichern; sogar einer der allerprächtigsten.»

Eule konnte nicht anders, als schnell noch einen Blick Richtung Busch zu werfen. Das Ohr vibrierte unverkennbar.

«Genug von meinem Urenkel», sagte der Ehrwürdige Buck in normaler Lautstärke. «Bei diesem Wetter kann ich nicht den ganzen Abend hier draußen verbringen.»

Eule sah nach der hübschen Karnickelpflegerin, die mit ihren feuchten Augen rollte, als wolle sie damit sagen, er sei ohnehin völlig verrückt, überhaupt noch nach draußen zu gehen.

«Ich werde dir nun so schnell wie möglich noch einige Hintergrundinformationen vermitteln, die manchmal vielleicht nicht so ganz einfach zu verstehen sind, fürchte ich. Nicht einmal alle Kaninchen begreifen sie in ihrer vollen Tragweite. Und was deine skeptischen Freunde angeht, die uns sowieso für Spinner halten ...«

Eule zuckte erneut zusammen, als er daran erinnert wurde, wie gut der EB informiert war.

Er machte einen schwachen Versuch, alles abzustreiten.

«Nein, nein», widersprach ihm der Ehrwürdige Buck milde und machte mit der Pfote eine beschwichtigende Geste. «Sie haben allen Grund zu dieser Annahme. Auch ich war früher bekannt dafür, daß ich immer ordentlich auf den Putz gehauen habe, aber da war ich noch viel jünger. Für die alten Knochen ist das feuchte Wetter auch nicht gerade eine Kur. Hab' ich recht, meine Liebe?» fügte er hinzu und lächelte seine entzückende Pflegerin an.

Sie klapperte betörend mit den langen Wimpern und kicherte dazu auf eine Weise, daß sich Eule unwillkürlich fragte, auf welche Gebiete sich ihre Pflege wohl noch erstrecken mochte. «Bestimmt geht sie weiter als das, was beispielsweise Ulas begrenztes Repertoire und ihr knapper Zeitplan erlauben», dachte er, und neuer Respekt für das alte Kaninchen erfüllte ihn.

«Der Frühling hat noch nicht geknospt, und doch liegen die Zeiten fruchtbarer Reife schon lange hinter uns», bemerkte der Ehrwürdige Buck rätselhaft und starrte auf den Schleier, in den der Sprühregen die Lichtung hüllte. «Es bleibt wohl nur der Nebel, und es gibt keinen Sonnenuntergang für uns heute abend. Aber auch das besitzt eine ganz eigene Schönheit und vor allem eine Aura des Geheimnisvollen, findest du nicht?»

Eule fand das auch. Er hatte häufig solche Gedanken, aber es gab leider niemanden, dem er sie hätte mitteilen können. Oder sollte er vielleicht mit Boris über die Geheimnisse des Nebels diskutieren?

«Aber ich drehe mich im Kreis», sagte das alte Kaninchen, richtete sich kurz auf und sah Eule direkt mit einem eigenartig durchdringenden Blick an. «Ich verlange von dir jetzt nur eines: daß du aufmerksam zuhörst und dann versuchst, möglichst nichts davon zu vergessen ...»

Dann teilte er Eule seine Ansichten und Thesen mit, wobei er sich zwischendurch mehrmals unterbrach, um sich von der entzückenden Pflegerin den Schweiß von den Brauen tupfen zu lassen. Eule bemühte sich darum mitzukommen, obwohl Worte wie «Interdependenz», «Gaia» und «symbiotische Beziehungen» den Redefluß durchsetzten. Das alte Kaninchen versuchte, einige Punkte genauer zu erklären, indem es mit einem Stöckchen, das es mit arthritischer Pfote hielt, zittrige Linien in die feuchte Erde malte. Diese, so erläuterte EB, waren ein Abbild der mannigfaltigen Beziehungen, die sich zwischen verschiedenen Lebensformen entwickelt hatten.

«Nun mein Freund, kannst du erkennen, wie sich daraus eine Kette ergibt, die uns alle zwangsläufig miteinander verknüpft?»

Bis jetzt sah Eule jedoch nur ein raffiniertes Netzwerk, bei dessen Anblick jede Spinne, die etwas auf sich hielt, vor Neid erblassen mußte. Als jedoch mit dem Stock immer mehr Details eingezeichnet wurden, fing er langsam an zu begreifen, was er hier begreifen sollte. Alle Geschöpfe, die im Wald und auf den angrenzenden Feldern lebten – und das galt eigentlich für die ganze Welt –, standen irgendwie miteinander in Verbindung.

«Alles hängt davon ab, daß man das Gleichgewicht hält», bekräftigte das alte Kaninchen. «Und sich der Tatsache bewußt ist, daß wir alle zu gleichen Teilen daran beteiligt sind. Und deswegen sind wir auch alle gleichgestellt. Denn wer sollte auch darüber entscheiden, daß der eine wichtiger ist als der andere oder im Ablauf der Ereignisse eine größere Rolle spielt? Nimm den Flügel eines Schmetterlings, mein Freund. Hast du schon einmal über die Auswirkungen nachgedacht, die der Flügelschlag eines Schmetterlings auslösen kann …?»

Während die Stimme des Ehrwürdigen Buck weiter vor sich hin plätscherte, schoß Eule ein jäher Gedanke durch den Kopf: Dieser Kram bedrohte ihn im Kern. Der Flügelschlag eines Schmetterlings, das war doch wohl nicht zu fassen! Welche Konsequenzen konnte der schon haben, verglichen mit dem mächtigen Flügelschlag einer Eule? Es gab genügend Wühlmäuse, die das jederzeit hätten bezeugen können; abgesehen davon, daß sie natürlich nicht mehr am Leben waren. «Sollte die ganze Angelegenheit also nicht mehr als ein Haufen Kacke gewesen sein?» fragte er sich von neuem. Aber der Bann des alten Kaninchens war ungebrochen, und selbst wenn es nichts als Kacke war, dann war es zumindest höchst interessante Kacke. Er mußte sich das nur alles noch einmal in aller Ruhe durch den Kopf gehen lassen. Zumindest die Geschichte mit der Nahrungskette ergab einen Sinn. Wie war das doch gleich? Pflanzen wurden von Grünzeugfressern vertilgt, die ihrerseits von Fleischfressern verzehrt wurden, und Allesfresser ernährten sich wiederum von beidem. Das ging bis hoch hinauf in die Spitze des Baumes, wo sein Platz war. Und die Bäume selbst waren zuerst kleine Setzlinge und reiften, nur um zu sterben und zu verrotten und damit den Nährboden für ihre Nachfolger zu schaffen, die sich aus ihrem Samen entwickelten, um an ihre Stelle zu treten. Und die ganze Zeit über wurde die Feuchtigkeit von der Sonnenwärme aufgesaugt, und daraus bildeten sich Wolken, die als Regen niederfielen und Flüsse bildeten – genau wie den Fluß am Rande des Waldes. Und diese liefen dann zu dem Großen Wasser, von dem die Zugvögel immer redeten. Dort wurde die Feuchtigkeit wieder aufgesaugt und vom Wind über das Land geweht, wo sie erneut als Regen niederging. Dieses Zusammenspiel von Regen und Sonne war die Ursache dafür, daß die Pflanzen wuchsen; die Pflanzen wurden dann von den Grünzeugfressern vertilgt, die Grünzeugfresser ihrerseits von den Fleischfressern oder von den Allesfressern, die sich von beidem ernährten …

«Jedermann und alles hat seinen Anteil daran, daß sich die Erde dreht», sagte der Ehrwürdige Buck jetzt mit großem Nachdruck. Er zitterte, als er mit dem Stöckchen mühsam eine breite Linie um das Spinngewebe zog.

Die Pflegerin schüttelte den Kopf und sah Eule vorwurfsvoll an.

«Alles und jedes dreht sich immer und immer im gleichen Rad herum. Verstehst du jetzt, mein Freund, wie sich alles in Kreisen bewegt? Staub zu Staub ...»

«Eher schon Schlamm zu Schlamm», dachte Eule. Er hätte schon einige Fragen gehabt, traute sich aber nicht, aus Angst, den zittrigen Redefluß damit zu stören ...

«Ich fürchte, ich habe mich nicht klar genug für dich ausgedrückt», sagte der Ehrwürdige Buck nachdenklich. «Es ist eine so lange Geschichte ...»

«Allerdings», dachte Eule. Er konnte sich nicht erinnern, jemals zuvor eine so lange gehört zu haben.

«Ich versuche noch einmal, es für dich zusammenzufassen, mein Freund. Dieser Wald ist eine Gemeinschaft, eine, die sich aus Millionen verschiedener Lebensformen zusammensetzt. Alle gemeinsam befinden sich in einem stabilen Gleichgewicht. Das war schon immer so und soll auch so bleiben. Aber das große Unheil, dessen Kommen ich heraufziehen spüre, wird wie ein mächtiger Sturmwind sein, der dieses Gleichgewicht bedroht. Mehr kann ich dir darüber nicht sagen. Es wird einer Invasion gleichkommen, die keiner von uns zuvor erlebt hat und die alles mit ungeahnter Mordlust zerstören wird.

Mein Freund, ich brauche deine Unterstützung. Ich bin zu alt, und meine Zeit ist fast abgelaufen. Mein Urenkel Burdock wird die Last zu tragen haben. Aber wenn du ihm nicht zur Seite stehst, dann wird alles, was den Betroffenen Waldwächtern wichtig ist, wie trockenes Herbstlaub in alle Winde zerstreut werden.

Sage mir darum jetzt, ob du uns dabei helfen willst, an allem festzuhalten, was gut und richtig für uns ist. Versprich mir, daß du uns mit deiner Kraft unterstützen wirst, mein lieber, lieber Freund.»

Der Körper des Ehrwürdigen Buck wurde plötzlich von einem heftigen zuckenden Krampf gerüttelt, und sein Kopf fiel zur Seite.

«Versprich es mir», keuchte er drängend, während die Pflegerin sich darum bemühte, ihn in einer aufrechten Position zu halten. «Versprich es mir. Denn du bist ein Geschöpf, dem die Ehre etwas bedeutet, und wenn du etwas versprochen hast, kann ich mich auch darauf verlassen.»

Eule fühlte den Stich des Mitleids, als er auf das alte Wrack blickte. Der Ehrwürdige Buck sah aus, als würde er gleich hier vor Eules Augen sterben, und das wollte Eule plötzlich ganz und gar nicht. Er blickte auf und stellte fest, daß sich der Nebelvorhang einen Moment lang gehoben hatte, und die Bäume auf der anderen Seite der Lichtung, von denen der Regen herabtropfte, waren auf einmal ganz deutlich zu erkennen. Dies kam ihm wie ein Abbild dessen vor, was sich in seinem Kopf abspielte. Bei seiner Ankunft heute war sein Kopf voller besorgter Fragen gewesen, Fragen, die Freddie und Boris gestellt hatten. Dann war es ihm nur mit Mühe gelungen, den Erklärungen des Ehrwürdigen Buck über die Art und Weise, wie alles im Wald zusammenhing, zu folgen. Aber er mußte diese Erklärungen gar nicht begreifen. Instinktiv wußte er bereits, das er sie völlig akzeptierte. Er war immer mit dem Wald als Ganzem innig verbunden gewesen, das erkannte er jetzt ganz deutlich. Es war ihm klargeworden, wo sich sein Platz darin befand, und damit hatte sich auch sein ganzes Leben verändert.

Auch hatte es sich bei der letzten Bemerkung des Ehrwürdigen Buck nicht um reine Schmeichelei gehandelt, ein Eindruck, dessen er sich bei Burdocks Lobreden nicht ganz erwehren konnte. War Dickarsch eigentlich immer noch da? fragte er sich. Ja, er war präsenter als zuvor, denn jetzt waren zwei aufgestellte Löffel hinter dem tropfenden Ginsterbusch zu sehen. Eule war sehr stolz darauf, ein Geschöpf der Ehre zu sein und daß Verpflichtung für ihn daher kein leeres Wort war. Und jetzt erfüllte ihn der unwiderstehliche Drang, eine solche Verpflichtung einzugehen – nicht nur der Kaninchen wegen, sondern, dank seiner neuen Perspektive, zugunsten aller, die in diesem Wald lebten.

«Ich verspreche dir, daß ich nicht nur Burdock, sondern allen, die in diesem Wald leben, mit meiner Stärke zur Seite stehen werde», verkündete er langsam und in angemessenem Ernst.

«Ich wußte es», flüsterte der Ehrwürdige Buck und lächelte erleichtert. «Ich habe schon vorher gewußt, daß du alles verstehst, was ich dir zu sagen habe. Jetzt, wo ich sicher bin, daß du zu uns hältst, kann ich in Frieden ruhen.

Also leb wohl, lieber Freund, leb wohl.»

Als die Pflegerin den alten Weisen wegschleppte, drehte sich in Eules Kopf bei dem Gedanken an das Ausmaß dessen, worauf er sich eingelassen hatte, alles rasend durcheinander. Er blieb noch eine Weile wie betäubt sitzen, bis ihn plötzlich ein Gedanke durchfuhr. Ärgerlich stampfte er mit seiner Klaue auf. Das alte Kaninchen hatte ihn so in seinen hypnotischen Zauber verstrickt, daß er völlig vergessen hatte, sich nach der Bedeutung der Worte «Demokratie», «elitär», «ungeachtet» und des verwirrenden «politisch korrekt» zu erkundigen.

Jetzt war es zu spät. Er ignorierte Burdock, dessen Ohren immer noch bebten, und schwang sich in den Nebel hinauf.

Kapitel 21

Von Mäusen und Nerzen

Ramses' Leiche wurde im Morgengrauen entdeckt, als eine der regulären Sitzungen des Ältestenrats wie geplant in seinem Käfig stattfinden sollte. Der erste Teilnehmer fand den Chef still in einer Ecke auf der Seite liegend und verhielt sich zunächst ganz ruhig, um seinen Schlaf nicht zu stören. Erst als er die kleine, klebrige rote Pfütze entdeckte, wurde er von kaltem Grausen gepackt. Vorsichtig kroch er näher heran, erblickte das klaffende Loch an der Stelle, an der vorher Ramses' Kehle gewesen war, und stieß einen markerschütternden Schrei des Entsetzens aus. Die anderen Ältesten, die alsbald herbeieilten, kamen, da die Wunde so enorm groß war, schnell zu dem Schluß, daß ihr Anführer innerhalb von Sekunden verblutet sein mußte. Er hatte nicht den Hauch einer Chance gehabt. War also ein Nerz der Täter gewesen, oder irgend jemand anders? Sie hatten jedoch keine Zeit mehr, um der Sache weiter nachzugehen, denn in diesem Augenblick öffnete der Wärter die Tür des Schuppens, um ihnen ihr Morgenfutter zu verabreichen. Ängstlich darauf bedacht, mit diesem Vorfall nicht in Zusammenhang gebracht zu werden, flohen sie in ihre eigenen Käfige.

Schon in dem Moment, als der Wärter sein Klickding betätigte und es im Schuppen taghell wurde, spürte er offensichtlich, daß irgend etwas nicht stimmte. Er ließ die Eimer, die er bei sich trug, fallen und rannte den Gang hinunter. Er schaute in jeden Käfig hinein, bis er zu dem von Ramses kam und abrupt stehenblieb. Bevor er aufschloß, spähte er aufmerksam ins Innere, öffnete dann langsam die Tür und zog den schlaffen Kadaver heraus. Ehrfürchtig, mit noch blasserem Gesicht als sonst, trug er ihn aus dem Schuppen. Dann verschloß er mit Hilfe einiger Werkzeuge die Rückseite von Ramses' Käfig und füllte hastig die Futternäpfe. Zum Schluß ging er noch einmal an den Käfigen entlang und prüfte jedes einzelne Schloß, bis er schließlich, nachdem er besonders lange an der Schuppentür herumgefingert hatte, verschwand.

Die Nerze strömten in den Auslauf, wo sie die Ältesten völlig verwirrt vorfanden. Mord war so unvorstellbar, daß sie niemals zuvor an Sicherheitsmaßnahmen, geschweige denn daran gedacht hatten, einen Stellvertreter zu ernennen, falls so etwas passieren sollte. Nun reagierten sie völlig kopflos auf die Ereignisse, indem sie sich hastig zu einer geschlossenen Konferenz zurückzogen. Dort richtete sich ihr Zorn zunächst gegen Psycho. Er war derjenige, der für ihre Sicherheit verantwortlich war – ihr Doppelagent, der beide Seiten gegeneinander ausspielte. Warum hatte er sie nicht gewarnt? Einer Sache waren sie sich jedoch sicher: Er selbst hatte es nicht getan. Er war ein ausgesprochener Feigling, und außerdem war ein so schwächliches und mageres Individuum ja wohl kaum in der Lage, ihrem allmächtigen Chef eine so fürchterliche Verletzung beizubringen. Nein, es war vielmehr Mega, der ihnen sofort als offensichtlicher Hauptverdächtiger in den Sinn kam. Unerwarteterweise gab es jedoch zwei Älteste, die ein wasserdichtes Alibi für ihn vorbrachten. Er habe sich ausnahmslos in ihrer Sichtweite aufgehalten, erklärten sie, und sogar die ganze

Nacht vor ihrem Käfig liegend zugebracht. Das allein war schon so ungewöhnlich, daß sie es ohnehin bei der Sitzung angesprochen hätten.

Die Ältesten, die sofort sahen, wie gut da eins zum anderen paßte, richteten ihre Aufmerksamkeit auf Mata, die nächste Verdächtige. Aber es war nur schwer vorstellbar, daß ein Weibchen über ausreichend Verwegenheit und Kraft verfügte, um solch eine Tat zu begehen. Als einziger anderer Verdächtiger blieb nur noch Maxi übrig, allerdings lagen keine ausreichenden Informationen darüber vor, ob er ebenfalls direkt rekrutiert worden war. Sie kamen zu dem Schluß, daß Mega indirekt dafür verantwortlich zu machen war, aber wie er es genau angestellt hatte, wußten sie auch nicht. Zumindest war er noch immer geächtet. Mit dem Alibi, das er vorweisen konnte, war es ihnen unmöglich, gegen ihn vorzugehen, während sie sich der unangenehmen Tatsache bewußt waren, daß sich in seinem Lager ein Attentäter befand. Wie sie sich besorgt gegenseitig versicherten, war es eine Sache, das Gesetz zu beugen, wenn es einem gerade in den Kram paßte. Eine ganz andere Sache war es allerdings, wenn man sich dadurch in Gefahr brachte, ermordet zu werden.

Obwohl er keinen Gedanken an Mord gehegt hatte, reimte sich Mega sofort alles zusammen. Sheba hatte es nie erwähnt, und er war immer noch stark durch ihre Denkweise beeinflußt. Als Mata ihn darum gebeten hatte, sich um ein Alibi zu kümmern, hatte er sich dafür entschieden, den Lauf der Dinge nicht aufzuhalten. Nun, nachdem es geschehen war, verspürte er eigenartigerweise nicht die geringste Regung. Sein Instinkt sagte ihm zwar, daß er davon profitierte, aber auf der anderen Seite wurde die Erinnerung an Sheba dadurch schwächer. Erst der Balla-Song und dann der Mord, diese Entwicklung hatte sie sich ebensowenig wie er vorgestellt. Es hatte eines anderen Weibchens bedurft, um ganz im wörtlichen Sinn den Lebensnerv der Ältesten zu treffen.

Er suchte Mata in ihrem Käfig auf.

«Warum?» fragte er und tat damit die Ächtung ab, als hätte der Urteilsspruch seine Wirkung verloren.

«Wir mußten noch einen Schritt weiter als geplant gehen,

Mega. Das ist die einzige Art zu gewinnen, wenn sich alles gegen einen verschworen hat.»

«Hast du es denn getan?»

«Was glaubst du?» fragte sie und lächelte.

Mega spürte, daß sie die Aufgabe delegiert hatte. Aber hatte sie auch bestimmt seine Anweisungen befolgt und Psycho aus der Sache herausgehalten?

«Maxi?»

Mata lächelte schelmisch.

Also noch ein Rekrut, kein unerwarteter übrigens. Inoffiziell war Maxi schon längst mit dabeigewesen. Aber auch jetzt war er ihm hochwillkommen in diesem verwirrenden, von einem Weibchen angeführten Abenteuer. Maxi war schnörkellose männliche Kraft, und er stellte auch hoffentlich keine Fragen.

«Warum hast du nicht zuerst mit mir darüber gesprochen?» fragte er.

«Das habe ich im Prinzip doch getan», sagte sie zärtlich lächelnd. «Verstehst du nicht, daß ich dich aus der Sache heraushalten mußte, Mega? Du weißt es doch genausogut wie ich. Ich habe beobachtet, wie sorgfältig du dein Alibi vorbereitet hast. Die Ältesten wissen schon, daß du es nicht gewesen bist, und bald werden es auch die anderen wissen. Du bist der Anführer, Mega, nicht der Henker, und so solltest du auch gesehen werden.»

Mega blickte sie mißtrauisch an.

«Maxi nimmt es also auf sich?»

«Das ist seine Aufgabe.»

«Weiß er das?»

Mata lächelte rätselhaft.

«Es ist ihm egal. Er ist stolz darauf», sagte sie vertrauensvoll.

«Trotzdem hättest du ihn nicht mit hineinziehen sollen, ohne mich vorher zu fragen», wiederholte Mega nicht sehr überzeugend. «Und diese besondere Situation hättest du auch vorher mit mir klären sollen.»

«Hättest du dann nein gesagt?» fragte Mata und lächelte so verwirrend, daß er sie nur noch einmal kurz ansah, bevor er sie ohne ein weiteres Wort verließ. Wieso war es ihr nur möglich, ihn so einfach zu durchschauen?

Er durchquerte den Auslauf und ging auf Maxi zu.

«Hallo!» rief er und schenkte ihm ein kameradschaftliches und offenes Lächeln.

«Ist der Auftrag zu deiner Zufriedenheit ausgeführt worden, mein Anführer?» erkundigte sich Maxi eifrig.

«Bewundernswert, Maxi», erwiderte er mit allem Enthusiasmus, den er aufbringen konnte. «Absolut bewundernswert. Zu gegebener Zeit werde ich dich dafür entsprechend belohnen. Auch wenn ich dir die Instruktionen selbst gegeben hätte, hättest du es nicht besser machen können.»

Mega glaubte, in Maxis Augen ein kurzes Aufflackern zu sehen. Dann blickte er ihn jedoch wieder so andächtig wie immer an, und wie immer fühlte sich Mega dabei an Custard erinnert, wenn sie über ihr Herrchen sprach. Es fehlte nur noch, daß Maxi mit dem Schwanz wedelte.

«Du bist sehr freundlich, mein Anführer. Ich stehe dir in jedem Fall für alle Aufträge zur Verfügung, egal, worum es geht.»

«Du kannst gleich anfangen, indem du mir Gesellschaft leistest», erwiderte Mega und beobachtete, wie sich Maxis Augen verengten, als Psycho sich näherte und sich in die Unterhaltung einschaltete.

«Du mußt jetzt zu unseren Lieblingen sprechen, Mega», quiekte er und zog seinen Anführer aufgeregt an der Vorderpfote. «Die Ältesten werden bald erscheinen. Alle warten auf ein Zeichen. Du hast keine Zeit zu verlieren.»

Mega sah sich um und bemerkte, wie ihn die anderen Nerze anstarrten. Nach dem krassen Schock, den der Mord ausgelöst hatte, mußten sie sich nun auch noch mit der verwirrenden Tatsache abfinden, daß er sich nicht länger wie ein Geächteter verhielt. Einige sahen recht ängstlich aus. Plötzlich fiel ihm auf, wie bedrohlich ihre kleine Gruppe, zu der nun auch noch Mata gestoßen war, wirken mußte; wie eine Bande, die nichts Gutes im Schilde führte. Unsicherheit packte ihn. Das war nicht der Hintergrund, vor dem sich Sheba und er seine erste Rede ausgemalt hatten.

«Was soll ich denn sagen, Mata?»

Sie zuckte die Achseln.

«Ich habe meinen Teil organisiert. Du bist der Anführer und mußt selbst entscheiden, welche Art von Reden du halten willst.»

Mega hätte sich dafür ohrfeigen können, daß er in die Falle getappt war. Eigentlich hatte er Mata gar nicht fragen wollen. Es war ihm nur so herausgerutscht, als hätte er mit seiner Mutter gesprochen. So hart Matas Antwort auch ausgefallen war, so mußte er doch zugeben, daß sie recht hatte. Jetzt war die Reihe an ihm, wenn er auch nicht die alleinige Kontrolle hatte, sondern nur auf ein Ereignis reagierte, mit dem er selbst nichts zu tun hatte. Er fühlte sich unwohl bei dem Gedanken, von den Leuten, die für ihn arbeiteten, dermaßen abhängig zu sein. Aber wenn er schon Mata fragte, konnte er es ebenso auch bei Psycho versuchen. Der würde wenigstens sein Bestes geben.

Psycho, der genausowenig wie alle anderen Bescheid gewußt hatte, war nur kurz, dafür aber um so heftiger schockiert gewesen. Es entzückte ihn, den alten Sack Ramses von hinten zu sehen, und er hatte keine grundsätzlichen Einwände gegen den Vorgang. Allerdings hatte ihm der Mord deutlich gemacht, wie schnell sich die Dinge entwickelten. Er schluckte, als er begriff, daß es sich hier nicht mehr nur um ein nettes Balla-Spielchen handelte. Sobald er jedoch einen Weg für sich ausgetüftelt hatte, war es mit dem Schrecken schnell vorbei gewesen. Wenn es in Megas Lager einen Attentäter gab, dann mußte er selbst sich endgültig für die eine oder andere Seite entscheiden. Nur über einen Punkt mußte er sich noch Klarheit verschaffen. Er sah Maxi an, der seinen Blick kaltblütig erwiderte, mit Augen, die für Psycho jetzt Mörderaugen waren, so wie er es sich immer schon vorgestellt hatte. Als Mega zustimmend nickte, konnte Psycho ein Schaudern nicht unterdrücken, das durch Maxis böses Lächeln nur noch stärker wurde.

Rasch suchte er Ablenkung, indem er seinen eigenen Beitrag beisteuerte.

«Laß uns folgendermaßen vorgehen, Mega», sprudelte er, ohne zu zögern, los. «Erst mal lassen wir den Balla-Song absingen. Dann ziehen wir die Ältesten durch den Dreck, und am Ende heizen wir unseren Lieblingen mit der Freiheitsnummer so richtig ein. Sie sind total perplex wegen der Sache mit Ramses. Wir müssen also klarstellen, daß du überhaupt nichts mit der Geschichte zu tun hast. Wir müssen irgendwie rüberbringen, daß du zwar knallhart bist, aber andererseits auch ein netter Typ. Du mußt so locker wie möglich wirken, okay?»

Während Psycho das alles herunterratterte, ärgerte sich Mega zunehmend. Schließlich sollte das seine Rede sein. Er mochte nicht, daß ihm ein Zyniker die Stichworte gab, insbesondere nicht, was den Teil anbetraf, über den sich Psycho jetzt ausließ: die Verschwörung zwischen den Ältesten und dem Wärter.

«Gut ausgedacht, was?» schnatterte er. «Zwei plus zwei macht fünf.»

Obwohl das, was er sagte, den Tatbestand ebenso beschönigte wie vereinfachte, waren Psychos Worte eigenartigerweise unwiderstehlich. Maxi schien noch Zweifel zu haben, während Mata ausdruckslos vor sich hin starrte, aber Mega leuchtete alles, was Psycho gesagt hatte, vollkommen ein. Obwohl sie einander so völlig entgegengesetzt waren, verfügten sie über den gleichen untrüglichen Instinkt. Und beide vertrauten diesem Instinkt uneingeschränkt.

«Ruf die Nerze alle zusammen», befahl Mega Maxi knapp und merkte, daß der Ausdruck von Hingabe deutlich aus dem Gesicht seines Vollstreckers schwand, während Psychos Lächeln widerlich selbstgefällig wurde.

Es bereitete Maxi keine großen Schwierigkeiten, die Kolonie im Auslaufgehege zusammenzutrommeln.

«An deiner Stelle würde ich Megas Status als Geächteter einfach ignorieren und hingehen», flüsterte er allen Nerzen ins Ohr und ließ unausgesprochen durchklingen, daß etwas Schreckliches passieren könnte, sollten sie es nicht tun. Keiner erkundigte sich näher danach, was das wohl sein könnte. Auch ohne offiziellen Urteilsspruch der Ältesten war es für die schockierte Gemeinschaft ein offenes Geheimnis, daß der Tod von Ramses auf Megas Konto ging – auf welche Art auch immer. Maxi ließ die Ältesten ostentativ ungestört in ihrer Versammlung hocken; sie versuchten, der ganzen Geschichte aus dem Weg zu gehen, indem sie einfach nicht erschienen.

Es war Psychos Vorschlag gewesen, sich in einer Reihe aufzustellen. Er selbst stand zu Megas rechter Seite, Mata zu seiner linken, und Maxi stand dahinter. Die Verbindung zwischen Mega und Mata war bereits allgemein bekannt, und seitdem Psycho es nicht hatte unterlassen können, das Lob für die Erfindung des Balla-Songs für sich zu beanspruchen, wurde er ebenfalls dazugezählt. Maxi war hingegen ein neues Element. Sein Auftritt kam einer öffentlichen Erklärung darüber gleich, wer Ramses auf dem Gewissen hatte.

«Es wird genauso ablaufen wie bei der Einschwörung der Ältesten», hatte Psycho erklärt. «Wenn sich einer gegen dich auflehnt, dann muß er es zu diesem Zeitpunkt tun. Andernfalls ist deine Führung sicher.»

Psycho eröffnete die Versammlung. Zum erstenmal sah er ebenso nervös aus wie sein Publikum.

«Erlaubt mir bitte, mich zunächst selbst vorzustellen, dann Mata, euren neuen Anführer, Mega und Maxi – durch den euch übrigens Ramses seine Entschuldigung dafür überbringen läßt, daß er nicht zugegen sein kann», verkündete er mit seinem etwas gruseligen Kichern.

Maxi wurde stocksteif. Während allen Anwesenden allmählich die unausgesprochene Bedeutung von Psychos Worten dämmerte, herrschte tiefes Schweigen. Alle waren immer noch wie vor den Kopf gestoßen.

Mega ließ viel Zeit verstreichen, bis er Psycho zur Seite winkte und alle freundlich angrinste.

«Meine lieben Nerze! Gibt es denn von eurer Seite aus Vorschläge, wie wir jetzt weiter vorgehen sollen?» fragte er und imitierte dabei den onkelhaften Ton, den Ramses immer angeschlagen hatte. «Ich fürchte, wir haben hier ein kleines Kommunikationsproblem. Ich darf nicht sprechen, ihr dürft nicht zuhören, und uns allen ist es verboten, ein bestimmtes Wort auszusprechen. Also, soll ich mich nun in Schweigen hüllen, solange ich hier stehe? Oder wollt ihr euch lieber die Ohren zuhalten?»

Sein Grinsen wurde noch breiter, als er mit seiner normalen Stimme weitersprach.

«Auf geht's, meine Nerze. Laßt mich laut und deutlich hören, was ihr von diesem Mist haltet. Was habt ihr mir zu sagen?»

«Balla! Balla! Balla!» ertönten einige zögernde Stimmen.

Psycho machte sich eine geistige Notiz, um auch in Zukunft auf die Besitzer dieser Stimmen zurückgreifen zu können. Das waren die Nerze, die sie dringend brauchten.

«Noch einmal!»

Diesmal waren es schon mehr.

«Noch einmal!»

Während der Balla-Chor in Schwung kam, stellten einige der Versammelten fest, wie gut sie sich dabei amüsierten. Vielleicht war «Balla» für ihr Empfinden etwas zu stumpfsinnig, aber welche Rolle spielte das noch, solange es dermaßen obszön und gleichzeitig ansteckend war? Hier wehte ein anderer Wind als bei Ramses' väterlichem Geplauder und den trockenen Verlautbarungen der Ältesten.

«Was haltet ihr denn nun vom Bann der Ältesten?» donnerte Mega.

«Balla! Balla! Balla!» tönte es glücklich zurück. «Es ist total ballaballa!»

«Und wie steht's mit den Ältesten selbst?»

Als wären sie trunken von dem hirnlosen Singsang, antworteten sie fast automatisch: «Balla! Balla! Balla! Sie sind total ballaballa!»

Daran, daß einige plötzlich nach Luft rangen, war zu erkennen, daß sie begriffen, was sie da gerade von sich gegeben hatten. Einige sahen sich sofort schuldbewußt um. Auch sie merkte sich Psycho insgeheim vor. Das waren die Nerze, die man im Auge behalten mußte.

«Allerdings! Die Ältesten sind wirklich total ballaballa!» rief Mega. «Und jetzt sind sie nur noch Geschichte – was ihnen absolut recht geschieht.»

Seine Brauen zogen sich zusammen, während seine Zuhörer, die sich plötzlich an Ramses erinnerten, in Totenstille verfielen.

«Nun, meine Nerze, ich habe euch etwas Ernstes mitzuteilen», fuhr Mega mit furchterregender Stimme fort. «Denn ich habe noch ein dunkles, schreckliches Geheimnis aufgedeckt. Ich habe euch schon erzählt, daß uns der Wärter unserer Pelze wegen umbringt. Und jetzt habe ich herausgefunden, daß das Gerede vom Himmel, der uns auf den Kopf fällt, auch nichts weiter ist als totales Ballaballa.

Es ist ein Mythos, meine Nerze, ein Mythos, den sich unsere Ältesten gemeinsam mit dem Wärter ausgedacht haben. Und das schlimmste daran ist, daß sie sich gegen uns verschworen haben. Die Ältesten haben mit dem Wärter gemeinsame Sache gemacht. Deswegen wollten sie auch, daß wir immer nett zu ihm sind. Deswegen haben sie jeden Versuch der Auflehnung unterdrückt und euch so ängstlich und sanftmütig gemacht. Und deswegen haben sie immer das Beste von allem bekommen.»

Er blickte mit angewidert gekräuselten Lippen in die Runde.

«Wo aber stecken sie jetzt, diese Nerze, die die Führung für sich beanspruchten? In ihrem Land des Glücks?» Erneut parodierte er Ramses: «Sollten wir ihrer nicht in einer kurzen Schweigeminute gedenken und uns vorstellen, wie sie jetzt in ihrer neuen Heimat sorglos herumtollen?»

Während er kurz die Augen schloß, sah er im Geist weiter seine Zuhörer vor sich. Mit einemmal war er in geradezu überschwenglicher Laune. Es funktionierte! Humor war das Schlüsselwort. Man mußte Psychos Ideen einfach bewundern.

«Habt ihr sie gesehen?» fragte er und öffnete die Augen wieder. Sein Lächeln war fast so glückselig wie früher das von Ramses. «Ich habe sie jedenfalls nicht gesehen», fauchte er. «Denn das ist nur wieder eines dieser Märchen, meine Nerze, ein anderer Eckpfeiler dieser hinterhältigen Verschwörung. Es gibt kein Land des Glücks. Statt dessen drücken sich eure verräterischen Ältesten dort drinnen herum!»

Er wies auf den Käfig, wo die Versammlung noch immer tagte.

«Warum sind sie nicht hier bei uns und verteidigen sich?» schrie er und erhob anklagend die Pfote. «Wovor fürchten sie sich denn?»

Psycho ließ ein unterdrücktes Schnauben hören. In Anbetracht dessen, daß der Leichnam von Ramses noch nicht einmal kalt war, wirkte diese Frage besonders dreist. Aber obwohl ihm Mata einen warnenden Blick zuwarf, schien ihr Anführer die unfreiwillige Ironie seiner Worte gar nicht bemerkt zu haben.

«Ich sage euch, wovor sie Angst haben», brüllte er. «Vor uns haben sie Angst, und vor der Wahrheit haben sie Angst. Und das sollten sie auch. Es ist an der Zeit, die Verschwörung auffliegen zu lassen und die Tyrannei der Ältesten zu beenden. Denn was sind wir eigentlich – Mäuse oder Nerze?»

«Wir sind Nerze!» schallte die Antwort donnernd zurück.

«Genau. Wir sind Nerze. Und bald werden wir außerhalb dieser Käfige sein, auf Pfaden, die noch kein Nerz vor uns je betreten hat. Denn ich, Mega, bin hier, um eure Befreiermenschen herbeizurufen. Ich, Mega, bin hier, um euch aus diesen Käfigen herauszubringen. Ich, Mega, bin hier, um euch in die freie Natur zurückzuführen. Und nun sagt mir, ihr tapferen Nerze – wer stimmt für mich?»

Wie Psycho später giftig kommentierte, waren nicht sämtliche Pfoten sofort oben. Aber am Ende reckten sich doch alle empor.

Kapitel 22

Ökonomischer Umgang mit der Wahrheit

Trotz des Versprechens, das er dem Ehrwürdigen Buck gegeben hatte, stand Eule momentan der Sinn nach nichts weniger als nach Kaninchen. Doch obwohl er geflissentlich versuchte, Burdock und seine Kumpel nicht zu beachten, mußte er ständig an die Worte des alten Weisen denken. Er stellte fest, daß er in einer Art Vorhölle gelandet war, von seinen alten Freunden entfremdet, gleichzeitig unfähig dazu, sich der Gemeinschaft der Betroffenen Wächter des Waldes enger anzuschließen. Und da er immer großes Vergnügen an der Gesellschaft seiner Kameraden gehabt hatte, ertrug er seine plötzliche Isolation nur schwer.

«Kein Interesse», lautete Rakas knappe Antwort, als er ihr die neuesten Enthüllungen des Ehrwürdigen Buck mitteilen wollte. Freddie und Boris gingen noch einen Schritt weiter und behandelten ihn wie Luft, als sei er überhaupt nicht da. Was Ula betraf, so war von ihr nichts anderes mehr zu hören als

Dauergenörgel über den schlechten Zustand des Nestes, den Eule inzwischen perverserweise gar nicht mehr verändern wollte, denn er behauptete, hier ginge es ums Prinzip. Aber nach einigen schönen, fast warmen Tagen konnte er vor dem, was kommen mußte, einfach nicht mehr die Augen verschließen. Unabhängig davon, ob sie miteinander redeten oder nicht, würden er und Ula bald dem unwiderstehlichen Geschlechtstrieb nachgeben müssen. Ob es ihm nun gefiel oder nicht, sie waren Partner für ein ganzes Leben; der Bund zwischen ihm und Ula blieb unauflöslich.

Weitaus schwieriger als gedacht ließen sich die Betroffenen Waldwächter abschütteln. Plötzlich wurde er sich deutlich der Tatsache bewußt, wie schwierig es für ihn mit seinem hohen Wiedererkennungswert geworden war, unbemerkt durch die Lüfte zu gleiten. Er galt inzwischen als ein solcher Held, daß alle möglichen Vögel und auch Tiere, die am Boden lebten – mitunter Geschöpfe, die er zuvor noch keines Blickes gewürdigt hatte –, ihm begeistert zuwinkten. Und insbesondere die verachteten Braunellen behandelten ihn mit einer solch aufdringlichen Vertraulichkeit, daß ihm fast übel davon wurde.

Schließlich gelang es Burdock jedoch, seine Zurückhaltung zu torpedieren, indem er die Initiative übernahm und ihm die Entscheidung aus der Klaue riß. Das Kaninchen kam wieder und immer wieder zu der Buche, um Eule zu rufen, bis Ulas Wutanfälle schließlich so gewalttätig wurden, daß er klein beigab und sich zu einem weiteren Treffen am Steinbruch bereit erklärte.

Und dieses Treffen würde kurz und prägnant sein, dazu war er wild entschlossen.

«Das einzige Kaninchen, mit dem ich mich unterhalten will, ist der Ehrwürdige Buck», informierte er Burdock sofort nach seiner Ankunft.

«Das ist leider im Moment nicht möglich», seufzte Dickarsch und schüttelte gramgebeugt den Kopf. «Mein Urgroßvater weilt zwar noch unter uns, aber sein geistiger Zustand macht derzeit jede sinnvolle Unterhaltung mit ihm unmöglich.»

«Anders ausgedrückt, es geht rasch dem Ende entgegen», fügte Dandelion, die unaufgefordert mitgekommen war, sanft hinzu.

Eule starrte die beiden mißtrauisch an und erkannte mit plötzlichem Schrecken, bis zu welchem Grad er sich bereits in Burdocks Pfoten begeben hatte. Er kommunizierte einzig und allein mit diesem einen Kaninchen, was ihn der Möglichkeit beraubte, den Wahrheitsgehalt der Informationen zu überprüfen. Dandelion war für eine solche Gegenprobe absolut ungeeignet. Der einzige Zweck ihres Lebens, dachte Eule nicht ohne eine Spur von Bitterkeit Ula gegenüber, schien darin zu bestehen, die Worte ihres Gefährten mit sklavischer Ergebenheit wiederzukäuen. Dabei hatte Eule nicht den geringsten Grund, an dem, was die beiden sagten, zu zweifeln. Als er den Ehrwürdigen Buck zum letztenmal gesehen hatte, war dieser praktisch abgetreten, indem er seinen Urenkel als Nachfolger vorgeschlagen hatte. Eule fragte sich beiläufig, wieviel von ihrer letzten Unterhaltung Burdock wohl mitgehört haben mochte. Hoffentlich den Teil über den dicken Arsch.

«Aber denk jetzt nicht an ihn. Laß dir lieber die guten Nachrichten mitteilen», grinste Burdock plötzlich triumphierend. «Dank deiner Unterstützung, Ollie, waren wir erfolgreicher, als ich es in meinen kühnsten Träumen erwartet hatte. Die jungen Militanten haben sich jetzt in eine wütende Diskussion darüber verwickelt, durch wessen Schuld sie sich derart haben ausmanövrieren lassen. Übrigens, und ich bin sicher, du wirst davon begeistert sein, ist es mir endlich gelungen, sie zu spalten, indem ich den Insekten einen ‹Beobachterstatus› ohne Stimmrecht zugeteilt habe. Damit hätten wir jetzt fast alle niederen Lebensformen ausgeschaltet. Andererseits ist die Lebensdauer der Inseken ja ohnehin nur sehr kurz, und sie werden immer sehr schnell durch ihre Nachkommen ersetzt, die nichts von den vorhergehenden Abmachungen wissen.» Burdock lachte kurz auf und zeigte seine vorstehenden Vorderzähne. «Dir wird die Gruppierung ‹Lang leben die Eintagsfliegen› wahrscheinlich nichts sagen», fuhr er herzhaft glucksend fort. «Das ist schon Ewigkeiten her, aber ich kann dir sagen, das war eine heiße Nummer. Weißt du, einmal sind sie bei einer Versammlung in einer Wolkenformation aufgetaucht und haben einen Antrag allein durch ihre zahlenmäßige Überlegenheit durchgedrückt. Aber weil ihre natürliche Lebensdauer nur einen Tag beträgt, waren sie am Abend schon tot, konnten also an der nächsten Versammlung nicht teilnehmen, und ihr Antrag wurde wieder überstimmt.

Das ist aber jetzt alles Schnee von gestern. Wir, die etwas sensibleren Naturen mit – wie soll ich es ausdrücken – höherem IQ, sind jetzt wieder am Ruder.»

Hier sah Eule eine Chance, Burdock mit seiner eigenen Logik zu schlagen.

«Dann brauchst du mich ja nicht mehr», sagte er und nickte energisch, um seine Aussage zu unterstreichen.

«Ganz im Gegenteil!» rief Dandelion mit entsetztem Gesichtsausdruck. «Wir brauchen dich jetzt mehr denn je.»

«Allerdings, Ollie», fiel ihr Burdock ins Wort. «Ohne dich schaffen wir es einfach nicht. Als wir neulich versuchten, eine Versammlung ohne dich als Leitenden Vorsitzenden durchzuführen, herrschte das totale Chaos. Wir mögen uns ja von den Insekten befreit haben, aber dafür stehen jetzt die besonders heiklen Punkte auf der Tagesordnung – wir müssen den Wald- und Wiesenkodex durchpauken und mein Gesetz zur Erklärung der kreatürlichen Rechte verankern. Um das alles durchzubringen, sind wir völlig auf dich angewiesen.»

Burdocks Stimme zitterte vor Stolz, als er die beiden grandiosen Titel aussprach, und Eule ließ alle Hoffnung fahren. Boris hatte fürchterlich auf diesem Doppelhorror herumgehackt, ganz abgesehen von der geringschätzigen Einstellung des Ehrwürdigen Buck dazu. Nach Ansicht von Boris waren dadurch genauso viele Reibereien und Streitereien entstanden wie durch die Provokationen der jungen Militanten. Soweit Eule das durch den Nebelvorhang, den die neueste Geschichte der BWW in seinem Kopf hervorgerufen hatte, entscheiden konnte, waren sie vielleicht sogar in erster Linie für die zunehmende Militanz verantwortlich.

«Sie wurden entworfen, um ein Regelwerk festzulegen, nach dem wir uns alle richten sollen», hatte Boris wutschnaubend erklärt. «Als ob Kaninchen ein Recht dazu hätten, uns irgend etwas vorzuschreiben! Und was den Inhalt betrifft: Das ist die allerübelste heiße Luft, die mir je ins Gesicht geblasen worden ist. Und das will schon was heißen, wenn man sich mit den Waldwächtern beschäftigt.»

«Damit hat er allerdings recht», war es Eule durch den Kopf

geschossen, während Boris sich weiter groß und breit darüber ausgelassen hatte. Sowohl der Kodex als auch das Gesetz, die beide die Rechte und Pflichten aller Waldbewohner festschreiben sollten, waren unendlich mühsam und aufwendig ausgearbeitet worden. Das wiederum hatte dazu geführt, daß sie zu gewaltigen Dissertationen ausgeufert waren, die sehr viele sehr lange Worte enthielten, die alle äußerst eindrucksvoll klangen. Aber ihr mühsamer Herstellungsprozeß hatte eine solche Masse an Klauseln, Einschränkungen, Zusatzklauseln, Änderungsanträgen und Fußnoten nach sich gezogen, daß man schließlich nur noch zu ihren Gunsten vorbringen konnte, sie seien grundsätzlich wohl durchaus gut gemeint.

«Und das bringt uns, wie jeder weiß, überhaupt nirgendwohin», hatte Boris geschlossen und ärgerlich an einem ehemaligen Mitglied der «Kampftruppe Käfer» herumgeschnüffelt.

Mit der Erinnerung an diese Unterhaltung im Hinterkopf wandte sich Eule nun an Burdock. «Vielen Dank, aber ich habe beschlossen, daß es mir reicht», sagte er höflich. «Und die Aufgabe, die ich auf dein Bitten hin übernehmen sollte, hat sich schließlich erledigt.»

«Und was ist mit deinem Versprechen, das du dem Ehrwürdigen Buck gegeben hast?» rief Burdock entgeistert aus.

«Und was mit deiner Gravität und Hintergründigkeit, Ollie?» warf Dandelion ein.

«Also wirklich, Ollie», sagte Burdock in drängendem Ton und setzte zu einer ausufernden Rede an.

Aber Eule schaltete einfach ab. Über die Gravität war er sich jetzt im klaren. Das hatte etwas mit den Versammlungen zu tun und damit, daß man ein ernstes, wichtiges und bedeutendes Gesicht aufsetzte. Gravität hatte etwas mit Gewicht zu tun, etwas, was einen schwer und stabil machte, so daß man automatisch den Schwerpunkt bildete, um den sich alles andere drehte. Und darum ging es ja bei den Versammlungen anscheinend: Man mußte eine überzeugende Show abliefern, auch wenn nichts dahinter war. Und je weniger dahinter war, desto besser mußte die Show sein. Es waren immer eher klägliche, verzagte Kaninchen, die nichts zu sagen hatten, die am lautesten «Hört!Hört!» schrien, um damit den blühenden Blödsinn, der gerade diskutiert wurde, zu kommentieren. Was immer die naive Dandelion auch denken mochte, es war jedenfalls sicher, daß weder er noch Burdock Gravität oder Hintergründigkeit für das Kernproblem hielten. Eule war nur der Boß geworden, weil er ein Machtvakuum füllte. Und obwohl er die Versammlungen fürchterlich fand, so bereitete es ihm doch Vergnügen, der Boß zu sein, besonders jetzt, zu einem Zeitpunkt, wo ihn sein BWW-Engagement zu einem Paria unter seinen Raubtiergenossen gemacht hatte.

Schließlich zermürbte ihn Burdocks Wörtersturzbach so sehr, daß er mit einer spöttischen Geste der Ergebenheit seine Schwingen ausbreitete.

«Schon gut», sagte er müde. «Von mir aus, du hast gewonnen. Ich bleibe. Aber nur unter zwei Bedingungen: Ich werde den Ehrwürdigen Buck zu Gesicht bekommen, und ich verschwinde auf Nimmerwiedersehen, sobald du Gesetz und Kodex durchgebracht hast.»

«Abgemacht», erwiderte Burdock sofort und wurde plötzlich sehr kurz angebunden und geschäftsmäßig. «Wir brauchen dich zunächst einmal für die Leitung unserer ersten Vorbesprechung. Wir sehen uns dann morgen bei Sonnenuntergang auf der Kleinen Lichtung, ja?»

Dann hoppelte er mit Dandelion im Schlepptau so schnell davon, daß Eule keine Zeit zum Antworten blieb. Er sah sich noch eine ganze Weile im verlassenen Steinbruch um und kam sich irgendwie ausgetrickst vor.

Burdock war hochzufrieden und rannte eilig den Hügel hinab. Er begann sich zunehmend für die Jägerseite, die er an sich entdeckt zu haben glaubte, zu erwärmen. Vielleicht war es Eule verborgen geblieben, aber er hatte ihn gerade über den Tisch gezogen. Und nachdem er ihn nun schon so weit hatte, war Burdock entschlossen, ihn niemals mehr aus seinen Krallen zu lassen.

Dandelion, die Mühe hatte, bei seinem Tempo mitzuhalten, sah entgeistert aus.

«Warum hast du ihm nicht das von dem Ehrwürdigen Buck erzählt?» keuchte sie.

«Weil er mich nicht danach gefragt hat», gab Burdock ungehalten zurück.

Wieso war sie nur so völlig unfähig, die Realitäten des politischen Taktierens zu verstehen? Die Chancen seines Urgroßvaters, noch jemals wieder aus dem Koma aufzuwachen, mochten gegen Null gehen, aber deswegen konnte der Ehrwürdige Buck seinem Urenkel ja trotzdem durch seine bloße Existenz weiterhin von Nutzen sein.

«Das ist aber nicht aufrichtig, Burdie», rief Dandelion schockiert aus.

«Aber es ist auch keine Lüge», erwiderte Burdock scharf und beschleunigte das Tempo, bevor er die Geduld mit ihr verlor. «Es zeugt einfach nur von ökonomischem Umgang mit der Wahrheit.»

Kapitel 23

Für tot erklärt

Die Ältesten, die sich zu ihrer Besprechung zurückgezogen hatten, hörten den Rufen und dem Geschrei von draußen mit finsteren Gesichtern zu. Die Macht entglitt ihnen unaufhaltsam, und sie fühlten sich verloren, sowohl als Individuen wie auch als Gruppe. Der Schock, den die Ermordung von Ramses ausgelöst hatte, ließ sie in Untätigkeit verharren. Das alles war so unerwartet über sie hereingebrochen, daß sie noch immer nicht recht damit umzugehen, geschweige denn darauf zu reagieren wußten. Ohne seinen Vorsitz trieben sie steuerlos dahin.

Ihre völlige Unfähigkeit, das Problem beim Schopf zu pakken, zeigte sich deutlich, als nach der ersten Schweigeminute, die zum Gedächtnis an ihren verstorbenen Chef abgehalten wurde, die Frage nach seiner Nachfolge eine zweite, viel unbarmherzigere Zeit des Schweigens auslöste. Als dann die unverwechselbaren Klänge des verbotenen Balla-Songs an ihre Ohren drangen, wußten sie, daß ihr Schicksal ohnehin besiegelt war. Sie warfen einander angsterfüllte Blicke zu, und ihr Schweigen hielt an, als sie Megas Rede lauschten.

Dann kamen die endlosen Rechtfertigungen. Was können

wir schon gegen einen solchen Umstürzler tun, fragten sie einander hilflos. Sie waren nicht in der Lage, einen derartig wilden Enthusiasmus zu entfachen, diese Art von Fanatismus war einfach nicht ihr Stil. Trotz ihrer hochrangigen Positionen gestanden sie sich allmählich sogar gegenseitig ein, daß auch sie diesen Worten gegenüber nicht völlig immun seien. Keiner von ihnen hatte es vorher erwähnt, doch was Mega bei der Befragung in ihrem Kreis gesagt hatte, ließ auch sie nicht unbeeindruckt. Es war ein leichtes, an das, was sie schon so lange predigten, zu glauben, wenn es von niemandem je in Frage gestellt wurde. Doch nachdem die Saat des Zweifels so effektiv gesät worden war, lag die Sache etwas anders. Zu ihrem großen Entsetzen mußten sie zugeben, daß auch sie immer wieder diesen verflixten, zündenden Balla-Song vor sich hin summten. Man kann sich einfach nicht dagegen wehren, versuchten sie einander zu versichern. Genau das war der Haken. Ballaballa war so dämlich und niederträchtig, daß sie niemals selbst auf einen derartigen Unsinn gekommen wären. Es war der reinste populistische, vulgäre Nonsens, ohne Logik oder einen substantiellen Gedanken dahinter. Das entsprach nicht ihrer Art und Weise, Probleme anzugehen, und jetzt war es zu spät, um noch damit anzufangen. Es gab einige ergänzende Faktoren, allen voran der unglückliche Zeitpunkt des Zwischenfalls mit den Vögeln, der sich ungünstig auf die Indoktrination der Jungen ausgewirkt hatte. Die Ältesten kamen zu dem Schluß, daß es alles in allem nicht ihre Schuld war, wenn die alte Ordnung nicht mehr länger taugen wollte.

Im engen Kreis gaben sie weiterhin zu, daß auch sie hart hatten kämpfen müssen, um ihre positiven Gefühle gegenüber Mega als Persönlichkeit zurückzuhalten. Er hatte sich seiner Mutter gegenüber sehr loyal und vertrauensvoll verhalten und sich auch während seiner Ächtung durchaus würdevoll benommen. Obwohl er sich zum entscheidenden Auslöser an ihrem Sturz entwickelt hatte, gab es so viel, was man zu seinen Gunsten sagen konnte. Es überraschte keinen von ihnen, daß er die Kolonie mit seiner Botschaft oder seinem Charisma – oder beidem – verzauberte. Und genau darin lag die eigentliche Ironie, erkannten sie reuevoll. So wie sich alles entwickelt hatte, war der Mord an Ramses wahrscheinlich völlig unnötig gewesen. Er bewies lediglich Megas Mangel an politischem Einschätzungsvermögen.

Trotzdem befand sich der Mörder in seinem Lager noch immer auf freiem Fuß. Wenn sie ihre Doktrin weiterhin verteidigen wollten, riskierte jeder einzelne von ihnen, das Schicksal seines Chefs zu teilen. Das Labyrinth aus Rechtfertigungen und Entschuldigungen verlor an Bedeutung, als sich die Sitzung auf den wichtigsten Punkt konzentrierte. Die Doktrin konnte vorübergehend auf Eis gelegt werden. Am allerwichtigsten war es jetzt, sich etwas auszudenken, um den eigenen Hals zu retten. Rasch entwickelten sie eine Strategie. Die einzige Hoffnung bestand in der bedingungslosen Kapitulation. Anschließend mußten sie sich der Gnade des neuen Anführers unterwerfen. Sollte sie das retten, ließe sich bestimmt ein Weg finden, in der Zukunft zurückzuschlagen.

Gewohnheitsgemäß wurde über den Vorschlag abgestimmt, was sich jedoch als bloße Formalität erwies. Er wurde einstimmig angenommen.

Mega ruhte sich in seinem Käfig aus, als Psycho hereinstürmte und ihm die Nachricht überbrachte, daß die Ältesten ihn um ein privates Treffen baten. Bei dem Gedanken daran, welche persönliche Genugtuung das für ihn bedeutete, grinste Mega breit. Zunächst würde er sie jedoch noch eine Weile schmoren lassen.

«Informiere sie doch darüber, Psycho, daß ich mich augenblicklich mit mir selbst in Klausur befinde», entgegnete er höhnisch. «Sobald ich damit fertig bin, werde ich ihnen eine Audienz gewähren.»

Dankbar für den Aufschub, sauste Psycho davon. Obwohl das meiste, was Mega vor ihren Lieblingen gesagt hatte, von ihm selbst stammte, hatte ihn die messianische Inbrunst seines Anführers doch sehr überrascht. Als er ihn direkt danach aufgesucht hatte, war er noch immer in ungebrochener Hochstimmung gewesen.

«Ich werde es diesen erbärmlichen Ältesten zeigen, Psycho», hatte er verkündet. «Niemals werde ich diese private Unterredung mit ihnen vergessen. Weißt du, diese Arschkriecher wollten mich noch nicht einmal ernst nehmen. Tja, jetzt sind sie an der Reihe, und Maxi würde mit der ganzen Bande am liebsten so wie mit Ramses verfahren. Er meint, nur auf diesem Weg können wir sie uns vom Hals schaffen. Er hat sich sogar freiwillig für diese Aufgabe gemeldet. Er sagt, Ramses umzulegen habe ihm noch mehr Spaß gemacht, als er es sich vorgestellt hatte.»

Psychos Alarmglocken hatten sofort geschrillt. Dieser blöde, mörderische Holzkopf!

«Nein, Mega, das dürfen wir nicht», hatte er gestottert. «Ramses war ein Einzelfall. Unsere Lieblinge müssen eindeutig auf unserer Seite stehen. Es bringt nichts, wenn sie aus Angst nur Lippenbekenntnisse vorbringen. Wir dürfen uns nicht den Ruf skrupelloser Henker einhandeln. Außerdem – was wird der Wärter tun, wenn überall Leichen herumliegen? Das wird er nicht durchgehen lassen, und dann sind wir alle erledigt.

Die Ältesten sind fertig, Mega, das verspreche ich dir. Sei gnädig, mein Anführer. Zeige unseren Lieblingen, daß du Mega der Großzügige bist, nicht Mega der Mörder. Dann folgen sie dir überallhin.»

Mega hatte ihn so eigenartig angelächelt, daß er verstummt war.

«Ich habe doch nichts Falsches gesagt, oder, Mega?» hatte er verunsichert gefragt. «Du stimmst mir doch zu, Mega?»

«Nein, alles in Ordnung, Psycho», hatte ihm sein Anführer versichert. «Mach dir keine Sorgen, ich denke darüber nach. Aber locker ist er nicht gerade, dein Plan, was?»

Ein breites Grinsen zog sich jetzt über Megas Gesicht. Er würde dem kleinen Kriecher etwas zum Nachdenken geben! Was er ihm nicht sagte, war, daß Psychos Ratschlag bereits recht gute Erfolge zeitigte, besonders was die Reaktion des Wärters anging. Mit ziemlicher Wahrscheinlichkeit hatte Maxi diesen Aspekt nicht durchdacht. Mega selbst hatte den ersten Mord nicht gebilligt und war sich noch nicht sicher, ob er ihn je angestiftet hätte. Er hatte sich bereits ein ganzes Stück von Sheba entfernt, in jeder Hinsicht. Die erste Phase war ein voller Erfolg geworden, doch nicht dank ihr, sondern dank seiner neuen Berater, die mit härteren Bandagen kämpften. Trotzdem würde er weiter mitspielen. Er mußte es. Da die Ältesten sich bereits verabschiedeten, konzentrierte er sich auf die nächste Phase, die Überwältigung der menschlichen Feinde. Die Sache mit den Ältesten durfte keine persönliche Angelegenheit sein – es war lediglich eine Aufgabe, die erledigt werden mußte.

Was ihn trotzdem mit innerer Genugtuung erfüllte, war ein neuer Gedanke, der wie aus dem Nichts aufgetaucht war. Er würde seinem Ränkeschmied schon zeigen, wie man Ränke schmiedete! Wenn Psycho erst seine Ansprache an die jungen Nerze hörte …

Als die Ältesten sich in seinen Käfig drängten, erkannte Mega sofort, wie recht Psycho hatte. Sie waren am Boden! Sie sahen entmutigt und ängstlich aus und ergingen sich in unterwürfigen Entschuldigungen. Es sei nicht ihre Schuld als Individuen gewesen, überschlugen sie sich gegenseitig in ihrer Hast, sich zu erklären. Sie seien nur dem System gefolgt. Jetzt, da sie das Licht gesehen hätten, sei ihnen erst bewußt geworden, wie fehlgeleitet sie über viele Generationen gewesen seien. Sie würden alles tun, um ihre Fehler wiedergutzumachen. Sie würden widerrufen. Wenn man ihnen vergebe, würden sie versprechen, niemals zu revoltieren. Sie boten sich in jeder erdenklichen Hinsicht zur Mithilfe an. Ihre gesammelte politische Erfahrung stehe ihm zur Verfügung …

«Nein, danke», unterbrach sie Mega und unterbreitete ihnen ohne weitere Umschweife seine Kapitulationsbedingungen.

«Ihr werdet öffentlich eure Missetaten gestehen.»

«Jawohl», antworteten sie eifrig.

«Danach werdet ihr alle geächtet.»

«Wir nehmen das Urteil an.»

Sie hatten sich schon gedacht, daß so etwas auf sie zukommen würde.

Mega starrte sie verächtlich an und mußte daran denken, daß sie ihm sogar die Eier lecken würden, wenn er diesen Punkt in die Liste aufgenommen hätte. Doch als sie die Augen niederschlugen, wußte er, daß in ihren Hirnen etwas viel Schlimmeres vorging. Hatte einer von ihnen den Mumm, es laut zu sagen? Er ließ die Stille wirken, fand jedoch bald heraus, daß viel weniger als erwartet aus ihnen herauszubekommen war. Die Ältesten wirkten nicht mehr einschüchternd, sondern nur noch erbärmlich. Es schien jetzt unbegreiflich, daß sie so lange regiert hatten. Ihr öffentlicher Widerruf würde wahrscheinlich nicht mehr Taktik sein.

Plötzlich fühlte er sich unsäglich von ihnen gelangweilt.

«Also gut, Leute, so sieht's aus», erklärte er ihnen knapp. «Ihr werdet nicht getötet, zumindest nicht gleich. Aber wenn auch nur einer von euch sich danebenbenimmt, geht es euch allen an den Kragen.»

Er ließ seinen Blick höhnisch über ihre verschreckten Gesichter wandern.

«Nehmt es wie euren Himmelseinsturz-Balla. Nur daß die Grenze, die ihr nicht übertreten dürft, nicht ganz so leicht zu erkennen ist wie eine Käfigfront. Es ist eher eine Frage der Einstellung. Ich bin mir nicht sicher, ob ihr schlau genug seid, es herauszufinden, aber ihr solltet euch wirklich Mühe geben. Wenn nur einer es nicht schafft, sind alle geliefert. Damit lege ich euer Schicksal fest in die Pfoten eurer Kollegen.»

«Wenn das keine Zwietracht in ihren Reihen sät, was dann?» dachte er und beobachtete, wie sie einander furchtsam anblickten.

«Inzwischen lasse ich die Kolonie zusammentrommeln. Ihr könnt eure Beichte gleich ablegen, bevor ihr ein neues Treffen abhaltet und eure Meinung ändert.»

Dann ging er ohne ein weiteres Wort hinaus und überließ Mata die Aufgabe, die erniedrigende Prozedur zu beaufsichtigen; sie hatte ihn bereits vorher darum gebeten. Maxi schluckte seine Enttäuschung hinunter und verschaffte sich einen Rest Befriedigung, indem er die Ältesten wütend anbrüllte, als sie sich im Auslaufgehege in einer Reihe aufstellten. Mit hängenden Köpfen murmelten sie zunächst einzeln, dann gemeinsam ihre Reuebekundungen, während Mata sie für den Katalog ihrer Verbrechen geißelte, von denen sich viele gegen Weibchen gerichtet hatten. Die ganze Zeit über jubelten und grölten die Jungen und sangen unermüdlich den Balla-Song.

Am Schluß tauchte Mega wieder auf, um ihnen die letzte Schmach zu verkünden, bevor sie ihr neues Leben als Unkreaturen begannen, die nicht mehr sprechen und von niemandem mehr angesprochen werden durften.

«Zu eurer Information: Euer Ältestenrat ist nicht offiziell abgeschafft worden», verkündete er der erschöpften Gruppe, «sondern er hat ganz einfach aufgehört zu existieren. Von diesem Augenblick an mögt ihr zwar körperlich noch unter uns weilen, ihr seid jedoch hiermit offiziell für tot erklärt. Ihr werdet schon bald merken, daß dieser Zustand nicht weniger endgültig ist als das, was Ramses widerfahren ist.»

Die Jungnerze verfielen in stürmischen Applaus. Viele von ihnen fanden den Zustand «richtig tot», so wie bei Ramses, zwar aufregend, aber doch unheimlich. Nicht wenige von ihnen waren noch sehr verschreckt und konnten sich nur schwer daran gewöhnen. Waren sie denn selbst noch sicher, wenn sie jetzt einen Anführer hatten, der bereit war zu töten? «Offiziell für tot erklärt», das verstanden sie schon eher. Das klang weit eher nach einem guten Witz, besonderes wenn sie so hervorragende Opfer zum Quälen erhielten.

«Auf Wiedersehen, Älteste, auf Wiedersehen!» sangen sie ausgelassen. «Auf Wiedersehen, Älteste, auf Wiedersehen!»

Mega wartete, bis sie richtig in Schwung waren.

«Ruhe!» rief er dann. Sie waren sofort still. «Eine Sache steht noch aus, meine Nerze. Ich habe euch bereits gesagt, daß ich unsere Befreiermenschen herbeirufen werde. Aber hat sich einer von euch schon überlegt, wohin wir gehen, sobald wir draußen sind?»

Keine Antwort. Allein die Vorstellung der Freiheit war so überwältigend, daß noch keiner von ihnen über diesen Aspekt nachgedacht hatte, noch nicht einmal seine Untergebenen. Mega konnte es an ihren ausdruckslosen Gesichtern ablesen. Außer vielleicht Psycho, der jetzt seinen spitzen Schädel wütend schüttelte, als wolle er Mega damit andeuten, er solle an dieser Stelle nicht weiter auf dieses heikle Thema eingehen. Mega ignorierte ihn. Was Psycho auch signalisieren mochte, seit seine eigene Idee in seinem Kopf gereift war, fand er sie immer besser. Sie war so immens befriedigend, weil sie sich gegen alles richtete, was die ehemaligen Herrschenden immer behauptet hatten.

Er starrte die Ältesten an, die hündisch ergeben vor ihm standen.

«Vermutlich sehnt ihr euch jetzt nach eurem geliebten Wärter, damit er euch rettet, stimmt's?» Er lächelte grausam. «Vielleicht indem er euch ins Land des Glücks bringt?»

Er wandte sich an sein gespannt zuhörendes Publikum.

«Sollten diese erbärmlichen Typen jemals dorthin gelangen, werden sie sich ganz schön wundern», donnerte er. «Weil sie dann entdecken müßten, daß wir schon lange dort sind. Ja, meine Nerze, dorthin bringe ich euch. Nicht in das alte Land des Glücks unserer Träume – das war immer nur ein Märchen. Doch das Land des Glücks, von dem die Ältesten gesprochen haben, existiert wirklich. Es ist Custards herrlicher Wald. Dorthin werde ich euch führen, in Custards Wald, der ab sofort euer Gelobtes Land sein wird!»

Kapitel 24

Die guten alten Zeiten

Eules verstärktes Engagement für die BWW ging nicht ganz ohne Anlaufschwierigkeiten vonstatten. Gleich bei der ersten von einer ganzen Reihe «informeller Einführungssitzungen zum Kennenlernen» rauchte ihm der Kopf dermaßen, daß er anschließend einen langen Flug einschieben mußte, um wieder nüchtern zu werden. Sein Entsetzen verstärkte sich noch, als ihm allmählich dämmerte, daß seine Raubtierfreunde und er sich bislang nur eines lächerlichen Bruchteils der BWW-Angelegenheiten bewußt gewesen waren. Naiv und frohgemut war er davon ausgegangen, er habe sich nur auf die Hauptversammlungen eingelassen, doch darunter öffneten sich schwindelerregende Abgründe von Unterausschüssen, Diskussionsgruppen, Arbeitskreisen, Ideenfindungssitzungen, Klausurtagungen, Wanderseminaren und öffentlich zugänglichen Besprechungen.

Das war lediglich die offizielle Seite. Parallel dazu lief ein Netzwerk inoffizieller Treffen, angefangen bei den Vorbesprechungen, in deren Verlauf rivalisierende Fraktionen ihre Strategien ausarbeiteten, bis hin zu Nachbereitungsgruppen, in denen analysiert wurde, was schiefgelaufen war. (Sämtliche BWW-Gruppierungen schienen wie selbstverständlich davon auszugehen, daß etwas schiefging, was hinterher Anlaß zu düsterer Genugtuung bot.) Außerdem wurde bei jeder Hauptversammlung eine völlig neue Reihe kleinerer Versammlungen beschlossen, sowohl offizieller als auch inoffizieller Art. Schon bald überstieg es seine Kräfte, sich auch nur alle Termine zu merken, geschweige denn sie wahrzunehmen.

Die Art und Weise, in der die Versammlungen abgehalten wurden, war nicht minder verwirrend. Alle Teilnehmer gaben sich überaus forsch und enthusiastisch; Tagesordungspunkte wurden diskutiert und Entscheidungen gefällt. Anschließend schien jedoch alles so rasch im Sande zu verlaufen, daß er nicht einmal mehr sagen konnte, wie. Letztendlich wurde kein einziger der Beschlüsse in die Tat umgesetzt. Schlimmer noch, bei der nächsten Versammlung fielen die Diskussionen wieder weit hinter den Status quo zurück, und alles ging erneut von vorn los. Er fand schnell heraus, daß die Kaninchen in etwa so arbeiteten, wie sie fraßen: sie knabberten. Offensichtlich lag ihnen die Vorstellung, ihre Zähne in etwas Saftiges, Fleischiges zu schlagen, sehr fern. Alles in allem fand Eule als Tier, das gern wußte, woran es war, die ganze Angelegenheit ziemlich unbefriedigend. Der Zauber des Ehrwürdigen Buck, der ihn zeitweise davon überzeugt hatte, daß hinter den Handlungen der Kaninchen ein gewisser Sinn steckte, war verpufft. Doch jetzt war es zu spät. Er steckte bereits bis zu den Flügelspitzen drin.

Andrerseits beschäftigte ihn zunehmend die Bezeichnung «Betroffene Wächter des Waldes». Sie war typischerweise so vage und dehnbar, daß sie irgendwie all das in sich vereinte, was der Begriff «Wald» ohnehin für ihn bedeutete; andrerseits wurde hin und wieder darüber gestritten, ob man die umliegenden Wiesen und Felder ebenfalls dazurechnen sollte, woran er nicht zu denken wagte. «Betroffen» war allerdings noch problematischer. Wie ließ es sich in etwas Sinnvolles übersetzen? Betroffen wovon? Oder von wem? Man konnte doch unmöglich von allem und jedem betroffen sein! Wovon also waren die BWW-Aktivisten besonders betroffen? Soweit er es beurteilen konnte, von nichts. Was bedeutete «betroffen» überhaupt, abgesehen von «ängstlich sein, sich um etwas kümmern»? Wo betraf es den einzelnen? Das gleiche traf auf «Wächter» zu. Worüber wollten diese Vegetarier eigentlich wachen? Oder sollte er besser fragen: über wen? Und haben sie die, die es angeht, vorher überhaupt gefragt? Oder taten sie es einfach ungefragt und stellvertretend für alle? Wie äußerte sich dieses Wachen praktisch gesehen? Was genau war ein «Wächter des Waldes» eigentlich?

Mit dröhnendem Schädel versuchte Ollie wiederholt, Burdock einige Antworten zu entlocken. Doch Dickarsch war jetzt völlig von seinen unzähligen Treffen und Sitzungen in Anspruch genommen und lehnte auch jede weitere Zusammenkunft von Eule mit dem Ehrwürdigen Buck ab, wobei er stets dessen angeschlagene Gesundheit vorschob.

Als er genug davon hatte, versuchte Eule hinter die Begriffe «betroffen» und «Wächter» zu kommen, indem er mehrere Kaninchen um eine, wie sie es nannten, «Begriffsklärung« bat. Doch als er nichts als bedeutungslose Platitüden zur Antwort erhielt, versuchte er die Karnickel durch ein Gespräch mit Marcus Maulwurf auszustechen.

Mit gemischten Gefühlen folgte er den Maulwurfshügeln, die Marcus und seine Kumpane an den nicht ganz so dichtbewachsenen Stellen des Waldes aufgehäuft hatten. Bei Marcus faszinierte ihn immer wieder diese unwiderstehliche Kombination aus seiner Art zu reden – die ein bißchen an den Ehrwürdigen Buck erinnerte – und dem, was Eule die allgemeine BWW-Heuchelei nannte. In ihren Reihen waren nämlich Tiere geduldet, die nicht nur Pflanzen, sondern auch niedere Lebensformen aßen. Marcus ging sogar noch einen Schritt weiter, denn er fraß ausschließlich Würmer. In Eules Augen machte ihn das eindeutig zu einem Fleischfresser, dabei war seine Rekrutierung von der BWW-Arbeitsgruppe, die auch Allesfresser zu den Versammlungen einladen sollte, als großer Triumph gefeiert worden. Burdock hatte schon angekündigt, daß sie sich auch verstärkt um die Igel bemühen würden, sobald diese aus ihrem Winterschlaf erwachten.

Nachdem er eine Reihe von Maulwurfshügeln ausgemacht hatte, setzte sich Eule an der Stelle ins Gras, wo seiner Meinung nach der nächste entstehen mußte. «Fast zu gut geschätzt», dachte er nicht ohne Stolz, als sich plötzlich neben ihm die Erde bewegte und Marcus' Kopf aus einem Haufen weicher Erde auftauchte.

«Was willst du denn?» fragte der Maulwurf und rümpfte die Nase. «Siehst du denn nicht, daß ich beschäftigt bin?»

Er langte nach unten und warf sich einen Wurm ins Maul.

Faszinierend war an ihm außerdem sein rasanter Stoffwechsel, der es mit sich brachte, daß Marcus dauernd aß. Angeblich war er bei seiner ersten Sitzung umgekippt, noch bevor die Ergebnisse der vorangegangenen wiederholt worden waren. Seitdem war ihm aus ernährungsphysiologischen Gründen und unter wütendem Protest von Cowslip, die stellvertretend für die Würmer-Befreiungsfront das Wort ergriffen hatte, als einzigem Teilnehmer erlaubt, während der Sitzungen zu essen.

Als er auf ihn hinabblickte, erkannte Eule, was den BWW-Anhängern an Marcus so sehr imponierte; diese breiten Schaufelhände, der samtene Pelz, dessen Haar so kurz war, daß es fast wie eine glänzende schwarze Haut wirkte, diese süßen kleinen rosafarbenen Flecken, die wäßrig schimmernden Augen – er hatte schon wiederholt einige Kaninchen sagen gehört, Marcus sei so wunderbar erdig!

«Ich bin gekommen, um dich zu fragen, was die Ausdrücke ‹betroffen› und ‹Wächter› genau bedeuten», sagte Eule. «Keins der Kaninchen, mit denen ich geredet habe, scheint eine Vorstellung davon zu haben.»

Marcus, der den Energiestoß des soeben verspeisten Wurms spürte, stürzte sich prompt in eine seiner, wie es die Kaninchen nannten, «Ausführungen».

«Das läßt sich nicht so einfach beschreiben, aber seit ich bei den BWW bin, habe ich das Licht gesehen, und deshalb macht mich nicht nur mein eigenes Schicksal, sondern auch das von anderen betroffen», quasselte er drauflos. «Das wiederum bedeutet, daß ich gerade vis-à-vis meinen Mitkreaturen die Rolle eines ‹Wächters› einnehme, indem ich mich für ihr Wohlergehen interessiere und Gefühle für sie entwickle, und darum dreht sich eigentlich alles, wenn du riechst, was ich meine.»

«Aber das sind doch nur leere Worte», protestierte Eule. «Das läßt sich doch in nichts Konkretes übersetzen.»

«Aha!» rief Marcus mit triumphierend zuckender Nase aus. «Du redest von Kommunikation, stimmt's? Da hast du absolut recht. Denn da haben wir schon den Salat. Es dreht sich schließlich nur um Kommunikation, riechst du's? Wenn wir nicht kommunizieren können, wie sollten wir dann jemals betroffen sein?»

Eule fühlte, wie sich dichter Nebel auf ihn herabsenkte.

«Aber das Schicksal der Würmer macht dich nicht betroffen», folgte er einem plötzlichen Geistesblitz.

«Doch, sicherlich», entgegnete Marcus entrüstet und warf sich den nächsten Wurm in den Schlund. «Im Widerspruch zu dem, was du sagst, hat sich mein Verhältnis zu ihnen radikal verändert. Ich fühle jetzt eine allumfassende Besorgnis für sie.»

«Aber du frißt sie nach wie vor», kam Eules schwacher Protest zurück.

«Ja, klar, das muß ich zugeben. Doch jetzt fresse ich sie als bewußter BWWler und deshalb auf eine besorgte und betroffene Weise. Und genau das ist – ich bin sicher, daß du das verstehst –, der springende Punkt. Wenn du mich jetzt aber entschuldigen würdest! Ich muß nachsehen, wie viele noch in meine Tunnel gefallen sind.»

Gedankenverloren sah Eule zu, wie Marcus mit rudernden Pfoten in der weichen Erde verschwand. «Hat Ula denn recht?» kam es ihm kurz in den Sinn. «Werde ich tatsächlich verrückt?» Dann fiel ihm Freddies oft wiederholte Bemerkung hinsichtlich der BWW-Anhänger ein: «Ach, das ist ein Kuddelmuddel», sagte er immer und tippte sich mit der Vorderpfote seitlich gegen den Schädel. «Ein einziges, riesengroßes Kuddelmuddel!»

Gleichzeitig erinnerte er sich an die Warnung des Ehrwürdigen Buck, er solle sich auf einige harte Geduldsproben gefaßt machen. Er wollte sich dadurch behelfen, daß er einen Gedanken von Freddie übernahm. Sobald er anerkannte, daß er im Kuddelmuddelland lebte, ergab das alles einen Sinn – oder zumindest weniger Unsinn, falls das selbst nicht unsinnig war. Denn im Kuddelmuddelland war eben alles Kuddelmuddel.

Diese Einsicht besserte Eules Laune wieder einigermaßen. Unglücklicherweise (ein Wort, das die Kaninchen besonders mochten) wurde dadurch nichts besser. Denn jetzt kam ihm zu Bewußtsein, daß sein Leben immer mehr von Alltagskram bestimmt wurde. Selbst bei einfachen Absprachen, etwa, wo und wann man sich treffen wollte, konnte man sich auf geheimnisvolle Weise nur schwer einigen; ständig wurden Termine umgeworfen oder nicht eingehalten. Wenn die Treffen schließlich doch stattfanden, wurde sehr viel Zeit auf detaillierte und entsetzlich langweilige Erklärungen verschwendet, weshalb niemand daran schuld war, daß sie vorher nicht hatten stattfinden können, wonach sämtliche äußeren Faktoren, die dazu geführt hatten, beispielsweise Wetter, Unfälle und Krankheiten, als standardisierte, aber immerhin allgemein anerkannte Entschuldigungen angeführt wurden.

Nachdem ihm Boris' Bemerkung, die BWW hätten keinerlei Kontrolle über ihr Leben, immer mehr einleuchtete, beschloß Eule, ein wenig zu experimentieren. Bei einer Vorbesprechung erschien er mit gewaltiger Verspätung und entschuldigte sich mit der seiner Meinung nach windigsten Ausrede: Er habe Material für das «Wiederaufbauprojekt» seines Nestes suchen müssen. (In Wirklichkeit hatte jetzt Ula, unter reichlich Gezeter, diese Aufgabe übernommen.)

Zu seiner großen Verwunderung, seinem großen Abscheu schien sie als absolut glaubwürdig akzeptiert zu werden.

«Heutzutage ist es wirklich nicht leicht, etwas Brauchbares zum Nestbau zu finden», pflichtete ihm ein Kaninchen namens Corn Cockle bei.

«Allerdings nicht!» stimmte ein traniger Kollege namens Dead Nettle ein. «Erinnert ihr euch noch an die guten alten Zeiten, in denen man einfach nur aus dem Bau heraushoppeln mußte, und schon hatte man eine herrliche Leckerei vor sich, anstatt sich wie heute ewig lang die Hacken danach abzurennen?»

«Tja, das waren noch Zeiten», jammerten die anderen und schüttelten in offensichtlich heftig empfundenem Weltschmerz die Köpfe. «Ehrlich, der Wald ist inzwischen so überlaufen, daß man sich kaum rühren kann.»

Eule stöhnte laut auf. Selbst wenn diese Behauptung der Wahrheit entspräche – wessen Schuld war es denn sonst, wenn nicht die der Kaninchen, die sich wie rasend vermehrten?

«Alle sind so sehr beschäftigt, niemand hat mehr Zeit!»

«Früher war alles viel besser, auch das Wetter!»

«Genau! Da wußte man noch, was los war. Heute ist nur immer alles anders, anders, anders. Man kann sich auf nichts mehr verlassen, stimmt's?»

«Man kann nicht mehr von jetzt auf nachher sagen, ob die Sonne scheinen oder ob es regnen wird.»

«Oder ob es zu heiß oder zu kalt ist.»

Alle blickten einander an und seufzten tief.

«Ja, das waren noch Zeiten», wiederholten sie.

In diesem Moment kam Honeysuckle, das letzte Kaninchen, das noch fehlte, damit sie beschlußfähig waren, atemlos herbeigeeilt. Sie war, in BWW-Sprache ausgedrückt, »gut geformt«, was in Eules Augen nichts anderes als «ausgesprochen fett» bedeutete.

«Tut mir leid, Kameraden», keuchte sie mit wogender Brust und schwabbelndem Doppelkinn. «Nehmt bitte meine aufrichtigsten Entschuldigungen entgegen. Ich wollte gerade aufbrechen, als mir einfiel, daß ich meinem Partner noch etwas Wichtiges erzählen mußte, was ich vorher vergessen hatte. Zurück im Bau wurde einem der Kinder furchtbar schlecht, sie haben natürlich wieder einmal etwas gegessen, was sie eigentlich nicht essen sollen. Wie oft muß man ihnen das eigentlich predigen, bis sie es kapiert haben? Jedenfalls fingen sie alle an zu weinen, und nachdem ich sie einigermaßen beruhigt hatte, mußte ich natürlich erst einmal saubermachen, und es war kein schöner Anblick, das kann ich euch flüstern! Dieser Gestank! Sie hatte sich natürlich, typisch, ausgerechnet mitten im Hauptraum übergeben. Vermutlich war es nicht ihre Schuld, aber sie hätte das Zeug ja schließlich nicht zu essen brauchen.

Inzwischen war schon alles dermaßen drunter und drüber gegangen, daß ich ganz durcheinander war und dachte, wir würden uns auf der Großen Lichtung treffen. Als ich dort ankam, war natürlich keiner da, weil ja alle hier waren. Ich dachte also eine Weile nach, entschied mich hierherzukommen, und natürlich seid ihr alle hier.

Wie auch immer», schloß sie frohgemut, «Ende gut, alles gut, was? Ich sag's euch aber ganz ehrlich, für heute habe ich wirklich genug.»

«Arme Honeysuckle!» schrien die anderen und klangen dabei richtig mitgenommen.

«Du darfst dich nicht so aufregen.»

«Es macht uns doch nichts aus.»

«Wir wissen doch alle, wie schwer es heute ist, Frau und Mutter zu sein.»

«So viele Verpflichtungen.»

«So viele Dinge, an die man denken muß.»

«So viele Dinge, an die man sich erinnern muß.»

«Nicht so wie in den guten alten Zeiten, was?»

«Damals war alles viel einfacher.»

«Eine goldene Zeit.»

«Sie wird nie mehr zurückkommen. Ich erinnere mich noch daran, wie mir mein Großvater erzählte …»

Eule rollte die Augen himmelwärts und hörte nicht mehr zu. Warum können diese verfluchten Viecher nicht in der Gegenwart leben, dachte er gereizt und blickte trostsuchend in die tiefhängenden Wolkenfetzen hinauf. Währenddessen verkam die Versammlung zu einer langweiligen Aufzählung von Klagen darüber, daß es mit dem ganzen Wald bergab ging. Kein Wunder, dachte er, wieder etwas besser gelaunt, daß die Kaninchen lieber in der Vergangenheit schwelgen, wenn ihre Gegenwart aus diesem Quatsch besteht.

Am Ende hockte er fast einen halben Tag lang dort herum, jedenfalls kam es ihm so vor. Denn wenn eine Versammlung endlich anfing, stellte sich sofort das Problem, wann sie beendet werden sollte. Auch das schien jenseits aller Kontrolle zu liegen, bis Eule Burdock bei der Arbeit beobachtete und allmählich einen Einblick in die Kunst bekam, wie man Entscheidungen beeinflußte.

Der Trick bestand darin, alles bis zum bitteren Ende auszusitzen – oder zumindest, bis sich die Anzahl der Gegner so weit dezimiert hatte, daß man mit einiger Sicherheit die zahlenmäßige Überlegenheit der eigenen Seite voraussetzen konnte. An diesem Punkt angelangt, ging man schlauerweise zur Abstimmung über.

«Hat denn keiner von denen etwas Besseres zu tun?» fragte sich Eule, während er das Mahlwerk hirntötender Einzelheiten absaß. «Offensichtlich nicht», dachte er gerade, als ihm eine andere von Freddies Bemerkungen einfiel, die alles auf geradezu schreckliche Weise auf den Punkt brachte.

«Wenn du ein Kaninchen wärst, Ollie, könntest du dir etwas Wichtigeres vorstellen, als bei einer Versammlung zu sitzen?»

Kapitel 25

IMMER WEITER, IMMER HÖHER HINAUS

Vom ersten Tag der Machtübernahme an versuchte Psycho Mega davon zu überzeugen, wie lebenswichtig es war, mit dem Wärter weiterhin auf gutem Fuß zu stehen.

«Er mag jetzt zwar als unser Feind gelten, doch solange wir nicht befreit sind, kontrolliert er unser ganzes Dasein», betonte er. «Um unsere Lieblinge in Schach zu halten, sollten wir ihn etwas in den Hintergrund rücken, wohingegen du persönlich den Befehl ausgibst: ‹Ihr dürft ihn nicht verärgern.›»

Auch wenn es gegen den Trend des neuen Freiheitsgedankens verstieß, mußte Mega dennoch die Gerissenheit dieses Ratschlags akzeptieren. Als er jetzt auf die nahenden Schritte wartete, die ihr Abendessen ankündigten, dachte er daran, daß er ihn ebensogut in den Wind hätte schlagen können. Niemand trug die Schuld daran, daß die Jubelzeit der wundervollen Revolution von so kurzer Dauer gewesen war. Zuerst hatte es in den Käfigen gebrodelt, als die zuvor so gelangweilten Bewohner die süße Luft der Freiheit atmeten – oder zumindest doch ein Versprechen davon. Die Jungen waren jedenfalls froh, daß etwas Würze in ihr langweiliges Leben gekommen war, und hatten endlich etwas, worüber sie sich unterhalten und wovon sie träumen konnten. Der Alltag machte viel mehr Spaß, wenn es die Hoffnung auf eine Zukunft gab.

Zur gleichen Zeit hatten sie, Megas Anweisungen entsprechend, nichts direkt Feindliches gegen den Wärter unternommen. Das spielte jedoch keine große Rolle. Da war zunächst das unerwartete Dahinscheiden von Ramses. Durch die Ereignisse war außerdem eine neue, aufmüpfige Atmosphäre entstanden, und es war allen klar, daß dem Wärter nicht entgehen konnte, welch radikale Veränderungen eingetreten waren. Am meisten hatten seine Lieblinge, die früheren Ältesten, durchgemacht. Still und eingeschüchtert, wie sie waren, eilten sie ihm nicht mehr zur Begrüßung entgegen, und all seine Bemühungen, sie zu ihrem früheren, speichelleckerischen Verhalten zu ermutigen, blieben wirkungslos.

Die Lage spitzte sich weiter zu, als er auf die neue Situation dahingehend reagierte, daß er alles noch mehr herunterkommen ließ. Der Auslauf blieb immer häufiger geschlossen, die Käfige wurden nicht mehr gesäubert, und ihr Essen schüttete er einfach durch den Draht. Die Latrinengrube quoll über, es stank entsetzlich. Zu guter Letzt hatte der Wärter einige der regulären Mahlzeiten sogar einfach vergessen. Verdammter Psycho, dachte Mega. Warum hatte niemand den zentralen Widerspruch in seiner Argumentation erkannt? Denn jetzt sagten alle, wenn der Wärter tatsächlich ihr Feind war, der sie ihrer Pelze wegen umbringen wollte, warum sollten sie sich ihm gegenüber dann noch nett verhalten, besonders jetzt, da er sie wie Kot behandelte?

Als er seinen Blick über das Auslaufgehege wandern ließ, fiel Mega noch etwas auf, was den Wärter mit Sicherheit aufbrachte und was mit eine Ursache für die zunehmende Spannung in den Käfigen war. Vom Joch der Ältesten befreit, hatten die Jungtiere ein bisher ungekanntes Rowdytum an den Tag gelegt. Männliche wie weibliche Jugendliche lungerten jetzt in verwahrlosten Gruppen herum, die sich ständig prügelten und anpöbelten. Ihr schlampiges und nachlässiges Erscheinungsbild löste bei den Eltern helles Entsetzen aus. Die Jungen bestanden jedoch darauf, daß das alles zu einem neuen «Designer-Look» gehöre, den sie angeblich mit größter Sorgfalt und viel Stolz ausgetüftelt hatten. Maxi, ein großer Verfechter der Sauberkeit, plädierte für energisches Durchgreifen, doch Mata hatte Mega dabei unterstützt, den Jugendkult weiterhin zu erlauben. Ihm gefiel es, wie seine Anhänger sich veränderten, indem sie eine eigene Identität entwickelten und zu ihrem wahren Selbst fanden.

An diesem Morgen jedoch hatte Maxi bei seinem regelmäßigen Rapport, auf dem er bestand, ein neues Alarmsignal gemeldet, und Mega hatte seitdem darüber gegrübelt. Sein militärischer Berater ließ sich gut an. Seit Maxis Vorschlag, die Ältesten ausnahmslos zu töten, abgelehnt worden war, führte er seine Befehle präzise und ohne Widerworte aus. Die Ermordung von Ramses hatte zur Folge, daß die Späße über Maxi beinahe über Nacht verstummt waren. Ausgerüstet mit einem neuen Selbstbewußtsein, hatte er sich mit Leib und Seele an die Aufgabe gemacht, die Hilfstruppen in ein schlagkräftiges, ernst zu nehmendes Instrument zu verwandeln. Zuerst hatte er eine ganze Reihe positiver Berichte abgeliefert, die die Reaktion der zunehmend organisierten Mannschaften auf sein Trainingsprogramm für die Welt draußen betrafen. Dann veränderte sich sein Ton allmählich, und er fing an, sich darüber zu beschweren, daß die Jungen immer weniger gewillt seien, sich unterzuordnen. Seine letzte Einschätzung der Lage war die bislang verheerendste.

«Was die Sicherheit betrifft, mein Anführer», beklagte er sich bitter und strich die Barthaare nach hinten, wie es in Streßsituationen seine Angewohnheit war, «so muß ich anmerken, daß die Mannschaften mir nicht mehr zu gehorchen scheinen. Bislang handelte es sich hauptsächlich um vereinzelte Unverschämtheiten, doch wenn es so weitergeht, haben wir es bald mit einer ausgewachsenen Meuterei zu tun. Wenn wir nicht schnell etwas unternehmen, geht das Faß in die Luft.»

«Hast du vergessen, daß es deine Aufgabe ist, dich darauf zu setzen?» fuhr ihn Mega an. Zum erstenmal sprach er auf diese Weise mit Maxi und offenbarte ihm damit, daß auch ihm der Druck zu schaffen machte. Es gefiel ihm nicht, wie sein militärischer Berater ihm einfach alles so auf den Tisch knallte.

Trotzdem hatte Maxi recht. Die gelangweilten und zornigen Jungen gingen jetzt aufeinander los, weil sie merkten, daß der Wärter sie am Abend nicht versorgen würde. Mega konnte sehen, wie Maxi aus allen Poren Wut und Enttäuschung ausschwitzte, wenn er den Nachwuchs herumscheuchte und vergeblich auseinanderzureißen versuchte.

Es war wieder einmal Zeit für eine Unterredung mit Psycho.

«Versteh mich nicht falsch, Mega, aber dein Freiheitsding war immer der Schlüssel zur Entmachtung der Ältesten gewesen», sagte Psycho scharfsinnig. Er hatte dieses Zusammentreffen kommen sehen und sich nicht gerade darauf gefreut. «Natürlich war mein Balla-Song wichtig, ebenso die Sache mit Ramses. Das Zünglein an der Waage war jedoch die Tatsache, daß wir etwas Neues anzubieten hatten. ‹Freiheit› klingt so brillant, stimmt's? Denn auch wenn sie niemals kommt oder niemals kommen wird, wen kümmert das schon? Versprechen werden schließlich gemacht, damit sie gebrochen werden. Inzwischen regieren wir. Mittlerweile ist dieser Freiheitsgedanke meiner Meinung nach etwas ausgelutscht. Wir müssen unseren Lieblingen etwas anderes geben, worauf sie ihre Energie konzentrieren können.»

Wie Maxi hatte sich auch Psycho seit der Übernahme verändert. Er hatte versprochen, sich erkenntlich zu zeigen, und so erging er sich nun darin, überall herumzuschleichen und sämtlichen Verdächtigungen und Beschwerden nachzugehen, die aus Neid und Eifersüchteleien entstanden und unter dem Fußvolk ständig für Gegenströmungen sorgten. Seit keiner der Lieblinge mehr sicher sein konnte, ob seine Unterhaltung nicht gerade belauscht wurde, war Psycho kein hilfloser Kriecher mehr. Sogar Megas Anhänger verstummten, wenn sie Psycho sahen, aus Furcht davor, eine zufällige Bemerkung könnte mißinterpretiert werden. Dennoch gab es immer Streitereien, die es ihm ermöglichten, sich in beide Lager einzuschleichen und emsig Informationen einzuholen, die er dann an seinen Anführer weiterleitete oder in seine persönlichen Dossiers, auf deren Anlage er sehr stolz war, übernahm.

Doch auch Psycho äußerte sich in letzter Zeit zunehmend negativ.

«Ich fürchte, Maxi hat recht», fuhr er nervös fort, wohl wissend, daß seine Nachrichten nicht gut ankommen würden. «Natürlich mögen dich die meisten älteren Nerze nach wie vor nicht, aber das ist nichts Neues. Neu hingegen ist, daß sie ganz offen aufsässig werden. Momentan kann ich noch nichts beweisen, doch es könnte wohl sein, daß sich um die ehemaligen Ältesten eine Verschwörung zusammenbraut.»

Mega zog die Stirn kraus. Das würde Maxi sehr interessieren. Er beschwerte sich ständig darüber, wie unverhohlen, wenn auch schweigend, die geächteten Gestalten umherschlichen. Sie sind zu sichtbar, sagte er immer wieder. Was für sonderbare Verbündete er und Psycho abgaben, besonders wenn man an Megas Unterredung mit Maxi kurz nach seiner Rekrutierung dachte.

«Du willst doch nicht etwa, daß ich mit dieser feigen Ratte gemeinsame Sache machen soll?» hatte Mega ihn direkt gefragt.

«Wenn du es so ausdrückst, Boß, dann finde ich, du solltest es nicht tun», hatte Maxi geantwortet, von dem offenen Ton des Gesprächs sichtlich peinlich berührt. «Er ist keiner von uns, wenn du weißt, was ich meine.»

Mega wußte genau, was er meinte.

«Das kann schon sein, Maxi, aber wir brauchen den Kriecher, er hat Köpfchen. Eine deiner Hauptaufgaben besteht jedoch darin, auf meine Sicherheit zu achten. Du wirst also dafür sorgen, Maxi, daß er mir keinen Dolch in den Rücken stößt.»

«Da mach dir mal keine Sorgen, Boß», hatte Maxi gegrinst, glücklich darüber, daß ihm endlich eine Aufgabe übertragen worden war.

«Unsere Generation hält doch noch fest zu uns, oder?» erkundigte sich Mega jetzt bei Psycho.

«Leider noch mehr schlechte Nachrichten, Mega», antwortete sein Ränkeschmied mit wachsender Verzagtheit. «Daraus ergeben sich unsere eigentlichen Probleme. Sie sagen, dieser Saustall gehe so rasch den Bach runter, daß sie jetzt sofort raus wollen. Es sieht nicht gut aus, Mega.»

Psycho nahm all seinen Mut zusammen.

«Sie fragen ständig, warum wir noch nicht zu Custards Wald aufgebrochen sind. Du kennst sie ja, Mega – sie wollen alles, und sie wollen es sofort. Ich rufe ihnen immer ins Gedächtnis, daß du ihnen keinen Zeitpunkt für den Tag der Befreiung genannt hast, doch es ist so, wie Maxi sagt: Sie hören einfach nicht zu. Erinnerst du dich daran, daß ich es für keine gute Idee hielt, den Wald zu erwähnen? Abgesehen von allem anderen, fragen sie jetzt, wann Custard uns wieder besuchen kommt. Und die etwas Klügeren weisen bereits darauf hin, daß wir wohl kaum in den Wald gelangen werden, wenn wir nicht einmal wissen, wo er sich befindet.»

Psycho wußte, daß er damit einen wunden Punkt berührte. Custards Fernbleiben gab ihnen bereits seit einiger Zeit gehörig zu denken.

«Eigentlich darfst du ihnen keine Vorwürfe machen, Mega», fuhr er fort und schob eine Dosis Schmeicheleien hinterher, um die bittere Pille zu versüßen. «Sie hängen an deinen Lippen. Deine Reden sind so kraftvoll und erhebend, daß unsere Anhänger außer Rand und Band geraten.»

Als er sah, wie sich die Stirn seines Anführers immer mehr verdüsterte, versuchte er, die Stimmung wieder etwas zu heben.

«Eigentlich ist es nur gut, daß sie nicht wirklich nach draußen können. Was, Mega?» sagte er mit einem wissenden Lächeln. «In der wirklichen Welt könnten sie nicht mal ihren Arsch von ihrer Kniescheibe unterscheiden. Du kennst doch den Aufruhr wegen der ausgelassenen Mahlzeiten. Ich habe gehört, wie einer von ihnen allen Ernstes erklärte, Freiheit bedeute, wenn der Wärter unser Essen bringt, wenn wir es bestellen, und nicht dann, wann er will! So redet doch kein Auserwählter. Was, Mega? So reden Idioten. Sie quatschen einfach so vor sich hin.

Wir müssen aber aufpassen», fügte er mit schlauem Kichern hinzu, «daß wir nicht selbst damit anfangen.»

Psycho blickte nachdenklich durch den Draht auf die Holzverkleidung des Schuppens. Vom anderen Ende des Auslaufgeheges drang von leeren Mägen angefeuertes lautes Schreien herüber.

«Übrigens, Mega», sagte er, als wäre ihm nachträglich noch etwas eingefallen. «Ich habe einen neuen Spruch für dich, den du einfließen lassen kannst, bevor wir die ganze Sache zum alten Eisen werfen: ‹Freiheit ist eine Denkungsart!› Gut, was? Scheint alles zu sagen, ist aber nur der ewig gleiche alte Balla. Oder wie wär's mit: ‹Freiheit ist das, was du draus machst›?»

Bis zu diesem Punkt hatte Psycho immer weiter vor sich hin geplappert und nicht bemerkt, daß Mega verdächtig still geworden war. Erst jetzt fiel ihm dieses Alarmsignal auf.

«Ich übertreibe nicht, Mega», sagte er rasch. «Freiheit ist ein guter Trick – der beste. Aber wir wissen doch alle, daß diese Befreier, diese Menschen, die angeblich kommen und unsere Käfige aufmachen ... Sie kommen doch nicht wirklich, oder? Vorausgesetzt, sie existieren überhaupt.»

Er schüttelte vor gespielter Verwunderung den Kopf, sah aber dann, wie sich der Körper seines Anführers versteifte und seine Augen anfingen zu glühen. Bevor Psycho überhaupt wußte, wie ihm geschah, wurde er zu Boden geworfen und festgehalten. Er lag auf dem Rücken, die Kehle entblößt, und ein furchterregender Blick bohrte sich in seine undurchsichtigen Augen.

«Sag so etwas nie wieder, wenn dir dein Leben lieb ist, du Ratte», keuchte Mega leise.

Er starrte ihn eine halbe Ewigkeit an, bevor er ihn mit einem rabiaten Stoß zur Seite schubste.

Psycho kam zitternd auf die Beine. Er wußte, daß er sich diesmal besser nicht herauszureden versuchte. Als sein Anführer fragte: «Was schlägst du dann vor?», versuchte er sein Zittern zu verbergen.

«Ich habe keine Ahnung, Mega», gab er entmutigt zu. «Vielleicht gibt es keine Antwort darauf.»

Er zitterte noch stärker, als Mega ihn weiterhin mit versteinertem Gesicht anstarrte.

«Wir könnten die Sache mit den Ältesten noch einmal überdenken», schlug er ängstlich vor. «Wie wäre es, wenn wir ihnen eine Art Prozeß machen würden? Wir könnten sie irgendwelcher Verbrechen anklagen, für schuldig befinden und dann exekutieren.» Langsam, aber sicher wurde er wieder er selbst. «Unsere Lieblinge wären bestimmt begeistert, Mega, und es wäre ein brillantes Ablenkungsmanöver. Überleg dir mal: ich als Ankläger, du als Richter, und Maxi könnte die Urteile vollstrecken.»

Er zuckte zusammen, als Mega ihn verächtlich anfuhr.

«Hast du blöder Krüppel nicht ständig betont, wir dürfen den Ältesten nichts tun, weil der Wärter sonst nur noch härter mit uns umspringt? Genau das können wir jetzt nicht gebrauchen!»

«Schon möglich, Mega», erwiderte Psycho und leckte sich

nervös über die dünnen Lippen. «Aber so, wie sich der Wärter jetzt aufführt, macht das doch ohnehin keinen großen Unterschied, oder?»

Jetzt verlor Mega die Beherrschung.

«Geh mir aus den Augen!» schrie er. «Ich will von diesem defätistischen Geschwätz nichts mehr hören!»

Bis ins Mark erschüttert, schlich sich Psycho davon. Seiner Ansicht nach bestand der Sinn der Übung doch darin, an die Macht zu kommen und sich dann um jeden Preis daran festzuklammern – und genau an dieser Stelle kam die Freiheit ins Spiel. War sich Mega denn nicht darüber im klaren, daß Freiheit genau wie «Ballaballa» war, Revolution als Unterhaltung? Statt dessen schien sein Anführer wirklich daran zu glauben. «Irgend jemand muß ja wohl daran glauben», dachte er, während er seine malträtierten Rippen betastete.

Als er zu seinem Käfig zurückhumpelte, sah er, daß Maxi ihm unverhohlen nachstarrte. «Noch so ein Orthodoxer, den ich im Auge behalten muß», dachte Psycho verbittert. Natürlich hätte es ihn gewundert, wenn Maxi mit seiner blinden Ergebenheit und seiner angeborenen Dummheit nicht an die Freiheit glaubte. Bei Mata war er sich nicht so sicher. Immer, wenn er das Thema anschnitt, wich sie ihm aus. Seit dem hausgemachten Streit, mit dem er ihre heimliche Unterredung mit Mega gedeckt hatte, nahm er sich vor ihr ohnehin in acht. Nein, was er brauchte, war ein anderer Nerz, der ebenso realistisch dachte wie er selbst. Da die Chancen für die Begegnung mit solch einem Geschöpf ungefähr so günstig standen wie das Auftauchen der Befreier, würde er sich wohl auch weiterhin allein durchkämpfen müssen. Es sei denn, er wechselte erneut das Lager und schloß sich wieder den Ältesten an. Der Gedanke war ihm in letzter Zeit immer öfter gekommen. Es war gewiß gefährlich, aber wenn bei der Mega-Show allmählich die Lichter ausgingen, war es womöglich doch der klügere Schachzug.

«Du machst dir Sorgen, stimmt's?» erkundigte sich Mata, als sie Mega unangekündigt besuchte und seine düsteren Gedanken unterbrach. «Dazu besteht kein Anlaß.»

Sie sprach so mitfühlend, daß Mega das dringende Bedürfnis verspürte, ihr sein Herz auszuschütten. In letzter Zeit hatte er sich kaum mit ihr unterhalten können; sie war sehr mit dem Training ihrer «Kriegerinnen», wie sie sie nach wie vor nannte, beschäftigt. Zu Maxis großem Verdruß hatte sie diese Weibchen weitgehend seinem Einfluß entzogen, doch Mega mußte immer wieder voller Bewunderung lächeln, wenn er sah, welchen wilden Stolz Mata ihnen einimpfte, indem sie sie unnachgiebig im Auslaufgehege auf und ab paradieren ließ.

«Ich bedaure nichts, falls du darauf anspielst», sprudelte es aus ihm heraus, wobei er sogleich bemerkte, wie defensiv er sich anhören mußte.

«Du hast über Sheba nachgedacht, habe ich recht?» fragte Mata sanft. «Auch ich denke oft an meine Mutter, weißt du. Wir schulden es ihnen beiden, daß wir niemals die Hoffnung verlieren.»

Mega fand, daß Mata recht hatte. In letzter Zeit war er so beschäftigt gewesen, daß er kaum noch an Sheba gedacht hatte. Morgen jährte sich die bewußte Vollmondnacht. Er würde seinen Geburtstag so begehen, daß er sich Zeit nahm, ihrer zu gedenken und die Vergangenheit zu durchforsten, ob er vielleicht einen wichtigen Hinweis übersehen hatte. Nein, er hatte die Hoffnung nicht aufgegeben. Er war nach wie vor davon überzeugt, daß er der Auserwählte war und daß die Befreiermenschen kommen würden. Das Problem war lediglich der richtige Zeitpunkt. Vielleicht würde es ein weiteres Zeichen geben, einen zweiten verdunkelten Mond, irgend etwas, was sein Schicksal bestätigte und nicht nur ihm, sondern auch allen anderen neue Hoffnung schenkte. Als Teil der neuen Liberalität in den Käfigen hatte man auch den organisierten Vollmondwahn abgeschafft. Maxi und seine Muskelnerz-Offiziere gingen trotzdem immer auf Alarmstufe Rot, während Mega auf Psychos Rat hin potentiellen Ärger dadurch zu entschärfen versuchte, daß er zuvor eine Ansprache vor der versammelten Kolonie hielt. Was er sagen sollte, war eine ganz andere Frage.

«Ich habe den Eindruck, daß alles irgendwie schiefläuft, Mata», gestand er. Er war dankbar für die Gelegenheit, sich wenigstens einmal diese Last von der Seele reden zu dürfen. Psycho und Maxi mochten auf ihre Weise brauchbar sein, doch das Bedürfnis, sich bei ihnen auszusprechen, hatte er noch nie verspürt. In starkem Kontrast dazu schien etwas an Mata ihn aktiv zu ermutigen. Sie strahlte eine Sicherheit aus, schien fest in sich zu ruhen, und genau das fand er so tröstlich.

«Sheba hat mir nie gesagt, daß es so sein würde», fuhr er leise fort. «Sieh uns doch an – wir treffen heimlich unsere diplomatischen Entscheidungen, damit ja alles ruhig bleibt. Wir sind nicht besser als die Ältesten, mit Kriechern wie Psycho in unseren Reihen könnte man sogar sagen, wir sind noch schlimmer. Wo ist nur das alte Feuer geblieben, unsere Spontaneität?

Ich habe noch nie jemandem davon erzählt, Mata, doch ich erinnere mich, wie nach der Ballaballa-Versammlung einer der Ältesten zu mir sagte: ‹Eine Kugel ins Rollen zu bringen ist ganz einfach. Du wirst dich jedoch an meine Worte erinnern, mein junger Freund: Die Probleme tauchen erst dann auf, wenn man versucht, ihn wieder anzuhalten.› Damals wußte ich nichts damit anzufangen, doch jetzt verstehe ich es nur zu gut.»

«Stabilität war die Trumpfkarte der Ältesten, Mega», erinnerte ihn Mata mit tröstender Stimme. «Psycho und Maxi übertreiben ohnehin. Es sind die Männchen, die alles haben wollen, und das sofort. Mit meinen Kriegerinnen gibt es weit weniger Ärger. Sie sind realistischer.»

«Ob Männchen oder Weibchen, sie haben recht, wenn sie denken, daß sie jetzt lange genug gewartet haben», entgegnete Mega mißmutig.

«Was ist lange genug?» fragte Mata barsch und heftete ihren klaren Blick auf ihn. «Woher weißt du, daß du das zu entscheiden hast? Du siehst dich zwar als auserwählten Anführer, aber das heißt noch lange nicht, daß du alles unter Kontrolle hast. Es war unsere Entscheidung, einen Wandel zu erzwingen und alles auf den Kopf zu stellen. Du hast selbst gesehen, wie die Ältesten zusammengebrochen sind. Sie hatten keinen echten Glauben, sie interessierten sich ausschließlich für Macht. Wir hingegen haben unsere Mission, Mega, und das heißt, wir müssen weitermachen, immer weiter, immer höher hinaus. Wenn du etwas fest genug willst, Mega, dann wirst du es auch geschehen lassen.»

Mega sah sie dankbar an. Hin und wieder mußte man ihn an diese grundlegenden Dinge erinnern. Er wünschte sich, an der

Klarheit ihrer Vision teilzuhaben, denn man kam so leicht vom Weg ab und verlor das Ziel aus den Augen. Ihre Worte trösteten ihn wie einst die von Sheba, als er noch ein Jungtier war, und schon kam er sich so dumm vor, weil ihn der Zweifel dermaßen überkommen hatte.

«Es ist tatsächlich so einfach, was, Mata, immer weiter, immer höher hinaus!» Er grinste schräg.

«Du weißt, daß wir keine andere Wahl haben, Mega», lächelte sie zärtlich. «Wir können nicht mehr zurück. Du darfst dich nicht quälen. Momentan haben wir die Ruhe vor dem Sturm. Erst geschieht nichts, und dann passiert alles auf einmal. Unsere Chance kommt bald, das verspreche ich dir.»

Mega lächelte zärtlich zurück und seufzte: «Ja, Mata. Allmählich könnten wir eine gebrauchen. Die Last auf meinen Schultern wird immer schwerer.»

Kapitel 26

Es liegt an den Augen

Eule kam ausgesprochen schlecht gelaunt auf der Kleinen Lichtung an. Ulas Renovierungsarbeiten machten das Nest momentan praktisch unbewohnbar, doch als er sich über die Zumutung beschweren wollte, hatte sie ihn dermaßen angefahren und mit einer Reihe scheußlicher Beleidigungen bombardiert, daß er schließlich das Weite gesucht hatte. Deshalb war er jetzt ein wenig zu früh, doch um so entschlossener, sich mit Burdock auszutauschen, bevor das angesetzte Vorgespräch begann.

Statt dessen platzte er mitten in einen Unterausschuß der vornehmlich im Laub lebenden Tiere. Man konnte ihm nicht sagen, wo sich Dickarsch gerade aufhielt. Gleich mehrere Treffen waren zeitlich so in Verzug geraten, daß keiner wußte, wann er zu erwarten war.

Eule verzog das Gesicht. Er hatte sich vor einigen Tagen auf diesen Termin eingelassen, aber keinen Grund dafür gesehen, weshalb er ihn noch hätte bestätigen sollen. Was ihn betraf, war eine Abmachung eine Abmachung – es sei denn, man befand sich im BWW-Land, fiel ihm jetzt entnervt dazu ein.

«Bleib doch bei uns, allmächtige Eule», forderten ihn die Ausschußmitglieder auf. «Warum nimmst du nicht als geladener Beobachter an unserer Diskussion teil? Wir sind sicher, daß sie von größtem Interesse für dich ist.»

«Das bezweifle ich», antwortete Eule grimmig und dachte schon daran wegzufliegen. Doch damit würde er sich mehr Ärger einhandeln, als die ganze Sache wert war. Er hatte ohnehin damit gerechnet, sich bis zum Sonnenuntergang hier aufzuhalten, und jetzt war es bereits zu spät, sich etwas anderes vorzunehmen.

«Warum klappt hier eigentlich nie etwas?» fragte er gereizt.

Die buntgemischte Versammlung aus Kaninchen sowie mehreren Wühl- und Feldmäusen starrte ihn verständnislos an.

«Unserer Meinung nach klappt alles hervorragend», antwortete einer verwirrt. «Natürlich ist nichts perfekt, aber deshalb sind wir ja hier zusammengekommen, um zu versuchen, alles besser zu machen. Ansonsten läuft doch alles prima. Gibt es da vielleicht ein Problem, das noch nicht in unser Bewußtsein gedrungen ist?»

«Vergiß es einfach», erwiderte Eule resigniert und ließ sich nieder, um wie verlangt zuzuhören. Bei dem Gedanken, daß er womöglich etwas Erfreuliches hinzulernen würde, verbesserte sich seine Laune. Was dann jedoch folgte, erschütterte ihn bis ins Mark.

Bei dem gegenwärtig verhandelten Antrag ging es, wie er allmählich mitbekam, darum, daß im Wald zu viele nächtliche Aktivitäten stattfanden. Das wiederum hatte dazu geführt, daß sich einige Tagtiere, darunter natürlich die Braunellen, darüber beschwerten, ihr Schlafrhythmus werde von den Nachttieren empfindlich gestört. Die Nachttiere bauten jetzt eine vehemente Verteidigung auf, die darauf basierte, daß sie keine andere Wahl hatten, als nachts umherzuhuschen.

«Es liegt an den Augen», klagte eine Waldmaus, was ringsum mit heftigem Nicken bestätigt wurde. «Wir können nicht schlafen, wenn ringsum alles voller Augen ist.»

Eule hörte gespannt zu. Von jeher hatte eine der Besonderheiten des Alten Waldes für ihn darin bestanden, daß überall Augen waren. Ständig waren Milliarden anderer Tiere anwesend, ob nun versteckt, getarnt oder offen sichtbar. Man hatte immer und zu Recht das Gefühl, daß man beobachtet wurde, auch wenn man nichts sah, was diesen Eindruck bestätigte. Augen gehörten nun einmal zum normalen, allgegenwärtigen Hintergrund des Waldes.

Doch während die Maus noch geschwätzig weiterplapperte, entstand vor Eules innerem Auge ein Szenario, das er kaum wiedererkannte. Die Maus malte den Alten Wald, diesen freundlichen Ort – für Ollie war es geradezu ein Spielplatz –, als wahren Alptraum aus realen und eingebildeten Augen, die allesamt Ungeheuern gehörten, die einen auffressen wollten. Natürlich gehörte auch Eule selbst zu diesem Katalog furchterregender feindlicher Monster. Mit den klugen Augen eines Mäusleins gesehen, war der Alte Wald ein schrecklicher Ort, an dem man ständig auf dem Quivive sein mußte, in zitternder Erwartung des Angriffs, der jeden Augenblick erfolgen konnte: «Du mußt ganz einfach paranoid sein, deine Feinde – ob wirkliche oder eingebildete – lauern überall rings um dich her. Ganz normale Tätigkeiten, wie beispielsweise Fressen, sind brandgefährliche Unterfangen mit hohem Risikofaktor. Kurz gesagt, dein ganzes Leben ist auf Denken und Handeln in der Defensive aufgebaut, bei dem das bloße Überleben von einem Tag zum anderen als ultimativer Erfolg gewertet wird.»

Eule versuchte, selbst einmal eine solche Haltung einzunehmen, doch hatte sie so wenig mit seinen persönlichen Erfahrungen gemein, daß er bald aufgab. Schließlich war niemand – ob nun wirklich oder eingebildet – hinter ihm her. «Außerdem kann ganz bestimmt kein Tier auf Dauer auf diese Art leben», dachte er und schüttelte benommen den Kopf. Er jedenfalls könnte das niemals. Das würden schon seine Nerven nicht mitmachen. Aber was tat er da überhaupt? Stellte er sich etwa schon mit Tieren gleich, die eine so ängstliche Haltung an den Tag legten? Selbst Ula hatte ihrer Umwelt gegenüber keine so negative Einstellung.

Er war erleichtert, als er Burdock am Rande der Lichtung auftauchen sah, wie immer in Begleitung von Dandelion.

«Wir müssen sofort mit der Versammlung anfangen, Ollie»,

sagte Burdock brüsk und ohne ein Wort des Grußes. «Wir haben so wenig Zeit und so viele Punkte, die behandelt werden müssen.»

Eule sträubten sich die Nackenfedern. Burdocks Versammlungen gaben ihm immer das Gefühl, so etwas wie ein Lakai zu sein und nicht der Boß, als der er eigentlich auftreten sollte.

«Nicht bevor ich den Ehrwürdigen Buck gesehen habe», konterte er grob.

Er bemerkte, daß Dandelion bei seinen Worten höchst verunsichert dreinblickte.

«Ich gehe davon aus, daß er noch unter uns weilt», fügte er hinzu, als ein furchtbarer Verdacht in ihm hochstieg.

«Nicht so ganz, fürchte ich», erwiderte Burdock langsam und warf Dandelion einen giftigen Blick zu.

«Was soll das heißen, ‹nicht so ganz›?»

Eine lange Pause entstand.

«Sieh mal, Ollie, es tut mir schrecklich leid, aber ich muß dir mitteilen, daß mein Urgroßvater von uns gegangen ist», gab Burdock schließlich zu. Er blickte vor sich auf den Boden.

«Von uns gegangen?»

«Gestorben», erläuterte Burdock.

«Wann?»

Wieder entstand eine längere Pause.

«Genaugenommen so vor einigen Tagen», murmelte Burdock dann, wobei er Eules Blick geflissentlich auswich. Es entstand eine weitere lange Pause. «Wir hätten es dir natürlich demnächst gesagt, aber wir dachten, es wäre besser, nicht jetzt gleich. Wir wußten, daß dich diese Nachricht aufregen würde.»

«Hast du das auch gewußt?» erkundigte sich Eule bei der zitternden Dandelion.

«Hoffentlich haben wir nichts Falsches getan, aber Burdie überzeugte mich davon, daß es unter diesen Umständen wohl das beste wäre, Ollie», antwortete sie wenig überzeugend. «Auf ihm lastet ein ziemlich starker Druck, wie du dir vorstellen kannst. Es fällt ihm wirklich nicht leicht, so weiterzumachen, als sei nichts geschehen. Der arme Kerl ist so mitgenommen, daß er sogar an Trauerberatungssitzungen teilnehmen mußte, nicht wahr, Burdie?»

Dickarsch nickte trauerumflort.

«Verstehe», sagte Eule, war sich jedoch nicht sicher, wieviel er wirklich verstand. Sie hatten recht, er regte sich ziemlich auf, und das alte Kaninchen tat ihm aufrichtig leid. Allerdings mußte Burdock, der sah, wie Eule den BWW-Alltag verabscheute, gewußt haben, daß das Versprechen, den alten Weisen noch einmal zu treffen, der Hauptgrund für ihn war, sich weiterhin zu engagieren. Ohne den Ehrwürdigen Buck und seine Weitsicht mußten die BWW-Leute für ihn um einiges uninteressanter werden.

«Laß uns jetzt bitte nicht im Stich, Ollie, wir haben es fast geschafft», flehte ihn Burdock an. Er machte einen angemessen zerknirschten Eindruck.

«Bitte, bitte, bleib bei uns», echote Dandelion. «Du darfst nicht zu hart über Burdie urteilen! Er hat doch nur an das Wohl der Allgemeinheit gedacht.»

«Hat er das wirklich getan?» dachte Eule und schaute auf die niedergeschlagene Gestalt herab. Was hatte der inzwischen verstorbene Ehrwürdige Buck gesagt? «Trotzdem steckt tief in seinem Innersten immer noch ein prächtiger Kerl, sogar einer der allerprächtigsten.» Das mochte wohl sein, doch manchmal war das nur schwer zu erkennen. Wenn er ihn jedoch absichtlich hereingelegt hatte, dann wollte Eule es lieber nicht wissen. Ansonsten hatte Burdock recht: Die Versammlung zur Abstimmung über Kodex und Gesetz stand jetzt auf dem Programm. Sie hatten es fast geschafft.

«Na schön. Dieses eine Mal will ich euch noch glauben», sagte er widerwillig, und noch während er sprach, dachte er daran, daß er womöglich nicht gleich komplett verrückt wurde, der Kontakt mit den BWW ihn jedoch zumindest reichlich weich in der Birne machte. «Eins muß ich dir allerdings sagen: Dein Urgroßvater war zehnmal soviel wert wie du.»

«Das ist nicht fair, Ollie», platzte Dandelion brüskiert heraus. «Niemand von uns ist vollkommen. Es ist nicht recht von dir, so über andere zu urteilen. Burdie tut sein Bestes.»

«Zweifellos», erwiderte Eule trocken. «Fragt sich nur, für wen?»

Kapitel 27

Das gebogene Stück

Mega sprang alarmiert auf, als Custard freudig in den Schuppen trabte. Auch wenn es die Hündin nicht wußte, ihr Kommen war noch nie zuvor so sehnlich erwartet worden, vor allem da sich Psycho, solange sie auf sie warteten, ein recht unproduktives und frustrierendes Planspiel ausgedacht hatte. Um seine Ergebenheit und sein Vertrauen in das Unternehmen unter Beweis zu stellen, hatte er vorgeschlagen, auch auf Pussles zuzugehen.

«Ich finde, sie ist einen Versuch wert», hatte er freudestrahlend verkündet. «Sie ist nicht so beschränkt wie Custard. Man kann nie wissen, was sich daraus ergibt. Darf ich sie verhören?» Seine undurchsichtigen Augen hatten um Zustimmung heischend geflackert.

«Von mir aus», hatte Mega brummig zugestimmt und dabei gedacht, daß er heilfroh war, nicht selbst von Psycho verhört zu werden. «Aber sei auf der Hut. Sie ist nicht auf unserer Seite.»

Bei ihrem nächsten Besuch im Schuppen war Pussles offensichtlich mißtrauisch. Diesmal zog sie nicht sofort ihre Routinenummer über die Überlegenheit der Katzenrasse ab, sondern stolzierte zunächst neugierig auf und ab.

«Nun, meine Lieben, da hat sich in eurer winzig kleinen Welt wohl etwas ereignet?» fragte sie wissend.

«Das eine und das andere schon.» Psycho lächelte auf nicht sehr überzeugende Rattenart zurück.

«Weißt du, Pussles, uns geht dieser Schuppen hier ziemlich auf die Nerven», fing er hochmütig an. «Wir finden, es wird Zeit, daß wir verschwinden. Leider wissen wir nicht genau, wohin. Da fällt mir gerade ein, daß du als welterfahrenes Tier vielleicht einige gute Ideen parat hast.»

Er kicherte nervös, um ihr zu zeigen, daß es sich lediglich um einen Scherz handelte.

Pussles hingegen zeigte sich nicht sehr amüsiert.

«Ist euch denn nicht klar, daß ihr hier niemals herauskommt?» fragte sie und riß die schmalen Smaragdaugen ungläubig auf. «Im Gegensatz zu uns Katzen seid ihr nicht dafür geschaffen, in der wirklichen Welt zu existieren. Ihr seid einfach zu schwerfällig.»

«Nur mal interessehalber», hakte Psycho nach, der gegen das schwindelnde Gefühl ankämpfte, eine Pechsträhne zu durchleben.

«Warum siedelt ihr euch denn nicht auf dem Misthaufen an?» giftete Pussles. «Dort gehören Scheißtypen wie ihr hin.»

Als er sah, wie sein Ränkeschmied aufgezogen wurde, mischte sich Mega ein und deutete ihm mit einem Kopfnicken an, er solle es gut sein lassen.

«So gesehen», ergänzte Pussles und rümpfte die Nase in Richtung der überquellenden Latrinengrube, «seid ihr dort vielleicht sauberer aufgehoben als hier drin.»

Mega hatte sehr an sich halten müssen, um sich zu beherrschen. Als wäre der Zustand der Latrine ihre Schuld! Ihr Mensch war dafür verantwortlich, nicht die Nerze. Dann sah er die Kälte in ihren Augen. Sie war ein echtes Raubtier, eiskalt, berechnend, gewissenlos. Mehr noch: eins, das seinen Spaß dabei hatte, vorher mit seinen Opfern zu spielen. Keine Ehre im Leib – nicht zu vergleichen mit einem heißblütigen Nerz.

«Laß sein, Psycho», zischte er. «Und die anderen auch.»

Zum Glück stolzierte Pussles ohne ein weiteres Wort davon. Mega hatte Psycho dermaßen zusammengestaucht, daß der es für den Rest seines Lebens nicht mehr vergessen würde, und seither hatten sie auf Custard gewartet.

Mega befahl Maxi, die aufgeregten jungen Nerze zurückzuhalten. Er und Mata gingen auf die Labradorhündin zu und begrüßten sie. Nach Psychos Fiasko hatte Mata darauf bestanden, selbst die Fragen zu stellen.

«Ach so, von Weibchen zu Weibchen», hatte Mega gestichelt.

«Warum nicht, Mega», hatte sie geantwortet und ihm einen entsprechenden Blick zugeworfen. «Aber es steckt noch mehr dahinter. Nur weil du der Anführer bist, heißt das noch lange nicht, daß du alles allein machen kannst – und du kannst auch nicht alles besser machen. Willst du, daß Psycho den Auftrag übernimmt oder Maxi?»

Mega hatte nachgegeben.

Jetzt hielt er sich zurück und hörte zu, wie sie die Geschlechtertrumpfkarte ausspielte.

«Hallo, Custard», begrüßte sie den Labrador freundlich lächelnd. «Es tut gut, mit einer Hündin zu reden. Wir Weibchen müssen zusammenhalten, findest du nicht?»

«Kann sein», erwiderte Custard unsicher.

Nach der Aufregung, als die älteren Nerze weggeschafft worden waren, hatte sie eigentlich erwartet, daß sich im Schuppen einiges verändern würde. Andererseits hatte sie diesen Wechsel nun schon einigemal mitgemacht und war es gewohnt, neue Gesprächspartner zu bekommen. Trotzdem machte sie etwas ziemlich nervös, etwas, worauf sie noch nicht die Pfote legen konnte. Außerdem waren diese beiden Nerze am Maschendraht nach dem größeren Publikum der letzten Zeit recht enttäuschend. Warum wurden die anderen zurückgehalten? Ihren herübergeschrienen Grüßen nach zu urteilen, wären sie gern zu ihr gekommen. Doch letztendlich machte dieses Nerzweibchen hier einen ungewöhnlich freundlichen Eindruck.

Custard wedelte unsicher mit dem Schwanz.

«Ich habe eine Frage, Custard, und ich möchte, daß du dir diese Frage sehr genau anhörst», fuhr das Nerzweibchen fort. «Leben in deinem wunderbaren Wald, den die anderen Nerze immer das Land des Glücks nannten, auch Nerze?»

«Natürlich nicht», antwortete Custard überrascht.

«Bist du ganz sicher, Custard?»

«Völlig sicher. Ich renne soviel herum, da hätte ich sie inzwischen bestimmt schon entdeckt.»

«Was für eine dumme Frage», fand sie. Sie hatte noch nie näher darüber nachgedacht, doch ihr Wald wäre wahrscheinlich nicht mehr so wunderbar, wenn in ihm Nerze frei herumliefen. Ihr war es lieber, sie saßen sicher hinter dem Maschendraht.

«Ganz ehrlich. Ich würde es dir wirklich sagen, wenn es welche gäbe, ehrlich.»

«Ich glaube dir, Custard», antwortete das Nerzweibchen aufmunternd. Dann senkte es die Stimme zu einem fast verschwörerischen Flüstern: «Und jetzt erzähl mir doch, unter uns Mädeln, auf welchem Weg genau kommst du denn in deinen wunderbaren Wald?»

Mega wußte sofort, daß Mata Custard eingewickelt hatte. Sie würde reden. Doch die Frage, ob ihnen das helfen würde, stand auf einem ganz anderen Blatt. Die Hündin kratzte sich jetzt peinlicherweise ausgiebig hinter dem Ohr.

«Ich bin nicht sicher, ob ich es tatsächlich weiß», gab sie schließlich mit beschämtem Gesichtsausdruck zu. «Der Wald ist etwas so Besonderes, daß ich nicht sehr oft dorthin komme. Und wenn, dann immer im Volver. Herrchen ist ein sehr guter Fahrer, und sein Volver ist sehr sicher, wißt ihr. Jedenfalls achte ich nie besonders auf den Weg. Ich bestimme ja sowieso nicht, wohin die Reise geht. Meine Aufgabe ist es, einfach dazusitzen und die Fahrt zu genießen. Oh, und natürlich darf ich nicht zuviel bellen.»

Sie lächelte selig, und Mata wunderte sich über das Ausmaß ihrer armseligen Abhängigkeit von ihrem Menschen. War sie denn zu gar nichts mehr allein imstande?

«Da gibt es außerdem noch ein anderes Problem», ergänzte Custard unerwartet. «Ich habe einen besonderen Platz im Volver, mit meiner eigenen Decke. Weil der aber ganz hinten ist, schaue ich aus dem Rückfenster hinaus, also sehe ich immer nur, woher ich komme, und nicht, wohin es geht, falls du verstehst, was ich damit meine.»

«Damit hast du gerade dein ganzes Leben zusammengefaßt», dachte Mega hämisch. Er biß die Zähne zusammen, als die Labradorhündin sich unterbrach und erneut ausgiebig kratzte. Wie konnte Mata nur so viel Geduld aufbringen? Wenn es nach ihm ginge, würde er die Wahrheit aus ihr herauswürgen.

«Custard, du bist so eine schlaue Hündin. Du mußt dich doch wenigstens ein bißchen erinnern», sagte sie aufmunternd.

«Ich versuche es», entgegnete der Labrador, von dem menschenähnlichen Lob sichtlich angespornt. «Nach dem Hoftor biegt mein Herrchen nach links ab, dann nach rechts, wenn er auf einen anderen Rollweg kommt ...» Custards Stirn legte sich in tiefe Falten. «Dann fährt er um dieses gebogene Stück herum – dort schreit er immer die Volvers an, die aus der anderen Richtung kommen –, dann wieder nach rechts und über den Hügel. Dort macht er halt, öffnet die Heckklappe, und ich springe heraus!»

Sie wedelte aufgeregt mit dem Schwanz.

«Das war aber noch nicht alles, oder, Custard?»

Matas Stimme war weich wie Samt, ließ aber trotzdem einen gewissen Unterton anklingen, den Custard sofort als Befehl interpretierte.

«Ach, ich Dummerchen», ergänzte sie rasch. «Dann laufen wir über die Gebogene Brücke, gehen den Pfad hinauf durch ein Wiese und dann durch das Fünf-Balken-Gatter in den Wald hinein. Mehr weiß ich nicht. Ganz ehrlich!»

Mata blickte zu Mega hinüber. Er nickte.

«Vielen Dank, Custard», verabschiedete sie sich. «Ich hab' dir doch gleich gesagt, daß wir Weibchen gut miteinander auskommen. Vielleicht kommen wir ja eines Tages in deinen wunderbaren Wald und spielen dort mit dir», fügte sie boshaft hinzu.

«Das wäre prima», erwiderte Custard zögernd. Dann tappte sie folgsam wieder hinaus.

Die Konferenz der Anführer in Megas Käfig dauerte nicht lange.

«Was meinst du, Maxi?» erkundigte sich Mega, nachdem Mata die Wegbeschreibung der Labradorhündin wiederholt hatte.

«Es muß ausreichen, mein Anführer», sagte Maxi mit skeptischem Gesichtsausdruck. «Obwohl ich nicht sehr begeistert davon bin, daß wir uns auf einen Hund verlassen sollen. Und ich muß sagen, daß Custards Besuch vom Standpunkt der Sicherheit aus gesehen höchst beunruhigend war. Ich konnte die Mannschaften gerade noch zurückhalten. Für heute nacht kann ich keinerlei Garantie übernehmen.»

Mega lächelte Mata an, die neben ihm saß, und alle lauschten dem triumphierenden Gejohle und Gegröle, das aus dem Auslauf kam und der Aussage des militärischen Beraters deutlichen Nachdruck verlieh. Da der Wärter sie nicht gefüttert hatte, war die vorangegangene Nacht ziemlich rauh gewesen, und die Nerze waren von der Aussicht auf den Vollmond sogar schon vor Custards Ankunft wahnsinnig aufgeputscht.

Was Mega anging, so hatte die lange erwartete Ankunft des Labradors eine große Last von seinen Schultern genommen.

Er blickte der Zukunft mit frischem Optimismus entgegen. Wenigstens kannten sie jetzt den Weg.

«Du machst dir zuviel Gedanken, Maxi», schmetterte er ihn entschlossen ab. «Was ist mit dir, Psycho? Hast du ebenfalls kalte Füße bekommen?»

«Ich muß Maxi leider zustimmen», erwiderte der Kriecher und sah sehr bedrückt aus. «Bitte, bitte, Mega, wenn du heute abend zu ihnen sprichst, versuche sie etwas zu beruhigen.»

«Du hast wohl Angst?» staunte Mega.

«Nein, nicht Angst», antwortete Psycho, wirkte jedoch nicht sehr überzeugend. Diesmal verrieten seine undurchdringlichen Augen seine Gefühle. «Drücken wir es einmal so aus: Ich bin einfach nur ein wenig besorgt.»

«Das kannst du dir abschminken», sagte Mega barsch. «Wir hängen alle gleich tief drin.»

«Jawohl, Mega», gab Psycho demütig zurück.

Sobald es dunkel war, begab sich Mega an das Ende des Auslaufgeheges und blickte zur Dachluke hinauf. Die Nacht war kristallklar, die ersten Sterne funkelten bereits unglaublich hell, und die Temperatur war drastisch gefallen. Alles versprach einen perfekten Vollmond. Der Wärter war vor kurzem mit einiger Verspätung zur Abendfütterung erschienen, und die Nerze waren kecker und aufgekratzter als je zuvor. Ihr Wärter hatte die zornige Stimmung sofort wahrgenommen und ihnen nur halbe Rationen ausgeteilt, damit ein noch wütenderes Fauchen und Keckern provoziert, worauf er mit heftigem Zuknallen der Schuppentür reagiert hatte. Auch um die überquellenden Latrinengruben, aus denen bereits erbärmlich stinkender Schleim sickerte, hatte er sich nicht gekümmert. Es war ein neuer Tiefpunkt in ihrer Beziehung.

Währenddessen hatte Mega an sich selbst die ersten wilden Mondregungen festgestellt. Er würde nicht mehr auf den verängstigten kleinen Psycho hören. Er ging jetzt nur noch immer weiter und immer höher hinaus, um die Nerze mit seiner Zukunftsvision noch mehr aufzuputschen.

«Meine Nerze, wir haben einen weiteren Schritt in Richtung auf das Gelobte Land zurückgelegt», schrie er der versammelten Menge entgegen. «Custard hat uns nicht nur den Weg dorthin verraten, sondern obendrein bestätigt, daß dieses Land mit Beute und Opfern vollgestopft ist. Was euch dort erwartet, meine Nerze, ist die Wirklichkeit, das Töten in freier Wildbahn. Ihr werdet in die Hälse lebender Geschöpfe beißen. Ihr werdet die Schreie des Entsetzens hören, und die Schreie des Schmerzes. Das warme Fleisch wird erbeben, während ihr die Schlagader sucht. Dann grabt ihr die Zähne tief hinein, bis das Blut in hohen Fontänen herausspritzt, dick und rot.

Dick und rot, meine Lieben, dick und rot. Denn das sind die heißen Spritzer. Dazu sind wir Nerze auf der Welt. Blut, meine Lieben, Blut. Ihr werdet es auflecken, euch daran verschlucken, ihr werdet euch damit beschmieren, darin baden, wenn es in die Luft spritzt. Sobald wir hier raus sind, wird uns nichts und niemand mehr aufhalten. Wir werden wir selbst sein. Und das bedeutet, wir werden in heißen Spritzern schwelgen! Nicht nur einmal, sondern immer und immer und immer wieder. In der freien Welt gibt es keine Beschränkung, meine Nerze, keine einzige Beschränkung.»

Er blickte in das Meer der Gesichter und spürte, wie ihn eine gigantische Welle der Zuneigung übermannte.

«Ich sage Balla zu unserem öden Futter hier in den Käfigen!» grinste er. «Balla zum mechanischen Prozeß unserer traurigen Existenz! Wir werden schon bald heiße Spritzer genießen! Wir werden Schädel einschlagen und Gehirne schlabbern. Wir bringen um, was wir wollen und wann wir es wollen. Denn dafür sind wir Nerze geschaffen. Dann werden wir die Süße unseres Daseins genießen, meine tapferen Krieger. Dann genießen wir die Essenz. Denn ist das Leben ohne heiße Spritzer nicht nur ein bloßes Dahinvegetieren?»

«Gib uns, gib uns heiße Spritzer», jubelte sein Publikum ekstatisch.

«Ich verspreche euch heiße Spritzer, und zwar schon sehr bald», schrie Mega.

«Aber wann?» ertönte ein Schrei aus dem Hintergrund.

Eine schreckliche Stille trat ein. Zum erstenmal sahen sie, wie ihr Anführer um eine Antwort rang. Maxi neben ihm war vor Zorn erstarrt. Niemand durfte sich erlauben, Mega solche Fragen zu stellen.

«Sag was, Mega», zischte Psycho.

Mega dachte an die letzte, flehentliche Bitte seines Ränkeschmiedes: «Bitte, bitte, Mega, erwähne keinen Zeitpunkt. Verpflichte uns zu nichts. Das setzt uns nur unnötig unter Druck.»

Mega sah, wie Psychos Knopfaugen unruhig flackerten, um den Schurken ausfindig zu machen, der die Frechheit besessen hatte, diese Frage laut auszusprechen. Haß wallte in ihm auf. Wer hatte hier eigentlich das Sagen, er oder dieser Giftzwerg?

«Laßt mich mit den Vorboten großer Freude antworten, die ich euch gerade mitteilen wollte», rief er und schlug sämtliche Warnungen in den Wind. «Unsere Befreier werden nicht mehr lange auf sich warten lassen. Der Tag der Befreiung steht kurz bevor. Das ist mein Gelöbnis, und ich verspreche euch allen – die Freiheit ist nah!»

Obwohl ihn alle sehen konnten, vergrub Psycho das Gesicht in beiden Pfoten und stieß ein lautes Stöhnen aus. Jetzt hatte Mega sie erst richtig aufgestachelt! Die Auserwählten brachen bereits wieder in ihre neue Hymne aus, die sich aus dem ursprünglichen Balla-Song entwickelt hatte.

«Wir kommen! Wir kommen! Wir kommen!» sangen sie und wankten ausgelassen von einer Seite zur anderen. «Wir kommen! Wir kommen! Wir kommen!»

«Recht habt ihr! Wir kommen!» gellte Mega. «Und schon sehr bald, das verspreche ich euch, schon sehr, sehr bald!»

Er hielt inne, als er bemerkte, daß die Nerze plötzlich verstummt waren und mit offenen Mäulern hinter ihn starrten. Mega wirbelte zusammen mit den anderen Anführern herum und sah, daß die Schuppentür offenstand. Ihr Wärter war hereingekommen. Was sie jedoch die Mäuler aufsperren ließ, war die Tatsache, daß er einen kleinen Käfig vor sich hertrug.

Darin hockten zwei Nerze, die sie noch nie zuvor gesehen hatten.

Kapitel 28

Nett kommt weiter

Was auch immer er Burdock damals versprochen haben mochte, Eules Haltung den BWW gegenüber änderte sich recht drastisch, als die Nachricht vom Ableben des Ehrwürdigen Buck allmählich durchsickerte. Nachdem das alte Kaninchen tot war, sah er keinen Grund mehr, weshalb er sich noch länger mit ihnen abgeben sollte. Da er Burdock obendrein in Verdacht hatte, die Information absichtlich zurückgehalten zu haben, beschloß Eule, ihn noch mehr zu bestrafen, indem er sich ohne jede weitere Erklärung einfach zurückzog. Sollte Dickarsch doch in seinem eigenen Saft schmoren.

So jedenfalls hatte sich Eule das gedacht. Schon bald mußte er jedoch die Erfahrung machen, daß alles nicht so einfach war. Wie Boris steckte er bereits zu tief drin, hatte sich schon zu sehr den Kopf darüber zerbrochen, wie wohl die entscheidende Abstimmung über den Wald- und Wiesenkodex ausgehen würde, so daß er sich letztendlich dazu entschloß, es auf eigene Faust herauszufinden.

Als er eines Abends in der Dämmerung nach Hause flog, sah er die unglückliche Honeysuckle in ihrem typisch unsicheren Wackelgang über die Große Lichtung hoppeln. Lautlos schwebte er von hinten auf sie zu, fing furchtbar nah über ihrem Kopf zu rudern an und wendete abrupt mit einem plötzlichen Spreizen seiner breiten Schwingen.

«Hallo!» schrie er gutgelaunt und ließ sich wie ein Stein direkt vor ihr auf die Klauen fallen.

«Oh», japste sie, taumelte einige Schritte zurück und hielt sich die Pfoten ans Herz. «Du hast mich ganz schön erschreckt! Ich dachte schon, der Himmel stürzt ein!»

«Leider nicht», grinste Eule. «Aber hör mal zu. Richte Burdock doch bitte aus, daß ich ihn am Steinbruch treffen möchte – jetzt sofort!»

«Hoffentlich finde ich ihn», keuchte Honeysuckle. «Aber ich kann's dir nicht hundertprozentig versprechen, denn er ist so schrecklich beschäftigt. Außerdem hatte ich eine schlimme Nacht mit den Kindern. Zuerst kriegte ich sie nicht ins Bett, dann wollte eins unbedingt noch mit mir spielen, und bevor ich wußte, was eigentlich los war, saßen sie wieder alle auf. Du kannst dir nicht vorstellen, wieviel Nerven sie einen in diesem Alter kosten. Sie haben soviel Energie, und einer von ihnen steht immer kurz vorm Durchdrehen.

Du würdest es nicht glauben, wenn ich dir genau erzählte, wie es war! Eins gab das andere, und am Ende habe ich kein Auge zugemacht. Ich habe alles vergessen, was ich heute eigentlich erledigen wollte! Weißt du, schon seit ewigen Zeiten wollte ich unbedingt einmal – «

«Aaaaaaaaaarrrrghhh!» Eule stieß seinen allerlautesten Schrei aus, und Honeysuckle erstarrte mitten im Satz.

«Jetzt gibt es nur noch eins zu erledigen», befahl er und sprach dabei jedes Wort so langsam und betont aus, als unterhielte er sich mit einem geistig minderbemittelten Laubbewohner. «Du wirst Burdock suchen, finden und ihm sagen, daß ich am Steinbruch auf ihn warte – jetzt sofort!»

«Aber ja, allmächtige Eule», murmelte Honeysuckle kleinlaut und trollte sich eingeschüchtert und ohne weitere Gegenrede.

Eule sah ihr nach und fragte sich, ob ihr Hinterteil vielleicht sogar noch breiter als das von Dickarsch war. Dann ließ er den Gedanken als irrelevant fallen und unternahm einen Spazierflug, einmal das Tal hinauf und hinunter. Als er Burdock seiner Meinung nach genug Zeit zugestanden hatte, machte er sich auf den Weg zum Steinbruch.

Dort fand er lediglich Dandelion vor.

«Tut mir furchtbar schrecklich leid, Ollie», entschuldigte sie sich. «Aber Burdie kann momentan noch nicht kommen.»

«Sag bloß nicht», unterbrach Eule sie, «er hängt in einer Sitzung fest.»

«Woher weißt du das?» fragte Dandelion mit erstauntem Gesichtsausdruck.

«Ach, schon gut», entgegnete Eule müde.

Erst jetzt fiel ihm auf, daß er sich bisher noch nie richtig mit Dandelion unterhalten hatte. In der Gesellschaft von Burdock hielt sie sich meistens zurück und überließ ihm die Führung. Jetzt, da Ollie ihr zugestand, die Zeit mit ein wenig höflicher

Konversation zu überbrücken, merkte er, daß sie immer wieder auf das Thema Eulen, Raubvögel und Fleischfresser zurückkam.

«Ich muß immer daran denken, wie schade es eigentlich ist, daß du töten mußt, um etwas zu fressen», gestand sie ihm ein und sah ihn mitleidig an. «Findest du nicht auch, daß es sehr unvorteilhaft ist, sowohl für dich als auch für uns?»

«Ich kann nichts dafür, daß ich Fleisch fressen muß, um zu leben», kreischte Eule auf. «Du willst mir doch nicht etwa vorschlagen, daß ich mich von Gras oder Pflanzen ernähren soll? Willst du mich etwa umbringen?»

Er hatte die Frage zwar halb im Scherz gestellt, meinte es jedoch todernst. Noch nie war ihm der Gedanke gekommen, daß es schändlich oder bedauerlich wäre, ein Fleischfresser zu sein. Dandelions Bemerkung war typisch für die Art und Weise, wie BWW-Anhänger ihre Nasen in anderer Geschöpfe Angelegenheiten steckten, als wären sie fest entschlossen, sie daran zu hindern, ihr eigenes Leben zu leben.

«Selbstverständlich will ich dich nicht umbringen», protestierte sie und klang dabei reichlich nervös. «Solche Scherze darfst du nicht machen. Nichts läge mir ferner, besonders nach allem, was du für uns getan hast, und ich bin mir sicher, daß ich hier für alle Betroffenen Waldwächter spreche.

Verstehe mich bitte nicht falsch. Ich weiß sehr wohl, daß es nicht deine Schuld ist, wenn du dich am Leben erhalten mußt, indem du dich auf diese unglückliche Weise von anderen ernährst. Trotzdem wollte ich dir gerade vorschlagen, dir einmal zu überlegen, die eine oder andere Unannehmlichkeit abzuschwächen, die du durch deine räuberischen Aktivitäten auslöst.»

Sie gewann ihre Fassung wieder, klimperte mit ihren langen Wimpern und blickte ihn liebreizend an.

«Erst kürzlich hatten wir eine Versammlung, auf der wir diskutiert haben, wie wir dir am besten helfen können …»

«Wir Raubtiere haben außer dem Jagen auch noch anderes zu tun, weißt du?» Eule hatte nun wirklich genug. War sich dieses anscheinend so harmlose Karnickelweibchen denn nicht bewußt, daß es die Gelegenheit, ihn anzugreifen, allein dem Umstand verdankte, daß ihr Partner zu spät kam?

«Wir schleichen nicht durch die Gegend und töten nicht zum Spaß oder aus Rachegelüsten», fügte er hinzu und hatte sofort das Gefühl, daß er seinen Standpunkt nicht ganz deutlich gemacht hatte.

«Trotzdem», dachte er, noch während er redete, «kann einem die Jagd Spaß machen.» Eine Erregung hing damit zusammen und eine Befriedigung, und beides verband sich mit einem enormen Machtgefühl. Doch es blieb immer noch Arbeit, für einige minderwertigere Raubtiere sogar eine oft lebensgefährliche Arbeit. Viele starben dabei, und man ging immer ein Risiko ein, ganz egal, wie überlegen die eigenen Waffen waren oder wie scheinbar schwach das Opfer. Man konnte bei der Landung ungeschickt aufkommen, gegen ein Hindernis prallen, sich an der Beute verschlucken, eine Krankheit aufschnappen – für jeden Jäger gab es ein Dutzend Möglichkeiten, sich zu vertun. Die Jagd war kein Kinderspiel. Nicht zu vergleichen mit der Suche nach Gras und Pflanzen, die immer an der gleichen Stelle zu finden waren und sich widerstandslos in Mahlzeiten verwandelten, die man ganz lässig konsumieren konnte. Raubtiernahrung bewegte sich ständig und bemühte sich nach Kräften, dem Zugriff zu entwischen. Außerdem war sie manchmal extrem schwer zu finden, besonders in Zeiten der jetzt endenden Großen Kälte oder gerade dann, wenn man nicht nur sich selbst, sondern auch noch kleine Eulenkinder zu ernähren hatte.

Ebenso gab es Zeiten, in denen man einfach keine Lust dazu hatte. Vielleicht litt man ja unter dem Wetter, aber man mußte buchstäblich bei jedem Wetter raus, nicht nur, wenn die Witterung günstig war und man sich gerade danach fühlte. Es war nicht unbedingt die Arbeit, die Raka jeden Tag auf dem Feld verrichtete, doch es war trotz allem Arbeit. Und soviel Eule wußte, war Arbeit für jede vernünftige Kreatur eine schmutzige Tätigkeit, die es mit allen Mitteln zu vermeiden galt.

Einer der Zugvögel hatte ihm einmal erzählt, in den heißen Ländern lebten eigenartige Tiere namens Löwen, die ihre Weibchen auf die Jagd schickten. Die Männchen hatten nichts weiter zu tun, als sich um ihren Harem zu kümmern und ab und zu kräftig zu brüllen. Eule hatte starken Neid verspürt. Anstatt endlos den Wald zu durchstreifen und die Felder und

Wiesen auszuspähen, um seinen Lebensunterhalt zu verdienen, hätte er es auch vorgezogen, gelegentlich laut zu kreischen und sich dann zu einem netten Rundflug aufzuschwingen, um die Aussicht zu genießen und wieder einmal den Wind in den Federn zu spüren. Er zuckte zusammen, als er sich daran erinnerte, wie empört Ula gewesen war, als er die Geschichte mit den Löwen erwähnt hatte. Ihrer Meinung nach sollte es genau umgekehrt sein, hatte sie gegiftet.

Wie konnte er das aber einem harmlosen Kaninchen wie Dandelion erklären, das in etwa die Lebensansichten der Waldmaus teilte, mit der er sich unterhalten hatte? Dann fiel ihm eine andere Geschichte ein, die ihm ein Zugvogel erzählt hatte – war es eine Schwalbe gewesen? Eigentlich hatte er das Thema bei seiner nächsten Unterredung mit dem Ehrwürdigen Buck anschneiden wollen, doch da es keine mehr geben würde, konnte er die Geschichte ebensogut an Dandelion ausprobieren. Zumindest würde ein wenig Zeit vergehen, und das Kaninchen hielte inzwischen den Mund.

«Ich will dir eine Geschichte erzählen», sagte er und sah, wie ihre sanften Augen vor Freude erstrahlten. «Sie handelt von einem Tier namens Elefant, das in den heißen Ländern lebt und riesengroß ist.»

«Und Vegetarier, wenn ich das hier vielleicht gleich anmerken darf», unterbrach ihn Dandelion.

«Und Vegetarier», stimmte Eule zu und versuchte, sich nicht gleich wieder ablenken zu lassen. «Eines Tages, wie er so vor sich hin geht, kommt also dieser Elefant an eine Stelle, wo das Hochwasser ein bösartiges Insekt namens Skorpion eingeschlossen hat.»

«Entschuldige bitte», unterbrach ihn Dandelion schon wieder. «Weshalb geht es in dieser Geschichte um einen männlichen Elefanten? Vielleicht ist es deiner Aufmerksamkeit entgangen, doch momentan wenden wir uns gerade besonders gegen geschlechtliche Diskriminierung und sexuelle Stereotypisierung.»

Eule machte ein kleine Pause, dachte kurz nach und grinste dann vor sich hin. Dandelion wußte es zwar noch nicht, aber es war ihm eine große Freude, das Geschlecht der Tiere in der Geschichte auszutauschen.

«Diese Elefantin», fuhr er mit nachdrücklicher Betonung fort, «sieht also, wie das Wasser steigt und daß der Skorpion, der ebenfalls ein Weibchen ist, ertrinken wird. Deshalb macht sie halt und bietet ihr an, sie in Sicherheit zu bringen.

Die Skorpionin klettert auf ihren Rücken, und die Elefantin trägt sie aufs trockene Land. Dort angekommen, sticht die Skorpionin die Elefantin, die sofort umfällt und langsam stirbt.

‹Warum hast du das getan?› fragt die Elefantin.

Die Skorpionin zuckt die Schultern.

‹Weil Skorpione stechen›, sagt sie.

Und Eulen, meine liebe Dandelion, fressen nun mal Mäuse.»

Dandelion setzte sich auf ihr Hinterteil und sah ihn verwirrt an. Es entstand eine lange Pause, in der sie angestrengt die Stirn runzelte.

«Tut mir leid», sagte sie schließlich, «wo ist denn da der springende Punkt?»

Das hatte er sich auch gefragt, als er zum erstenmal darüber nachgedacht hatte. Vielleicht hätte er die Geschichte doch zuerst dem Ehrwürdigen Buck erzählen sollen. Trotzdem vermutete er stark, daß sie etwas zu seinen Gunsten aussagte, was Dandelion nicht zuletzt dadurch zu bestätigen schien, daß sie das Thema wechselte.

«Ollie, hast du schon jemals darüber nachgedacht, *wie* du etwas tust, nicht nur, *was* du tust?» fragte sie. «Wir Betroffenen Wächter des Waldes glauben nämlich auch fest daran, daß man nett zu anderen Lebewesen sein sollte. Wir alle sind dazu fähig, und wir sind davon überzeugt, daß die Lebensqualität im Wald dadurch immens gesteigert wird, ebenso wie durch gute Manieren und Höflichkeit – andere Tugenden, die wir unbedingt unterstützen. Vor allen anderen Dingen möchten wir, daß der Alte Wald ein netterer Ort zum Leben wird. Ich frage mich, ob du schon jemals darüber nachgedacht hast, daß du dazu beitragen könntest, indem du dich deinen unglückseligen Opfern gegenüber etwas netter verhältst.»

«Netter?» Jetzt war Eule völlig durcheinander.

Er hatte noch keine Wühlmaus absichtlich fies behandelt. Er fraß sie nur. Er spürte, wie er allmählich wieder auf das schwammige Gebiet der Verwirrung gezerrt wurde, das Marcus

Maulwurf besetzt hielt. Vielleicht wurde es ja durch Dandelions Perspektive etwas verständlicher.

Als sich ihre Brauen wieder zusammenzogen, fiel Eule auf, wie unschuldig sie aussah. Sie war beinahe niedlich, von einer Art freudiger Hoffnungslosigkeit umgeben, die er einfach reizend fand. Er verstand jetzt, wie anziehend sie auf ihren eigensinnigen Partner wirken mußte. Aber was für einen Kack sie da zusammenredete! Sie mußte wohl ziemlich gut in der Schlafhöhle sein, daß Burdock dieses Gerede in Kauf nahm. Eule mußte laut lachen, als sich vor seinem inneren Auge eine Rückansicht von Dickarsch beim Rammeln zusammensetzte.

«Was ist denn daran so amüsant?» fragte Dandelion gereizt. «Es wäre nicht mehr als höflich, mir den Witz zu erklären.»

«Verbuche es einfach unter schlechtem Raubtiergeschmack», entgegnete Eule.

Als Dandelion mit verunsichertem Blick einige Schritte zurücktrat, nahm er die Gelegenheit wahr, den Horizont nach einer Spur von Burdock abzusuchen. Es war nichts zu sehen.

«Dann erklär mir doch bitte, wie ich nett sein kann», sagte er dann und akzeptierte, daß er in der Falle saß.

«Wie wäre es zum Beispiel, wenn du dich bei denjenigen, die du töten willst, vorher entschuldigst?» schlug Dandelion vor und schaute ihn strahlend an. «Du könntest dich zuerst vorstellen und es dann diskret erledigen, ohne eine Riesensauerei zu hinterlassen.»

Der Gedanke brachte sie auf eine ganz andere Spur.

«Hast du dir schon jemals Gedanken darüber gemacht, wie abstoßend die Überbleibsel, die ihr Raubtiere hinterlaßt, auf uns Vegetarier wirken müssen? Wenn ihr nicht soviel Sauerei hinterlassen würdet, könntet ihr damit gleich zu einem anderen Projekt beitragen, das wir momentan sehr fördern. Weißt du, wir möchten dem Alten Wald nicht nur zu einer netteren Atmosphäre verhelfen, wir möchten auch, daß er netter aussieht. Für unseren Geschmack hat sich in einigen besonders unordentlichen Ecken zuviel Laub angesammelt, deshalb sind wir gerade dabei, freiwillige Arbeitsteams zusammenzustellen, die dort aufräumen. Melde dich doch für eine! Deine Hilfe wäre unschätzbar, und abgesehen davon, daß wir uns alle sehr darüber freuen würden, wäre die ungewohnte Bewegung sicherlich immens gut für dich.»

«Macht Burdock auch mit?» fragte Ollie, den ein jäher Blitzstrahl der Erkenntnis traf.

«Das täte Burdie sicherlich liebend gern», gab Dandelion gekünstelt zurück. «Ich fürchte nur, daß er die Zeit dafür nicht erübrigen kann. Sein Wald- und Wiesenkodex steht kurz vor der Abstimmung, so daß ihn die erforderlichen Sitzungen leider viel zu sehr in Anspruch nehmen.»

«Dachte ich mir schon», erwiderte Eule, zufrieden damit, daß er einen direkten Treffer gelandet hatte.

Er blickte zum Himmel hinauf, der zusehends dunkler wurde. Burdock und seine verdammten Sitzungen konnten ihn gern haben. Die Dämmerung, Ollies Hauptjagdzeit, ging allmählich in die Nacht über. Außerdem verspürte er reichlich Appetit. Warum sollte er noch länger warten, wo ihm Dandelion obendrein das Stichwort für den Abflug auf dem Tablett serviert hatte?

«Tja, mich nimmt die Mäusejagd viel zu sehr in Anspruch», offenbarte er ihr und erhob sich ohne ein Wort des Abschieds in die Lüfte.

«Also ehrlich», hörte er Dandelions Stimme zu sich heraufklingen, «das ist noch lange kein Grund, so unhöflich zu sein.»

Er blickte hinunter auf die von Menschenhand geschaffene Narbe des Steinbruchs, wo sich das Kaninchenweibchen verloren nach seinem Partner umsah. Doch selbst von Eules luftigem Aussichtspunkt aus war nichts vom Anführer der Kaninchen zu sehen.

«Der arme Burdie muß wohl in einer seiner immens wichtigen Sitzungen steckengeblieben sein», höhnte er hinunter, bevor er sich abwandte und zum anderen Ende des Tals hinunterflog.

Im nachhinein war es nicht einmal so schlecht, daß der Kaninchenchef nicht aufgetaucht war. Wer außer Dandelion hätte ihm so eindrucksvoll bestätigen können, daß er von den BWW ein für allemal die Nase voll hatte?

Kapitel 29

Kritische Pfade

Als der Wärter den Schuppen betrat, verharrten die Nerze, auch Mega, schuldbewußt an Ort und Stelle. Noch nie zuvor hatte er sie auf diese Weise gestört. Falls er ahnte, was sich hier abgespielt hatte, mußte das unweigerlich zu noch mehr Feindseligkeiten führen. Mega wußte jedoch sofort, daß sich nicht nur diesseits des Maschendrahts Ungewöhnliches ereignet hatte. Der Wärter betätigte nicht sein Klickding, das die hellen Lichter aufflammen ließ, sondern er trug ein Licht wie einen Mondstrahl in der Faust und beleuchtete damit seinen Weg. Die ganze Zeit über schaute er über die Schulter zurück, als fürchtete er sich vor etwas, das hinter ihm herkam. Mega bemerkte, daß er mindestens so nervös war wie sie.

Er blickte zu Mata hinüber, und sein Herz vollführte einen Satz, als sie tonlos die Lippen bewegte: «Immer weiter, immer höher hinaus.» War das endlich der Moment, auf den sie so lange gewartet hatten? Die beiden Nerze, die der Wärter bei sich trug, konnten Flüchtlinge aus einer Kolonie sein, die die Befreiermenschen bereits heimgesucht hatten.

Jetzt hatte der Wärter den Isolationskäfig gefunden, in dem auch Mega geboren worden war. Zuerst sah es so aus, als würde er die beiden neuen Nerze dorthineinstecken, doch dann kam ein anderer Mensch in den Schuppen gerannt und fing laut zu schimpfen an. Mega beobachtete fasziniert, daß der Wärter dem anderen gehorchte. Als wäre er nicht mehr Herr in seinem eigenen Schuppen, beugte er sich dem Willen des Fremden, holte sich ein paar Werkzeuge und ging zu Ramses' altem Käfig. Wütend und protestierend vor sich hin knurrend entfernte er die Bretter, öffnete die Drahttür und entließ widerstrebend die beiden neuen Nerze in den Käfig. Nachdem er ihn sorgfältig wieder verschlossen hatte, inspizierten die beiden Menschen noch kurz jedes einzelne Käfigschloß. Dann sperrten sie die Schuppentür von außen ab. Maxi funkelte in die Runde, damit sich ja alle still verhielten, während sie lauschten, wie draußen das Hauptschloß ausführlich getestet wurde.

Endlich entfernten sich die Schritte.

Mata reagierte als erste. Sie rannte hinüber und stellte sich vor den Käfigeingang, wodurch sie sowohl die neuen Nerze daran hinderte, herauszukommen, als auch der Meute verwehrte, zu ihnen einzudringen. Mega schlenderte auf Mata zu und versuchte, möglichst lässig zu wirken, dankte ihr jedoch im stillen für die schnelle Reaktion. Innerlich platzte er fast vor Neugier und Aufregung wie alle anderen auch, doch er war sich auch darüber im klaren, wie sehr ihn die unerwartete Wendung der Ereignisse verunsicherte. «Ich werde den Ältesten immer ähnlicher», dachte er voller Bestürzung und versuchte, dieses Gefühl sofort wieder auszulöschen. Wie Mata sagte, mußte er jede Veränderung begrüßen, anstatt sich ständig deswegen Sorgen zu machen. Sein Wunsch, die Neuankömmlinge könnten das Zeichen sein, auf das er schon so lange wartete, war so stark, daß er sich der Wahrheit nicht stellen wollte. Die Anwesenheit der beiden Neuen könnte ebensogut noch mehr Komplikationen heraufbeschwören.

Die drängelnde Menge teilte sich, um ihn durchzulassen, und er spähte in den Käfig, aus dem ihn die beiden neuen Nerze freundlich anblickten.

«Komm doch herein», begrüßte ihn der eine gutgelaunt und winkte ihn mit zur Begrüßung ausgestreckter Vorderpfote herbei. «Wenn wir uns kurz vorstellen dürften: Ich bin M1, und das ist mein Zwillingsbruder und Amanuensis M2. Darf ich gleich anfügen, wie erfreut wir sind, eure Bekanntschaft zu machen? Wir zweifeln nicht daran, daß wir wunderbar miteinander auskommen werden, habe ich recht, Zwo?»

«Vollkommen, Eins – ich sehe bereits ein überaus produktives Interface vor mir.»

«Könnte gut der Anfang von etwas wirklich Großem sein, was, Zwo?»

«Massiv global, würde ich sagen, Eins.»

Sie strahlten ihn begeistert an.

«Wer oder was auch immer ihr seid, haltet erst einmal die Klappe», wies Mega sie zurecht und versuchte damit, sein Erstaunen zu überspielen.

Er duckte sich wieder nach draußen und sah, daß Maxi und seine Muskelnerze, wenn auch etwas verspätet, die Aufgabe übernommen hatten, die aufgeregte Menge zurückzuhalten. Mit einem knappen Kopfnicken rief er Mata und Psycho zu sich.

«Ich weiß nicht genau, was mit ihnen los ist, aber sie sind eigenartig», informierte er sie knapp. «Ich möchte, daß ihr mir helft, sie auszufragen, bevor wir die anderen an sie heranlassen.»

«Das wird unseren Lieblingen nicht sehr gefallen, Mega», quiekte Psycho besorgt. «Sie wollen sie jetzt und auf der Stelle sehen.»

«Das können sie vergessen», gab Mega giftig zurück. «Wann kapieren die endlich, daß sie nicht alles haben können, was ihnen gerade in den Sinn kommt?»

«Nie», sagte Psycho sehr leise, mehr zu sich selbst. Aber wann kapierte Mega endlich, mit welchem Material er hier arbeiten mußte? Auch nie, vermutete er und hob den Blick ergeben zum Schuppendach.

«Sagtest du etwas, Psycho?» fuhr ihn Mega mißtrauisch an.

«Nein, Mega. Ich habe nur laut gedacht», gab er rasch zurück.

«Laß das», fauchte Mega erneut. Trotz seiner Anstrengungen, gelassen zu bleiben, klang er so aufgeregt wie alle anderen. Woher kam nur dieses dissonante Kreischen in der Atmosphäre?

«Halte sie zurück, Maxi. Alle!» befahl er und ignorierte den Chor aus Buhrufen, der ihn, Mata und Psycho begleitete, als sie zurück in den Käfig gingen.

«Hallo Leute», ertönte sofort die freudige Begrüßung. «Sieht ganz so aus, als ginge es jetzt richtig zur Sache! Da ihr offensichtlich die Geschäftsleitung hier übernommen habt, darf ich euch gleich mitteilen, daß wir uns außerordentlich über euer Interesse an unserer Anwesenheit freuen. Vielleicht breche ich ein wenig das Eis, indem ich euch zunächst etwas mehr über uns erzähle.»

«Du hörst *mir* zu», unterbrach Mega den unablässigen Redeschwall. «Haben die Befreiermenschen vor kurzem eure Kolonie überfallen?»

«Kolonie?» fragte M1 erstaunt und drehte sich zu seinem Bruder um. «Was ist denn eine Kolonie, Zwo?»

«Da muß ich passen, Eins», antwortete der andere munter. «Es sei denn, wir befinden uns jetzt in einer. Denn eins dürfte klar sein: Das hier ist kein Labor.»

Jetzt war Mega an der Reihe.

«Was ist ein Labor?» fragte er wütend. Die beiden hatten etwas an sich, was ihn zur Weißglut brachte.

«Tja, jedenfalls ist es ganz und gar nicht wie euer Schuppen hier», entgegnete der erste Nerz und hob auf die Art von Pussles die Nase in Richtung Latrinengrube. «Es ist, wie soll ich es ausdrücken, eine ganze Ecke fortschrittlicher, zivilisierter.»

«Insgesamt befriedigt es eher gehobene Ansprüche», sagte der andere und zog angewidert die Nase kraus.

«Ich will wissen, was es ist!» schrie Mega außer sich vor Wut.

Mata und Psycho tauschten alarmierte Blicke. Ihr Anführer hatte die Situation nicht gerade gut im Griff.

«Laß mich mit ihnen reden», intervenierte Mata ruhig.

Sie wandte sich dem eigenartigen Pärchen zu, das jetzt gequält schnaufte.

«Ich bin Mata», stellte sie sich vor, «und das sind Mega, unser Anführer, und Psycho. Ihr habt euch nicht getäuscht; wir haben hier die Leitung übernommen.»

Die höfliche offizielle Vorstellung schien das Duo zu besänftigen.

«Wir sind M1 und M2, wir sind Zwillinge», wiederholte der erste seine Vorstellung, wobei die Zusatzinformation völlig überflüssig war. Die beiden sahen sich so ähnlich, daß man sie nicht auseinanderhalten konnte. «Und was ich euch gerade erzählen wollte, bevor ich so barsch unterbrochen wurde: Wir beide kommen aus einem Labor, wo wir hochspezialisierte Arbeit verrichtet haben, in enger Kooperation mit den Menschen.»

Er bedachte Mega mit einem überlegenen Lächeln, während sich sein Zwillingsbruder reservierter gab.

«Es handelte sich um derartig hochgeistiges Zeug, daß ihr, die ihr euer Lebtag hier in diesem Schuppen verbracht habt, vermutlich kein Wort davon verstehen würdet», fuhr er fort. «Ihr müßt wissen, daß wir an einem speziellen Forschungsprojekt teilgenommen haben, in dem das Ausmaß der Intelligenz von Nerzen getestet wurde. Es war ein großangelegtes Unterfangen, das über mehrere Monde hin ausgeführt wurde, in harter Konkurrenz zu allen möglichen anderen Tieren – und Vögeln. Wir müssen wohl nicht ausdrücklich betonen, daß wir als Nerze natürlich auf allen Gebieten als Sieger hervorgingen.»

Da die drei Kolonienerze ihn entgeistert anstarrten, nahm sein Zwillingsbruder nahtlos den Faden auf.

«Entscheidend ist für euch, ganz grob zusammengefaßt, daß wir mit höchster Intelligenz ausgerüstet sind», verkündete M2 zungenfertig. «Glaubt bitte nicht, daß nur wir allein davon überzeugt sind. Die Tests der Menschen haben bewiesen, daß unser IQ jenseits aller Bemessungsgrenzen liegt. Mit anderen Worten, und es macht uns nicht das geringste aus, wenn ihr das wißt: Wir sind klug. Sehr klug. So klug, daß wir, um ehrlich zu sein, nicht die Absicht hegen, uns sehr lange in diesem schäbigen Etablissement aufzuhalten – bei allem Respekt für euch als Persönlichkeiten, versteht sich!»

Mega stotterte los, doch Mata warf ihm einen so vernichtenden Blick zu, daß er sofort wieder verstummte.

«Das ist ja faszinierend», sagte sie begeistert. «Bevor ihr uns wieder verlaßt, müßt ihr mir alles darüber erzählen. Da ihr ja so klug seid, verratet mir doch zunächst eines: Warum seid ihr hier?»

«Darüber sind wir uns tatsächlich nicht ganz im klaren», gestand M1 und enthüllte damit den ersten Riß in der Fassade der Allwissenheit. «Unser Programm war ohnehin beinahe beendet. Es gab alle möglichen Gerüchte über irgendwelchen Ärger hinsichtlich der rauchenden Hunde. Letztlich wurden wir einfach weggebracht. Ihr kennt das ja bestimmt auch. Wenn sich die Menschen einmal zu etwas entschlossen haben, dann muß alles immer sehr schnell geschehen. Sie sind ganz außerordentliche Wesen, findet ihr nicht? Bestimmt habt ihr im Verkehr mit eurem Wärtermenschen die gleichen Erfahrungen gemacht. Die sind schon was, meine Güte!»

Er sog die Luft scharf durch die Zähne ein und schüttelte voller Staunen und Bewunderung den Kopf.

«Ganz und gar erstaunlich sind sie», ergänzte M2 leidenschaftlich. «Ihr merkt schon, wir haben sie ganz genau studiert, während sie uns studierten. Es war ein extrem produktiver Austausch für beide Parteien, das dürft ihr uns glauben. Allmählich mochten wir sie richtig gut leiden. Was wir aber auch alles herausfanden! Wir behaupten nicht, daß wir sämtliche Gebiete erkundet haben, aber wir haben einige aufregende Entdeckungen gemacht, wirklich sehr aufregend.

Ich denke, wir können mit Fug und Recht behaupten, daß wir die Menschen in- und auswendig kennen, ganz wie ihr wollt. Was jetzt euch betrifft, so ist es der absolute Hammer, daß wir uns gerade erst seit kurzem in ein Gebiet vertieft haben, das wir brennend gern in Zusammenhang mit euch weiterentwickeln würden.

Sehr verehrte Männchen und Weibchen, wenn ich jetzt unser Ausgangsmaterial vorstellen dürfte.»

Der wüste Redeschwall wurde jetzt wieder von dem anderen Neuankömmling weitergeführt, von M2 – oder war es M1?

«Wir sind sicher, daß euch das hier gefallen wird», grinste er leidenschaftlich. «Zuerst sprechen wir über kritische Pfade und woher wir kommen. Dann werde ich eine Gruppendiskussion moderieren, zur besseren Einschätzung unserer geplanten Kampagne. Zuerst jedoch ein kleiner Abriß darüber, wo genau wir uns befinden.

Ihr lebt alle in diesem Käfigkomplex, richtig?»

«Halt die Klappe!» brüllte Mega in seiner autoritärsten Stimme und schlug dabei mit der Vorderpfote auf den Boden.

Er hatte die Schnauze von diesem Balla gestrichen voll, egal, was es war. Während er ihrer ekelhaften Selbstbeweihräucherung lauschte, hatte er sich eingestehen müssen, daß diese Nerze ungewöhnlich klug waren. Ihre Arroganz hingegen verschlug ihm den Atem. Inzwischen fühlte er sich ihrer bemerkenswerten Eleganz gegenüber furchtbar minderwertig. Ihr silbrig glänzendes Fell schimmerte mit einer vollen, satten Patina, die alle anderen, auch Mata, vergleichsweise struppig aussehen ließ. Was sie auch gefressen haben mochten, es mußte sich um etwas weitaus Besseres als Schuppenfutter gehandelt haben. Was sie jedoch wirklich besonders machte, war der Eindruck, daß sie sich offensichtlich für etwas hielten, das die Kolonie noch nie zuvor erlebt hatte: welterfahrene Nerze. Zweifellos würden sie ihr Auftreten als «adrett» bezeichnen, was ihr Aussehen wie auch ihr Benehmen betraf. Mega war jedoch zu dem Schluß gekommen, daß die Bezeichnung «ölig» es viel besser traf. Er mochte sie nicht. Sie waren wie Psycho, nur schlimmer, falls das überhaupt möglich war. Viel zu gescheit und sogar noch geschwätziger. Wie sie schon daherredeten! Noch nie in seinem Leben hatte er etwas Derartiges gehört.

Die Zwillingsbrüder zuckten hilflos die Achseln und schauten sich in gequältem Erstaunen an. Was hatten sie nur falsch gemacht, daß sich ihr Klient so aufregte? Es war doch alles ganz logisch gewesen. Dieser momentane Ausrutscher resultierte wohl daraus, daß diese Kolonienerze noch nie zuvor mit Marketing in Berührung gekommen waren – was ihnen nicht zu verdenken war, wenn sie nichts als diesen Schuppen kannten. Man mußte ihnen die Konzepte und Parameter nahebringen, um die sich das ganze Marketing drehte. Sobald sie auf der richtigen Lernkurve waren, würden sie es schon verstehen.

M1 warf seinem Zwillingsbruder einen strengen Blick zu, woraufhin dieser sich still verhielt.

«Vielleicht sind wir für eure Verhältnisse ein wenig zu schnell vorangeschritten, meine verehrten Männchen und Weibchen?» erkundigte er sich mitfühlend. «Vielleicht möchtet ihr statt dessen zuerst einige Fragen loswerden? Keine Bange, wir decken alle Bereiche ab.»

Mega dachte, daß er sehr gern mehr als nur ein paar Fragen losgeworden wäre. Er blickte zur Seite und sah, daß Psychos Augen vor Aufregung glühten. Als er den Blick seines Anführers auf sich spürte, nickte er kurz mit seinem spitzen Kopf zur Seite, um Mega anzudeuten, daß er mit ihm hinausgehen wollte.

«Keine schlechte Idee», dachte Mega. Hier handelte es sich eindeutig um eine Gelegenheit, bei der er auf Psychos Hilfe angewiesen war. Er mußte ihm erklären, was hier überhaupt vor sich ging.

«Mit einem Wort, Psycho, was hältst du davon?» forderte ihn Mega auf, nachdem er, Psycho und Mata sich durch die pöbelhafte Menge der Jungnerze gequetscht hatten und in seinem Käfig angelangt waren. Mata war ungefragt mitgekommen.

Sein Ränkeschmied benötigte drei Worte.

«Insgesamt: gute Nachrichten», antwortete er, ohne zu zögern.

«Mata?»

«Eine Veränderung, und schon deswegen höchst willkommen, Mega», antwortete sie bedächtig. «Oft kündigt eine Veränderung eine noch weit größere an.»

Mega starrte sie frustriert an. Sie sprach so oft in Rätseln, die ihm nicht das geringste sagten. Er brauchte etwas Konkreteres, etwas, woran er sich festhalten konnte. Er war sicher, daß sie dieses außergewöhnliche Duo, das ihnen in den Schoß gefallen war, für ihre Zwecke nutzen konnten. Ein erster, enttäuschender Eindruck sagte ihm jedoch, daß sie nicht direkt zur tatsächlichen Flucht beitragen würden. Diese Nerze mochten zwar aus einer anderen Welt kommen, aber als besonders körperbetont konnte man sie nicht bezeichnen. Sie hatten wahrscheinlich keinen Schimmer davon, wie man ausbrach. Aber egal, was dieses Marketing auch bedeutete, es konnte bestimmt auf die eine oder andere Art höchst nützlich sein. Der wichtigste Punkt war der, daß sie für ihn keine Bedrohung darstellten. Sie waren erpicht darauf, jemandem ihre Dienste anzubieten.

«Was machen wir jetzt mit ihnen?» fragte er Psycho.

Sein Ränkeschmied kämpfte mit unterschiedlichen Gefühlen. Die beiden waren genau die Art von Nerz, nach der er sich gesehnt hatte. Sie hatten Köpfchen genau wie er. Sie waren clever. Sie waren schnell. Sobald er sich auf ihre gewählte Art auszudrücken gelernt hatte, würde sich alles auf einer völlig anderen Ebene abspielen. Was ließ sich nicht alles gemeinsam aushecken. Gleichzeitig schwebte eine nicht zu unterschätzende Bedrohung über seinem Haupt – mit ihrer Mischung aus Weltgewandtheit und Insiderinformation konnten ihn die Neuankömmlinge rasch in den Schatten stellen.

«Wir können sie bestimmt gebrauchen, Mega, aber noch nicht sofort», entgegnete er vorsichtig. «Die Gefahr, die ich dabei sehe, liegt darin, daß sie alles zu schnell angehen und zu weit über das Ziel hinausschießen. Momentan sollten wir ihnen erst einmal zeigen, wie bei uns der Hase läuft – ihnen kräftig hintenrein treten sozusagen. Dann gewöhnen sie sich allmählich an uns, und wir können Geschäfte miteinander machen.»

Diese Bestätigung seiner eigenen Gedanken freute Mega sehr. «Und wie sollen wir sie auf Kurs bringen?»

«Du kannst sie ja ächten, Mega», sagte Psycho mit schiefem Grinsen. «Oder, noch besser, untersage ihnen jeglichen Kontakt mit allen anderen außer mir. Dann werde ich mich für dich in ihre Köpfe hineinversetzen.»

Psychos Grinsen erstarb, als Mega ihn mit unverminderter Eindringlichkeit anstarrte. Zum erstenmal lief ihm ein Schauer den Rücken hinunter. Seine eigenen Augen mochten wohl seine Gedanken verbergen, doch unter dem Blick seines Anführers kam er sich völlig transparent vor. Mega spürte, daß jetzt seine eigene Krone in Gefahr war.

«Das würde dir wohl so passen, was?» fragte er mit einem Lächeln, das zu gleichen Teilen grausam und liebevoll wirkte. «Aber du hast Glück. Mir paßt es nämlich zufällig auch. Mata?»

Sie nickte, sagte jedoch nichts.

«Sie gehören also erst einmal dir, Psycho», teilte ihm Mega mit, wobei sein Lächeln in ein freundlicheres Grinsen überging. «Sag mir sofort Bescheid, wenn sich eine brauchbare Strategieeinschätzung abzeichnet – oder wie die Zwillinge diesen Balla sonst nennen würden.

Zuerst wollen wir sie jedoch den anderen vorführen, bevor der Mond aufgeht und alles völlig außer Kontrolle gerät.»

Kapitel 30

DRAUSSEN

Als draußen auf dem Rauhreif menschliche Schritte knirschten, setzte sich Mega kerzengerade auf. Die Nacht war schon ungewöhnlich genug gewesen. Zuerst seine Rede, dann die Ankunft der beiden neuen Nerze, und schließlich war ein so gewaltiger und riesengroßer Mond über der Dachluke aufgetaucht, daß die ganze Kolonie in einer Orgie des Wahnsinns regelrecht explodiert war, wie man sie noch nie erlebt hatte. Die Jungnerze hatten zeitweilig sogar die wilde Begeisterung wiedergefunden, die sie bei der Machtübernahme an den Tag gelegt hatten. Mega, so aufgeputscht wie alle anderen, hatte Maxi kurz und bündig angewiesen, nicht einzugreifen. Jetzt, in der dunkelsten Stunde vor dem Morgengrauen, waren sie in ihre Käfige zurückgekehrt und, emotional und körperlich völlig ausgepumpt, in einen tiefen Schlaf gefallen.

Mega war jedoch wach geblieben, um sein Gelübde zu erfüllen, das er zur Erinnerung an Sheba abgelegt hatte. Doch noch während er geistige Zwiesprache mit ihr hielt, hatte ihn irgend etwas vor Vorfreude erzittern lassen. Jetzt, da er die Geräusche von draußen hörte, wußte er instinktiv, daß sein großer Augenblick gekommen war. Es lag nicht nur daran, daß es Nacht war oder daß die Schritte fremd klangen – das allein ließ noch nicht auf die Befreier schließen. Trotzdem wußte er, ohne näher darüber nachzudenken, daß sie es waren. Schweigend dankte er Sheba und tadelte sie zugleich sanft dafür, daß sie ihn so lange darauf hatte warten lassen.

Er hörte, wie sich die anderen Nerze rührten; sie spitzten ebenfalls die Ohren. Jemand machte sich an der Schuppentür zu schaffen. Dann hörte man das leise Murmeln menschlicher Stimmen und eine Serie dumpfer Schläge, bevor die Tür aufging und zwei Menschen in das Zwielicht hereintraten. Mega erinnerte sich an Solomons Geschichte von den flüchtenden Befreiern und verhielt sich vollkommen still. Die anderen mochten wohl erkennen, daß es nicht die verhaßte Gestalt ihres Wärters war, doch wie viele von ihnen wußten, daß es sich um ihre Befreier handelte, stand auf einem anderen Blatt. Ein einziges Geräusch, und ihre Retter konnten wieder verschwunden sein. Ohne Vorwarnung zerschnitt plötzlich ein Lichtstrahl die Dunkelheit. Er fingerte über die Käfige, und Mega wurde kurzzeitig geblendet, als er ihm direkt in die Augen leuchtete, bevor er weiter bis zum anderen Ende der Käfigreihe tanzte. Die allgemeine Erregung im Schuppen steigerte sich spürbar. Die Deckenbalken warfen ein metallisches Klappern zurück, als ein paar vereinzelte Nerze anfingen, unruhig in ihren Käfigen auf und ab zu laufen. Die Menschen machten jedoch unbeirrt weiter, und Megas Zuversicht stieg. Sein Herz fing an zu klopfen, alles erschien ihm plötzlich in einer nie zuvor gekannten Deutlichkeit. Seine Sinne waren so unglaublich geschärft, daß er sogar aus dieser Entfernung spürte, wie die Menschen kaum zu atmen wagten. Jede ihrer vorsichtigen Bewegungen zeugte davon, daß sie sich hier eigentlich nicht aufhalten durften.

Er erinnerte sich an die rätselhafte Bemerkung Matas. Hatte sie nur geraten, daß die beiden neuen Nerze das Zeichen waren, auf das er gewartet hatte? Er hatte es selbst nicht bemerkt, doch im nachhinein gab der übergeordnete Mensch, mit dem der Wärter so sorgfältig die Schlösser überprüft hatte, den Hinweis zum Verständnis. Die Befreier mußten den Labornerzen gefolgt sein. Tatsächlich hatte eine Veränderung auf die andere verwiesen.

«Alles klar, Mata», zischte er zu ihrem Käfig hinüber.

«Alles klar, Mega», zischte es zurück.

Er hörte ein kurzes, schneidendes Geräusch und drehte den Kopf zur Seite. Am anderen Ende der Käfigreihe sah er, wie der Mensch, der sich über den ersten Käfig gebeugt hatte, einen Schritt zurücktrat. Der Draht rollte zur Seite, fiel auf den Boden, und Mega wurde von einer sonderbar erhabenen Gefühlsregung gepackt. Die Barrieren wurden eingerissen! Es geschah wirklich! Die Freiheit, die er versprochen hatte, war nur noch einen winzigen Schritt entfernt! Als er spürte, wie die Energie durch die Käfigreihe pulsierte und die ganze Kolonie allmählich begriff, was geschah, stellte er sich erwartungsvoll in der Mitte seines Käfigs auf. Er würde seinem Retter ein besonderes Willkommen bereiten.

Er wartete zitternd, bis der Befreier seinen Käfig erreicht hatte und anfing, den Draht aufzuschneiden. Dann, als er ihn ausführlich betrachtete, empfand er plötzlich eine herbe Ernüchterung. Seinen Retter hatte er sich immer strahlend und als etwas Besonderes ausgemalt. Statt dessen sah er fast so aus wie der Wärter – abgesehen davon, daß er, wie einige andere Menschen, die zuvor im Schuppen gewesen waren, ein Gesichtsfell trug. Er war so weiß wie die anderen, obwohl Mega ihn sich immer dunkelbraun wie einen Nerz vorgestellt hatte. Er wußte, daß es verschiedenfarbige Menschen gab, denn gelegentlich kam ein Schwarzer in den Schuppen. Er schien jedoch einen niedrigen Status zu haben, denn er durfte nur die schweren Kisten mit ihrem Futter schleppen und mußte dabei schwerer schuften, als sie es jemals bei ihrem Wärter gesehen hatten. Das mußte der Ausgangspunkt seiner Erwartung gewesen sein, dachte Mega jetzt. Als unterdrückter Außenseiter mußte ein brauner Mensch logischerweise viel mehr mit ihnen gemein haben.

Er witterte und bemerkte, daß sein weißer Befreier ebenso schlimm stank wie die anderen Menschen. Alle Nerze empfanden den muffigen Menschengeruch als besonders ekelhaft, und dieser hier roch sogar noch stärker als die anderen, weil er trotz der Kälte enorm schwitzte. Mega rümpfte angewidert seine schwarze Nase, als der scharfe Geruch sogar den alles durchdringenden Gestank der Latrinengrube überdeckte. Am eigenartigsten fand er, daß sein Befreier ihn nicht einmal ansehen zu wollen schien. Er bemühte sich sogar, seinen Blick nicht auf Mega zu richten, und knipste konzentriert am Draht herum. «Das lasse ich mir nicht bieten», dachte Mega. Wir sollten zumindest einen Blick des gegenseitigen Respekts austauschen. Er konzentrierte sich auf den gesenkten Kopf und wollte, daß der Mensch die Augen auf ihn richtete. Zu seinem Erstaunen verspürte er als Antwort eine Woge der Angst. Der Befreier hatte Angst. Wovor denn? Bestimmt nicht vor ihm! Er starrte noch intensiver auf den Kopf, bis dieser sich langsam hob. Dann traten die Augen in Kontakt, Mega klinkte sich ein und zog den Menschen in sich hinein. Es fühlte sich anders an, als Auge in Auge mit dem Wärter zu sein, dem sich die Nerze trotz allem noch immer unterwarfen. Doch hier gab es ein Gefühl des Wissens, ein Gefühl des Unvermeidlichen auf beiden Seiten. So mußte es sein, wenn man einem Opfer mit heißen Spritzern Auge in Auge gegenüberstand. Als er noch tiefer in die Augen seines Befreiers blickte, wußte Mega, wer wem seinen Willen aufzwang. Er, Mega, war der Meister. Er, Mega, war Herr der Situation. Er erkannte den Menschen, doch der Mensch erkannte ihn nicht.

Im Hochgefühl seiner Macht hielt er den Blick des Menschen weiterhin skrupellos gefangen. Dann setzte er ganz langsam sein wölfischstes Grinsen auf. «Du bist nicht mehr als ein Werkzeug», strahlte er. «Du weißt nicht, was du tust oder warum du es tust. Ich habe dich herbeizitiert, ich bin derjenige, der versteht, ich habe alles unter Kontrolle.» Die Angst in den Augen des Menschen nahm zu, und sie zuckten in dem verzweifelten Versuch, sich loszureißen, zur Seite. Sie kehrten jedoch immer wieder zurück, denn Mega hielt ihn noch immer gefangen. «Ich danke dir, daß du nur eine Null bist, und ich danke dir, daß du das befreist, was du nicht kennst. Denn wenn du wüßtest, wie wir wirklich sind, hättest du dich nicht einmal in unsere Nähe gewagt.»

Dann entließ er sein Opfer. Er hatte seinen Standpunkt klargemacht, seine Herrschaft etabliert. Jetzt wußte er, daß er sich mit seinen Ansichten hinsichtlich der Stellung der Nerze in der Welt nicht geirrt hatte. Kein Wunder, daß die Menschen sie in Käfige einsperrten. Ob Befreier oder nicht, sie hatten Angst!

Er wartete leidenschaftslos, bis sein Befreier in aller Eile die Arbeit am Draht zu Ende gebracht hatte, ihn wegriß und zum nächsten Käfig weiterging, wobei er die ganze Zeit über die Augen strikt auf den Boden gerichtet hielt. Dann kam der erste magische Moment! Mega konnte ohne die Zickzacklinien sehen, die seine Aussicht seit dem Tag, an dem er zum erstenmal die Augen öffnete, beeinträchtigt hatten. Es war so, als hätte man einen Schleier von den Gesichtern an der Wand weggezogen, von denen ihm seine Phantasie immer erzählt hatte.

Er wartete schweigend, bis sich der Befreier zum Ende der Reihe durchgearbeitet hatte und auf Zehenspitzen zur Schuppentür zurückschlich. Als sein Kollege ihm folgte, konnte man die Silhouetten der beiden kurzzeitig im Türrahmen sehen. Sie schalteten ihre Mondstrahllichter aus, winkten kurz zum Abschied und verschwanden in der Nacht. Die Tür ließen sie einen Spaltbreit offenstehen.

Ein Schwall frischer Luft wehte herein und verscheuchte den säuerlichen Gestank der Latrine. Eine unnatürliche Stille legte sich über den Schuppen. Es war, als stünde die Zeit still.

Wie alle anderen blieb auch Mega wie erstarrt in seinem Käfig stehen. Dann kam der Augenblick der Wahrheit, der Augenblick, in dem der erste von ihnen einen Schritt über den Rand des Tisches wagen und, der Doktrin der Ältesten zufolge, der Himmel einstürzen würde. Bis jetzt hatten sie noch nichts Falsches getan. Sie standen genau auf der Kippe, hielten ihre Rettung noch immer in den eigenen Pfoten. Die Befreier hatten ihnen die Gelegenheit dazu verschafft; die Überschreitung der Gebote mußten die Nerze ganz auf sich selbst nehmen. Noch konnten sie den von den Ältesten vorausgesagten Untergang verhüten, indem sie alle verschüchtert in ihren Käfigen sitzenblieben. Am Morgen würde der Wärter wahrscheinlich den Draht ersetzen und ihre alte Welt wiederherstellen. Er würde sie nicht bestrafen, im Gegenteil! Er würde sie für ihre Loyalität wahrscheinlich noch belohnen.

Die magische Stille wurde von einem heimlichen Flüstern gebrochen, das besagte, es handle sich vielleicht um eine Falle. Vereinzelt quiekte Zustimmung aus den Käfigen. Wieder einmal war Mega gezwungen, etwas zu unternehmen. Er mußte etwas unternehmen, bevor alle in der Kolonie gemeinsam die Nerven verloren. Er zögerte jedoch noch. Ohne die vertrauten Zickzacklinien klaffte die Käfigöffnung vor ihm wie ein riesiges Maul. Es schien ihn herauslocken zu wollen, was seine Vernichtung und die aller anderen zur Folge hätte. Dann traf ihn ein Zweifel aus einer völlig anderen Richtung. Sein Verstand sagte ihm, daß ihm kein Hindernis mehr im Weg stand, doch sein Herz wollte nicht recht daran glauben. Was war, wenn ihn eine unsichtbare Barriere zurückhielt, die ihn bewegungsunfähig machte?

Schließlich hörte er die erstickten letzten Worte seiner Mutter aus dem Sack heraus: «Sei bereit, mein Sohn! Sei bereit!» «Ich bin bereit», sagte er sich und nahm allen Mut zusammen. Er war immer bereit gewesen! Er hatte Shebas Vertrauen so lange vor sich hergetragen, er würde sie auch jetzt nicht enttäuschen.

Einen Schritt nach dem anderen ging er auf die Öffnung des Käfigs zu.

«Balla! Balla! Balla! Der Wärter ist total ballaballa!» sang er laut.

Er wackelte mit dem Hinterteil und wurde dafür mit einigen Lachern belohnt. Die Atmosphäre war zum Zerreißen gespannt. Jeder einzelne Nerz wußte, daß Megas nächster kleiner Schritt einen Riesenschritt für sie alle bedeutete.

Ohne weiteres Herumgeplänkel übertrat er die verbotene Schwelle.

Als seine Vorderpfote auf die harte Tischplatte traf, hielt er einen Moment inne und hob die Nase witternd in die Luft, wobei er sich an Psychos Rat erinnerte, sich so lässig zu geben, als wollte er nur mal eben spazierengehen. Die anderen Nerze spähten seitlich aus ihren Käfigen heraus, hielten den Atem an, und auch die letzten Lacher verstummten. Ihr Anführer strahlte eine Aura überlegenen Selbstvertrauens aus und machte den Eindruck, als bereite ihm die Welt nicht die geringsten Sorgen. Unter der zur Schau getragenen Fröhlichkeit schlug sein Herz wie wild, und er erwartete jeden Augenblick den vernichtenden Schlag. Paß auf den Abgrund auf! hämmerte ihm sein Gehirn ein. Vorsicht vor der Leere! Die Ältesten hatten es immer wieder als Bestandteil ihrer Voraussage des Untergangs gepredigt. Wer den Abgrund überschreitet, trägt die Verantwortung dafür, daß der Himmel einstürzt! Der Himmel stürzt ein! Vorsicht vor dem Abgrund! Bleibt drinnen! Versucht niemals zu fliehen! Der Himmel stürzt ein! Bleibt drinnen! Vorsicht vor dem Abgrund! So kreiselte die endlose Litanei wie rasend in seinem Kopf.

Er ging weiter auf die Tischplatte hinaus, hob vorsichtig den Kopf und sah sich um. Alles blieb still. Der Himmel stürzte keinesfalls ein. Alles war wie vorher. Die größte Drohung der Ältesten hatte sich damit als nichtig erwiesen, und sie waren damit endlich als die Scharlatane entlarvt, die sie immer gewesen waren. Auch wenn die Befreiermenschen wie in einem Traum verschwunden waren, die offenen Käfige und die Rollen zerschnittenen Drahtes bezeugten ihre Realität. Die Schuppentür stand noch immer aufmunternd offen.

Er sah, wie Mata aus ihrem Käfig kam, und grinste sie erleichtert an. Doch sie warf ihm nur einen kurzen Blick zu, ging dann in den Käfig zurück und ignorierte ihn. Sie benahm sich ganz so, als hätte sie die ganze Sache arrangiert. Mega reagierte, indem er die Pfote in einer rüden Geste keck in Richtung Wohnhaus reckte, eine so natürliche und aufsässige Geste, daß die zuschauenden Nerze erneut in Gekicher ausbrachen.

Er vollführte die Geste immer weiter, bis er echtes Gelächter hörte. Er wußte, daß es nicht so lustig war, doch es diente sehr wohl dem Zweck, die Spannung aufzuheben, die sie in einen Zustand der Lähmung versetzt hatte.

Es gab kein Problem mehr. Aber sie hatten auch keine Zeit zu verlieren.

«Maxi, komm her!» rief er.

Er war seinem militärischen Ratgeber für die Vorbereitung dieses Augenblicks zu großem Dank verpflichtet. Da er die wirkliche Freiheit kaum simulieren konnte, waren Maxis Trainingsstunden mit einigen Schwierigkeiten behaftet gewesen. Er hatte sich wiederholt bei Mega beschwert, daß der Glaube der jungen Nerze sehr unterschiedlich ausgeprägt war und es vielen nicht gelingen wollte, mehr als ein Spiel in diesen Vorbereitungen zu sehen. Als ihm sein Anführer das Zeichen zum Befehl «Heraus!» gab, erkannte er, wie sehr sich seine harte Arbeit nun auszahlte.

Einige Nerze gehorchten sofort und traten, ohne zu fragen, wie Schlafwandler über die Schwelle ihres Käfigs. Als die Wirklichkeit sie einholte, verfielen sie sofort in ängstliches, sinnloses Kreischen, woraufhin Maxi auf und ab rannte und sie wütend anherrschte, still zu sein. Viele blieben jedoch an der Rückseite ihrer Käfige zusammengekauert sitzen und bewegten sich nicht einmal, als er sie direkt anschrie.

Er eilte zu Mega, um ihm Bericht zu erstatten.

«Einige wollen nicht gehorchen, Boß. Soll ich sie herausziehen lassen?»

Mega verwunderte diese Nachricht nicht sonderlich. Er hatte immer gewußt, daß nicht alle auf seiner Seite waren. Er persönlich konnte auf den Glauben zurückgreifen, den ihm seine Mutter eingepflanzt hatte. Doch nicht einmal seine engsten Anhänger waren notwendigerweise wahre Jünger, wie der Zwischenfall gezeigt hatte, als Psycho über die Vorstellung von Freiheit gelacht hatte. Er wollte ohnehin nicht alle dabeihaben und hatte beispielsweise schon die geächteten Ältesten dazu bestimmt, zurückgelassen zu werden. Sollte einer dieser erbärmlichen Ehemaligen versuchen, seinen Käfig zu verlassen, würde Maxi ihn wieder zurückscheuchen. Eigentlich wollte er keinen aus dieser Generation mitnehmen. Sie hatten sich alle sehr unentschieden verhalten, wenn nicht sogar feindselig. Ebensogut würde er ohne die Schüchternen und die Kriecher auskommen. Was er brauchte, waren heißblütige, abenteuerlustige Nerze, keine Memmen, die sich nicht entschließen konnten.

«Sag ihnen, sie müssen es sich überlegen. Jetzt oder nie», wies er Maxi an. «Wenn sie immer noch nicht herauskommen wollen, laß sie sitzen, mit Ausnahme dieser beiden neuen Nerze. Was du auch tust, sieh zu, daß sie mit uns kommen.»

Er blickte zum anderen Ende der Tischplatte, wo Mata einen erlesenen Kreis ihrer Kriegerinnen um sich geschart hatte. Er nickte ihr zu. Sie sprangen gleichzeitig auf den Fußboden und forderten ihre Nachfolger auf, es ihnen gleichzutun. Einige folgten diesem Aufruf überstürzt, stolperten in der Hast übereinander und verfingen sich kurzzeitig im zerschnittenen Maschendraht. Andere jedoch, darunter zu Matas Bestürzung einige ihrer hochgeschätzten Kriegerinnen, blieben zögernd an der Kante stehen.

«Springt, meine Nerze, ihr müßt springen!» zischten sie beide hinauf, während Maxi auf der Tischplatte hin und her rannte und das «Jetzt oder nie»-Ultimatum verkündete.

Einige wenige folgten, doch der Rest blieb vor Angst schlotternd an der Kante stehen. Mega, der von unten hinaufspähte, konnte nicht genau sagen, ob sie absichtlich den Befehl verweigerten oder einfach Bammel hatten. Praktisch gesehen machte das keinen Unterschied. Auf dieser Reise gab es keine Luxuspassagiere.

«Laß die Trottel stehen, und komm herunter», zischte er zu Maxi hinauf.

Diese Anweisung war überfällig. Während er und Mata ihre Aufmerksamkeit noch nach oben richteten, hatten die meisten ihrer idiotischen Lieblinge Maxis Drill schon wieder vergessen. Aufgeregt schnatternd schwärmten sie aus, um ihre neue Umgebung zu erforschen, angefeuert von einem munteren, in Eigenregie angestimmten Chor: «Los geht's! Los geht's!»

Die geordnete Flucht drohte sich in Chaos aufzulösen.

Maxi landete schwer auf dem Fußboden.

«Antreten!» brüllte er so laut, wie er sich traute, und bedeutete seinen bulligen Muskelnerzen, den Prozeß mit einigen gutplazierten Stößen zu beschleunigen.

Mega stand ein wenig abseits, als sich die Reihen mehr schlecht als recht zusammenfanden. Die Marschkolonne war ziemlich unordentlich und viel kürzer, als sie eigentlich hätte sein sollen. Aber sie mußte ausreichen. Er stellte sich an ihre Spitze und warf noch einen letzten vernichtenden Blick zu denjenigen hinauf, die sich noch immer zu springen weigerten.

«Verräter!» zischte er und marschierte dann, Schulter an Schulter mit Mata, mit großen Schritten auf die Schuppentür zu.

Seine Anhänger, die jetzt offiziell aus der Sklaverei befreit waren, folgten ihm gehorsam. Nur die wenigsten waren sich der Bedeutung dieser Ereignisse voll bewußt, und die meisten bewegten sich wie in Trance. Einige, die noch immer die von den Ältesten vorausgesagte Apokalypse fürchteten, scheuten vor der nächsten Schwelle nach draußen zurück, bis sie eine Kombination aus Knüffen von seiten der Muskelnerze und Druck von hinten darüber hinwegschob.

Draußen schlug die Stimmung sofort um, als sie die Schnauzen in die Luft reckten und voller Ehrfurcht die ganze Pracht des klaren Nachthimmels bestaunten. Es war nicht irgendein Himmel. Der Vollmond badete das Land noch immer in weiches Licht, und der feine Rauhreif brach die Strahlen zu einem herrlichen Funkeln. Ein gemeinsamer Seufzer stieg mit ihren Atemwölkchen hinauf, und schon hatten sie ihre ehemaligen Leidensgenossen drinnen im Schuppen vergessen.

«Es ist wunderschön, Mega», entfuhr es Mata.

«Es ist unglaublich», schnaufte Mega, von der Gewaltigkeit ihrer Umgebung überwältigt. Er fühlte sich unendlich demütig. «So viel Platz, Mata – wie kann es nur so viel Platz geben?»

Die ganze Zeit über, als er ihnen die Freiheit versprochen hatte, konnte er sich selbst nichts derartig Gewaltiges vorstellen. Noch nie in seinem Leben hatte er so eine Vielfalt gesehen. Alles, was sie vorher beschränkt hatte, war vergangen und vergessen. Es gab keinen Draht, keine Schuppenwände, nichts über ihnen und nichts um sie herum, was sie festhielt. Sogar der Boden unter ihren Füßen fühlte sich viel fester an, als die Käfigböden. Sie standen am Rand der Welt. Plötzlich wechselte die Stimmung. Es war nicht nur überwältigend – es war erschreckend. Einige Nerze drehten durch und rannten wieder zurück zu ihrer vertrauten «Zufluchtsstätte». Doch Maxi hatte sie in seiner Strategie bereits berücksichtigt; vor der Schuppentür wurde ihnen der Weg von zwei finsteren Muskelnerzen versperrt. Nachdem die Rückfälligen erst wie Schafe unschlüssig stehenblieben, kehrten sie dann schnellstens um, um sich in der Gruppe ihrer Gefährten zu verstecken.

Mega und Mata standen nebeneinander und versuchten das alles unvoreingenommen zu betrachten. Mata, die wie eine natürliche Angetraute an der Seite ihres Anführers stand, erlaubte ihren Kriegerinnen sogar, sich unter die Horde zu mengen, während sie beide die gegenseitige Affinität spürten. Obwohl sie auch nicht mehr als die anderen wußten, was sie hier draußen erwartete, war ihre Haltung doch eine andere gewesen. Unabhängig voneinander und doch gemeinsam glaubten sie beide jetzt fest daran, daß diese weite Welt ihre natürliche Heimat war. Sie war geschaffen worden, damit die Nerze sie regierten, und deshalb hielt sie keine Schrecken für sie bereit. Sie beide zitterten lediglich bei dem Gedanken an die Versprechen, die sie für sie bereithielt. Starr vor Stolz grinsten sie einander an, als sie die Enge der Käfige von sich abfallen spürten wie eine alte Haut.

«Immer weiter, immer höher hinaus», grinste Mata.

Mega grinste ergriffen, widmete seine Aufmerksamkeit dann jedoch sofort Maxi. Erleichtert sah er, daß sein Militärberater einen klaren Kopf behalten und auch das, was jetzt geschah, in seine Planung einbezogen hatte.

«Wenn wir ausbrechen, müssen wir die Reihen in Bewegung halten, mein Anführer», hatte er immer wieder betont. «Wenn wir ihnen Zeit zum Nachdenken lassen, fallen sie ihrer eigenen Phantasie zum Opfer. Dann bricht Panik aus.»

Das kann dir persönlich ja nicht passieren, hatte Mega liebevoll gedacht, während er aufmerksam zuhörte.

Jetzt sah er, wie recht Maxi hinsichtlich der anderen gehabt hatte. Wie blinde Neugeborene um die Zitzen der Mutter drängten sich alle in einem heillosen Durcheinander zusammen, mit nach oben verdrehten Pupillen, um die Wirklichkeit auszuschließen.

«Also, Leute, ihr seid nicht hier, um die Aussicht zu genießen», fauchte Maxi sie an, der sich nur flüchtig umgesehen hatte. «In Reih und Glied aufstellen! Wir brechen auf!»

Bis zu diesem Zeitpunkt war die Flucht nach Maxis minutiös ausgearbeitetem Plan A erfolgt. Dieser Plan besagte, daß sie als nächstes unbedingt den Hof verlassen mußten, wobei besonders darauf zu achten war, daß der Haufen beisammenblieb. Mega hatte sich immer zuversichtlich gegeben, als Psycho darüber gehöhnt hatte, daß einige ihrer aggressiveren Anhänger damit prahlten, wie gut sie in der richtigen Welt zu Rande kommen würden. Er hatte ihren Unternehmungsgeist bewundert, war jedoch selbst nie der gleichen Illusion erlegen. Nachdem sie ihr ganzes Leben in Gefangenschaft verbracht hatten, konnte es nicht ausbleiben, daß sie sowohl körperlich als auch geistig erbärmlich schlecht darauf vorbereitet waren. Aber er hatte Psycho instinktiv zugestimmt, als dieser immer wieder betont hatte, daß sie von jeher in Gruppen gelebt hätten. Sobald – oder auch «falls», wie sein Ränkeschmied insgeheim dachte – sie draußen waren, würde sie die Gruppenmentalität mehr als alles andere zusammenhalten. Für wie unabhängig sich jedes Individuum auch halten mochte, keines war daran gewöhnt, für sich allein zu denken. Waren sie erst einmal getrennt, dann bedeutete das – wie es der Nerz Solomon einst beschrieben hatte –, daß sie verloren waren, reif dafür, einer nach dem anderen erledigt zu werden. Auch wenn sich die Sache mit dem einstürzenden Himmel der Ältesten als total balla herausgestellt hatte, gab es hier draußen wirklich genug Gefahren und Fallgruben, denen selbst die unbesiegbaren Nerze nur gemeinsam entgegentreten konnten.

«Wo ist Psycho überhaupt?» dachte Mega plötzlich. Kurz darauf machte er ihn inmitten des Knäuels aus hilflosen, schutzsuchenden Nerzen aus.

«Was treibst du denn da?» zischte er ihn an und bemerkte gleichzeitig, wie fremd seine Stimme außerhalb des Schuppens klang.

«Alles in Ordnung, Mega», kam die leicht zittrige Antwort. «Zumindest glaube ich das.»

Mega prustete vor Lachen los. Alles in Ordnung! Er hatte

noch nie einen derartig vor Angst gelähmten Nerz gesehen. Das würde den kleinen Kriecher lehren, kein Vertrauen zu ihm zu haben.

Doch jetzt war nicht die Zeit, sich daran zu ergötzen. Er übergab Maxi und Mata das Kommando und schlich sich an der Schuppenwand entlang, um das nächste Hindernis des Ausbruchs auszukundschaften: das freie Stück über den Hof bis hinüber zum Tor.

Als er um die Ecke spähte, kam ihm plötzlich ein in Maxis Plan A unberücksichtigter Faktor in die Quere. Dort, direkt vor ihm, stolzierte Pussles in ihrer überspannten Art über den Hof.

Sofort sprangen sämtliche Instinkte Megas an: «Töten! Töten! Töten!» schrien sie.

TEIL III

Kapitel 31

Daran hängt ein ganzer Schwanz

Mega zog den Kopf vorsichtig zurück. Zwar verachteten alle Nerze Pussles für die kaltschnäuzige Reserviertheit, die sie ihnen gegenüber immer an den Tag gelegt hatte, trotzdem blieb sie ein nicht zu unterschätzender Gegner. Was machte sie da überhaupt? Dann sah Mega die leblose Maus in ihrem Maul hängen. Sie mußte in der Scheune so mit der Jagd beschäftigt gewesen sein, daß sie nicht mitbekommen hatte, was im Schuppen geschehen war. Jetzt stolzierte sie lässig zum Wohnhaus zurück und ahnte noch nicht, daß das legendäre Glück, dessen sie sich immer gerühmt hatte, seinem Ende zuging.

Mega wußte bereits, was sie als nächstes tun würde. Sie hatte ihnen oft genug erzählt, daß sie ihre Beute gerne ins Haus trug, was ihr durch eine eigene Katzenklappe jederzeit möglich war; ein weiterer Beweis ihrer Überlegenheit als Katze, wie sie nicht müde wurde zu betonen. Anschließend verspeiste sie die Beute und ließ die verschmähten Teile einfach als sogenannte «Geschenke» für ihre Menschen liegen. Dabei ekelten sie sich in Wirklichkeit vor den schauerlichen Überresten, hatte sie überheblich grinsend gesagt. Da sie mit dem Mäusefang nur ihren Job erledigte, war sie jedoch vor Strafe geschützt.

Als Mega schnell zurückrannte, um Maxi herbeizuholen, hatte er bereits entschieden, daß er der Versuchung nicht widerstehen konnte. Plan A ist balla – wie konnten sie eine derartige Gelegenheit für ihren ersten heißen Spritzer vorüberziehen lassen, und was für eine herrliche Fontäne würde Pussles abgeben, von der alten Rechnung, die es zu begleichen galt, einmal ganz abgesehen. Zuerst würde sie die befremdliche Entdeckung machen müssen, daß sie jetzt im Nerzland lebte, und dann, ganz plötzlich, daß ihr auch das nicht mehr viel länger vergönnt war.

Maxi kam sofort mit, streckte den Kopf um die Ecke und

stieß vor Erstaunen einen leisen Pfiff aus. Dann schätzten sie gemeinsam die Situation ein. Als sie die Köpfe zurückzogen, riet er zu Megas Verblüffung zur Vorsicht.

«Wir müssen uns strikt an Plan A halten, Boß», flüsterte er nachdrücklich und strich sich dabei die Barthaare glatt. «Wenn wir uns jetzt auf sie stürzen, riskieren wir damit alle möglichen Komplikationen. Die anderen haben sie noch nicht gesehen. Was sie nicht wissen, macht sie nicht heiß.»

«Aber die Überraschung ist auf unserer Seite, Maxi», stieß Mega bestürzt hervor. «Sogar der Wind steht richtig. Und wir sind ihr zahlenmäßig dermaßen überlegen, daß sie auch neunundneunzig Leben nicht mehr retten können.»

Maxi strich sich heftig über die Barthaare. Er wußte nur zu gut, weshalb er trotz seiner Körperstärke Mega nicht herausforderte. Wenn er siegte und Anführer wurde, müßte er sich mit allen möglichen verwirrenden Problemen herumschlagen. Er zog es so vor, wie es war. Er hatte einen Boß, der die allgemeine Richtung angab und ihm alle Freiheiten ließ, seine schlagkräftige Organisation aufzubauen. Der Grund, weshalb er Plan A so detailliert ausgearbeitet hatte, lag genau darin, dem schaurigen Gespenst, das sich jetzt drohend vor ihnen aufbaute, aus dem Weg zu gehen: einer unsicheren Situation, die von ihm sofortige Entscheidungen verlangte.

«Stufe 2 von Plan A besagt, daß wir so leise wie möglich von hier verschwinden», erinnerte er seinen Anführer aufgeregt. «Wenn wir Pussles töten, wird es vermutlich nicht ohne Lärm abgehen, und das wiederum löst Alarm aus.»

«Allerdings wird es nicht ohne Lärm abgehen, Maxi», grinste Mega bösartig und leckte sich vor Vorfreude die Schnauze. «Und was das erst für ein herrlicher Lärm sein wird.»

Er drehte sich um und spähte um die Schuppenecke. Pussles hatte jetzt mitten auf dem Hof haltgemacht und spielte mit ihrem Opfer. Sie ermutigte seine kläglichen Fluchtversuche und schlug dann jedesmal, wenn es sich außer Reichweite zu schleppen drohte, mit der Pfote zu. So beschäftigt und abgelenkt, bot sie sogar ein noch besseres Ziel.

Er schlug Maxis Lawine von Einwänden einfach in den Wind.

«Sie sollen sich bereithalten. Schnell», befahl er.

Als Maxi entlang der Schuppenwand zurückeilte, ertönte ein Chor aufgeregter Pfiffe.

Mega fluchte. Pussles ahnte jetzt zumindest, daß etwas nicht stimmte. Sie hielt die Maus mit der Pfote auf dem Boden fest und drehte sich in Richtung der Nerze um. Mega wußte instinktiv, daß ihn die kleinste Bewegung verraten würde, und erstarrte, bis das Pfeifen aufhörte. Dann sah er, wie sich die Katze entspannte und ihr einseitiges Spiel wieder aufnahm.

Er wartete wie auf glühenden Kohlen, bis die anderen sich hinter ihn geschlichen hatten.

«Alles fertig zum Angriff, Boß», flüsterte Maxi endlich.

«Angreifen!» rief Mega und rannte auch schon los. Hinter ihm ergoß sich die Meute wie ein auseinanderlaufender brauner Fleck in den Hof.

Pussles sah sie fast im gleichen Augenblick. Unschlüssig, ob sie zum Haus oder zurück in die Scheune flüchten sollte, zögerte sie eine fatale Sekunde, bevor sie auf letztere zurannte. Die Meute schwenkte sofort auf die neue Richtung ein und machte sich an die Verfolgung. Doch in ihrer verzweifelten Eile und mit dem vor Furcht aufgestellten Fell kam Pussles nicht rechtzeitig durch das enge Loch am unteren Ende der Tür, so daß ihr Hinterteil mit dem schwarz-orangefarbenen Schwanz noch herausschaute, als die ersten Nerze ringsherum gegen das Holz knallten.

Reihen nadelscharfer Zähne gruben sich in ihr hinteres Ende, und ein grausiges Tauziehen begann, das keine der beiden Seiten für sich entscheiden konnte.

«Sie hängt fest, Mega», schrie Maxi, der ganz vorne mitmischte. «Sie muß sich irgendwo mit den Krallen festhalten. Wir können sie nicht weiter herausziehen.»

Mit einem kurzen Blick über die brodelnde Nerzmeute erkannte Mega, daß dieses desorganisierte Stoßen und Zerren keinen Erfolg verhieß. Das verhaßte Tier war offensichtlich so fest verkeilt, daß sie es, abgesehen davon, daß sie ihr das Hinterteil abrissen, wohl niemals herausbekommen würden. Da ihr Fell durch die vielen Tropfen Nerzspeichel immer glitschiger wurde, war es wahrscheinlicher, daß sie ihnen bald ganz entwischen würde. Theoretisch könnte die Meute sie dann durch das Loch verfolgen und sie im Inneren der Scheune töten, doch dafür war wiederum nicht genug Zeit. Maxi hatte mit seinem Hinweis auf den Geräuschkoeffizienten recht behalten. Die Katze jaulte bereits jetzt laut genug, um Tote aufzuwecken. Schon ging im oberen Stockwerk des Wohnhauses ein Licht an.

Eine Sekunde lang bedauerte Mega sein Ungestüm. Wenn sie ihnen jetzt entwischte, bedeutete das obendrein einen schweren moralischen Rückschlag. Dieser Gedanke bestärkte ihn in seinem Entschluß. Er mußte eine Lösung finden. Er schrie Maxi zu, er solle ihm den Weg frei machen, warf sich nach vorne, schob einige Nerze zur Seite und betrachtete das gesträubte Hinterteil. Wie aus dem Nichts stand ihm auf einmal Mata mit gefletschten Zähnen und zurückgezogenen Lippen gegenüber. Sie knurrte vor Mordlust. Sobald sich ihre Blicke ineinander versenkt hatten, wußten sie, daß sie die gleiche Idee hatten. Die Zusammenarbeit bei dem Vogel im Auslaufgehege sollte sich heute wiederholen.

Mata gab ihm nickend das Zeichen. Er sollte anfangen. Nachdem er genau Maß genommen hatte, biß er dicht an der Wurzel so fest er konnte in den zuckenden Schwanz hinein. Seine Zähne durchdrangen Knorpel und Knochen, dann zog er den Kopf zurück, um ein Maulvoll Fell auszuspucken. Jetzt war Mata an der Reihe und biß in genau dieselbe Stelle. Schon hatten sie ihren Rhythmus gefunden, machten sich im Wechsel an die blutige Arbeit, bis immer mehr Fell herausgezogen war und die zarte rosige Haut darunter sichtbar wurde. Megas Kiefer schmerzten bereits, und die hackenden Bisse ließen seinen Kopf dröhnen. Plötzlich spürte er, wie es knirschte. Mata legte ihre ganze Kraft in den nächsten Biß, und diesmal hörten alle das widerliche Knacken, als etwas nachgab. Die ganze Zeit über hatten die anderen Nerze wütend am Ende des Schwanzes gezogen, und jetzt riß er mit einem leisen, fetzenden Geräusch ab. Als Pussles' blutender Rumpf auf der anderen Seite des Loches verschwand, fielen die Nerze nach hinten um und purzelten durcheinander, den abgetrennten, noch wild zuckenden, Körperteil zwischen den Zähnen. Als aus dem Innern der Scheune herzzerreißendes Katzengeschrei ertönte, grinsten sich Mega und Mata frohlockend an.

In diesem Augenblick wurde im Haus ein Fenster aufgerissen.

«Pussles! Was ist denn mit dir, meine liebe Pussles, was ist denn? Wir kommen schon!» schallte das verzweifelte Rufen einer Frau herüber.

Mega drehte sich um und sah, daß noch mehr Lichter angingen. Gleichzeitig steigerte sich das Jaulen in der Scheune zu einem Crescendo, das ihnen durch Mark und Bein ging. Maxis Voraussage, die Attacke mache Stufe 2 seines Plans A zunichte, trat jetzt folgerichtig ein. Sie mußten sich beeilen.

Mega lief zu den verdutzten Nerzen und riß mit dem Maul den abgerissenen Schwanz an sich.

«Weiter, meine mutigen Nerze», rief er mit gedämpfter Stimme, während der Schwanz in einer furchtbaren Parodie seiner früheren Funktion hin und her wackelte. Dann rannte Mega auf das Tor zu und rückte den Schwanz in seinem Maul so zurecht, daß er die Balance halten konnte; er hing links und rechts wie ein obszöner Schnurrbart herab. Hinter ihm erscholl rauhes Triumphgeheul, und die Meute stürzte Mega nach, kurz bevor ihr ehemaliger Wärter aus dem Wohnhaus gerannt kam. Da er jedoch noch damit beschäftigt war, seine Jacke überzustreifen, während er quer über den Hof lief und an der Scheunentür rüttelte, entgingen die fliehenden Nerze seinen Blicken.

In höchster Eile führte Mega die Meute unter dem Hoftor durch und hinaus auf den Rollweg. Er wandte sich Custards Beschreibung folgend nach links und verfiel in einen zügigen Trab; die Enden des Katzenschwanzes fegten zu beiden Seiten über die harte Oberfläche des Rollwegs. Mata lief dicht neben ihm, und hinter ihnen formierte sich die Meute zu einem eng geschlossenen V. Vom Stolz übermannt blickte er zunächst seine Gefährtin an und schaute dann über die Schulter zurück. Die eifrigen, fragenden Gesichter hinter ihm waren die seiner Nerze – der wahrhaftigen Nerze, die die Freiheit so sehr liebten, daß sie ihr Leben dafür aufs Spiel setzten. Und er, Mega, führte sie ins Gelobte Land, so wie es vorherbestimmt war. Vor ihnen erstreckte sich der Rollweg in die Nacht hinaus, über ihnen gab es nur den Mond und die Sterne. Sie hatten es geschafft!

Obwohl er damit Maxis striktes Schweigegebot verletzte, stieß er einen wilden Freudenschrei aus. Er fand in den Reihen hinter ihm sein Echo, und die Tiere brachen aus der Formation aus, umarmten einander und boxten mit den Vorderpfoten ausgelassen in die Luft. Auch Mata und er drückten sich fest aneinander, ihre Schnauzen schlossen sich um den Katzenschwanz; dann rollten sie umher und schüttelten die Köpfe in gemeinsamer Erregung. «Wir zementieren unsere Partnerschaft», dachte Mega, als er ihren festen Körper an seinem spürte. Er, der sich als König bewährt hatte, erkannte sie als seine Königin an. Doch dann, als sich ihr Blick fordernd in seine Augen bohrte, wurde ihm klar, daß sie es war, die das Zepter ergriff. Sie übernahm die Führung, so wie sie es schon wiederholt getan hatte. Sie wollte ihn unterwerfen.

Dann brach sie den Zauber ganz abrupt, indem sie sich von ihm löste.

«Das kannst du mit Psycho machen!» rief sie und wich vor ihm zurück. Ihre schwarzen Augen tanzten vor Fröhlichkeit.

Mega mußte laut lachen.

«Das würde ich für kein anderes Tier auf der Welt tun!» rief er, ließ den Katzenschwanz fallen und lief zu dem kleinen Kriecher hinüber.

Er packte ihn von hinten, hob ihn hoch und drückte ihn in einer knochenbrecherischen Umarmung an sich. Psycho stieß erstickte Schreie der Angst und der Erregung aus, woraufhin der Rest der Meute wie verrückt und laut kreischend durcheinanderrannte.

«Wir feiern eine spontane Party mitten auf dem Rollweg», fiel Mega plötzlich auf. Aber warum nicht? Es war völlig egal, ob sie jetzt noch jemand hörte!

Er ließ Psycho zu Boden fallen, rannte zurück und schnappte sich wieder den Katzenschwanz. Dann winkte er sie alle zu sich, damit jeder von ihnen den Geschmack der Trophäe kosten konnte. Ekstatisch gaben sie ihn von einem Maul zum anderen weiter, knurrten ihn an, scheuten davor zurück, bis jeder einzelne das nasse schwarz-orangefarbene Fell auf seiner Zunge gespürt hatte. Dann legte er den Schwanz auf den Rollweg, und mit Mata brach er in einen Freudentanz um das zusammengekringelte Stück Katze aus.

«Wir haben's geschafft! Wir haben's geschafft! Wir haben's geschafft!» brüllte die Meute im Taumel des Triumphes. «Wir haben's geschafft! Wir haben's geschafft!»

Sie hatten es geschafft. Sie waren frei. Wie Mega sehr wohl wußte, waren sie nicht nur frei, sondern auch zum allererstenmal ganz auf sich allein gestellt.

Kapitel 32

Ein sauberer Schnitt

«V*olare!*» sang es in Eules Kopf, als er geräuschlos dahinsegelte. «*Volare, o, o! Volare, o, o, o, o!*» Obwohl er sich betont gutgelaunt gab, fühlte er sich innerlich doch recht beunruhigt. Er hatte sich entschieden darum bemüht, Burdock, Dandelion und den anderen BWW-Anhängern, die sich in sein Leben gedrängt hatten, aus dem Weg zu gehen. Körperlich war ihm das weitgehend gelungen, doch ihr Geist spukte noch immer in ihm. Was Eule jetzt quälte, waren weniger die Warnung des Ehrwürdigen Buck oder die Ansichten des alten Weisen über das Leben im allgemeinen, sondern das, was Dandelion gesagt hatte. Seit ihren Ermahnungen, er solle etwas «netter» sein, unterliefen ihm beim Jagen dumme Fehler. Sein Killerinstinkt, auf den er bislang immer so stolz gewesen war, schien empfindlich gestört, und schon einigemal war ihm eine sichere Beute durch die Krallen geschlüpft. Noch war es nicht so ernst, daß er Hunger leiden mußte, doch diese für seine Spezies so uncharakteristische Tolpatschigkeit verunsicherte ihn. Außerdem befürchtete er, daß Ula es bald bemerken könnte. Dieser Gedanke wiederum verstärkte seine Ungeschicklichkeit noch.

Er hatte eine vage Idee, woher der ganze Ärger rührte. Als er damals seine ersten wackligen Sturzflüge auf lebende Beute machte, hatte sein Vater ihm eingebleut, daß er als erfolgreicher Jäger stets und ausschließlich in der Gegenwart leben mußte.

«Konzentriere dich nur auf das, was du gerade tust, mein Sohn. Nur so kannst du deine gesamte Energie einsetzen. Wenn du auch nur mit einem einzigen deiner Gedanken in der Vergangenheit oder der Zukunft bist, kommt dir dieser direkte, traumwandlerische Zugriff abhanden. Du mußt lernen, deine Gedanken von allem anderen zu lösen. So mache ich es. Es ist nicht persönlich gemeint, mein Sohn, aber wenn du mich mitten im Beuteanflug aufhalten wolltest, würde ich dich wahrscheinlich nicht einmal wiedererkennen.»

Eule wußte jetzt, daß Dandelion dafür verantwortlich war, daß er diesen notwendigen direkten Zugriff allmählich verlor. Sie hatte ihn nicht so weit gebracht, daß er sich schuldig fühlte, doch was sie gesagt hatte, beschäftigte ihn unablässig und beeinträchtigte seine Treffsicherheit. Der einzige Ausweg lag seiner Meinung nach darin, daß er ausprobierte, wie weit er mit ihrer BWW-Nettigkeit kam. Wenn sie nur dazu beitrug, Klarheit in seinem Kopf zu schaffen, sollte ihm das genügen.

Seine letzte Runde führte ihn am Fluß entlang, der Heimat unterschiedlicher pelziger Tierchen, die er, vom Standpunkt der Nahrungsaufnahme gesehen, recht gern mochte. Sein Blick erfaßte eine winzige Wellenbewegung dicht am Ufer, und er dachte schon, er hätte eine Rötelmaus entdeckt. Doch als er geräuschlos hinüberschwebte, fand er dort nur eine warzige Kröte vor, die sich ausruhte, nachdem sie einen Klumpen schleimigen Laich abgesondert hatte. Eule ging das heisere Quaken der Kröten, die schon einen vollen Mond lang auf Partnersuche durch die Gegend krochen, zunehmend auf die Nerven.

Er schlug die Kröte als nächste Mahlzeit aus und nahm den ursprünglichen Kurs wieder auf. Der Vollmond verschaffte ihm keinen Vorteil, da Eule mit seiner hervorragenden Nachtsicht keine Beleuchtung brauchte, um auch kleinste Bewegungen auf dem Boden auszumachen. Der helle Schein wirkte sich sogar eher negativ für ihn aus, da er ihn viel sichtbarer machte. Eitel zitierte er einen Lieblingsspruch seines Vaters:

Hell die Nacht
Maus, die lacht.
Dunkel der Morgen,
Eule bringt Sorgen.

Obwohl sie ihm eher zum Nachteil gereichte, konnte sich Eule an der Schönheit des Mondes ergötzen, der so hell und klar am Himmel stand, daß Ollie deutlich die Gesichter erkennen konnte, die er und sein Vater sich immer vorgestellt hatten, wenn sie in diese leuchtende Pracht hinaufblickten. Unter ihm präsentierte sich der Wald als Kaleidoskop aus schwarzen und grauen Tönen, die manchmal, auf hell beleuchteten Bäumen und Lichtungen, bis ins Weiße hineinspielten. Also kreuzte er momentan nur zufrieden auf und ab und wartete auf den Monduntergang; dann kam seine Zeit, die bis zum Sonnenaufgang dauerte. Als er so hinabschaute und über das Dandelion-Problem nachdachte, fiel ihm ein, wieviel Freude er dabei empfunden hatte, auf Wühlmäuse hinabzustürzen, und wie dankbar er seinem Schicksal war, daß es so viele unterschiedliche Arten gab, auf die man sich stürzen konnte: nicht nur auf Rötelmäuse, sondern auf Feldmäuse, Wassermäuse, kurzschwänzige Mäuse ... Es gab sogar alle möglichen Arten von Feldmäusen: die im Getreide, die auf der Wiese, die am Wegrain, und sie alle gehörten zum reichhaltigen Angebot des Waldes, das er immer mehr schätzengelernt hatte – bis die Wirklichkeit der BWW-Angelegenheiten über ihn hereingebrochen war und jegliches Denken in dieser Richtung unmöglich gemacht hatte.

Als er plötzlich eine andere Bewegung dicht am Ufer ausmachte, wußte er, daß er seine Zeit nicht vertan hatte. Auch dieser Aspekt der Jagd gefiel ihm ungemein. Gerade wenn man keine gute Zeit erwischt hatte und sich keine großen Hoffnungen machte, aber trotzdem die Augen offenhielt, winkte manchmal eine schöne Belohnung. Diesmal bestand kein Grund zum Zweifel. Eine ahnungslose Wühlmaus tappte unten bei der Erle leichtfüßig durch das nasse Schilf. Eile war nicht geboten. Sein potentielles Opfer hatte ihn weder gesehen noch gehört, und Eule war nicht so hungrig, daß er unbedingt töten mußte. Trotzdem hatte er nichts gegen einen kleinen Nachtisch einzuwenden; außerdem bot sich die Wühlmaus durch ihr unverhofftes Erscheinen selbst für das Dandelion-Experiment an. Weshalb sollte er es nicht gleich durchführen, im großen Stil?

Kurz entschlossen ließ sich Eule fallen und bremste scharf

mit den Schwingen ab. Doch statt die Maus wie gewohnt in seiner stählernen Umklammerung zu fesseln, kam er direkt vor ihr in einer Wolke aus aufspritzenden Wassertropfen zum Stehen.

«Guten Abend», sagte er, faltete die Schwingen und blickte auf das regungslose Geschöpf hinab. «Du wirst mir diese Störung verzeihen. Es ist mir auch bewußt, daß wir einander offiziell noch nicht vorgestellt wurden. Erlaube mir deshalb, daß ich mir selbst die Ehre gebe. Mein Name ist Eule, und es freut mich sehr, deine Bekanntschaft zu machen.

Wenn ich freundlicherweise erfahren dürfte, wer du ...?»

Die Wühlmaus stand noch immer starr und steif vor ihm. Ohne einen Ton von sich zu geben, starrte sie ihn mit ihren harten Knopfäuglein an.

Zehn Punkte für mich, dachte Eule im Hochgefühl der Befriedigung. Im BWW-Land war es sehr unhöflich, nicht zu antworten, wenn man angesprochen wurde.

«Tja nun, Wühlmaus, wenn es dir nichts ausmacht, daß ich dich in der Zwischenzeit so nenne, es tut mir schrecklich leid, dir mitteilen zu müssen, daß ich dich gleich auffressen werde», fuhr er fort und bemerkte, daß er sich bei diesem Nonsens sogar recht jovial vorkam. «Jedenfalls möchte ich die Gelegenheit dazu nutzen, um dir zu sagen, daß ich persönlich nichts gegen dich habe. Doch bleibt mir als fleischfressendem Tier keine andere Wahl.

Wenn es dir ein Trost ist, kann ich dir jedoch versichern, daß dein Tod kurz und schmerzlos erfolgen wird. Ich bin ein professioneller Henker und deshalb in der Lage, dir zu versprechen, daß du überhaupt nichts spüren wirst.

Bevor ich dich vertilge, ist es mir eine Freude und ebenso eine große Ehre, dir einen letzten Wunsch zu gewähren. Was hättest du denn am liebsten? Vielleicht eine Eichel? Vielleicht eine besondere Beere? Du hast freie Auswahl.»

Die Wühlmaus rührte sich keinen Millimeter.

«Wie wäre es mit einigen letzten Worten?» schlug Eule hilfsbereit vor. «Beispielswiese eine Nachricht für deinen Partner oder für die lieben Kleinen? Oder vielleicht eher etwas Selbstloses, eine Perle der Weisheit, die wir alle hüten und durch die wir dich stets in Erinnerung behalten werden?»

Die Maus starrte ihn noch immer regungslos an. Dann wurde ihr Körper von einem garstigen Windstoß erfaßt und kippte seitlich um.

Erstaunt ging Eule zu ihr und stieß sie mit der Klaue an. Nichts. Erst dann wurde ihm klar, daß sie vor Angst gestorben war, wahrscheinlich schon in dem Augenblick, als er vom Himmel herab vor ihr aufgetaucht war. Er hatte sich die ganze Zeit über mit einem Leichnam unterhalten. Eule schämte sich jetzt für sein kleines Spielchen, aber gleichzeitig packte ihn die kalte Wut auf Dandelion. Diese Geschichte war nicht einmal mehr lustig, sondern nur noch krank, und er ärgerte sich ebenso über sich selbst, weil er auf sie gehört hatte, ganz abgesehen davon, daß er das, was sie sagte, überhaupt ernst nahm.

Er stieß der Maus mit seinem Tötungshieb ins Genick, um ganz sicher zu sein, daß sie von ihrem Leid erlöst war, bevor er sie mit dem Schnabel zerriß und sich unbeirrt durch sie hindurchkaute. Dabei fiel ihm ein, daß er, wenn das eben nett gewesen sein sollte, auch in Zukunft lieber gemein sein wollte. *Nettsein* war lediglich ein weiteres wirres Durcheinander, so wie *betroffen* und *Wächter* selbst. Auch wenn er dem Ehrwürdigen Buck sein Versprechen gegeben hatte, er hatte endgültig genug davon. Er wollte lieber wieder mit Leib und Seele Raubvogel sein, ohne sich bei irgend jemandem dafür zu entschuldigen. Vielleicht nahm er sogar Ula auf einen Ausflug mit, als Ausgleich für die vernachlässigten Nestreparaturen. Die Paarungszeit stand kurz bevor, und mit einemmal erschien ihm ihre Gesellschaft im Vergleich zu allen Dandelions dieses Waldes unerwartet anziehend.

Eine Sache wollte er jedoch noch erledigen, bevor er die BWW ein für allemal sich selbst überließ. Burdock hatte ihn am Vorabend bekniet, ein letztes Mal als Leitender Vorsitzender aufzutreten. Er hatte erklärt, daß für den kommenden Nachmittag die entscheidende und wahrscheinlich auch bislang größte Versammlung einberufen werden sollte, auf der sowohl der Wald- und Wiesenkodex als auch das Gesetz der kreatürlichen Rechte verabschiedet werden sollten. Eule mußte unbedingt helfen. Niemals zuvor war seine Hilfe von größerer Wichtigkeit gewesen.

Die ganze Nacht über hatte Eule beobachtet, wie das Oberkaninchen und seine Anhänger den Wald durchkämmten, um noch in letzter Minute alle daran zu erinnern, am nächsten Tag zu erscheinen. Sogar die verabscheuten Insekten wurden zu dieser Gelegenheit eingeladen, und Eule fühlte sich zur Teilnahme verpflichtet, wenn auch nur aus eigennützigen Gründen. Nachdem er so weit gegangen war, mußte er es auch bis zum Schluß durchziehen, das war er allein schon seiner Ehre und seinem Ruf schuldig.

Nachdem das *Nettsein* gelöscht und sein Kopf wieder frei war, hob er erneut ab und flog zum Hügelkamm hinüber, wo er zweifellos noch jede Menge Beute ausfindig machen würde. Wie hatte sie Dandelion genannt? «Unglückselige Opfer.» Gerade eben hatte er sich alle Mühe gegeben, die Überreste der Feldmaus schön zu verteilen und dabei die größtmögliche Sauerei zu hinterlassen.

Da sich das Ende seines BWW-Engagements abzeichnete, war das mindeste, was er für sie tun konnte, ihren Säuberungstrupps etwas zu hinterlassen, worüber sie sich richtig aufregen konnten.

Kapitel 33

Das Lichtzeichen

Mega hatte eigentlich damit gerechnet, daß die Meute auf dem langen Marsch den verlassenen Rollweg entlang ausbrechen würde, um jeden Anblick und jedes Geräusch zu erkunden. Doch die Erregung des Zwischenfalls mit Pussles und die Euphorie der spontanen Party waren bereits verflogen. Es gab zuviel Neues, das auf sie einstürzte, und der Rollweg selbst bot ihnen kaum etwas Vertrautes. Seine vielfältigen Gerüche kitzelten in den empfindlichen Nasen, die nur an den eintönigen Latrinengestank im Schuppen gewöhnt waren, während seine rauhe Oberfläche die vom Käfigleben verweichlichten Ballen schon bald aufgescheuert hatte. Als positiv verbuchte Mega, daß er sich keine Sorgen darüber machen mußte, daß die Horde sich trennte. Im Gegenteil, die Nerze drängten sich so eng aneinander, daß sie aus Angst, die beruhigende Körperwärme des Nachbarn nicht mehr zu spüren, fast übereinanderstolperten. Viele schnauften aufgrund der ungewohnten körperlichen Anstrengung so schwer, daß Mega es riskierte, langsamer zu gehen. Die Nerze mochten ja die wahren Herrentiere sein, doch in diesem Moment hätte das wohl niemand so recht geglaubt.

«So weit, so gut», sagte er leise mit einem Blick zu Mata.

«Allerdings, Mega.»

Natürlich wußten beide, daß das nicht ganz der Wahrheit entsprach. Es hatte sie tief erschüttert, daß so viele Nerze im Schuppen zurückgeblieben waren. Mega spürte Matas besondere Betroffenheit darüber, daß eine große Anzahl ihrer Kriegerinnen sie im Stich gelassen hatte, und beließ es daher bei der frommen Lüge. Er wußte, daß ihnen beiden das Gefühl zu schaffen machte, daß die Feiglinge ihnen die so hervorragend geplante Flucht verdorben hatten. Daß sie freiwillig in ihrem Gefängnis sitzengeblieben waren, war ebenso unbefriedigend wie verstörend und führte dazu, daß den beiden Anführern die ganze Flucht nicht wie ein Triumph, sondern eher wie eine nur unvollständig erledigte Aufgabe vorkam.

Daran – und natürlich am Katzenschwanz – hatte Mega noch immer zu kauen, als plötzlich helle Lichter den Rollweg hinter ihm ausleuchteten. Kurz darauf hörten sie das rauhe Brummen eines rasch näher kommenden Volvers, und Maxi befahl ihnen laut brüllend, in den Graben zu springen. Dort lagen sie und wurden von der vorübertosenden Maschine durchgeschüttelt; Mega erkannte den Ton als genau denjenigen wieder, den sie immer draußen im Hof gehört hatten. Er hätte schwören können, das besorgte Gesicht von Pussles' Frauchen gesehen zu haben, ebenso Custard, die aus dem Rückfenster des polternd in der Dunkelheit verschwindenden Volvers schaute. Zweifellos wurde Pussles schnell irgendwohin gebracht, wo man sich um ihre Wunden kümmerte. Viel würde man ohnehin nicht für sie tun können, grinste Mega und legte sich das nasse Fell im Mund zurecht. Ein wichtiger Teil blieb für alle Zeiten bei den Nerzen.

Es kam der Zeitpunkt, da sich Mega seinem Verstand beugen und zugeben mußte, daß sie sich verlaufen hatten. Custards Beschreibung folgend, hatten sie die ersten beiden Abzweigungen genommen, waren dann allerdings nicht an dem gebogenen Stück Rollweg, auf dem Herrchen immer die anderen Volver anschrie, angelangt. Statt dessen stieg der Rollweg auf einmal steil an, was überhaupt nicht paßte, und jetzt, gerade als Mega dachte, sie müßten in unmittelbarer Nähe des Waldes sein, kamen sie inmitten der Wildnis eines öden Hochmoores heraus.

Er blickte Mata und Maxi an und erhielt zur Bestätigung jeweils ein grimmiges Kopfnicken. Also ging er nach hinten, um Psycho zu Rate zu ziehen. Bislang hatte sich der kleine Kriecher als ziemlich nutzlos erwiesen. Mega hatte nicht gesehen, welche Rolle er beim Angriff auf Pussles gespielt hatte – falls er sich überhaupt daran beteiligt hatte. Seither hielt er sich jedenfalls im Hintergrund, war ganz uncharakteristisch schweigsam und versuchte, die Aufmerksamkeit unter keinen Umständen auf sich zu lenken.

«Alles klar?» fragte Mega, nachdem er ihn zur Seite genommen hatte, konnte jedoch die Antwort direkt von dem schmalen, knochigen Gesicht ablesen. Psycho hatte eine Scheißangst.

«Tut mir leid, daß ich nicht ganz auf dem Damm bin, Mega», entschuldigte er sich, wobei ihn sein ohnehin piepsiges Stimmchen durch hysterisches Zittern noch mehr entlarvte. «Um ehrlich zu sein, habe ich mir nichts von alldem erwartet. Ich brauche mehr Zeit, um mich daran zu gewöhnen. Ich werde bald wieder fit sein.»

«Ich empfehle dir, dich sofort zusammenzureißen, du kleiner Drecksack», zischte Mega und senkte die Stimme zu einem Flüstern. «Wir haben uns verlaufen.»

Auch Psycho hatte schon das ungute Gefühl gehabt, daß sie falsch gelaufen waren, sich aber eingeredet, daß das überhaupt nicht möglich war. Jetzt, da er die Bestätigung erhalten hatte, fing sein Gehirn wieder in den gewohnten Bahnen zu arbeiten an.

«Warum läßt du nicht anhalten und eine Rast machen, Mega?» flüsterte er verstohlen. «Dann können wir überlegen, was zu tun ist.»

Der Vorschlag leuchtete Mega sofort ein. Nach dem anstrengenden Marsch zum Moor hinauf waren die meisten Nerze völlig ausgepumpt, und Maxi konnte sie nur noch durch pausenloses Antreiben in Bewegung halten.

Als der Befehl anzuhalten kam, waren sie geradezu rührend dankbar dafür, daß sie sich hinter einigen raschelnden Ginsterbüschen niederlassen durften, während die Anführer sich auf einem großen Grasbüschel beratschlagten. Mega hatte kurz überlegt, ob man die beiden Neuzugänge aus dem Labor mit einbeziehen sollte; M1 und M2 waren bei der Flucht eifrig dabeigewesen und schienen ihr Abenteuer freudig auszukosten, besonders nachdem Mega bei der improvisierten Rollwegparty ihre Ächtung aufgehoben hatte. Ihre Meinung war womöglich von einigem Interesse, doch Mega beschloß dann trotzdem, daß man ohne sie auskommen würde. Auch wenn sie unbeabsichtigt ihre Erlöser gewesen waren, so blieben sie doch eine unbekannte Größe und konnten jederzeit eine unvorhergesehene Katastrophe auslösen. Momentan verließ er sich lieber auf seine vertrauten Assistenten.

«Wenn wir es genau herausfinden wollten, müßten wir wieder zurückgehen», verkündete er ohne Umschweife. «Abgesehen von der Auswirkung auf die Truppenmoral dürfen wir das einfach nicht tun. Sobald es hell wird, macht sich der Wärter garantiert auf die Suche nach uns.»

Alle blickten besorgt auf den rötlichen Streifen am Horizont.

«Ich muß euch nicht extra sagen, daß er eine Stinkwut auf uns hat, nicht nur, weil wir geflohen sind, sondern auch deshalb», fuhr Mega fort und zeigte hinter sich auf den schwarzorangefarbenen Katzenschwanz. «Wahrscheinlich würden wir direkt einem Lynchmob in die Arme laufen. Auch auf dem Rollweg suchen die Volvers nach uns. Wir müssen uns also so gut wir können auch davon fernhalten.

Folglich führt uns der einzige Weg durch das Moor. Ich sage euch freiheraus, daß sich alles in mir dagegen sträubt. Doch sonst können wir in dieser Landschaft nichts anderes erkennen. Gibt es dazu Vorschläge?»

Maxis Beitrag steigerte nur noch die allgemeine Niedergeschlagenheit.

«Selbst wenn wir uns dazu entschließen sollten, mein Anführer: Ich halte die Truppe nicht mehr für fit genug, um irgendwohin zu gehen», verkündete er. «Sie sind alle ziemlich fertig, und wenn wir sie weiter antreiben, befürchte ich, daß einige zusammenbrechen. Bei dieser Gelegenheit darf ich dich vielleicht daran erinnern, mein Anführer, daß jede Armee nur so schnell marschiert wie die langsamsten Truppenteile.»

«Wohl wahr», dachte Mega und warf ihm einen dankbaren Blick zu. Er hatte Maxi seine Bedenken bei dem Zwischenfall mit Pussles schon lange vergeben, denn er mußte inzwischen erkennen, daß Maxi in vieler Hinsicht recht gehabt hatte. Jetzt ging sein Denken erneut in die richtige Richtung. Hier draußen durften sie unter keinen Umständen vergessen, wie sehr sie aufeinander angewiesen waren. Allerdings brachte sie das einer Entscheidung auch nicht näher.

«Danke, daß du uns daran erinnerst, Maxi», antwortete er. «Hier können wir jedoch nicht bleiben. Was sollen wir also tun? Uns hinter einem Busch verstecken?»

Da sie merkten, wie beklagenswert sichtbar die Meute durch die dünnen Zweige war, ließen sie mißvergnügt die Blicke über die strauchlose Landschaft wandern, die ihnen keinerlei Deckung bot. Megas Ironie blieb seinem Militärberater jedoch verborgen, der sich offensichtlich sehr über diese ungeplante Wendung der Ereignisse erregte und unaufhörlich die Schnurrhaare glattstrich.

«Wenn du willst, Boß, könnte ich eine Tarnung aufstellen lassen», sagte er matt.

Mega grunzte und wandte sich an Psycho, der in dieser offenen Landschaft mehr denn je einer Ratte ähnelte. Wenigstens sah er jetzt nicht mehr so verängstigt, sondern nur noch ungeheuer nervös aus.

«Ich habe eine Idee, Mega», piepste er. «Der letzte Ort, an dem uns die Menschen vermuten, ist der Rollweg, stimmt's? Sie denken, daß wir ihn inzwischen schon längst hinter uns gelassen haben.»

«Richtig», knurrte Mega zurück. Sein Ränkeschmied mußte sein Gleichgewicht wieder einigermaßen zurückerlangt haben, sonst würde er sich nicht auf diese umständliche Weise ausdrücken. Schon früher hatten sich auf diese Art einige seiner besten Ideen angekündigt.

«Es gibt einen Ort, an dem uns die Menschen sogar noch weniger vermuten würden», kam das leise Keckern, das seine neueste List begleitete. «Und der», kicherte er, «ist nicht auf dem Rollweg, sondern darunter!»

Und so endete der Ausflug mangels anderer Vorschläge in der Betonröhre unter der Straße.

«Wenn das die große weite Welt sein soll», dachte Mega, als er auf den feuchten Nebelvorhang starrte, «dann ist es kein Wunder, daß sich meine Anhänger nicht sonderlich beeindruckt zeigen.» Das Kanalrohr, durch das sich ein kleiner Bach schlängelte, war gräßlich: feucht, bedrückend und über und über mit widerlichem Menschenabfall verdreckt. Außerdem war seine unnatürlich rauhe Oberfläche alles andere als eine Wohltat für blutig gescheuerte Zehenballen. Inzwischen kreisten die Gedanken der Nerze allerdings mehr um ihre Mägen. «Wo bleibt unser Frühstück?» knurrten sie. In den Käfigen waren sie wenigstens anständig gefüttert worden und – was beinahe noch wichtiger war – immer pünktlich.

Maxi und seine Muskelnerze hatten ihre Mühe, die anderen davon abzuhalten, einfach loszuziehen und Futter zu suchen. Die allgemeine Verfassung hatte sich auch nicht gebessert, als Psycho, der wie immer etwas zu weit gegangen war, noch eins draufgesetzt und ihnen erklärt hatte, daß es draußen ohnehin kein Futter gebe, das man hätte suchen können. Diese für Psycho recht untypisch geradlinig ausgesprochene Wahrheit wurde auch noch durch eine Wolke unterstrichen, die bei Sonnenaufgang alles wie eine klamme Decke eingehüllt und die natürlichen Aktivitäten auf dem gefrorenen Gras praktisch auf Null reduziert hatte. Sogar die stolze Trophäe, der Katzenschwanz, ehrfurchtsvoll so neben dem bescheidenen Rinnsal abgelegt, daß sie nicht mit den Schlieren aus grünem Schleim in Berührung kam, konnte sie als Erinnerung an ihre jüngsten Triumphe nicht aufmuntern.

«Ist das nun Pech, oder lag es an unserer schlechten Einschätzung der Lage, daß wir einen so katastrophalen schlechten Start erwischt haben?» fragte sich Mega. Wie erwartet, waren seit dem ersten Morgengrauen in regelmäßigen Abständen Volvers über sie hinweggebraust. Das und der dichte Nebel, bei dem man nicht einmal die Pfote vor Augen sehen konnte und der alles zusätzlich dadurch komplizierte, daß er sämtliche Geräusche dämpfte, machten es unmöglich, den nächsten Schritt zu planen. Wie Maxi gerade angedeutet hatte, verlor die Fluchtbewegung allmählich ihren Schwung. Sobald einzelne Tiere sich auf eigene Faust davonmachten, würde sich die Truppe unweigerlich zersplittern und damit Plan A zunichte machen. Wenn dann die Moral noch weiter sank, ließen sie die Sache wahrscheinlich völlig entmutigt fallen und versuchten, wieder zu den Feiglingen im Schuppen zurückzukehren, der ihnen jetzt wunderbar warm und bequem vorkam. Mega konnte ihnen nicht verdenken, daß sie enttäuscht waren. Ihm ging es nicht viel besser. Trotzdem blieb ihnen im Moment nichts anderes übrig, als abzuwarten.

Endlich, die Sonne hatte bereits ihren Höchststand erreicht – vorausgesetzt, man hätte eine Sonne sehen können –, spähte Maxi aus dem runden Ausgang der Röhre hinaus und berichtete, daß sich die Wolke wieder hob. Mega ging das Risiko eines vorüberfahrenden Volvers ein, ließ Maxi hinaustreten, und gemeinsam mit Mata erstiegen sie eine nahe gelegene Hügelkuppe, von der sie einen Ausblick auf die Landschaft wagten. Bei diesem erhabenen Erlebnis machte Megas Herz unweigerlich einen Satz. Sie saßen ganz oben auf der Welt, Beherrscher all dessen, worauf sie hinabschauten! Vielleicht hätten sie in weiter Ferne Lichter sehen können, doch nichts ließ sich mit diesem unendlichen Panorama vergleichen. Diese immense Weite, die sich in alle Himmelsrichtungen ohne erkennbare Grenzen ausdehnte, bis sie schließlich vom grauen Schleier verschluckt wurde. Alles war von Linien durchzogen, die verschiedene Formen und Farben einfaßten, und all das lockte mit den Versprechungen zukünftiger Freuden. Alles, die menschlichen Behausungen, die Rollwege, die Bäume, die wenigen Vögel am Himmel, all das wartete darauf, von ihnen in Besitz genommen zu werden. Im gleichen Moment erinnerte er sich jedoch wieder daran, daß Solomon zu Sheba gesagt hatte, die freigelassenen Nerze seien ziellos umhergeirrt. Kein Wunder, wenn einem so viele Möglichkeiten offenstanden. Mehr noch als zuvor wurde ihm bewußt, wie wichtig es war, ihnen die notwendige Basis zu verschaffen, indem sie Custards Wald erreichten. Aber wo war dieser Wald nur?

Als sie die Farm entdeckten, die so lange ihr Gefängnis gewesen war, und das Netzwerk der Rollwege zurückverfolgten, rang Mega nach Luft, denn er erkannte, wie einfach die Antwort war.

«Die dumme Hündin kann nicht einmal links von rechts unterscheiden», stieß er erbittert hervor.

Mata, die ungewohnt matt wirkte, nickte in stillschweigender Bestätigung, während Maxi, offensichtlich hoch erfreut darüber, daß man einen noch größeren Dummkopf als ihn ausgemacht hatte, brüllte: «Absolut korrekt, Boß!»

Dann fügte er wenig hilfreich hinzu: «Wir hätten längst merken müssen, daß sie dumm wie Bohnenstroh ist. Trotzdem darf ich darauf hinweisen, daß unsere Lage durchaus nicht so schlecht ist, wie es anfangs aussah. Seht mal, dort drüben!»

Mega schaute in die Richtung von Maxis ausgestreckter Pfote, sah in einiger Entfernung einen Wald, der in etwa dem ähnelte, von dem Custard erzählt hatte, folgte ihrer Wegbeschreibung entlang den Rollwegen, berücksichtigte dabei die kleine Panne mit links und rechts und kam zu dem Ergebnis, daß alles hervorragend paßte. Maxi hatte recht: Sie hätten es schlimmer treffen können. Der Rollweg, den sie fälschlicherweise entlanggegangen waren, machte einen weiten Bogen, was wiederum bedeutete, daß sie sich trotz allem ihrem Ziel genähert hatten, wenn auch im Krebsgang. Um den Wald zu erreichen, mußten sie nur diesen Hügel hinunter, ein paar flache Täler durchqueren und dann wieder einen niedrigen Hügelkamm hinauf.

«Also, Maxi, du hast ihn zuerst gesehen. Ist es der richtige oder nicht?»

«Tut mir leid, aber das kann ich nicht mit letzter Sicherheit beantworten, Boß», antwortete Maxi und strich sich die Barthaare nach hinten. «Jedenfalls handelt es sich einwandfrei um einen Wald, und das wiederum bedeutet eine grundlegende Verbesserung unserer gegenwärtigen Lage.»

Mega dankte ihm wieder einmal für seine bodenständige Sicht der Dinge. Die unbarmherzige Wahrheit war, daß sie hingehen und es herausfinden mußten. An diesem Punkt mußte er wieder den Anführer herauskehren. Es lag in seiner Verantwortung, anhand der zur Verfügung stehenden Informationen eine Entscheidung zu treffen. Ob es die richtige war, würde sich erst später herausstellen.

«Bei Anbruch der Dunkelheit marschieren wir los», wies er die anderen an. «Maxi, du tüftelst die beste Route aus.»

«Alles klar, Boß!» schrie Maxi zurück, dankbar dafür, daß das Leben jetzt, wo ihm gesagt worden war, was er zu tun hatte, wieder einfach und übersichtlich wurde.

Sie machten sich auf den Rückweg zum Kanalrohr, trafen jedoch zu ihrem großen Entsetzen auf vereinzelte im Heidekraut umherstromernde Nerze.

«Was habt ihr da zu suchen, ihr kleinen Dreckskerle?» schrie Maxi außer sich vor Wut. «Los, zurück, aber sofort!»

Er rannte voraus und erreichte seine Muskelnerze, die eine verzweifelt aus der Betonröhre drängende Masse von Nerzen aufzuhalten versuchten. Psycho, den Tränen nahe, beschwor sie vergeblich, dort zu bleiben, wo sie waren. Maxi hatte ihn gerade zur Seite gestoßen und bahnte sich mit fliegenden Pfoten einen Weg, als sie einen Volver herannahen hörten. Mitten in der Bewegung erstarrt, warteten alle ab, bis er immer näher kam. Ihre Herzen blieben stehen, als das Geräusch leiser wurde und die Geschwindigkeit sich verlangsamte, bis er schließlich vorüber war und wieder beschleunigte. Sie sahen sich erschrocken an und begannen wieder zu atmen. Das war eindeutig zu knapp gewesen!

Die Unterbrechung hatte jedoch den Dampf aus der Revolte genommen, und als der Großteil der Meute sich in die Mitte der Röhre zurückzog, schlichen auch die letzten, die noch draußen waren, mit schuldbewußten Mienen zurück.

Psycho, der schon einen vernichtenden Blick von Maxi kassiert hatte, zitterte, als sich sein Anführer näherte.

«Ich konnte wirklich nichts dagegen tun, Mega», sprudelte es aus ihm heraus, und er sah wieder so verstört aus wie zuvor. «Kaum wart ihr weg, da sagten sie schon, sie hätten jetzt genug und wollten raus. Wir stecken wirklich ziemlich in der Klemme. Einige halten noch zu uns, doch die meisten wollen einfach nur ‹nach Hause›, wie sie es nennen. Es gibt sogar welche, die sich dazu entschlossen haben, ihr Glück allein zu versuchen.»

«Diese Wankelmütigen», schoß es Mega durch den Kopf, bevor er sich selbst überprüfte. Er konnte es ihnen nicht vorwerfen. Es war nicht ihr Fehler, schließlich hatten sie ihr ganzes Leben nichts anderes kennengelernt als die Käfige. Trotzdem wurde es bei dieser ablehnenden Grundstimmung immer heikler, sich noch länger hier aufzuhalten. Die Truppe mochte momentan durch den Schock wieder auf Linie gebracht worden sein, doch schon bald würde sie erneut rebellieren. Und auf gewisse Weise hatte sie sogar recht – sie konnten nicht ewig hier unten sitzenbleiben. Er erinnerte sich an Maxis Rat, die Meute stets in Bewegung zu halten, und beschloß, daß sie sich sofort wieder auf den Weg machen würden. Zwar war es riskant, bei Tageslicht aufzubrechen, doch bei dem schlechten Wetter hielten sich auch viel weniger Menschen im Freien auf. Wenn sie sich fern der Rollwege hielten, müßten sie einigermaßen in Sicherheit sein.

Er hielt eine kurze Ansprache, bei der seine Stimme in der Betonröhre gruselig hallte, und er entdeckte sogar noch einen Rest Begeisterung und hier und da ein verwegenes Grinsen.

«Wann kriegen wir was zu fressen?» tönte es von irgendwoher aufrührerisch.

«Jawohl, wo ist unser Futter? Es muß schon bald Nachmittag sein, ganz zu schweigen vom Frühstück!»

«Schon sehr bald werdet ihr alles haben, was ihr wollt, und noch viel mehr», mischte sich Psycho aufmunternd ein. «Vertraut eurem großen Anführer.»

Er wollte noch einiges hinzufügen, sah dann aber, wie Mega ihn anfunkelte, und schwieg. Diesmal hatte sein Anführer recht, mußte er im stillen zugeben. Es war illusorisch anzunehmen, mit noch so vielen schönfärberischen Worten gegen das Knurren ihrer Mägen anzukommen. Nach der körperlichen Anstrengung und der vielen frischen Luft starb er selbst beinahe vor Hunger.

«Aufstellen!» brüllte Maxi, nachdem der nächste Volver über sie hinweggefahren war. Die Meute gehorchte murrend und folgte ihren Anführern durch das nasse Gras, bis sie weit genug vom Rollweg entfernt waren.

Dort trieb sie Maxi zu einer Gruppe zusammen, an die Mega eine kleine Ansprache hielt.

Psycho hatte darauf gedrängt, daß er etwas sagte: «Du mußt sie noch einmal packen, Mega. Halte es aber kurz und zackig – in dieser Verfassung kommen wir nicht mehr allzuweit mit ihnen.

Erzähle ihnen folgendes: Das Ganze war eine Verschwörung zwischen Custard und dem Wärter, um uns in die Irre zu führen. Dann schiebst du die ‹guten Nachrichten› hinterher, nämlich daß du die falschen Informationen durchschaut hast. Anschließend sagst du etwas wie ‹unsere Lage konsolidieren› und ‹den triumphalen Marsch wiederaufnehmen›. Das müßte genügen, um sie fürs erste bei Laune zu halten.»

«Kommt mir reichlich dünn vor», erwiderte Mega darauf ohne viel Begeisterung. Es waren schwache Entschuldigungen, dabei brauchte die Truppe etwas, was sie erneut anfeuerte und freudig in Bewegung setzte. «Warum kann ich ihnen nicht den Wald zeigen?»

«Nein, Mega, wir müssen vermeiden, daß sie zu aufgeregt sind», quietschte Psycho und schüttelte energisch widersprechend seinen spitzen Schädel. «Was ist, wenn sich herausstellt, daß es überhaupt nicht der richtige Wald für uns ist?»

Widerstrebend mußte Mega Psychos Einwand anerkennen. Wie Sheba ihm vor langer Zeit eingeschärft hatte, war es sinnlos, sich Berater zu suchen, wenn man anschließend nicht auf sie hörte.

«Meine edlen Nerzgefährten, ich habe euch einige wichtige Mitteilungen zu machen», verkündete er jetzt von einem kleinen Erdhügel herab. «Sie werden euch jedoch nicht sonderlich überraschen, wenn ihr euch an die Hinterhältigkeit unseres ehemaligen Wärters erinnert, des Menschen, der uns so lange unterdrückte und von dem ich euch erst vor kurzem befreit habe.»

Er legte eine kurze Pause ein und hoffte auf zumindest vereinzelten Applaus. Als sich keine einzige Pfote regte, zog er seine Rede einfach durch: «Eine Verschwörung war gegen uns im Gange, meine Nerze, eine Verschwörung, von der ich jetzt glücklicherweise sagen kann, daß ich sie aufgedeckt habe. Ich möchte euch rasch darüber informieren, wie sorgfältig der feige Plan ausgeheckt worden war, um uns in die Irre zu führen ...»

Während er noch redete, öffnete sich ein Spalt in der grauen Wolkendecke, und in einiger Entfernung fiel ein Strahl aus weißem Licht auf die Erde herab, so hell und klar umrissen, daß er wie eine solide Säule aussah, eine Verbindung zwischen dem Himmel und dem Land darunter. Diese unerwartete Erscheinung lenkte die Aufmerksamkeit seines Publikums so stark ab, daß Mega seine Rede unterbrach und mit ihnen hinüberstarrte. Er sah, daß der Strahl genau auf den Wald zeigte, den sie auf Gedeih und Verderb zu ihrem Ziel auserkoren hatten.

Psycho reagierte als erster.

«Seht das Zeichen!» rief er und warf zugunsten seines neuen Schachzugs bedenkenlos den eigenen Rat über Bord, ihnen den Wald noch nicht zu zeigen. «Seht nur das Zeichen, das uns unser großer Anführer Mega gesandt hat!» Er gestikulierte in Richtung der leuchtenden Lichtsäule. «Es ist das Zeichen, das uns auf den richtigen Weg zurückbringt, denn es führt uns ins Gelobte Land, den wundervollen Wald, in dem uns Glückseligkeit und heiße Spritzer erwarten.»

Dieses dramatische Zwischenspiel entlockte den leichtgläubigeren Anhängern die ersten schwachen Jubelrufe, woraufhin Mega spontan beschloß, den Rest der Rede wegfallen zu lassen. Sie hatte sowieso nichts gebracht. Statt dessen überließ er es Psycho, die günstige Gelegenheit voll auszuschöpfen, und ganz beiläufig fiel ihm auf, daß die beiden neuen Nerze M1 und M2 vor freudiger Zustimmung strahlten.

«Folgt mir, Nerzgefährten», quiekte Psycho und hüpfte lockend vor ihnen auf und ab. «Folgt mir zu dem Zeichen, das uns unser herrlicher Anführer Mega gesandt hat.»

Die Menge sah zu ihrem Anführer auf, und einen Augenblick lang herrschte zögerndes Schweigen. Mega spielte seine Rolle, indem er gebieterisch nickte. Psycho warf ihm noch ein tückisches Grinsen zu, bevor er sich aufmachte und durch die struppige Heide losmarschierte. Obwohl die verwachsene Gestalt vor ihnen hertanzte und den anderen Nerzen eifrig winkte, es ihr nachzutun, wobei sie noch immer in blumigen Worten von der Strahlensäule schwärmte, die sie führte, war diese inzwischen so rasch verschwunden, wie sie aufgetaucht war. Die Landschaft vor ihnen versank erneut in einförmiges Grau, und während Mega versuchte, die seltsamen Grasbüschel und das tropfnasse Heidekraut zu ignorieren, das ihm den feuchten Pelz am Rücken kleben ließ, dachte er darüber nach, wie schlecht sie die ganze Angelegenheit doch eingefädelt hatten. Auch wenn M1 und M2 Psychos zynischem Zeichenballa applaudiert hatten – er selbst spürte nicht die kleinste Spur von Vertrauen darin. In Wahrheit hatten sie eine Reihe von Rückschlägen einstecken müssen, angefangen damit, daß es Mata und ihm nicht gelungen war, so viele Gefährten mitzunehmen, wie sie eigentlich erwartet hatten. Seither hatte Psycho versucht, das Beste daraus zu machen, indem er betonte, sie hätten sich dadurch vom unnötigen Ballast der Zauderer getrennt und nur die wirklich ergebenen Anhänger mitgenommen. Wenn er sich jedoch deren jämmerliches Bild betrachtete, fragte er sich, wie weit sie wohl mit dem Rest der Truppe gekommen wären. «Wahrscheinlich säßen sie längst wieder in ihren Käfigen», dachte Mega schwermütig.

Zum Trost kaute er ein wenig auf dem Katzenschwanz herum und versuchte das Gefühl zu unterdrücken, daß ihm die ganze Angelegenheit allmählich aus den Pfoten glitt. Nicht nur seine Anhängerschaft, auch er selbst mußte jede Menge lernen – ebenso Mata, ihrer zunehmenden Schweigsamkeit nach zu urteilen. Wie dumm sie doch gewesen waren, aufgrund der Aussagen einer Idiotin wie Custard anzunehmen, sie könnten einfach aus ihren Käfigen hinaus direkt ins Land der Träume ziehen. Jetzt war es in erster Linie eine Frage des Vertrauens, und zum erstenmal fühlte er sich verunsichert. Das einzige, was die Meute momentan noch zusammenhielt, war die Furcht, und das war schlecht. Was hatte einer der Ältesten einst zu ihm gesagt? «Das einzige, was man fürchten muß, ist die Furcht selbst.»

Die wirkliche Welt hatte sich bereits jetzt als wesentlich anders herausgestellt als ihr gewohntes Sicherheitsnetz im geschützten Käfig. An die Stelle des von ihrem Wärter organisierten Tagesablaufs war der freie Fall getreten, und sie alle brauchten unbedingt ein winziges Eckchen, an dem sie sich festhalten konnten, einen Zufluchtsort, an dem sie sich auf die Welt vorbereiten konnten.

Mega war fest davon überzeugt, daß sie nur noch einen einzigen Versuch hatten. Wenn auch der fehlschlug, brauchte es mit Sicherheit mehr als ein Zeichenballa von Psycho, um ihn und die anderen Anführer zu retten.

Kapitel 34

Die Jagd auf andere

Eule, der zum letztenmal auf dem soliden Ast der Mächtigen Eiche saß, unterdrückte ein Gähnen. Während unter ihm die geballte Macht der BWW sich heillos zerstritten hatte, stellte er zu seinem großen Wohlgefallen fest, daß ihm diese Auseinandersetzungen inzwischen herzlich egal waren. «Blablabla», murmelte er leise vor sich hin. Alles heiße Luft, wie Boris ganz richtig gesagt hatte. Denn endlich – oder hoffentlich endlich, wie ein BWW ausdrücken würde – wußte Eule, weshalb unterm Strich nichts dabei herauskam. Er hatte die Eigenschaft erkannt, die ihn von allen anderen unterschied, weil er sie hatte, und den anderen fehlte sie. Es war der gesunde kreatürliche Verstand, den er persönlich höher schätzte als Weisheit, Gravität, Hintergründigkeit und alles andere, dessen ihn diese verdammten Kaninchen rühmten. Er beglückwünschte sich erneut zu dieser Erkenntnis und fand dabei die Vorstellung, von seinem Ast in die Versammlung hinunterzugleiten und Burdocks fettem Hintern einen gewaltigen Tritt zu verpassen, beinahe unwiderstehlich. Gerade in diesem Moment wand sich dieses Hinterteil ganz widerlich, während sein Eigentümer dem aktuellen Sprecher, einem verbissenen Zaunkönig, zustimmend zunickte. Worte wie «rational», «Konsens» und «fair» drangen aus weiter Ferne in Eules Bewußtsein. Ihm fiel dazu nur ein, daß das Gehirn des Zaunkönigs zu seinem federleichten Körper paßte; dann sank ihm der Kopf langsam auf die Brust.

«... natürlich möchten wir die Gefühle jedes einzelnen Geschöpfes berücksichtigen und dadurch sicherstellen, daß alle Gesichtspunkte adäquat repräsentiert sind», quasselte der

Zaunkönig immer weiter. «Deshalb appelliere ich an euch, Kameraden, nichts zu überstürzen und die Angelegenheit statt dessen zugunsten weiterer Beratung zu verschieben. Wenn ich hierzu, in Übereinstimmung mit unseren bereits bewährten Praktiken, einen Ausschuß vorschlagen dürfte?»

Eule schreckte wieder hoch, als dieses Ergebnis – falls man solchen sprachlichen Durchfall eine Rede und dieses Ergebnis wirklich ein Ergebnis nennen wollte – von Applaus und weiterem Hinterngewackel aufgenommen wurde. Er wählte ein Braunellenmännchen als nächsten Sprecher aus und grinste es höhnisch an, als es auf den Stumpf flatterte.

«Meine lieben Betroffenen Wächter des Waldes», piepste die Braunelle und verwarf den Vorschlag des Zaunkönigs, um an seiner Stelle ihren eigenen anzupreisen. «Ich möchte die bisherigen Beiträge ganz bestimmt nicht abwerten, doch da ich hier für alle Braunellen spreche, spüre ich ganz deutlich, daß es meine traurige Pflicht ist, eure geschätzte Aufmerksamkeit auf die Inkonsequenz in der Unterklausel B des Wald- und Wiesenkodexes zu lenken, die, meiner unmaßgeblichen Meinung nach, dem vorletzten Paragraphen im Unterpunkt E des ebenso wichtigen Gesetzes zur Erklärung der kreatürlichen Rechte widerspricht.

Das, wiederum in ganz ungenauer Terminologie ...»

Eule nickte wieder ein.

Die große Versammlung zur Verabschiedung des Wald- und Wiesenkodexes sowie des Gesetzes zur Erklärung der kreatürlichen Rechte war schon seit dem frühen Nachmittag im Gange, einem obendrein ausgesprochen trüben Nachmittag. Der klare Vollmond hatte den ersten Frost mit sich gebracht, und im Anschluß daran hatte sich der Himmel überzogen. Die scharfe, klare Luft war einem kalten Nieseln gewichen, das die ganze Versammlung jetzt in einen grauen Mantel hüllte. Dicke Tropfen fielen von den kahlen Zweigen der Mächtigen Eiche herab. Sie untermalten das blecherne Zwitschern der Braunelle mit einem monotonen Klopfen, und Eule dachte nur, wie froh er darüber war, daß er weder vom Kodex noch von dem Gesetz je wieder etwas hören mußte.

Burdock war bei seinen Anweisungen vor der Versammlung gnadenlos vorgegangen und hatte Eule dermaßen belehrt, als sei er ein junges Kaninchen, obendrein ein strohdummes. Sogar Dandelion hatte kurzfristig einen härteren Ton angeschlagen und sich geweigert, sich dafür zu entschuldigen.

«Es ist nicht Burdies Schuld, daß er so aufgeputscht ist», hatte sie Eule mit ungewohnter Radikalität beschieden. «Du kannst dir nicht vorstellen, wie wichtig das alles für ihn ist. Es ist der Höhepunkt seines Lebenswerks, und er hat alles darangesetzt, daß die Versammlung glatt über die Bühne geht.

Natürlich erwarten wir keine Probleme», hatte sie eilig hinzugefügt. «Ich bin sicher, daß Burdie alles wunderbar vorbereitet hat. Trotzdem muß man ganz und gar wachsam sein, denn auch er hat Feinde, und man kann nie wissen, was passiert.»

«Nicht, wenn man ein Kaninchen ist», war Eule dazu eingefallen. Wie konnte man überhaupt etwas wissen, wenn man alles so wie sie kontrollieren wollte. Dabei sollte das Leben doch eine lange, ununterbrochene Reihe von Überraschungen sein.

«Die Wühlmäuse wissen auch nie, wann ich komme, ganz egal, ob ich nun nett bin oder nicht», hatte er als versteckte Anspielung auf ihre vorangegangene Unterhaltung eingeworfen.

Als Dandelion sich hastig entschuldigt hatte, um sich einen erneuten Griff in dieses Brennesseldickicht zu ersparen, hatte Eule zufrieden gelächelt. Er fragte sich, ob die Laubreinigungstruppe schon auf die grausigen Überreste gestoßen war, die er für sie liegengelassen hatte. «Nett! Ich werd' euch nett geben», dachte er, als er aus seinem Tagtraum erwachte und die verzückte Menge betrachtete. Burdocks Mobilisierungskampagne hatte sich ausgezahlt, das mußte er zugeben. Noch nie zuvor hatte Eule einen solchen Auftrieb erlebt. Alle möglichen Tiere und Insekten in allen Formen und Größen saßen dichtgedrängt in einem großen Kreis um die Mächtige Eiche herum. So gut wie jeder Grasfresser des Waldes war anwesend, und nach der riesigen Zahl der Kaninchen zu urteilen, auch jeder aus den angrenzenden Feldern. Noch nie im Leben hatte er so viele auf einem Fleck gesehen – ganz abgesehen von einer für zehn Monde ausreichenden Abordnung von Wühlmäusen.

Schade nur, daß das alles für eine dermaßen vergeigte Sache stattfand, aber wenigstens verschaffte es ihm die Gelegenheit, ihnen ein oder zwei Dinge zu zeigen, bevor er sich verabschiedete. Er blickte boshaft auf die Braunelle, die als letzte sprach, bevor Burdock die Versammlung zur Abstimmung auffordern würde. Unter seinem stählernen Blick fing sie an, nervös von einem dürren Beinchen auf das andere zu treten, bevor sie überstürzt zum Ende kam und die Inkonsequenz, die sie gerade anprangerte, ungelöst in der Luft hängenließ. Als sie unglücklich zu ihrem Platz zurückflatterte, bekundeten ihre Kollegen ihr ängstlich ihre Sympathie und starrten dabei betroffen und anklagend zu Eule hinüber.

Der reagierte völlig unerwartet darauf, indem er den Kopf blitzartig vorschnellen ließ, laut zischte und wild mit den Schwingen schlug, als wollte er abheben. Die Braunellen stoben in heller Panik auf und kreisten aufgeregt zwitschernd über der Versammlung, durch die ein nervöses Zittern lief.

Burdock hatte sich gerade erhoben, um sich zum Stumpf zu begeben. Er erstarrte mitten in der Bewegung, drehte sich um und sah entsetzt zu Eule hinauf.

«Tut mir leid, da hat mich was gebissen!» rief dieser gutgelaunt seine Entschuldigung hinunter, bevor er Freddies Witz noch einmal zum Einsatz brachte: «Die Freie Flohliga ist wohl wieder aufgekreuzt.»

Aus den Reihen des Publikums schlug ihm eisiges Schweigen entgegen. Burdock funkelte ihn an, noch unsicher, ob er die Sache an die große Glocke hängen sollte.

«War nur ein Scherz», grinste Eule beschwichtigend. «Mach weiter!»

«Wahrscheinlich macht mich die Vorfreude auf meine Entlassung so übermütig», dachte er. Vielleicht sollte er sich etwas beruhigen und Burdock mit seiner Sache fortfahren lassen. Daran krankten diese Versammlungen alle, oder nicht? Sie waren so bierernst, daß man sich schließlich über alles freute, was sie ein bißchen auflockerte.

Burdock ließ das brütende Schweigen noch ewas länger wirken; die erschrockenen Braunellen flatterten eine nach der anderen wieder auf den Boden zurück. Erst als sie erneut ihre Plätze eingenommen hatten, setzte er seinen Weg zum Stumpf fort. Eules unmotiviertes Eingreifen hatte er bereits als unbedeutenden Zwischenfall beiseite geschoben. Der Moment, an den er sich immer voller Stolz erinnern würde, war gekommen, der Augenblick, in dem die Vernunft die Oberhand über die Anarchie gewann und somit ein Muster dessen abgab, was sich in naher Zukunft vom Alten Wald aus über die ganze Welt verbreiten würde. Er wollte dieses Festmahl, das er sich da bereitet hatte, voll und ganz auskosten, und warum auch nicht? Die offizielle Bekanntgabe des Kodexes und des Gesetzes war sein persönlicher Triumph und würde dafür sorgen, daß er für alle Zeiten als der Architekt des Wahren, Guten und Schönen gefeiert wurde. Dank endloser Vorgespräche, Lobbyarbeiten und jeder Menge Druck – dazu mit Eules Autorität als Rükkenstärkung – war er jetzt absolut zuversichtlich, daß es nicht einmal Stimmenthaltungen geben würde. Beide Entwürfe würden einstimmig angenommen werden. Zwischen ihm und der Unsterblichkeit standen nur noch ein paar Wahlgänge mit Flügel- und Pfotenheben.

Bedächtig kletterte er auf den Stumpf und räusperte sich.

«Liebe Freunde und Betroffene Wächter des Waldes, dies ist tatsächlich ein besonderer Moment in der langen und bemerkenswerten Geschichte des Alten Waldes, ein Augenblick, der uns allen als der Höhepunkt unseres unablässigen Kampfes für die Gleichberechtigung aller Lebewesen in Erinnerung bleiben wird. Heute, meine Brüder und Schwestern, werden wir die Erfüllung unseres endlosen Ringens um natürliche Gerechtigkeit erleben. Niemals wieder, meine geschätzten Kameraden, wird sich die Pfote eines Geschöpfes gegen ein anderes erheben. Niemals wieder wird die Doktrin ‹Macht ist Recht› herrschen, weder in unserem Wald noch in den angrenzenden Feldern und Wiesen.

Laßt mich euch in Erinnerung rufen, womit unser wunderbares Gesetz beginnt: Folgende Wahrheiten halten wir für selbstverständlich: daß alle Kreaturen gleich erschaffen sind; daß sie mit gewissen unveräußerlichen Rechten ausgestattet sind; daß dazu gehören Leben, Freiheit und die Jagd nach Glückseligkeit.»

Das Wort «Glückseligkeit» konnte man Burdock zwar noch von den Lippen ablesen, doch keiner hörte mehr den Laut. Statt dessen wurde seine Stimme von dem lauten Ruf «... und die Jagd auf andere» übertönt, den Raka, die sich unbemerkt auf einem Zweig der Mächtigen Eiche oberhalb von Eule niedergelassen hatte, laut und deutlich ausstieß. Eule war für einen Moment so verdutzt wie die anderen Tiere auch. Soweit er wußte, gab sich Raka nicht mehr mit BWW-Angelegenheiten ab. Dabei mußte sie die ganze Zeit über heimlich zugesehen haben. Sie hatte den richtigen Augenblick so perfekt abgepaßt, daß Eule jetzt laut lachen mußte. Er spürte eine tiefe Zuneigung für seine alte Freundin, der ein so brillanter Auftritt gelungen war, daß er ihr ein breites, anerkennendes Grinsen hinaufschicken mußte. Sie krächzte huldvoll zurück. Burdock stand inzwischen wie versteinert und vor stiller Wut brodelnd auf dem Stumpf.

Prompt sprang Marcus Maulwurf in die Bresche.

«Was Kamerad Burdock gerade sagte, bevor er so rücksichtslos unterbrochen wurde», erklärte er und funkelte dabei kurzsichtig in Rakas Richtung, «ist, daß der Kodex letztendlich besagt, daß wir einander Respekt und Mitgefühl entgegenbringen müssen, ganz egal, wie gering, eklig oder blöd wir auch sein mögen.»

Diese Verlautbarung, die er in seiner gewohnten Geschwindigkeit vorgetragen hatte, enthielt einen typischen Marcus-Schnitzer von der Sorte, derentwegen er bereits für seine sprachlichen Sturzflüge bekannt war. Jetzt löste er damit sogleich lautstarken Protest aus.

«‹Blöd› darf man nicht mehr sagen», tönte es wütend von irgendwoher. «Das heißt ‹mental benachteiligt›.»

Eule seufzte. Er hatte gehofft, daß sie diesen Kack endlich über Bord geworfen hatten, nachdem die Insekten hinauskomplimentiert worden waren.

«Dann eben mental benachteiligt», gab Marcus schnell nach und verspeiste einen Wurm, während er sich darum bemühte, den Faden wiederaufzunehmen. «Und der Kodex besagt, daß wir alle gleich sind, weil wir alle gleich wichtig sind, und deshalb müssen wir nett zueinander sein, weil wir alle unterschiedliche Teile des Ganzen sind, wenn ihr riecht, was ich meine …»

«Herrschaft noch mal», dachte er, als er merkte, wie es ihm wieder entglitt. Das passierte jedesmal. Immer, wenn er so richtig in Fahrt war, verlor er den Faden.

Er ließ sich einen weiteren Wurm schmecken.

«Da haben wir's doch», quiekte er. «Darum dreht sich doch alles. Und es wird höchste Zeit, daß ihr blöderen Viecher das endlich kapiert.»

Als die Versammelten bei der Wiederholung des verbotenen Ausdrucks mit einem weiteren Aufschrei empörten Grunzens und Quakens explodierten, gab Burdock Eule wütend Signal, für Ordnung zu sorgen. Er ließ ein lautes Schuhu ertönen, was schon allein aufgrund von Marcus' Blindheit angebracht war, die dieser wiederum als Entschuldigung dafür anführte, vom Waldboden aus zu sprechen, weil er den Stumpf nicht erkennen konnte. Auch die Aussicht darauf, Marcus nie wiederzusehen, war für Ollie ein triftiger Grund, der BWW-Szene den Rücken zu kehren.

Alle verstummten gehorsam, nur Raka, die ihren Spaß gehabt hatte, flatterte unter siegreichem Gekrächze zusammen mit ihren Kollegen zurück zur Krähenkolonie.

«Tschüs, ihr Spinner, tschüs!» Ihre Stimme schwand in der Entfernung.

«Vergeßt diesen albernen und ordinären Vogel», faßte Burdock den Zwischenfall zusammen, wobei er noch immer darum kämpfte, seine Wut unter Kontrolle zu bringen. Es war reichlich skandalös, wie Eule diesem Zwischenrufer gestattet hatte, an seiner Funktion als Vorsitzender vorbei für Unruhe zu sorgen, besonders in einem so denkwürdigen Moment. Burdock mußte anschließend unbedingt ein Wörtchen mit Ollie reden.

«Meine lieben Kameraden und Wächter des Waldes, wir sind heute an dem entscheidenden Punkt in unserer Geschichte angelangt», setzte er erneut an.

Eule oben auf dem Ast vermied geflissentlich den Augenkontakt mit der entsetzten Dandelion. Daran, wie Burdock mit seinem dicken Hintern wackelte, konnte Ollie erkennen, daß er diesen Auftritt so lange wie möglich auskosten würde. So lächerlich Gesetz und Kodex auch sein mochten – Eule konnte es ihm nicht verübeln. Er hatte diesen schrecklichen Alptraum beinahe überstanden, er konnte sich allmählich entspannen. Er lauschte Burdocks Lobrede auf sich selbst und konnte sich nicht entscheiden, ob er Dickarsch mochte oder nicht. Ganz bestimmt war er ihm nicht dankbar dafür, daß er ihn mit der Welt der Politik bekannt gemacht hatte. Politik war ein neues Wort in Eules Vokabular gewesen, und er hatte sofort gespürt, daß er nicht mehr darüber wissen wollte. «Was gab es da überhaupt zu wissen?» hatte er sich gefragt. Jetzt kannte er die ernsten Sorgen der Kaninchen zwar besser, und auf eine eigenartige Weise – schnell weg mit dem Gedanken – bewunderte er sie sogar, besonders, was den Ehrwürdigen Buck anging. Da es jedoch nach wie vor keinerlei Anzeichen für sein vorausgesagtes «großes Unglück» gab, mußte Eule daraus den Schluß ziehen, daß die Kaninchen nicht im wirklichen Wald lebten. Das bestätigten nicht zuletzt die weitschweifigen Konstruktionen von Kodex und Gesetz. «Warum gibt es überhaupt zwei davon?» fragte er sich. Warum waren die BWW-Spinner so umständlich, daß sie nicht beide in eins packten und auf diese Weise allen jede Menge Ärger ersparten? So würde es beispielsweise in Kürze unnötigerweise zwei verschiedene Abstimmungen geben.

Doch er war ja fest entschlossen, sich über diesen ganzen Quatsch nicht länger aufzuregen. Die BWW waren ein Virus, der sein Leben befallen hatte und jetzt wieder ausgeschwitzt werden mußte. Nahm man Kodex und Gesetz beim Wort – besser gesagt, bei ihren vielen Worten –, lösten sie alle Probleme des Waldes; zumindest die Probleme, die die BWW-Anhänger überhaupt wahrnahmen. Deshalb würden in Zukunft alle so nett zueinander sein, daß seine Autorität ohnehin überflüssig wurde. Wie auch immer, er hatte keine Lust mehr, diese verrückten Gedankenknoten zu entwirren. Außerdem gab ihm Burdock vor der großen Abstimmung noch einmal die Chance, ordentlich einzunicken. Eule schloß die Augen, und sein Kopf sank herab.

Die Waldbewohner saßen stoisch im unablässigen Nieselregen und hoben nur gelegentlich eine Pfote, um sich das Wasser aus den Augen zu wischen. Burdock schwadronierte endlos weiter. Er redete schon so lange, daß die gespannte Aufmerksamkeit, mit der seine Eingangsworte begrüßt worden waren, einer schläfrigen Teilnahmslosigkeit gewichen war. Eule war oben auf seinem Ast fest eingeschlafen, ebenso die angeberischen Pfauen rings um ihn her, die man hinzugebeten hatte, um die Rekordversammlung zu vervollständigen. Sie waren mit solch lächerlichen Gehirnen und einer dermaßen kurzen Aufmerksamkeitsspanne ausgestattet, daß kein einziges der Kaninchen, die aus den Tälern ringsum gekommen waren, um dem historischen Moment ihre Reverenz zu erweisen, sich darüber wunderte. Doch selbst sie fingen allmählich an, ungeduldig mit den Pfoten zu scharren, und fragten sich, wann Burdock – wenn überhaupt – zum Schluß kommen würde. Er schien in einer Trance befangen, in der sein Publikum zu existieren aufgehört hatte. Einige Tiere gaben sogar auf und krochen unter mißbilligenden Blicken davon, darunter Marcus, dem, da er seinen Vorrat an Würmern aufgebraucht hatte, ohnehin keine andere Wahl blieb.

Als er im Unterholz verschwand, schwang sich auch ein Goldfink, der sich ganz heimlich neben ihm davongestohlen hatte, in die Luft. Er stieg hinauf und sah gerade noch, wie die Nerzmeute zwischen den Bäumen auftauchte. Instinktiv stieß der Goldfink den lautesten Alarmschrei seines Lebens aus, einen so gellenden und durchdringenden Ton, daß die Versammlung wie auf einen Schlag hellwach wurde. Doch auch diese Warnung kam zu spät. Keiner hatte auch nur die geringste Chance, sich vom Fleck zu bewegen, bevor die Horde brauner Raubtiere mitten unter ihnen war. Die fleischfressende Meute schien geradewegs vom Himmel herabgefallen zu sein. Sie fauchten und bissen vor Freß- und Mordgier. Diese Invasoren waren mit einemmal überall, und die Grausamkeit ihres geballten Angriffs lähmte die Tiere des Waldes vor Entsetzen. Als die Raubtiere anfingen, ihre ersten Opfer zu zerreißen, brach Panik in der Versammlung aus. Gleichzeitig erhob sich vom Boden her ein allgemeines Geheul des Schreckens, der Not und des Schmerzes. Als die Angreifer ihre Zähne in die Hälse wehrloser Tiere schlugen, vermischten sich die ersten gurgelnden Todesschreie mit ängstlichem Gezwitscher, und leuchtendrote Fontänen schossen zum Himmel empor, der jetzt von den entsetzt aufgestiegenen Vogelschwärmen ganz schwarz war.

Die Waldtiere hatten recht gehabt, als sie annahmen, Burdock befände sich bis zu diesem Augenblick in seiner eigenen Welt. Er nahm zwar wahr, daß das Wetter ekelhaft war und er viel zu lange redete, doch während er sprach, schien sich eine solche Vielzahl von Querverbindungen und Blickwinkeln aufzutun, die es abzugleichen und zusammenzuführen galt, um der ganzen Bandbreite der vielen, vielen Belange Genüge zu tun, die sein geliebtes Gesetz und der Kodex berücksichtigten. Hinweggetragen und besessen vom Klang der eigenen Stimme – oder, wie er es interpretierte, von seiner außerordentlich gewichtigen Rede –, war er der letzte, der reagierte. Er fuhr herum und sah gerade noch, wie der Anführer der Eindringlinge auf ihn zuschoß, doch es blieb ihm keine Zeit mehr, etwas zu unternehmen, bevor er wütendes Fauchen hörte und von einer Wolke übelriechenden Fleischfresseratems eingehüllt wurde. Sein Angreifer prallte gegen ihn, schleuderte ihn seitlich vom Stumpf herunter, so daß er mit einer schmerzenden Schulter, aus der ein Stück herausgebissen worden war, auf den Waldboden krachte. Er spürte bereits das Blut durch sein Fell sickern. Dann kam er schwankend auf die Läufe und drehte sich entsetzt um; er war mit einer Kreatur konfrontiert, wie er noch niemals zuvor eine gesehen hatte. Sie sah aus wie ein Wiesel, nur beträchtlich größer und von bläulichbrauner Färbung. Ihr gräßlichstes Merkmal, das einzige, das ihn im Moment interessierte, war die nackte Aggression, die in jeder ihrer Haarspitzen vibrierte. Das eigenartige Raubtier war mit der Seite im Gras gelandet und spuckte vor Wut und Haß, als es sich am Boden wand, um wieder auf die Pfoten zu kommen. Burdock wußte, daß ihm nur Sekundenbruchteile blieben. Was ihm hier ins Gesicht blickte, war der Tod.

Instinktiv drehte er sich um, schlug mit den Hinterläufen aus und spürte eine starke Erschütterung, als er auf Knochen traf. Er hatte großes Glück, daß er seinen Angreifer, um welche Kreatur es sich auch handeln mochte, voll am Kopf erwischte, woraufhin das Raubtier rückwärts durch das nasse Gras purzelte. Burdock drehte sich jedoch nicht mehr um, um zu sehen, wie wirkungsvoll sein Tritt gewesen war. Kodex und Gesetz waren bereits ferne Erinnerungen, als er seine Chance beim Schopf packte und quer über die Lichtung ins Unterholz rannte, wo er sich an seinen BWW-Kameraden vorbeikämpfte, die gleich ihm panisch zu ihren oder den nächstbesten sicheren Verstecken flüchteten.

Hinter sich ließ er einen Schauplatz zurück, über dem sich der schwere Geruch frisch vergossenen Blutes ausbreitete.

Kapitel 35

Das Massaker auf der Grossen Lichtung

Mega wollte kaum seinen Augen trauen, als er sah, wie herrlich sich die Felder und der dahinterliegende Wald vor ihnen erstreckten. Es war ein einziges riesiges, lebendes Festmahl, eine komplette Speisekarte für die Jäger der freien Welt. Ein Bankett der heißen Spritzer – und gerade zur rechten Zeit!

Die Reise hin zu Psychos verschwundener Lichtsäule hatte sich als sehr beschwerlich erwiesen. Das Marschieren im offenen Terrain war nervenaufreibend, und der rauhe Boden machte ihnen so zu schaffen, daß die dichtgedrängte V-Formation sich schon bald in eine langgezogene Reihe auflöste. Mega, der das ständige Nörgeln und den allgemeinen Mangel an Enthusiasmus leid war, weigerte sich trotz Psychos flehentlicher Bitten, die Moral der Truppe durch weitere Reden aufzurichten. Vielmehr verlegte er sich auf Maxis Taktik und setzte ganz auf Druck.

«Das einzige, was sie jetzt noch auf den Beinen hält, ist Angst», unterstrich sein militärischer Berater nachdrücklich. «Laß mich sie in die Mangel nehmen, Boß. Wenn sie sowieso Angst haben, dann können sie auch Angst vor mir haben.»

«Vermutlich hast du recht, Maxi», antwortete Mega niedergeschlagen. Wer hätte je gedacht, daß sie einmal auf diese Weise in die glorreiche Zukunft marschieren würden!

«Aufgepaßt, ihr elender Sauhaufen! Ihr habt euch entschieden», brüllte Maxi auf die erschöpften Nerze ein, die die triefnassen Köpfe hängenließen. «Auch wenn ihr wolltet, könnt ihr jetzt nicht mehr in die Käfige zurück. Denn euer ehemaliger menschlicher Unterdrücker, der Wärter, erwartet euch dort.

Was glaubt ihr wohl, was der von euch hält? Ich werde euch sagen, was er von euch hält. Er hält euch für noch miesere Viecher, als ich es tue! Vor allem wird er daran denken, was ihr

Pussles angetan habt, seinem geliebten Kätzchen. Und dann, das verspreche ich euch, wird er keine Gnade kennen. Wenn ihr also einen schrecklichen Tod sterben wollt, dann geht zurück.»

Voller Genugtuung registrierte er, daß die Meute noch verzagter wurde, als die Botschaft bei ihnen durchdrang.

«Dort unten liegt die Vergangenheit», fuhr er fort und zeigte ins Tal hinunter. «Euer Anführer hat mich jedoch wissen lassen, daß er sich nachsichtig verhalten wird. Bei diesem unserem großen Abenteuer, so sagte er mir, können wir keine Drückeberger gebrauchen. Alle, die jetzt gehen wollen, sollen vortreten.»

Die Meute stand wie gelähmt vor ihm. Die Muskelnerze strichen lauernd um sie herum, bis Mega an die Spitze trat und den Marsch wortlos fortsetzte. Die aufgezwungene Einheit war jedoch nur oberflächlich, und das neuerliche Schweigen zeigte an, wie tief die Stimmung gesunken war. Eigentlich hätten die Nerze vor lauter Freude darüber, endlich frei zu sein, außer Rand und Band sein müssen wie in der Nacht zuvor auf dem Rollweg, überwältigt von der Aussicht, den Geräuschen und den Gerüchen, die auf ihre Sinne einstürmten. Doch sie hoben kaum den Blick. Nur der unbeugsame Maxi ging unermüdlich die Reihen auf und ab und trieb sie immer weiter voran.

Obwohl die Entfernung nicht allzugroß war, schien der Marsch ewig zu dauern, und als sie den Wald erreichten, setzte bereits die Dämmerung ein. Selbst dann wollte sich die Stimmung nicht heben. Eine unbekannte Lethargie hatte die Bewegungen der Nerze befallen, und als Mega sah, wie sie mürrisch eine Pfote vor die andere setzten, wußte er, daß sie nicht mehr lange durchhielten. «Sie sind inzwischen so schwach wie Neugeborene», dachte er, und erneut flammte in ihm der Zorn gegen den Wärter auf. Erst jetzt, da sie aus den Käfigen heraus waren, erkannte er allmählich das ganze Ausmaß ihrer Entbehrungen. Wie konnten es die Menschen wagen, sie so viele Generationen lang zu unterwerfen! Wie konnten sie es wagen, ehemals so stolze Nerze zu solch erbärmlichen Kreaturen zu machen?

Was Mega jetzt erblickte, veränderte alles auf einen Schlag. Dank des Umwegs aufgrund von Custards falscher Wegbeschreibung betrat die Meute den Wald nicht von unten her aus dem Tal. Statt dessen waren die Nerze über den Hügelkamm gekommen, von wo sich die ganze Gegend überblicken ließ. Schon der erste kurze Blick zeigte, daß das hier Custards spezieller Ort sein mußte. Dort waren der Rollweg, das langgezogene Sumpfgebiet, das den Wald vom Fluß trennte, die Gebogene Brücke und höchstwahrscheinlich auch das Fünf-Balken-Gatter, auch wenn es jetzt hinter Bäumen versteckt lag.

Was allen jedoch das Adrenalin in die Adern jagte, war der sensationelle Anblick, der sich ihnen in der größten Lichtung des Waldes bot. Mega hatte erwartet, daß es bei ihrer Ankunft keinen Betrieb mehr im Wald geben würde. Als die Meute über die kargen Hügel in die saftigeren grünen Wiesen vorgestoßen war, hatte sie jegliche Spur von Leben verscheucht und wie eine Bugwelle vor sich hergeschoben. Er und Maxi hatten darin übereingestimmt, daß sie nur dann ungesehen ankommen würden, wenn sie bis zum Sonnenuntergang warteten, bei diesem miserablen Wetter vielleicht sogar bis zur völligen Dunkelheit. Nachdem sich der Nieselvorhang über das Land gelegt hatte, war es klar, daß die Sonne heute nicht mehr scheinen würde. Doch Maxi hatte unheilvoll prophezeit, daß die Truppe nicht wieder auf die Beine käme, wenn man noch einmal haltmachte, wohingegen Mega erkannte, daß es letztendlich keinen Unterschied mehr machte. Ihre Ankunft würde im Wald früh genug bekanntwerden. Doch jetzt schien es so, als hätten sich sämtliche Waldbewohner ganz offen auf einer Lichtung versammelt, anstatt sich zu verstecken. Offensichtlich ahnten sie nichts von der Gefahr, in der sie schwebten. Sie waren eine so sichere Beute wie sitzende Enten – einige davon im wahrsten Sinne des Wortes, wie er dem gelegentlichen Quaken entnehmen konnte.

Mega befahl Maxi, die Truppe hinter die Kammlinie zurückzuziehen, bis er sich einen Plan zurechtgelegt hatte. Warum hatte niemand Alarm geschlagen? Es schien fast so, als hätten die Waldbewohner die Ankunft der Nerze erwartet und beschlossen, sich gleich in ihr Schicksal zu ergeben. Dort unten wurde anscheinend eine Art Versammlung abgehalten; dann lautete die einzige Antwort wohl, daß die Tiere mit einer wichtigen Angelegenheit beschäftigt waren. Worum konnte es sich wohl handeln, wo doch ihr Leben in Gefahr schwebte? Etwas in dieser leichtfertigen Mißachtung ihrer Ankunft war so eigenartig, daß Mega mißtrauisch wurde. Als Maxi jedoch einwandte, es könnte sich um eine Falle handeln, verwarf er die Idee sofort als zu weit hergeholt.

Wie auch immer – es war nichts damit gewonnen, wenn sie noch weiter darüber spekulierten, weshalb die Tiere sich dort versammelt hatten. Was zählte, war allein die Konsequenz daraus: ein offen vor ihnen liegendes Ziel, das einem obendrein viel mehr das Wasser im Maul zusammenlaufen ließ als die verhaßte Pussles. Ein unvorbereiteter Angriff bedeutete natürlich eine weitere Abweichung von Maxis Plan A, der als die wichtigste Aufgabe nach Erreichen des Ziels die Errichtung eines gesicherten Basislagers vorsah. Doch wie bei Pussles war die Gelegenheit zu günstig, um sie verstreichen zu lassen, und eine Attacke paßte wunderbar zu ihrem neuerwachten nerzgerechten Denken. Jeder Nerz, der diesen Namen verdiente, sollte stolz darauf sein, nur auf die Stimme seines Herzens zu hören.

«Wir schlagen zu», sagte Mega einfach und nahm freudig wahr, daß Maxi ihm nicht widersprach, sondern sich sofort auf die praktischen Details konzentrierte. Er kam zu dem Ergebnis, daß sie ihr Geruch nicht verraten würde, da der Regen und eine leichte Brise von vorne kamen.

«Obwohl wir's jetzt wissen wollen, Maxi, bleibt es nach wie vor lebenswichtig, daß wir alles unter Kontrolle halten», informierte ihn Mega. «Die Truppe darf unter keinen Umständen zu weit auseinandertreiben. Wir machen einen schnellen Vorstoß – einen Überraschungsangriff. Ruckzuck! Dann sammelt sich alles wieder. Verstanden?»

«Jawohl, Boß!» brüllte Maxi zurück. Seine Knopfaugen funkelten grausam. Trotz aller Vorbehalte war er fest entschlossen, den Angriff im gleichen Maß wie den Überfall auf Ramses zu genießen!

Die «Operation Versammlungssturm», wie er die Meute informierte, mußte wie ein Blitzangriff erfolgen, wie er es ihnen beim Training so oft erklärt hatte.

«Guerillataktik», nickten seine Kämpfer einander wissend zu, bevor er ihnen den Zusatzbefehl verpaßte.

«Hört gut zu, Leute. Jeder kann sich sein Ziel nach Belieben auswählen, doch Mega, euer großer Anführer, möchte sicherstellen, daß er allein und unter allen Umständen den dicken Kerl dort in der Mitte bekommt, denjenigen, der schon die ganze Zeit über redet. Keiner von euch rührt ihn an, ist das klar?»

Der anhaltende Wind und der leichte Regen verhinderten, daß sie von dem, was unten gesprochen wurde, etwas hörten. Mega nahm jedoch an, daß das Wesen auf dem Baumstumpf, das den anderen lange Vorträge hielt, der Anführer des Waldes sein mußte. Sogar auf diese Entfernung hin war anhand seiner Körpersprache deutlich zu erkennen, daß er irgendeinen Ballascheiß predigte. Als plötzlich eine Vision der ehemaligen Ältesten vor seinem inneren Auge vorüberschwebte, spürte er, daß er das verdammte Wesen bereits jetzt haßte. Und dann die heiße Fontäne, die aus einem Körper mit einem solch großen Arsch herausspritzen würde! Der Speichel triefte ihm jetzt schon in Strömen aus dem Maul, so daß er den vollgetropften Katzenschwanz unter einem geeigneten Busch ablegte.

Nachdem Maxi die Meute bis dicht an die Kuppe geführt hatte, gab Mega den Befehl zum Angriff. Dann jagten sie den Abhang hinunter, und alle Müdigkeit und alle Verzweiflung schwanden dahin, als hätten sie niemals existiert, und er fühlte sich besser als je zuvor in seinem Leben. Pussles' magerer Schwanz war kein Ersatz für den fleischigen, dickarschigen Kaninchenbraten, den er jetzt fest im Blick hatte. Der Wind rauschte links und rechts an Megas Ohren vorbei, als dieser, noch immer vorneweg, die letzten Bäume hinter sich ließ und als erster in die Lichtung einfiel. Er streckte die Muskeln seiner Hinter- und Vorderläufe in einer letzten Beschleunigung, die ihn seiner auserwählten Beute immer näher brachte, und dann stieß er sich zu dem Sprung ab, der ihn durch die Luft sausen lassen würde, seinem Opfer direkt an die Kehle. Doch beim Absprung rutschte er auf dem nassen Gras ein wenig weg; er drehte sich im Flug und schaffte es gerade noch, das Kaninchen an der Schulter zu packen. Er riß ein Maulvoll

Fell und Fleisch aus ihm heraus, bevor sie beide durch die Wucht des Aufpralls seitlich vom Baumstumpf geschleudert wurden.

Dummerweise landete Mega ganz ungeschickt, fast auf dem Rücken; das Kaninchen hatte mehr Glück und kam auf den Pfoten auf. Während der Anführer der Nerze noch wild mit den Läufen ruderte, um wieder Boden unter die Füße zu bekommen, reagierte das Opfer, das er sich ausgesucht hatte, erstaunlich schnell. Das Kaninchen trat derart heftig mit seinen Hinterläufen gegen Megas Kopf, daß er Sterne sah. Als er sich endlich, noch etwas unsicher und mit dröhnendem Schädel, aufgerappelt hatte, war es zusammen mit den anderen Tieren, die voller Panik kreuz und quer davonstoben, im Unterholz verschwunden. Da es sich hier hervorragend auskannte und wahrscheinlich nicht allzuweit entfernt einen rettenden Unterschlupf wußte, war nicht einmal daran zu denken, die Verfolgung aufzunehmen.

Mega schüttelte sich. Er hatte noch so einiges zu lernen. Inzwischen mußte er sich jedoch um dringendere Dinge kümmern. Den Eckpfeiler von Plan A – die Meute war unter allen Umständen zusammenzuhalten – hatten die Nerze bereits in den Wind geschrieben. Im Eifer des Gefechts hatten seine Nerze völlig vergessen, daß sie sich nach der ersten Angriffswelle sofort wieder sammeln sollten. Die Hälfte befand sich noch auf der Lichtung und riß genüßlich an den unterschiedlichsten Kadavern herum. Die anderen waren verschwunden. Den brachialen Jagdgeräuschen nach zu urteilen, die aus allen Richtungen zu hören waren, hetzten sie durch die entferntesten Regionen des Waldes.

Einen kurzen Moment lang schüttelte sich Mega angewidert. Diese Idioten ließen ihn gleich bei der erstbesten Gelegenheit im Stich. Dann vergab er ihnen augenblicklich wieder. Wer wollte ihnen vorwerfen, daß sie den Kopf verloren, wenn die ganze Lichtung mit roten Spritzern gesprenkelt war, den Spuren so vieler heißer Blutfontänen? Allein der Stolz, der sich durch diese erfolgreichen Tötungen einstellen würde! Direkt neben ihm riß ein Weibchen einem kleinen Vogel die Flügel aus und maunzte vor Lust; hinter ihm rollte sich ein Pärchen ekstatisch im Blut seines Opfers. Andere nahmen sich die

Köpfe bereits getöteter Tiere vor, zertrümmerten die Schädel und saugten die Gehirne aus; einer schlug seinem mausähnlichen Opfer, das er am Schwanz festhielt, den Kopf mit einer Erfindungsgabe, die bei Mega spontane Bewunderung hervorrief, gegen einen Stein.

Ganz in der Nähe zerrten zwei Männchen in gemeinsamer Anstrengung am Unterkiefer eines pelzigen kleinen Wesens mit buschigem Schwanz, um seine köstliche kleine Zunge freizulegen. Dem Loch nach zu schließen, das in seinem Kopf klaffte, hatten sie das Gehirn schon verspeist. Ringsum auf der Lichtung ertönte ekstatisches, vielstimmiges Geplapper, dazwischen wurde geschmatzt, und immer wieder knackten Knochen, während aus dem Unterholz das wütende Bellen der Stimme von Maxi ertönte, der versuchte, wenigstens einigermaßen Ordnung herzustellen.

Mega schob seinen Neid auf die vielen erfolgreichen Tötungen beiseite und hoffte, daß in dem allgemeinen Durcheinander niemand Zeuge seines persönlichen Mißerfolgs geworden war. Dann sauste er ins Unterholz, um Maxi beim Zusammentreiben der Ausreißer zu helfen. Hinter den ersten Baumstämmen hätte er fast ein Kaninchen über den Haufen gerannt, das starr vor Angst auf dem Waldboden hockte. Ohne nachzudenken, warf er sich auf das regungsloses Opfer; dieses Mal erwischte er es einwandfrei, seitlich am Hals, knapp über der Kehle. Als er das Pochen zwischen seinen Zähnen spürte, lockerte er seine Kiefer und zog den Kopf zurück, um die heißen Spritzer herausschießen zu lassen, nach denen es ihn so verlangt hatte. Ah, der Geschmack dieses klebrigen roten Saftes! Dann, nachdem er die Haut zurückgefetzt hatte – das ebenso warme Fleisch! Er riß daran, stopfte sich mehr und immer mehr davon ins Maul, bis er daran zu ersticken glaubte. Trotzdem stopfte er noch mehr in sich hinein. Das Blut lief ihm am Kinn herab, Fleisch, Muskeln und Sehnen knäulten sich in seinem Maul, bis sie einen kleinen, festen Klumpen ergaben. Er schluckte alles auf einmal herunter. Der Brocken steckte kurz in seinem Hals fest, seine Kehle beulte sich aus, dann rutschte das ganze Paket weiter. Er nahm pure Energie auf, die jetzt in seine Adern schoß und durch seinen Körper floß, bis er von Kopf bis Fuß vibrierte.

«Jippie!» schrie er, packte den leblosen Kopf und durchbohrte einen Augapfel mit den Zähnen. Er biß so fest zu wie schon bei Pussles' Schwanz und spürte ein sandiges Knirschen, als der Schädelknochen barst. Dann drang seine Zunge durch die Lücke ein und schlabberte die süße flüssige Gehirnmasse aus. Atemlos und zitternd vor Ekstase saugte er den dampfenden Schädelinhalt ein. Erwischt! Erwischt! Er sah rot! Er badete in Rot! Er ertrank in Rot! Die Welt war rot! Rot für ihn! Rot für sie! Rot für alle Nerze!

Allmählich ließ die erste Euphorie nach. Er setzte sich hin und stillte seinen noch immer bohrenden Hunger überlegter und in aller Ruhe.

Bis die Meute sich wieder gesammelt hatte, war bereits tiefe Nacht hereingebrochen. Am Ende war Maxi, der die Disziplinlosigkeit als persönlichen Affront zu werten schien, völlig heiser. Die dümmsten Nerze, die restlos die Kontrolle verloren hatten und wild von einem potentiellen Ziel zum nächsten jagten, waren vergleichsweise einfach zu schnappen. Einige jedoch hatten sich in der Begeisterung dazu verleiten lassen, ihre Opfer bis aus dem Wald hinaus und in die dahinterliegenden Felder zu verfolgen, von wo aus sie nicht mehr zurückfanden, und der Rest saß treu und brav vor sicheren Verstecken, aus denen sie ihre Beute gewiß nicht herausziehen konnten. Die ganze Herumrennerei hatte jedoch einen großen Vorteil. Nachdem alle Informationen gesammelt waren, hatten sie den Wald recht effektiv ausgekundschaftet. Alle Berichte bestätigten, daß Custard zwar die Richtung falsch angegeben, jedoch keinesfalls dabei übertrieben hatte, was für ein herrlicher Ort dieser Wald war. Das Jagdfieber und die Wirklichkeit der heißen Spritzer übertrafen ihre kühnsten Vorstellungen. Die negative Stimmung war sofort verflogen.

«Auch die Haltung deiner Person gegenüber hat sich wieder radikal gewandelt», berichtete Psycho hoch erfreut und noch immer einigermaßen erstaunt darüber, daß er einen kleinen Vogel, der nicht gleich davongekommen war, zerfetzt hatte. «Deine Beliebtheit hat enorm zugenommen, Mega. Unsere Lieblinge haben nichts mehr daran auszusetzen, daß du sie in die Wildnis geführt hast. Jetzt bist du plötzlich der heldenhafte Anführer, der sein Versprechen gehalten und sie ins Gelobte Land geführt hat.»

«Was ja wohl auch zutrifft», konterte Mega frostig. Psycho ließ ihm das Blut in den Adern gefrieren. Mußte er denn pausenlos alles analysieren? Doch dann verzog sich Megas Gesicht zu einer gequälten Grimasse, als der Kriecher verschlagen hinzufügte: «Schade, daß du nicht so viel Glück hattest, Mega. Aber das kann jedem mal passieren.»

Dieser niederträchtige kleine Scheißer! Warum hatte ausgerechnet Psycho Zeuge seines peinlichen Schnitzers sein müssen?

«Keine Sorge, Mega. Ich sag's nicht weiter», grinste Psycho und blinzelte ihm verschwörerisch zu.

Mega mußte sich beherrschen, um ihn nicht am Hals zu packen und sein schäbiges bißchen Leben aus ihm herauszuquetschen. Mata, die jetzt herbeikam, hatte ihm geraten, Psycho nicht zu hart anzufassen, wenn er sich seiner Fähigkeiten optimal bedienen wollte, und selbst wenn es ihm noch so gegen den Strich ging, wußte Mega, daß sie recht hatte. Er entdeckte allmählich, daß die Führerschaft weit mehr Aspekte beinhaltete, als er sich vorgestellt hatte; einer davon bestand darin, die eigenen Gefühle hintanzustellen. Mega erinnerte sich daran, daß ausgerechnet Psycho mit der neuen Situation am schlechtesten zurechtgekommen war. Als Mata vorschlug, den zurückgelassenen Katzenschwanz vom Hügelkamm zu holen, ließ Mega ihn einfach stehen und übertrug ihm für die Zeit seiner Abwesenheit gemeinsam mit Maxi das Kommando. «Jetzt kann ich mir Großzügigkeit leisten», dachte er, als er und Mata Seite an Seite lostrotteten, und er lächelte, wenn es ringsum im Unterholz raschelte und knackte. Sämtliche Lebensformen gingen ihnen eilig aus dem Weg. Die Nerze regierten den Wald bereits. Sie hatten es geschafft. Von nun an würde sich alles zum Guten wenden.

«Wir haben alles richtig gemacht, Mega», kommentierte Mata, als er den Schwanz unter dem Busch hervorzog. «Du und ich gemeinsam.»

Allerdings, dachte Mega. Für jeden von ihnen wäre es ein leichtes, die Fehler des anderen zu kritisieren, aber was brachte das? Wenn Mata zu gleichen Teilen für den Erfolg verantwortlich sein wollte, dann war ihm das egal. Sie hatte ihr Bestes gegeben, sie hatten ihr Ziel erreicht, das war alles, was zählte.

«Du bist doch meine Partnerin, oder?» sagte er leise.

Mata lächelte wissend, wandte sich um und ging den Abhang wieder hinunter. Mega folgte ihr etwas langsamer, wobei der Katzenschwanz ihn im Maul kitzelte und ihn zum Grinsen brachte. Wenn Sheba ihn jetzt sehen könnte! Er war drauf und dran, ihre Anweisungen auszuführen und die blutige Herrschaft ihrer Vorfahren erfolgreich wiederzuerrichten.

Mata wartete geduldig an der Stelle, wo die Bäume dünner wurden. Seite an Seite betraten sie die Lichtung, wo sie von der Meute empfangen wurden; die Nerze waren gerade dabei, voreinander mit ihren unglaublichen Heldentaten zu prahlen. Maxi blickte stolz über seine Truppe. Der Anblick ihrer Trophäe entfachte neue Begeisterung.

«Mega! Mega! Mega!» rief die Meute ekstatisch im Chor und drängte sich um ihn.

Er lächelte voller Stolz und sprang auf den Baumstumpf. Dort legte er den Katzenschwanz ab und grinste breit in die Runde, als sich seine Nerze bewundernd um ihn versammelten.

«Laßt uns alle Überreste zusammensammeln!» rief jemand aufgeregt.

«Genau, werft alles auf einen Haufen.»

«Auf einen riesigen blutigen Haufen.»

«Gute Idee», strahlte Mega großherzig, als er vom Stumpf hinunterstieg. Das hielt sie so lange bei Laune, bis die Führerriege zu Plan A zurückkehrte. Denn jetzt mußten sie entscheiden, wo sie sich niederlassen wollten.

Kapitel 36

Aufs Plateau

«Ich kann es nicht genug betonen, daß der Aspekt der Sicherheit bei unserem Denken absolute Priorität haben muß», drängte Maxi. «Wenn uns die Menschen finden, sind wir ein für allemal geliefert.»

«Ist ja gut, Maxi», beschwichtigte Mega. «Du mußt aber zugeben, daß es auch andere Dinge zu berücksichtigen gilt.»

Er sah seinen Militärberater, der sich aufgeregt durch die Barthaare strich, aufmerksam an. Es war jetzt schon das drittemal, daß Maxi ihn mit seinen Vorsichtsmaßnahmen überraschte; allmählich kam ihm diese Besessenheit in puncto Sicherheit reichlich paranoid vor. Schlimmer jedoch war, daß er dadurch die Konferenz, auf der entschieden werden sollte, wo man das Lager am günstigsten aufschlug, immer wieder blokkierte. Zweifellos würde dieser Punkt über Erfolg oder Mißerfolg ihres gewagten Unternehmes entscheiden, und da die Entscheidung so heikel war, hatte Mega darauf vertraut, daß sie einmütig gefaßt werde. Dank Maxi war jetzt ein energischer Disput ausgebrochen.

Nachdem sie sicher im Wald angekommen waren, hatte Mega die beiden neuen Nerze M1 und M2 zur Beratung hinzugezogen. Sie hatten ihre Meinung bereits dargelegt: Auch wenn die Lieblinge hinsichtlich ihrer neuen Umgebung geradezu ekstatisch reagierten, war der Standort des Basislagers von immenser Wichtigkeit.

«Sie brauchen die Sicherheit, die sie in den Käfigen hatten, aber an einem viel, viel besseren Ort, eine glänzende Alternative, die sie stolz und glücklich ihr Zuhause nennen können», hatten sie zu Beginn der Diskussion verkündet, die recht vielversprechend angefangen hatte. Die große Lichtung, auf der sie sich befanden, war offensichtlich der zentrale Punkt des Waldes, doch sie stimmten sofort darin überein, daß sie für das Schutzbedürfnis der Nerze viel zu offen angelegt war. Also blieben zwei Alternativen: die erste – oder «Lager eins», wie

Maxi es nannte – war eine tiefe Senke am Hang unterhalb des Hügelkamms, über den sie gekommen waren. Ihre scharf ausgeschnittenen Kanten und der flache Boden wiesen sie als unnatürlich aus, und es schien so gut wie sicher, daß die Menschen sie vor langer Zeit in den Hügel gegraben hatten. Der verlassene Zustand schloß jedoch die Möglichkeit aus, daß sie die Absicht hatten, dorthin je wieder zurückzukehren. Maxi bestand um jeden Preis auf dieser Stelle.

«Von dort aus haben wir den besten Überblick», betonte er nach einem Inspektionsbesuch. «Der Platz kann von nirgendwo eingesehen werden, und seine strategisch günstige Lage sichert uns in jeder potentiell gefährlichen Situation die völlige Kontrolle. Und wer weiß schon, was als nächstes passieren wird? Meiner Meinung nach ist es oberstes Gebot, daß wir uns auf jede Eventualität vorbereiten.»

«Sehr richtig, und ein Punkt, wenn nicht gar zwei, für Maxi», dachte Mega, als er ihn bei seiner Demonstration beobachtete, wie einfach es war, auf den Kamm hinaufzurennen.

«Wenn wir hier oben Posten aufstellen!» brüllte er, wobei sein Silhouette sich scharf gegen den Horizont abzeichnete, «sind wir in der Lage, die gesamte Gegend zu überwachen. Von hier aus sehen wir sogar den wahrscheinlichsten Ausgangspunkt für eine Verfolgung: die Farm, von der wir geflohen sind.»

Mega rannte selbst hinauf und sah, daß Maxi recht hatte. Obwohl die Aussicht tatsächlich hervorragend war, stellte sich die grundlegende Frage, ob sie von seiten der Menschen noch jemals etwas zu befürchten hatten.

Noch vor Beginn der Konferenz hatte Mata ihm ihre persönliche Meinung mitgeteilt.

«Mein Gefühl und mein Instinkt sagen mir, daß wir in Ruhe gelassen werden, sobald die erste Suchaktion abgeblasen ist», hatte sie erklärt. «Selbst wenn unsere Anwesenheit hier entdeckt wird, so ist der einzige Mensch, der wirklich ein begründetes Interesse an uns haben könnte, unser ehemaliger Unterdrücker. Und ich zweifle stark daran, daß er uns, nach dem, was geschehen ist, wieder zurückhaben will.

Andere Menschen werden uns einfach uns selbst überlassen, denke ich. Die einzige Ausnahme dürfte derjenige sein, auf dessen Territorium wir uns befinden. Doch wer es auch sein mag, offensichtlich kümmert er sich nicht darum. Alle Anzeichen bestätigen Custards Einschätzung, daß es keinerlei menschliche Aktivität im Wald gibt. Kurz gesagt, Mega, glaube ich, daß die Menschen uns nicht lange suchen werden.»

«Woher willst du das wissen?» hatte Mega verwirrt gefragt.

«Ich weiß es eben.»

«Es war gut möglich, daß sie recht hat», dachte Mega, obwohl sie ihn noch nicht restlos überzeugt hatte. War es denn wirklich so einfach?

Dann erinnerte er sich an etwas.

«Ich habe den Befreier auf der Farm mit meinem Blick bezwungen, Mata», gestand er.

«Ich auch, Mega», lächelte sie verschwörerisch zurück.

«Wir haben recht. Wir müssen keine Angst vor ihnen haben, denn sie fürchten sich umgekehrt genauso vor uns, stimmt's?» fragte er.

«Ich glaube schon, Mega. Das wiederum bestätigt, daß sie uns in Ruhe lassen, selbst wenn sie uns finden sollten.»

Mega hatte sich dazu durchgerungen, daß sie recht hatte, und auf dieser Basis konnten sie tun und lassen, was sie wollten. Das wiederum bedeutete, daß sie sich für «Lager zwei» entschieden. Diese zweite Alternative war bereits ziemlich phantasielos «das Plateau» getauft worden und lag von der luftigen Höhe des Lagers eins aus gesehen direkt auf der anderen Seite des Waldes, unten am Fluß. Es handelte sich um ein kleineres, ziemlich ebenes Gebiet, am Ende des Geländes gelegen, das sich zwischen dem Wald und dem Wasser erstreckte, und zwar an der Stelle, an der der Fluß eine Biegung machte, vor dem Eintritt in eine Schlucht schmaler wurde und sich aus einem seichten Gewässer in einen tiefen Teich verwandelte. Auf dem gegenüberliegenden Ufer machte der Rollweg hinter einer hoch aufragenden Felswand ein Kurve, wohingegen das Terrain auf der Waldseite zu einem sanften Hügel anstieg. Das Plateau lag ungefähr auf der halben Höhe dieses Hügels, direkt oberhalb des Teichs.

Niemand mußte Mega extra darüber informieren, daß die Meute am liebsten dorthin wollte. Der Fluß gab den Ausschlag. Auf ihrem «Langen Marsch», wie M1 und M2, die mit der offiziellen Geschichtsschreibung ihrer Flucht beauftragt worden waren, den beschwerlichen Weg zum Wald nannten, hatten sie mehrere Bäche und kleine Flüsse überquert. Dort hatten die erschöpften Nerze jeweils für kurze Zeit frische Energie getankt, indem sie sich in voller Länge flach auf die Bäuche legten und die Köpfe untertauchten, um tropfnaß und glänzend wieder aus dem Wasser aufzutauchen. Im Vergleich zum Fluß, der ausreichend Wasser führte, waren diese Rinnsale ein Nichts gewesen. Der Teich unterhalb des Plateaus war so herrlich breit und lang und tief, daß er eigens zum Baden und Schwimmen hätte angelegt sein können. Beim Zusammentreiben der Ausreißer hatte Mega die große Freude über die Entdeckung des Teichs miterlebt und war gemeinsam mit einigen anderen im eisigen Wasser herumgetollt. Seither hatte jeder aus der Meute dem Teich bereits einen Besuch abgestattet und war sofort rundum davon begeistert.

Und doch brachte Maxi, als sie jetzt alle auf den dunklen Wasserlauf hinabsahen, schwerwiegende Einwände dagegen vor.

«Wir müssen uns dort verbergen, wo das Risiko einer Entdeckung durch die Menschen am geringsten ist», sagte er zum wiederholten Male. «Ein Versteck so dicht am Rollweg birgt unnötige Gefahren, auch wenn der Fluß dazwischenliegt. Außerdem sind wir so tief unten allen möglichen Überraschungen von oben hilflos ausgeliefert.»

Maxi hatte in vieler Hinsicht recht. Die Felswand auf der gegenüberliegenden Seite ragte hoch auf, und an den übrigen Seiten war die Sicht größtenteils durch Bäume versperrt.

«Aber unsere Sicherheit ist doch dadurch gewährleistet, daß der Rollweg zwar in der Nähe, aber hinter der Kurve und außer Sichtweite verborgen ist, Mega», konterte Psycho. «Ansonsten mag die Sicht zwar eingeschränkt sein, doch auch wir sind praktisch unsichtbar.»

Maxi, der es überhaupt nicht mochte, wenn man ihn auf seinem ureigenen Territorium herausforderte, schäumte schon, bevor Psycho zu weit ging. «Sonst denken noch alle, du hättest Angst vor den Menschen.»

Maxi knurrte ihn wütend an, und Mega mußte dazwischenfahren.

«Das reicht», wies er ihn zurecht. «Psycho erledigt nur seinen Job.»

Dann versteifte sich Maxi auf ein anderes Argument und führte einen zweiten Faktor an, den man zugegebenermaßen in Betracht ziehen mußte.

«Lager eins ist geräumig, mein Anführer. Lager zwei kommt einem nach dem Schuppen zwar riesig vor, ist aber genau betrachtet ebenfall nur als ziemlich beengt zu bezeichnen. Bedenke nur einmal die steil abfallenden Seiten: Es besteht absolut keine Möglichkeit, sich auszubreiten. Ich sehe größte Probleme voraus, spätestens dann, wenn die nächste Generation von Jungtieren heranwächst. Dieser Ort hat keine Zukunft.»

Für den unerwarteten Bonus des Plateaus konnte jedoch auch Maxi kein Gegenargument liefern. Eine große Eberesche, die sich einst mühsam am Flußrand gehalten hatte, lag umgestürzt im Wasser und hatte sich im gegenüberliegenden Felsufer verkeilt. Somit bildete ihr schräger Stamm jetzt eine natürliche Rutsche in den Teich, die die Nerze bereits unter ausgelassenem Freudengeheul ausprobiert hatten. Sie konnten sich nicht überschwenglich genug über seine unbegrenzten Möglichkeiten für Spaß und Spiel auslassen.

«Lager eins ist so trocken und öde, Mega. Selbst Maxi kann nicht dafür garantieren, daß unsere Lieblinge nicht meutern, wenn wir sie zwingen, dort oben zu bleiben», sagte Psycho beharrlich. «Du kannst ihnen noch sooft erzählen, daß es geschützter ist. Selbst wenn das auf lange Sicht zutrifft, werden sie einfach mit den Füßen abstimmen und trotzdem ihre Zeit hier unten verbringen.

Keiner von uns kann gegen den Strom schwimmen, Mega», schloß er und grinste selbstgefällig über sein wäßriges Wortspiel.

Mega setzte sich über Maxis Kompromißvorschlag hinweg, daß sie zunächst Lager eins beziehen und zu einem späteren Zeitpunkt ins Lager zwei umsiedeln könnten.

«Wir können uns die Köpfe nicht nur ständig über Schutz und Sicherheit zerbrechen», erklärte er knapp. «Wir sind nicht hierhergekommen, um in Furcht zu leben, sondern in Freiheit.»

«Ich hoffe, daß du damit nicht andeuten willst, ich könne meine Aufgaben nicht erfüllen, mein Anführer.» Maxi sah ihn mit finsterem Blick an. «Meiner Meinung nach ist der Preis für die Freiheit pausenlose Wachsamkeit.»

«Aber die Angst wird doch gerade durch dieses endlose Gerede über Sicherheit unnötig geschürt», erwiderte Mega ungeduldig. «Wie können wir jemals frei sein, wenn wir unsere Zeit damit verbringen, uns gegen Dinge zu wappnen, die niemals eintreten werden? Wie können wir uns sicher fühlen, wenn wir ständig über unsere Schulter blicken?»

«Von mir aus magst du recht haben, aber sag hinterher nicht, wenn alles schiefgeht, ich hätte dich nicht gewarnt», murmelte Maxi.

«Mach dir mal keine Sorgen», entgegnete Mega, der sich plötzlich ausgelaugt fühlte. Nachdem sie die neue Heimat erreicht hatten, mußte er Zugeständnisse machen, doch Maxi erwies sich bislang als eine große Enttäuschung.

«Wie auch immer», fügte er hinzu, um ihn etwas aufzumuntern. «Dadurch ergibt sich jedenfalls eine Aufgabe, die dir ganz bestimmt Spaß machen wird.»

*

Die Anführer kehrten auf die große Lichtung zurück, wo die Meute noch immer staunend um den Kadaverberg herumstand, den sie neben ihrem Katzentotem aufgeschichtet hatte. Mega kletterte darüber hinweg, um auf den Stumpf zu gelangen.

«Wir ziehen auf das Plateau», verkündete er und löste damit wahre Begeisterungsstürme aus. «Wer möchte uns helfen?»

«Wir alle.»

«Sehr schön», lächelte ihr Anführer sardonisch. «Denn dort leben bereits einige Tiere, die glauben, es sei ihr Zuhause, nicht unseres. Sollten wir sie nicht eines Besseren belehren?»

«Ja, wir zeigen ihnen, wer hier der Boß ist, Mega!» schrien die Nerze, balgten sich im Gras und schnappten in Vorwegnahme der versprochenen Kampfhandlungen nacheinander.

«So ist's recht, meine Jungs.» Mega lächelte stolz. «Und meine Mädel», fügte er als Zugeständnis an Matas Kriegerinnen hinzu. Sie belohnte ihn dafür mit einem huldvollen Lächeln. «Und jetzt hört zu, was Maxi zu sagen hat.»

Maxis Laune hatte sich bei der Vorstellung, daß er einen Angriff auf das Plateau anführen durfte, tatsächlich erheblich gebessert. Es würde genauso aufregend wie das Versammlungmassaker werden! Als sich die Meute jedoch ihrem Ziel näherte, waren einzelne Nerze viel zu aufgeregt, um die Disziplin, die er erwartete, aufzubringen. Das Krachen, Knacken und Schreien, das ihren Vormarsch durch das Unterholz begleitete, war für seine Ohren die reinste Folter.

«Es funktioniert nicht, mein Anführer», beklagte er sich bitter. «Als hätten sie alles vergessen, was ich ihnen zum geräuschlosen Anschleichen beigebracht habe.»

«Daran läßt sich wohl jetzt nichts mehr ändern, Maxi!» fauchte Mega zurück, dem allmählich der Geduldsfaden riß. «Du hast es hier nicht mit Automaten zu tun, sondern mit Lebewesen.»

Der Überfall auf die auf der Lichtung versammelten Waldbewohner war zwar hervorragend gelaufen, jetzt waren sie allerdings vorgewarnt. Inzwischen dämmerte schon der Morgen herauf, und der Vormarsch der Nerzmeute hatte die Stille der Nacht jäh zerstört. Als sie zum Plateau hinabstiegen, waren sie nicht allzu überrascht, es verlassen vorzufinden.

«Das ist alles eure Schuld, weil ihr meine Befehle nicht befolgt habt!» schrie Maxi wutentbrannt in die Runde, doch keiner hörte ihm zu. Die herbe Enttäuschung war rasch vergessen, und die Nerze erforschten den eilig verlassenen, noch immer betörend stark nach Kaninchen duftenden Baukomplex, indem sie durch sämtliche Kammern und Gänge tollten. Natürlich hätten sie die plüschohrigen Bewohner lieber aus ihren Behausungen vertrieben und – sozusagen als Belohnung – hinterher aufgefressen. Doch die flüchtigen Geschöpfe hatten so perfekt zugeschnittene Wohnungen hinterlassen, daß die Nerze vor heller Freude ganz außer sich waren.

«Sie müssen eben erst weg sein», rief einer Mega aufgeregt zu. «Man spürt noch, wo sie geschlafen haben.»

«Dann müssen wir wohl keine Einweihungsparty mehr feiern?» rief er zurück, und alle kringelten sich vor Lachen. «Wer ist der erste auf der Rutsche?»

Alles raste zur umgestürzten Esche davon, und kurz darauf brodelte das ruhige schwarze Wasser des Teiches, als einer nach dem anderen hineinsauste; alle außer Maxi, der weiterhin mürrisch dreinblickend oben stehenblieb. Mega schoß in einer Wolke erfrischender Bläschen an die Wasseroberfläche und mußte ihm einfach zurufen: «Willst du immer noch lieber ins Lager eins, Maxi?»

Maxi schleuderte ihm einen unheilvollen Blick zu.

«Laß ihn in Ruhe, Mega», sagte Mata vorwurfsvoll. «Du kannst ihn nicht zu seinem Glück zwingen.»

Sie klatschte mit der Pfote auf die Wasseroberfläche und spritzte Mega ins Gesicht.

«He, du alte ...», lachte Mega und machte sich an die Verfolgung.

Um das Gelände perfekt nach ihrem Geschmack herzurichten, mußten die Ranken und das Gestrüpp, die trotz der Bemühungen der früheren Anwohner über die Ränder gewachsen waren, entfernt werden. Doch das hatte noch Zeit. Das Leben hier war jetzt schon so süß, wie Mega es sich immer erträumt hatte.

Er holte tief Luft und tauchte unter Wasser. Er war fest entschlossen, als erster den Grund zu erreichen.

Kapitel 37

DAVONGEWIESELT

Uns ist egal, was da geredet wird, sie gehören nicht zu uns!» quiekte das Wiesel trotzig. «Und zu den Hermelinen auch nicht», fügte es hinzu, wobei ihm seine Kollegen eifrig zunickten. «Außerdem wollen wir unbedingt klarstellen, daß niemand mehr über ihr Auftauchen überrascht ist als wir.»

Boris hatte ihre Differenzen nach Eules Engagement als BWW-Vorsitzender hintangestellt und den Club der Toten Wühlmäuse eigenverantwortlich erneut zusammenkommen lassen. Jetzt galt es, sich über die Eindringlinge zu verständigen. Olli war ihm dafür sehr dankbar. Er verspürte das dringende Bedürfnis, nicht mit unmaßgeblichen Kaninchen, sondern mit anderen Raubtieren über die Invasion zu diskutieren. Der Dachs hatte ebenso entschieden, daß als erstes die Hermeline und Wiesel angehört werden mußten, da sie sofort in Verdacht geraten waren, in irgendeiner Verbindung zu den unliebsamen Ankömmlingen zu stehen. Da sie allgemein wegen ihrer hinterlistigen, verstohlenen Art und ihrer üblen Angewohnheit, anderer Tiere Eier auszuschlürfen, verachtet wurden, gaben sie jedenfalls hervorragende Sündenböcke ab.

«Sie sehen euch aber sehr ähnlich», sagte Eule und blickte vorwurfsvoll in die schmalen, spitz zulaufenden Gesichter mit den gesträubten Barthaaren und den unruhigen Augen.

«Und für einen Dummkopf sieht jeder Rabe wie Raka aus», erwiderte das Wiesel scharf. «Trotzdem halten wir sie nicht für einen Raben, oder?» Dann setzte er hohnlächelnd hinzu: «Was ist denn los, seid ihr blöd, oder was?»

Raka blickte wütend um sich, als ihr Name genannt wurde, während Eule und Boris stark an sich halten mußten. Es fiel nicht immer leicht, solchen Wesen gegenüber, die alle anderen nur hinters Licht zu führen schienen, unparteiisch zu bleiben. Unter diesen Umständen könnten sie wenigstens etwas mehr Respekt an den Tag legen.

«Seid ihr denn völlig blind?» quiekte das Wiesel und trieb damit Boris' Blutdruck noch etwas weiter in die Höhe. «Seht ihr denn nicht, daß sie eine ganz andere Farbe haben?»

Die Hermeline, die mit dem Winterfell zur Zeit gerade ihre weiße Färbung verloren, nickten eifig.

«Seid ihr nicht in der Lage zu erkennen, daß sie viel größer sind?» setzte das Wiesel gehässig noch einen drauf, woraufhin Boris den gestreiften Kopf wütend auf und ab wippen ließ. Wissentlich oder unwissentlich hatte das Wiesel einen wunden Punkt getroffen. Boris' Augenlicht war so schlecht, daß er kaum eine Vorstellung davon hatte, wie die Eindringlinge aussahen; er konnte nur bestätigen, daß sie stanken. Eule, der sie deutlicher gesehen hatte, stimmte mit Raka darin überein, daß es weder Wiesel noch Hermeline waren. Trotzdem unterstützte er noch immer Boris' Vorschlag, diese Gruppe näher ins Verhör zu nehmen, denn er vermutete, daß sich daraus einige Informationen ziehen ließen.

«Nun, was sind sie dann?» fragte er.

Die Augen des Wiesels flitzten hin und her.

«Wir glauben, daß es sich um unsere berüchtigten Vettern handelt, die normalerweise sehr weit weg leben», gab er widerstrebend zu. «Wir haben gerüchteweise gehört, daß die Menschen hier in der Nähe welche von ihnen in Käfigen halten, so wie Hühner.»

«Hast du schon jemals etwas in der Richtung gehört?» fragte Eule Freddie. Überfälle auf Hühnerställe gehörten zu den Höhepunkten seines Lebens.

«Nicht daß ich wüßte, Ollie», gab Freddie blasiert zurück und betrachtete die Wiesel und Hermeline voller Interesse. «Wo denn?»

«Du bist wohl so beschränkt wie deine Freunde», meinte das Wiesel. «Sagte ich nicht eben erst, daß es nur Gerüchte waren? Wir sind ihnen nie nachgegangen, weil wir es nicht genauer wissen wollten.»

«Warum nicht?» brummte Boris.

«Darum nicht», murmelte das Wiesel und blickte zu Boden.

Dann herrschte Schweigen.

«Wenn du uns nicht sofort alles sagst, was du weißt», schnaufte Boris, «breche ich dir höchstpersönlich jeden einzelnen Knochen im Körper, und zwar einen nach dem anderen!»

Die Gelassenheit des Wiesels schwand dahin.

«Bist du sicher, daß du es wirklich hören willst?» fragte es gequält. «Es sind keine guten Nachrichten, weder für uns noch für sonstjemand im Wald.»

«Absolut», brummte Boris.

Das Wiesel sah ihm direkt in die Augen.

«Wir möchten nicht, daß ihr das in den falschen Hals kriegt», sagte es dann verkniffen, «aber wir geben zu, daß es sich ebenfalls um eine Spezies aus der Familie der *mustelidae* handelt. Damit endet aber auch schon jede Ähnlichkeit mit uns.»

«Wie heißen sie?»

«Nerze.»

«Nerze?»

«Genau. Gemeine, bösartige, fiese, vermaledeite Nerze.»

«Noch fieser als eure Sippe?»

«Noch viel fieser.»
«Noch gemeiner?»
«Noch viel gemeiner.»
«Noch aggressiver?»
«Noch viel aggressiver.»
«Gibt es auch etwas Gutes von ihnen zu berichten?»
«Nichts. Es eilt ihnen der Ruf voraus, daß sie die totalen Fieslinge sind, durch und durch.»

Boris kratzte sich am Kopf, von dem prompt eine kleine Staubwolke aufstieg. Ihm waren die Fragen ausgegangen.

«Erzähl uns, was du gesehen hast», forderte er Eule mit schwacher Stimme auf.

Als diese Kreaturen über die Lichtung hereinbrachen, hatte Eule geschlafen. Ihr plötzliches Auftauchen überraschte ihn so sehr, daß er, nachdem er hochgeschreckt war, fast vom Ast gefallen wäre. Obwohl ihm sein Gehirn sofort signalisierte, daß er hoch oben auf seinem Vorsitzerast keiner direkten Gefahr ausgesetzt war, erhob er sich sogleich in die Lüfte. Dann schaute er von oben mit professionellem Interesse zu, wie die Eindringlinge über die flüchtenden BWW-Anhänger herfielen.

«Noch nie zuvor habe ich etwas Derartiges gesehen», erläuterte er. «Sie griffen im Pulk an, kämpften jedoch jeder für sich. Sie richteten das perfekte Chaos an – Freddie hätte das wohl als Kopflose-Hühner-Situation bezeichnet.»

Der Fuchs leckte sich über die Schnauze.

«Woher kamen sie?» erkundigte sich Boris.

«Das konnte ich nicht erkennen.»

«Was war so besonders an ihnen?»

«Keine leichte Frage», dachte Eule und strengte sich stark an, sie so gut es ging zu beantworten.

«Also, gleich als ich sie sah, war mir klar, daß es sich um extrem gefährliche Raubtiere handelte», sagte er bedächtig. «Sie sind sehr schnell, sehr zielstrebig und hervorragend ausgerüstet. Was mich jedoch am meisten beeindruckte, war der Eifer, mit dem sie ihre Opfer zerrissen. Wir alle töten hin und wieder, versteht sich, doch diese Truppe kam mir völlig durchgedreht vor – brutal und kompromißlos. Man könnte es direkt barbarisch nennen.» Er kramte in seinem Gedächtnis, doch das richtige Wort wollte ihm einfach nicht einfallen. «So unerbittlich und ausdauernd, absolut effektiv. Sie kennen kein Herumspielen und kein Zögern. Sie suchen den direkten Weg zur Halsschlagader.»

«So ganz getroffen habe ich es noch immer nicht», dachte er, als er sah, wie ihn alle fassungslos anstarrten. Es gab noch einen anderen Aspekt, den er seither wiederholt bestätigt gesehen hatte und der ihm völlig neu war.

«Ich weiß, daß sich das alles für ein Raubtier ziemlich normal anhört», gab er zu. «Besonders erschreckend finde ich jedoch, wie sie sich seither aufführen. Sie töten einfach munter weiter, ich weiß auch nicht, warum. Ihr Hauptinteresse scheint darin zu bestehen, ihren Opfern den Schädel aufzubrechen und das Gehirn zu fressen. Sie fressen auch einige andere Teile, doch am merkwürdigsten finde ich, daß sie in den meisten Fällen die Körper einfach liegenlassen. Mir kommt es fast so vor, als seien sie mehr am Töten interessiert als daran, ihre Beute hinterher zu fressen.»

«Stimmt genau», zerschnitt die dünne Stimme des Wiesels triumphierend die Luft.

«Was meinst du mit ‹stimmt genau›?» wollte Boris wissen, doch das Wiesel schwieg wieder griesgrämig.

«Ist ja auch egal», murmelte es dann. «Entweder ihr kapiert's, oder ihr kapiert's nicht. Ich kann euch aber verraten, daß wir Wiesel und Hermeline es kapiert haben, und deshalb werden wir von hier verschwinden.»

«Das könnt ihr doch nicht tun!» kreischte Eule erschrocken auf.

«Wartet's ab.»

«Aber ihr habt doch gesagt, daß es Verwandte von euch sind. Habt ihr schon mit ihnen gesprochen?»

«Mit denen kann man sich nicht unterhalten», entgegnete das Wiesel grimmig. «Soweit wir wissen, haben wir jetzt schon mindestens drei Tote zu beklagen. Und da wir ihre direkten Konkurrenten beim Kampf um die Nahrungsressourcen sind, müßt auch ihr zugeben, daß wir am meisten betroffen sind!»

Eule war erschüttert. Also hatten nicht nur BWW-Tiere darunter zu leiden. Auch Raubtiere waren davon betroffen. Trotzdem wollte er nicht glauben, daß die Wiesel und Hermeline so schnell klein beigaben.

«Wollt ihr damit sagen, daß ihr eure angestammten Reviere – ganz abgesehen von eurem Platz in der Hierarchie des Waldes – kampflos aufgebt?» fragte er, um sicherzugehen, daß er sich nicht verhört hatte.

«Ja», sagte das Wiesel ohne einen Moment des Zögerns.

«Aber diese Nerze sind doch nur Raubtiere wie wir auch», protestierte Eule.

«Ach ja, nur Raubtiere wie wir?» gab das Wiesel mit einem schmalen Lachen zurück. «Ihr werdet schon bald sehen, wie sehr sich hier alles verändern wird.»

«So also endet eure Welt – nicht mit einem Knall, sondern mit einem Winseln?» höhnte Eule in dem Versuch, sie zu provozieren.

Das Wiesel zeigte jedoch keinerlei Scham.

«Genau. Und wenn ihr nicht allesamt so blöd wärt, würdet ihr unserem Beispiel folgen und ebenfalls abhauen, bevor es zu spät ist.»

«Nenn uns nicht noch einmal blöd!» brüllte Boris es an und ließ seine gewaltige Vorderklaue auf den Boden donnern. «Von mir aus könnt ihr sofort abhauen. Ihr seid noch schlimmer als diese Waldspinner – und das will schon was heißen!»

Eule wußte, daß die Wiesel und Hermeline so unbeliebt waren, daß die meisten Tiere sie liebend gerne von hinten sehen würden, aus welchem Grund auch immer. Doch der Blick, mit dem Raka ihn bedachte, zeigte ihm deutlich, daß sie den gleichen Gedanken hatte: Sie mochten wohl gemein und hinterhältig sein, doch niemand hatte sie bisher als Feiglinge bezeichnet. Sie waren eher bis ins Mark aggressive Raubtiere. Es mußte schon ziemlich schlimm stehen, wenn sie nicht genug Mut – oder Dummheit – zum Bleiben aufbrachten.

«Wir müssen darüber reden», verkündete er den anderen, als der letzte der *mustelidae*, ohne sich noch einmal umzublicken, in der Dunkelheit verschwunden war.

«Wir können nicht einfach zusehen, wie sie unseren ganzen schönen Wald auseinandernehmen», protestierte Eule.

«Sind sie wirklich so schlimm, Ollie?» fragte Freddie lakonisch. «Ich für meinen Teil habe noch nie etwas auf das Wort eines Wiesels oder eines Hermelins gegeben. Was gehen uns diese Nerze überhaupt an? Wir kommen doch ganz gut klar. Hast du schon einmal bedacht, daß es hier auch Tiere gibt, die ihre Ankunft eher begrüßen?»

«Was soll das heißen?» fragte Eule mißtrauisch, da er wußte, wie geschickt Freddie einen Standpunkt in sein Gegenteil verkehren konnte.

«Ich meinte diese Aasfresser wie die Krähen oder verschiedene Käfer, die Unrat vertilgen – von denen hat sich noch keiner beschwert, oder?» erkundigte sich Freddie scheinheilig und blickte zum Himmel hinauf. «Im Wald liegen mehr Kadaver, als sie bewältigen können. Denk nur daran, wie begeistert die Schmeißfliegen sein dürften, wenn so viel verfaultes Fleisch herumliegt, in das sie ihre Eier legen können. Der Wald wird das reinste Madenparadies.»

«Willst du damit sagen, daß einige Spezies lieber ihre Privatinteressen verfolgen, als sich um das Allgemeinwohl zu kümmern?» hakte Eule sarkastisch nach.

«So ist der Lauf des Waldes, das weißt du ebensogut wie ich, Ollie», lächelte Freddie unverfroren. «Es gibt immer jemanden in der Kette, der seinen Vorteil aus dem Unglück des anderen zieht.»

Ollie runzelte die Stirn. Der Ehrwürdige Buck hatte gesagt, sie seien alle Teil des großen Ganzen, doch irgendwie hatte er das als etwas Gutes, nicht als etwas Schlechtes gesehen.

«Ich kenne ein Tier, das mehr als alle anderen davon profitiert», warf Raka plötzlich ein und sah Freddie vorwurfsvoll an.

Der Fuchs zog höhnisch grinsend die Oberlippe zurück.

«Freddie hat recht», mischte sich jetzt auch Boris wieder ein. «Dein Problem, Ollie, besteht darin, daß du dich noch nicht ganz von der Zusammenarbeit mit den Spinnern erholt hast. Das hier ist ein freier Wald, in dem viele unterschiedliche Tiere nach ihren jeweils eigenen Regeln leben. Und wie kämen wir dazu, sie deswegen zu kritisieren?»

«Du magst ja recht haben», gab Eule ärgerlich zurück. «Du bist auch groß genug, um auf dich selbst aufzupassen. Was ist aber mit denjenigen, die das nicht können?»

«Sie können es eben einfach nicht», antwortete Boris abwehrend. «So ist es nun mal.»

«Und was sollen sie jetzt tun?»

«Sich anpassen, Ollie, sich anpassen.»

«So wie es einige von uns bereits tun», warf Raka ein und blickte wieder auf Freddie.

«Kann schon sein, Raka», erwiderte Freddie mit lässigem Grinsen. «Kann schon sein.»

Zu Hause im Nest erhielt Ollie eine ganz ähnliche Antwort.

«Hast du vergessen, daß wir ein Ei auszubrüten haben?» kreischte Ula wütend. «Es wird Zeit, daß du dein eigenes Leben weiterlebst, anstatt das aller anderen zu leben.»

«Aber das ist genau der Punkt, um den es dem Ehrwürdigen Buck ging!» rief Eule aufgeregt. «Das versuche ich doch die ganze Zeit über zu erklären – daß das Leben aller anderen auch das unsere bestimmt, weil wir alle miteinander drinstecken. Verstehst du das denn nicht?»

«Ich verstehe nur, daß du schon mehr Kaninchen bist als ein richtiges Kaninchen!» schrie Ula wutentbrannt zurück. «Und was ich überhaupt nicht verstehe, ist, daß ich jetzt kein Abendessen bekomme, obwohl ich es dringend brauche, anstelle dieses unaufhörlichen Papperlapapps, das uns sowieso nichts einbringt.»

«Du meinst, du siehst nicht weiter als bis zum Ende deines Schnabels», dachte Eule verbittert.

«Die Hermeline und Wiesel sind schon weg», sagte er in der Hoffnung, diese Information würde sie aufrütteln.

Doch sie perlte von ihr ab wie von einem Entenrücken.

«Meine Güte», knurrte sie, «für die hatte ich noch nie Zeit übrig. Schade nur, daß die Karnickel ihrem Beispiel nicht gleich gefolgt sind. Also: Wo bleibt das Futter?»

Eule flog davon, um welches zu besorgen. Was auch immer er von Ula hielt, die Pflichten als Vater des kleinen Ebenbildes seiner selbst, das sich momentan in diesem Ei entwickelte, nahm er liebend gern wahr.

Als er über das Plateau schwebte, konnte er das bunte Treiben sehen, das dort seit der Ankunft der Invasoren herrschte. Noch nie zuvor hatte er derartig aktive Wesen kennengelernt wie diese Nerze, nicht einmal die ewig herumraschelnden Spitzmäuse oder der würmervertilgende Marcus kamen ihnen darin gleich. Schliefen die denn nie? Ruhten sie sich niemals aus oder gingen etwas gemächlich an? Schon jetzt war ihnen gelungen, eine großartige Sache zu zerstören, und das war der Frieden und die Stille, deren sich früher sowohl Raubtier als auch Nichtraubtier erfreut hatten. Für Eule mit seinen sensiblen Ohren war der Lärm, der bis zu ihm heraufdrang, beinahe unerträglich. «Was würde der Ehrwürdige Buck wohl mit diesem Unglück anfangen, jetzt, wo es eingetroffen ist?» fragte er sich. Mehr als Boris, so viel war klar. Denn in der Bemerkung des Wiesels über das «Sehen», die Boris so unter die Haut gegangen war, lag eine große Ironie. Er war zu kurzsichtig, um über die eigenen egoistischen Interessen hinauszublicken. Um den Einfluß der Nerze auf das große Ganze zu verstehen, würde Ollie, das wurde ihm jetzt klar, ein wenig BWW-Denken mit an Bord nehmen müssen; und das bedeutete, daß er mit Burdock reden mußte. Dickarsch war zwar nur ein schwacher Ersatz für den EB, doch auch er könnte wohl über einiges relevante Wissen verfügen.

Das hieß, falls er noch unter den Lebenden weilte und Eule ihn tatsächlich ausfindig machen konnte. Seit der Ankunft der Nerze waren Kaninchen im Wald noch seltener zu finden als Elsterzähne.

Kapitel 38

Unternehmungsgeist

M1 und M2 entwickelten sich sofort zur treibenden Kraft hinter der Zeremonie, die die erfolgreiche Ankunft der Meute im Wald versinnbildlichen sollte.

«Wir müssen sie um ein Konzept herum aufbauen, auf das jeder sein weiteres Denken gründen kann, großer Anführer», erklärte M1, der Mega tänzelnd auf dessen frühabendlichem Beutegang begleitete. «Etwas, was die Meute unwiderruflich zusammenschweißt, sie vereint. Etwas, was in einem Wort die Essenz des Nerztums ausdrückt.»

«Das haben wir bereits. Wir nennen es heiße Spritzer, falls du es vergessen hast», knurrte Mega. Was ihn an diesem unheimlichen Nerzpaar fast am meisten störte, war die Tatsache, daß sie kein Gespür für Privatsphäre zu haben schienen. Konnte er denn nicht einmal mehr durch sein neues Revier streifen, ohne daß sie ihn auf Schritt und Tritt verfolgten?

«Das sind zwei Worte, großer Anführer, nicht nur eins», entgegnete M1 verspielt und rannte mit seinem Zwillingsbruder ein kleines Stück voraus. Dann machten sie halt und versperrten Mega den Weg.

Als Mega vor ihm stehenblieb, legte M1 den Kopf schief und sah ihn voller Selbstgewißheit an.

«Im Ernst, großer Anführer, heiße Spritzer, das ist das, was die Meute tut. Unsere Berufung liegt vielmehr darin, hinter das Prosaische ‹Was› zu sehen und nach dem eher esoterischen ‹Warum› zu suchen.

Aus diesem Grunde schlagen wir eine Namengebungszeremonie vor, um die Besetzung des Waldes offiziell zu begehen; natürlich sind wir dabei nach einem Warum-Namen aus, nicht sosehr nach einem Was-Namen.»

«Das einzige ‹Warum›, an dem ich interessiert bin, ist die Frage, warum ich euch nicht auseinanderhalten kann», knurrte Mega erneut und versuchte, das verwirrende Gequatsche der beiden gedanklich in den Griff zu bekommen, während sie schon wieder davonstoben und zwischen den Baumschatten umherflitzten. Daß ihr identisches Auftreten ihn immer wieder durcheinanderbrachte, lag zum Teil auch daran, daß sie so glatt und als einzelne Persönlichkeiten schwer festzulegen waren.

«Warum behandelst du uns nicht als eine Person, großer Anführer», quiekten sie im Gleichklang. «Du kannst uns den Marketing-Nerz nennen. Schließlich sind wir dafür da – um durchzusetzen, daß deine Botschaft die maximale Marktsättigung erzielt.»

Mega zuckte zusammen. Dieses neue Gerede von «Markt» anstatt von «Nerzen» war so übel wie Psycho und sein «unsere Lieblinge». Erst am Morgen waren die beiden «marketingmäßig», wie sie es nannten, um ihn herumgeschwirrt und hatten vorgeschlagen, er solle das Fell auf seinem Schädeldach nach oben kämmen, damit er größer aussähe; außerdem sollte er die Ohren stets aufgestellt lassen, um aufmerksamer und aggressiver zu wirken.

«Wenn man heutzutage eine Rolle spielen will, muß man zuallererst und vor allen Dingen entsprechend aussehen», hatten sie zuversichtlich betont. «Um der große Anführer zu sein, muß man knallhart wirken.»

Inzwischen hatte Mega, wenn er ganz sicher sein konnte, daß sie ihn nicht dabei beobachteten, ihre Ratschläge schon einigemal ausprobiert und war recht angenehm überrascht gewesen, als er das Resultat in einer Pfütze begutachtete. Offiziell hatte er sie jedoch zusammengestaucht.

«Meine Aufgabe besteht darin, euch anzuführen, und nicht darin, meine Zeit mit einem Paar Pelzstylisten zu vertrödeln», hatte er gebrüllt. «Macht, daß ihr wegkommt!»

Als er jetzt diesen Befehl wütend wiederholte, zogen sie sich beleidigt zurück, und er setzte seine Wanderung endlich allein fort, bis er auf Maxi stieß, der gerade von der Inspektion seiner Wachen zurückkam, die er auf dem Kamm oberhalb von Lagerplatz eins postiert hatte.

«Alle vorschriftsmäßig auf Posten, Boß!» schnarrte Maxi, woraufhin ein aufgeschrecktes Taubenpärchen aus einem nahe gelegenen Busch aufflatterte. «Außerdem hatte ich gerade eine Schwarzdrossel zum Frühstück, mein Anführer, wenn ich das noch anmerken dürfte.»

Mega konnte die blutigen Spuren des Mahls auf seinem Gesicht und seiner Brust erkennen. Maxis Erscheinung ließ immer mehr zu wünschen übrig. Vielleicht sollten ihn die Marketing-Nerze als nächsten beraten.

«Gut gemacht, Maxi», antwortete er lässig. «Was wird aus unserer Feier?»

Sein militärischer Berater ging jetzt im Gleichschritt neben ihm her und verzog das Gesicht zu einer angewiderten Grimasse.

«Ich sehe keinen Sinn in derlei Albernheiten, mein Anführer», belferte er. «Die Truppen haben alles, was sie zum Glücklichsein brauchen. Wir dürfen sie jetzt auf keinen Fall verwöhnen, sonst verlangen sie mehr und immer mehr Leckereien.»

«Ein bißchen Spaß hat noch niemandem geschadet, oder, Maxi?» tadelte Mega ihn sanft. «Findest du nicht, daß sie eine Belohnung verdient haben?»

«Na ja, schon, mein Anführer», gab Maxi mürrisch nach. «Aber wir müssen sie auf ihre Plätze verweisen – auf den Boden der Tatsachen sozusagen. Wer weiß, was für verrückte Ideen sie sich sonst noch so zurechtspinnen?»

Nachdenklich betrachtete Mega die militärisch steife Gestalt neben sich. Wenn er persönlich auch hinsichtlich des «Warum-Balla» der Marketing-Nerze recht skeptisch war, die Aussicht auf eine Zeremonie erschien ihm trotz allem äußerst verlockend.

«Soll das Leben denn nur aus Blut bestehen, Maxi, ohne jeden Spaß?» fragte er lächelnd.

«Warum nicht?» schrie ihn Maxi an. Ein jähes Auflodern seines mörderischen Zorns ließ ihn für einen Moment die gewohnte Unterwürfigkeit vergessen. «Wenn du mich fragst, ist der Grund für unsere Anwesenheit hier Blut, Blut und nochmals Blut. Heiße Spritzer und eingedrückte Schädel, aus denen wir die Gehirne schlürfen – das hast du uns versprochen. Und wenn das gut genug für mich ist, dann ist es auch gut genug für die anderen.»

«Was ist bloß mit meinem Anführer los?» dachte er bekümmert. Erst schätzt er das Sicherheitsproblem falsch ein, und jetzt springt er zu lasch mit den Truppen um.

«Was hat uns das Leben letztendlich anderes zu bieten, mein Anführer?» fragte er schließlich und klang dabei sehr verwirrt.

«Schon noch das eine oder andere, Maxi», entgegnete Mega seufzend.

Es hatte keinen Sinn, noch länger mit ihm darüber zu diskutieren.

*

«Ich nenne ihn ‹Wald der Freiheit›», verkündeten Mega M1 und M2 entschlossen. «Ich habe ihnen die Freiheit versprochen, und ich habe sie ihnen auch geschenkt.»

Die Idee war nicht ganz neu, doch das mußte er ihnen ja

nicht sagen. Schon vor der Ankunft der Labornerze hatte es in den Käfigen verschiedene Diskussionen gegeben, in denen katzbuckelnde Anhänger voller Eifer speichelleckerische Vorschläge wie «Mega-Wald» machten, die ihr Anführer, obwohl er sichtlich geschmeichelt schien, mit einem Lächeln ablehnte.

Psycho hatte diese Entscheidung gutgeheißen.

«Ich bastle an deinem Personenkult, Mega, doch meine Sensoren weisen auf das Bedürfnis nach einem Namen hin, mit dem sie mehr verbinden können», hatte sein Ränkeschmied erklärt und damit im Grunde das gleiche gesagt wie die Marketing-Nerze.

Danach war eine Vielzahl wenig origineller Vorschläge wie «Nerzwald» und «Nerzland» eingegangen; er hatte «Wald der Freiheit» als den beliebtesten ausgewählt.

«Tut mir leid, daß ich widersprechen muß, großer Anführer», erwiderte jetzt einer der Marketing-Nerze und klang dabei nicht so, als würde es ihm auch nur ein bißchen leid tun. «Aber das bringt unser Konzept einfach nicht weit genug voran. Natürlich werden wir einen Namen wählen, der unsere glorreiche Freiheit feiert. Unsere Marktanalysen zeigen jedoch das überwältigende Bedürfnis danach, die Qualität dessen, was uns hierhergebracht hat, zu unterstreichen: das ‹Warum› unseres Daseins als Nerze.

Ich freue mich sehr, hiermit ankündigen zu dürfen, daß unser bevorzugter Konzeptvorschlag folgendermaßen ...»

Während sich das Geschwätz immer weiter über ihn ergoß, fragte sich Mega ernsthaft, an welcher Stelle diese beiden in die reale Welt hineinpassen könnten. Der krasse Wechsel vom Labor in die Käfige und von dort in den Wald schien sie nicht im geringsten zu irritieren, und sie hatten sich sofort an eine sogenannte «detaillierte Marktforschung» gemacht. Die Erdwände ihres Baus waren inzwischen von einem Spinnengewebe aus Kurven und Linien bedeckt, unterbrochen von unfertigen Zeichnungen von Waldbewohnern. Das waren die Quellen für die Zahlenreihen, mit denen sie ihn pausenlos bombardierten. Ihm schwirrte nicht nur der Kopf davon, er konnte überhaupt nicht erkennen, wozu das alles gut sein sollte. Welcher Sinn lag darin, mit Zahlen und Daten zu jonglieren, wo doch Taten so viel mehr aussagten als Worte? Ihr Problem lag darin, schloß er daraus, daß sie keine Seele hatten. Wußten sie überhaupt, was ein heißer Spritzer war?

Diesmal mußte er jedoch zugeben, daß sie vielleicht auf etwas gestoßen waren. Über das «Warum» im Gegensatz zum «Was» des Nerztums hatte er tatsächlich noch nie nachgedacht.

Vielleicht wurde es höchste Zeit.

«Warum sind Nerze Nerze, Mata?»

«Warum gibt es Sterne am Himmel, Mega?»

«Weil sie da sind.»

«Genau.»

Seit sie den Wald betreten hatten, war es Mega nicht gelungen, Mata sehr viel zu entlocken. Jetzt saßen sie in ihrem Bau und ruhten sich aus. Mega schmauste ein paar knackige schwarze Käfer und hoffte, daß sie endlich etwas zugänglicher wurde und ihm ihre Hilfe anbot. Wenn sie wenigstens aufhören würde, in diesen verflixten Rätseln zu sprechen.

«Die Marketing-Nerze wollen eine Feier veranstalten.»

«Weiß ich», gab sie prompt zurück. «Ich habe ihren Konzeptvorschlag gutgeheißen und ihnen gesagt, sie sollen weitermachen. Sie haben das ‹Warum›, nach dem wir suchen.»

Mega verschluckte sich und spuckte einen schwarzen Panzer aus.

«Was, bitte, hast du getan?»

Auch Mata spuckte einen Käferpanzer aus.

«Mega, warum entspannst du dich nicht einfach und überläßt das mir?» sagte sie beiläufig. «Das ist mein Bereich. Um das ‹Warum› vollständig zu verstehen, muß man ein Weibchen sein.»

«Oder ein Pärchen von Pelzstylisten», entgegnete Mega voller Bitterkeit. Es gefiel ihm nicht, daß er auf diese Weise ausgespielt wurde – schließlich ging es hier um *seine* Entscheidungen.

«Wie auch immer, das ist doch alles nur Geschwätz», fügte er hinzu. «Das Leben besteht nicht aus dem, was man sagt, sondern aus dem, was man tut, Mata.»

«Das weiß ich auch, Mega. Trotzdem schadet es nichts, wenn man hin und wieder etwas sagt. Zunächst einmal mußt du dich selbst vollkommen verstehen lernen.

Ich werde es dir erklären …»

Als sie damit fertig war, eine gewisse Ordnung in seine durcheinanderpurzelnden Gedanken zu bringen, war Mega halbwegs überzeugt. Die Marketing-Nerze zeigten, was sie wert waren. Heiße Spritzer waren noch immer die Essenz dessen, was es hieß, ein Nerz zu sein, doch jetzt war noch etwas Neues hinzugekommen.

Das Plateau besaß seine eigene Variante der Mächtigen Eiche: eine verwachsene Buche. Sie hatte zuvor im Schatten der Esche um Luft und Licht kämpfen müssen, doch seit diese umgestürzt war, hatte die Buche in ihrer ungewohnten Freiheit neu ausgeschlagen – sehr symbolisch, wie Mega fand. Als der natürliche Mittelpunkt des Plateaus war sie automatisch zum Versammlungsort geworden – auch wenn es, wie Psycho allen eifrig versicherte, Treffen und Versammlungen in der neu gewonnenen Freiheit nur selten und in großen Abständen geben würde. Maxi hingegen bestand darauf, diese Stelle als «Paradeplatz» zu bezeichnen.

Zur Eröffnung der Namengebungszeremonie stellte sich Mega direkt unter die Buche. Neben ihm stand Mata, zwischen ihnen lag Pussles Schwanz auf dem Boden. Zuerst hatte Mega befürchtet, ihr Totem würde die Zeit nicht überdauern und bald zerfallen, doch da es fast zur Gänze aus Knorpel und Knochen bestand, war es lediglich ausgetrocknet und inzwischen hart und steif wie ein Brett. Der Abend war still, schwarze Wolken verdunkelten den Himmel im Einklang mit dem wärmeren und nasseren Wetter, das sie zur Zeit erlebten. Wie sehr sie alle den Regen liebten!

«Nun, meine lieben Nerze, wie gefällt es euch bis jetzt hier?» röhrte er in die Runde.

«Herrlich!»

«Unglaublich!»

«Wahnsinn!»

«Meganerz! Meganerz! Er ist der Nerz! Er ist der Nerz!» Die Meute brach in wahre Jubelgesänge aus. Sie hatten sich schon seit Tagen auf dieses besondere Ereignis gefreut. Es gab so viel zu feiern! Die Panne im Moor versank in der dunklen und entfernten Vergangenheit, und die Flucht wurde jetzt allgemein als gigantischer Erfolg gewertet.

«Und was gefällt euch am besten?» rief Mega.

«Heiße Spritzer!»

«Schädel zu knacken und Gehirne zu schlürfen!»

Mega grinste, doch plötzlich veränderte sich sein Gesichtsausdruck, und er sah ganz ernst aus.

«Ich möchte euch keinen Anlaß zur Trauer geben, wenn ich jetzt noch einmal in die Vergangenheit abschweife, meine Nerze. Laßt uns trotzdem in einem Moment der Erinnerung unserer verschwendeten Generationen gedenken, die die Schmach des Käfiglebens erlitten haben. Laßt uns ihr selbstloses Opfer ehren.»

Er wartete, bis eine angemessene Zeitspanne vergangen war.

«Das war das Dunkle Zeitalter», fuhr er leise fort. «Die Tage der furchtsamen Ältesten und die Zeit der feigen Unterwerfung unter ihr System.»

Er ließ seine Worte in einer weiteren Pause wirken. Dann hob er erneut die Stimme.

«Am heutigen Tag wollen wir diese Vergangenheit zu Grabe tragen, um unsere Gegenwart zu feiern. Denn hier in diesem wunderbaren Wald können wir die Einzigartigkeit ausleben, die uns Nerze von jeher auszeichnet und uns von anderen, minderwertigen Tieren unterscheidet. Hier sind wir – und hier herrschen wir.»

Die Versammlung brach in einen Sturm ekstatischer Schreie und Jubelrufe aus.

«Meganerz! Meganerz! Er ist der Nerz! Er ist der Nerz!»

Ihr Anführer wartete bescheiden, bis die Gesänge wieder abklangen.

«Ich führte euch hierher, meine mutigen Nerze», fuhr er fort. «Doch nicht ich allein bin für unseren glorreichen Erfolg verantwortlich. Wir müssen auch einer Qualität danken, die es uns ermöglichte, durchzuhalten und zu gewinnen, wenn alle anderen längst verzagt hätten. Erinnert ihr euch noch daran, wie wir durch die hinterhältige Verschwörung, die unsere Feindin Custard angezettelt hatte, in die Irre geleitet wurden?»

Der inzwischen verhaßte Name wurde mit Fauchen und Knurren kommentiert.

«Erinnert ihr euch an die Nacht im Kanalrohr?» fragte Mega leise. «Erinnert ihr euch an den Langen Marsch? An die schmerzenden Knochen? Die blutigen Ballen? Erinnert ihr euch noch daran, wie euer Mut hin und wieder sinken wollte?»

Einige in der Menge starrten ausgesprochen schuldbewußt vor sich auf den Boden.

«Das sind die Tage, die weit zurückliegen, meine Nerze, es sind die Tage der Vergangenheit. Jetzt aber erkläre ich die Vergangenheit ganz offiziell zu einem fremden Land.»

Überall sah er den Ausdruck der Erleichterung auf den Gesichtern. Psycho hatte ihm erzählt, daß sie alle noch ein schlechtes Gewissen hatten, besonders wegen der Meuterei in der Betonröhre unter dem Rollweg.

«Jeder von euch hat seine Sache ganz ausgezeichnet gemacht», lächelte Mega aufmunternd. «Heute abend, am Abend unserer Zeremonie, bin ich stolz darauf, bei euch zu sein. Ich bin stolz darauf, ein Nerz zu sein.»

Er ließ den Blick über die Menge streichen.

«Doch, meine Nerze, diese schöne neue Welt ist vor allem ein Triumph der Qualität, die uns zusammenhält, die Qualität des Unternehmungsgeistes. Das bedeutet Wagemut; das bedeutet Abenteuerlust; es bedeutet vor allem, daß wir keine Angst haben, ein Risiko einzugehen.

Dadurch, daß ihr eure Käfige verlassen habt, wo euch alles auf einem silbernen Tablett serviert wurde, hat jeder einzelne von euch diese Qualität aufs schönste unter Beweis gestellt. Das Ergebnis davon ist, daß ihr jetzt die Sieger seid. Und die Sieger – wie ihr bereits wißt – bekommen die Beute!»

Er machte einen Schritt nach vorn, packte den Katzenschwanz, und die Menge schob sich zu einem engeren Kreis zusammen, wobei sich alle drängelten, um die beste Aussicht zu haben.

«Erinnert ihr euch an Pussles?»

Donnernd äußerten sie ihre Bestätigung.

«Sie hat ihren Preis gezahlt!» schrie Mega und warf den Kopf zurück.

«Jetzt soll der ganze Wald sehen, welchen Preis diejenigen zu zahlen haben, die sich uns in den Weg stellen!» brüllte er.

Nach einem Zeichen von Maxi zog ein Muskelnerz an einem Stück Efeu, das über einen der Buchenäste geschlungen war. Der Katzenschwanz stieg tanzend und hüpfend in die Höhe, bis er flauschig über ihnen schaukelte. Nachdem ihn Matas Kriegerinnen emsig gekämmt hatten, erschien er jetzt von seinem bedauernswerten Zustand in seine ursprüngliche schwarz-orangefarbene Herrlichkeit zurückversetzt.

«Laßt alle das hier sehen und vor der Macht der mächtigen Nerze erschauern», intonierte Mega düster. «Denn mit diesem unserem Emblem taufe ich diesen Wald feierlich auf den Namen ‹Wald des Unternehmungsgeistes›. Er soll für immer ein Symbol für unser großes Unternehmen sein. Denn daran hängt ein ganzer Schwanz, wie sich alle anderen Tiere erinnern werden!»

Mega hatte sich im Vorfeld darüber beschwert, daß diese Bezeichnung, die sich die Marketing-Nerze ausgedacht hatten, albern sei, wenn nicht gar völlig abgedroschen. Sie hatten ihn jedoch bekniet, den Namen allen anderen vorzuziehen, und ihm versichert, daß er für die Lieblinge gar nicht kitschig genug sein könne.

Das ölige Duo grinste zufrieden, als die Meute sich vor Lachen schier zerreißen wollte. Daran hängt ein ganzer Schwanz! Was für ein Scherzbold ihr Anführer doch war! Vom Triumph getragen, traten die beiden Marktforscher im Gleichschritt nach vorn.

Schon früher am Tage hatten sie den Lieblingen das von ihnen eigens komponierte Lied beigebracht. Es war sofort so beliebt, daß sie sie kaum daran hindern konnten, es pausenlos zu singen.

Herrsche, Nerzmania! (donnerte die Meute)
Nerzmania beherrscht den Wald!
Wir machen alle Tiere
Ohne Zaudern kalt!

Herrsche, Nerzmania!
Gib uns Gehirn und Blut!
Von allen, allen Tieren,
Denn das tut uns so gut!

Herrsche, Nerzmania!
Herrsche Tag und Nacht,
In Wäldern und in Feldern
Wird niemals mehr gelacht!

Herrsche, Nerzmania!
Karnickel, Vogel, Maus,
Wir finden euch, wo ihr auch seid,
Und machen euch den Garaus!

M1 hatte zwar viel Aufhebens davon gemacht, daß die letzte Zeile der vierten Strophe nicht ganz im Versmaß sei, sie mußte jedoch so stehenbleiben, weil keinem der beiden ein besserer Reim einfiel. Normalerweise gehörte Texten und Komponieren eben auch nicht zu einem Marketing-Konzept, hatten sie einander versichert, außerdem seien die Nerze im allgemeinen viel zu unkultiviert, als daß sie es bemerken würden – wie sich eben gerade bestätigte.

«Der Wald des Unternehmungsgeistes gehört euch», schrie Mega. «Mit allem, was sich darin befindet. Er steht euch rechtmäßig zu! Weil ihr ihn erobert habt! Weil ihr das seid, was ihr seid: heißblütige Nerze! Also nehmt ihn euch, meine mutigen Nerze! Nehmt ihn euch voller Zuversicht! Nehmt ihn euch voller Stolz!»

Als seine Lieblinge wieder stampfend in den Singsang verfielen, sah er Mata mit stolzgeschwellter Brust an. «Meganerz! Meganerz! Er ist der Nerz! Er ist der Nerz!»

Was waren sie doch für großartige Tiere, mit ihren glänzenden Pelzen, den kräftigen Gliedern, den klugen, wachsamen Gesichtern und den schimmernden weißen Zähnen! Wer wollte ihnen je ihre natürliche Überlegenheit absprechen? Wer wollte jemals bestreiten, daß ihre Bestimmung darin lag, alle anderen Tiere zu beherrschen? Die Schande ihrer Vergangenheit war für alle Zeiten begraben, und dank ihrem Unternehmungsgeist und ihrer Befreiermenschen – deren Rolle er wohlweislich nicht erwähnt hatte – durften sie jetzt wieder wahrhaftig freie Geister sein, in der Wildnis, in die sie gehörten. Egal, mit welchen Ballanamen seine Bewohner ihn vorher bezeichnet hatten, der Wald war jetzt Unternehmensgebiet für Nerze – und zwar ganz offiziell.

Als Mega unten am Fluß endlich mit Mata allein war, lag er auf dem Rücken, blickte zufrieden zum heller werdenden Himmel hinauf und spürte, wie ihn eine tiefe Zufriedenheit erfüllte. Mit dem Wald lief alles bestens, wie man dem lauten Treiben der fröhlichen Gemeinde oben auf dem Plateau entnehmen konnte. Was gab es Schöneres, als der unangefochtene Anführer einer so ausgelassenen Meute zu sein und hier mit seiner Partnerin unter den Sternen zu liegen?

Er drängte sich dichter an sie und kitzelte sie träge und lüstern. Er war nicht der einzige, der spürte, daß eine Veränderung in der Luft lag. Noch vor ihrer Flucht aus den Käfigen hatten die Männchen angefangen, die Weibchen mit eigenartigen Augen anzusehen: Die Paarungszeit zog herauf. Kaum im Wald angekommen, hatten sie angefangen, Kämpfe untereinander auszutragen, und da es auch darum ging, eine neue Hierarchie zu errichten, wurden die Kämpfe immer wilder. Die Rivalitäten und Eifersüchteleien wurden noch dadurch verstärkt, daß mehr Männchen als Weibchen an der Flucht teilgenommen hatten.

Die Anführer blieben ihrer Laissez-faire-Attitüde treu und ließen die Meute diese Angelegenheiten unter sich austragen – sie hätten ohnehin nicht viel dagegen ausrichten können, da Maxi und die Muskelnerze ebenfalls damit beschäftigt waren, möglichst viele Rivalen auszustechen. Während die Männchen herumschnüffelten, stolzierten die Weibchen, die erregt spürten, daß sie bald läufig werden würden, auf dem Plateau auf und ab und streckten die wackelnden Hinterteile heraus. Auch Mega fühlte das Beben in seinen Lenden. Gleichzeitig fiel ihm auf, daß Mata, im Gegensatz zu den anderen Weibchen, sich noch tiefer als sonst in sich zurückzuziehen schien.

«Falls du irgendwelche Absichten hast, Mega: Die Antwort lautet ‹nein›», sagte sie plötzlich und wand sich aus seiner Umarmung.

Mega setzte sich verdutzt auf. Bis zu diesem Augenblick hatte er ihre Paarung für unausweichlich gehalten.

«Das soll nicht heißen, daß ich dich nicht liebe, Mega», fuhr sie sanft, aber bestimmt fort. «Doch nicht auf diese Art. Ich werde keine Jungen haben, auch nicht von dir.»

«Was soll das heißen?» fragte Mega entgeistert. «Was soll

aus der Dynastie werden? Wer soll die Ahnenreihe fortsetzen? Was ist mit den kleinen Megas?»

«Und den kleinen Matas», erwiderte sie scharf. «Du hast mich richtig verstanden – nein! Ich werde mich nicht ins Ghetto der Weiblichkeit drängen lassen, zu all diesen glückseligen Müttern mit ihren dicken Bäuchen und den geschwollenen Zitzen!»

«Aber Mata, das ist doch nur natürlich!» protestierte er.

«Oh, ich weiß, ebenso natürlich wie das, was davor kommt», entgegnete sie bitter. «Schade, daß mein Vater nicht hier ist. Du könntest ihn einmal fragen, was er für natürlich hielt. Der Drecksack hat mich vergewaltigt, Mega, mich gegen meinen Willen dazu gezwungen, als ich noch ein Jungtier war. Nicht nur einmal, sondern immer wieder. Du bist ein Männchen, du wirst es nicht verstehen, doch es war schrecklich. Etwas in mir wurde abgetötet. Und es tat so weh.

Ich habe seither stets versucht, die Erinnerung daran auszulöschen, aber es gelingt mir nicht. Ich kann nicht zulassen, daß du oder ein anderer mir das wieder antut. Mir geht es nicht um dein Mitleid, Mega, ich sage dir nur, wie es ist.»

Mega erinnerte sich an die häßlichen Laute, die ständig aus ihrem Familienkäfig herübergedrungen waren; Muggers zorniges Gebrüll, Matas Weinen und Schluchzen, das sich mit dem ihrer Mutter vermischte, das dumpfe Knallen schwerer Schläge, das Kreischen. Wie sehr unterschied sich das von Shebas Erzählungen über ihre Paarungszeit mit Solomon. Sie hatte es immer höchst romantisch beschrieben, als Freude, als Wunder, als Leidenschaft.

«Das ist lange her, Mata», sagte er leise. «Kannst du es nicht hinter dir lassen?»

«Wie gern würde ich das tun, Mega», antwortete sie traurig. «Aber das geht nicht. Er hat mich für alle Zeiten verwundet.»

«Was würdest du tun, wenn ich dich haben wollte, ob es dir gefällt oder nicht?» fragte Mega gedehnt. Er wußte, daß er sich damit auf heikles Terrain begab. Es war keine leere Drohung. Die Männchen waren von Natur aus größer und kräftiger als die Weibchen und konnten ihren Willen ihnen gegenüber immer durchsetzen. Doch noch während er es aussprach, wußte er in seinem Herzen, daß er niemals zu einem solchen Verhalten fähig wäre. Er suchte etwas, was weiter ging, etwas zugleich Höheres und Tieferes.

«Ich bin mir nicht sicher, ob es dir gelänge, selbst wenn du es versuchtest», erwiderte sie scharf. «Ich würde mich unablässig wehren, und ich habe viele Freundinnen, wie du weißt. Sollte es dir gegen meinen ausdrücklichen Wunsch trotzdem gelingen, könnte ich dir das niemals vergeben. Es wäre das Ende von allem.

Du und ich, wir sind ein gutes Gespann, Mega. Ich möchte, daß es so bleibt. Erweise mir bitte deinen Respekt, indem du dich zurückhältst. Ich werde mich erkenntlich zeigen, das verspreche ich. Wenn wir unsere Beziehung rein halten, dann besteht sie damit gleichzeitig die schwerste Probe. Glaub mir, Mega, wenn ich es jemandem erlauben würde, dann dir. Aber es geht nicht. Mein Entschluß richtet sich wirklich nicht gegen dich persönlich.»

«Genau da liegt das Problem», dachte Mega. Kein Wunder, daß er Mata manchmal für einen kalten Fisch gehalten hatte.

«Warum bedienst du dich nicht bei den anderen Weibchen, Mega?» fragte sie. «Du kannst sie alle haben, eine nach der anderen, das steht dir als Anführer zu, und dann wären in gewisser Hinsicht alle Kinder von dir.»

«Mal sehen», antwortete er niedergeschlagen.

Er war traurig über das, was sie gesagt hatte, doch er fühlte bereits, daß er sich ihrem Willen beugen würde. Er wollte und durfte sie nicht verlieren, denn er brauchte sowohl ihren Rat als auch ihre Freundschaft. Sie waren ein gutes Gespann, das war richtig, und es gab kein anderes Weibchen, das ihre Stelle einnehmen konnte. Die Alternative, die sie ihm anbot, würde sicherlich seine sexuellen Gelüste vollauf befriedigen, und doch spürte er gleichzeitig, daß sie damit an einer Art Endpunkt ihrer Beziehung angelangt waren.

Kapitel 39

Entschlüsselt

So erbärmlich wie Burdock aussah, wußte Eule sofort, daß etwas Schreckliches passiert sein mußte. Nach dem Massaker auf der Großen Lichtung hatte sich der Anführer der Kaninchen in den Untergrund zurückgezogen, wo er ständig von einem Bau zum anderen wechselte. Eule hatte vier verschiedene Botschaften durch das BWW-Netzwerk schicken müssen, bis dieses Treffen endlich zustande kam. Zu diesem Zweck hatte er das Wäldchen auf dem niedrigen Hügel ausgewählt, draußen auf dem angrenzenden Feld. Er war sich praktisch sicher, daß es die Nerze nur gelegentlich aufsuchten. Mitten auf dem Hügel hatte er eine versteckte Mulde entdeckt, bei deren Anblick er gleich zerstreut gedacht hatte, daß sie zur Zeit groß genug für eine Waldversammlung sei. Für den Fall, daß sich doch ein Nerz unerwarteterweise zu einem Besuch entschloß, hatte Eule sich eine Sitzstange auf dem niedrigen Ast einer Ulme ausgesucht, die ihm einen hervorragenden Blick durch die Bäume und über die grauen Felder bis hinüber zum Saum des Alten Waldes gewährte.

Dort wartete er geduldig, bis er Burdock erblickte, der allein und nervös auf ihn zugehoppelt kam. Dann befielen Eule plötzlich Zweifel, weshalb er dieses Treffen eigentlich einberufen hatte, und er schwieg, bis das Kaninchen das Wort ergriff.

«Dandelion ist tot», sagte Burdock schließlich mit gebrochener Stimme. «Die Nerze haben sie gefangen und verhört. Ihre Schreie gellen mir noch immer in den Ohren. Am schlimmsten, Ollie, ist, daß ich nichts getan habe, um ihr zu helfen.

Was hätte ich denn auch tun können?» fügte er flehentlich hinzu.

«Nicht viel», erwiderte Eule leise. «Da bist du nicht der einzige. Es sieht so aus, als ob keiner von uns noch viel tun könnte.»

«Falls das überhaupt noch einer will», dachte er und erinnerte sich an die letzte Zusammenkunft des Clubs der Toten Wühlmäuse.

«Womit haben wir dieses Elend bloß verdient?»

Tränen rannen über Burdocks Gesicht. Es war eingefallen und vom Schmerz gezeichnet. Die Wunde an seiner Schulter war noch immer nicht verheilt, und sogar sein Hinterteil schien kleiner geworden zu sein. Überhaupt war er so schokkierend gealtert, daß er Eule an den Ehrwürdigen Buck erinnerte.

«Der Wald- und Wiesenkodex und das Gesetz über die kreatürlichen Rechte hätten uns in eine neue Welt führen sollen», schluchzte er. «Eine Welt des Friedens und der Liebe, in denen Wesen wie die Nerze einfach keine Existenzberechtigung gehabt hätten. Und dann, ausgerechnet in dem Moment, wo ich es offiziell verkünde, wird alles mit einem Schlag vernichtet – und meine geliebte Dandelion obendrein!»

Kläglich blickte er Eule aus der Erdmulde heraus an.

«All unsere Anstrengungen, ihre und meine. Unsere ganze Arbeit – zunichte gemacht! Gibt es denn keine Gerechtigkeit?» fragte er mit spröder Stimme und vergrub den Kopf in den Pfoten.

Eule fand das trotz allem ein bißchen zu dick aufgetragen. Gerechtigkeit gehörte zu den Dingen, die die BWW-Aktivisten stets zu sehr in den Mittelpunkt ihrer Überlegungen gestellt hatten. Er bedauerte Burdocks Verlust, denn er hatte gesehen, wie verbunden er und Dandelion gewesen waren. Doch jetzt machte sie nichts mehr lebendig; es hatte keinen Sinn, sich von seinen Gefühlen hinreißen zu lassen.

«Sei froh, daß du noch so viel Glück hattest», erinnerte er das verzweifelte Kaninchen. «War das keine Gerechtigkeit? Und was ist mit der natürlichen Gerechtigkeit, von der du immer geredet hast?»

«Die Nerze haben nichts Natürliches an sich», giftete Burdock zurück. Haß funkelte in seinen Augen. «Es sind die unnatürlichsten Wesen, die mir je begegnet sind.»

«Sind sie nicht auch nur so, wie sie eben sind?» fragte Eule, der sich freute, wenigstens eine Reaktion provoziert zu haben.

«Verfluchte Raubtiere, meinst du das?» entgegnete Burdock verbittert. «Kein Blattfresser könnte so viel Verachtung und

Respektlosigkeit gegenüber den Rechten anderer Lebewesen entwickeln, besonders nicht gegenüber dem fundamentalen Recht zu existieren. Merkst du denn nicht, was sie dem Wald antun?»

«Ich habe so meine Vorstellungen», erwiderte Eule vieldeutig. «Aber ich denke, du weißt mehr als ich.»

«Kurz gesagt, wie mir ein Eichhörnchen neulich berichtete, ist der Wald, wie wir ihn kannten, schon jetzt vernichtet», verkündete Burdock dramatisch.

«So schlimm ist es bestimmt nicht», protestierte Eule. «Es sind noch immer viele von uns übrig.»

«Von euch Raubtieren, meinst du wohl! Wir Kaninchen haben bereits Dutzende von Opfern zu beklagen! Nicht nur Dandelion. Groundsel ist tot, Blackberry ...» Er ratterte eine ganze Reihe weiterer Namen herunter, die Eule allesamt nichts sagten. «Du hast selbst gesehen, wie sich die Wiesel und die Hermeline davongemacht haben, und du weißt nur zu gut, wie sich der plötzliche Tod anhört – ein ekelhafter Schlag, das Kreischen, das erstickende Todesröcheln, das Geräusch, wenn etwas durch die Blätter gezogen wird, das widerliche Knirschen und Schlürfen.»

Burdock schüttelte sich und zuckte unter dem plötzlich aufschießenden Schmerz in seiner Schulter zusammen. «Gib's zu Ollie, du hast es in letzter Zeit sehr oft gehört.»

Eule erinnerte sich an seine Unterhaltung mit der inzwischen verstorbenen Dandelion und konnte sich des Gefühls nicht erwehren, daß Burdock ihn auf dem Kieker hatte.

«Dir ist noch nicht klargeworden, daß das nur ein Teil davon ist», fuhr Burdock fort. «Wie auch immer es an der Oberfläche aussehen mag, darunter ist alles vorbei. Keiner ist mehr sicher, um nur ein Beispiel zu nennen. Diese Nerze fressen alles, was sich bewegt, bis hin zu Asseln, Ohrwürmern, Käfern, Würmern, Maden, Ameisen, Wanzen – sogar Nacktschnecken.»

Das überraschte Eule nun wirklich. Niemand aus seinem Bekanntenkreis fraß Schnecken.

«Hier lebt keiner mehr, Ollie», sagte Burdock nachdrücklich. «Sie existieren nur noch. Darum ging es doch in meinem Gesetz und Kodex – um das Recht, wirklich zu leben. Jetzt dämmert der ganze Wald in einer Art Belagerungszustand dahin.

Natürlich nehmen das nicht alle auf die gleiche Weise wahr», sagte er mit einer Spur seiner alten Häme. «Für die niederen Lebewesen sind im Grasbereich einfach nur eine Menge Dinge mehr los, die sie nicht verstehen. Wir intelligenteren Tiere jedoch, die wir in der Lage sind, uns um andere zu kümmern, kriegen sehr wohl mit, wie drastisch sich das Leben verändert hat.

Es ist sowohl das Nichtwissen als auch das Wissen. Niemand kann voraussagen, wann diese Mörder zuschlagen oder auf welche Weise – als Einzelkiller, als kleine Mördertrupps, als Meute. Diese verdammten Mörder streifen pausenlos durch die Gegend und töten jedes unglückliche Wesen, das ihnen über den Weg läuft.

Weißt du eigentlich, Ollie, daß einige Tiere, wie etwa die Waldmäuse, bereits am Verhungern sind, weil sie sich einfach nicht mehr zur Nahrungssuche nach draußen trauen? Andere sind so nervös, daß sie an Herzschlag sterben, wenn sie ein unerwartetes Geräusch hören. Du hast keine Ahnung, wie schlimm das Leben für uns hier unten am Boden geworden ist. Stell dir mal vor, wie du dich ohne Flügel fühlen würdest?»

Die Bemerkung erinnerte Ollie an seine Kindheit, als ihm sein Vater das Fliegen beigebracht hatte. Auf einem seiner ersten Flüge war er in der Luft unsicher geworden, an einem Ast abgeprallt, und dann hatte er sich zum erstenmal nicht mehr fangen können. Er war kopfüber auf den Waldboden gekracht und hatte zunächst einmal verzweifelt versucht, auf dem nassen Gras einen Halt zu finden, das im Vergleich zur harten Rinde, an die seine Klauen gewohnt waren, viel zu weich und rutschig war.

Wild flatternd gelang es ihm schließlich, sich aufzurichten, doch dann mußte er erkennen, daß sein Vater verschwunden war. Er fühlte sich plötzlich ganz und gar unwohl. Auf einmal war der Wald nichts mehr, worauf man herunterschaute. Stattdessen erstreckte er sich rings um ihn herum. Die Bäume, ja sogar die Sträucher sahen unwahrscheinlich hoch aus und schienen sich drohend vor ihm aufzubauen. Als sie sich in einem Windstoß wiegten, hatte er das abscheuliche Gefühl, daß sie sich gleich auf ihn stürzen und ihn zermalmen würden. Seiner dritten Dimension beraubt, kam er sich ungeheuer verletzlich vor, und bei dem Gefühl, in der Falle zu sitzen, krampfte sich alles in ihm zusammen. «Was ist, wenn ich nicht mehr wegfliegen kann?» dachte er voller Panik.

Der Schrecken fiel von ihm ab, als er einen Augenblick später einen etwas linkischen Start hinlegte und dann voller Erleichterung seinen Vater herbeifliegen sah.

«Du hättest dich sehen sollen», lachte er. «Komm mit rüber auf einen Ast und erzähl mir alles.»

«Es war schauderhaft, Papa», erzählte Eule, der der Geschichte keine komische Seite abgewinnen konnte. «Statt frei zu sein, fühlte ich mich wie festgebunden – du weißt schon, was ich meine –, als hätte ich Wurzeln geschlagen und könnte mich nicht mehr bewegen.» Noch immer zitternd, schüttelte er den Kopf, in dem es heftig dröhnte. «Geht es den Geschöpfen unten auf der Erde immer so, Papa?» fragte er verwundert. «Wie können sie das bloß ertragen?»

«Frag mich nicht, mein Sohn», antwortete sein Vater voller Zuneigung. «Wir alle haben diese Erfahrung einmal gemacht, deshalb habe ich eben nicht eingegriffen. Jetzt weißt du, wie gut du es hast, daß du ein Vogel bist, noch dazu eine Eule. Denn über eins müssen wir uns keine Sorgen machen: wie man fliegt. Jetzt komm, es wird Zeit für deine nächste Lektion.»

Diese Lektion hieß «Blattberühren» und erwies sich als die schwierigste von allen. Sein Vater hatte sich einen gemeinen Slalomkurs durch die Baumwipfel ausgedacht, und kaum beherrschte ihn der junge Ollie einigermaßen, da wurde er auch schon einen Zacken schwieriger. Eule schaukelte hinter seinem Vater her, seine unerfahrenen Schwingen schmerzten, als er versuchte, mit dem Tempo der zuckenden Gestalt vor sich mitzuhalten – wenden, bremsen, anhalten, beschleunigen, gleiten, Sturzflug – und bei jeder rapiden Bewegungsänderung mit der Schwingenspitze ein Blatt berühren. Eule haßte allmählich das vor ihm herfliegende, leicht spitz zulaufende Hinterteil, doch als er so weit zurückfiel, daß nur noch eine Spur zitternder Blätter den Weg seines Mentors markierte, wurde es sogar noch schlimmer. Aus dem Nichts heraus befand sich Papa plötzlich dicht hinter ihm.

«Berühr das Blatt! Laß es zittern!» rief er und trieb ihn an.

Jedesmal, wenn Eule sich über das gnadenlose Trainig beschwerte, sah ihn sein Vater stolz an, ging jedoch nicht auf die Beschwerden seines Sohnes ein.

«Es ist meine Aufgabe, dich bis an die Grenzen zu treiben», erklärte er. «Damit du nie wieder notlanden mußt. Dazwischen gibt es nichts für dich, mein Sohn. Die Grenze, Ollie, versuche immer, die Grenze des Möglichen zu erreichen. Aber überschreite sie niemals.»

Seit damals wußte Ollie, daß notzulanden das Schlimmste überhaupt war. Wenn einen obendrein jeden Moment ein Nerz anfallen konnte...

«Hörst du noch zu, Ollie?»

Eule schreckte aus seinem Tagtraum auf.

«Zumindest sind wir Vögel in Sicherheit», bemerkte er.

«Insgesamt hat es euch nicht so hart getroffen», gab Burdock zu. «Ihr seid jedoch alles andere als unangreifbar. Du bist ein Fleischfresser, Ollie, du würdest nicht verstehen, wie lange es für uns Blattfresser dauert, bis wir unseren Speiseplan beisammenhaben. Viele Vögel, wie beispielsweise die Braunellen, sind gezwungen, sehr viel Zeit auf dem Erdboden zu verbringen, um zu fressen. Außerdem klettern die Nerze die Bäume hoch. Die Hähnchen sind schon ganz erschöpft, weil sie jede Nacht Wache stehen müssen. Jetzt haben die Weibchen gerade die Eier gelegt. Wie viele werden ihnen zum Ausbrüten übrigbleiben?

Am Fluß ist es auch nicht besser. FAUB hat gerade berichtet, die Nerze hätten inzwischen so gut schwimmen gelernt, daß sie sogar Forellen fangen. Je länger sie hierbleiben, desto besser gelingt ihnen die Jagd. Momentan lauern sie einem überall im Unterholz auf. Aber auch dort, wo sie sich nicht verstecken können, ist nichts gewonnen, weil sie so schnell sind. Sowohl die Große wie die Kleine Lichtung sind verwaist. Weißt du, was mit dem Reitweg los ist? Das war einst der schönste Flecken im ganzen Wald zum Herumbummeln. Jetzt heißt er Mördergasse; kein Tier wagt es mehr, auch nur eine Pfote dorthin zu setzen.»

Eule schwieg. Er hätte nicht erwartet, daß die Liste bereits so lang und traurig war.

«Aber wir Waldbewohner sind nicht dumm», protestierte er.

«Wir sind doch nicht rettungslos verloren. Wir haben schon Hunderte und Tausende von Jahreszeiten überlebt. Werden denn die Verluste nicht ohnehin auf natürlichem Weg wettgemacht?»

«Das wurden sie früher einmal», entgegnete Dickarsch grimmig. «Sobald ein Tier getötet worden war, ignorierte ein Außenseiter unsere Warnungen und besetzte das verwaiste Territorium. Seit sich die schrecklichen Neuigkeiten überall verbreiten, läßt der Zustrom an neuen Bewohnern merklich nach.»

«Was haben denn alle vor?» fragte Eule. «Wegziehen?»

«Wohin denn? Die Nerze herrschen über ein so großes Gebiet, daß viele kleine Tiere nicht weit genug flüchten können. Selbst wenn sie das täten, sind ihre Kameraden andernorts nicht darauf vorbereitet, zusammenzurücken und mit ihnen zu teilen, auch wenn sie noch soviel Mitgefühl zeigen. Wie sollte das auch funktionieren, wenn doch jeder nur ein so großes Territorium innehat, daß es gerade für ihn selbst reicht?»

«Burdock sieht immer alles so negativ», dachte Eule. Es mußte doch irgendwo einen Hoffnungsschimmer geben.

«Die Hermeline und die Wiesel haben es geschafft», bemerkte er.

«Dazu wollte ich dich gerade etwas fragen. Warum sind sie eigentlich weggegangen, wo sie doch immer so tüchtig waren? Viel zu tüchtig, wie die meisten von uns dachten», fügte Burdock ätzend hinzu. «Was fanden sie denn so ungeheuerlich an den Nerzen, daß sie so leicht aufgegeben haben?»

«Nur daß sie die absoluten Dreckskerle seien, durch und durch», antwortete Ollie und versuchte, sich daran zu erinnern.

«Nichts Genaueres?» bohrte Burdock nach. «Nichts davon, daß sie einfach aus Spaß töten?»

«Nein», sagte Eule erstaunt.

Das wiederum erstaunte Burdock. Eule mochte nicht so klug sein, wie es ihm die BWW-Aktivisten immer eingeredet hatten, aber so beschränkt konnte er wiederum auch nicht sein.

«Hast du nicht bemerkt, daß sie genau das tun, Ollie?» fragte er. «Daß genau dadurch das Ende des Waldes besiegelt wird, wenn sie noch länger hierbleiben? Stell dir vor, du und deine Raubtierkollegen, ihr zieht los und tötet so viele Tiere, wie ihr schafft, egal, ob ihr sie fressen könnt oder nicht. Wie viele Wühlmäuse könntest du wohl jede Nacht erledigen?»

«Furchtbar viele», dachte Eule, obwohl er seit seiner Kindheit nicht mehr zum Spaß gejagt hatte. Damals hatte er die Wühlmäuse als Opfer für seine Experimente mißbraucht, anstatt sie zu fressen.

Er brachte Burdock mit einer kurzen Bewegung seiner Schwinge zum Schweigen.

«Damit wir uns nicht mißverstehen», sagte Eule ganz langsam, beinahe, als führte er Selbstgespräche. «Willst du damit sagen, daß diese Eindringlinge im Gegensatz zu uns anderen Raubtieren nicht wissen, wann sie aufzuhören haben?» Noch während er sprach, wurde ihm klar, daß Burdock damit dieses Andersartige der Nerze ausgesprochen hatte, auf das Eule die ganze Zeit schon seine Klaue zu legen versuchte. «Sie sind gemein, sie sind hinterhältig, sie sind intelligent, sie sind hervorragende Jäger. Ich dachte, der Wald würde all das verkraften», sagte er verwundert. «Aber du meinst, die Wiesel und Hermeline sind deswegen weggegangen, weil sie wußten, daß die Nerze töten und töten und niemals aufhören zu töten? Bis … bis nichts mehr übrig ist?»

Als das Kaninchen ernst nickte, wurde Ollie alles, was der Ehrwürdige Buck von sich gegeben hatte, mit einemmal klar: die Balance, die gegenseitige Abhängigkeit, die Nahrungskette …

«Aber, Burdock, niemand kann immer so weitermachen, ohne dabei den ganzen Wald zu vernichten», platzte es aus ihm heraus.

«Ganz richtig, Ollie», antwortete Dickarsch und senkte traurig den Blick.

Dann hob er den Kopf und schaute Ollie direkt in die Augen. «Hast du jetzt endlich erkannt, daß wir etwas unternehmen müssen, bevor es zu spät ist?»

Kapitel 40

Was man so Bau nennt

Das ist ein Buchfink, Mega. Stufe zwei auf der Heiße-Spritzer-Skala.»

Mega blickte zu dem kleinen Vogel auf dem Ast über ihm hinauf. Er sah demjenigen, den er und Mata vor so langer Zeit im Schuppen getötet hatten, entfernt ähnlich.

Psychos Pfote zeigte auf einen anderen Baum. «Dort drüben sitzt eine große Meise. Stufe drei.»

Mega gähnte, und Psycho war enttäuscht. Er war so stolz auf seine Idee mit der Stufenskala, die er der umständlichen «Freßrangliste» der Marketing-Nerze jederzeit vorziehen würde. Insgeheim hatte er gehofft, sein Anführer würde seine Begeisterung darüber teilen.

«Woher weißt du das eigentlich alles, Psycho?» erkundigte Mega sich ziemlich gelangweilt.

«Das meiste von einem Kaninchenweibchen, das sich Maxi vor einiger Zeit geschnappt hat», erwiderte sein Ränkeschmied. «Unter der Spezialbehandlung hat sie praktisch alles identifiziert. Es ist ein lange Liste, Mega, und überaus beeindruckend.»

«Zweifellos.»

Obwohl die meisten Nerze voller Begeisterung überall umhersausten und versuchten, so viele verschiedene Lebewesen wie möglich zu töten, sah Mega keinen Sinn darin, solche Listen anzulegen.

«Hast du auch etwas Nützliches erfahren?» brummte er.

«Wenn du so fragst, Mega – ja», antwortete Psycho mit leuchtenden Augen. «Erinnerst du dich noch an das Kaninchen mit dem dicken Arsch, das dir entwischt ist?»

Mega warf ihm einen finsteren Blick zu. Die kleine Ratte sollte bloß nicht zu viel riskieren.

«Er ist nicht der Anführer der Waldes, wie wir zuerst annahmen», erklärte Psycho rasch. «Er ist lediglich der Chef eines Rats, so wie unsere Ältesten früher. Soweit ich es beurteilen kann, fabrizieren sie nur heiße Luft, genau wie damals unser glorreicher Ältestenrat. Wir können dem Weibchen, das ich verhört habe, trauen», fügte er mit garstigem Grinsen hinzu. «Sie war seine Partnerin.»

Mega lächelte. Derartige Ränke liebte er. Jetzt war er neugierig geworden: «Was für ein Rat?»

«Er nennt sich ‹Betroffene Wächter des Waldes› oder irgendso ein Balla und scheint in der Hauptsache aus Kaninchen zu bestehen. Sie halten nicht viel von normalen Raubtieren, ganz zu schweigen von uns. Als wir ankamen, sind wir gerade in eine ihrer Versammlungen geplatzt.»

«Davon werden sie wohl nicht mehr viele abhalten», kommentierte Mega, dessen Interesse sich bereits wieder verflüchtigte. Er wartete einen Moment, bis es offensichtlich war, daß Psycho seinen nächsten Schritt abwartete.

«Wer ist denn der eigentliche Boß des Waldes?» fragte Mega griesgrämig.

«Ein Vogel, Mega, ein Eulenmännchen namens Ollie. Du hast ihn schon gesehen.»

Mega stellte sich den Vogel mit den riesigen schwarzen Augen und den fürchterlichen Klauen vor, den er bereits mehrmals gesehen hatte, wie er über das Plateau schwebte und sie beobachtete.

«Wovon ist er denn der Boß, wenn es nur einen Haufen Kaninchen gibt?»

«Das weiß ich auch noch nicht genau, Mega. Es gibt eine Verbindung zwischen ihnen, die ich aber noch nicht ganz durchschaut habe. Ich dachte mir, daß es dir vielleicht entgegenkommt, wenn ich die Stärke des Gegners für dich ausspioniere.»

«Wobei der Witz darin besteht, daß es keinen Gegner gibt», konterte sein Anführer barsch.

«Sehr wohl, Mega», antwortete Psycho ergeben, wobei er versuchte, jeglichen Skeptizismus aus seiner Stimme herauszufiltern. Allzuviel Selbstgefälligkeit konnte in diesem frühen Stadium schnell gefährlich werden. Die Nerze – und er besonders – mochten zwar schlau sein, doch es war immer ein Fehler, wenn man sich für zu schlau hielt. Seine Forschungen unter den Waldbewohnern brachten Aspekte des Lebens zum Vorschein, die er sich niemals hätte träumen lassen.

«Wie findest du es hier, Mata? Ist doch wahnsinnig aufregend, oder nicht? Trotzdem scheint sich Mega für nichts so richtig zu begeistern.»

Für Psycho war Mata noch immer ein Rätsel. «Allerdings wird niemand so recht klug aus ihr», dachte er. Seit sie im Wald lebten, war Mata nicht mehr so radikal feministisch, wofür er recht dankbar war, doch sie bezog sich noch immer mit Vorliebe auf ihre «Kriegerinnen». Wesentlich beunruhigender war die Tatsache, daß sie so still war und ihre Gedanken meist für sich behielt. Wenn sie jedoch das Maul aufmachte, hatte sie immer etwas seiner Meinung nach ausgesprochen Scharfsinniges zu sagen. Und immer wenn es wirklich darauf ankam, war sie da, wenn auch manchmal nur im Hintergrund. «Wieviel läßt sie Mega wissen?» fragte er sich oft. Und: «Welchen Einfluß hat sie auf sein Denken?»

«Warum zerbrichst du dir über so viele Dinge den Kopf, Psycho?» fragte sie ruhig.

«Um herauszufinden, was für mich drin ist», grinste Psycho, der dabei, ebenso wie sie, wußte, daß dieses Geständnis nur halb scherzhaft gemeint war. «Nein, mal im Ernst, du mußt nur die erstaunliche Vielfalt des Lebens hier betrachten und die Art und Weise, wie alles zusammenhängt. Woher kommt das nur?»

Die beiden spazierten gutgelaunt auf der breiten Allee entlang, die, wie ihr Psycho erzählt hatte, von den Waldbewohnern ‹der Reitweg› genannt wurde. Die Waldbewohner wiederum wurden von den Nerzen jetzt gelegentlich auch «Waldis» genannt, ein Scherznahme, der auf ihre Einfältigkeit und Trägheit anspielte. Psycho fand es abwechselnd amüsant und unerträglich, wie viele der Nerze ihre angebliche Allwissenheit betonten, wo doch ihr Geschwätz meistens von blanker Ignoranz zeugte.

«Weißt du Mata, ich mußte sie erst darüber informieren, daß viele der Tiere hier, darunter auch ihre Lieblingslieferanten von heißen Spritzern, die Kaninchen, Pflanzenfresser genannt werden und lieber Gras und Blätter statt Fleisch fressen. Aber wie Mega scheinen sie sich nicht dafür zu interessieren. Einer von diesen Idioten sagte sogar: ‹Ach, deshalb heißen sie wohl Waldis, weil sie den Wald fressen›, und die anderen hätten sich darüber fast totgelacht.»

«Warum sollten sie sich dafür interessieren, Psycho?» fragte

Mata und schlug plötzlich mit der Pfote auf einen schwarzen Käfer, der ihnen unbeholfen über den Weg gekrabbelt war.

«Die schmecken lecker», bemerkte sie genüßlich schnurpsend.

«Ja, nicht schlecht», erwiderte Psycho etwas beleidigt, weil sie ihm kein Stück davon angeboten hatte. Er versuchte, sein Hauptthema weiter voranzutreiben: «Unsere Lieblinge müßten sich dafür interessieren, Mata, und wenn nur um ihrer selbst willen. Viele von ihnen, darunter auch deine Kriegerinnen, haben schon einige schlimme Überraschungen erlebt, besonders im Umgang mit Insekten.

Statt mit Verstand heranzugehen, mußten sie auf die harte Tour lernen, was es mit manchen Stacheln, Zähnen, Klauen und mit Gift auf sich hat, ganz zu schweigen von brillanter Tarnung und von Panzern, die sich nicht knacken lassen. Weißt du noch, welche Schwierigkeiten ihnen dieser Igel bereitete? Das hätten sie sich alles ersparen können.»

«Das weiß ich besser als du», konterte Mata. Sie selbst hatte die häßlichen Stacheln aus blutigen Ballen und empfindlichen Nasen entfernt und sich auch hinterher noch um einige Wunden, die sich entzündet hatten, gekümmert.

«Trotz aller Anstrengungen kommen sie einfach nicht dahinter», fuhr Psycho fort. «Es ist doch die reinste Arroganz zu glauben, man könnte einfach, ohne sich etwas dabei zu denken, in jedes Tier hineinbeißen.»

«Und warum sollte ihnen diese Arroganz nicht zustehen, Psycho?» hakte Mata ungeduldig nach. «Bist du nicht wie sie der Meinung, daß wir Nerze allen anderen Lebensformen hier im Wald überlegen sind?»

«Ich weiß nicht. Aber dieses Bewußtsein muß sie doch nicht davon abhalten, sich angesichts der Vielfalt des Lebens irgendwie … ich meine… demütig zu fühlen.» Diesmal war sich Psycho nicht so sicher, ob er das richtige Wort gewählt hatte. «Nimm nur mal die Bäume», sagte er und gestikulierte in die Richtung der Zweige zu ihrer Linken und Rechten. «Ich habe herausgefunden, daß es sehr unterschiedliche Sorten gibt: welche, die die Blätter abwerfen und Immergrüne, Eichen, Birken, Buchen, Eschen, Ulmen, Stechpalmen. Und Efeu. Und alle haben ganz verschiedene Eigenschaften.

Denk nur einmal an die Tiere: Wühlmäuse, Feldmäuse, Maden, Kaninchen, dann die vielen komischen Dinger unten am Fluß, die Aale. Wenn man sie vom Kopf her frißt, haben unsere Lieblinge herausgefunden, dann leben sie noch immer, wenn man am Schwanzende angelangt ist. Sie sagen, daß der Kitzel, den man empfindet, wenn die Lebenskraft des Aals allmählich schwindet, während man seinen sich windenden, glitschigen Körper hinunterschlingt, jederzeit mit den heißen Spritzern mithalten kann. Trotzdem staunen sie immer wieder darüber, wie außergewöhnlich es doch ist, daß sich eine Kreatur so zäh am Leben festhält. Oder die Würmer: Man kann sie in der Mitte durchbeißen und erhält zwei Lebewesen!

Auch die Vögel sind ein Kapitel für sich. Stell dir nur mal vor, du kommst in einem Ei zur Welt.»

Plötzlich bewegte sich ein Stück weiter unten etwas auf dem breiten Weg. Eine Gruppe von marodierenden Nerzen brach aus dem Unterholz. Sie verfolgten recht linkisch einen kleinen Vogel, der einen Flügel gebrochen zu haben schien und sich halb hüpfend, halb fliegend vor ihnen in Sicherheit zu bringen trachtete. Die lärmende Kavalkade verschwand wieder im Gestrüpp, und allmählich wurden das Johlen und die Schreie in der Ferne immer leiser.

«Sie sind so ungehobelt, daß ich mich ihrer schäme», beschwerte sich Psycho. «Haben die denn noch nie etwas von Pirschen oder Auflauern gehört, etwas, was ein Minimum an Geschick und Intelligenz verlangt?»

Mata blieb stehen und drehte einen Stein um, unter dem sie in der nassen Erde einen köstlichen Hundertfüßler fand. Als sie den Kopf senkte, um ihn in ihr Maul zu werfen, verspürte Psycho plötzlich eine völlig irrationale Beunruhigung. Wie machte sie das bloß? Er hatte bislang noch nichts Freßbares gefunden. Kurz darauf schob sie einen toten Ast beiseite, unter dem sich eine ganze Familie leckerer Schnecken versteckte.

«Da wir gerade von Intelligenz reden, Psycho, hast du denn noch nicht herausgefunden, daß man sich statt vom Jagen auch wunderbar vom Sammeln ernähren kann?» lächelte sie und schnabulierte eine nach der anderen. «Du mußt allerdings wissen, wo es sich lohnt nachzusehen. Vielleicht hast du diese Kunst noch nicht ganz gemeistert.

Was ich damit sagen will: Du hast kein Monopol darauf, wie man an Dinge herangeht. Warum läßt du den anderen nicht den Freiraum, sich auf ihre Weise zu entwickeln, anstatt sie ständig zu kritisieren und ihre Fehler aufzulisten?»

«Welches ist denn deine Weise», wollte Psycho gerade fragen, doch da beendete sie die Unterhaltung abrupt.

«Ich muß wieder zurück», verkündete sie. «Die Marketing-Nerze haben mich darum gebeten, als Preisrichterin den besten Bau zu prämieren. Los komm – wer zuerst dort ist!»

Sie schoß davon, während er sich mühsam hinter ihr herquälte.

*

Die vielfältigen Kammern des Kaninchenbaus hatten sich der Meute als bezugsfertige Behausungen angeboten, und so zog sie ein. Mega hatte sich den besten Bau ausgesucht, den die Auserwählten jetzt neidisch seinen «Palast» nannten. Er verfügte über vier Zimmer, von denen eins exklusiv für Mata reserviert war. Psycho war gleich nebenan eingezogen, wo er drei Räume für sich beanspruchte, wohingegen M1 und M2 sich für einen etwas abgelegenen Bau mit einem großzügigen zentralen Raum entschieden hatten, den sie jetzt nur noch «Marktforschungs-HQ» nannten. Auch Maxi und die Muskelnerze logierten etwas abseits, in einem stolz als «die Kaserne» bezeichneten Bau.

Psycho hatte Mega nachdrücklich dazu angehalten, nicht zu erlauben, daß sich ihre Lieblinge ihre Quartiere selbst aussuchten, da es zu unkontrollierbaren und endlosen Kontroversen führen würde. Also hatte Maxi sämtliche Wohnungen verteilt, die Muskelnerze hatten jeden Zwist gleich im Keim erstickt und die wenigen mutigen Baubesetzer aus ihren privilegierten Behausungen hinausgeworfen. Glücklicherweise hatte es so viele Plateau-Kaninchen gegeben, daß jeder Nerz einen Bau in der Nähe des zentralen Platzes beziehen konnte. Trotzdem war es recht eng geworden, und schon jetzt wurden weitere Wohngebiete entwickelt, indem die Nerze das lose und bröselige Erdreich des Steilufers oberhalb des Flusses aushöhlten.

Dann hatten sich die Marketing-Nerze den Gag ausgedacht, der alles so richtig in Gang brachte.

«Damals auf der Nerzfarm wohnten alle in völlig identischen Käfigen; deshalb dachten sie eher in Begriffen wie ‹gemeinsame Wohnanlage› anstatt von ‹eigenen Wohnungen›», hatten sie Mega ernsthaft erklärt. «Tatsächlich sind viele der Wohnhöhlen hier fast genauso uniform. Unsere Erhebungen zur Wohnsituation haben ergeben, daß wir eine Kampagne mit dem Schwerpunkt ‹Baueigentum› starten müssen, damit jeder Nerz seinen Bau als sein persönliches Territorium begreift. Wenn wir dann das Konzept draufsatteln, daß Zustand und Ausstattung des eigenen Baus Ausdruck ihrer Individualität sind, dann werden sie erst richtig darauf anspringen.»

Mega war die Sache nicht ganz klargeworden, doch Mata hatte zustimmend genickt. Inzwischen hatte er jedoch zugeben müssen, daß der Trick funktionierte und einen regelrechten Nachholbedarf an Verbesserungen am Bau geweckt hatte. Jeder Nerz führte sie selbst aus, Tag für Tag gab es mehr Aus- und Umbauaktionen, und jetzt, wo das warme Wetter bevorstand, galten raffinierte Terrassen aus abgenagten Ästen als der letzte Schrei. Parallel dazu hatten sich die Weibchen zu Innenarchitektinnen entwickelt und wetteiferten um den am geschmackvollsten eingerichteten Bau. Zuerst kamen Tapeten aus sternenförmigen Schlehenblüten in Mode, doch inzwischen ging der Trend eher in Richtung «Ein-Hauch von Pink»-Weißdorn, wobei die Böden im Kontrast dazu mit Glockenblumen ausgelegt waren, unterbrochen von zartweißen Waldanemonen.

Mega und Psycho selbst hatten ihre eigenen Wohnungen einfach und spartanisch belassen und sich nicht am allgemeinen Wahn beteiligt. Als Psycho jetzt mit Mata einen Rundgang durch die Behausungen machte, zuckte er bei den schrillen Farben und den kraß zusammengewürfelten Inneneinrichtungen, die mehrere stolze Bewohnerinnen zur Schau stellten. Murrend mußte er sich auf Geheiß der übereifrigen und stolzen Bauweibchen jedesmal die Pfoten abputzen, ehe er eintreten durfte.

«Kommt's dir dabei nicht hoch, Mata?» flüsterte er und starrte verächtlich auf eine besonders geschmacklose Deckenabhängung, die wild und hemmungslos mit grellen Stechpalmenblättern verziert war. Sie senkte sich bereits verdächtig tief herab. «Hast du jemals in deinem Leben etwas Ätzenderes gesehen?» kicherte er.

Als sie ihn nur schweigend anblickte, wußte er, daß sie nicht auf ihn eingehen würde. In ihrer Vorstellung war Geschmack ebenso eine Sache des einzelnen wie alles andere auch. Da er hier nicht mehr viel ausrichten konnte, schlenderte er hinaus, um sich am Fluß umzusehen.

Auch dort hatte sich unter der umsichtigen Anleitung der Marketing-Nerze eine Vielzahl sportlicher Aktivitäten entwikkelt, von denen sich «Eichelball» als beliebteste herausgestellt hatte. Überall auf dem Plateau wurden pausenlos Spiele ausgetragen, so daß man schließlich ein Stück weiter den Hügel hinauf ein nur für diesen Zweck bestimmtes Areal abgesteckt hatte. Hier wurden nun ganze Serien von Liga- und Meisterschaftsspielen ausgetragen, deren Variationen alle immer wieder aufs neue verblüfften – bis auf diejenigen, die sich am intensivsten damit beschäftigten. Nach der Einschätzung der Nerze wurden diese Spiele nur noch vom Wateramakomplex geschlagen. Dieser übertraf die kühnsten Erwartungen der Marketing-Nerze und hallte pausenlos von schrillem Jauchzen und fröhlichem Geschrei wider. Alles fing damit an, daß die natürliche Rutsche, die die umgestürzte Esche bildete, ausgebaut wurde; der Stamm neigte sich genau im richtigen Winkel, um auf ihm direkt ins tiefe Wasser zu sausen. Zwei Hauptäste, die steiler ins Wasser ragten, wurden zu schnelleren Rutschbahnen umgebaut, und der einzelne Ast, der in die Luft ragte, gab einen wunderbaren Sprungturm ab. Inzwischen nahmen bereits Pläne für einen komplizierten «Schleuderturm» Gestalt an, von dem aus die Wassersportler durch die dünneren Äste katapultiert wurden.

Dort unten brüllte Maxi gerade eine Gruppe von Auserwählten an, die letzte Hand an die neueste Verschönerung legten: eine Schaukel, die an einem Ende Zwirn befestigt wurde, das sie draußen auf dem Feld gefunden hatten. Offensichtlich hatte Maxi mit Schwierigkeiten bei der logistischen Abwicklung der Konstruktion zu kämpfen.

«Nein, nein, nein!» brüllte er gereizt auf einen Nerz ein, der versuchte, ein Ende am obersten Ast der Esche festzuhaken. «Nicht drücken, du Idiot! Ziehen!»

Als er Psycho erblickte, hörte er sofort mit dem Gebrüll auf.

«Du willst dir wohl mal ein paar richtige Männchen bei der Arbeit anschauen, was?» stichelte er. «Paß auf, daß du dir die Pfoten nicht naß machst.»

Psycho ignorierte ihn einfach. Wenn er der einzige Nerz war, dem es keinen Spaß machte, im Wasser herumzutollen, so war das einzig und allein seine Sache.

«Wie wär's zur Abwechslung mit einem bißchen richtiger Arbeit?» höhnte Maxi. «Oder arbeitest du lieber wie immer, indem du auf dem Arsch hockst?»

Psycho ging auch jetzt nicht auf ihn ein. Ihr Verhältnis hatte sich seit dem Tag empfindlich abgekühlt, an dem er giftig erklärt hatte, jeder Holzkopf könne körperliche Arbeit verrichten, wobei er aber keine Zeit mehr zum Denken fände; oder zum Hören, fiel ihm plötzlich auf.

«Ruhe!» gellte er mit einer derart ungewohnten Autorität in der Stimme, daß sogar Maxi erstarrte.

Psycho spitzte die Ohren. Es war zwar noch weit entfernt, aber klar und deutlich zu hören.

«Custard! Custard!» rief eine Menschenstimme.

Kapitel 41

Custard sucht das Weite

Bislang hatte sich Matas Vermutung bewahrheitet, daß die Menschen sich nicht mehr um ihren Verbleib kümmern würden. Sie hatten zwar wiederholt Menschen in den angrenzenden Äckern und Feldern gesehen, die mit ihren speziellen Volvers, die nicht nur auf Rollwegen fahren konnten, umherkurvten, doch schienen sie sich offensichtlich mit ihrem eigenen Revier zufriedenzugeben und bogen jedesmal an den glänzenden Maschendrähten ab, die die Grenzen des Waldes markierten. Obwohl die meisten Nerze zu dumm oder zu gedankenlos waren, um eine Verbindung zu Custard zu ziehen, hatte Mata von jeher damit gerechnet, daß früher oder später ein ganz bestimmter Mensch den Wald betreten würde, und zwar aus dem gleichen Grund, aus dem die Meute überhaupt von dem Wald erfahren hatte. Maxi, der damit beauftragt worden war, das Plateau auf diese und jede andere Invasion vorzubereiten, hatte jedem Nerz seinen Unterschlupf zugewiesen und strikte Anweisungen erteilt, wie sie zu verschwinden hatten, sobald der Alarmruf ertönte. Auf den Rat Psychos hin, der dadurch Maxis Zorn noch mehr auf sich gezogen hatte, waren die verbissenen Übungen in ein spannendes Versteckspiel umgewandelt worden. Dieses Spiel wurde derart beliebt, daß schließlich Mega, der befürchtete, niemand würde den tatsächlichen Ernstfall noch ernst nehmen, eingeschritten war und es verboten hatte.

*

Psycho hatte kaum den richtigen Alarm ausgelöst, als Maxi auch schon reagierte. Sowohl bei den Bauarbeiten als auch beim Wettbewerb um den schönsten Haushalt ließen die Nerze sofort alles stehen und liegen und stoben davon. Maxis Voraussicht zahlte sich aus. Als die idiotische Labradorhündin den Hügel heraufgehechelt kam, lag das Plateau verlassen da – bis auf Mata, die schon vorher darauf bestanden hatte, diejenige zu sein, die mit ihr verhandelte.

«Ihr habt es also gefunden», bellte Custard schwanzwedelnd. Sie hatte die Nerze schon vermißt und darauf gehofft, sie hier zu finden. Nach der Flucht hatte sie heftige Gewissensbisse verspürt, daß sie die Eindringlinge nicht bemerkt hatte, doch als sie Anstalten gemacht hatte, die Nerzmeute auf dem Rollweg zu verfolgen, hatte Herrchen sie kurzerhand ins Haus zurückbeordert. Dort hatte sie sich möglichst unauffällig verhalten, bis sich nach der ersten Aufregung herausstellte, daß Herrchen gar nicht so wütend war. Ein anderer, glänzender Volver war aufgetaucht, der viel bequemer war und so herrlich neu roch. Es kamen auch keine neuen Nerze mehr auf der Farm an; statt dessen wurden die alten mitsamt ihren Käfigen abtransportiert, und Herrchen füllte den Schuppen mit einem stinkenden Zeug, worauf er jetzt Pilze wachsen ließ. Custard war darüber ein wenig traurig. Mit einem Pilz konnte man sich nicht so richtig unterhalten. Natürlich wandelte auch noch eine klägliche, verstümmelte Gestalt als Erinnerung an den Pussles-Zwischenfall auf der Farm herum. Aber das regte Custard nicht sonderlich auf. Pussles war selbst dran schuld, so wie sie die Nerze immer gereizt hatte. Custard hingegen hatte sich als wahre Freundin der braunen Tierchen erwiesen. Und jetzt, nachdem sie im Wald waren, wollte dieses Weibchen, das Custard als das gleiche wiedererkannte, mit dem sie schon vorher geredet hatte, wie versprochen mit ihr spielen.

Die Hündin lief glücklich auf die wartende Gestalt zu und erwartete, daß sie jeden Moment davonlaufen würde, um sie zu einer spielerischen Verfolgung aufzufordern. Erst zu spät erkannte sie, daß das Nerzweibchen keinen Zentimeter wich, und als sie schlitternd vor ihm zum Stehen kam, wurde sie nicht mit einem Dankeschön empfangen, sondern mit einem bösartigen Schlag auf die Nase. Vor Schmerz aufjaulend setzte sie sich hin und rieb mit der Pfote über die Wunde. Dann hörte sie den Nerz giftig zischen: «Verpiß dich, du Köter, und komm nie wieder hierher!»

Inzwischen ertönte Herrchens Ruf schon gefährlich nahe: «Custard! Wo bist du, du dummes Vieh?»

«Du hast gesehen, was mit Pussles geschehen ist», knurrte der Nerz drohend. «Ein Wort zu ihr, oder zu irgend jemand anderem, daß du uns hier gesehen hast, dann kommen wir zurück und verpassen dir die gleiche Behandlung.»

Custard spürte sofort einen imaginären Schmerz zwischen den Beinen und zog den Schwanz ein; dann wich sie rückwärts gehend zurück, stieß jedoch mit dem Hinterteil an etwas Hartes. Erschrocken wirbelte sie herum und sah sich dem übelriechenden Katzentotem gegenüber. Der schwarz-orangefarbene Strick schaukelte drohend hin und her, und die Schmeißfliegen, die sich inzwischen ständig darauf aufhielten, stiegen in einer summenden Wolke auf. Custard verlor die Kontrolle über ihre Gedärme. Sie heulte vor Furcht laut auf und spürte die warme Nässe an ihren Hinterläufen hinabrinnen. Dann rannte sie um ihr Leben.

Maxi hob den Sicherheitsalarm auf, nachdem Mata gesehen hatte, wie die Hündin und der ehemalige Wärter in dem neuen Volver davongerollt waren. Die Geschichte mit dem Katzenschwanz sorgte für große Belustigung, und Maxi stolzierte voller Begeisterung über den Erfolg des ersten Tests seiner Sicherheitsvorkehrungen auf und ab.

Es gab nichts, was er oder irgend jemand anderer hätten tun können, um den nächsten Zwischenfall zu verhindern, und der verlief in jeder Hinsicht katastrophal.

Zunächst schien es, als gäbe es für die Nerze keinen Grund, sich vor einem anderen Tier im Wald zu fürchten. Nur dem großen, schwerfällig dahintrottenden Dachs, der sie achtlos zur Seite fegte, als seien sie gar nicht da, zollten sie einen gesunden Respekt. Einige andere Tiere, hauptsächlich Vögel, erwiesen sich als sehr schwer zu fangen, und die Versuche, den bunten Eisvogel, der immer wieder in den Fluß eintauchte, zu erlegen, hatten ihn in eine lebende Sagengestalt verwandelt. Die Nerze hatten keinen Versuch unternommen, mit anderen Raubtieren in Verbindung zu treten; einige Verwandte aus der Familie der *mustelidae*, die Wiesel und Hermeline, wurden in Stücke gerissen, woraufhin der Rest in aller Eile das Weite suchte. Außerdem gab es eine ganze Reihe Raubvögel, die einem zumindest ernsthafte Wunden zufügen konnten, doch nachdem die Marketing-Nerze die natürliche Hackordnung der Waldgesellschaft analysiert hatten, war es klar, daß die Nerze, sowohl einzeln als auch in der Meute, unangefochten an der Spitze rangierten. Und, wie Mega schon bei der Namengebungszeremonie betont hatte, genau so hatte es seine Richtigkeit!

Dann tauchte der Otter auf, und plötzlich sah alles ganz anders aus.

Hinter Orwellas Erscheinen steckte Eule, doch das wußten die Nerze nicht. Nach seiner niederschmetternden Unterhaltung mit Burdock hatte er sich den Kopf darüber zerbrochen, wer es wohl mit den Nerzen aufnehmen könnte, und flüchtig sogar daran gedacht, es selbst auszuprobieren. Als er erkannte, daß er allein kaum etwas ausrichten konnte, fiel ihm der Otter ein. Auf seinem Flug flußabwärts, jenseits der Schlucht, an der die Nerze hausten, immer weiter entlang dem sich schlängelnden Lauf durch sanft hügeliges Ackerland, fiel ihm unweigerlich die Abwesenheit anderer Vögel, wie Teichhühner und Enten, auf. Erst als der Wald schon weit hinter ihm lag, herrschte unter ihm wieder normales lebendiges Treiben.

Orwella gab sich ihm gegenüber recht freundlich. Sie hatte bereits über die Buschtrommeln von den fürchterlichen Mordmaschinen gehört, die den Alten Wald belagerten, wußte jedoch nicht so recht, wieviel davon Tatsache und wieviel nur Gerücht war. Kein Zweifel bestand hingegen hinsichtlich der Lage ihres Quartiers, das sie direkt neben dem Stein aufgeschlagen hatten, auf dem Orwella ihre Duftmarke hinterlassen hatte, um damit das Ende ihres ausgedehnten Reviers entlang der Flußufer zu kennzeichnen. Sie hatte noch nie versucht, weiter stromaufwärts zu gelangen, denn das würde bedeuten, sich unnötigerweise den Blicken der Menschen auf dem Rollweg auszusetzen, und Orwellas Haltung zu ihnen war ähnlich vorsichtig wie die der anderen Waldbewohner. Da ihr Bau so weit flußabwärts lag, hatte sie für sich beschlossen, sich nicht weiter um die Eindringlinge oben am Wald zu kümmern. Sie hatte noch nie besonders viel mit den Waldbewohnern zu tun gehabt und kam manchmal ganze Monde lang nicht dorthin. Aufgrund ihrer gelegentlichen Besuche respektierte sie jedoch Eule, und obwohl sie seine Besorgnis um die Probleme des Waldes schnell langweilten, verstand sie gleich, daß die Nerze momentan zwar noch eine entfernte Bedrohung waren, aber schon damit begannen, am Flußufer hinabzuwandern und somit immer tiefer in Orwellas Revier einzudringen.

«Man müßte ihnen eine Lektion erteilen», hatte Eule gesagt, woraufhin Orwella beschlossen hatte, wenigstens genauer zu überprüfen, mit wem sie es da zu tun hatte. Abgesehen von Menschen hatte sie vor niemandem Angst, und während sie zum Steilufer des Plateaus abwechselnd hinaufhüpfte und -schwamm, zweifelte sie keine Sekunde an ihrer Überlegenheit. Auch wenn sie im Gegensatz zu den Nerzen allein war, so war sie doch viel größer und stärker. Solange sie im Wasser blieb, wo sie sich am geschicktesten bewegen konnte, so lange würde ihr niemand zu nahe kommen, da war sie sich ganz sicher. Trotzdem war ihre Expedition nicht, was immer Ollie auch angedeutet haben mochte, auf Konfrontation angelegt. Warum sollte man sich nicht darüber verständigen können, das jeweilige Territorium zu respektieren?

Für das, was dann geschah, wollte im nachhinein keiner der Anführer der Meute die Verantwortung übernehmen. Niemand hatte den Wachen, die am Ausgang der Schlucht postiert waren, gesagt, daß sie angreifen sollten. Im Gegenteil, Maxis strengen Befehlen zufolge bestand ihre Aufgabe darin, bei einem Angriff ihre Posten sofort zu verlassen, ins Lager zu laufen und Alarm zu schlagen. Von dort aus sollte ein Trupp zusammengestellt und auf die Eindringlinge angesetzt werden. Den drei Wachen mußte wohl das Bewußtsein der natürlichen Überlegenheit der Nerze zu Kopf gestiegen sein, denn sie beschlossen, es auf eigene Faust mit dem Eindringling aufzunehmen. Ob sie Orwella nur vertreiben oder den Ruhm, sie getötet zu haben, für sich allein beanspruchen wollten, erfuhr niemand mehr. Die einzige verläßliche Information stammte von der übriggebliebenen Wache, die sich, schrecklich zugerichtet, zurück zum Plateau schleppen konnte, wo sie einige verstümmelte Details hervorkeuchte, bevor auch sie verendete. Aus ihren Worten und einer Ortsbesichtigung konnte man sich zusammenreimen, daß die drei ins Wasser getaucht waren, um gemeinsam anzugreifen. Zu diesem Zeitpunkt mußte sich Orwella, als sie sah, daß es keine Verhandlungen geben würde, dazu entschlossen haben, diesen aggressiven Neulingen die Lektion zu erteilen, um die Ollie sie gebeten hatte. Geräuschlos kam sie aus den trüben Tiefen herauf, schnappte sich zwei von ihnen, zog sie an den Schwänzen hinab und vertäute sie im Dickicht der Eschenzweige am Flußgrund. Die dritte Wache hatte endlich die Gefahr erkannt und war eilig aus dem Wasser geflüchtet; zuvor hatte sie der Otter bis zum Ufer verfolgt und ihr eine ganze Reihe von Bissen zugefügt, die, wie sich später herausstellen sollte, tödlich waren. Orwella hatte sich klugerweise nicht dazu hinreißen lassen, die Verfolgung an Land fortzusetzen, sondern war, der sterbenden Wache zufolge, wieder in die Richtung zurückgeschwommen, aus der sie gekommen war.

Maxi schickte einen Trupp Nerze ins Wasser, der hinabtauchte, die Leichen barg und ans Ufer schleppte. Wasser strömte aus den aufgerissenen Mäulern. Mega stieg hinunter, um sie sich anzusehen, während die Kolonie vor Empörung raste. Als er traurig in die Gesichter mit den im letzten, trotzigen Knurren gefletschten Zähnen blickte, fiel ihm auf, um wieviel kleiner und harmloser sie im Tod aussahen. Seine Gefühle waren gemischt – Mitleid und Bewunderung wegen ihres Mutes, andererseits kalte Wut darüber, daß sie sich so selbstherrlich über die Anweisungen hinweggesetzt hatten, die ihnen das Leben gerettet hätten.

Rings um ihn her erschallten sofort lautstarke Forderungen nach Rache, und vereinzelt ging man schon daran, Lynchmobs zusammenzustellen. Mega unterband derlei Aktivitäten auf der Stelle. Er verspürte ebensoviel Haß gegen die Kreatur, die das getan hatte, doch als Anführer durfte er seine Entscheidungen nicht von blinden Emotionen beeinflussen lassen. Auch wenn der verletzte Stolz der Meute nach sofortiger Vergeltung verlangte, so war doch nichts damit gewonnen, wenn er einem unorganisierten Mob erlaubte, sich Hals über Kopf an die Verfolgung zu machen.

«Ich bin mir nicht einmal sicher, was wir ausrichten könnten, wenn wir eine solche Kreatur erwischten», flüsterte Maxi, der angesichts der Bresche, die in sein Sicherheitssystem geschlagen worden war, noch immer zutiefst schockiert war. «Das letzte, was wir jetzt brauchen, sind noch mehr Tote.»

Als sich die Gemüter einigermaßen beruhigten, wurden einige vage Versprechungen abgegeben und die Angelegenheit offiziell als erledigt betrachtet. Maxis Bitte, die Wachen zu verdoppeln, wurde stattgegeben.

«Ich muß allerdings darauf hinweisen, mein Anführer», fügte er hinzu, «daß weder das hier noch der Zwischenfall mit Custard, passiert wäre, wenn wir unsere Basis im Lager eins aufgeschlagen hätten.»

«Vielen Dank, Maxi», antwortete Mega förmlich.

«Und ich habe wiederholt gesagt, daß es leichtsinnig ist, sich nicht auf eventuelle Gegner einzustellen», warf Psycho ein.

«Auch dafür vielen Dank, Psycho», entgegnete Mega noch förmlicher. Er versuchte, es sich nicht anmerken zu lassen, doch allein die Tatsache, daß es dort draußen ein Lebewesen gab, das, abgesehen von den Menschen, gefährlicher und tödlicher war als ein Nerz, hatte ihn bis ins Mark erschüttert. Natürlich konnten sie nie wissen, was noch alles auf sie zukam, doch selbst unter seiner Führung waren sie, wie sich gezeigt hatte, nicht unbesiegbar. Er wußte noch nicht, welche Konsequenzen sie – oder er – daraus ziehen sollten. Der Effekt des Custard-Zwischenfalls war heimtückisch; lange vergessene Erinnerungen kamen wieder hoch, und die Gerüchteküche lief auf Hochtouren. Psycho hatte ganz richtig darauf hingewiesen, daß der doppelte Schock, den Custard hinsichtlich ihres feindseligen Empfangs und des Katzenschwanzhorrors erlitten hatte, bedeutete, daß sie die Hündin nie wiedersehen würden, doch das war ein schwacher Trost, besonders jetzt, als Mata die abschließende Bemerkung losließ, die ihm am meisten zusetzte: «Eins ist mir aufgefallen, Mega», verkündete sie, ohne eine Regung zu zeigen. «Schlimmes passiert immer in einer Dreierserie.»

«Auch dir den allerherzlichsten Dank für diesen Beitrag, Mata», antwortete Mega; er war so steif wie ein Brett.

Kapitel 42

Das grosse Karnickelmorden

Letztendlich hatte sich Mega mit den endlosen Zahlenreihen der Marketing-Nerze abgefunden – sollte das aalglatte Duo damit glücklich werden! In den ausgelassenen ersten Tagen waren ihre «Waldprognosen», «Frischbeuteauswahl-Diagramme» und «exponentiellen Wachstumskurven» sowie jede Menge anderer Fachausdrücke, die er nicht verstand, ungemein optimistisch ausgefallen, besonders seit sie auf die umliegenden Felder erweitert wurden, durch die die Meute jetzt immer öfter streifte. Alles deutete darauf hin, daß es dort genügend Leben gab, um die Nerzmeute bis in alle Ewigkeit zu ernähren. Als die Prognosen nach unten korrigiert wurden, nahm Mega es zunächst nicht sehr ernst, zumal Psycho ätzend kommentiert hatte, daß man mit Statistiken alles beweisen konnte, was man wollte.

Sobald die Kolonie in ihre kurze Paarungszeit eintrat, stellte sich eine leichte Entspannung ein. Auf Matas Vorschlag hin hatte Mega alle Weibchen gehabt. Sie waren in seinen Bau gebracht worden, wo er sie mechanisch eine nach der anderen abgefertigt hatte. Obwohl sie alle große Begeisterung gezeigt und einige ihn mehr als andere befriedigt hatten, mußte er sich im nachhinein eingestehen, daß der ganze Prozeß, so angenehm er körperlich gewesen sein mochte, eine innere Leere hinterließ.

Seit kurzem erforderten jedoch seine eigenen sowie die persönlichen Erfahrungen aller anderen Nerze, daß sie dem unaufhörlichen Strom von Marktfaktoren größere Beachtung schenkten. Die heutige Führungskonferenz war mit den bislang schlimmsten Statistiken eröffnet worden. Während die Marketing-Nerze ihre Präsentation wie am Schnürchen abspulten, beobachtete Mega sie unheilvoll und dachte daran, daß sie bei der Verkündung derart düsterer Prognosen beinahe erfreut wirkten.

«Einfach ausgedrückt», schloß M1 endlich, «die Meute frißt sich mit einer unvorhergesehenen Geschwindigkeit durch die Waldbewohner. Aus diesem Grund empfehlen wir nachdrücklich die unverzügliche Einrichtung eines strukturierten Freßprogramms, das die organische Erneuerung der Ressourcen ermöglicht.»

Dann lehnte er sich in Erwartung von tobendem Aufruhr zurück. Er und sein Zwilling waren unter ihrem glatten Äußeren gleichermaßen nervös. Die Philosophie der Steuerung von Angebot und Nachfrage von seiten der Nerze definierte den Wald als freien Markt. Das letzte, was die Führungsriege in Betracht ziehen durfte, war jedoch eine Einschränkung der Aktivitäten ihrer Lieblinge. Von jeher war das die schlimmste aller Ketzereien, und daran würde sich auch in Zukunft nichts ändern. Trotzdem hatten sich die Marketing-Nerze zu der Erkenntnis durchgerungen, daß sie sich ihrer Verantwortung, die Marktanalysen zu präsentieren, nicht entziehen durften, gleichviel, wie unangenehm sie auch sein mochten.

Megas Unterkiefer war vor Schreck heruntergeklappt.

«Ihr schlagt also vor, daß ich meinen Jungs ausgerechnet das verbieten soll, was ihnen als das natürlichste Verhalten der Welt erscheint?» knurrte er mit verächtlich zurückgezogener Oberlippe. Was war ein Labor nur für ein Ort, wenn er solche Memmen hervorbrachte, die nicht einmal in der Lage waren, die wichtigsten Grundbegriffe zu kapieren? Sie mochten zwar eine ganze Tüte voller aufregender Geschäftsideen in ihrem sogenannten «Paketangebot» bereithalten, doch insgeheim bezweifelte er ihre persönliche Hingabe an das wahrhaftige Nerztum. Das gekünstelte Kichern von M1 und die Art, wie er den Kopf schüttelte, bestätigte nur den allgemeinen Eindruck von Falschheit, den er von den beiden gewonnen hatte.

«Nicht direkt, großer Anführer», entgegnete M1, blickte starr auf Megas gerunzelte Stirn und vermied dabei jeden direkten Augenkontakt. Er wäre bestimmt noch aufgeregter gewesen, hätte er gewußt, daß Mega sich gerade mit dem Gedanken anzufreunden begann, daß er seinen Zwillingsbruder, falls das in seinem Interesse liegen sollte, in die Käfige zurückschicken würde. «Wir alle müssen uns jedoch den Gesetzen des Marktes beugen, großer Anführer. Auch du, so leid es mir tut. Und diese Gesetze besagen unbestreitbar, daß wir angesichts der gegenwärtigen Situation Anpassungen vornehmen müssen.»

«Selbstverständlich dürfen wir dabei nicht zu radikal vorgehen», ergänzte M2 säuselnd. «Kaum mehr als ein paar behutsame Restriktionen unter Berücksichtigung des momentanen Verhältnisses von Angebot und Nachfrage …»

Als Mega die Augen zu kleinen Schlitzen zusammenzog, brach M2 ab und blickte seinen Bruder an. Die Präsentation verlief so schlecht wie von beiden befürchtet. Wenn sie jedoch ohnehin schlechte Karten hatten, dann konnten sie es auch gleich konsequent durchziehen.

«Um es noch einmal zusammenzufassen, mein Anführer, es heißt, daß alle unsere Vorausberechnungen zeigen, daß der Beutemarkt überhitzt ist und deshalb zusammenbrechen wird», verkündete M1 mit fester Stimme. Er spürte deutlich, daß er mit seinem Leben spielte. «Wir sind bereits kurz davor, einige Spezies auszurotten, und die gesamten Nahrungsressourcen werden in höchstens drei Monaten einen so niedrigen Grenzwert erreicht haben, daß sie nicht mehr ausreichend reproduziert werden können. Deshalb muß das gegenwärtige wahllose Tötungsverhalten sofort und drastisch reduziert werden.»

Auf Megas Stirn braute sich ein Gewitter zusammen.

«Ihr sagt also, wenn meine Nerze weiterhin wie wahrhaftige Nerze leben, dann bleibt nichts mehr zu töten übrig?» grollte er und blitzte ihn aus Augen an, die er zu winzigen Schlitzen zusammengekniffen hatte.

«Ganz so schlimm ist es nicht, mein Anführer», beeilte sich M1, ihm zu versichern. «Nichtsdestoweniger entspricht es der traurigen Wahrheit, daß wir uns, wenn die Zeit reif dafür ist, was nicht mehr lange dauern kann, mit dieser Situation konfrontiert sehen.»

Mega blickte die beiden versteinerten Gestalten mißtrauisch an. Warum hatten sie ausgerechnet diesen Ausdruck verwendet? «Wenn die Zeit reif dafür ist.» Wenn die Zeit reif dafür ist, so versprochen, würde es heiße Spritzer ohne Ende geben, und sie hatten kein Wort davon gesagt, daß die Meute vorsätzlich vom Töten abgehalten werden sollte.

«Du mußt ihnen zuhören, Mega», flüsterte Mata ihm verstohlen zu. «Ich weiß, daß sie recht haben.»

Mega überhörte ihren Einwand und wandte sich an Psycho.

«Noch mehr Katastrophennachrichten, vermute ich», höhnte er.

«Es stimmt, daß sich allmählich ein Heiße-Spritzer-Problem entwickelt, Mega», bestätigte sein vor Angst sichtlich zitternder Ränkeschmied. «Natürlich ist das in gewisser Hinsicht ein Tribut an die zunehmende Effektivität unserer Lieblinge, die die leichtere Beute bereits erheblich dezimiert haben.»

Er kicherte unterwürfig.

«Bis zu einem gewissen Grad läßt sich das Problem auffangen, indem wir sie dazu ermuntern, weiter in die Umgebung auszuschwärmen, mein Anführer», warf Maxi ein. «Du solltest sie einmal hören, wenn sie damit prahlen, welche Entfernungen sie zurückgelegt haben.»

Psycho war für diese kurze Unterbrechung dankbar und leckte sich die dünnen Lippen. Auch die nächste Mitteilung würde seinen Anführer nicht sehr begeistern.

«Ich befürchte außerdem, daß ein neuer Faktor in unserer Gleichung aufgetaucht ist, Mega.» Er mußte sich die Worte förmlich abringen. «Unsere Lieblinge langweilen sich inzwischen, ihre Opfer immer nur zu zählen. Es wird zwar niemals etwas annähernd Gutes wie heiße Spritzer geben, aber der Reiz des Neuen ist verflogen. Sie beschweren sich darüber, daß sie alles schon kennen.»

«Etwas genauer, bitte», hörte er es grollen.

«Zum Beispiel die Rotkehlchen», fuhr Psycho widerstrebend fort. «Unsere Lieblinge waren immer begeistert von ihnen: ein schönes Gezwitscher, dicke, rote Brust, freundlich. Nicht gerade die tollsten Spritzer, doch alles in allem eine befriedigende Beute. Auf meiner Skala erhielten sie eine ‹Vier›. Heutzutage gähnt alles, wenn einer erzählt, er habe wieder ein Rotkehlchen erwischt. ‹Dafür stehe ich nicht mal auf›, beschweren sie sich.»

Die Marketing-Nerze waren sehr erleichtert, daß sie aus dieser Ecke Schützenhilfe bekamen, und nickten eifrig.

«Unser waldweiter Überblick über die Rotkehlchen ergibt ein rasch steigendes Nachschubdefizit in diesem Bereich, großer Anführer», unterbrach M2 hilfsbereit, bevor ihn ein angsteinflößendes Funkeln zum Schweigen brachte.

«Selbstverständlich macht niemand dich dafür verantwortlich, Mega», erklärte Psycho kriecherisch. «Im Gegenteil, du bist beliebter als je zuvor. Es ist nur so, daß es mit unbeherrschtem Massenmorden nicht mehr länger getan ist.»

«Wie steht's mit Schädeleinschlagen?» erkundigte sich Mega.

«Auch davon haben sie angeblich genug», antwortete Psycho zerknirscht.

M1, der sich dazu entschlossen hatte, alles aufs Spiel zu setzen, mischte sich erneut ein.

«Ressourcenbewahrung durch Konservierung, großer Anführer, da müssen wir zustimmen. Wie du soeben gehört hast, war deiner Betonung der heißen Spritzer und des Schädeleinschlagens ein bißchen zu viel Erfolg beschieden.»

Sein katzbuckelndes Kichern erstarb, als Mega mit fürchterlicher Stimme fragte: «Keine heißen Spritzer mehr? Dürfen wir nie mehr wirkliche Nerze sein? Wo bleibt die Essenz unseres Nerztums?»

«Natürlich soll mit den heißen Spritzern nicht ganz und gar Schluß sein, mein Anführer», keckerte Psycho irre. «Natürlich haben wir an und für sich nichts dagegen einzuwenden.

Aber wie wäre es, wenn wir unsere Lieblinge auf andere Gedanken brächten?» ergänzte er mit blitzenden Augen. «Was wäre, wenn wir sie auf die am schwierigsten zu tötende Spezies im ganzen Wald ansetzen würden? Das müßte sie doch wohl bei Laune halten? Sie würden sich dabei so verausgaben, daß sie keine Lust mehr hätten, noch etwas anderes zu töten.»

Als er sah, wie die Marketing-Nerze wieder auflebten, wurde Mega beinahe schlecht.

«Wir sind heute nicht hier zusammengekommen, um uns solches abseitiges Ballazeug anzuhören!» schrie er. «Wir haben ihnen versprochen, daß sie töten können, was sie wollen und wann sie es wollen.»

«Nein, Mega», unterbrach ihn Psycho, der im Eifer des Gefechts seine gewohnte Zurückhaltung vergaß. «Wir haben ihnen nur die Freiheit versprochen. Du mußt dich daran erinnern, Mega, daß das, worauf es ihnen ankommt, die Freiheit *von* etwas ist, nicht die Freiheit *zu* etwas. Darin liegt die ganze Herrlichkeit dieses Wortes – und so definieren wir es auch. Und wir können diese Bedeutung jederzeit verändern. Wir Anführer, nicht unsere Lieblinge, verfügen über die wirkliche Freiheit.»

«Das stimmt, großer Anführer, Freiheit ist nur eine Geisteshaltung», sprang M1 ein, der nicht weniger aufgeregt war. «Du bist dann frei, wenn du dich für frei hältst. Wenn du glaubst, daß du nicht frei bist, dann bist du es auch nicht. Es ist ein Konzept, großer Anführer, und du weißt ja, wie man mit Konzepten verfährt», ergänzte er mit einem vieldeutigen Lachen.

«Du kannst dir dein Konzept in den Arsch stecken», sagte Mega kalt und im vollen Bewußtsein dessen, was er da sagte. «Dein Bruder ebenfalls, du Schleimscheißer. Und du, Psycho, solltest dich schämen.»

Dann verließ er den Raum.

«Also wirklich!» entfuhr es M1, der sich entsetzt umsah. «Es war doch nicht nötig, deswegen gleich so persönlich zu werden.»

«Das ist eben immer das Problem beim Marketing», dachte

er und tauschte einen besorgten Blick mit seinem Zwillingsbruder aus. «Diejenigen, die keine Ahnung davon haben, betrachten es als eine Art Schwarze Magie, die die Lebewesen davon abhält, sie selbst zu sein, dabei liegt der eigentliche Sinn und Zweck darin, ihnen genau dafür die besten Möglichkeiten aufzuzeigen. Das Problem ist nur, daß keiner diese Tatsache so recht versteht.»

Da hörte er ganz unerwartet Matas sanfte Stimme aus der Ecke.

«Erzähl mir mehr davon», sagte sie.

Unter Matas Leitung hing die Sitzung, die das am schwierigsten zu tötende Lebewesen bestimmen sollte, zunächst einmal in der Luft. Mehrere Vorschläge gingen ein: die kräftigen und abschreckenden Bussarde; die wachsamen Reiher am Fluß, die zu schlau waren, um sich an ihren Steckenbeinen in die Tiefe ziehen zu lassen; der noch immer nicht zu packende Eisvogel; die Eule, die in der Buche wohnte. Letztendlich kam man bei den Fledermäusen an. Schuppig, ohne Fleisch, mit reptilienartigen Lederflügeln – alle stimmten darin überein, daß sie einfach schrecklich waren. Sie wohnten ein Stück weiter, am Ende der Schlucht, in einer Höhle, die von allen Nerzen gemieden wurde. Dieser unheimliche Ort konnte nur durch einen schmalen, dunklen Spalt betreten werden, in dem grüner Schleim von oben herabtropfte. Drinnen hingen die Fledermäuse von der Decke herab. Solange sie unterwegs waren, hörten alle ihre hohen Signaltöne, doch mit Hilfe ihrer Radarkontrolle wichen sie im Flug jedem Hindernis aus, was es unmöglich machte, sie abzufangen.

Trotzdem wäre eine Entscheidung für die Fledermäuse nicht sonderlich populär gewesen.

«Unsere Truppe fängt womöglich zehn Monde lang keine einzige», protestierte Maxi. «Ich kann mir nicht vorstellen, daß sie das als wirkliche Herausforderung empfinden. Man kann sie damit wohl eine Zeitlang beschäftigen, aber sobald sie spitzkriegen, daß sie dabei nirgendwo ihre Zähne hineinschlagen können, werden sie schnell das Interesse daran verlieren. Abgesehen davon: Wer will schon eine Fledermaus?» fragte er und erlaubte sich, was selten genug vorkam, einen kleinen

Scherz. «Meiner Meinung nach sind Fledermäuse eher ein kalter Snack als ein heißer Spritzer.»

«Ich hatte die Gelegenheit, unten am Fluß eine Kröte zu kosten», schaltete sich M1 ein. «Die Beine waren nicht schlecht, aber der Rest!» Er schüttelte sich vor Ekel. «Fledermäuse müssen noch widerlicher schmecken, was sich schon allein daran zeigt, daß sie auf der Freßrangliste ganz unten rangieren – obwohl noch nie jemand eine versucht hat.»

«Stimmt. Sie sind die einzigen mit null Punkten auf der Heiße-Spritzer-Beliebtheitsskala», bestätigte Psycho.

Nach einem kurzen Exkurs zu den Kröten konzentrierte sich die Diskussion auf die Tiere, die sich auf der Erde fortbewegen. Eichhörnchen erwiesen sich hin und wieder als recht harte Nüsse, wie es die Scherzbolde auf dem Plateau ausdrückten, doch auch sie waren zu knacken. Die verrückten Feldhasen waren da weit vielversprechender; auf dem Plateau kursierte noch immer die Geschichte von dem Hasen, der seinen Verfolgern dadurch entkam, daß er sich umdrehte und über sie hinweghüpfte. An den Igel war noch immer niemand so recht herangekommen. Keiner der Vorschläge traf so richtig ins Schwarze. Zu viele Faktoren mußten bei diesem Balanceakt berücksichtigt werden: eine Spezies, die man ab und zu erwischte, aber nicht zu leicht; andererseits eine, die nicht zu gefährlich werden konnte, wie der Otter ...

«Oder, was ebensowichtig ist, eine, die nicht gleich ausgerottet wird», hob Maxi hervor. «Ich bin sicher, daß wir alle darin übereinstimmen, daß das dem Zweck dieser ganzen Übung geradezu widerspricht.»

«Was uns wiederum zu einer Spezies mit einer hohen Regenerationsrate führt», unterbrach M2. «Wenn wir das Problem unter dem Blickwinkel der Selbsterneuerung betrachten ...»

«Die Karnickel», platzte Psycho plötzlich heraus, so laut es mit seiner piepsigen Stimme eben ging. In seinem Kopf fand eine Explosion statt, als ginge die Sonne mit hundertfacher Geschwindigkeit über dem Horizont auf.

«Die Karnickel», quiekte er ganz außer sich. «Genau das brauchen wir, wir alle. Eine organisierte Karnickelkampagne.»

Er hielt einen Moment inne, während sein Geist sämtliche Umsetzungsmöglichkeiten durcheilte. Noch nie zuvor hatte er ein so perfektes Schema vor sich gesehen; alles entfaltete sich in rasendem Tempo.

Die anderen schauten entgeistert zu, wie sich seine Züge in eine Grimasse wilder Ekstase verwandelten und sein Körper in wüste Zuckungen verfiel. «Wie enorm! Wie perfekt! Wie einfach und schlicht und wunderschön! Ich kann es nicht länger ertragen», dachte er, und seine Gedanken nahmen die nächste perfekte Schleife. Es war zuviel! Er würde abstürzen!

Dann wurde alles schwarz.

Psycho sah nach oben und erblickte einen Kreis besorgt über ihn gebeugter Gesichter. «Wo bin ich?» dachte er, bevor ihn seine rasende Vorstellung wieder überwältigte. Er rang nach Luft, und mit übergroßer Anstrengung gelang es ihm, erneut die Kontrolle über sich zu erlangen. Dann beruhigte er sich allmählich, und über seine rattenhaften Züge breitete sich ein verzücktes Grinsen. Auf den Kopf gestellt, das war es! Nicht die am schwierigsten zu jagende Kreatur, sondern diejenige, die sich fast am leichtesten erwischen ließ. Nicht die seltenste, sondern eine der gewöhnlichsten. Nicht die unbeliebteste, sondern eine der beliebtesten. Grämt euch zu Tode, M1 und M2!

«Phantastisch!» stieß er zitternd hervor. «Einfach phantastisch! Mata, ich habe schon einige tolle Ideen gehabt, aber was mir gerade eben eingefallen ist, wirst du nicht glauben.»

«Es gefällt mir nicht, Mata», sagte Mega mürrisch.

«Es sollte dir aber gefallen, Mega. Und du solltest Psycho dankbar dafür sein, daß er unser Problem gelöst hat.»

Mega war verblüfft. Als er, beschämt über seinen überstürzten Abgang, in die Sitzung zurückgekehrt war, hatte ihn sein noch immer delirierender Ränkeschmied sogleich mit Einzelheiten bombardiert.

«Ich setze die Kaninchen auf Stufe zehn der Skala, Mega», brabbelte Psycho. «Sie sind so schön groß, und ihre Hinterläufe sind so kräftig, daß man sie herrlich jagen kann. Außerdem liefern sie tolle heiße Spritzer, und das Gehirn ist groß genug, daß man ordentlich was zu schlürfen hat. Und wie du weißt, sind unsere Lieblinge von den Kaninchen ganz begeistert.

Was uns nun angeht, so ist der springende Punkt der, daß es so viele von ihnen gibt und daß sie sich so rasend vermehren», sprudelte es ekstatisch aus ihm heraus, wobei er es geschickt vermied, auf Megas Panne bei dem Massaker anzuspielen. «Sobald wir eine Horde von ihnen aufgemischt haben, sind die Lücken schon wieder aufgefüllt, nicht nur im Wald, sondern auch draußen auf den Feldern, so weit das Auge reicht.»

An dieser Stelle wollte sich M1 einmischen, doch Psycho ließ ihn nicht zu Wort kommen. Das hier war seine Show, und er brauchte keine Marketing-Datenbank, um zu beweisen, daß er recht hatte.

«Weißt du, was wir machen, Mega? Wir erklären die ganze Kaninchenrasse zum Volksfeind Nummer eins», fuhr er fort und hätte dabei vor Aufregung beinahe uriniert. «Wir erzählen unseren Lieblingen, daß die Karnickel im Grunde nicht nur den Wald, sondern die ganze Welt beherrschen wollen. Dann geben wir ihnen die nicht zu lösende Aufgabe, die Karnickel auszulöschen, und zwar bis hinunter zum letzten Stoppelhopser.

Das ist genau der richtige Dreh, Mega. Wir reden ihnen ein, sie befänden sich auf einem niemals endenden Kreuzzug. Damit haben sie etwas, woran sie glauben können und was sie bis in alle Ewigkeit beschäftigen wird. Der Druck auf die anderen Waldbewohner läßt nach und – zack! – wir sind wieder im Geschäft.»

Mega überdachte alles kurz und schüttelte sich.

«Was Psycho da von den Kaninchen erzählt, daß sie die Welt erobern wollen und das alles, das ist doch nicht wahr, Mata», protestierte er.

«Für wen hältst du dich eigentlich, daß du entscheiden willst, was wahr ist und was nicht?» schoß sie zurück.

«Ich bin der Anführer», wollte er gerade antworten, als ihm die Bemerkung einfiel, die Psycho und die Marketing-Nerze über die Freiheit gemacht hatten. Er zögerte einen Moment und schwieg dann. «Vielleicht», dachte er plötzlich, «habe ich ja wirklich kein Monopol auf die Wahrheit.» Allein der Gedanke war entsetzlich verunsichernd, nachdem er seiner Sache immer so sicher gewesen war.

«Es gibt keine universelle Wahrheit, es gibt nur Wahrheiten», sagte Mata und lächelte entgegenkommend, «und als Anführer mußt du als erster erkennen, daß M1 und M2 völlig recht haben. Es fällt nicht leicht, es zuzugeben, aber du weißt ebensogut wie ich, daß uns bald keine Tiere mehr zur Verfügung stehen.

Die nächste Wahrheit, die du anerkennen mußt, ist die Erkenntnis, daß du etwas dagegen unternehmen mußt. Was macht es da für einen Unterschied, ob Psychos Rechtfertigung des Massenmordes an den Karnickeln ‹wahr› oder ‹unwahr› ist, solange sie der höheren Wahrheit dient?»

Mega antwortete nicht sofort. Matas Aussage war für seinen Geschmack zu rätselhaft, um alle Verästelungen der Problematik zu erfassen. Er wußte jedoch, daß die einzige Alternative dazu war, umzuziehen. Nur, wohin? Sie wußten nichts von einem Ort, der besser für sie geeignet gewesen wäre, und Mega vermutete, daß es wohl auch keinen gab. Bei all den Annehmlichkeiten, die der Wald des Unternehmungsgeistes bot, ganz abgesehen von dem überwältigenden Erfolg des Plateaus und des Wateramakomplexes, gäbe es einen Aufstand, wenn er die Idee auch nur erwähnte.

«Und doch kommt mir etwas an der Sache grundlegend falsch vor, Mata», protestierte er schwach.

«Ich weiß, Mega», antwortete sie tröstend. «Aber es kann einem nicht immer alles grundlegend richtig vorkommen.»

Kapitel 43

In der Schlinge

Der Tag kündigte sich mit einer zartroten Dämmerung an, die einen herrlichen, tauglitzernden Morgen versprach. Megas miese Stimmung besserte sich dadurch nicht im geringsten. Alle gingen ihm geflissentlich aus dem Weg, als er auf dem Plateau umherstapfte und dabei voller Wut kleine Atemwölkchen ausstieß. Seine Lieblinge mußten jedoch schon bald feststellen, daß nicht nur ihr Anführer in ungewöhnlich brummiger Laune war. Maxi brüllte sie beim obligatorischen Morgenappell am Katzentotem wie ein Berserker an, dann mußten sie den Marketing-Nerzen eine ganze Latte aggressiv gestellter Fragen beantworten, schließlich schlich auch noch Psycho überall mit einem derartig irren Grinsen auf dem Gesicht herum, daß es einem eiskalt den Rücken herunterlief. Als die Führerriege endlich in Megas Bau verschwunden war, machten die ersten Gerüchte die Runde. Die Zeichen standen auf Krise. Sofort konnte jeder mit einer pfiffigen Idee aufwarten, worum es gehen könnte. Vor zwei Nächten war ein junges Weibchen unerklärlicherweise verschwunden. Seither gab es keine Spur von ihm.

Was der Rest der Meute nicht wußte, war, daß mitten in der Nacht ein anderes Weibchen zu Maxi geeilt war, um ihm zu berichten, daß sie den Kadaver draußen auf dem Feld entdeckt hatte. Nachdem er ihr das gleiche Schicksal angedroht hatte, wenn sie auch nur ein Wort davon verlauten ließe, hatte Maxi seinen Anführer aufgesucht, und gemeinsam waren sie hinausgegangen. Sie hatten das tote Weibchen hinter einer Hecke in einer Falle gefunden, die ein Mensch aufgestellt haben mußte. Die panischen Versuche des Weibchens, sich loszureißen, hatten nur dazu geführt, daß sich die Drahtschlinge um seinen Hals so zusammenzog, daß es sich nach und nach selbst erdrosselt hatte. Der ebenso schreckliche wie ernüchternde Anblick löste in ihnen Mitleid, aber auch unbändigen Zorn aus.

«Wir können es vielleicht einen oder zwei Tage geheimhalten, mein Anführer, aber letztendlich wird es doch durchsickern», hatte Maxi gesagt. «Ich finde, wir sollten es hinter uns bringen und die Truppe kurz und schmerzlos davon unterrichten.»

Jetzt, wieder in seiner Behausung zurück, stellt Mega die einzige Frage, die ihm dazu einfiel.

«Was sollen wir ihnen sagen?»

Die Anführer blickten ausnahmslos betreten zu Boden.

«Was wollten die Menschen in dieser Schlinge fangen?» fragte Psycho schließlich.

«Kaninchen», knurrte Mega. «Das weiß doch wohl jeder.»

«Aber vielleicht weiß nicht jeder, wie wir es für unsere Zwecke nutzen können, Mega», entgegnete Psycho unbeirrt. «Wir wollten doch ohnehin den Kaninchenerlaß verkünden, warum zählen wir jetzt nicht eins und eins zusammen?»

«Was soll das heißen?» knurrte Mega mißtrauisch.

«Das ist ganz einfach, Mega», kündigte Psycho sein Thema an. «Warum erzählen wir unseren Lieblingen nicht, daß die Kaninchen unsere Schwester ermordet haben, und führen sie auf eine Pilgerreise hinaus an den Tatort, damit sie sie mit eigenen Augen sehen?»

«Ich habe noch niemals etwas so komplett Unehrenhaftes gehört!» Maxi konnte nicht mehr an sich halten. «Sie so zu entwürdigen, wo es noch nicht einmal stimmt. Das ist der reinste Frevel!

Versteh mich bitte nicht falsch, Mega», wandte er sich besorgt an seinen Anführer. «Ich stehe voll hinter dem Kaninchenerlaß, und Psycho liegt richtig damit. Alle Vorbereitungen sind getroffen, wir sind bereit. Wir warten nur auf den geeigneten Auslöser. Aber nicht das, mein Anführer. Es ist ohnehin zu weit hergeholt. Es ist unlogisch. Das werden die Truppen niemals schlucken, du wirst dich noch an meine Worte erinnern.»

Er strich sich wütend über die Barthaare.

«Es steckt sehr wohl eine Logik dahinter, Mega.» Psycho blieb hartnäckig. «Ohne Kaninchen keine Schlingen. Wer also ist verantwortlich, wenn nicht sie? Außerdem verlieren unsere Lieblinge sowieso jeden Sinn für Vernunft, wenn sie nur ordentlich angeheizt werden.»

«Falls sie so etwas wie Vernunft überhaupt besitzen», fügte er insgeheim hinzu.

«Das ist mir egal. Es kommt nicht in Frage», gab Maxi entschlossen zurück.

Mega ließ sie weiter streiten. Er fühlte sich verloren und innerlich zerrissen. Was war nur aus ihnen geworden? Er könnte den Kaninchenerlaß sanktionieren, und bis zu einem gewissen Grad würde er sogar selbst daran glauben. Trotzdem spürte er, daß es ein Schritt zurück war, egal, was Mata über «die Wahrheit» gesagt hatte. Psycho überschritt mit seinem neuesten kaltblütig-zynischen Vorschlag deutlich eine Grenze, die Mega für unerreichbar gehalten hatte. Jetzt sah er, daß die sogenannte «Wahrheit» zu allem verfälscht werden konnte, solange die Masse bereit war, die Fälschung zu schlucken. Und doch: Er konnte zwar begreifen, daß Maxi mit seinem starren Verstand nicht in der Lage war, diesen Sprung mitzumachen, gleichzeitig sah er jedoch auch, wie Maxi zum Gelingen der Idee mit der Pilgerreise beitragen konnte. Es war eine persönliche Herausforderung für ihn, doch er konnte es schaffen.

«Die Tote ist eine meiner Kriegerinnen, Mega», intervenierte Mata leise. «Wir müssen ihren Tod irgendwie erklären. Wenn wir ihn nutzen können, um den Kaninchenerlaß vorzustellen, um so besser.»

«Aber Mata, das hieße nichts anderes, als eine Unehrlichkeit in den Dienst einer anderen zu stellen», protestierte Mega. Maxi starrte entsetzt ins Leere.

«Schon möglich, Mega», konterte sie unumwunden. «Aber wer bist du, daß du unserer toten Schwester die Mitarbeit an unserem grandiosen Plan verweigerst?»

Mega fühlte sich verloren. Alle wichtigen Dinge – Freiheit, Wahrheit, Tod – schienen bis vor kurzem noch so klar. Jetzt wurden sie von dieser nicht greifbaren Zwiespältigkeit eingehüllt, die ihm den Blick auf die Dinge trübte. Was war nur mit seinen Ratgebern los? Warum mußten sie alles so schrecklich verkomplizieren?

«Unsere allererste Pflicht besteht darin, dieses Unternehmen hier in Gang zu halten», rief ihm Mata ins Gedächtnis.

«Aber um welchen Preis, Mata?» fragte er verzweifelt.

«Um jeden, Mega.»

Mega blickte sie an und sprang auf.

Plötzlich war er wild entschlossen. Wenn er es schon tun mußte, dann würde er die Sache vorbildlich erledigen.

*

Nachdem es zwei Tage in Strömen gegossen hatte, wälzte sich der Fluß in braunen Hochwasserschüben unterhalb des Plateaus entlang, angeschwollen durch Hunderte von Bächen und getrübt von der Erde, die er den Feldern entrissen hatte. Doch sein ständiges Rauschen wurde jetzt von dem einsetzenden Sturm übertönt, der die Bäume peitschte und den Katzenschwanz wild auf und ab tanzen ließ. Die Nerze kauerten sich aneinandergeschmiegt darunter und mußten sich anstrengen, damit sie die Stimme ihres Anführers überhaupt hören konnten.

«Meine Nerze! Ihr habt bislang geglaubt, ich hätte euch nur hierhergebracht, damit ihr frei seid!» schrie er. «Das ist richtig, aber was die Herrenspezies des Waldes angeht, so war da immer noch mehr als das im Spiel. Und jetzt kann ich es euch endlich enthüllen: Wir sind hier, um eine Mission zu erfüllen, eine Mission, die nicht nur den Wald, sondern die ganze Welt retten wird.

Ich darf euch mitteilen, meine Nerze, daß wir, eure Anführer, einen neuen, skrupellosen Feind entdeckt haben, einen Feind, dessen Vernichtung nicht nur unser Pflicht, sondern auch unser Schicksal ist.»

Die Menge wurde unruhig, dann teilten sich die Reihen, um zwei Muskelnerze durchzulassen, die ein totes Kaninchen hinter sich herzogen. Sie warfen den Kadaver vor Megas Pfoten auf die Erde. Die Meute kicherte erleichtert, als er ihn flüchtig inspizierte. Welcher Schrecken hier auch aufgedeckt werden sollte, er mußte schlimmer sein als der Otter. Jedenfalls konnte es sich wohl kaum um ein verdammtes Kaninchen handeln!

«Wie ihr seht, ist das hier ein Kaninchen», rief Mega, der ihre Gedanken zu lesen schien wie einst Gabbla. «Ein totes Kaninchen und deshalb keine Bedrohung mehr. Doch genau das sind seine vielen, vielen lebenden Gefährten!

Wie denn das, werdet ihr euch fragen, meine Nerze. Weil sie sich vermehren! Sie vermehren sich und vermehren sich mit ungeheurer Geschwindigkeit. Sie vermehren sich ständig, und sie werden niemals damit aufhören!»

Das Kichern in der Runde verebbte, und sie nickten einander wissend zu. Die Fähigkeit der Karnickel, sich zu vermehren, beeindruckte sie tatsächlich.

«Wie ihr vielleicht wißt, bezeichnen uns die Waldbewohner als Zerstörer», fuhr ihr Anführer fort. «Und wer behauptet das am lautesten? Die Kaninchen natürlich. Dabei ist es in Wirklichkeit der ureigenste Plan der Kaninchen selbst, den Wald, wie wir ihn kennen, zu zerstören!»

Jetzt waren die Nerze doch etwas verblüfft. Kaninchen waren doch so dämlich, daß sie überhaupt nichts zerstören konnten, ausgenommen vielleicht Grashalme. War ihr Anführer plötzlich durchgedreht?

«Wir alle wissen, daß die Kaninchen eine minderwertige Spezies sind!» donnerte Mega bestätigend los. «Schaut euch eins davon genau an. Was seht ihr da? Lächerlich hervorstehende Vorderzähne, ein fliehendes Kinn, blöde Knickohren, einen riesigen, fetten Hintern ...?» Er stieß den Kadaver mit der Vorderpfote an. «Hoffnungslos, was? Und harmlos, denkt ihr bestimmt.»

«Genau, Mega», rief ein vorwitziger Nerz. «Sie sind doch bloß Beute für uns, oder nicht?»

Er wäre beinahe vor Schreck im Erdboden versunken, als Mega zurückbrüllte: «Falsch! Falsch! Falsch! Es ist nicht deine Schuld, daß du es nicht besser weißt», fuhr er etwas sanfter fort, «doch unter diesem närrischen Äußeren verbirgt sich der skrupellose Wille zu erobern. Kaninchen sehen zwar dämlich aus, aber genau das war schon immer einer ihrer hinterhältigsten Tricks – sie wollen uns dazu bringen, daß wir sie nicht weiter beachten. Dabei arbeiten sie insgeheim unermüdlich daran, die Herrschaft über die Welt durch ihre schiere Überzahl an sich zu reißen.

Habt ihr noch Spaß an euren heißen Spritzern?» fragte er und wechselte plötzlich das Thema.

Lautes Freudengejohle erschallte als Antwort.

«Und an eingeschlagenen Schädeln», rief jemand.

«Das freut mich», donnerte Mega. «Doch wir wurden für eine weit größere Aufgabe auserwählt. Denn wir Nerze sind es, die den großen Vernichtungsschlag ausführen werden, der den Wald und die Welt davor rettet, von der Kaninchenhorde überrannt zu werden.»

Inmitten des verblüfften Schweigens übergab er die Bühne an M1 und M2, die die Meute mit Statistiken überschwemmten, die «wissenschaftlich bewiesen», daß die Kaninchen, wenn sie ihre gegenwärtige Vermehrungsrate beibehielten, nicht nur bald die gesamte Vegetation durch Kahlfraß zerstörten, sondern auch den anderen Tieren keinen Platz mehr zum Leben ließen. Die Meute knurrte zustimmend. Auch wenn sie nicht genau verstanden, was «wissenschaftlich bewiesen» bedeutete, so hatten sie das Wesentliche genau mitgekriegt.

«Wir haben einen schrecklichen Fehler begangen, meine lieben Kameraden», brachte sich jetzt Psycho ins Spiel, der den Augenblick voll auskostete. «Natürlich haben wir angenommen, daß die wilderen Tiere hier unsere wirklichen Feinde seien. Dabei waren die ganze Zeit über diese anscheinend so ängstlichen Tierchen das Krebsgeschwür in unserer Mitte.

Seht euch nur ihre Behausungen an, in denen ihr jetzt wohnt. Deuten sie auf dämliche, ungeschickte Geschöpfe hin? Nein, natürlich nicht. Es sind wirkliche Kunstwerke, mit viel Geschick ausgehöhlt. Sie sind Teil des großen Plans der Kaninchen. Kaninchen sind der versteckte Wurm, Kameraden, der Wurm in uns, der Wurm, der in die Nahrungskette, die uns alle am Leben erhält, ein riesiges Loch frißt.»

«Ja, meine Nerze, die Kaninchen sind die wahren Schädlinge», schrie Mega und postierte sich wieder in der Mitte der Bühne. «Kaninchen sind der Dreck, der Müll, sie sind der Abschaum. Sie zerstören die Erde nicht nur, sie besudeln sie auch dabei. Denn wir haben gehört, daß sie eine furchtbare Killerseuche verbreiten. Eine Seuche, von der man annehmen müßte, daß sie jede Spezies auslöscht. Kaninchen jedoch nicht. Weil sie sich mit rasender Geschwindigkeit vermehren, meine Nerze. Sie vermehren sich. Man kann sie nur aufhalten, indem man sie umbringt. Und das ist der wahre Grund, weshalb wir Nerze hier sind – um sie zu töten und zu töten und zu töten, bis wir sie vollständig ausgemerzt haben.»

Trotz des Sturms, der mit seinem Getöse immer wieder einzelne von Megas Worten übertönt hatte, waren die Auserwählten wie in einem Bann gefangen. Rauhes Wetter ermunterte sie ohnehin, und Psycho bemerkte mit heimlicher Freude, daß sie allmählich vom Zorn ihres Anführers angesteckt wurden. Ein Männchen war sogar schon nach vorne gestürzt und ging auf den Kaninchenkadaver los.

Als die Muskelnerze eingriffen und ihn nachsichtig weggeschoben, machte Mega eine beschwichtigende Geste.

«Wir alle müssen einen klaren Kopf behalten», sagte er mit einer Spur von Traurigkeit in der Stimme. «Denn nachdem es uns gelungen ist, ihre Verschwörung aufzudecken, haben die bösen Kaninchen bereits zurückgeschlagen.

Meine Nerze, wir müssen eine traurige Reise antreten, eine

Reise, die uns die Augen dafür öffnen wird, daß diese Kaninchen Mörder sind. Nicht verwegene, ehrenhafte Raubtiere wie wir, sondern kaltblütige, berechnende Mörder. Nerzmörder.»

Die Auserwählten blickten einander entsetzt und erschrocken an.

Mega schaute Maxi liebevoll dabei zu, wie er die Meute in Reih und Glied aufstellte; keine leichte Aufgabe unter diesen Bedingungen, da alle vor Spannung bebten. Doch wie sehr Maxi Psychos Idee mit der Pilgerreise auch mißfiel, er arbeitete wenigstens bereitwillig und mit gewohnter Inbrunst und Effizienz mit.

Als der Trupp marschbereit war, führte sie Mega zum Hügelkamm hinauf, wo sie der Sturmwind mit voller Wucht von vorn erfaßte. Dann marschierten sie ins offene Feld hinaus. Mega drehte sich um und sah, wie der Wind das Fell auf ihren Gesichtern platt drückte und die funkelnden Augen freilegte. Wie schmal und gemein sie aussahen. Gleichzeitig war ihr Schritt so entschlossen und zielgerichtet, verglichen mit dem schleppenden Trott auf dem Langen Marsch. Kein Wunder, daß es eher die Nerze waren und nicht die Kaninchen, die alles en masse zusammenfraßen. Seit sie im Wald waren, hatten sie ordentlich an Kraft und Selbstvertrauen zugelegt und das übermäßige Fett, das sie in den Käfigen angesetzt hatten, durch das erste wirkliche Fitneßtraining ihres Leben verloren. Jetzt waren sie noch wilder, die Augen standen weiter hervor, die Glieder waren geschmeidiger. Ihre Effizienz als Tötungsmaschinen hatte sich zur Perfektion herausgebildet. Als Raubtiere betrachtet verdienten sie in jeder Hinsicht allerhöchsten Respekt. Und doch bescherte ihnen erst dieser gemeinsame Marsch unter dem weiten Himmel mit seinen tief dahinfliegenden schwarzen Wolken erneut das alte Gruppengefühl und ließ Erinnerungen wieder lebendig werden. Unbewußt rieben sie sich aneinander, denn sie fürchteten sich vor dem, was sie bald zu sehen bekommen sollten.

Als sie die zweite Hecke erreicht hatten, trat Mega in ihren Windschatten, wandte sich um und sprach erneut zu seiner Meute.

«Selbst ich, euer Anführer, konnte die Tragödie, deren Zeugen ihr gleich mit eigenen Augen werdet, nicht verhindern», sagte er traurig. «Und dafür möchte ich mich in aller Demut entschuldigen.»

Die Nerze tauschten unruhige Blicke aus. Es war so gar nicht Megas Art, sich für etwas zu entschuldigen.

«Bevor ihr diesen jammervollen Anblick ertragen müßt, laßt mich euch daran erinnern, daß es die Kaninchen sind, die wir für diese schreckliche Tat verantwortlich machen müssen», rief Mega. «Sie wußten, daß die Schlinge hier ausgelegt war, und zwar für sie. Sie jedoch lockten unsere arglose Schwester hinein und schauten dann zu, wie sie starb – und sie starb einen schrecklichen Tod. Hier ist der Beweis, wie bösartig sie sind. Hier haben wir endlich den Beweis für die Gefahr, die sie darstellen, nicht nur für die Welt, sondern für uns alle.

Seht hin, meine Nerze, und trauert mit mir.»

Ohne weitere Anstalten führte er sie mit raschen Schritten am verkarsteten Saum der Hecke entlang bis zu der Stelle, an der das tote Weibchen zwischen zwei abgenagten Weißdornsträuchern auf einem ausgetretenen Weg lag, der eindeutig als Kaninchenpfad zu erkennen war. Das glänzende Metall der Schlinge hatte sich tief in den dichten Pelz um ihren Hals geschnitten, die Zunge hing heraus und die Augen traten grotesk hervor. Das Blut an ihren Ballen und der rings um sie herum aufgewühlte Erdboden zeigten deutlich, wie lange ihr entsetzlicher Todeskampf gedauert haben mußte.

Viele der Nerze waren tief betroffen. Schweigend zogen sie an ihrer toten Kameradin vorüber. Sie hatten die Leichen der Wachen gesehen, die der Otter ertränkt hatte, doch dieser Anblick hier war viel erbärmlicher. Bei dem Gedanken an die Qualen, die sie ausgestanden haben mußte, bevor sie der Tod gnädig erlöste, zuckten sie zusammen.

«Was gibt es Schrecklicheres, als so in die Falle zu gehen?» fragte Mega, während Maxi sie bereits für den Rückweg zusammentrieb. «Es ist gemein, es ist heimtückisch, es ist unwürdig. Es ist das Schlimmste überhaupt, wenn man die Menschen für sich morden läßt. Es ist, meine Kameraden, typisch Kaninchen.

Also laßt uns alles daransetzen, daß der Tod unserer Schwester nicht vergebens war. Laßt uns alles daransetzen, die Kaninchenverschwörung zu zerschlagen, bevor sie noch mehr Opfer unter uns fordert.»

Psycho lächelte, als die Lieblinge noch einmal an der Verstorbenen vorübergingen, um ihr die letzte Ehre zu erweisen. Keine Sekunde lang hatte auch nur einer von ihnen über die Logik der ganzen Angelegenheit nachgedacht. Auch jetzt, als er sich heimlich davonstahl, fiel das niemandem auf.

*

Als Mega die eingeschüchterte Meute über das Feld zurückführte, wünschte er, er hätte die letzte Idee seines Ränkeschmieds verworfen. Fast wäre es ihm gelungen, ihre Umsetzung zu verhindern, doch letztendlich hatte ihn Psycho mit endlosen Rechtfertigungen und Überredungen weichgekocht. Jetzt steckte er schon viel zu tief drin und hatte jeden Halt verloren, was spielte es also noch für eine Rolle? Bei der Ansprache auf dem Plateau war er noch von seiner eigenen Rhetorik und dem Adrenalinstoß angefeuert worden, doch der erneute Anblick des toten Weibchens hatte ihn wieder in tiefe Melancholie gestürzt. Plötzlich wollte er mit der ganzen Sache nichts mehr zu tun haben. «Werde ich zu weich, um noch länger Anführer zu sein?» fragte er sich. «Zu betroffen, emotional zu sehr beteiligt?» Die anderen, insbesondere Mata, schienen die Fähigkeit zu besitzen, sich loszulösen, die Ereignisse völlig leidenschaftslos zu betrachten. Psycho hatte ihm bei der Vorbereitung seiner neuesten Idee sogar Vorträge über die Gefahren allzu persönlicher Beteiligung gehalten. Aber sollte nicht jeder Nerz das lodernde Feuer in seinem Bauch spüren, die brennenden Überzeugungen, ein Gefühl für die Verbundenheit mit seinen Artgenossen, das sie untrennbar zusammenschweißte, indem sie Freud und Leid miteinander teilten? Das war nicht weich, das war engagiert und mitfühlend. Statt dessen hatte er Psychos Szenario wie ein abgebrühter Zyniker abgesegnet. Er konnte sich förmlich vorstellen, wie der verwachsene Zwerg in diesem Augenblick über das Plateau hastete und vor Freude über seinen, wie er es nannte, «Super-Schachzug» grell keckerte.

Jetzt war es allerdings zu spät, um ihn aufzuhalten, und Mega blieb keine andere Wahl, als seine Rolle zu spielen. Er führte die Meute gerade so langsam über das Feld zurück, daß sie keinen Verdacht schöpfte, um seinem Ränkeschmied ein Höchstmaß an Vorbereitungszeit zu sichern. Dabei dachte er darüber nach, wie gut der Trott des Trauermarschs zur seelischen Verfassung der Nerze paßte. Der Wind blies jetzt zwar von hinten, trotzdem drängten sie sich eng aneinander wie damals beim Langen Marsch.

Wie geplant kam ihnen Psycho nicht weit vom Plateau entfernt entgegengerannt. Er schien höchst erregt.

«Kommt schnell und seht euch an, was die Kaninchen angerichtet haben!» rief er und rannte sogleich wieder in Richtung der Bäume davon.

Nach kurzem Zögern stürmte die Meute hinter ihm her und holte den atemlosen Psycho am Rande des Plateaus ein. Mit zitternder Vorderpfote zeigte er auf den Katzenschwanz, der noch immer an der Buche hing und wild im Wind tanzte. Er war jedoch nicht mehr steif und stolz gereckt, sondern zu einer abgerundeten Form verbogen worden, die entfernt an ein Paar geknickte Ohren erinnerte.

«Seht doch, wie hinterlistig die Kaninchen den Augenblick abgewartet haben, bis wir ihnen den Rücken zuwenden», kreischte Psycho, und die Nerze glotzten von heiligem Schrekken gepackt um sich.

Psycho hatte recht. Sie hatten ihr Lager zum erstenmal unbewacht verlassen.

Er rannte über das Gras, sprang auf die Buche und zerbiß die Efeuranke. Als der Katzenschwanz auf den Boden fiel, rollte er aufgrund seiner gerundeten Form ein Stück davon, und einige wütende Windstöße trieben ihn bis zu der Stelle, an der das tote Kaninchen gelegen hatte. Die Nerze hielten noch einmal den Atem an, als ihnen der neuerliche Schrecken bewußt wurde. Der Kadaver war verschwunden!

Psycho rannte dem geschändeten Symbol hinterher und schnüffelte daran. Die Meute schnatterte alarmiert, als er die rattenartige Schnauze zum tosenden Himmel erhob.

«Kaninchen», stieß er mit der schrecklichsten Stimme aus, die er zustande brachte. «Ich rieche hier überall Kaninchen!»

«Ich auch!» riefen einzelne Nerze und fingen an, aufgeregt in großen Kreisen umherzuflitzen.

Psycho war ganz außer sich. Jedem Nerz, der nur einen Augenblick lang überlegte, müßte auffallen, daß der Sturm so heftig blies, daß er sogar den scharfen Geruch eines Fuchses verweht hätte. Psycho hatte jedoch gerade darauf gebaut, daß sie ihre Vernunft sofort abschalteten. Jetzt waren sie davon überzeugt, daß sie einem wirklichen Feind gegenüberstanden, einem Feind, der so gewissenlos war, daß er zuerst mordete und dann ihren Schmerz ausnutzte, um ihr allerheiligstes Symbol zu besudeln, und der obendrein noch seine Toten verschwinden lassen konnte! Wie war es den Kaninchen nur gelungen, so unbemerkt zu kommen und zu gehen? Wo waren sie jetzt? Und was hatten sie als nächstes vor?

Psycho wartete zuversichtlich.

«Da drüben ist eins!» rief er plötzlich und zeigte in die vom Sturm gepeitschten Büsche.

Die Meute rannte sofort los, und schon waren die ersten Schreie zu hören.

«Da ist noch eins!»

«Da drüben auch!»

Kurz darauf liefen alle kreuz und quer durcheinander und sahen überall Augen und dunkle Gestalten um sich herum.

«Achtung! An alle Nerze!» drang Maxis Stimme durch das Tohuwabohu. «Freiwillige für die Kaninchenkampagne, mit dem Ziel, sämtliche Kaninchen auszurotten, hierher!»

Sofort rannte die ganze Meute zu ihm.

«Wer will bei der ersten Strafaktion dabeisein?»

«Wir alle!» antworteten sie wie von Sinnen.

Kapitel 44

Und Frieden im Walde

Obwohl der Frühling im Alten Wald immer wunderschön war, kam es Eule so vor, als wäre das Grün diesmal noch saftiger als sonst. Zuerst hatten die leuchtendweißen Schlehen den üblichen eisigen Rückfall angekündigt, bis heftige Schauer und wütende Windböen schließlich alles abgewaschen und der Fluß die Überreste des Winters davongetragen hatte. Inzwischen hatte das Wachstum mit den zwar rosigeren, aber etwas stumpferen Blüten des Weißdorns erst richtig eingesetzt. Alle Waldbewohner stimmten darin überein, daß das Zartgrün der sprießenden Blätter viel heller leuchtete als jemals zuvor, die Blüte des Holzapfels von einem zarteren Rosa geprägt, das Gelb der Primeln cremiger und der Teppich der Glockenblumen, der den Waldboden bedeckte, wesentlich intensiver gefärbt war und somit beinahe ins Indigo spielte. Von allen Jahreszeiten war den Waldbewohnern der Frühling eigentlich die liebste. Sobald sich Erde und Luft erwärmten und die aufsteigenden Säfte die ganze Gemeinschaft, die mit Paarung und Nestbau beschäftigt war, mit neuer Energie versorgten, waren Not und Darben der Großen Kälte rasch vergessen.

Trotz der gewohnten Vitalität an allen Ecken und Enden lag über diesem Frühling der Schatten der Eindringlinge wie ein abscheuliches Leichentuch, das alles unter sich begrub. Zwar herrschte kein völliges Schweigen, doch der sonst so fröhliche Gesang der Vögel war dünn und verhalten, ein untrügliches Anzeichen dafür, daß viele der Bewohner bereits umgebracht worden waren; die wenigen Verbliebenen spürten, daß es keinen Anlaß zum Feiern gab, und lebten in tiefer Verzweiflung von einem Tag zum anderen. Es half auch nicht, daß die Große Kälte ihnen diesmal eine besonders magere Zeit beschert hatte. Eisige Winde hatten den ärgsten Frost begleitet, unheimlich im kahlen Geäst geheult und jeden Waldbewohner bis ins Mark erschauern lassen. Schnee hatte sich wie eine weiße Decke auf alles gesenkt und alle vertrauten Waldgeräusche gedämpft. Über einen halben Mond lang war er liegengeblieben und hatte die Ressourcen des Waldes auf den niedrigsten Stand gebracht. Die Tiere, die ihre Nahrung im Erdboden suchen, hatten verzweifelt in der steinharten Erde gekratzt, während die Pflanzen- und Samenfresser auf der Suche nach Nahrung immer weiter ausschwärmen und sich so immer mehr dem Zugriff der ebenfalls hungrigen Raubtiere aussetzen mußten. In solchen Zeiten waren der Hunger- oder Kältetod eine sehr reale Bedrohung, wie sehr man sich auch ums Überleben bemühte. Doch kaum hatte sich die Mehrheit mehr schlecht als recht durchgeschlagen, tauchten die Nerze wieder auf und verwandelten das Leben Tag für Tag und Nacht für Nacht in einen Alptraum.

«Es ist unendlich bedrückend«, dachte Ollie, «den Wald so herrlich erwachen zu sehen und dabei zu wissen, wie schlecht es um ihn bestellt ist.» Burdocks letzter Bericht machte diesen Kontrast nur noch deutlicher. Am meisten hatte Eule jedoch an dem Vorschlag zu kauen, den Burdock in diesem Zusammenhang vorbrachte.

«Ich werde eine möglichst große Versammlung einberufen», verkündete das Kaninchen mit der weißen Blesse trotzig.

«Wozu soll das nun wieder gut sein?» fragte Eule verblüfft. Er wußte, daß die schwatzhaften Tiere einige heimliche, inoffizielle Treffen abgehalten hatten, doch nicht über der Erdoberfläche. Seiner Meinung nach war das der einzige positive Aspekt der Nerzinvasion.

«Es geht nicht darum, was es bringt, Ollie», entgegnete Dickarsch energisch. «Es ist auch nichts Persönliches, falls du das denkst. Wie du weißt, habe ich meine geliebte Partnerin verloren, aber hier geht es um Wichtigeres. Siehst du denn nicht, daß wir unseren Weg fortsetzen müssen? Daß unsere Grundsätze unter allen Umständen aufrechterhalten werden müssen? Daß wir uns geschlagen geben, wenn wir den Nerzen erlauben, uns so einzuschüchtern, daß wir uns nicht mehr treffen? Und schließlich: Hast du einen besseren Vorschlag?»

«Nicht, wenn die Nerze so schlimm sind, wie du sagst», gab Eule widerstrebend zu. Seit seiner letzten Unterhaltung mit Burdock hatte er lange und intensiv nachgedacht, war jedoch zu keinem Ergebnis gekommen. «Eine Versammlung ist ziemlich riskant. Wo sollen wir sie denn abhalten?»

Burdock ließ den Blick wohlwollend über den Hügel schweifen. «Hier ist es so gut wie überall sonst. Du hast eine gute Wahl getroffen, Ollie. Es ist etwas entfernt vom Wald, und wir sind gut versteckt. Sieh mal, da ist sogar ein Stumpf!»

Als das Kaninchen freudig auf den geborstenen Baumstamm in der Mitte der Mulde wies, fühlte sich Eule geschmeichelt. Dabei hatte Burdock nicht einmal unrecht: Der Ort war nicht nur gut, sondern auch praktisch, weshalb er ihn auch für diesen neuerlichen Gedankenaustausch ausgewählt hatte.

«Ich nehme an, du möchtest mich als Vorsitzenden dabeihaben?» fragte er, obwohl er die Antwort bereits kannte.

«Noch wichtiger ist, daß du so viele Tiere wie möglich überredest herzukommen, Ollie», sagte Burdock bewegt.

«Nicht nur BWW-Anhänger, sondern auch Raubtiere, Fleischfresser, Allesfresser, jeden, den du kriegen kannst. Sie müssen verstehen, daß uns das alle gemeinsam angeht.»

«Das liegt auch mir am Herzen», antwortete Eule nicht unfreundlich, fragte sich jedoch, wie viele andere noch so empfanden. Die Logik war eingängig. Da sie alle gemeinsam drinsteckten, kamen sie vielleicht nur gemeinsam wieder heraus.

Er sah, wie Burdock plötzlich in sich zusammensank und dachte, wie erledigt er bereits jetzt aussah. Es schien, als trüge er alle Sorgen des Waldes auf seinen Schultern, und er wirkte noch älter und trauriger als beim letzten Treffen.

«Mach dir nicht zuviel Gedanken», sagte Eule und versuchte, das düstere Gesicht seines Gegenübers etwas aufzuhellen. «Irgend etwas wird schon geschehen.»

«Vielleicht, aber ich bezweifle es», sagte Burdock. Dann hoppelte er davon und zuckte bei dem stechenden Schmerz, der seiner malträtierten Schulter noch immer zu schaffen machte, heftig zusammen.

Eule sah ihm nach, wie er hinkend verschwand, und mußte ihm zustimmen. Auch er sah keinen Ausweg.

«Es ist wenigstens ein Anfang, Raka», flehte Eule.

«Eher der Anfang vom Ende», krächzte die Krähe verächtlich. «Ist denn schon jemals bei einer BWW-Versammlung etwas Nennenswertes herausgekommen?»

Eule seufzte. Die Frage war nicht einfach zu beantworten.

«Es gibt immer ein erstes Mal», entgegnete er schwach. «Jedenfalls sind ihre Treffen das einzige Forum, das der Wald überhaupt bietet. Sicherlich stimmst du mir in dem Punkt zu, daß, je mehr Nichtwächter anwesend sind, die Chance steigt, daß etwas erreicht wird.»

«Was erreicht?» fragte Raka gelangweilt.

«Das wissen wir noch nicht», gab Eule zu.

Einen Moment überlegte er, ob er noch einmal die Warnung des Ehrwürdigen Buck vor einem bevorstehenden großen Unglück ansprechen sollte. Sie bewies zumindest im nachhinein, daß die Kaninchen eine gewisse Vorahnung gehabt hatten. Er ließ jedoch die Finger davon, da er es allmählich müde wurde, seine Raubtierkollegen zu überzeugen; außerdem war er gerade von einem Besuch bei Orwella zurückgekehrt, der seine Verzweiflung nur vergrößert hatte.

«Was mich angeht, ist das Problem gelöst», hatte der Otter schnippisch verkündet. «Ich gehe ihnen aus dem Weg und sie mir. Ich fürchte, ihr dort oben im Wald müßt jetzt selbst sehen, wie ihr euch durchschlagt.»

Seither hatte Eule auf einer alternativen Schiene versucht, die Raubtiere, wenn sie schon nicht am Treffen selbst teilnehmen wollten, darum zu bitten, wenigstens am Versammlungsort aufzukreuzen und bei den Sicherheitsvorkehrungen mitzuhelfen, falls es zu einem Angriff der Nerze kommen sollte. Doch selbst darauf hatte er nur gemischte Antworten bekommen.

«Ich kann schon verstehen, daß einige Tiere meiner ehemaligen Rolle als Vorsitzender wegen sauer auf mich sind», hatte er sich bei Raka beschwert. «Das ist ihr gutes Recht. Boris und andere behaupten jedoch, ich wolle sie nur rekrutieren, weil ich jetzt zu den Vereinsmeiern gehöre, aber das stimmt einfach nicht. Ich habe das Gefühl, daß ich etwas kapiert habe, wovon sie nicht einmal den blassesten Schimmer haben, und daß sie obendrein total egoistisch sind.»

«Das würde ich niemals abstreiten, Ollie», antwortete Raka mit unerwartetem Grinsen. «Und ich würde mir auch nicht den Kopf darüber zerbrechen. Sie wollen dir nur das Leben schwermachen. Ich glaube, am Ende tauchen sie doch noch auf. Ich werde jedenfalls dasein.»

Eule entspannte sich. Vielleicht hatte er all diese Bemerkungen zu ernst genommen; wenigstens eine treue Freundin war ihm geblieben. Ula hingegen hatte er noch immer nicht gefragt.

Nachdem er sich auf seiner neuen Vorsitzendenstange niedergelassen hatte, erkannte Eule, daß Raka recht behalten hatte. All seine Kumpane aus dem Club der Toten Wühlmäuse waren anwesend: Boris stand etwas abseits und schnaubte schon jetzt verächtlich, wohingegen Freddie, quecksilbrig wie immer, mal hier, mal da auftauchte. Wie erwartet, weigerten sich die Bussarde, auf den Erdboden herabzukommen, doch wenigstens hielten sie ihr Versprechen und kreisten als Wachhunde und Abschreckung über ihnen, was hin und wieder nervöse Unruhe unter den vielen Feld-, Wald-, Wühl- und Spitzmäusen hervorrief.

Burdock, der sich ebenfalls umsah, war enttäuscht, daß viel weniger Teilnehmer gekommen waren, als er erwartet hatte. Andererseits zeigte das wohl auch, wie stark sich ihre Reihen bereits gelichtet hatten. Wenigstens hatten ihn die Kaninchen nicht im Stich gelassen und waren zum Teil von weither gekommen, um den belagerten Kameraden ihre Solidarität zu bekunden. «Dabei sind ihre Motive nicht ganz so uneigennützig, wie sie vorgeben», dachte er. Da die Nerzbanden ihren Radius ständig erweiterten, fühlten sich immer mehr direkt von ihnen bedroht. Ganze Schwärme gefährdeter Insekten füllten die Ränge auf, wenn auch nur – wie gehabt – als Beobachter ohne Stimmrecht. Die Versammlung wirkte in der kleinen Mulde im Vergleich zum riesigen Rund der Großen Lichtung recht respektabel, besonders wenn man die potentiell gefährliche Anreise vieler Teilnehmer in Betracht zog.

Viele hatten sich so sehr nach einer richtigen Versammlung gesehnt, daß es Eule nicht verwundert hätte, wenn sie einander schon bald wieder an die Gurgel gegangen wären. Zu seiner Erleichterung war jedoch in der neuen, realistischen Atmosphäre das Geschwätz von Superschnecke, Bewegung Ameise und dem ganzen anderen Quatsch verstummt. Sogar die widerliche Cowslip hatte sich von ihrem Lieblingsthema Würmer-Befreiungsfront verabschiedet. Diesmal gab es wenigstens etwas, worüber diese schwatzhaften Tiere schwatzen konnten. Und wie sie schwatzten!

Nachdem man sich ausführlich und klagend über die Misere des Waldes ausgelassen hatte und viele Pfoten verzweifelt gerungen worden waren, hatte sich schließlich eine Braunelle auf den improvisierten Stumpf geschwungen.

«Ich schlage vor, daß wir den Nerzen eine Petition übermitteln», piepste sie schrill.

Bei diesem Rückfall in altes BWW-Gebaren stöhnte Eule

laut auf. Petitionen hatte es in der Vergangenheit mehr als genug gegeben! Man hatte gegen dieses protestiert, jenes scharf zurückgewiesen, seine tiefe Besorgnis über wieder etwas anderes ausgedrückt. Eule sah darin nicht mehr als eine Beschäftigungstherapie, um dynamische Aktivität vorzutäuschen, die dann von denjenigen, auf die sie abzielte, völlig ignoriert wurde. Das gleiche Schicksal hatte Burdocks geliebten Wald- und Wiesenkodex und die Erklärung der kreatürlichen Rechte ereilt, obwohl beide inzwischen auf einer eilig einberufenen Versammlung, an der nur sehr wenige Kaninchen teilgenommen hatten, verabschiedet worden waren.

«Die Liste der Verbrechen und Scheußlichkeiten, die die Nerze im Wald angerichtet haben, ist zu lang, als daß ich sie hier aufzählen könnte», fuhr die Braunelle fort. «Sie haben gegen die Ethik und jedes andere Prinzip verstoßen, für das wir Wächter des Waldes einstehen. Da wir jedoch vernünftige Vögel sind, vertrauen wir darauf, daß ihnen, sobald wir uns ihnen mitteilen, der gute alte Anstand gebietet, daß sie entweder damit aufhören oder von hier verschwinden müssen.

Unsere Braunellen-Arbeitsgruppe hat hierfür einen Vorschlag erarbeitet, der unserem Ethos entspricht. Außerdem haben wir darauf geachtet, daß wir, obwohl uns die Umstände dazu zwingen, eindeutig Position zu beziehen, den Nerzen gegenüber höflich bleiben und sie nicht allzusehr in Rage bringen.»

«Was hat denn das wieder zu bedeuten», fragte sich Eule verdutzt. «Daß die Nerze die Braunellen verschonen, wenn diese sich ihnen gegenüber nur recht nett verhalten?» Bei dem Versuch, sich eine unverschämte Braunelle vorzustellen, hätte er beinahe laut losgelacht. Er bemerkte, daß Boris den gleichen Gedanken hatte, ihn aber nicht von der komischen Seite nehmen konnte. Sein Kopf schaukelte auf und nieder, was, wie Eule wußte, meistens auf einen kurz bevorstehenden Ausbruch hindeutete.

Voller Selbstgefälligkeit räusperte sich die Braunelle mit hohen Piepsern.

«Wir haben uns zu folgendem Wortlaut entschieden: ‹Wir, die Tiere, Vögel, FAUB (Fische und Angrenzende Uferbewohner) und MAG (Milliarden Andere Geschöpfe) des Alten Waldes, zusammengefaßt unter dem Überbegriff Betroffene Wächter des Waldes, klagen ein und verlangen hiermit, angesichts der wiederholten und eklatanten Verletzung unseres Wald- und Wiesenkodexes und des Gesetzes über die kreatürlichen Rechte, daß ihr Nerze sofort all eure Aktivitäten einstellt oder euch andernorts niederlaßt, da euer ungebührliches Verhalten unsere Gemeinschaft empfindlich stört, ihr Gleichgewicht beeinträchtigt und die gesamte Ökologie vernichtet.»

Die folgende Stille, in der die Versammelten diesen Brocken verdauten, wurde von einem lauten und angewiderten Schnauben aus Boris' Richtung unterbrochen.

«Wir, die Spinner, verkünden hiermit, daß wir nichts unternehmen werden, außer wie üblich dumm und sinnlos herumzuquatschen», schnaubte er in einer Parodie des Braunellenpiepsens, bevor er in die einfallende Dunkelheit davontrabte.

Dann brach das laute Geschrei der Tiere los, die alle und auf verschiedene Arten den Wortlaut des Originals abändern wollten. Eule stöhnte noch einmal, als er auf die unzähligen Streiter hinabblickte, die sich alle wegen dieses läppischen Nebenthemas unerbittlich beharkten. Gerade als er das Getümmel mit einem lauten Schuhu zum Schweigen bringen wollte, erhob sich Burdock aus den Reihen des Publikums und übertrug die offensichtlich äußerst komplizierte und langwierige Aufgabe einem Unterausschuß.

«Eine Petition ist schön und gut», kommentierte Eule laut. Er hatte sich nicht mehr bremsen können. «Die eigentliche Frage lautet jedoch: Wer soll sie überbringen?»

«Jetzt sind sie wenigstens still», dachte er, als sie alle ziemlich verunsichert um sich blickten. Dann klappte jedoch sein Schnabel auf, als Burdocks Stimme das Schweigen unterbrach.

«Ich», sagte er leise. Dann ließ er eine derartig leidenschaftliche Rede über die Macht der Vernunft vom Stapel, daß Eule schon bald davon überzeugt war, der längsten Selbstmordankündigung der Geschichte beizuwohnen, und einfach die Waffen streckte. Geschöpfe mit solchen Einstellungen verdienten wohl den Tod. Trotzdem hörte der Rest des Publikums seinem Anführer geduldig und mit dem gebührenden Respekt zu. Erst als eine Taube Burdock auf den provisorischen Stumpf folgte, gab es Ärger.

«Ich werde ihn begleiten und einen Ölzweig im Schnabel halten», gurrte sie.

«Einen *was*?» kreischte Raka in ihrer Krähenclique auf, die sich auf dem Ast oberhalb von Eule niedergelassen hatte. Nachdem sie so stolz darauf gewesen war, ihren Teil zur Versammlung beigetragen zu haben, indem sie so viele Tiere zur Teilnahme überredet hatte, war Raka jetzt entsetzt und wütend darüber, daß exakt der Nonsens, den sie befürchtet hatte, wieder die Oberhand gewann. Niemals hätte sie Eules Schmeicheleien nachgeben sollen!

«Einen Ölzweig», wiederholte die Taube sanft.

«Aber es gibt keine Olivenbäume in unserem Wald, du blöder Vogel.»

Die Taube schaute sie mit sanften, unschuldigen Augen an.

«Ein Zweiglein vom Haselnußbaum wird es auch tun oder von der Eiche, der Esche, der Platane – es spielt eigentlich keine Rolle», sagte sie völlig unbeirrt. «Es geht vielmehr darum, daß der Zweig, von mir getragen, zum universellen Symbol wird, das das Töten automatisch beendet, indem es Frieden und Harmonie einkehren läßt.»

Als die Braunellen diese lächerliche Aussage mit viel Gezwitscher unterstützten, wurde Raka nur noch wütender. Sie wußte zwar, daß sie den Vorschlag entweder mit der Verachtung, die er verdiente, strafen oder ihn einfach ignorieren sollte, doch sie war viel zu aufgeregt.

«Und wie genau soll dieser Frieden eintreten?» lautete ihre rhetorische Frage, die sie voller Sarkasmus gleich selbst beantwortete: «Sag nichts: Du fliegst hinüber zum Plateau, mit dem Zweig im Schnabel, und den Nerzen wird auf der Stelle bewußt, daß sie einen völlig falschen Weg eingeschlagen haben. Vielleicht solltest du rhythmisch dazu gurren?» krächzte sie und imitierte die sanften Töne der Taube. «‹Kruu-kruu, böse Nerze! Kruu-kruu! Seid nett zu uns, ihr bösen Nerze! Kruu-kruu! Geht bitte weg, ihr bösen Nerze! Kruu-kruu!›

‹Au weia›, sagen die Nerze dann, ‹wir waren ja ganz schön gemein! Oh, seht nur, dieser Zweig! Das ist das universelle Symbol, das zu uns gekommen ist, um uns auf unsere Fehler hinzuweisen. Jetzt schämen wir uns aber sehr. Meine Güte, jetzt müssen wir aber schnell weg von hier, damit all diese netten Waldbewohner wieder in Ruhe und Frieden leben können. Tschüs, alle miteinander. Tut uns leid, daß ihr unseretwegen ein paar Unannehmlichkeiten hattet, aber macht euch keine Sorgen mehr, wir sind gleich weg!›

Habe ich etwas Entscheidendes vergessen?» erkundigte sich Raka, und ihre Krähenfreunde grinsten belustigt.

«Irgendwie schon», antwortete die Taube, deren leuchtende Federn sich kein bißchen aufplusterten. «Allerdings muß ich leider sagen, daß wir Tauben nicht so viel über das universelle Symbol selbst wissen. Weißt du, unsere Aufgabe besteht lediglich darin, den Sendboten zu spielen.»

«Überbringer, meinst du wohl», schrie Raka, die jetzt völlig außer sich war. «Warum benutzt ihr verdammten Wächter jedesmal ein kompliziertes Wort, wenn es ein einfaches auch tut? Sendbote oder nicht, du erzählst uns jetzt, auf welche Weise ihr mit eurem universellen Symbol irgend etwas erreicht oder verändert!»

«Indem es an das Gute in den Nerzen appelliert», entgegnete die Taube prompt und sah dabei leicht verwirrt aus. «Wie denn sonst?»

«Hast du denn noch immer nicht kapiert, daß es das Gute bei Nerzen einfach nicht gibt?» krähte Raka ungläubig. «Weißt du denn nicht, daß die einzige Sprache, die sie verstehen, die des Tötens und des Getötetwerdens ist? Daß sie, wenn du ihnen ein Stöckchen bringst, damit nur auf dich einschlagen, wenn nicht gar Schlimmeres?»

Eule hörte diesem Geplänkel intensiv zu und konnte sich dabei der unschuldigen Schönheit der sanften schneeweißen Kreatur kaum entziehen. Der Kontrast zwischen ihr und der heiseren schwarzen Raka konnte nicht größer sein. Warum konnte die Krähe nicht akzeptieren, daß die Taube bloß ein dummes Ding war, das man nicht weiter ernst nehmen mußte? Wie der Wald aus winkenden Pfoten und Flügeln korrekt anzeigte, war Raka ziemlich daneben.

Er drehte den Kopf und blickte nach oben, damit sie endlich Ruhe gab; dessen bedurfte es jedoch nicht mehr. Sie hatte sich inzwischen dermaßen in Rage geschrien, daß sie nur noch unzusammenhängendes, ersticktes Gekrächze von sich geben konnte.

«Nächster Punkt!» rief Eule herrisch.

Natürlich gab es keinen. Schon löste sich die schnatternde Menge voller Genugtuung, daß jetzt endlich etwas unternommen wurde, auf, und die Teilnehmer machten sich auf ihren gefährlichen Heimweg.

«Die Sitzung ist geschlossen», schuhute Eule hinter ihnen her.

Einen Trost gab es wenigstens. Es war die kürzeste Versammlung, an die er sich erinnern konnte.

Kapitel 45

Lauf, Karnickel, lauf

Maxi klopfte unterwürfig an den Eingang zu Megas Bau. «Die Mannschaften stehen bereit. Sie warten darauf, daß du die Auswahl triffst», verkündete er.

«Ich komme gleich.»

Mega kämmte rasch seinen Schopf nach oben. Seit die Marketing-Nerze ihm diesen Vorschlag unterbreitet hatten, ertappte er sich immer wieder bei dieser unbewußten Geste. Seine Bedenken hinsichtlich des Karnickelerlasses waren inzwischen geschwunden, vor allem seit er erkannt hatte, wie wirkungsvoll die Kampagne war. Maxi hatte eine ganze Palette von Aktionen zusammengestellt, die sich inzwischen weit über den Wald hinaus erstreckten und sogar bis zurück zu jenem Moor reichten, wo sie die erste schreckliche Nacht in der Wasserröhre verbracht hatten. Endlich war dem blutrünstigen Treiben der Nerze ein Rahmen und ein Ziel gesetzt worden, ein Fluchtpunkt, der der Kolonie die ganze Zeit über gefehlt hatte. Erst am vorangegangenen Abend hatten ihn die Marketing-Nerze voller Stolz in ihren Bau eingeladen, um ihm ihren letzten Bericht zu präsentieren.

«Es klappt alles wie am Schnürchen, großer Anführer», hatten sie selbstgefällig verkündet. «Wir können noch nicht behaupten, daß der Druck völlig von den anderen Waldbewohnern gewichen ist, doch unsere Statistiken zeigen eindeutig, daß sie nur noch zu Zwecken der Nahrungsaufnahme getötet werden. Sieh dir nur diese hier an!»

Sie rannten zwischen ihren mannigfaltigen Kurven und Tabellen an der Wand hin und her, die alle besagten, daß die letzten Zahlen wieder nach oben wiesen.

«Wir können jetzt ohne den geringsten Verdacht eines Widerspruchs sagen, großer Anführer, daß der Waldmarkt dabei ist, sich zu erholen. Das Menü hat sich bereits um fünf Prozentpunkte verbessert, Tendenz nach oben.»

Mega hatte sich vorgenommen, die Marketing-Nerze nicht unnötig zu beunruhigen. Er sagte ihnen nicht, daß es keiner Zahlen und Tabellen bedurfte, um sein gutes Gefühl bei der Sache zu bestätigen. Jeder konnte klar erkennen, daß die Massenvernichtung der Kaninchen genau der Art von blutigem Morden entsprach, das die Lieblinge über alles liebten. Er konnte die Vorfreude förmlich in der Luft spüren, als er unter lauten Jubelrufen auf das Plateau hinaustrat.

Das Auswahlverfahren, zu dem er jetzt herausgerufen worden war, gehörte zu einer ganzen Reihe ineinander übergreifender Ereignisse, die sich Maxi mit viel Geschick in Ergänzung zum eigentlichen Höhepunkt, den «roten Kampagnen», ausgedacht hatte. Diese roten Kampagnen hatten sich rasch zu einem Eckpfeiler im Gemeinschaftsleben der Nerzgesellschaft entwickelt. Maxi hatte die Meute in verschiedene Mannschaften eingeteilt, die soeben nach mehreren Tagen und Nächten der Suche nach dem ergiebigsten Kaninchenbau zurückgekehrt waren.

Megas Aufgabe bestand darin, ihren lautstark ausgetragenen Debatten über die jeweiligen Meriten und den unterschiedlichen Vorschlägen zuzuhören und dann zu entscheiden, welches das nächste offizielle Ziel sein sollte. Tatsächlich informierte Maxi ihn jeweils bereits im Vorfeld darüber, doch Psycho, der neben ihm stand und vor Freude darüber strahlte, wie wunderbar seine Idee funktionierte, beharrte auf der Scharade.

«Es geht darum, Mega, alles zu tun, um die Aggression unserer Lieblinge zu kanalisieren. Wenn wir also die einzelnen Mannschaften dazu ermuntern, miteinander zu wetteifern, erledigen sie die Hälfte dieser Aufgabe für uns, indem sie gegeneinander antreten.»

«Oder gegen dich, eines schönen Tages, falls sie jemals dahinterkommen, was du mit ihnen angestellt hast», dachte Mega. Am heimtückischsten an dieser Kaninchenkampagne war, daß hinter der Idee eine Art verrückter Logik steckte. Je länger die Kampagne im Gange war, um so einfacher war es, die ursprünglich erfundene Rechtfertigung zu akzeptieren; es ging so weit, daß er selbst fast schon daran glaubte. Eigentlich hatte er sich bereits damit abgefunden, daß es ihm so lieber war, als weiterhin über ihren eigentlichen Ursprüngen zu brüten.

Er sah, daß Psycho unaufhörlich in sich hineinkicherte, als der Streit zwischen den Mannschaften voll entbrannte. Dann forderte er alle zum Schweigen auf und verkündete den mit Maxi im voraus abgesprochenen Urteilsspruch: «Die Gewinner des heutigen Abends sind die Gladiatoren mit ihrem Vorschlag Bau B.»

Begleitet vom Jubel der Gewinner und dem enttäuschten Murren der Verlierer scheuchte Maxi sie sogleich an die Vorbereitungen.

Die ritualisierte Zeremonie vor dem abendlichen Schlachtfest fand immer rund um den Katzenschwanz statt, der inzwischen wieder lotrecht von seinem Ast herabhing. Kurzzeitig war eine heftige Debatte darüber entbrannt, ob er wieder geradegebogen werden sollte. Psycho, der vor Selbstbewußtsein über den Erfolg seines Tricks beinahe geplatzt wäre, wollte ihn als ständige Erinnerung an die Dreistigkeit der Kaninchen in seiner veränderten Form hängen lassen. Das wiederum machte Maxi nur noch wütender. Er war nicht in den Knickohrtrick eingeweiht gewesen und selbst darauf hereingefallen, was ihn auf unangenehme Weise an die Streiche erinnert hatte, die ihm in seiner Jugend gespielt worden waren.

Seine Empörung war allerdings nicht von der Hand zu weisen.

«Es handelt sich um unser geheiligtes Emblem, und ich bestehe darauf, daß es unantastbar bleibt, mein Anführer», hatte er mit äußerstem Nachdruck protestiert. «Du hättest Psycho von vornherein nicht erlauben dürfen, es zu mißbrauchen.»

Es war sonst nicht Maxis Art, seinen Anführer so direkt zu kritisieren, doch Mega hatte es ihm durchgehen lassen. Insgeheim pflichtete er ihm sogar bei, denn inzwischen hatte er die Geduld mit dem Ränkeschmied und seinen geriebenen Tricks verloren. Der schien nie zu wissen, wann das Ziel erreicht und es an der Zeit war, den Dingen wieder ihren Lauf zu lassen.

Mega hatte das Problem dadurch gelöst, daß er den Schwanz einfach aufgehoben und selbst wieder geradegezogen hatte. Dann war er an seiner gewohnten Stelle aufgehängt worden, und durch den Bau einer überlebensgroßen Kaninchenstatue wurde zum Ersatz ein anderes Haßobjekt geschaffen und direkt neben dem Schwanz aufgestellt. Diese meisterhafte Konstruktion, die unter Maxis Anleitung von Matas Kriegerinnen ausgeführt worden war, bestand aus einem Gerüst aus Zweigen, das mit den Fellen tatsächlicher Opfer überzogen worden war. Seine auf groteske Weise realistisch leuchtenden Augen waren aus den weißen Steinen des Flußbettes gearbeitet worden, die Krallen und die ein dümmliches Grinsen simulierenden Vorderzähne hatte man sorgfältig aus dem weißen Holz der Stechpalme zurechtgenagt.

Der Sitte entsprechend, kam der heute siegreichen Mannschaft der Gladiatoren die Ehre zu, den zeremoniellen Tanz um dieses Totem anzuführen, wobei der ungeheuer beliebte Kaninchensong angestimmt wurde, auf den die Marketing-Nerze nicht minder stolz waren als auf ihr «Herrsche, Nerzmania» – trotz der Wermutstropfen von seiten Psychos, der angemerkt hatte, er sei viel zu seicht.

> Lauf, Karnickel, lauf, Karnickel, lauf, lauf, lauf!
> Da kreischt der böse Nerz vor Freude auf!
> Kommst doch nicht raus, denn du gehst sicher drauf!
> So lauf, Karnickel, lauf, Karnickel, lauf, lauf, lauf!

Vereinzelt stürzten sich einige Nerze aus der Meute auf die Kaninchenimitation, schlugen mit den Krallen danach aus, fletschten die gelben Zähne und stießen dazu wütendes Knurren und Fauchen aus, daß einem das Blut gefror.

Der Gesang setzte ein: «Tötet die Kaninchen! Tötet die Kaninchen! Tod! Tod! Tod!», bis Mega endlich das Zeichen gab und die vibrierende Meute davonstob. Es war immer ein ordentliches Stück Weg zurückzulegen, denn Mega hatte erklärt, daß die Kaninchen im Wald selbst tabu waren. Die Marketing-Nerze hatten darauf hingewiesen, wie drastisch sie schon jetzt dezimiert waren. Eine konzertierte Aktion würde sie garantiert mit einem Schlag auslöschen, hatten sie blasiert erklärt und damit Psychos Vermehrungsthese einfach negiert.

Psycho hatte wortreich gegen diese Einmischung in seine Belange protestiert.

«Das werden unsere Lieblinge niemals hinnehmen», hatte er gequiekt. «Im Gegenteil, wir sollten sie auffordern, den ganzen Wald zu säubern und in eine kaninchenfreie Zone zu verwandeln.»

«Nein, Psycho», hatte Mega ihn entschieden in die Schranken verwiesen. «Du hast es selbst gesagt: Die ganze Kampagne zielt darauf ab, sie von hier wegzukriegen, damit sie woanders töten.»

Psycho hatte sich nicht dazu entschließen können, seinem Anführer zuzustimmen. Da er sich selbst nicht gern draußen herumtrieb, zog er es vor, die sichtbaren Anzeichen des Erfolgs seiner Arbeit in der näheren Umgebung zu überprüfen.

«Besagt denn die Philosophie des freien Marktes nicht, daß man seine Beute überall schlagen soll, ohne irgendwelche Rücksichten, Mega?» hatte er gehässig gefragt.

«Hör mir auf mit diesem Marktballa», hatte ihn sein Anführer wütend angefahren.

Psycho hatte sich schmollend zurückgezogen, später dann unerwartete Verbündete in den Marketing-Nerzen gefunden, die ihm bestätigten, daß er recht hatte. Mata verhielt sich ablehnend, doch Psycho fand einen noch unwahrscheinlicheren potentiellen Verbündeten in Maxi, der seinem Anführer gegenüber bereits verschiedene Zweifel geäußert hatte.

«Ich bin mir nicht ganz sicher, ob ich das durchsetzen kann, Boß», hatte er besorgt gesagt. «Die Lieblinge haben bereits so viele von ihnen umgelegt, daß es schwer sein wird, es ihnen plötzlich zu verbieten.»

«Ich dachte immer, du glaubst an Disziplin, Maxi», hatte Mega scharf entgegnet. «Tu's einfach.»

Doch als es hart auf hart kam, mußte Psycho erkennen, daß

keiner seiner theoretischen Parteigänger die Stimme zu seinen Gunsten erheben wollte.

«Ich habe es schon immer gesagt, Psycho», hatte Maxi weitschweifig erklärt. «Mega ist der Boß, und man hat immer das zu tun, was der Boß sagt. Daran sollten wir uns auch halten. Er weiß mehr, als wir in unserem ganzen Leben wissen werden. Deshalb ist er ja der Boß.»

«Und deshalb hast du niemals einen eigenen klugen Gedanken in der Birne», hatte Psycho unhörbar geflüstert. War denn Maxi nicht klar, daß Mega ohne Psycho und seine Tricks niemals die Chance gehabt hätte, Anführer zu werden, ganz zu schweigen davon, sich auch weiterhin an der Spitze zu halten?

Die Sonne ging gerade als feurig lodernder Ball unter, als die Meute aus dem Wald herausbrach und über das freie Feld jagte. Seitdem die Abende länger geworden waren, machten die Überfälle immer mehr Spaß. Nicht nur, daß die Kaninchen sich wieder vermehrten, sie hielten sich auch viel lieber draußen an der warmen Luft auf: Überall sprossen leckere Schößlinge, und das zarte, junge Gras explodierte auf den Geschmacksknospen, die von den Entbehrungen der Großen Kälte abgestumpft waren. Es war die reinste Freude, am Ende eines jeden Tages mit den neuen Jungen herumzutollen, fröhliche Spiele zu spielen, die Aussicht zu genießen oder sich ganz einfach dem Luxus hinzugeben, selbstzufrieden zu grasen. Obwohl sie um die Überfälle wußten, konnten die weitverzweigten Kolonien dem Drang nicht wiederstehen, nach draußen zu gehen und dabei auf das statistische Glück zu hoffen, daß nicht gerade sie entdeckt wurden.

Das Verhalten der Meute veränderte sich, als sie sich dem «Bau B» der Gladiatoren näherte, der fünf Felder hinter dem Hügelkamm lag. Wie Maxi es ihnen beigebracht hatte, krochen sie auf den Bäuchen an der Hecke entlang, nutzten jede Bodenwelle und jede Vertiefung und überprüften umsichtig die Windverhältnisse. Es funktionierte nicht immer, und so manches Mal verriet sie ein unberechenbarer Windstoß. Viele Baue ließen sich auch sehr schlecht ungesehen angehen, obwohl die Zugänglichkeit ein Kriterium bei der Auswahl darstellte.

An diesem Abend jedoch war nicht die kleinste Brise zu spüren, und es gelang der Meute, bis auf die Entfernung des halben Feldes heranzukriechen, bevor Mega das zuvor verabredete Maunzen ausstieß.

Das Gladiatorenteam rannte vorneweg, um so viele Eingänge wie möglich zu besetzen und möglichst vielen langsamen oder zu weit entfernten Kaninchen den Weg abzuschneiden. Dann begann das große Kesseltreiben. Die Teilnehmer zwängten sich durch die Eingänge und rasten durch das Netzwerk bewohnter Kammern und Verbindungswege, wobei sie jedes Kaninchen, das sie antrafen, töteten. Währenddessen warteten die anderen an der Oberfläche und stürzten sich auf die Kaninchen, denen die Flucht nach draußen gelungen war. Für gewöhnlich kreisten sie sie ein und machten sich einen Spaß daraus, absichtlich verlockende Lücken in ihrer Kette zu lassen, was ihre auf dem Boden kauernden Opfer dazu ermutigte, einen Ausfall zu wagen. In diesem Fall wurde die Lücke prompt rechtzeitig geschlossen, während die enttäuschenderen Opfer, die vor Furcht gelähmt einfach sitzenblieben, immer enger eingekreist und voller Verachtung erledigt wurden.

Das eigentliche Schlachtfest fand jedoch unter der Erde statt. Maxi, der die Operation von oben leitete, grinste vor Genugtuung, als er die rasche Folge von Schreien und Schlägen hörte, während immer mehr Nerze die blutbespritzten Gesichter aus den Ausgängen streckten. Schließlich war auch dieses Pogrom vorüber.

«Holt sie raus», knurrte Maxi, und dann begann die mühevolle Arbeit, die Kadaver herauszuziehen und der Größe nach in einer Reihe nebeneinanderzulegen, von den größten ausgewachsenen Tieren bis zu den frisch geworfenen Babys. Abgetrennte Körperteile wurden in separaten Haufen aufgeschichtet, bis sie in etwa ein komplettes Tier abgaben.

Inzwischen war es dunkel geworden und damit Zeit für die nächste Veranstaltung: das Wettfressen.

Die Meute wartete mit tropfenden Schnauzen vor den aufgereihten Kadavern.

«Auf die Plätze! Fertig! Freßt!» bellte Maxi, und sie stürzten los, um das Mahl zu beginnen. Maxi lief hinter den gebeugten Gestalten auf und ab und kontrollierte, daß keiner von ihnen

Gras fraß, eine Kriegslist, die Mega offiziell verboten hatte. Das Fressen war ein Gruppenwettbewerb, mehr Ruhm ließ sich jedoch in dem parallel dazu laufenden individuellen Wettbewerb gewinnen, und so stopften sich die Nerze mehr und mehr Kaninchenfleisch bei dem Versuch in die Bäuche, den Rekord zu überbieten, der derzeit bei einem kompletten Tier und zwei Läufen stand.

Als die Meute furzend und rülpsend den langen Weg zurück zum Plateau antrat, wußte Mega, daß alle Nerze, noch immer im befriedigten Blutrausch schwelgend, für mehrere Tage gesättigt waren. Der Tötungstrieb in der Kolonie würde jetzt schwächer werden, bis Maxi rechtzeitig die nächste Kampagne ins Rollen brachte und damit den Mechanismus erneut startete.

Wie befürchtet, hatten die Truppen mächtig gegen das Verbot, die Kaninchen im Wald zu töten, gemurrt, und die Muskelnerze mußten einigemal handgreiflich werden, um es durchzusetzen. Die Kaninchen hingegen hatten hervorragend darauf reagiert. Sie vermehrten sich nicht nur im Wald, sondern auch in den Bauen, in denen bei vorangegangenen Überfällen fast alles Leben ausgelöscht worden war. Ihre unterirdischen Systeme waren so verwirrend und unlogisch aufgebaut, daß die Meute immer einige Winkel und abgelegene Kammern übersah; außerdem waren immer einige Einwohner gerade draußen, und einigen wenigen anderen gelang sogar die Flucht. So oder so gab es immer Überlebende. Die Nerzmannschaften berichteten oft schon kurz nach den Überfällen, daß die gesäuberten Gehege wieder besetzt waren und einen ganzen Strom neuer kleiner Opfer produzierten. M1 und M2 gingen in regelmäßigen Abständen mit «wissenschaftlicheren» Methoden an die permanente Kaninchenplage heran, doch gab es dafür kein wirkliches Bedürfnis mehr. Nachdem die Lieblinge einmal auf die richtige Spur gebracht worden waren, erledigten sie den Rest von allein, und in ihren Reihen befand sich jetzt eine Gruppe selbsternannter «Experten», die stets dazu bereit waren, ihre blinden Vorurteile in der Öffentlichkeit zu verkünden.

Nachdem sie auf dem Plateau angekommen war, ließ sich

die Meute zum letzten Akt nieder, der das nächtliche Drama abrundete. Es handelte sich um einen weiteren Trick Psychos, der noch auf die Tage der Ältesten in den Käfigen zurückging. Nicht alle Kaninchen im überfallenen Gehege waren getötet worden. Einige wurden als Gefangene mitgeführt, um in einer schauerlichen Parodie auf die gerechtigkeitssuchenden Betroffenen Wächter des Waldes rituell «befragt» zu werden.

Die Schauprozesse wurden vor der Kaninchenstatue abgehalten. Psycho, der eine weiße, aus dem Schwanz eines früheren Opfers hergestellte Perücke auf dem Kopf sitzen hatte, wechselte zwischen den Rollen des Richters und des Anklägers; die Lieblinge waren die Geschworenen. Die unglückseligen Kaninchen wurden dann einer Auswahl unterschiedlicher «Verbrechen» angeklagt, angefangen von «Grasfressen» über «Besitz eines weißen Schwanzes» bis hin zu «Leben in einem Bau» und dem «Vorhandensein von Nagezähnen», «abgeknickten Ohren», «eines großen Hinterns» oder aller drei Vergehen auf einmal.

Um die Glaubwürdigkeit der Parodie aufrechtzuerhalten, hatte Psycho den Geschworenen verboten, bereits vor der Verhandlung «Schuldig im Sinne der Anklage» zu brüllen, und als ihm die Opfer des heutigen Abends vorgeführt wurden, intonierte er nur feierlich: «Ihr, die Fünferbande aus Bau B, werdet beschuldigt, Kaninchen zu sein und hasenartige Tendenzen an den Tag zu legen. Da ihr, wie unsere Beweisführung gleich darlegen wird, über einen gewissen Verstand verfügt, habt ihr wissentlich und in bösartiger Absicht mehrfach Grashalme gefressen, ein Vergehen, das klar gegen den Finger-weg-vom-Gras-Erlaß verstößt.

«Ruf die Grashalme in den Zeugenstand!» ertönte ein Ruf.

Psycho riß prompt eine Pfote voll aus und legte sie vor sich auf den Boden. Er provozierte noch mehr Heiterkeit, als er sie mit todernster Miene befragte und sogleich zitternd und piepsig die Antwort hinterherlieferte.

«Es war schrecklich, Euer Ehren. Wir standen einfach da, dachten an nichts Böses und wuchsen so vor uns hin, als wir plötzlich grundlos und hinterhältig überfallen wurden. Gegen diese riesigen Zähne, Euer Ehren, hatten meine Kameraden und ich nicht die geringste Chance …»

Abrupt wechselte Psycho zu seiner Lieblingsrolle des Richters und schnitt den Grashalmen das Wort ab.

«Hochverehrte Geschworene», führte er feierlich aus, «ihr denkt vielleicht, die hier vor euch Stehenden seien freundliche und harmlose Geschöpfe mit durch und durch ehrenhaften Absichten. Auf der anderen Seite habt ihr wahrscheinlich auch schon bemerkt, daß es sich bei ihnen um nichts weiter als stinkende Kothaufen handelt. Doch diese Entscheidung überlasse ich selbstverständlich völlig eurem Urteilsvermögen.»

«Schuldig im Sinne der Anklage!» erschallte ein Schrei, was einem der Lieblinge ein mißbilligendes Stirnrunzeln einbrachte.

«Ruhe, oder ich lasse den Gerichtssaal räumen!» rief Psycho, was neuerliches Gekicher auslöste.

«Es soll genügen, wenn ich euch sage, meine geschätzten Geschworenen», fuhr Psycho mit möglichst tiefer, autoritärer Stimme fort, «daß aufgrund der eindeutigsten Beweise, die mir je zu Ohren gekommen sind, die angemessene Strafe für die Angeklagten nicht mehr als recht und billig ist.

Für mich besteht kein Zweifel daran, daß diese fünf gefährlichen und abweichlerischen subversiven Elemente, für deren individuelle Verdorbenheit sich in meiner Erfahrung keine Parallele findet, sich in schlimmster Weise einer heimtückischen Verschwörung schuldig gemacht haben. Doch auch diese Entscheidung überlasse ich voll und ganz eurem Urteilsvermögen.»

Das Urteil erfolgte wie immer sofort und einstimmig, und die Lieblinge warteten wie auf glühenden Kohlen darauf, daß Psycho seine weiße Perücke abnahm. Mit bedächtigen Bewegungen ersetzte er sie durch eine schwarze Maulwurfskappe, die aus dem Pelz eines anderen Opfers gefertigt war. Dabei erinnerte er sich an die Befragung des Wesens, von dem sie stammte; er war noch immer nicht ganz schlau daraus geworden. Der Maulwurf hatte prompt gestanden, sein Name sei Marcus, und er schien ganz versessen darauf, alle Informationen, die er besaß, weiterzugeben. Doch während er unaufhörlich vor sich hin plapperte, war es Psycho nicht möglich, ein einziges Wort von dem, was er da sagte, zu verstehen, und letztendlich mußte er ihn exekutieren, ohne auch nur das geringste von ihm erfahren zu haben.

Psycho wußte, daß der nächste Akt seiner Farce nicht so gut ablaufen würde. Er hatte sich eine Reihe von Strafen ausgedacht, die er ganz nach Lust und Laune variierte. Sehr beliebt war immer «Leck mich am Arsch»; hier setzten sich die Lieblinge einer nach dem anderen auf die Gesichter der Angeklagten, drückten ihre Hinterteile auf die zitternden Nasen und furzten ausgiebig. Nicht ganz so beliebt, aber allgemein als recht nützlich anerkannt, war «Koloniedienst», was bedeutete, daß die Verurteilten profane Aufgaben, wie etwa das Gras niedrig zu halten, zu erledigen hatten.

Heute abend würde er sie jedoch enttäuschen. Was in den Augen der Lieblinge einen Jagdabend am besten abrundete, war das Spießrutenlaufen der Verurteilten bis zum Ende des Plateaus, wo sie schließlich dem heulenden Mob, der unten im Wasser auf sie wartete, vorgeworfen wurden, der sie ertränkte und dabei in Stücke riß. Psycho hatte mittlerweile jedoch ein verstärktes Interesse an Tierversuchen gefunden, für die er alle fünf Opfer benötigte. Diese Versuche führte er ausnahmslos unter Ausschluß der Öffentlichkeit durch, da ihn sozusagen ein wissenschaftliches Interesse daran, was sich eben so herausfinden ließ, leitete. Bislang hatte er nur bescheidene Erkenntnisse gewonnen, etwa, daß Kaninchen mit gebrochenen Läufen nicht hüpfen konnten und ohne Augen nichts mehr sahen, doch er setzte große Erwartungen in ausgeklügeltere Programme, die er schon bald durchzuführen hoffte.

«Ihr seid allesamt für schuldig befunden worden, und das, wie ich finde, zu recht», verkündete er mit funkelnden Augen. «Ich verurteile euch deshalb dazu, für wissenschaftliche Tests zur Verfügung zu stehen.»

Eigentlich hatte er wütendes Geschrei erwartet.

«Mit Ausnahme von dir», fügte er rasch hinzu und zeigte auf das größte Kaninchen.

Besänftigt liefen die aufgeregten Nerze los, um die Spießrutengasse aufzubauen, während die Muskelnerze die übrigen vier in das Gefängnis führten, das Maxi in der Kaserne hatte einrichten lassen.

Kapitel 46

Nur die Edelsten überleben

Ich habe es zwar nicht ganz so ernst genommen wie Raka, aber ich war ebenfalls ziemlich entsetzt», getand Eule Burdock. «Du weißt ebensogut wie ich, daß dieser Ölzweigquatsch ein ziemlicher Kack ist.»

«Wahrscheinlich hast du sogar recht», seufzte Burdock bedrückt. «Warum kann das Leben nicht einfach sein?»

«Die Taube bringt uns also nichts?» Hocherfreut, so rasch die Zustimmung des Kaninchens gefunden zu haben, brauchte Eule zunächst eine positive Bestätigung.

«Nicht auf die praktische Art, so wie du sie verstehst», entgegnete Burdock. «Trotzdem wird sie weiterhin eine wichtige Rolle spielen, indem sie unsere BWW-Überzeugungen symbolisiert.»

«Ich wüßte nicht, wie», sagte Eule.

Doch dann sah er links und rechts die Gefahren lauern und wechselte rasch zu Dickarschs persönlicher Situation über.

«Die Petition der Braunellen ist auch so ein Kack, habe ich recht?» erkundigte er sich.

«Ich habe noch Einwände, was einzelne Formulierungen betrifft», antwortete Burdock ruhig. «Doch das läßt sich leicht klären. Die Petition bietet immerhin einen Ansatzpunkt für eine Auseinandersetzung mit den Nerzen.»

«Dann soll eine Braunelle hinfliegen und es tun», stieß Eule ärgerlich aus. «Warum meldest du dich freiwillig? Du weißt genau, daß uns das alles keinen Schritt weiterbringt. Wärst du ebenso dumm wie die anderen, dann würden wir uns nicht miteinander unterhalten, warum also schickst du nicht einen dieser Idioten an deiner Stelle? Wie wär's mit Cowslip?» Eule hatte sich besonders gegen dieses große und häßliche Weibchen ausgesprochen, dessen Hintern sogar noch dicker war als der von Burdock. Sie war jünger als Burdock und goß mit ihrer dreisten feministischen Haltung Öl in das Feuer einer weiteren BWW-Spinnerei. Eule spürte, daß sie einen größeren Groll gegen ihn empfand, als die meisten anderen, wahrscheinlich weil er sowohl ein Raubvogel als auch ein Männchen war, und schon mehr als einmal war ihm aufgefallen, daß sie sich immer dann vehement ins Zeug legte, wenn es gegen etwas auch nur im Anflug Positives zu wettern galt. Sie schien eine wahre Meisterin darin zu sein, grandiose Aussagen zu machen, die überzeugend klangen, bis man sie näher untersuchte und herausfand, daß keinerlei Substanz dahintersteckte, jedenfalls nichs, was ihm eingeleuchtet hätte. Am meisten ging ihm jedoch ihr dämliches Grinsen gegen den Strich, da er es als unglaublich irritierend empfand. Sie trug es fast ständig zur Schau, als läge ihre einzige Absicht darin, mit klugen Worten und einem überlegenen Gesichtsausdruck die Tatsache zu kaschieren, daß wieder einmal nichts unternommen wurde.

Burdock sah ihn an, als sei er schwer von Begriff.

«Ich bin mir nicht sicher, ob gerade sie so verwegen wäre», sagte er und lächelte wie über einen privaten Witz. «Aber darum geht es nicht, Ollie. Weißt du, ich trage eine persönliche Verantwortung dafür, meinen Körper dorthin zu bewegen, wo sich mein Maul befindet.»

«Dir wird kein Körper mehr bleiben. Du wirst sterben!» rief Eule entsetzt.

«Wenn es denn so sein soll.»

Was wirklich hinter Burdocks Worten steckte, konnte Ollie nur teilweise erraten, denn er und das Kaninchen hatten nie über persönliche Überzeugungen geredet. Burdocks Partnerin war tot, seine Träume lagen in Scherben. Die endlosen Versammlungen, die Lobbyarbeit, die heimlichen Absprachen, das zähe Festklopfen, die vielfältigen Machenschaften – alles hatte sich in nichts aufgelöst. Die Ankunft der Nerze hatte seinen Kodex und sein Gesetz zu Belanglosigkeiten degradiert. Anstatt sich in eine rücksichtsvollere Gemeinschaft zu verwandeln, war der Alte Wald ins finsterste Mittelalter zurückgeworfen worden.

Die letzte Hoffnung hatte sich zerschlagen, als die Nerze die Kaninchen zu einer besonderen Behandlung auserwählt hatten. Bei den anderen Tieren ging bald das Gerücht um, entstanden aus der gemeinsamen Erleichterung darüber, nicht selbst dafür ausgesucht worden zu sein, daß Kaninchen Unglück brächten. Sie seien dem Untergang geweiht, hieß es. Ohne sie wären die Nerze überhaupt nicht im Wald. Auf einem Treffen war sogar vorgeschlagen worden, sie zu verbannen, was unweigerlich zur Folge haben würde, daß die Nerze mit ihnen verschwänden. Von beiden Seiten als der Hauptfeind eingestuft zu werden war mehr, als Burdock ertragen konnte.

Seit er denken konnte, war ihm schmerzlich bewußt gewesen, daß seine Persönlichkeit aus zwei grundverschiedenen Wesenszügen bestand. Er war alles andere als der Liebling seines Urgroßvaters gewesen. Die Thronfolge war auf einen sanftmütigeren Bruder übergegangen, der später jedoch einem Sperber zum Opfer fiel. Danach war sein Urgroßvater etwas freundlicher zu ihm gewesen, doch Burdock hatte immer gewußt, daß er ihn nach wie vor für zu hitzig und weltzugewandt hielt. Er hatte nie großes Vertrauen in ihn gesetzt, sich den Versammlungen gegenüber reserviert verhalten und nur selten an ihnen teilgenommen.

«Dein Sohn ist viel zu ehrgeizig», hatte Burdock ihn einst seinem Vater gegenüber erwähnen hören, und das hatte ihn sehr getroffen. Trotzdem hatte er weiterhin versucht, die Anerkennung seines Urgroßvaters zu gewinnen, indem er den alten Rammler regelmäßig zu Rate zog, als ihm seine Verantwortung immer schwerer auf den Schultern lastete. Insbesondere hatte er ihn unablässig darüber befragt, woher er denn wisse, daß ein «großes Unglück» drohe, doch der Ehrwürdige Buck hatte ihm immer nur versichert, daß er, Burdock, im Lauf der Zeit schon seine Rolle zu spielen habe.

Burdock spürte ganz deutlich, daß er von einer höheren Dimension des Lebens ausgeschlossen war. Je erfolgreicher die Versammlungen wurden, desto stärker hatte sich dieses Gefühl bei ihm eingestellt, bis er immer mehr den Eindruck gewann, sich für den falschen Lebensweg entschieden zu haben. Die Teile der Unterhaltung zwischen Eule und seinem Urgroßvater, die er belauscht hatte, waren die letzte und bislang niederschmetterndste Bestätigung dafür, daß der alte Rammler seine Meinung über ihn nicht geändert hatte. Daß er nebenbei erfuhr, daß er «Dickarsch» genannt wurde, hatte auch nicht gerade dazu beigetragen, seine Stimmung zu heben.

Doch inzwischen sah alles völlig anders aus. Er hatte nichts mehr zu verlieren, aber immerhin konnte er seine persönliche Überzeugung auf eine Art vertreten, die den Respekt seines Mentors verdiente, auch wenn der nicht mehr unter ihnen weilte. Er würde den Idealen, die sein Urgroßvater stets hochgehalten und die für ihn, Burdock, oft genug nicht mehr als Lippenbekenntnisse gewesen waren, einen würdigen Tribut zollen. Er würde nicht nur seinem eigenen Elend ein Ende bereiten, sondern es mit der gleichen Geste in einen Triumph verwandeln.

Eule verbrachte die halbe Nacht damit, Burdock die Idee auszureden. Er jagte ihn um so viele logische Windungen, daß ihm davon selbst ganz schwindlig wurde. Als Eule vom endlosen Sich-im-Kreise-Drehen gehörig erschöpft war, brach das Kaninchen die Unterredung mit dem Verweis ab, es brauche ein wenig Schlaf.

«Gewähre mir noch einen letzten Versuch, es dir zusammenzufassen», sagte Dickarsch. «Wahrscheinlich kannst du es als Raubtier nicht verstehen, aber wir Betroffenen Wächter des Waldes weigern uns zu glauben, daß es ein Tier auf dieser Welt gibt, das unfähig ist, sich der Vernunft zu öffnen. Nimm dich selbst als bestes Beispiel. Du hast uns lange Zeit mit Verachtung gestraft, doch jetzt hast du die ganze Nacht damit verbracht, dich mit mir zu streiten.»

Das erinnerte Eule daran, daß er halb verhungert war. Wenigstens einmal hatte Burdock ihm etwas voraus, denn er war während des Gesprächs herumgehoppelt und hatte die unterschiedlichsten Vegetationsarten verspeist.

«Aber du mußt doch sehen, daß Raka recht hatte. Es gibt nichts Gutes, woran man bei Nerzen appellieren kann», sagte er zum x-tenmal voller Verzweiflung. «Sie hören dir nicht einmal zu.»

Burdock sah ihm fest in die Augen, wobei er wußte, daß ihre grundsätzliche Meinungsverschiedenheit die gegenseitige Wertschätzung und den Respekt vertiefte, auch wenn die Kluft zwischen ihnen dadurch nur um so deutlicher wurde.

«In jedem Geschöpf gibt es etwas Gutes, wie irregeleitet es auch erscheinen mag», verkündete er so salbungsvoll – fand zumindest Eule –, als rezitiere er eine Litanei. «Alles, wofür wir einstehen, ergibt sich aus diesem Prinzip, und jetzt besteht meine Pflicht darin, es in die Praxis umzusetzen. Ich darf dir versichern, mein Freund, daß das Leid eines Individuums, wie ich eines bin, im Vergleich mit dem größeren Guten, das daraus hervorgehen wird, ein Nichts ist.»

«Das einzige, was aus dir hervorgehen wird, ist dein Blut», sagte Eule bitter.

Er hatte genug davon, besonders jetzt, wo es sich immer mehr wie frommes Gefasel anhörte. Auch wenn Burdocks Reden gelegentlich entfernt an den Ehrwürdigen Buck erinnerten – das hier klang eher nach astreinem Kuddelmuddel. Wenn das Kaninchen so fest dazu entschlossen war, sich selbst zu opfern, dann hatte Eule keine Lust mehr, seinetwegen sein Abendessen zu opfern.

«Weißt du was?» sagte er in aller Ruhe. «Du bist verrückt.»

«Am Traurigsten daran ist, Ollie», entgegnete das Kaninchen und klang dabei ernster, als Eule es jemals zuvor erlebt hatte, «daß ich weiß, daß ich in meinem ganzen Leben noch nicht klarer im Kopf gewesen bin. Klarer als du, bei allem nötigen Respekt, je sein wirst. Ich kann es nicht richtig erklären, aber irgendwie habe ich das Licht gesehen. Jetzt ist alles hell und klar.»

«Geschöpfe mit klarem Verstand wissen, wie man am Leben bleibt!» blaffte Eule ärgerlich zurück.

«Besser wie ein Nerz als ausgemerzt, was?» erwiderte Burdock sorgenvoll. «Eines Tages wird dir vielleicht aufgehen, Ollie, daß es mehr im Leben gibt, als dieses markige Raubtiergerede. Egal, wie sehr sie sich auch anstrengen, die Angreifer werden niemals gewinnen. Nur diejenigen mit der Fähigkeit zu leiden und zu ertragen, werden am Ende überleben.»

«Laß mich aber bei deinem Opferclub außen vor», sagte Eule in seiner letzten Retourkutsche, bevor er die Schwingen entfaltete.

Er flog ohne ein Wort davon und ließ sich gleich darauf mit gewohnter Treffsicherheit auf eine Wühlmaus fallen. Das ist ein Opfer, das ich verstehen kann, dachte er und schluckte sie in einem Stück hinunter. Er erinnerte sich daran, wie er den Vertreter der «Wühlmäuse gegen Gewalt» in seiner ersten Sitzung als Vorsitzender auf ähnliche Weise verspeist hatte. Damals waren er und Burdock noch auf einer Linie gewesen. Jetzt trennten sich ihre Wege auf eine Art, die Eule enttäuschte und wütend machte. Er wußte wohl, daß er nicht wütend und auch nicht enttäuscht sein mußte. Burdock hatte schon recht, wenn er sagte, es handle sich um sein Leben, das er ganz nach Belieben leben oder beenden konnte.

Trotz seiner Wut mußte sich Eule eingestehen, daß er tiefe Bewunderung für die Haltung des Kaninchens empfand. «Vielleicht wird meine Wut ja erst durch die Bewunderung ausgelöst», dachte er plötzlich, während er sich auf der Suche nach einem weiteren pelzigen Happen wieder in die Lüfte erhob. Wie wunderbar es sein mußte, wenn man ein so klares Gespür für den eigenen Lebenszweck empfand, der einen über die alltägliche Existenz erhob. Burdock hatte sich verändert. Er hatte zu einem Edelmut gefunden, auf den Eule, wie er jetzt erst bemerkte, neidisch war – besonders deshalb, weil Edelmut nicht zu den Eigenschaften gehörte, die er gemeinhin mit Kaninchen in Verbindung brachte.

Aber vermutlich hatte er schon immer gewußt, daß Dickarsch kein normales Kaninchen war.

Kapitel 47

Zu Tode petitioniert

Psycho hatte sämtliche Versuche aufgegeben, Mega für die Angelegenheiten der Betroffenen Wächter des Waldes zu interessieren. Jedesmal, wenn er das Thema anschnitt, reagierte sein Anführer mit krasser Ablehnung.

«Das ist doch ein Haufen Schwachköpfe, Psycho! Wen interessiert, was ein Haufen Schwachköpfe denkt oder tut?» knurrte er wütend.

Gelegentlich erntete er von Mata ein Anzeichen von Interesse, doch sie beharrte nach wie vor auf dem Standpunkt, jeder solle für sich selbst entscheiden, ob er sich für das Leben im

Wald interessieren oder sich lieber heraushalten wolle. Die Marketing-Nerze waren ausschließlich auf ihre Statistiken fixiert, und die Kluft zwischen Psycho und Maxi vertiefte sich immer mehr.

Dessenungeachtet setzte Psycho seine Forschungen allein fort. Bei einer Routinebefragung einer nicht näher klassifizierbaren Feldmaus hatte er von der großen Versammlung in der Erdmulde erfahren. Nachdem sich sein erster Zorn darüber, daß ihn diese Information erst jetzt erreichte, gelegt hatte, holte er rasch die ganze Geschichte von der geplanten Petition aus ihr heraus. Endlich war er auf Gold gestoßen.

Ganz aufgeregt vor Vorfreude eilte er zu Megas Bau. Dort schlug ihm die erwartete «Haufen Schwachköpfe»-Reaktion entgegen, doch jetzt trieb es Mega wirklich auf die Spitze: «Wie oft muß ich dir noch sagen, daß du mich nicht mit diesem Waldwächterballa behelligen sollst?» schrie Mega. «Deine Aufgabe besteht darin, mich über das Treiben unserer Lieblinge hier auf dem Plateau auf dem laufenden zu halten, nicht über die Dummbeutel, die dort draußen leben. Maxi ist mit der Kaninchenkampagne betraut, also halte dich da raus.

Ich habe es dir schon wiederholt gesagt: Wenn dich die Kaninchen so sehr faszinieren, dann kannst du ihnen in deiner Freizeit nachspionieren. Aber komm mir nie wieder mit diesem Quatsch unter die Augen, hast du das endlich kapiert?»

Psycho ließ die Kanonade unbeeindruckt über sich ergehen. Dann machte er sich daran zurückzufeuern.

«Wie du willst, Mega», erwiderte er gleichmütig. «Aber wo ich jetzt schon einmal hier bin, dachte ich, es könnte dich vielleicht interessieren, was ich soeben herausgefunden habe. Die Waldwächter wollen uns besuchen.»

«Uns besuchen?» staunte Mega ungläubig. «Weshalb denn?»

«Sie wollen uns eine Petition überbringen.»

«Was für eine Petition?»

«Eine Petition über uns», grinste Psycho. «Irgendein Balla darüber, wie schrecklich wir sind, daß wir die ganze Gegend hier kaputtmachen und daß wir deshalb weggehen sollen.»

«Sind wir nicht», antwortete Mega. Diese Schwachköpfe glaubten nicht nur, daß ihnen der Wald gehörte, sondern auch, daß sie das Recht hätten, allen anderen Vorschriften zu machen. «Sind sie so dumm, daß sie ernsthaft glauben, wir würden uns danach richten?»

Psycho grinste noch breiter. Als wahrer Ballaballa-Feinschmecker war ihm die Petition ans Herz gewachsen, und jetzt hatte er auch seinen Anführer am Haken.

«Sieht ganz so aus, ja», sagte er und schüttelte den Kopf in gespielter Sorge. «Nicht zu fassen, was?»

Er schwieg und ließ eine lange Pause verstreichen.

Sein Anführer kochte noch immer vor Wut und atmete heftig.

«Ach, da wäre noch etwas, Mega», sagte Psycho dann lächelnd und ließ die Bemerkung wie einen Nebengedanken fallen. «Ich habe Grund zu der Annahme, daß der Chef der Kaninchen seinen Petitionsballa höchstpersönlich hier auf dem Plateau überbringen will. Du weißt schon, derjenige, den du bei der Versammlung nicht ganz erwischt hast.»

«Was?» brüllte Mega und sprang auf. «Ich dachte, du hältst dich für schlau, Psycho. Warum hast du mir das nicht gleich gesagt?»

«Weil ich schlau genug bin, um mir einen Spaß daraus zu machen, dich aufzuziehen», lächelte Psycho schmierig in sich hinein und beobachtete, wie sein Anführer wutentbrannt auf und ab schritt. Er wußte genau, daß er den Finger in eine offene Wunde gelegt hatte. Sein Anführer war noch immer sauer auf den «fetten Drecksack», wie er ihn nannte, der ihm damals durch die Krallen geschlüpft war.

«Was reden sie so, Psycho?» hatte er nach dem Zwischenfall regelmäßig gefragt.

«Du mußt dir nicht so viele Gedanken darüber machen, Mega», hatte Psycho stets mit boshafter Befriedigung geantwortet. «Aber ich sage dir nur ungern, daß es noch immer einige gibt, die sich fragen, wie es kommt, daß ausgerechnet du, der allmächtige Anführer, eine so einfache Aufgabe nicht auf die Reihe kriegst.»

«Diese undankbaren Dreckskerle!»

Nach dem Massaker hatte Maxi an alle Nerze den strikten Befehl erlassen, daß das dickarschige Kaninchen mit der weißen Blesse für ihren Anführer reserviert sei. Diese Anweisung hatte sich jedoch als immer peinlicher erwiesen, als sich herausstellte, daß das Karnickel einfach nicht zu erwischen war. Mega hatte durch den spektakulären Fang eines Eichhörnchens wieder viel an Boden gewonnen; er hatte es vor der bewundernd staunenden Menge von Baum zu Baum gehetzt und schließlich so in Panik versetzt, daß es den Halt verlor und auf den Waldboden hinunterstürzte, wo er es triumphierend tötete.

Psycho war sich jedoch bewußt, daß Mega die unerledigte Geschichte mit dem großen Kaninchen nach wie vor schwer im Magen lag.

«Er kommt also hierher?» überlegte Mega. «Das hast du gut gemacht, Psycho, wirklich sehr gut.»

Mata hatte ihn erst kürzlich daran erinnert, daß man sich den kleinen Kriecher durch ein Lob hier und da am besten gefügig machte. Obwohl er wußte, daß sie recht hatte, fiel ihm das Loben äußerst schwer.

«Ich werde dafür sorgen, daß du mehr Kaninchen für deine Experimente bekommst», versprach er ihm.

Psycho lächelte. Er wußte nur zu gut, daß Mega die Experimente persönlich für sinnlos hielt. Das gleiche galt für die Schauprozesse, die er abstoßend fand und nur deshalb nicht untersagte, weil sie sich bei den Lieblingen so großer Beliebtheit erfreuten.

«Die Information muß jedoch unter uns bleiben, Psycho», fügte Mega hinzu. «Wenn dieser dickarschige Dreckskerl mich höchstpersönlich besuchen will, dann werde ich ihn auch höchstpersönlich empfangen.»

«Selbstverständlich, Mega», grinste Psycho. «Und ich bin sicher, daß du diesmal klare Verhältnisse schaffen wirst.»

Er schluckte, als er sah, daß seinen Anführer fast der Schlag traf.

«Du kannst mir völlig vertrauen, Mega», sagte er und ging eilig davon.

Nachdem er Maxi den strikten Befehl erteilt hatte, niemanden zu ihm durchzulassen, zog sich Mega mit einem Gesichtsausdruck zurück, der nichts Gutes verhieß. Das Warum und Wohin dieses Petitionsballas interessierte ihn nicht. Es waren nichts als schwachsinnige Ideen, unverständlich und langweilig wie immer. Ihn beschäftigte vielmehr die persönliche Ebene, die offene Rechnung, die er bald im Zweikampf begleichen wollte.

Aber wie? Plötzlich rieb er sich die Pfoten vor Vergnügen. Er konnte die alte Schlappe wettmachen, indem er die Lieblinge erneut mit der Nase auf Psychos Trick mit dem verbogenen Katzenschwanz bei der Einführung der Karnickelkampagne stieß!

Ich werde dir zeigen, wie man einen Doppeltrick anwendet, du Ratte, dachte er und keckerte vor Vorfreude.

«Das große Kaninchen ist unterwegs, mein Anführer.»

Mega sprang auf, schob Psycho beiseite und drängte sich durch die aufgeregte Gruppe am Rand des Plateaus nach vorn. Tatsächlich! Da kam das Kaninchen mit der weißen Blesse und dem dicken Hintern den Hang herauf, genau wie es Psycho vorausgesagt hatte. Doch was sollten dieser weiße Vogel direkt über ihm und der andere, der noch höher über den beiden schwebte? Er erkannte ihn als die Eule, von der sein Ränkeschmied erzählte hatte, sie sei der eigentliche Anführer der Waldbewohner.

Die Nerze machten ihm willig Platz, und er bemerkte, daß sie ihn genau beobachteten. Angesichts des Kaninchens, das da unbeirrt und ohne jede Anstalten, sich zu verbergen, auf sie zukam, blieb ihnen regelrecht die Spucke weg. Noch nie zuvor war jemand so mutig auf sie zumarschiert – schon gar nicht ausgerechnet ein Kaninchen!

«Soll das ein Scherz sein?» fragten sie einander verdutzt.

«Da kommt das Frühstück!» rief plötzlich ein Spaßvogel.

«Mitsamt dem Nachtisch!» schrie ein anderer in Anspielung auf die Taube.

Maxi rannte eilig aus seiner Kaserne herbei und schloß sich der aufgeregt schnatternden Menge an.

«Ich habe keine Ahnung, was das soll, Mega», gestand er und strich sich die Barthaare glatt. «Vielleicht ist es eine Falle, oder das Kaninchen ist einfach durchgedreht. Wie auch immer, du solltest mir den Kerl überlassen, damit ich ihn mir ansehe.»

Trotz seines Vorwissens lief es Mega inzwischen eiskalt den Rücken hinunter. Auch die Lieblinge spürten das Unheimliche an der Tatsache, daß sein persönlicher Feind so leidenschaftslos in den – wie auch er wissen mußte – sicheren Tod ging. Wo nahm er bloß so viel Mut her? Einen Moment lang bedauerte Mega, daß er Psycho nicht gestattet hatte, ihm mehr über die Gedankengänge der Betroffenen Wächter des Waldes zu berichten. War es denn möglich, daß sie trotz allem etwas wußten, was den Nerzen verborgen geblieben war?

Was auch immer – jetzt war es zu spät, darüber nachzudenken.

«Halte sie alle zurück, Maxi», befahl er. «Und nimm den Katzenschwanz runter. Ich werde das erledigen.»

*

Burdock suchte sich für seine erste und, wie er spürte, auch letzte Pilgerfahrt den Sonnenaufgang aus. Am Abend vorher war er in seinen Bau zurückgekehrt, und die Nacht hatte er allein verbracht; er hatte nur wenig geschlafen, in Gedanken mit seinem toten Urgroßvater Zwiesprache gehalten und seine geliebte Dandelion betrauert. Seit sie getötet worden war, hatte er seine Existenz im Untergrund beinahe genossen. Er war von einem Bau zum anderen gezogen, der Nerzmeute immer einen Schritt voraus. Die Gesellschaft der anderen hatte ihm Trost geboten, und das Zusammensein mit so vielen vergleichsweise fremden Artgenossen hatte ihm das Herz erwärmt.

Trotzdem war er nie über den Verlust seiner Partnerin hinweggekommen. Erst jetzt, wo sie nicht mehr da war, erkannte er, was für eine großartige Kameradin und Stütze sie ihm gewesen war. Er hatte ebenso hart für sie wie für sich selbst gearbeitet, das wußte er jetzt. Ihr tiefes Vertrauen in ihn war unerschütterlich gewesen, und sie hatte sich ohne Murren all seinen Wünschen gebeugt. Als er in ihrem gemeinsamen, einst so gemütlichen Bau lag, erinnerte er sich noch einmal an die vielen schönen Zeiten, die sie dort miteinander verbracht hatten. Ohne sie hatte er das Gefühl, als liege er auf dem Boden eines Brunnens, dessen Wände allein seine Einsamkeit auf ihn zurückwarfen.

Die Erinnerungen an den Ehrwürdigen Buck ließen ihn neue Kraft schöpfen. Seine Entscheidung, die Petition zu überbringen, hatte er gefällt, ohne dabei politsche Vorteile zu erwägen, was ihn zunächst selbst erstaunte. Als er jedoch sein Leben an sich vorüberziehen ließ, wurde ihm seine Entscheidung immer offenkundiger. Gerade das politische Denken hatte ihn so weit von den wirklichen Wahrheiten entfernt, den einzigen Wahrheiten, die zählten. Jetzt hatte er das Gefühl, wieder auf dem Weg zu sein, den sein Urgroßvater schon immer beschritten hatte. Er fühlte sich beinahe beschwingt, als wäre ihm ein großes Gewicht von der Seele gefallen. Viele der Dinge, die er für wichtig erachtet hatte, erschienen ihm jetzt unbedeutend, und zu seiner noch größeren Überraschung erkannte er, daß es ihn noch nicht einmal besonders interessierte, wer sein Nachfolger werden würde. Bei einem kurzen Rückfall ins politische Denken hatte er das eigenartige Gefühl, Cowslip könne das Rennen machen. Wenn dieser Fall eintreten sollte, nun, dann sollte es ihm recht sein, auch wenn sie ihm in mancher Hinsicht unangenehm war. Es ging ihn nichts mehr an. Wie bei seinem Urgroßvater war die ganze Geschichte mit den Versammlungen im Vergleich zu den individuellen und persönlichen Entscheidungen, die er getroffen hatte, nebensächlich geworden. Diese zersplitterten und streitsüchtigen Veranstaltungen, bei denen jeder nur an den eigenen Vorteil dachte, waren wie Trugbilder aus seinen Gedanken verschwunden und von einem alles durchdringenden Gefühl der Heiterkeit abgelöst worden. Endlich hatte er sein Gleichgewicht gefunden. Das war weit mehr, als einfach nur nichts mehr zu verlieren zu haben. Als der Morgen heraufzog, erkannte Burdock, daß er all das erst hinter sich lassen mußte, um einen Punkt zu erreichen, von dem aus er nur noch gewinnen konnte.

Mit dem Bewußtsein, endlich bereit zu sein, hoppelte er hinaus, um die kleine Gruppe ängstlicher BWW-Anhänger zu begrüßen, die zu seiner Verabschiedung gekommen war. Sein Lebewohl war eigenartigerweise unsentimental, auch seine letzten Worte an Eule, der ihm durch sein Angebot, über ihm zu fliegen und ihn dadurch zu unterstützen, eine große Freude machte, obwohl beide wußten, daß er letztendlich nichts ausrichten konnte. Eule wiederum freute sich außerordentlich darüber, daß auch Raka erschienen war.

Doch als Burdock sich mit der dummen Taube, die über ihm flatterte, auf den Weg machte, mußte Eule erkennen, daß Raka sich den allgemeinen Glückwünschen nicht anschloß. Anstatt ihre Unterstützung zu bekunden, hatte sie sich wohl vorgenommen, in dieser Angelegenheit das letzte Wort zu behalten.

«Untergang! Untergang! Ihr beide seid dem Untergang geweiht!» krächzte sie und kreuzte über dem Duo mit der Petition, bis Eule so im Sturzflug auf sie herabstieß, daß sie erschrocken davonflatterte. In der nun eintretenden Stille kreiste er hoch über den beiden Botschaftern und sah, daß sich alle anderen Tiere schon wieder davongemacht hatten. Er spürte den Druck in der Luft, als stünde ein Gewitter bevor, obwohl der hohe Himmel mit den gerippten Zirruswolken dagegen sprach.

Die Vorzeichen standen nicht gut, und er war entsetzt darüber, daß Burdocks BWW-Kameraden ihren Anführer zwar demonstrativ verabschiedet hatten, aber gleichzeitig auffällig darauf bedacht waren, sich selbst nicht dem kleinsten Risiko auszusetzen. Bei den Erdbewohnern war das ja noch verständlich, den Vögeln hingegen drohte keinerlei Gefahr, solange sie in der Luft blieben. Eigentlich hatte er erwartet, daß einige von ihnen, insbesondere die Braunellen, die sich die Petition ausgedacht hatten, ihren Anführer fliegend begleiteten. Als sie jedoch eine ganze Reihe äußerst schwacher Entschuldigungen vorbrachten, wurde ihm klar, daß sie niemals vorgehabt hatten, sich weiter in der Sache zu engagieren.

Burdock hingegen sog jede Nuance, jedes Detail des Waldes entlang seinem Weg in sich auf. Sogar der Schmerz in seiner Schulter war auf wunderbare Weise verflogen. Er fühlte sich körperlich ebenso erleichtert wie seelisch. Alles – die Geräusche, die Gerüche, die Bilder – präsentierte sich ihm ungewöhnlich klar und deutlich, und eine Welle der Zuneigung für den Wald und all seine Bewohner erfaßte ihn. Er spürte bereits, daß er ihn verließ, um in eine eigene Welt einzutreten: eine Sphäre des Friedens, die nichts und niemand jemals stören konnte.

Dann, als er den Hang am Fuße des Plateaus erreichte, fingen plötzlich die Nerven zu flattern an. Er mußte vor dem letzten Aufstieg eine kurze Pause einlegen. Unterwegs hatte er sich auf keinerlei Gefahr eingestellt, denn er zweifelte nicht daran, daß er seine Reise unbehelligt durchführen würde. Er sah den Wächter zum Plateau hinaufrennen und wußte, daß man ihm Zutritt gewähren würde – für seinen Augenblick der Wahrheit. Er wollte versuchen, die Petition, die er in andere Worte gekleidet hatte, vorzutragen, obwohl er keine großen Erwartungen daran knüpfte. Doch was immer auch geschehen würde, er hatte sich treu an die Prinzipien seines Urgroßvaters gehalten und sein Bestes gegeben. Trotzdem nährte er noch immer die dünne Hoffnung, daß, falls es ihm gelingen sollte, mit den Nerzen in einen Dialog einzutreten, wenigsten etwas dabei herauskommen könnte. Die Überzeugungen der Wächter des Waldes durften nicht sang- und klanglos untergehen.

Oben angekommen, betrat er behutsam das kurz gehaltene Gras und hoppelte gleichmäßig voran, wobei er versuchte, das widerwärtige Bild der Kaninchenstatue auszublenden. Er unterdrückte den natürlichen Instinkt, in wilder Panik davonzulaufen. Er erkannte, daß die gesamte Nerzmeute im Hintergrund zurückgehalten wurde, während ihr Anführer – derjenige, der ihn bei der Versammlung attackiert hatte – sofort auf ihn zukam. In seinem Maul hielt er den schwarz-orangefarbenen Schwanz, von dem jeder wußte, daß er von einem unglücklichen Geschöpf außerhalb des Waldes stammte.

Als der Nerz so nahe herangekommen war, daß Burdock seinen strengen Geruch wahrnehmen konnte, erhob er die Pfote zum Gruß.

«Ich komme im Namen aller Waldbewohner, um mit dir vernünftig zu reden», hob er an.

Weiter kam er nicht.

Schnell wie der Blitz sauste der Anführer der Nerze hinter ihn, sprang auf seinen Rücken und schlang ihm den schwarz-orangefarbenen Schwanz um den Hals. Burdock machte keine Anstalten, sich ihm zu widersetzen, als er wütend daran zog. Er konnte ohnehin nicht viel gegen den Nerz ausrichten, der sich in seinem Rücken festkrallte. Als sein Kopf jetzt zurückgerissen wurde, sah er aus dem Augenwinkel das wilde Gesicht mit den angelegten Ohren und dem stechenden Blick.

«Ich habe auf dich gewartet, du Dreckskerl», zischte der Nerz. «Jetzt halt die Klappe und stirb!»

In Burdocks Kopf drehte sich alles im Kreis. Er erstickte!

«Ich vergebe dir, denn du weißt nicht, was du tust», konnte er gerade noch herausbringen.

Ein wütendes Knurren war die Antwort, und die Schlinge zog sich fester um seinen Hals.

Die umherstehenden Nerze jubelten, als die Augen des Kaninchens hervorquollen und die Zunge langsam aus dem Maul trat, bis sein Körper schließlich mit einem lauten Knacken erschlaffte. Ihr Anführer trat stolz ein paar Schritte zurück, hielt den Katzenschwanz empor und zeigte ihnen die schöne Rundung, in die er ihn gebogen hatte. Dann, umtost von einer Woge zustimmenden Gebrülls, legte er ihn auf den Boden und trampelte so lange auf ihm herum, bis er wieder gerade war.

«Meganerz! Meganerz! Er ist der Nerz! Er ist der Nerz!» sang die Meute wie im Delirium.

Die ganze Zeit über flatterte die Taube mit dem Zweig im Schnabel über dem Schauplatz des Geschehens. Eule war bereits aufgefallen, daß sie in Ermangelung eines Ölzweigs einen Eichenzweig gewählt hatte.

Jetzt schien sie ihren Augenblick für gekommen zu halten und ließ sich vorsichtig auf dem Plateau nieder.

Was dann geschah, passierte so rasch, daß Eule es beinahe verpaßt hätte. Der Obernerz holte mit dem Katzenschwanz aus, ließ ihn pfeifend durch die Luft sausen und schlug der Taube mit einem gewaltigen Hieb glatt den Kopf ab, der im hohen Bogen über die ganze Lichtung flog, während der Rumpf nur kurz zuckte, dann vornüberfiel und sein Blut über das schneeweiße Gefieder vergoß. Der Anführer der Nerze schlenderte hinter dem Kopf her und betrachtete ihn voller Interesse. Dann nahm er ihn ins Maul und schluckte ihn mit einem Bissen hinunter. Unter dem noch anschwellenden Begeisterungsgeschrei aus den Reihen der Zuschauer hob er den Eichenzweig auf, ging zum Rand des Steilufers hinüber und schleuderte ihn in den Fluß.

Dann schickte er noch ein breites Grinsen in die Runde und verschwand in seinem Bau.

«Herrsche, Nerzmania!» donnerte die Meute, als der Katzenschwanz wieder über seinen Ast gehängt wurde. «Nerzmania beherrscht den Wald! Wir machen alle Tiere ohne Zaudern kalt!»

Mega hörte es im Inneren seiner Behausung und war von der Wirkung seiner hochdramatischen Gesten überaus angetan. Trotzdem fühlte er sich entnervt. Er hatte eigentlich nicht erwartet, daß das Kaninchen tatsächlich auftauchen würde, und als er ihm dann gegenüberstand, war etwas Unheimliches an seinem Erscheinen. Mega hatte das dringende Bedürfnis verspürt, seinen Widersacher zu entschärfen, deshalb war er auch so darauf bedacht gewesen, daß er seinen Beitrag nicht erst los wurde. Jetzt erinnerte er sich nur noch an die letzten Worte des Kaninchens: «Ich vergebe dir, denn du weißt nicht, was du tust.» Unglaublich! Wie konnte er es wagen, ihm so etwas zu sagen? Was denn vergeben? Daß er ein Nerz war? Er hatte ihm seine Art von Vergeben demonstriert!

Was die Meute anging, hatte seine Darbietung ihren Zweck erfüllt. Er hatte dem Kaninchen nicht erst die Zeit gelassen, seinen Petitionsballa loszuwerden, von dem Psycho gebrabbelt hatte. Und die Lieblinge machten sich keine Gedanken darüber, was wohl die Motive hinter diesem offensichtlichen Selbstmordkommando gewesen sein mochten. Schließlich handelte es sich doch nur um ein dämliches Karnickel! Statt dessen galt ihre Bewunderung demjenigen, der entschlossen gehandelt hatte. Dem Lärm von draußen nach zu urteilen, waren sie bereits dabei, die Kadaver über das Gras zu zerren. Gleich würden sie sie über den Klippenrand werfen. Mega blieb in seinem Bau und ließ sie gewähren.

Vom Eingang her kam ein Geräusch. Mata trat ein.

«Verrückte Geschichte, was?» bemerkte sie. «Ich vermute, Psycho hat dir erzählt, daß sie kommen.»

«Von dem Kaninchen, ja. Aber nichts von der Taube», gab Mega grollend zu. «Aber du hast recht, Mata, es war verrückt. Hast du das kapiert?»

«Nicht ganz, Mega. Aber ich habe schon öfter zugehört, wenn Psycho erzählte, was er seit unserer Ankunft herausgefunden hat. Ich muß zugeben, daß es durchaus interessant ist. Ich habe vorher noch nie darüber nachgedacht, doch was er mir zu erklären versuchte, ist, daß dort im Wald alle möglichen Arten von Tieren leben, die ebenso viele unterschiedliche Auffassungen vom Leben haben – und vom Tod. Wie er bin auch ich jetzt so weit anzuerkennen, daß es keine Konstante gibt, der sich jedes Lebewesen unterwerfen muß. Wir leben auf unsere Weise, andere Lebewesen auf ihre. Und wer will entscheiden, wer recht und wer unrecht hat. Das gleiche gilt für die Wahrheit, Mega. Für dich wie für alle anderen ist sie das, was man als Wahrheit erkennt.»

«Dieses verfluchte Karnickel hat nicht sonderlich viel erkannt. Jedenfalls hat es ihm nichts genutzt!» sagte Mega ärgerlich. Mata redete schon wieder in Rätseln. «Was hältst du davon, wie ich mit ihm verfahren bin?»

«Ich denke, daß es richtig war. Von deinem – von unserem – Standpunkt aus gesehen. Was es dem Kaninchen genutzt hat, hängt ganz davon ab, welchen Weg es eingeschlagen hatte.»

«Keinen», knurrte Mega und beschloß, nichts von den letzten Worten des Kaninchens zu verraten. «Karnickel haben auch keine Ahnung, wohin sie gehen, ebensowenig wie Nerze.»

«Meinst du, Mega?» fragte sie und sah ihn nachdenklich an. «Glaubst du nicht eher, daß dieses Kaninchen, so wie es aufgetreten ist, genau wußte, was es tat? Oder glaubst du, es ist rein zufällig hier vorbeigeschneit, ohne die Folgen zu bedenken? Und du? Wußtest du genau, was du tust, oder hast du nur reagiert, ohne zu wissen, worauf und weshalb? Vielleicht ist dir der Gedanke noch nicht gekommen, aber es könnte sein, daß in Wirklichkeit wir – nicht sie – keine Ahnung davon haben, wohin wir gehen.»

«Nein, der Gedanke ist mir noch nicht gekommen», erwiderte Mega noch wütender als vorher. Bis zu diesem Augenblick war er mit dem Ergebnis zufrieden gewesen. Jetzt verdarb Mata alles, indem sie alle möglichen Zweifel in seinem Kopf säte. «Und ich werde auch jetzt nicht damit anfangen», fügte er trotzig hinzu. «Wie alle Wesen, die noch über einen Rest von Grips verfügen, mache ich immer weiter.»

«Weiter womit, Mega?»

«Mit dem Leben, Mata», knurrte er. «War das nicht der Grund, weshalb wir hierhergekommen sind?»

«Doch nicht nur, um zu leben, Mega», sagte sie verächtlich. «Ich dachte, du hättest allen erzählt, wir seien hier, um frei zu sein.»

«Genau, Mata. Und ich habe allen die Freiheit geschenkt.»

«Genau, Mega.» Matas Schwanzhaare sträubten sich. Sie war womöglich noch wütender als er. «Aber ist dir nie in den Sinn gekommen, daß die meisten unserer Lieblinge nicht die Freiheit, alles tun zu dürfen, gesucht haben? Daß sie Freiheit vielmehr als etwas Negatives gesehen haben, die Freiheit, etwas nicht tun zu müssen? Sie wollten die Freiheit, nicht mehr in den Käfigen leben zu müssen, nicht mehr widerlichen Fraß fressen zu müssen, nicht mehr die Latrinengrube benutzen und dem Wärter nicht mehr in den Arsch kriechen zu müssen. Sie wußten nur, was sie nicht wollten – sie wußten nicht, wie es draußen war.

Jetzt sind sie hier, und erzähl mir bitte nicht, sie wüßten, was sie hier eigentlich tun. Sie haben kein Ziel vor Augen, und sie erreichen nichts. Ich sehe es. Sie rennen planlos durch die Gegend und töten.»

«Sie sind durch und durch Nerze!» brüllte Mega außer sich vor Wut. «Was ist daran falsch?»

Manchmal kam es ihm so vor, als sei er der einzige, der begriff, was überhaupt los war.

«Und das Kaninchen war durch und durch Kaninchen, Mega!» schrie sie zurück, wobei sie ihr Gesicht mit den gesträubten Barthaaren dicht vor das seine schob.

Mega stand auf und wollte gehen. Er hatte keine Lust, sich noch länger mit derartigem Humbug abzugeben.

«Hör mal zu, Mata, wenn irgendein verblödetes Kaninchen sich darüber im klaren ist, daß es sterben will, von mir aus», rief er. «Was mich jedoch angeht, hat sich dadurch nichts verändert: leben oder sterben – egal, was du wählst, beides sind ganz einfache Entscheidungen.»

«Nur so einfach, wie du sie dir machst, Mega», rief sie ihm wütend hinterher, als er aus dem Bau stampfte. Draußen empfing ihn Maxi mit einem freudigen Ruf.

«Sollen wir sie jetzt hinunterwerfen, mein Anführer?»

«Wartet auf mich!» rief er, rannte zur Wateramarutsche und ließ sich ins Wasser platschen, mitten zwischen seine herumtollenden Nerze.

Als der Kaninchenkadaver heruntergerollt kam, schob er die anderen zur Seite und packte ihn mit dem Maul. Er zog ihn unter Wasser und verharrte dort so lange er konnte, wobei er sich an einem Ast nahe am Flußgrund verankerte. Eine tintige Blutwolke trübte die Sicht immer mehr. Schließlich zog er das Kaninchen am Kopf zurück an die Oberfläche, wo er nach Luft schnappend neben dem grimmig grinsenden Maxi auftauchte.

«Tauziehen?» fragte er und grinste zurück.

Maxi schnappte sich sogleich ein Bein, und sie fingen an zu ziehen. Als die anderen Nerze heranplanschten und die beiden anfeuerten, spürte Mega, wie ihn eine Welle unglaublicher Sorglosigkeit erfaßte. Das war das wirkliche Leben! Etwas tun, nicht Matas endloses Geschwätz darüber, wohin man will und ob man sich darüber im klaren ist. Darüber, wohin dieses verdammte Karnickel ging, war er sich jedenfalls völlig im klaren: Es ging unter.

Wieder zog er den Kadaver unter die Wasseroberfläche. Diesmal schaffte er es, Maxi mitzuziehen.

Sobald der Gesang einsetzte, wußte Eule, daß die Angelegenheit erledigt war. Als Burdock erdrosselt wurde, war Ollie tief hinabgeglitten und hatte mit seinem feinen Gehör die letzten Worte des Kaninchens gehört, die knapper ausfielen, als er erwartet hätte. Jetzt würde er niemals erfahren, welchen Wortlaut die Petition letztendlich hatte. «Dabei ist es eigentlich sowieso egal», dachte er sich, flog eine langgezogene Kurve und kehrte zur Buche zurück.

Ula war gerade aufgewacht.

«Na, was ist jetzt mit dem Knickohr passiert?» begrüßte sie ihn gähnend.

«Er wurde getötet.»

«Und die Taube?»

«Auch.»

«Hab' ich doch gleich gesagt», antwortete sie triumphierend. «Geschieht den beiden Narren recht. Wenigstens mußt du dich jetzt nicht mehr mit ihrem Kack abgeben.» Sie scharrte auf dem Nestboden herum. «Wird ja auch langsam Zeit», fügte sie unnötigerweise hinzu. «Du bist dran mit dem Ei. Nach dem, was sich da drinnen so tut, haben wir bald ein Junges, das unsere ganze Aufmerksamkeit in Anspruch nehmen wird.»

«Es war wirklich traurig», machte Eule den Ansatz einer Erklärung. «Der Anführer der Nerze ließ sie nicht einmal zu Wort kommen.»

«Was nur beweist, daß er mehr Verstand hat als du», gab sie boshaft zurück. «Wie oft habe ich dir schon gesagt, daß dir Quasseln überhaupt nichts einbringt. Sei doch mal ehrlich: Wenn wir so bescheuert wären wie dieses lächerliche Kaninchen, könnten wir es ihm alle sofort nachmachen.

Ich fliege jetzt jedenfalls aus. In Zukunft möchte ich kein Wort mehr davon hören – nie wieder!»

Sie pickte ihn flüchtig auf die Wange und flog davon. Eule blieb in ausgesprochen niedergedrückter Stimmung zurück. «Etwas mitfühlender könnte sie ruhig sein», dachte er. Dafür, daß die Mission in einer völligen Katastrophe geendet hatte, löste sie eine ganz eigenartige Mischung von Gefühlen in ihm aus, die er gern mit jemandem geteilt hätte. Das schöne runde Ei spendete etwas Trost, indem es ihn daran erinnerte, daß er schon bald Vater wurde. Vielleicht hatte Ula ja recht, wenn sie fand, er habe sich zu stark in die Angelegenheiten anderer Tiere eingemischt, doch bei dem Gedanken an Burdocks erbärmliches Ableben verspürte er noch immer schmerzliche Trauer.

Er war jedoch fest entschlossen, sich nicht schuldig zu fühlen. Es war Burdocks eigene Entscheidung gewesen, und Eule hatte alles versucht, ihn davon abzuhalten. Er hätte auch Ula gern erklärt, daß man jedes Tier, das den Mut aufbrachte, für seine Überzeugung zu sterben, bewundern mußte – noch dazu, wenn es auf so schreckliche Weise geschah. Es spielte keine Rolle, wie fehlgeleitet es war. Das gleiche galt für die Taube, die sich ja selbst als dummes Ding bezeichnet hatte.

«Ich vergebe dir, denn du weißt nicht, was du tust», dachte er. Eine seltsame Aussage, denn der Anführer der Nerze hatte offensichtlich sehr genau gewußt, was er da tat. Andererseits hatte Burdock bewiesen, daß er es zumindest ebenso genau wußte – sogar noch genauer, wurde Eule plötzlich klar. Dickarsch hatte das ganze Ereignis eingefädelt. Der Anführer der Nerze hatte lediglich darauf reagiert.

Auf dem Ast neben ihm platschte etwas nieder, und zu seiner großen Verwunderung erkannte Eule, daß er unbewußt eine Träne vergossen hatte. Wurde er auf seine alten Tage noch sentimental? Entweder das, oder er war übermüdet. Denn die andere Sache, die ihn vor allem beschäftigte, war die aushöhlende, entkräftende Wirkung, die die Anwesenheit der Nerze auf das ganze System des Waldes ausübte. Sogar Ula, sonst eher der Ansicht, man müsse sich mit den Nerzen eben arrangieren, beschwerte sich darüber, daß der tägliche Mäusefang immer mehr Zeit in Anspruch nahm. Mit einem hungrigen Küken würde alles noch länger dauern. Wieder sah er sich auf die Unterhaltungen mit dem Ehrwürdigen Buck zurückgeworfen; die zittrige Pfote, die Verbindungslinien im Staub, die langen Worte – Balance, gegenseitige Abhängigkeit, symbiotische Beziehung. Jetzt, da Eule etwas mehr davon begriffen hatte, überkam ihn das unangenehme Gefühl, daß der Fehlschlag von Burdocks Initiative der nächste Schritt in einem Prozeß war, der sie allmählich ihrer Lebensgrundlage beraubte. Der Anführer der Nerze hätte nicht eindringlicher beweisen können, daß sie unter keinen Umständen bereit waren, Verhandlungen zu führen.

Eule hatte seinen Teil dazu beigetragen, indem er das dem Ehrwürdigen Buck gegebene Versprechen gehalten hatte. Er hatte den Vorsitz der BWW-Versammlungen übernommen, Burdock bei der Durchsetzung des Fell- und Federantrages geholfen, die Überbringung der Petition zu verhindern versucht und dann, als es ihm nicht gelungen war, wenigstens den Anstand besessen mitzufliegen. Was blieb ihm jetzt noch zu tun? Eine Sondersitzung des Clubs der Toten Wühlmäuse einberufen? Er wußte bereits jetzt, wie sinnlos das war. Raka würde nur hochmütig darauf hinweisen, daß sie recht behalten hatte, wohingegen Boris, Freddie und alle anderen Ulas Argumente wiederholen würden, daß man sich eben mit den Nerzen arrangieren mußte.

Er setzte sich auf dem Ei zurecht und dachte darüber nach, wie die Ankömmlinge ein neues Element nicht enden wollender Schlächterei im Wald eingeführt hatten. Andererseits waren alle Raubtiere, er selbst und sogar die Allesfresser eingeschlossen, in vieler Hinsicht nicht besser als die Nerze. Auch er war ein Mörder, und wie die Nerze fraß auch er nicht alles auf, was er tötete. Er erinnerte sich noch gut daran, wie seine Mutter deswegen immer mit ihm geschimpft hatte.

Da die Kaninchengeschichte jetzt vorbei war, konnte er sich

endlich die Zeit nehmen, über die andere Angelegenheit nachzudenken, die ihm auf der Seele lag. Nachdem bisher so gut wie kein Mensch im Wald aufgetaucht war, hatten die Bewohner während der letzten Tage beobachtet, daß immer mehr Menschen die Brücke überquerten, die Lange Wiese entlanggingen und durch das Fünf-Balken-Gatter heraufkamen. Sie brachten eigenartige Geräte auf glänzenden Füßen mit, außerdem lange Holzstangen, die sie in die Erde schlugen. Anschließend befestigten sie grellfarbene Bänder daran, die jetzt in ständiger Erinnerung an ihre unerwünschte Anwesenheit im Wind flatterten und knatterten. Leider hatte Eule keine Zeit mehr gefunden, mit Burdock darüber zu reden; das Kaninchen war zu sehr mit den Vorbereitungen auf seine Mission beschäftigt gewesen.

Ein kurzes Gespräch mit Boris hatte sein ungutes Gefühl noch verstärkt.

«Es hat keinen Sinn, sich mit dir zu unterhalten, solange du dich noch mit den Spinnern abgibst», hatte Boris griesgrämig geantwortet. «Aber ich sage dir eins: Ich rieche nichts Gutes, Ollie. Freddie wollte sich genauer darum kümmern. Frag ihn doch!»

Doch der Fuchs war seltsam ausweichend gewesen, und auch von den anderen Tieren, die Eule fragte, konnte ihm keins weiterhelfen. «Es ist wie mit den Nerzen», dachte er. «Die gleiche ‹Geht-mich-nichts-an›-Haltung, gekoppelt mit dem Versuch, so zu tun, als seien sie überhaupt nicht da.» Wie auch immer: Ein schrecklicher Gedanke hatte Eule beschlichen. Was, wenn es sich bei dem großen Unglück, das der Ehrwürdige Buck vorausgesehen hatte, nicht um die Nerze, sondern um diese Menscheninvasion handelte? Wenn dem wirklich so war, dann würde das Treiben der mordenden Eindringlinge im Vergleich zu dem, was die Menschen der Landschaft antun konnten – Eule hatte da schon so einiges gesehen –, geradezu zur Bedeutungslosigkeit verblassen.

Seine Gedanken kehrten zum Inhalt des warmen Eies zurück. Er würde – natürlich gemeinsam mit Ula – bald die Verantwortung dafür tragen, ein neues Wesen in den Wald gesetzt zu haben. Was würde er ihm sagen? Daß das einst so einfache und glückliche Leben mit immer größeren Problemen belastet worden war? Daß die Zukunft so unsicher aussah, wie wenn sich Gewitterwolken am Horizont zusammenballen? Oder daß alles in Ordnung war und sein Papa sich nur die eigene Grube grub, indem er sich das Leben selbst immer schwerer machte?

Seine Ohren, an die schon vorher vereinzelte Schreie vom Plateau her gedrungen waren, nahmen jetzt Gesang wahr. Die Nerze marschierten – auf und ab, auf und ab, eine Besatzungsarmee, die ihren jüngsten Erfolg feierte. Einen Erfolg auf der ganzen Linie, wie Eule zugeben mußte. Wie lange würden sie hier noch regieren? Sahen sie bereits ihrer eigenen Nemesis entgegen, empfangen aus der Hand eines Feindes, der so gefährlich war, daß sich kein Tier mit ihm messen konnte? Würden sie das Schicksal der Waldbewohner teilen und ebenfalls unterjocht werden?

«Die Antwort darauf werde ich wohl ruhig abwarten müssen», dachte Eule und blickte verdrießlich auf die grünen Baumwipfel hinaus. Sie würde jedoch, wie ihm sämtliche Sinne signalisierten, nicht lange auf sich warten lassen.

TEIL IV

Kapitel 48

Wie tief fällt doch der Mächtige

Halte dich von ihnen fern, sonst kriegen sie dich!» So weit er zurückdenken konnte, hatte Eules Vater ihm diesen Leitsatz über die Menschen eingetrichtert. Ula hatte das gleiche von ihren Eltern gelernt, ebenso wie Boris und Raka und alle anderen, die Eule kannte. Denn die Menschen waren die schlimmsten Raubtiere überhaupt, hatten ihre Eltern immer wieder betont. Sie waren so schlau, daß kein Tier je das Ausmaß ihrer schrecklichen Waffen, Fallen und Tricks begreifen konnte. Niemals durfte sich ein Tier von der Vielfalt der Leckereien, die sie anscheinend anzubieten hatten, verführen lassen. Wie verlockend sie auch sein mochten, jedes einzelne davon galt nur dem einzigen Zweck, alle anderen Geschöpfe der Macht des Menschen zu unterwerfen.

Kurz nachdem Eule fliegen gelernt hatte, nahm ihn sein Vater eines Abends zu den angrenzenden Wiesen mit, um ihm diese Tatsache ein für allemal klarzumachen.

«Sieh dir diese Tiere an», sagte er und zeigte auf die wiederkäuenden Kühe und die grasenden Schafe. «Wir nennen sie ‹Halbsklaven›. Die Menschen haben sie in eine bewußtlose Existenz gelockt, in der sie ihr Futter dafür bekommen, daß sie sich hinter Zäunen und Stacheldraht gefangenhalten lassen. Sieh nur, wie sie ihre Bewegungsfreiheit verloren haben.»

Er machte Eule auf die unnatürlich geraden Linien aufmerksam, die sie umschlossen.

«Auf den ersten Blick sieht es wie ein einfaches Leben aus, mein Sohn», sagte sein Vater grimmig. «Sie müssen überhaupt nichts mehr tun. In Wirklichkeit sind sie ihres Lebens so komplett beraubt worden, daß sie nicht einmal mehr merken, was mit ihnen geschehen ist. Jedes Geschöpf im Wald würde lieber verhungern, als auf diese Weise die Kontrolle über das eigene Schicksal abzugeben.»

Dann erklärte er jedoch, daß der Kontakt mit den Menschen nicht so schwarzweiß wie eine Elster zu betrachten sei.

«Es gibt Vögel, die mit der Gefahr, die die Menschen darstellen, flirten. Einige von ihnen, wie diese krakeelenden Möwen, die sich bei schlechtem Wetter hier versammeln, benehmen sich ihnen gegenüber ziemlich blasiert. Ähnlich die vielen Zugvögel, die im Sommer hierherkommen. Natürlich sind Vögel in der Luft relativ sicher – verglichen mit den Tieren am Boden. Was dich jedoch angeht, mein Sohn, so lautet die Parole ausnahmslos: ‹Halte dich fern, sonst kriegen sie dich!›»

Dann zeigte er der jungen Eule das harte Material auf der anderen Seite des Flusses, auf den die Menschen mit ihren Volvers entlangrollten.

«Halte dich auch stets hiervon fern», befahl er ihm mit ernster Miene. «Manchmal hört man, daß Mütter der Bodentiere ihren Kindern verbieten, jemals auch nur in der Nähe davon zu spielen. Du wirst gleich sehen, was ich damit meine.»

Sie warteten dicht am Rande des Rollwegs, bis sich ein Volver mit entsetzlicher Geschwindigkeit näherte. Das ganze Tal dröhnte von seinem Brüllen wider. Wie alles, was mit Menschen zu tun hatte, besaß auch dieses Ding unnatürlich kantige Konturen und grelle Farben. Das Abendlicht wurde so glitzernd davon reflektiert, daß Eule die Augen instinktiv zusammenkniff, um nicht geblendet zu werden. Später, als es ganz dunkel war, wiederholte sein Vater die Übung mit ihm, und wieder wurde die junge Eule geblendet, diesmal von den durchdringend hellen Lichtern, die die Volvers mit sich führten. Außerdem erschrak er sehr. Wie konnte sich etwas nur so schnell bewegen, schneller sogar als ein Wanderfalke?

Schließlich zeigte sein Vater auf die silbrigen Kisten, die hin und wieder durch den Himmel dröhnten und in Höhen, in denen kein Vogel mehr fliegen konnte, weiße Streifen hinter sich ließen.

«Wir sind ziemlich sicher, daß auch das die Menschen sind», sagte er. «Sie sind zu gerade, um natürlich zu sein. Außerdem paßt es nur zu gut zum Bestreben der Menschen, alles und jeden zu beherrschen. Eins, mein Sohn, darfst du jedoch niemals vergessen: Du mußt dich glücklich schätzen, in den Alten

Wald hineingeboren zu sein. Keiner weiß, weshalb, doch abgesehen von einem einzigen, der gelegentlich mit einem gelben Hund hier vorbeikommt, lassen uns die Menschen in Ruhe.

Das bedeutet jedoch nicht, daß du die oberste Regel vergessen darfst. Wie lautet sie noch?»

«Halte dich fern, sonst kriegen sie dich», wiederholte Eule folgsam und kapierte allmählich, worum es ging.

In gewisser Hinsicht – auch wenn er das seinem Vater gegenüber niemals erwähnt hatte – mußte ihm niemand diese Vorsichtsmaßnahme einpauken. Die gleiche Nachricht hatten ihm bereits seine Instinkte übermittelt. Als er in immer weiteren Kreisen die Umgebung des Waldes erforschte, war er immer öfter auf Menschen getroffen und hatte dabei stets das gleiche Gefühl verspürt: daß jeglicher Kontakt mit ihnen von Übel war. Sie jagten ihm einen namenlosen Schrecken ein, wie sonst kein anderes Lebewesen. Er wußte nicht warum, schließlich kannte er sie ja kaum, doch er wollte auch nicht mehr über ihr Leben erfahren. Denn dazu hätte er sich nur noch mehr mit ihnen beschäftigen müssen. Ohne weiter darüber nachzudenken, wußte er, daß man ihnen am besten unter allen Umständen aus dem Weg ging und ihre Geheimnisse ungelöst ließ. Als er größer wurde, fand er heraus, daß die anderen Lebewesen im Wald genau wie er empfanden.

Als eines schönen Morgens jedoch ein langer Volver an der Brücke hielt, fühlten alle Waldbewohner mit einem sechsten Sinn, daß die Abgeschiedenheit vor diesem fürchterlichen Raubtier für immer der Vergangenheit angehörte. In dem halben Mond seit Burdocks fehlgeschlagener Petition waren immer mehr Menschen angekommen. Als jetzt vom Rücken des langen Volvers ein kleinerer gelber abgeladen wurde, schallten die Alarmrufe durch Wald und Feld. Ein Pärchen Waldtauben, das zur genaueren Erkundung dichter herangeflogen war, berichtete, daß dieser gelbe Volver sich von den anderen, die sonst immer über den Rollweg rasten, erheblich unterschied. Er erwachte hustend und grollend zum Leben, schwarzer Qualm kam aus seinem Dach, und als er sich bewegte, sahen auch die anderen, was die Tauben gemeint hatten. Dieser Volver hatte ungewöhnlich lange Füße, die so unangenehm quietschten wie die Nerze, wenn sie sich unterhielten. Dann drehte er sich, rumpelte über die Brücke und kam die Lange Wiese herauf, gefolgt von einem eher normalen Volver, der Menschen mit glänzenden weißen Köpfen mitbrachte.

Lachend und scherzend stiegen sie ab und gingen auf das Fünf-Balken-Gatter zu, das schon so lange verschlossen war, daß überall dicke, dornige Ranken darüber wucherten. Die Menschen, die zuvor in den Wald gekommen waren, hatten den Zauntritt benutzt. Jetzt wurde das Gatter jedoch an seinen Scharnieren aufgezogen.

«Der Volver dringt in den Wald ein», ertönten die ersten aufgeregten Rufe.

Als er den Reitweg heraufkam, vervielfältigten sich die Rufe.

«Er will uns alle schnappen», schrie es hier und dort.

«Hört nur, wie er brüllt – er ist zornig!»

«Ein Ungeheuer!»

«Es wird uns alle verschlingen!»

«Seht nur, es reißt den Boden auf, um alle auszugraben!»

Die Panik wechselte zwischen allgemeinem Entsetzen und persönlicher Betroffenheit hin und her. Kein Tier konnte sich der schrecklichen Vorstellung entziehen, daß dieses Grauen ihm persönlich galt. Gleichzeitig sagten ihnen ihre Beobachtungen, daß der Angriff des Volvers viel allgemeiner angelegt sein mußte. Wie auch immer, er war jedenfalls hier, und für viele der Waldbewohner war es das größte Ding, das sie jemals gesehen hatten. Für die Insekten, die es aus einem Blickwinkel knapp oberhalb des Waldbodens betrachten konnten, schien er bis über die Baumwipfel zu ragen. Seine langen Füße bewegten sich nicht harmlos voran wie die der anderen Volvers auf dem Rollweg, sondern verbissen sich wie wütende Krallen in den Waldboden und ließen eine doppelte Spur nackter, aufgerissener Erde hinter sich. Noch grauenvoller war jedoch der Anblick der großen silbernen Klinge an seiner Vorderseite, die Grasbüschel und Erde so leicht zusammenschob, als schälte sie die Rinde einer Silberbirke ab.

Keiner der Waldbewohner hatte jemals aus solcher Nähe etwas derartig Gewaltiges erlebt. Sie kam ihnen größer vor als die der wütendsten Gewitterstürme, und für die Bäume und anderen Pflanzen, die ihr im Weg standen, erwies sie sich als verheerender als die stärkste Windbö. Ohne weitere Umstände machte der Graber stämmige Schößlinge platt, die zuvor den heulenden Herbststürmen mit ihrer Biegsamkeit getrotzt hatten. Er warf sogar Bäume von mittlerer Stärke um, scheuchte dabei Unmengen panisch durcheinanderlaufender Insekten auf und zermalmte sie kurz darauf mit seinem unglaublichen Gewicht. Erdbewohner wie die Würmer, die zwar spürten, was auf sie zukam, konnten sich nicht mehr tief genug eingraben und wurden von der über ihnen zusammengedrückten Erde zerquetscht.

«Er tötet alles», ertönten noch mehr Schreie. «Als nächstes sind wir dran!»

Doch nachdem die Massenhysterie abgeklungen war, kehrte eine Spur Vernunft in die Köpfe der Waldbewohner zurück. Diejenigen mit etwas mehr Weitblick erkannten allmählich, daß der gelbe Graber nicht wie die Nerze ziellos herumfuhrwerkte und alles vernichtete, sondern einen bestimmten Plan verfolgte. Er riß die Vegetation im Reitweg heraus und begradigte gleichzeitig Mulden und Unebenheiten. Wie ein Lauffeuer fraß sich diese plötzliche Erkenntnis durch den Wald. Der Graber verwandelte den Reitweg in einen Rollweg!

Nachdem er eine grobe Schneise durch das Dickicht hinter dem Fünf-Balken-Gatter gerissen hatte, senkte sich der Graber unter noch lauterem Gebrüll erneut und schob die zermalmte Vegetation zu einem unordentlichen Haufen zusammen. Daraufhin zogen die weißköpfigen Menschen seltsame Dinge hervor, deren brummendes Kreischen das tiefere Grollen des Grabers übertönte und den Waldtieren durch Mark und Bein ging. Eine neuerliche Panik brach aus, als die wirbelnden Zähne der Brummer sich so leicht durch den Haufen der Stämme und Zweige fraßen wie Raupen durch die zartesten Blätter.

Der befürchtete Angriff auf den Wald hatte begonnen.

Angesichts dieser größten Krise, mit der sie jemals konfrontiert worden waren, zog es die Tiere wie selbstverständlich zum Zentrum des Alten Waldes, der Mächtigen Eiche.

Als Eule, der Ula beim Ei zurückließ, hinüberflog, stand Cowslip bereits auf dem Stumpf.

«Wo warst du denn so lange?» rief sie wütend, als er sich auf dem Vorsitzenden-Ast niederließ. «War dir nicht klar, daß wir sofort eine offizielle Versammlung einberufen mußten?»

Eule schnitt ihr eine Grimasse. Nach dem Tod der beiden einzigen Kaninchen, die ihm etwas bedeutet hatten, beobachtete er den Machtkampf um Burdocks Nachfolge mit einigem Abscheu. Soweit er es beurteilen konnte, ging es dabei eher um persönliche Profilierung als um die Wahrung irgendwelcher Prinzipien. Dennoch, selbst wenn er seine Voreingenommenheit gegen Cowslip bedachte, erstaunte es ihn, daß sie als Siegerin daraus hervorgegangen war. «Nicht daß es mir etwas ausmacht», hatte er sich damals noch gesagt. Wenn es sich jetzt nicht um ein derartig dringliches Problem handelte, das hatte er Ula versichert, hätte er sich nie wieder mit den BWW eingelassen.

«Mach schon weiter», rief er Cowslip mürrisch zu und setzte sich verärgert zurecht, während sie mit ihrem dämlichen Grinsen darüber palaverte, daß sie alle die Ruhe bewahren sollten. Sie kam jedoch nicht sehr weit. Die ganze Zeit über kamen immer wieder Vögel angeflattert, die ihnen zuriefen, der Graber komme den Reitweg herauf und direkt auf sie zu.

«Er hat es auf uns abgesehen!» waren erneut vielfache Schreie zu hören.

«Wir hatten recht! Er will uns alle holen!»

«Er will uns auffressen!»

Aus dem Schrecken wurde Panik, bis Cowslip ein Einsehen hatte und zusammen mit den anderen Tieren in Deckung ging. Inzwischen kam der Graber unaufhaltsam die sanfte Steigung herauf, machte alles platt, was ihm im Weg stand und brach schließlich triumphierend aus dem Unterholz hervor. Lange Ranken hingen überall an seinen quietschenden Füßen herab. Trotzdem vollführte er mitten auf der verlassenen Lichtung einen Siegestanz, bis er schaukelnd unter der Mächtigen Eiche zum Stehen kam. Nach einem letzten Aufbrüllen fiel er abrupt in tiefen Schlaf, und in der plötzlich eingetretenen Stille konnten sie hören, wie sein Körper leise tickende Geräusche von sich gab; über ihm zitterte die Luft von der Hitze, die er ausstieß.

Von seinem Rücken stieg ein Mensch herunter und grüßte

seine Kameraden mit den glänzenden weißen Köpfen, die fröhlicher als je zuvor wirkten. Alle lachten laut, als einer von ihnen den Kadaver eines Hasen in die Luft hielt, der vor Schreck gestorben war. Der Mensch tat so, als würde er ihn auf der Stelle verspeisen wollen, schleuderte ihn dann jedoch sorglos in die Büsche. Dann ließen sie sich wie die BWW immer zu Füßen der Mächtigen Eiche nieder, wobei sich einer von ihnen zum Entsetzen der Tiere genau auf den Stumpf setzte. Die Menschen zogen ihre Nahrung aus silberglänzenden Bündeln hervor und tranken aus Behältern, die sie zuvor aufknackten. Als sie fertig waren, steckten sie weiße Stöckchen in ihre Münder. Die wie gebannt zuschauenden Tiere erstarrten aufs neue in unfaßbarem Schrecken, als die Menschen diese weißen Stöckchen mit Flammen anzündeten. Ein stechender Gestank nach Verbranntem wehte über die Lichtung, kribbelte in empfindlichen Nasen und löste rundum den natürlichen Fluchtinstinkt aus. Doch obwohl ihre Herzen wie wild klopften, blieben die Waldtiere fasziniert vor Schreck wie festgeklebt in ihren Verstecken.

Die Menschen weckten den Graber wieder auf. Er drehte sich sofort auf seinen langen Füßen im Kreis und tötete viele der beschränkten Insekten, die näher herangegangen waren, um ihn zu untersuchen. Dann bewegte er sich wieder davon, den Reitweg hinunter, wobei er noch mehr Schößlinge fällte und die Spur verbreiterte, die er bereits durch das Unterholz gezogen hatte. Als sein Gebrüll leiser wurde, versammelten sich die Menschen mit den Brummern um den gewaltigen Stamm der Mächtigen Eiche, zeigten in die Zweige hinauf und malten weiße Zeichen auf die Rinde. Dann machten sie sich ohne eine Warnung über den Baum her. Die Tiere zitterten ohnmächtig, als sie sahen, wie die Brummer in die Rinde bissen und in hohen Bogen Unmengen kleiner Holzspäne durch die Luft fliegen ließen. Ein furchtbares reißendes Geräusch erfüllte die Luft, ganze Hügel aus gelbem Sägemehl türmten sich im Gras und wurden allmählich verdächtig dunkel, als die Zähne sich in das saftige Holz im Herzen des Baumes hineinfraßen.

Die Menschen erweiterten die ursprünglich schmale Wunde zu einer klaffenden Kerbe, bevor sie sich auf die andere Seite des Stammes begaben und dort erneut zu schneiden begannen, diesmal jedoch langsamer und vorsichtiger. Zu diesem Zeitpunkt rannten auch viele der heimlichen Beobachter aufgeregt um die Lichtung herum, um eine möglichst gute Aussicht zu haben, und retteten dadurch unwissentlich ihr Leben. Denn als sie von ihren neuen Posten aus auf die Lichtung spähten, sahen sie, wie sich die Mächtige Eiche langsam neigte.

«Sie fällt!» stöhnten sie auf und wollten nicht glauben, was sie mit eigenen Augen sahen.

«Das kann nicht sein!»

«Unmöglich!»

Die Mächtige Eiche war nicht nur der Treffpunkt der BWW gewesen. Sie war der stolzeste und größte Baum im ganzen Wald – sein symbolischer Mittelpunkt. Sie hatte hier Hunderte und aber Aberhunderte von Jahreszeiten gestanden – länger als irgendeiner von ihnen zurückdenken konnte – und somit die Kontinuität repräsentiert, die sie alle zusammenhielt. Mehr als alles andere stand sie für das, woran sie glaubten. Die Menschen konnten doch nicht einfach so herkommen und sie zerstören!

Oder doch? Die Tiere sahen einander zitternd vor Angst an.

In diesem Augenblick ertönte ein lautes Knarren, und der Neigungswinkel wurde deutlicher. Die Menschen sprangen zurück, und die verdutzten Waldbewohner hielten den Atem an. Die Mächtige Eiche kippte. Oder nicht? Einen Moment lang verharrte der massive Leib des großen Baumes wie in der Bewegung erstarrt, als würde er versuchen, das Gleichgewicht zurückzuerlangen. Dann krachte er unwiderruflich zu Boden. Die Wucht drehte ihn zur Seite, die Äste bohrten sich in die Erde und brachen mit ohrenbetäubendem Krachen entzwei.

Noch ein letztes Zittern, dann lag er still da.

«Nein, nein!» Die Tiere waren wie vor den Kopf gestoßen.

Die Menschen zündeten noch mehr Feuerstöckchen an und schlenderten hinüber, um ihr Werk zu begutachten. Dann verließen sie die Lichtung, gingen den zerstörten Reitweg hinunter und lachten und scherzten dabei noch lauter als zuvor.

Nachdem die Menschen in dem großen Volver davongerollt waren, krochen die Tiere aus ihren Verstecken und versammelten sich um die Trümmer ihres ehemaligen Totems. Der Schock der Katastrophe saß so tief, daß alle – sogar die BWW-Aktivisten – einfach nur schweigend dastanden. Cowslip schien von allen am schwersten mitgenommen; sie blickte verständnislos vor sich hin und gab leise Klagelaute von sich. Andere schritten in ihrer Verzweiflung eng aneinandergeschmiegt in kleinen Grüppchen die volle Länge des Baumes ab und nahmen den wohlriechenden, schweren Duft des frisch geschnittenen Holzes in sich auf. Dickflüssiger Saft quoll aus dem geschändeten Ende des Stammes, das Plopp!, mit dem die schweren Tropfen auf den Waldboden fielen, war in der wehmütigen Stille ringsum deutlich zu hören. Eule bildete sich sogar ein, von den gerade frisch ausgetriebenen Blättern ein kollektives Seufzen zu vernehmen. Jetzt, da der Lebenssaft nicht mehr in sie hineingepumpt wurde, hingen sie bereits sichtlich matter an den Zweigen. Alles, was von dem ehemals majestätischen Baum noch in die Höhe ragte, war sein abgesägter Stumpf, der in einem häßlichen Durcheinander gezackter Splitter endete. Wie andere Vögel fühlte sich Eule an die einsame Ulme erinnert, die auf einer der umliegenden Wiesen im letzten Sommer von einem Blitz gefällt worden war. Das hier war jedoch weitaus schlimmer. Eine Lücke war gerissen worden – nicht nur in den Himmel, wo eine leichte Brise, jetzt ungestört von diesen mächtigen Ästen und Zweigen, vorüberstrich. Eine Leere hatte sich in ihrer aller Leben aufgetan. Etwas war für immer verschwunden, und sie wußten, daß es niemals ersetzt werden konnte.

Nicht minder bedrohlich war das böse Omen, das der gefällte Baum bedeutete. Sogar umgestürzt war die Mächtige Eiche gigantisch, und ihre Äste und Zweige erstreckten sich weit zu ihrer Linken und Rechten. Alle Tiere starrten ungläubig auf die dicke Rundung des Stammes und betasteten ihn ehrfürchtig. Schlimm genug, daß die Menschen ihn zerstört hatten, aber daß es so schnell und so ganz ohne Mühe geschehen war!

«Tja, was mich angeht, ich komme auch ohne ihn aus», brach Boris schließlich das Schweigen und schüttelte noch immer in betäubter Verwunderung den Kopf. «Zumindest wird es dazu beitragen, daß die Spinner endlich die Klappe halten, wo sie doch keinen Versammlungsort mehr haben.»

«Hast du denn keinerlei Gefühle?» fuhr ihn Cowslip an, die aus ihrer Trance erwachte. «Erkennst du nicht, daß diese Tragödie uns alle im gleichen Maße angeht?»

«Natürlich weiß der Dachs das», dachte Eule. Die Grobheit seiner Bemerkung verriet allzu deutlich, daß er lediglich versuchte, mit diesem ungeheuerlichen Vorfall klarzukommen. Er wollte sich gerade einmischen, als Ula, die ihr Ei zeitweilig allein gelassen hatte, neben ihm landete.

«Du solltest es dir einmal von oben ansehen, Ollie», sagte sie leise. «Eine schreckliche Wunde. Es sieht aus, als wäre dem Wald das Herz herausgerissen worden.»

Eule spürte es bereits jetzt. Eine Zerstörung dieses Ausmaßes war schwer zu verstehen, doch vor allem für die Vögel würde der Wald von nun an völlig anders aussehen. Die Lücke würde immer klaffen, eine ständige Erinnerung an die Macht der Menschen und daran, wie verwundbar die kleine Welt des Waldes war. Zu schnell und einfach war die Mächtige Eiche zerschmettert worden, wie eine von einer Drossel fallen gelassene Schnecke.

«Ich fliege jetzt besser wieder zurück, Ollie», sagte Ula und erinnerte ihn dadurch an ihre allererste Pflicht.

«Ula hat recht», schnaufte Boris. «Wir können hier nicht die ganze Nacht herumstehen. Auch ich habe wichtige Dinge zu erledigen, wie du weißt.»

«Das haben wohl alle», dachte Eule und bemerkte, daß Raka ihn anstarrte. Auch die Krähe, das wußte er, spürte, wie schnell sie alle von der großen Veränderung überrollt werden würden.

«Die Menschen haben eindeutig Stellung bezogen, was?» murmelte sie ungewöhnlich ruhig.

«Genau wie damals die Nerze», bemerkte er, als plötzlich das Bild vom Massaker auf der Großen Lichtung wieder vor seinem geistigen Auge auftauchte.

Eines nach dem anderen schlichen die Tiere schweigend davon, immer noch wie betäubt von der Wucht dieses Ereignisses. Eule wußte, daß die meisten die Nacht zitternd vor Angst davor, was wohl als nächstes kommen mochte, verbringen würden. Er selbst spürte, wie es ihm bei dem Gedanken daran eiskalt den Rücken herunterlief.

Jetzt, nach der Ankunft der Menschen, waren nicht mehr nur alle Tiere im Wald bedroht. Es ging um den Wald als Ganzes.

Kapitel 49

KINDERSEGEN

Am nächsten Morgen zitterten und schlotterten alle, als die Menschen eintrafen. Alle außer einer Gruppe Asseln. Sie, die stets Neugierigen, waren in die Dinger gekrochen, aus denen die Menschen getrunken hatten, um die Reste aufzusaugen, woraufhin sie zunächst hysterisch zu lachen angefangen hatten und dann abrupt zusammengebrochen und ins Koma gefallen waren. Während alle anderen angesichts der neuerlichen Invasion ihren gesamten Mut zusammennehmen mußten, konnten die Asseln an nichts anderes als an ihre Kopfschmerzen denken.

Zwar ließ sich keiner der weiteren Zwischenfälle mit dem Schock nach der Zerstörung der Mächtigen Eiche vergleichen, doch zusammengenommen war die Wirkung der Brummer und des gelben Grabers die nächsten Tage über beinahe ebenso vernichtend. Was die Tiere noch mehr beunruhigte, war die Tatsache, daß die Menschen nach einem Plan vorgingen, den die Waldbewohner nicht ergründen konnten. Zweifellos hatten sie ihr Basislager auf der großen Lichtung aufgeschlagen. Nachdem die Brummer die Äste der Mächtigen Eiche abgetrennt hatten, war der noch immer wuchtige Stamm vom gelben Graber zur Seite geschoben worden. Auf diese Weise wurde der Weg für eine Reihe von Volvers frei, die Unmengen von eigenartigem Kram den Reitweg heraufbrachten. Jeden Abend untersuchten die Tiere neue unnatürliche Objekte mit harten, scharfen Kanten sowie Beutel und Pakete, die alle möglichen seltsam riechenden Substanzen enthielten.

Die Aktivitäten der BWW wichen derweil nervöser Unentschlossenheit, bis Cowslip mit der Verlautbarung, am besten sei es jetzt abzuwarten, den Stand der Dinge offiziell zusammenfaßte.

«Es könnte ja sein, daß sie irgendwann wieder verschwinden», warf sie eines Abends wider besseres Wissen in die Diskussion ein. «Man weiß schließlich nie, was als nächstes geschieht, stimmt's?» fügte sie hoffnungsfroh hinzu. «Bis dahin müssen wir uns alle zurückhalten und in Geduld üben. Es wäre extrem unklug, den Zorn der Menschen mit unüberlegten Aktionen zu wecken. Dadurch würden wir alles nur noch schlimmer machen.»

Eule mußte sehr an sich halten. Nicht einmal Dandelion wäre so naiv gewesen.

«Warum überbringt ihr den Menschen keine Petition?» fragte er boshaft. «Oder sind euch die Tauben ausgegangen?»

Cowslip funkelte ihn aggressiv an.

«Das Problem mit euch Raubtieren – und mit euch Männchen überhaupt – besteht darin, daß ihr immer davon redet, etwas müsse unternommen werden, auch wenn eigentlich nichts getan werden kann. Jede Diskussion über eine Aktion wäre zu diesem Zeitpunkt völlig verfrüht. Wir Waldwächter sind allen Meinungen gegenüber offen, was auch absolut korrekt ist. Es läge im Interesse aller, wenn auch du eine ähnlich verantwortungsvolle Haltung annähmest.

Und noch etwas», ergänzte sie in einem überflüssigen Seitenhieb, bei dem Eule unwillkürlich mit dem Schnabel knirschte. «Ist dir aufgefallen, daß alle Menschen, die dieses Unheil anrichten, Männchen sind? Ich finde, das sagt eine Menge aus. Meinst du nicht auch?»

«Es besagt vor allem, daß Weibchen wie du mit nichts klarkommen», konterte Eule bissig.

Dabei war ihm bewußt, daß niemand wirklich über Informationen oder Mittel verfügte, irgend etwas über den Sinn all dieser Vorgänge im Wald in Erfahrung zu bringen. Er gab nicht vor, schlauer als die anderen zu sein, doch wie sie konnte er sehen, daß die Menschen ihre Aktivitäten ausdehnten. Jeden Tag, an dem der gelbe Graber brüllte und herumqietschte, warf er mehr Bäume um, und die Große Lichtung wurde immer größer.

Gleichzeitig spürte Eule, unabhängig von den Absichten der

Menschen, daß sich die Gemeinschaft des Waldes auflöste. Sämtliche Geschöpfe, darunter zu seinem großen Erstaunen auch Ula und Raka, zogen sich in sich selbst zurück, als wollten sie sich absichtlich von allem Wissen abschotten. Trotz seiner Abneigung gegen Cowslip konnte er ihre Reaktion, den Rückzug in vorgebliche Handlungsunfähigkeit und bedeutungslose Platitüden, eher nachvollziehen. Es hatte nicht viel Sinn, ihr dieses Geständnis zu entlocken, doch wie er hatte sie tief in ihrem Inneren mehr Angst als jemals zuvor. Die Bedrohung durch die Nerze – die weiterhin im gleichen Maße bestand – hatte etwas mit Kreaturen zu tun, die ihnen zumindest ein wenig ähnlich waren. Die alles verschlingenden Menschen hingegen verbreiteten ein so schreckliches Gefühl der Hilflosigkeit, daß der ganze Wald schlicht und einfach aufgab. Eule mußte sich eingestehen, daß er ebensowenig wie alle anderen der sich abzeichnenden Tragödie genauer ins Gesicht sehen wollte. Trotzdem fühlte er sich – möglicherweise aufgrund seiner Unterredungen mit dem Ehrwürdigen Buck – dazu veranlaßt, der Sache genauer auf den Grund zu gehen.

Er versuchte es bei Boris.

«Wenn wir herausfänden, was die Menschen vorhaben, dann könnten wir uns zumindest besser darauf einstellen», redete er auf ihn ein. «Du willst das doch bestimmt auch wissen.»

«Ach was», entgegnete Boris mit entschlossener Miene. «Ich weiß, was ich weiß, und mehr will ich auch nicht wissen.»

Die Antwort erstaunte Eule nicht besonders. Er hätte sich denken können, daß der dämliche Dachs noch rigoroser als alle anderen die Augen vor dem verschloß, was sich im Wald gerade abspielte.

«Außerdem weiß ich sowieso, was sie da tun», grunzte Boris unerwartet. «Freddie hat es mir gesagt, aber ich bin ihm nicht unbedingt dankbar dafür, das kannst du mir glauben. Bevor du also noch mehr erzählst, frag ihn, nicht mich.»

Seit die Menschen angekommen waren, hatte Eule nicht mehr mit Freddie geredet. Eigentlich hatten weder er noch die anderen Tiere seither viel von ihm gesehen. Noch vor der Menscheninvasion war der Verdacht aufgetaucht, der Fuchs habe mit den Nerzen Kontakt aufgenommen – oder «einen Brückenkopf zu den Eindringlingen geschlagen», wie Cowslip sich ausgedrückt hatte. Seither hatten alle einen großen Bogen um ihn gemacht.

Eule zögerte noch immer, ihn aufzusuchen, doch da erlöste der Fuchs selbst ihn aus dem Dilemma, indem er am Abend unter der Buche erschien, kurz nachdem die Menschen ihr Tagewerk beendet hatten – zur gleichen Zeit, zu der Burdock und seine Delegation immer gekommen waren.

Ula war von seinem Auftauchen ebenso begeistert wie damals von dem der Kaninchen.

«Er führt etwas im Schilde», murmelte sie mißtrauisch und spähte hinab, als wolle sie seine Motive durch bloßes Ansehen auskundschaften. «Du mußt doch inzwischen wissen, daß du ihm nicht trauen kannst.»

«Ich habe keine Wahl», lautete Ollies knappe Antwort. «Er soll mir sagen, was vorgeht.»

«Du kriegst nur das aus ihm heraus, was ihm in den Kram paßt», sagte Ula verächtlich. «Aber wenn du unbedingt meinst.»

Sie pickte ihn auf die Wange und hüpfte dann zurück ins Nest.

«Aber sei vorsichtig. Ich möchte dich nicht verlieren!» rief sie ihm noch aus dem hohlen Baumstamm nach.

Eule ließ sich seltsam berührt hinabgleiten. Es war schon sehr lange her, seit sie zum letztenmal eine so vertrauliche Bemerkung gemacht hatte. Vielleicht hatte auch sie endlich erkannt, daß etwas getan werden mußte, und wenn es noch so riskant war. Hatte sie sich etwa durch die Geburt ihres dürren kleinen Kükens verändert, das jetzt leise piepsend in der frisch reparierten Ecke des Nests kauerte? Zu Eules großer Enttäuschung war es ein Weibchen; dabei wünschte er sich so sehr einen Sohn, dem er alles beibringen konnte, so wie sein Vater ihm alles beigebracht hatte. Ein Weibchen stand viel mehr unter Ulas Obhut. Das Ereignis hatte jedoch dazu geführt, daß sie beide wieder gemeinsam an die Zukunft dachten. Keiner wagte es, sich auszumalen, welches Schicksal ihr Kind erwartete.

«Ich wußte es gleich, als ich sah, wie die Menschen das weiße Rechteck auf der Brücke aufstellten», sagte Freddie beiläufig.

«Wann war das?» fragte Eule. Er war schon jetzt wütend.
«Vor ein paar Monden.»
«Ich habe es nicht gesehen.»
Wie hatte Freddie nur so gleichgültig sein können?
«Kein Wunder, Ollie. Es hätte auch sonst keiner entdecken können. Es ist immer noch da, aber nur sehr schwer auszumachen. Und du weißt ja, daß sich alle von dem harten Zeug fernhalten. Außerdem sagt es ohnehin keinem von uns etwas. Es sieht nach nichts aus, glaub mir.»
«Hast du es denn verstanden?» fragte Ollie nach.
«Ich bin mir da nicht vollends sicher, Ollie», gab Freddie zu. «Aber ich habe mich umgehört. Viele Füchse haben solche Zeichen schon gesehen und sagen, daß die Menschen sie dort anbringen, wo sie ein neues Revier für sich beanspruchen. Hinterher bauen sie dort dann entweder Behausungen für sich, oder sie legen mehr von dem harten Zeug für die Volvers aus.»
«Was bedeutet es in unserem Fall?» Eule war auf das Schlimmste gefaßt.
«Ich bin mir nicht ganz sicher, tippe jedoch auf ersteres», meinte Freddie achselzuckend. «Schließlich gefällt es uns hier gut, die Nerze wohnen gern hier, warum sollte es den Menschen nicht auch gefallen?»
«Wie kannst du nur so kaltschnäuzig sein?» fragte sich Eule. Gleichzeitig mußte er anerkennen, daß der Fuchs wohl derjenige war, der von ihnen allen am meisten wußte. Kein Wunder, daß der Dachs am liebsten nichts davon gehört hätte. Sein Bau war nicht sehr weit entfernt; was konnte er schon tun, wenn die Menschen sich entschieden hatten, hier im Wald einzuziehen? Es war der Stoff, aus dem die schlimmsten Alpträume gemacht waren.
«Außerdem vermute ich, daß das tatsächliche Ausmaß von den Flatterbändern angezeigt wird», sagte Freddie ergänzend. «Trotzdem wird sich das Treiben der Menschen wohl über den ganzen Wald ausbreiten. Schon jetzt ist alles ziemlich überlaufen, Ollie.»
Eule spürte, wie sehr diese Aussagen mit seinem eigenen Instinkt übereinstimmten. Ihm wurde schlecht.
«Wie lange haben wir deiner Meinung nach noch?»
«Ein paar Monde, bevor sie wirklich hier wohnen. Die Ar-

beiten werden jedoch schon bald so umfangreich, daß der Wald bereits verloren ist.»

«Wie kann er dabei nur so nüchtern bleiben?» wunderte sich Eule. «Macht es ihm denn gar nichts aus?»

«Warum hast du denn nicht schon früher etwas davon gesagt?» fragte er zornig.

«Warum hätte ich das tun sollen?» Freddie zuckte die Achseln. «Ich habe ein Recht auf meine Geheimnisse, oder etwa nicht? Außerdem teilen wir Füchse eure Auffassung nicht, daß man sich von den Menschen fernhalten muß. Wir finden, daß man heutzutage besser fährt, wenn man sich ihnen etwas annähert. Jedenfalls spricht viel dafür, wenn sie ohnehin schon vor der Haustür stehen. Man kann schrecklich viel von ihnen lernen, wenn man ihnen gegenüber die richtige Haltung einnimmt.»

«Was ist denn mit der Jagd? Sie wurde eigens eingerichtet, um dich zu töten», ließ Eule seinen Standardspruch ab. Es gab keinen Grund dafür, weshalb Freddie tatsächlich näher bei den Menschen leben wollte, egal, was er sagte.

«Wir hören immer wieder, daß die Menschen in den großen Behausungen ganz anders sind», fuhr Freddie fort, ohne nach dem ausgelutschten Köder zu schnappen. «Du wirst es kaum glauben, aber sie scheinen uns wirklich willkommen zu heißen. Es ist fast so, als hätten sie sich zu zwei unterschiedlichen Arten entwickelt.»

Er zögerte, und Eule dachte einen Augenblick, er wolle sich ihm anvertrauen. Dann schien er jedoch seine Meinung zu ändern und schwieg.

«Ich kann mir nicht vorstellen, weshalb irgendwelche Menschen dein Erscheinen begrüßen sollten», bemerkte Eule hartherzig.

Freddie bedachte ihn mit einem düsteren Blick.

«Was ist denn so schlimm daran, wenn man sich mit seinen Zeitgenossen arrangiert?» fragte er. «Auch die Menschen sind nun mal unsere Zeitgenossen, egal, was du und die anderen sich da vormachen.»

«So wie die Nerze, was?» Eule konnte es sich nicht verkneifen. «Du weißt doch, was überall geredet wird, Freddie. Warum gibst du es nicht zu?

«Wir stehen miteinander in Verbindung», sagte Freddie beschwichtigend und setzte einen schlitzohrigen Gesichtsausdruck auf. «Was ist denn so falsch daran?»

«Alles», dachte Eule, beherrschte sich jedoch.

«Was halten die Nerze von der Invasion der Menschen?» erkundigte er sich statt dessen. «Werden sie von hier weggehen?»

«Das weiß ich nicht, Ollie», erwiderte Freddie freimütig. «So gut stehen wir nicht miteinander. Aber wenn du die Menschen verjagen willst, dann frag mich nicht, wie. Frag sie. Sie sind die einzigen Tiere, die vielleicht eine Idee haben.»

«Wie das denn?» fragte Eule mißtrauisch.

«Nun, sie haben früher bei den Menschen gewohnt, deshalb wissen sie, wie die Menschen funktionieren», entgegnete Freddie. «Und da sie schlau genug waren, ihnen einmal zu entkommen, könnte es gut sein, daß sie ihnen auch ein zweites Mal ein Schnippchen schlagen.»

Plötzlich war Eule hellwach. Wie Ula angedeutet hatte, kam dieses Treffen allzu gelegen, um ein bloßer Zufall zu sein. Freddie führte etwas Bestimmtes im Schilde. Gleichzeitig schnitt er ein Thema an, das auch Eule schon undeutlich im Hinterkopf herumgespukt war. Der Wald hatte bereits seit langem die Erklärung der Wiesel und Hermeline hinsichtlich der Herkunft der Nerze akzeptiert.

«Warum sparst du dir nicht die Umwege und redest gleich Klartext mit mir, Freddie?» schlug er vor.

Freddie grinste entwaffnend: «Du weißt doch, das ist nicht mein Stil, Ollie.»

Eine lange Pause entstand. Eule fühlte sich enttäuscht, im gleichen Atemzug jedoch ein wenig hoffnungsfroh.

«Na komm schon, Freddie», ermunterte er den Fuchs.

«Na schön, Ollie. Ich überbringe dir eine Botschaft von Mega, dem Anführer der Nerze», antwortete Freddie bedächtig. «Er möchte, daß du ihn aufsuchst und einen Plan mit ihm diskutierst.»

Eule stierte einen Augenblick verloren vor sich hin, dann setzte sein Verstand wieder ein. Natürlich! Wenn es eine Verständigung gab, konnte es nur Freddie sein, der als Vermittler auftrat.

«Entweder wir überlassen den Wald den Menschen, Boris, oder wir treffen uns mit den Nerzen. Begreifst du denn nicht, daß wir sie, so wie die Dinge momentan stehen, mehr brauchen als sie uns?»

Eule hatte nicht damit gerechnet, daß es leicht sein würde, seinen sturen Freund zu überreden. Trotzdem war er allmählich am Ende seiner Geduld angekommen. Er war bereits die halbe Nacht mit dem Dachs unterwegs, da Boris sich nur unter der Bedingung auf ein Gespräch eingelassen hatte, daß sein normaler Tagesablauf nicht unterbrochen wurde.

«Ich bringe diesen hinterhältigen Drecksack um, wenn ich ihn sehe», lautete seine erste Reaktion auf die Nachricht, daß Freddie tatsächlich mit den Nerzen verkehrte.

Ula war nicht weniger angewidert. Wie eng der Fuchs wirklich mit ihnen zusammensteckte, interessierte niemanden. Wie Raka ätzend bemerkte, spielte das auch keine große Rolle. Wer sich seine Freunde erhalten will, kann nicht mit den Wölfen heulen und mit den Nerzen jagen.

«Ich wüßte nicht, was sie uns anzubieten hätten», grummelte Boris wieder, während er an einem Hang große Erdschollen zur Seite kratzte, um noch mehr Würmer freizulegen. «Wie oft muß ich es dir noch sagen, Ollie: Die sind bösartig und verdorben.»

«Das weiß ich auch, Boris», wiederholte Ollie zum x-tenmal. «Aber an wen sollen wir uns denn sonst wenden?»

«Und du sagst, die Bussarde haben sich eindeutig dazu bereit erklärt?» Die Stimme des Dachses klang etwas erstickt, denn er hatte das Maul voller rosiger, sich windender Würmer.

«Eindeutig, Boris», sagte Eule – bestimmt zum dreiundvierzigsten Male. Er mußte zugeben, daß ihn ihre bereitwillige Zustimmung selbst ziemlich überrascht hatte, obwohl er sich natürlich darüber freute. Sie würden dazu beitragen, der Delegation das nötige Gewicht zu verleihen, und die Nerze davon überzeugen, daß sie nichts mit der Schaumschlägerei der Betroffenen Waldwächter zu tun hatten.

«Und keiner der Spinner hat die Pfoten mit drin?» fragte Boris erneut und kaute geräuschvoll.

«Garantiert nicht, Boris, ich verspreche es dir. Sie wissen nicht einmal etwas davon.»

Burdock war eine Sache gewesen, aber eine Situation, in der Cowslip den Nerzen arrogante Belehrungen erteilte, wollte sich Eule nicht einmal vorstellen. Jedes Treffen mit den Nerzen mußte strikt von Raubtier zu Raubtier stattfinden, noch ein Grund, weshalb ihm besonders daran gelegen war, Boris mit dabeizuhaben. Eule war Cowslip geflissentlich und erfolgreich aus dem Weg gegangen. Hin und wieder versetzte es ihm schmerzhafte Stiche, wenn er daran dachte, wie unbedeutend Burdocks mutige Geste jetzt erschien.

«Komm doch mit, Boris», bettelte er. «Es muß dich doch interessieren, was die Nerze zu sagen haben und welche Vorteile für uns dabei herausspringen.»

«Was es auch sein mag, ich kann dir schon jetzt versprechen, daß ich keinem einzigen ihrer Worte beipflichten werde», grummelte Boris. «Erwarte also nicht, daß ich mich höflich verhalte, das ist alles.»

«Mach dir keine Sorgen. Raka und ich übernehmen das Reden», versicherte Eule ihm rasch und seufzte vor Erleichterung. Es hatte viel Anstrengung gekostet, doch es war der Mühe wert gewesen. Die Einladung des Nerzführers war zwar eins zu eins gedacht, doch der Dachs und die Bussarde waren genau die Rückenstärkung, die er für angebracht hielt.

«Du mußt nichts weiter tun, als gefährlich aussehen, Boris», wiederholte er. «Du weißt doch, wieviel Respekt die Nerze vor dir haben.»

«Das will ich ihnen auch geraten haben», schnaubte der Dachs. «Ich wäre nicht dahin gekommen, wo ich heute bin, wenn ich Abschaum wie ihnen erlaubt hätte, mir auf der Nase herumzutanzen.»

Das andere Tier, das Eule mitzunehmen gedachte, war Raka. Auch bei ihr hatte es wie bei Boris einiger Überredungskünste bedurft. Doch die Krähe beruhigte Eules Gedanken ein wenig, indem sie eine Unbekannte in der Gleichung, die Freddie aufgestellt hatte, aufklärte.

«Ich kann einfach nicht verstehen, warum sich die Nerze nicht davonmachen», beklagte sich Ollie bei ihr. «Wenn ich dem Wald gegenüber keine Verpflichtungen hätte, würde ich es sofort tun.»

«Du bist auch ein einsiedlerischer Vogel, Ollie, von Ula

natürlich einmal abgesehen», krähte Raka zurück. «Wenn man allein ist, kann man rasch Entscheidungen fällen. In einer Gruppe gibt es immer alles mögliche zu bedenken, unterschiedliche Gesichtspunkte zu beachten. Darum dreht sich die meiste Zeit über das Gequatsche in der Krähenkolonie. Dir mag es wie das reinste Chaos erscheinen, aber so werden die Dinge nun einmal geregelt, wenn es nicht nur einen allein gibt.

Und noch etwas, was dir vielleicht entgangen ist. Wie die meisten von uns haben die Nerze gerade ihre Jungen bekommen, oder sie stehen kurz davor. Wie geht es übrigens deinem Nachwuchs?»

«Gut, danke. Es ist ein Weibchen. Wir haben sie Blinkie genannt», sagte Eule und mußte wieder daran denken, wie sehr ihre Geburt seine Niedergeschlagenheit hinsichtlich der Zukunft verstärkt hatte. «Aber was willst du damit sagen, Raka?»

«Ich vermute, Ollie, daß die Nerze nicht umziehen können, selbst wenn sie wollten. Obendrein bin ich mir nicht sicher, ob sie überhaupt wollen. Sie haben im Wald so gut gelebt wie wir vor ihrer Ankunft. So oder so – ich glaube, sie stecken hier ebenso fest wie wir, Ollie.»

«Es sei denn, Freddie legt uns aufs Kreuz», fügte Eule bitter hinzu. Wenn sich der Anführer der Nerze wirklich mit ihm treffen wollte, warum schickte er dann einen so aalglatten Zwischenhändler?

«Das würde Freddie niemals tun», verkündete Raka voller Überzeugung. «Das hieße ja, daß er sich für eine Seite entschieden hat.»

Eule lachte und entspannte sich ein wenig. Die gute alte Raka! Jetzt, nachdem Burdock von ihnen gegangen war, hatte er ihr den unverschämten Auftritt verziehen. Letztendlich mußte er sogar zugeben, daß ihre Prophezeiung eingetroffen war. Gelegentlich trat die Krähe zwar etwas zu tölpelhaft auf, um die feineren Schwingungen registrieren zu können, doch manchmal hatte sie etwas an sich, was man nicht mehr missen mochte.

Rakas Einschätzung der Verhältnisse auf dem Plateau war zutreffender, als sie es selbst für möglich gehalten hätte. Am ersten Tag, als die Graber auftauchten, verfiel die Nerzkolonie in schiere Panik. Die Auserwählten rasten umher und schrien, der Wärter habe Menschen und Graber alarmiert und auf ihre Fährte gehetzt.

«Er kommt und holt uns!» kreischten sie.

«Custard muß uns verraten haben!»

«Er holt uns in die Käfige zurück!»

«Wir sind erledigt!»

Wieder einmal war Mata als erste zu einer vernünftigen Reaktion fähig. Zunächst rannte sie zu Maxi und befahl ihm, die Muskelnerze einzusetzen. Dann ging sie selbst mit ihnen durch das Lager, fauchte und knurrte, während die Muskelnerze die aufgelösten Lieblinge unter dem Katzenschwanz zu einer Gruppe zusammentrieben, wo sie von Mega angebrüllt wurden, sie sollten sich gefälligst zusammenreißen. Als Maxis Späher zurückkamen und berichteten, die Menschen hätten auf der Großen Lichtung haltgemacht, beruhigten sie sich endlich.

Inzwischen hatte sich auch Mega wieder im Griff. Einer ihrer wichtigsten Gründe, weshalb sie sich überhaupt im Wald aufhielten, war die Abwesenheit ihres verhaßten Feindes; die Menschen, die in letzter Zeit im Wald erschienen waren, hatten bereits erkennen lassen, was bald folgen würde. Die Invasion war zwar das letzte, was er gebrauchen konnte, doch sie kam nicht völlig unerwartet. Die Menschen waren der größte Feind nicht nur der Nerze, sondern aller Tiere – und würden es auch immer bleiben. Jede Exkursion, die die Meute unternahm, bekräftigte die These, wie umfassend sie den Rest der Welt beherrschten. Daß sie jetzt in den Wald kamen, paßte ins Schema. Die Philosophie der Nerze kannte darauf nur eine einfache Antwort: Die Meute mußte auswandern. Genau das ging nicht. Die reale Welt hatte sich eingemischt. Vor einem halben Mond war unter allgemeiner großer Freude der erste Wurf in Freiheit geboren worden. Die Feierlichkeiten nahmen jedoch einen gedämpfteren Ton an, als man herausfand, daß er so verfrüht gekommen war, daß nur ein einziges, kränkliches Junges, dem man entsprechend den Namen Minimus gegeben hatte, überlebte. Dann waren jedoch vier gesunde Würfe mit zwischen drei und sechs Jungen nachgefolgt, und die restlichen Weibchen, bis auf Mata, konnten jederzeit soweit sein.

Jetzt war es unvermeidlich abzuwarten und sich ruhig zu verhalten. Alle Anführer stimmten darin überein, daß das Wohlergehen der Mütter und werdenden Mütter Priorität besaß. Wenn die Kolonie sich nicht erfolgreich fortpflanzte, gab es nirgendwo eine Zukunft für sie.

Es folgte eine kopflose Diskussion über die Möglichkeiten, die Menschen wieder zu vertreiben.

«Warum organisieren wir nicht die Waldis, mein Anführer?» schlug Maxi vor. «Sie sind wegen der Menschen so verschreckt, daß sie keine Ahnung haben, was sie tun sollen. Ich weiß, daß viele von ihnen wirklich lächerliche Geschöpfe sind, aber insgesamt könnten sie den Grundstock für eine verdammt gute Armee abgeben. Wenn ich sie in meine Pfoten bekäme und ein bißchen zurechtstutzen könnte, so garantiere ich, daß die Menschen schon bald nicht mehr wüßten, wie ihnen geschieht.»

Die Vorstellung war verführerisch, und sie hatten lang und breit darüber gestritten. Keiner war jedoch in der Lage, sich vorzustellen, wie die erforderliche Kooperation zustande kommen sollte, bevor Psycho sich einen Spaß daraus machte, die ganze Idee über den Haufen zu werfen.

«Wem nützte das wohl mehr, den Waldis oder den Menschen?» fragte er Maxi gehässig und fuhr fort, bevor der eine Antwort geben konnte. «Ich garantiere, daß die Waldbewohner beim erstenmal gewinnen würden, aber nur, weil sie die Überraschung auf ihrer Seite hätten. Dann würden sich die Menschen neu formieren und neu bewaffnen. Sie kämen zurück, und es ginge allen an den Kragen – uns eingeschlossen.

So wie die Sache steht, mein Anführer, wissen sie nicht einmal, daß wir hier sind», fügte er hinzu und wandte sich dabei direkt an Mega. «Wenn wir an diesem Ende des Waldes bleiben und uns, solange sie hier sind, nicht sehen lassen, werden sie es auch nie erfahren. Wir müssen nichts anderes beachten, als unsere Tötungszeiten mit ihren Arbeitszeiten abzustimmen.»

Mega nickte. Die Logik dieser Aussage war nicht von der Pfote zu weisen. Maxi hingegen zog besorgt die Stirn kraus und äußerte das dringende Bedürfnis nach verstärkten Sicherheitsmaßnahmen.

Dann mischte sich M1 ein: «Trotzdem können wir die Waldis gut einsetzen, großer Anführer!» rief er und zitterte dabei vor unkontrollierter Erregung. «Zwo und ich haben nämlich gerade eine Marketing-Vorlage entwickelt, bei deren Umsetzung sie uns wirklich helfen könnten. Ich bin mir absolut sicher, daß dir diese Idee gefallen wird! Wir wissen, daß du sie so immens innovativ und so überaus aufregend finden wirst wie wir!

Wenn ihr alle etwas zur Seite treten würdet, damit Zwo unsere zweifellos bislang dramatischste Präsentation vorstellen kann!»

Kapitel 50

Blut und Knochen

Als Eule auf Boris hinabblickte, der den für Burdock so verhängnisvollen Weg zum Plateau entlangtrottete, kam ihm nicht das Bild in den Sinn, wie das wehrlose Kaninchen erdrosselt wurde, sondern wie der Anführer der Nerze der Taube den Kopf mit einem Hieb vom Rumpf getrennt hatte. Einmal hatte Eule miterlebt, wie ein Wanderfalke sich mit wahnsinniger Geschwindigkeit auf eine Taube stürzte. Als sich das Opfer in einer Wolke aus Federn auflöste, hatte ihn ein Gefühl gnadenloser Endgültigkeit überkommen. Das gleiche hatte er empfunden, als der Kopf der Taube in hohem Bogen über das Plateau geflogen war, während ihr Rumpf unpassenderweise aufrecht stehenblieb. Dabei hatte der Falke natürlich nur das getan, was Falken eben tun. Der Anführer der Nerze hingegen hatte ein zusätzliches Element an Aggression demonstriert, das Eule in dieser Form noch niemals zuvor untergekommen war. Es unterschied sich vollkommen von der Art, wie er im Sturzflug auf eine Wühlmaus niederging. Hinter der Brutalität des Nerzes schien eine treibende Kraft am Werk, die auf eine verborgene Dimension schließen ließ – eine alles beherrschende Vorliebe für Grausamkeiten, daß es beinahe so schien, als habe der Anführer der Nerze unter Zwang und ohne jede Wahlmöglichkeit gehandelt. Eule schüttelte sich, um wieder klare Gedanken fassen zu können, doch das Bild von dem abgetrennten Taubenkopf wich lediglich dem des Meeres von Blut, das das Massaker auf der Großen Lichtung hinterlassen hatte. Im Gegensatz zu Cowslip versuchte er wenigstens, sich nicht selbst etwas vorzumachen, doch das war wohl nicht die richtige Methode, sich vor einem so wichtigen Treffen in die erforderliche seelische Verfassung zu bringen.

Sie hatten sich die Morgendämmerung als besten Zeitpunkt für eine Annäherung an das Plateau herausgesucht. Eule hatte die Nacht damit verbracht, über verschiedenen Szenarios zu brüten, angefangen bei der Hoffnung, daß man sie mit dem unter Raubtieren üblichen gegenseitigen Respekt empfangen würde. Als Boris jetzt von dem Ruf: «Halt, wer da?» gestoppt wurde, flog Raka wie vereinbart sofort herbei, um adäquat auf die erwartete Herausforderung zu reagieren.

«Wir kommen, um mit deinem Anführer zu sprechen», krähte sie und kam sich dabei etwas blöd vor, einfach so ins Nichts zu sprechen, während ihre Augen versuchten, die Quelle des Rufes auszumachen.

«Bevor du passieren darfst, mußt du die Parole sagen», antwortete die Stimme, die sie jetzt in einer großen Stechpalme lokalisierte.

«Wir Waldbewohner kennen die Parole nicht», krähte sie zurück.

«Dann dürft ihr auch nicht passieren», antwortete die Stimme.

Raka fluchte und fand ihre Vermutung bestätigt, daß die Nerze grundsätzlich dumm waren.

«Wir kommen, um mit deinem Anführer zu sprechen», wiederholte sie und wies mit dem Flügel auf Eule, Boris und die Bussarde.

Schweigen.

«Ich kann diesen Schwachsinn nicht länger ertragen», brummelte Boris.

Eule blickte mahnend auf ihn herab. Sie hatten sich geschworen, nicht gleich bei der ersten heiklen Begegnung loszupoltern.

«Keinen Schritt weiter – darauf steht der Tod!» ertönte die

Stimme erneut. Dann flitzte ein Nerz aus dem Versteck hervor und den Hang hinauf.

Ein besonders grimmiges Nerzgesicht mit gesträubten Barthaaren zeigte sich jetzt über dem Rand der Böschung.

«Achtung!» brüllte es. «Unser großer Anführer Mega gewährt euch Zutritt. Aus Sicherheitsgründen muß jeder von euch jedoch die heutige Parole sagen, die, zu eurer Information, ‹Blut und Knochen› lautet. Verstanden?»

«Einverstanden», heulte Eule zurück, landete als erster oben auf dem Plateau und murmelte den Spruch vor sich hin. Dann beobachtete er, wie Boris auftauchte und sich an dem besonders grimmig aussehenden Nerz ohne ein Wort vorbeischob. Eule schnaufte erleichtert, als er trotzdem durchgelassen wurde. Wenigstens war die Delegation wohlbehalten angekommen.

Es war die erste Gelegenheit, sich das Lager der Nerze aus der Nähe zu betrachten, und Eule war besonders neugierig auf das Wahrzeichen, das Mega sich damals ausgesucht hatte, um Burdock damit zu erdrosseln. Offensichtlich besaß es für die Nerze große Bedeutung. Doch kaum machte er einige Schritte darauf zu, um es näher zu untersuchen, da hieß ihn der Nerz mit den gesträubten Barthaaren auch schon stehenbleiben.

«Das ist nichts für deinesgleichen», knurrte er. «Du bleibst da stehen und wartest, bis unser großer Anführer kommt.»

Eule beschloß, nichts zu überstürzen. Die kleine Gruppe war jetzt von einem Kreis aufgeregter Nerze umgeben, und beide Parteien betrachteten einander mit großer Neugier. «Die Nerze sind tatsächlich ziemlich fies», dachte Eule, als er sah, wie eifrig sie Witterung aufnahmen und wie schnell sie sich bewegten. Er stieß ein warnendes Zischen aus, um ihnen unmißverständlich klarzumachen, daß sie es hier ebenfalls mit einem Raubtier zu tun hatten. Die Bussarde schützten ihre Augen und blickten sich drohend um.

Die neugierige Meute wich ein Stück zurück, da brüllte der grimmige Nerz plötzlich, sie sollten den Weg frei machen, und ein anderer, sehr eindrucksvoller Nerz trat in die Mitte des Kreises.

«Ich bin Mega», sagte er schlicht. «Danke, daß ihr gekommen seid.»

Eule hätte er sich nicht eigens vorstellen müssen. Mega war nicht größer als die anderen, doch er bewegte sich mit einer kontrollierten Lässigkeit, die sowohl Autorität als auch überdimensionales Selbstvertrauen ausdrückte. Als Eule in diese Augen blickte, die so schwarz und starr wie seine eigenen waren, glaubte er einen wilden Funken darin zu entdecken, eine Form eiskalten Wahnsinns, der ihn frösteln ließ. Wieder erschien vor seinem geistigen Auge das Bild des Taubenkopfes, der in hohem Bogen durch die Luft flog.

Er riß sich davon los.

«Ich bin Ollie», sagte er und stellte anschließend Raka, Boris und die Bussarde vor. «Bevor wir anfangen, möchte ich klarstellen, daß wir normalerweise nicht für Versammlungen zu haben sind. Wir halten sie für Zeitverschwendung und langweilig, und wir finden, daß sie zu nichts führen. Trotzdem wissen wir, daß es Zeiten gibt, in denen man sich verständigen muß.»

«Dem kann ich nur beipflichten», meinte der Anführer der Nerze mit schiefem Lächeln. «Auch wir hatten in der letzten Zeit viel zu besprechen. Warum also legen wir unsere Meinungsverschiedenheiten nicht bei und unterhalten uns ein wenig? Kann ja schließlich nichts schaden, oder?»

Die Frage löste bei einem kleinen Nerz mit extrem spitzem Kopf, der neben seinen Anführer getreten war, ein widerwärtiges Keckern aus. Eule konnte ihn gleich auf den ersten Blick nicht leiden. Trotzdem wurde durch die Worte Megas sein Gefühl bestätigt, daß sowohl er als auch der Anführer der Nerze die verbindenden Gemeinsamkeiten anerkannten. Mega hingegen war von Eules bodenständigem Auftreten sehr beeindruckt. Als ihm einfiel, wie ironisch diese Formulierung in Anbetracht dessen war, daß es sich bei seinem Gegenüber um einen Vogel handelte, mußte er in sich hineinlächeln. Zumindest bestätigte sich Psychos Bericht, daß man mit Eule verhandeln konnte. Er mußte auch die Umsicht anerkennen, mit der er seine Verstärkung ausgewählt hatte, besonders den großen Dachs und die grausam aussehenden Bussarde. Andererseits schrieb er diesen Einfall sofort der verschlagenen schwarzen Krähe zu. Psycho hatte ihm berichtet, daß die Krähen ihr gemeinschaftliches Leben und Arbeiten sehr klug organisierten.

«Wie ihr sicherlich wißt, stellen die Menschen für uns ein ebenso großes Problem dar wie für euch», sprach er Eule direkt an. «Deshalb bitte ich euch, einer Idee von uns Gehör zu schenken, wie wir sie vielleicht loswerden könnten.»

«Und anschließend könnt ihr euch ebenfalls verziehen», warf Boris unerwarteterweise dazwischen.

Eule zuckte zusammen. Mega wandte sich interessiert diesem riesigen schwarzweißen Tier zu, von dessen gestreiftem Maul die Lieblinge bereits in ehrfürchtigen Tönen berichtet hatten.

«Das habe ich eigentlich nicht vor», sagte er versöhnlich.

«Dann solltest du verdammt noch mal deine Meinung ändern», schnaubte Boris lautstark. «Ich bin nur eine einfache Kreatur, und ich hätte es niemals bis dahin geschafft, wo ich heute stehe, wenn ich immer nur um den heißen Brei herumgeredet hätte. Laß mich also gleich von Anfang an klarstellen, daß wir nichts mit diesen schwachsinnigen Karnickelspinnern zu tun haben, die irgendwelchen Petitionsquatsch überbringen. Wir sind die Raubtiere, die diesen Wald seit eh und je regieren, und wir haben inzwischen die Schnauze gestrichen voll davon, daß ihr ihn ruiniert. Wir sind nur der Menschen wegen hier. Sie sind ebensolcher Abschaum wie ihr, aber verglichen mit ihnen seid ihr das reinste Hühnerfutter.»

Den umstehenden Nerzen sträubte sich das Nackenfell, und ringsum ertönte tiefes Knurren. Niemand durfte Nerze ungestraft Hühnerfutter nennen. Und schon gar nicht Abschaum!

«Sag ihm, wo er den Abgang machen kann, Mega», ertönte ein lauter Ruf, und die Muskelnerze drängten tatendurstig nach vorne. Alle Augen richteten sich auf den Anführer, während Boris zurückknurrte und mit seiner riesenhaften Vorderpfote eine tiefe Furche in den Erdboden grub.

Mega rang sich jedoch lediglich zu einer beschwichtigenden Geste durch, womit er andeutete, daß er die Beleidigungen auf sich beruhen ließ. Sie kamen schließlich nicht ganz unerwartet. Nicht einmal die dümmsten Nerze glaubten, daß sie sich bei irgendwem beliebt gemacht hätten.

Boris war jedoch noch nicht fertig.

«Nicht die Menschen, sondern ihr Nerzspinner solltet den Arsch vollkriegen!» rief er und stürzte dann auf den grimmig aussehenden Nerz zu, der ihm die Parole abverlangt hatte. Er blieb erst stehen, als er ihm seine große Schnauze direkt ins Gesicht stieß. Sobald sich die beiden unbeweglich und mit funkensprühenden Augen gegenüberstanden, spreizten die Bussarde ihre riesigen Schwingen.

Als Eule sah, daß die Situation gefährlich wurde, nickte er Mega zu, um ihn aufzufordern, die Lage gemeinsam mit ihm zu entschärfen.

Zu seiner großen Erleichterung nahm der Anführer der Nerze den Vorschlag sofort an.

«Das reicht jetzt, Maxi», befahl er, stellte sich ohne eine Spur von Angst neben Boris und wartete, bis der grimmig aussehende Nerz ein paar Schritte zurückwich.

«Vielleicht ist es besser, wenn wir das unter uns besprechen», schlug er Eule und Raka vor.

«Immer mit der Ruhe, Boris», beschwichtigte Eule und erfüllte damit seinen Teil des stillschweigenden Abkommens. «Wir dürfen uns nicht gegenseitig bekämpfen. Wir sind doch hier, um etwas gegen unseren gemeinsamen Feind zu unternehmen.»

Er redete noch eine Zeitlang beschwörend auf den Freund ein, bis auch Boris sich schnaufend zurückzog. Mega und Eule nickten einander respektvoll zu.

«Wollen wir uns nicht lieber in meinen Bau zurückziehen?» schlug der Anführer der Nerze vor.

Eule zögerte. Hier draußen fühlte er sich wesentlich sicherer. Er wußte nicht einmal genau, ob er ein Treffen in einer derartig beengten Umgebung überhaupt durchhielt. Trotzdem war die Idee vernünftig, wenn sie weiteren Konfrontationen aus dem Weg gehen wollten. Außerdem wollte er vor dem Anführer der Nerze sein Gesicht nicht verlieren. Obendrein sagte ihm die Logik, daß die Nerze, falls sie die Delegation wirklich angreifen wollten, es angesichts ihrer zahlenmäßigen Überlegenheit ebensogut hier draußen tun konnten. Wenn Raka mitkäme, würde er sich auch nicht so isoliert vorkommen.

Als Mega konterte, daß er in diesem Fall den spitzköpfigen Nerz mitnehmen wolle, den er jetzt als Psycho vorstellte, war der Handel perfekt.

«Du willst doch nicht etwa mit diesen beiden Kotzbrocken

mitgehen?» grunzte Boris ungläubig. Er und Eule kannten sich zwar schon sehr lange, doch das brachte das Faß zum Überlaufen.

Eule nahm ihn kurz zur Seite. Er bat ihn, gemeinsam mit den Bussarden draußen Wache zu stehen. Man konnte nie wissen, was alles passierte, und Boris war doch so stark und furchteinflößend!

Schließlich stimmte Boris, der diese Art unumwundener Schmeichelei nicht gewohnt war, knurrend zu, und Raka und Eule gingen mit in den Bau. Sie hörten den Dachs noch gefährlich brummen, als er sich vor dem Eingang zurechtlegte und damit deutlich machte, daß er es mit jedem Nerz aufnehmen würde. Eule konnte nur hoffen, daß keiner auf die dumme Idee kam. Das würde das Ende von allem bedeuten.

Kapitel 51

Neue Märkte!

Eule und Raka waren von der Aussicht fasziniert, die Domäne des Anführers der Nerze betreten zu dürfen. Als man sie statt dessen in einen kleinen Vorraum führte, waren sie enttäuscht. Er war spartanisch und einfach gehalten, und die Decke war so niedrig, daß man klaustrophobisch werden konnte. Eule versuchte sich zu beruhigen, indem er sich wiederholt vor Augen führte, daß die Höhle größer war als sein Nest in der Buche.

Dort, wo sie standen, versicherte Mega seinen Besuchern sogleich, sei die Decke am höchsten, während Raka sich bemühte, im Dämmerlicht die trüben Umrisse zuzuordnen. Eule und die beiden Nerze hatten mit den niedrigen Lichtwerten keine Schwierigkeiten. Allen vieren war bewußt, welche wacklige Brücke sie jetzt zu überqueren hatten. Als Tiere, die normalerweise nicht zu Kompromissen bereit sind, ging es ihnen ziemlich gegen den Strich, über eine gegenseitige Partnerschaft nachzudenken. Als sie jedoch offen miteinander zu reden anfingen, lernten sie nach und nach die Vorstellungen des anderen zu schätzen.

Aus rein persönlicher Warte, obwohl er das niemals zugegeben hätte, fand Eule den Anführer der Nerze unerwartet charismatisch. Trotz seiner unruhigen Augen schien er geradeaus zu sein, jemand, mit dem man leicht reden konnte, und er gab sich vernünftiger und aufrichtiger, als er eigentlich hätte sein müssen. Eule schöpfte erste Hoffnung, daß ihre Mission doch etwas Brauchbares ergeben würde. Raka hatte recht, gab der Anführer der Nerze unumwunden zu – die Meute mußte wegen ihrer Jungen im Wald bleiben. Falls es die Waldbewohner interessierte: An diesem Morgen seien noch zwei gesunde Würfe zur Welt gekommen. Jawohl, es stimmte auch, daß sie aus einer Behausung geflohen waren, wo die Menschen sie in Käfigen gefangengehalten hatten, so wie es die Wiesel und Hermeline bereits vermutet hatten.

«Mega ist der mächtige Anführer, der uns befreit hat», warf der spitzköpfige Nerz an dieser Stelle mit wild blitzenden Augen ein.

Eule sah ihn kritisch an. «Mega mag noch so ehrenhaft sein, dieser Psycho ist einwandfrei schwerer zu packen – beinahe wie eine Schlange», dachte Eule. Er ähnelte eher einer Ratte als einem Nerz, und diese unnatürlich trüben Augen bestätigten Eules ersten Eindruck, daß man ihm unter keinen Umständen trauen durfte. Aber er war nicht grundlos anwesend – also verdankte er dies vermutlich seinem Köpfchen. «Trotzdem hat er etwas Verschlagenes an sich, wie Freddie», dachte Eule mißtrauisch, «das einen ständig auf der Hut sein läßt.» Ein Blick zu Raka bestätigte ihm, daß sie ebenso empfand.

Als hätte er es sofort gespürt, ergriff Mega wieder das Wort, und sein Nebenspieler verhielt sich eine Zeitlang ruhig. Ja, sie wußten alles über die Menschen und wie sie funktionierten. Sie hatten sie, was Eule sicherlich interessierte, ausführlich studiert. Dann unterbreitete er ihnen die Geschichte, wie sie der gelbe Hund auf die Idee mit dem Wald gebracht hatte, und erzählte dabei gleich, weshalb dieser Hund nicht mehr hierherkam, ebenso die noch abseitigere Geschichte des eigenartigen Nerztotems. Als er nach der Kaninchenstatue befragt wurde, gab er auch den Kaninchenerlaß zu. Dann fing er seinerseits an, Fragen über den Wald zu stellen, wobei Raka umsichtigerweise den Schnabel hielt und Eule versuchte, nicht allzuviel zu verraten.

Als Psycho wieder übernahm, stellte Eule fest, daß er ein viel geschickterer Fragensteller war. Seine Abneigung gegenüber der rattengesichtigen Kreatur verstärkte sich noch, als ihn schon bald das unbestimmte Gefühl beschlich, ihm mehr preisgegeben zu haben, als er eigentlich beabsichtigt hatte. Es machte jedoch keinen großen Unterschied, wie er feststellen mußte, denn es gab kaum etwas, was die Nerze nicht ohnehin schon wußten, und die meisten Fragen drehten sich darum, was genau die Menschen im Wald machten. Diese Art von Information gab Eule nur zu gern weiter, falls sie wirklich von Nutzen sein sollte.

Als er jedoch anfing, ihn seinerseits nach den Motiven der Menschen zu befragen, schaltete sich Mega ein und unterbrach das Gespräch.

«Die Geschichte ist viel zu lang und kompliziert für euch», sagte er barsch. «Glaubt uns einfach, daß die Menschen wie kein anderes Tier auf der Welt sind – aber das wißt ihr bereits selbst. Sie werden von einer Idee vorangetrieben, die sie Fortschritt nennen. Selbst wir Nerze verstehen nicht ganz, was damit gemeint ist, und ihr Waldbewohner werdet es schon gar nicht verstehen. Grob gesagt kann man es so übersetzen, daß sie niemals damit zufrieden sind, wie es ist. Ihr habt schon einige Resultate dieses Denkens kennengelernt.»

«Haßt ihr sie?» krächzte Raka plötzlich.

«Ja», erwiderte der Anführer der Nerze, ohne zu zögern. «Nach allem, was sie uns über so viele Generationen angetan haben, wahrscheinlich mehr als ihr.»

«Haßt ihr uns auch?» wollte Raka zu Eules peinlichem Entsetzen wissen. Deshalb waren sie doch nicht hier!

«Wir hassen euch nicht. Wir betrachten euch lediglich als Beute», entgegnete Mega mit amüsiertem, aber auch leicht verblüfftem Gesichtsausdruck. «Warum willst du das wissen?»

«Ich habe mich nur gefragt, auf welcher Seite ihr steht», gab die Krähe rätselhaft zurück.

«Sie sind auf ihrer eigenen Seite, genau wie wir, Raka», sprang Eule hilfreich ein. «Aber bleiben wir doch bitte beim

Thema. Du verlangst also, daß wir das, was ihr uns über die Menschen erzählt, einfach so glauben?» fragte er Mega.

«Genau», erwiderte der Anführer der Nerze unbeeindruckt. «Es sei denn, ihr verfügt über andere Erkenntnisse.»

«Warum sollten wir euch trauen?»

«Weil wir Bescheid wissen», sagte der Anführer der Nerze barsch. «Seht mal, ich habe in meiner Meute ein Expertenduo, das sehr eng mit den Menschen zusammengearbeitet hat. Die beiden behaupten, sie wüßten eine Möglichkeit, wie man die Menschen mit ihren eigenen Mitteln schlagen könne. Wenn ich ganz ehrlich bin, weiß ich selbst nicht genau, ob es funktioniert, obwohl die beiden, wie ihr euch denken könnt, völlig davon überzeugt sind. Ich habe euch gebeten, hierherzukommen, damit ihr das Angebot, das ich euch mache, überdenkt. Ich möchte euch meine Mitarbeiter ausleihen. Allerdings müßt auch ihr euren Teil des Vertrags erfüllen. Wenn wir alle zusammenarbeiten, behaupten sie, können wir eine Gruppe von Menschen benutzen, um die andere damit zu vertreiben. Ich behaupte nicht, daß ich alles bis ins Detail verstanden habe, aber warum macht ihr euch nicht einfach selbst mit ihnen bekannt? Ihr könnt dann eure eigenen Schlüsse daraus ziehen.»

Er entließ Psycho, der kurz darauf mit zwei lebhaften Gestalten zurückkehrte. Sie lächelten ölig und entboten Eule ihre Vorderpfoten.

«Das sind M1 und M2, die Zwillinge, gemeinsam unter dem Namen Marketing-Nerze bekannt.»

«Hocherfreut, eure Bekanntschaft zu machen», griente das Pärchen.

Eule fühlte sich sofort abgestoßen. Beide schienen mehr mit dem rattengesichtigen Nerz gemein zu haben als mit ihrem Anführer, der, wie Eule eigenartigerweise zu spüren glaubte, seine Abneigung ihnen gegenüber teilte.

«Die Marketing-Nerze sind nicht nur extrem schlau, nein, sie haben ihre Pfote auch immer ganz dicht am Puls des modernen Menschen», erklärte Mega und blickte sie verächtlich an.

«Allerdings, denn wir gehen euer Anliegen mit den modernen wissenschaftlichen Methoden des Marketing an», flöteten die beiden im Chor. «Eins ist nämlich sicher, und da könnt ihr uns jederzeit beim Wort nehmen: Wir haben es hier mit einem Markt zu tun.»

«Was ist ein Markt?» fragte Eule.

Das Duo tippte vielsagend mit den Pfoten gegen die Nasenflügel.

«Eine sehr gute Frage», antwortete einer – war es M1? – strahlend.

«Ich sehe bereits, du hast alles, was ein idealer Klient braucht», ergänzte sein Zwillingsbruder kichernd.

«Was ist ein Klient?»

Und so ging es weiter.

M1 und M2 sahen sich mit dem ungewöhnlich glatten Pelz und der dazu passenden weißen Brust so verblüffend ähnlich, daß Eule die meiste Zeit über damit beschäftigt war, die beiden auseinanderzuhalten; ganz abgesehen davon, daß er verzweifelt versuchte herauszufinden, was sie da eigentlich redeten. Rakas Blinzeln zeigte ihm an, daß sie ebenfalls am Schwimmen war.

«Warum überlaßt ihr den ganzen Kram nicht uns Experten?» fragte einer schließlich. «Keine Bange, wenn wir erst anfangen zusammenzuarbeiten, bleibt für euch noch genug zu tun übrig, hochverehrter Herr und hochverehrte Dame. Ohne euren Input könnten wir unsere Kampagne nämlich nicht starten. Es muß sich also eindeutig um eine echte Partnerschaft handeln.»

Eule, der bereits für sich entschieden hatte, daß Marketing noch verschnörkelter und von Jargon überfrachteter als die BWW-Szene war, bezog sich auf den Hauptpunkt, der da lautete: Kooperation mit den Nerzen.

«Es besteht keinerlei Risiko, weder jetzt noch im Falle zukünftiger Wiederauflagen», wiederholte das Duo ein ums andere Mal. «Keine Gewalt, das können wir euch kategorisch versichern.»

Als er sah, wie sie auf eine für Nerze völlig untypische Weise zitterten, war Eule drauf und dran, ihnen zu glauben. Sie sahen wirklich nicht aus wie geborene Schläger.

«Ihr Waldbewohner müßt nur eure Köpfe ein wenig anstrengen, weiter nichts», versuchten sie ihn weiter zu überzeugen. «Das ist doch nicht schwer, oder?»

«Nicht, wenn man weiß, wie schwer von Begriff einige dieser Köpfe sind», dachte Eule gerade, als Mega sich erneut einmischte.

«Wie auch immer, so lautet unser Vorschlag. Und wie M1 und M2 bereits mehrfach betont haben, können wir es ohne euch nicht schaffen. Denkt doch mal nach: Was haben wir alle jetzt noch zu verlieren?»

Als Raka Eule einen warnenden Blick zuwarf, wußte er, daß hier und jetzt keine Entscheidung darüber fallen würde. Sie mußten sich zunächst untereinander beraten, so wie die Betroffenen Wächter des Waldes, und hier war gewiß nicht der richtige Ort dafür. Er streckte dankbar die Glieder und machte sich bereit zu gehen. Diese Sitzung war geistig ebenso anstrengend gewesen wie die Treffen mit dem Ehrwürdigen Buck.

Die Erinnerung an das sanftmütige alte Kaninchen veranlaßte ihn, die Unterredung auf eine angemessene Weise zu beenden.

«Ich bin sehr froh, daß wir diese Unterhaltung führen konnten», sagte er höflich zu Mega. «Du hast mein Wort darauf, daß wir über deinen Vorschlag beratschlagen und wieder hierher zurückkehren werden.»

«Es war mir eine Freude», entgegnete Mega ebenso höflich.

Als er aus dem Bau auftauchte, um die Bussarde abzuberufen, traf Eule auf einen ungemein finster dreinblickenden Boris. Zu seinem Stirnrunzeln gesellte sich ein gefährliches Knurren, als die lächelnde Nerztruppe hinter Eule erschien.

«Ein Freund von dir, nehme ich an?» sagte M2 und streckte die Pfote aus.

«Da bin ich mir nicht mehr so sicher», knurrte Boris zurück.

Die Pfote wurde zurückgezogen und gleich darauf den Bussarden angeboten, die sie jedoch völlig ignorierten.

«Tja, ich bin ganz sicher, daß wir uns schon bald alle viel besser kennenlernen werden», sagte M1 mit aufgesetztem Lachen.

«Sprecht für euch – und für eure neuen Freunde», grunzte Boris, wobei er Eule und Raka anfunkelte.

«Wir hören voneinander», sagte Eule eilig.

Eule gab Cowslips Druck nach und berief eine offizielle Versammlung ein, auf der über den Vorschlag der Nerze beraten werden sollte. Es war nicht mehr als recht, wenn sie sich einen derartig wichtigen Schritt genau überlegten, das mußte er zugeben. Er konnte auch verstehen, daß die Gerüchte bereits gehörig die Angst geschürt hatten. Außerdem hatte er, wie Raka ganz richtig betonte, ohnehin keine Wahl. Sollten die Marketing-Nerze für ihre Kampagne – was immer das bedeuten mochte – die Kooperation aller Waldbewohner benötigen, dann hatten nicht nur die Raubtiere, sondern alle BWW darüber abzustimmen, ob der Vorschlag angenommen werden konnte. Eule zeigte sich, wenn auch recht mürrisch, einverstanden und stellte Raka seinerseits eine Bedingung: daß sie, nicht er, den Teilnehmern die Angelegenheit erklärte. Auf diese Weise sehe es nicht so aus, als komme der Vorschlag allein von ihm.

Allerdings hatte er nicht damit gerechnet, daß Raka diese Aufgabe mit größter Freude übernehmen und auf so radikal kompromißlose Art und Weise erledigen würde.

«Die Nerze haben unsere schlimmsten Befürchtungen bestätigt», verkündete sie der gespannt lauschenden Versammlung unumwunden. «Die Menschen beabsichtigen eindeutig, sich hier niederzulassen. Es besteht kein Grund, daran zu zweifeln, also können wir entweder dabei zuschauen, wie unser Wald zerstört wird, oder wir erklären uns mit diesem Marketing-Kram, den sie vorschlagen, einverstanden. Ich werde hier nicht einmal versuchen, es zu erklären. Eule und ich haben es bis jetzt noch nicht verstanden, und die Nerze sagen, daß wir es auch nie verstehen werden. Wir haben keine andere Wahl, sagen sie, wir müssen ihnen einfach blind vertrauen.»

Oben auf dem Ast saß Eule und krümmte sich. Raka hatte wohl recht, aber sie faßte die Sachlage auf eine Art und Weise zusammen, wie er es nie gewagt hätte. Die Versammelten sahen jetzt sogar noch verstörter aus als vorher, und Cowslips Reaktion war durch und durch vorhersehbar.

«Den Nerzen vertrauen!» Das langgesichtige Kaninchenweibchen explodierte beinahe. «Das einzige, worauf wir bei ihnen vertrauen können, ist, daß sie uns alle umbringen!»

«Würdest du lieber den Menschen trauen?» konterte Raka hämisch.

«Nein, nicht unbedingt», entgegnete Cowslip, die sofort merkte, daß sie in eine Falle gelockt werden sollte. «Aber du sagst, der Zweck heiligt die Mittel, und das ist nicht der springende Punkt.»

«Was dann?» fragte Raka, die sie weiterhin unbarmherzig festnagelte.

Eule blickte sich aufgeregt um und sah zu seinem Erstaunen, daß einige der Zuhörer zustimmend mit dem Kopf nickten.

«Daß wir auch weiterhin besser damit fahren, wenn wir überhaupt nichts unternehmen», antwortete Cowslip lahm und blickte sich nach Unterstützung suchend um.

Als sie sah, wie unschlüssig die Versammlungsteilnehmer dreinblickten, erkannten sie und alle anderen, daß dieser negative BWW-Ansatz bereits deutlich an Sympathien verlor.

«Typisch!» schrie eine mutige Wühlmaus. «Was habt ihr denn überhaupt jemals unternommen?»

«Genau», zwitscherte ein ähnlich kecker Zaunkönig. «Mich persönlich ängstigt der Vorschlag der Nerze zu Tode, Kameraden. Was aber bleibt uns anderes übrig, wenn uns die Menschen sogar noch mehr ängstigen? Zumindest wissen wir, daß die Nerze handeln können. Warum also präsentiert uns Cowslip nicht eine positive Alternative?»

Zustimmung brandete auf.

«Wie kannst du es wagen, so mit mir zu reden?» gab Cowslip aufbrausend zurück. «Hat denn keiner von euch noch Respekt vor den Älteren, die mehr von der Sache verstehen dürften? Aber wenn du darauf beharrst, werde ich etwas Positives vorschlagen. Ich schlage hiermit vor, daß wir einen Unterausschuß gründen, der sich näher mit der Angelegenheit beschäftigt und uns später darüber berichtet.»

Auch diesem schwachen Vorschlag war kein langes Leben beschieden.

«In wie vielen Monden?» quiekte eine Spitzmaus zornig und erntete viel Beifall.

«Was gibt es da zu beschäftigen?» ertönte ein weiterer Ruf.

Eule konnte an Rakas angewidertem Gesichtsausdruck ablesen, daß ihre Geduld am Ende war, und packte die Gelegenheit, die Cowslip ihm gerade geboten hatte, beim Schopf.

«Ich finde, ein Ausschuß ist eine hervorragende Idee», gratulierte er dem wutschnaubenden Kaninchen voller Begeisterung. «Genau das, was wir auf lange Sicht brauchen. Und da du das so gut kannst, gibt es wohl niemand Besseren als dich, um ihn zu organisieren. Sobald der Ausschuß zu einem Schluß gekommen ist, werden wir seine Ergebnisse liebend gern zur Kenntnis nehmen. In Anbetracht dessen, daß uns nur noch wenig Zeit bleibt, schlage ich vor, daß wir den Marketing-Nerzen unterdessen eine Chance geben.»

Als Cowslip das Gesicht verzog und ihm ihre widerwärtigste Grimasse schnitt, dachte Eule, wie schade es doch sei, daß Burdock nicht mehr dabeisein konnte. Er wäre stolz auf ihn gewesen, so vorbildlich hatte Ollie sie ausmanövriert!

«Ein fairer Vorschlag», kam es von den Teilnehmerrängen, wo die Tiere einander begeistert zunickten. Inzwischen hatte sich der Wind gedreht, und große Flocken Holzasche regneten auf sie herab wie eine ätzende Erinnerung an die Dringlichkeit ihrer Aufgabe.

Raka blickte tadelnd zu Eule hinauf. «Du scheinheiliger Geselle», sagte sie, doch Eule sah, daß sie insgeheim grinste.

Er lächelte zurück und rief dann laut: «Wer dafür?» Nach und nach erhoben sich immer mehr Pfoten und Flügel. Dann setzte er zum *coup de grace an*: «Und du, Cowslip?»

Zitternd vor Zorn erhob das Kaninchen langsam eine Pfote.

Kapitel 52

Ziel verfehlt

Da Marketing nun einmal eine positive Herangehensweise erforderte, weigerten sich M1 und M2 strikt, die Waldbewohner als Problem zu betrachten. In ihren Augen lag die Herausforderung eher in der schwierigsten Kundenberatung aller Zeiten, eine großartige Aufgabe, die die Kreativität und das Potential eines jeden Marktforschers auf die Probe stellte!

Sobald Eule auf das Plateau zurückkehrte und für die Aktion

grünes Licht gab, sausten sie los, um sich auf der Kleinen Lichtung sofort an die Arbeit zu machen. Dort verkündeten sie, daß sie zuallererst spezifischere Informationen benötigten, die in die bereits überquellenden Datenbanken eingespeist werden mußten, die für die Kaninchenkampagne und die Analyse der zukünftigen Wildbestände angelegt worden waren.

Eule flog pflichtgemäß überall herum und trommelte soviel Tiere wie möglich zusammen, damit M1 und M2 sie mit Fragen bombardieren konnten.

«Welche Tageszeit hast du am liebsten?»

«Welches Futter schmeckt dir am besten?»

«Was ist deine Lieblingsbeschäftigung?»

«Wie siehst du dich selbst in Beziehung zu anderen?»

«Welches Lebewesen bewunderst du am meisten – abgesehen von dir selbst?»

«Welches Tier im Wald wärst du am liebsten, wenn du die Wahl hättest?»

Obwohl sich niemand einen Reim auf die vielfältige Fragerei machen konnte, versuchten alle, so gut es eben ging zu antworten. Die Nerze übertrugen die Ergebnisse derweil auf Rindenstücke, was sofort Cowslips Mißtrauen erregte. Sobald der Enthusiasmus für die zukünftigen Retter des Waldes etwas verflogen war, hatten sie und die verbliebene BWW-Gefolgschaft wieder etwas an verlorenem Boden zurückgewonnen. Davon versuchte sie zu profitieren, indem sie ihrerseits die Nerze mit Fragen bombardierte.

«Was habt ihr mit diesen Informationen vor?» fragte sie. «Woher sollen wir wissen, daß ihr sie nicht gegen uns verwendet? Seid ihr euch bewußt, daß jede eurer Fragen sehr persönlich ist und daß ihr deshalb ganz klar die Privatsphäre des Befragten verletzt? Was genau ist der Zweck dieser ganzen Geschichte? Was bedeutet Marketing überhaupt? Wir finden, daß ihr uns eine Erklärung schuldet.»

«Keinesfalls», dachten M1 und M2 im stillen. Sie hatten untereinander schon abgemacht, wie sie mit der Schnittstelle Waldbewohner umgehen wollten. Es hatte keinen Zweck, einer derart ungebildeten Sippe Schlüsselbegriffe des Marketing wie etwa «Kundenprofil», «Werbestrategie» oder «Marktdurchdringung» zu erklären. Ebenso sinnlos war es, ihnen die Windungen des menschlichen Verhaltens zu erläutern, die sie ebenfalls ausnutzen wollten. Da sie jedoch erkannt hatten, daß es klüger war, eventuell auftauchende Fragen zu beantworten, hatten sie sich eine Strategie zurechtgelegt, die M1 jetzt anwandte.

«Um zuerst auf deine letzte Frage einzugehen: Marketing ist die doppelte Kunst, die Ware, die der Zielkonsument haben will, zunächst zu ermitteln und sie ihm dann so attraktiv wie möglich zu präsentieren», ratterte er los.

«Was ist die Ware?» fragte Cowslip verwirrt.

«In unserem Fall ist der Wald die Ware.»

«Aha», antwortete Cowslip unsicher. «Und Konsument?» fuhr sie zögernd fort und zog die Stirn kraus.

«Das übernehme ich», sprang M2 ein, der insgeheim grinsen mußte, wie leicht man dieses Kaninchen aus dem Konzept bringen konnte. «Konsumenten sind Kunden, das heißt diejenigen, die die Waren und unsere Dienste in Anspruch nehmen, nachdem wir sie zuerst erfaßt und danach hinsichtlich dessen, was sie möchten, identifiziert haben.»

«Erfaßt?» Cowslip kämpfte mit einem verlorenen Gesichtsausdruck tapfer weiter.

«Erfassung ist die Kunst, die größtmögliche zur Verfügung stehende Bandbreite so weit zu verengen, daß die erforderlichen Konsumentengruppen herausgefiltert werden können, an die die Waren vermarktet werden», kläffte M2.

Schließlich erkannte Cowslip, daß sie hier auf ihre Meister getroffen war.

«Vielen Dank», sagte sie so freundlich, wie es ihr möglich war. «Ich bin sicher, daß jetzt alle Unklarheiten beseitigt sind, stimmt's, Leute?»

Die anderen Tiere sahen noch ganz verdattert aus.

Es wurde für eine lange Zeit sehr still, bis eine Taube glaubte, das Problem vollständig erfaßt zu haben.

«Der Wald ist die Ware», gurrte sie begeistert.

«Der Wald ist die Ware», nickten die anderen Tiere feierlich und klammerten sich voller Dankbarkeit an die griffige Phrase.

M1 und M2 sahen ihr Vertrauen in ihre Kunst bestätigt und lächelten nachsichtig. Diese Waldis waren noch leichter über den Tisch zu ziehen, als sie es sich vorgestellt hatten.

«Das ist richtig. Der Wald ist die Ware», verkündeten sie der Versammlung. «Mehr braucht ihr nicht zu wissen.»

Anschließend versuchte Cowslip heimlich, die Kräfte erneut zu sammeln und eine Verweigerungskampagne zu organisieren. Sie fand jedoch kaum jemanden, der sich ihr anschließen wollte. Abgesehen von Querköpfen wie Boris und den Bussarden, die ohnehin nichts mit ihr zu tun haben wollten, fingen die Waldbewohner allmählich an, sich zu amüsieren. Dieses Duo makellos gepflegter Tiere erschien ihnen weit weniger furchterregend als erwartet. Zur allgemeinen Verwunderung hatten sie sich sogar ungewöhnlich höflich gezeigt. Wenn ihre Fragen auch reichlich bizarr waren, so kam man sich doch ziemlich wichtig vor, wenn sich andere so genau für die persönlichen Ansichten interessierten. Das mußte man sich einmal vorstellen: Nerze interessieren sich für das, was ich denke! «Jedenfalls kümmern sie sich mehr darum als früher unsere BWW-Anführer», murmelten sie.

Mit einem Lächeln setzten die Nerze ihre Befragung fort.

«Unser neues Waldprofil basiert auf den umfassendsten Erhebungen, die wir jemals durchgeführt haben», informierten die Marketing-Nerze Mega voller Stolz. «Des weiteren können wir außerordentliche Fortschritte bei unseren Versuchen vermelden, einen zufriedenstellenden Brückenkopf in der Waldgemeinde zu etablieren. Sie sind zwar dumm, aber durchaus formbar. Wir kriegen sie genau dahin, wo wir sie haben wollen. Sieh dir nur das hier an.»

Sie zeigten auf die kleine Spinnenarmee, die über die Wände des Baus kroch und feine Seidenschnüre spann.

«Wir mußten sie nicht einmal fragen, Mega. Sie haben sich freiwillig gemeldet. Und sie sind genau das, was wir für eine positive Interpretation unserer Ergebnisse brauchen.»

«Da bin ich mir sicher», antwortete Mega und wandte seine Augen von dem komplizierten und verwirrenden Muster. «Also seid ihr bereit weiterzumachen?»

«Zweifellos», ergänzte M1 begeistert. «Noch heute morgen kommen wir zum wirklich aufregenden Teil, indem wir zunächst unseren Auftrag formulieren und dann das verwirklichen, was uns tatsächlich am Herzen liegt – unser WVS.»

«Ich hoffe, ihr habt alles im Griff», sagte Mega und ging hastig auf den Ausgang zu. Unter keinen Umständen wollte er näher wissen, was das alles bedeutete.

Er ließ M1 und M2 in leicht niedergeschlagener Stimmung zurück. Ihr prinzipielles Bedauern, sich der Nerzkolonie erst in einem so späten Stadium angeschlossen zu haben, gründete sich darauf, daß sie übergangen worden waren, als die Fundamente gelegt wurden, die jedes erfolgreiche Unternehmen stützten. Ihr Trost würde jedoch darin bestehen, diese Unterlassungssünde mit Hilfe der Waldis wieder auszubügeln, wie M1 bei Morgengrauen auf der Kleinen Lichtung erklärte:

«Meine Damen und Herren, hochverehrte Hermaphroditen», fing er freudestrahlend an, «der korrekte Weg, unsere Marketing-Kampagne zu starten, besteht darin, erst einmal klarzustellen, wovon wir ausgehen können. Wer kann mir also genau sagen, was wir erreichen wollen?»

Das Publikum blickte ihn verständnislos an.

«Warum sind wir denn hier?»

Einige Tiere scharrten verlegen im nassen Gras.

«Laßt es mich anders ausdrücken. Was ist unser Ziel?»

«Die Menschen loszuwerden – und dann euch Ratten!»

In Ermangelung anderer Beiträge hatte Raka ihre Sicht der Dinge kundgetan.

Eule funkelte sie strafend an. Er hatte allen bereits eingetrichtert, daß die Marketing-Nerze überaus sensible, da sehr kreative Geschöpfe seien. Raka verzog säuerlich das Gesicht, war dann aber wenigstens still.

«Ich versuche es so einfach wie möglich zu formulieren», kämpfte M2 tapfer gegen das neuerliche Schweigen an. «Was ist unsere Mission?»

«Vergiß es», zischte M1 mit gedämpfter Stimme. «Du mußt es ihnen selbst sagen.»

«Weiß es denn keiner?» fuhr M2 fort und akzepierte den Einwand. «Nun, unsere Mission besteht darin, diesen Wald zu retten, und deshalb werden wir das Ziel unserer Mission formulieren. Irgendwelche Fragen?»

Es gab keine.

«Was brauchen wir also, um unsere Zielformulierung zu erfüllen?» mischte sich M1 ein. «Wir brauchen unseren WVS.»

Die Stille kam ihnen ohrenbetäubend vor.

«Vermutlich wolltet ihr gerade nachfragen», fuhr M1 enthusiastisch fort. «Unser WVS, meine Damen, Herren und Hermaphroditen, ist die Ware, die unseren Wald retten wird.»

Bei diesem vertrauten Satz hellten sich die Gesichter im Publikum leicht auf.

«Im modernen Wald kommt man mit Worten weiter als mit Waffen», lächelte M2 schmierig. «Also werden wir die Herzen und Seelen der Menschen für uns gewinnen. Sie werden uns nicht nur retten, sie werden es sogar voller Begeisterung tun. Im Gegenzug dazu werden auch wir sie lieben, alles klar?»

Überall wurde nur recht halbherzig genickt.

«Wie könnten wir jemals die Menschen lieben?» flüsterten die Tiere einander zu. «Sie sind doch diejenigen, die für das Problem verantwortlich sind.»

«Sind noch alle an Bord?» fragte M1. Er ignorierte die gedämpften Unterhaltungen und rieb sich geschäftig die Vorderpfoten. «Jetzt wollen wir unsere Zähne aber in wirklich relevantes Material schlagen.»

Die Kaninchen fuhren kurz zusammen, und der Rest der Versammlung starrte peinlich betroffen auf den Boden.

«Was ist ein WVS?» erkundigte sich Raka schließlich.

Seit sie gehört hatte, wie Cowslip so gnadenlos eingewickelt worden war, hatte sie erkannt, daß die Masche von M1 und M2 darin bestand, alles in möglichst unverständlichen Jargon zu verpacken. So vermarkteten sie ihr Marketing. Nachdem sie sich insgeheim darüber amüsiert hatte, daß Cowslip mit ihren eigenen Waffen geschlagen worden war, hatte sich Raka dazu entschlossen, zurückzuschießen. Sie kannte keine Angst mehr vor dummen Fragen, was ihren natürlichen Anlagen ohnehin entgegenkam.

«Unser WVS», stieß M1 aus, «ist unser Waldverkaufsschlager – das, was unser Wald hat und unsere Mitbewerber nicht haben, und aufgrund dessen er sich von irgendeinem beliebigen alten Wald unterscheidet. Unser WVS muß exotisch sein, attraktiv und vor allen Dingen lebensfroh», fuhr er fort und verlieh seinen Worten zusätzliche Durchschlagskraft, indem er mit der Vorderpfote in der Luft herumfuchtelte.

«Lebensfroh!» rief M2 dazwischen. «Etwas, was vor Lebensfreude schier zerspringt! Etwas Herrliches! Etwas Wunderbares! Etwas Unvergeßliches! Gibt es hier so etwas?»

Die Tiere wurden ein wenig munterer.

«Die Schönheit der verschiedenen Jahreszeiten?» meldete sich eine Waldmaus schüchtern zu Wort.

«Gut! Weitere Vorschläge!»

«Das prächtig Wechselspiel zwischen Licht und Schatten niedrig dahineilender Wolkenfetzen?» traute sich eine zitternde Wühlmaus.

«Jawohl! Noch etwas?»

«Der leuchtende Glanz des Tagesanbruchs», schuhute Eule. Warum sollte er nicht auch seinen Beitrag leisten?

«Die wundervollen Farben im Herbst!» rief ein Buchfink.

«Die großen Bäume in ihrer majestätischen Stille», warf eine Elster ein.

Jetzt sprudelten die Antworten förmlich hervor.

«Der Frieden schattiger Schneisen.»

«Das träge Brummen der Bienen in der vollkommenen Stille eines Sommertages.»

«Tau auf einem Spinngewebe in der Morgendämmerung.»

«Die Lerche hoch droben in der Luft.»

«Das Muster eines Pfluges auf den herbstlichen Äckern», krähte Raka, die keinesfalls außen vor bleiben wollte.

Die Rufe überstürzten sich förmlich, bis die Tiere die beschwichtigenden Gesten von M1 und M2 bemerkten. Wenn man auch nur einen Augenblick die Zügel lockerließ, schossen diese idiotischen Waldis sofort über das Ziel hinaus; obendrein in der falschen Richtung.

«Das ist doch alles langweilig», beschwerten sie sich. «Die Menschen haben das schon hundertmal gesehen!»

«Wir haben es schon viel öfter gesehen und finden es nicht langweilig. Wir finden es wunderschön», schrien die Tiere zurück, hatten damit jedoch offensichtlich nicht viel Erfolg.

«Marktstrategisch gesehen», informierte sie M1 barsch, «seid ihr noch nicht einmal im Kindergarten.»

Er sah sie traurig an, und sie blickten hilflos zu ihm hinauf.

«Vielleicht könnten wir mit Hilfe eines ordentlichen Brainstormings die Sache ins Rollen bringen», zischte M2.

M1 verdrehte die Augen, widersprach ihm jedoch nicht.

«Weil die Menschen nur über eine sehr kurze Aufmerksamkeitsspanne verfügen, bedürfen sie ständig neuer Stimulation», erklärte M2. «Das heißt, unser WVS muß völlig neu und anders sein, trotzdem überaus lebendig. Andernfalls können wir sie nicht dafür interessieren. Sind heute zufällig Kreuzkröten anwesend?»

«Nur gewöhnliche», quakte es zurück.

«Rote Eichhörnchen?»

«Nur graue», quiekte es. «Die anderen haben wir uns schon vor Jahren vom Hals geschafft.»

«Schwarze Falken?»

«Garantiert nicht», krächzten die Bussarde.

«Russische Tannenhäher? Rotbauchschwalben? Gartenlerchen? Blaue Bienenesser? Fichtenammern?»

Die unwahrscheinliche Liste schien kein Ende zu nehmen, und immer war die Antwort negativ.

«Was habt ihr denn sonst?» schrie M1 schließlich völlig erschöpft.

«Wahnsinnig viele Wühlmäuse», ertönte ein schriller Schrei.

«Stapelweise Spitzmäuse», ertönte ein noch schrillerer Schrei.

«Wogen von Würmern.»

«Riesenmengen an Raupen.»

«Millionen von Motten.»

«Billionen von Bienen.»

«Armeen von Ameisen.»

«Horden von Heuschrecken.»

«Schwärme von Sperlingen.»

«Haufenweise Heckenbraunellen.»

«Tonnen von Tauben.»

«Das ist doch alles so hundsgewöhnlich wie Dreck!» kreischte M1 über das Tohuwabohu hinweg. «Wie kann das jemals unser WVS werden?»

Eule hatte den eigenartigen Eindruck, als würde sich die ganze Veranstaltung in eine BWW-Versammlung der schlimmsten Sorte verwandeln, und griff rasch ein, zum Teil, um wieder für Ordnung zu sorgen, und zum Teil, um seinen eigenen Vorschlag, auf den er ziemlich stolz war, erneut ins Gespräch zu bringen.

«Meine lieben Freunde», heulte er auf, worauf sofort Stille

eintrat. «Wir haben uns doch immer als ganz normale Tiere in einem ganz normalen Wald wohl gefühlt, oder etwa nicht? Was sollte daran auch falsch sein?»

«Überhaupt nichts! Wir sind mit unserem Dasein vollkommen zufrieden!» übertönte eine Antwort die vielfältigen Hochrufe.

Eule wandte sich triumphierend an die Nerze: «Warum macht ihr nicht die Tatsache, daß er so gewöhnlich ist, zum WVS des Waldes?»

Einen Moment lang waren M1 und M2 drauf und dran zu glauben, dieser imposante Vogel sei noch gerissener als sie. Daran hatten nicht einmal sie gedacht. Dabei war es tatsächlich so, daß unangetastete Wälder immer seltener wurden, weshalb Gewöhnlichkeit durchaus ein WVS sein konnte. Was für ein Marketingdurchbruch!

Doch der Moment war ebenso schnell wieder vorüber, wie er gekommen war. Diese Eule mochte zwar als weise gelten, doch auf diesen Vorschlag konnte sie nur durch einen glücklichen Zufall gekommen sein. Hin und wieder ergab sich zwar die seltene Gelegenheit, daß man sich beim Marketing auf sein Gespür verlassen konnte, aber alles in allem war es eine Wissenschaft, die ihre Erfolge dadurch erzielte, daß sie sich an die Vorgaben hielt.

«Sie sind unfähig, auch nur einen einzigen vernünftigen Gedanken zu fassen», flüsterte M1 M2 zu. «Wir machen besser eine Pause.»

Sie übergaben Eule das Kommando und verschwanden im Gebüsch.

«Harter Brocken, was?» M1 strich sich mit der Pfote über die Stirn.

«Allerdings», stimmte ihm sein Zwillingsbruder zu. «Aber wir haben schließlich gewußt, daß sie schwer zu packen sind.»

«Das schon, aber einige von ihnen sind einfach nicht zu fassen. Wenn ich nur an diese knopfäugigen, spitzköpfigen Dingsbumse denke.»

«Und diese ekelhaften Kröten, die ständig vor sich hin rülpsen.»

Verwundert schüttelten sie die Köpfe. Daß derartige Lebensformen überhaupt existieren konnten!

«Wenn wir gerade von Lebensformen reden», kicherte M2. «Einige von ihnen sind sogar zellenlos.»

Es war wirklich kein Zuckerschlecken. M2, der sich für den ausgeglicheneren der beiden hielt, hatte bereits ein erstes Zucken im rechten Auge des Bruders bemerkt, ein sicheres Anzeichen von Streß. Effektives Marketing war ein heikles Unterfangen. Beide Seiten mußten immer tiefer in die Psyche des anderen eintauchen, bis sie eine gemeinsame Problemlösung gefunden hatten. Bei völlig hoffnungslosen Kunden war die ganze Übung rasch festgefahren.

«Es hat keinen Wert, ihnen den ganzen Müll zu erklären», sagte M1 und kaute schlechtgelaunt auf einer Schildwanze herum, die unklugerweise über seine Vorderpfote gekrochen war. «Wir haben keine andere Wahl, Zwo. Wir werden den WVS importieren müssen.»

Genau vor dieser Lösung hatten sich beide gefürchtet, da sie alle möglichen Komplikationen in sich barg.

«Du hast recht, Eins», seufzte M2 widerwillig. «Teilen wir es ihnen mit.»

Cowslip sprang laut schreiend auf.

«Willst du damit sagen, ihr wollt ein Tier von außerhalb in den Wald bringen und dann so tun, als hätte es schon immer hier gelebt?» fragte sie empört.

«So in etwa hast du es begriffen», antwortete M1 weltmännisch. «Wie ich soeben erklärt habe, seid ihr alle einfach zu gewöhnlich.»

«Aber das ist doch zutiefst unehrlich», stotterte Cowslip. «Wir Betroffenen Waldwächter würden bei einem derartig ungeheuerlichen Betrug niemals mitmachen.»

Als der Schwarm Braunellen beifällig, wenn auch wenig effektiv dazu mit den Flügeln schlug, fingen mehrere Insekten, die spürten, daß etwas von ihnen erwartet wurde, dumpf mit Fühlern und Kauwerkzeugen zu wedeln an. M1 schaute entnervt zum Himmel. Als nächstes kam dieser dämliche Dickarsch wohl noch mit diesem Wald- und Wiesenkodexballa an, ganz zu schweigen von dem verdammten Gesetz über die kreatürlichen Rechte!

Zweifellos war Cowslip bereits dabei, ihr Argument auszubauen.

«Vielleicht ist es euch bewußt, vielleicht auch nicht, daß unser Prinzip der Gleichheit besagt, daß jedes Individuum so wertvoll und wichtig ist wie ein anderes», verkündete sie. «Wenn ihr jetzt ein neues Tier allein aufgrund der Annahme, daß es besser oder etwas Besonderes ist, in unsere Gemeinschaft bringt, so kommt das einem fundamentalen Bruch mit unseren Grundsätzen gleich. Deshalb muß ich euch leider mitteilen, daß wir dem nicht zustimmen können. Statt dessen bestehen wir darauf, daß unser Appell an die Menschen allein auf der Wahrheit basiert und, was noch wichtiger ist, sich an ihren natürlichen Anstand richtet.»

Die Marketing-Nerze, die mit offenen Mäulern zugehört hatten, erlangten erst nach und nach ihr Gleichgewicht wieder.

«Natürlicher Anstand!» röchelten sie. «Die Wahrheit!»

«Und was, wenn ich fragen darf, ist so falsch daran?» erkundigte sich Cowslip. «Ein wenig mehr Anstand würde uns allen hier im Wald gut anstehen, das dürft ihr mir glauben. Und was die Wahrheit anbelangt: Darf ich euch daran erinnern, daß sie alles ist, was wir haben?»

Das Zucken am rechten Auge von M1 war jetzt völlig außer Kontrolle geraten.

«Ja, wirklich?» schrie er. «Wenn es so ist, warum erzählen wir den Menschen dann nicht die ganze Wahrheit – daß ihr ein so lascher Haufen elender Spinner seid, daß man euch ohne weiteres schon morgen mit einem Schlag ausradieren könnte, ohne daß es jemand bemerken, geschweige denn sich Sorgen darüber machen würde? Daß es, außer für euch selbst, keine Rolle spielt, ob ihr existiert oder nicht. Daß ihr ganz und gar ersetzbar seid, weil es Millionen und Abermillionen andere wie euch gibt – und alle sind sie genauso dämlich, langweilig und uninteressant!»

Nicht nur Cowslip, auch alle anderen Tiere zitterten vor Entsetzen. Sie hatten sich in den Nerzen getäuscht, als sie annahmen, sie seien am Ende doch nicht so schlimm. Die Maske war verrutscht und enthüllte die wahre Natur hinter diesem aalglatten Auftreten.

Auch M2 sah bestürzt aus. Egal, wie schlecht deine Meinung von deiner Klientel auch ist, du darfst es niemals zeigen. Sonst zerstörte man das gegenseitige Vertrauen und damit die Grundlage des gesamten Marketing.

«Komm schon!» flüsterte er seinem Zwillingsbruder unmißverständlich ins Ohr.

«Das ist alles für den Moment, Leute!» rief er und führte M1, so schnell er konnte, weg von der Lichtung.

Auf dem Plateau angekommen, stieß er ihn in ihre Wohnhöhle und erstattete Mega Bericht, wobei er die Schwierigkeiten so gut es ging beschönigte. Da sein Anführer guter Laune war, ließ er ihn ungeschoren davonkommen. Beim nächstenmal, warnte er ihn, würde es anders abgehen. Die Menschen hatten ihre Aktivitäten verstärkt. Er erwartete Resultate. Und zwar sofort.

M2 machte überschwengliche Versprechungen und kehrte in den Bau zurück, wo ihn sein noch immer zuckender Bruder mit einem verzweifelten Keckern begrüßte.

«Mir ist gerade eine neue Zielformulierung eingefallen, Zwo», kicherte er. «Ziel verfehlt!»

Kapitel 53

Schnabel-Bertha

Am nächsten Morgen, nachdem er beschlossen hatte, daß er sich keine Sorgen zu machen brauchte, eröffnete M1 die Versammlung sehr zuversichtlich. Eule hatte ihn im vorhinein darüber unterrichtet, daß sich die Tiere gegen Cowslip ausgesprochen hatten, weil sie ihr vorwarfen, unnötig den Zorn der Nerze auf sie zu ziehen.

«Sie sind alle durchaus interessiert und zur Zusammenarbeit bereit», hatte Eule erklärt. «Es ist nur so, daß sie nicht immer verstehen, was ihr von ihnen verlangt. Und noch etwas anderes …» Er zeigte auf das Gras ringsum, das noch immer von toten Insekten übersät war. «Es gibt hier einige Bewohner, die beim besten Willen nicht genug Hirn für ein Brainstorming vorzuweisen haben. Das ist alles zuviel für sie. Sie überhitzen einfach und verenden.

Ich bin sicher, daß es besser klappt, wenn sie jetzt allmählich dahinterkommen», hatte er ergänzend hinzugefügt und noch ein saftiges Kompliment hinterhergeschickt, das, wie er vermutete, sehr gut ankommen würde. «Besonders dann, wenn derartig kreative Genies wie ihr die Leitung übernommen habt.»

«Kreative Genies, das sind wir allerdings», dachte M1 triumphierend, als er ein Stück Baumrinde hochhob, das von einem Vorhang aus Platanenblättern verdeckt war. Er wartete, bis er sich der ungeteilten Aufmerksamkeit aller gewiß sein konnte, schlug dann den Vorhang beiseite und enthüllte die Zeichnung eines Menschengesichts. Es war kein normales Menschengesicht. Die Tiere stöhnten verwundert auf: Das war ein Ungeheuer mit verrückt starrenden Augen, die auf langen Stengeln aus dem Kopf herausstanden. Die Frösche und Kröten kicherten ungläubig.

«Das hier ist eine besondere Menschensorte, bekannt unter dem Namen ‹der Glotzer›», erklärte M1, über den Erfolg seiner dramatischen Präsentation überaus erfreut. «Aufgrund mentaler Fehlentwicklungen hat er ein manisches Interesse an der Beobachtung von Vögeln entwickelt. Allerdings ist der Glotzer nicht an jedem gewöhnlichen Vogel interessiert. Ihn verlangt es nach etwas Besonderem, einem seltenen Vogel. Je gefährdeter, desto besser. Seltenheit wird am höchsten bewertet – ebenso wie Lebensfreude. Stülpen wir uns also unsere Denkkappen über die Köpfe und überlegen, welche Namen uns dazu einfallen.»

«Der Blaufleck!» schrie ein Goldfinkenweibchen sofort.

«Genau, der Blaufleck!» schrien die anderen Tiere im Chor.

Der Blaufleck war ein seltsamer Kauz. Er war ganz unerwartet an einem Sommertag im Wald aufgetaucht und hatte mit seinem blauen Gefieder viel Aufmerksamkeit geerntet. Er war ziemlich klein, auffällig unbeholfen und hatte sich eindeutig verflogen. Niemand wußte, woher er gekommen war oder was er im Wald vorhatte, doch es stellte sich schnell heraus, daß er nicht in der Lage war, für sich selbst zu sorgen. Nachdem er einige Tage traurig und sehnsüchtig vor sich hin gezwitschert hatte – niemand wußte, wonach er sich sehnte –, war er von seinem Ast gekippt und gestorben.

«Was ist ein Blaufleck?» wollte M2, reichlich verwirrt, wissen.

Nachdem mehrere kleine Vögel gemeinsam mit dem Goldfinkenweibchen alle möglichen Beschreibungen auf ihn eingezwitschert hatten, klappte dem Nerz nach und nach der Unterkiefer herab.

«Das ist ein Wellensittich», platzte es schließlich aus ihm heraus. «Die Menschen wissen alles über Wellensittiche. Sie sind alles andere als selten.»

«Bei uns schon», kam es im Chor zurück. «Wir haben noch nie zuvor einen gesehen – und hinterher auch nicht.»

Beide Marketing-Nerze knirschten angesichts dieser wahnsinnigen, gnadenlosen Logik mit den Zähnen.

«Bleib ruhig», flüsterte M2, als er sah, wie das Auge von M1 wieder zu zucken anfing. Dann wandte er sich rasch erneut den Waldis zu und sprach mit ihnen wie mit einer Gruppe von Kleinkindern: «Na, das können wir doch aber noch ein bißchen besser, oder?» sagte er ernst. «Wellensittich ist zu einfach. Ich glaube, uns fällt bestimmt noch etwas Vernünftigeres ein.»

«Ein Steinadler», krächzte einer der Bussarde.

Nachdem sie Eule zum Plateau eskortiert hatten, hatten die Bussarde ihre frühere Indifferenz den Waldangelegenheiten gegenüber abgelegt und waren jetzt rasch sämtliche Wanderfalken, Weihen, Turmfalken und anderen furchterregenden Raubvögel durchgegangen, bevor sie gemeinsam und einstimmig ihr Urteil gefällt hatten. Ein Steinadler mußte einfach der beste WVS sein. Er war sehr selten, gefährdet, voller Leben und vor allem so riesig und außergewöhnlich, daß ihn kein Mensch übersehen konnte – schon gar nicht einer von der Spezies der Glotzer.

Dann riskierte der Bussard einen wagemutigen Vorstoß in die Sprache des Marketing und fügte hinzu: «Wir halten das Visibilitätspotential eines Steinadlers für geradezu unwahrscheinlich hoch.»

Die Versammlung brach in einen wahren Begeisterungssturm aus.

Zum Erstaunen aller reagierten M1 und M2 mit einem nervösen Hustenanfall auf diesen Vorschlag. Wenn schon die Bussarde selbst zu groß und einschüchternd für die Hitliste der Nerze waren, würde die Ankunft eines riesenhaften Mörders der Lüfte, der in der Lage war, einen Nerz mit seinen Fängen zu packen und wegzuschleppen, ihre Waldüberlegenheit mit einem Schlag vernichten.

M2 machte sich rasch daran, die Krise zu entschärfen.

«Ein sehr guter Vorschlag», strahlte er. «Die Bussarde verdienen einen ordentlichen Applaus.»

Kräftiger Applaus ertönte, bis M2 mit erhobener Pfote um Ruhe bat.

«Leider haben sie anscheinend ein ernsthaftes Problem übersehen. Kann mir einer von euch sagen, um welches Problem es sich handelt?»

Die Tiere schauten sich verdutzt an.

«Tja, ein Steinadler ist zweifellos eine herrliche Kreatur, die viele unserer Anforderungen erfüllt; aber wie wollen wir einen hierherlocken?» fragte M2 mit samtener Stimme.

Die Bussarde sahen ihn kleinlaut an. Daran hatten sie nicht gedacht. Sie wußten, daß die Steinadler als extrem mürrisch und obendrein unberechenbar bekannt waren. Und wenn Bussarde schon nicht gerade die größten Alleinunterhalter waren, so galten die Steinadler als noch ungeselliger. Sie wohnten in unzugänglichen Bergregionen, so weit weg von den Menschen wie möglich. Vermutlich würde keiner von ihnen diese freiwillige Abgeschiedenheit ohne triftigen Grund verlassen.

Die Bussarde fühlten sich ausmanövriert und schwiegen. Die Jagd nach dem phantomhaften WVS ging weiter.

Kurz nachdem die Sitzung wiederaufgenommen worden war, erinnerte sich eine Amsel namens Bertha plötzlich daran, was ihre Freundin aus dem nächsten Tal einmal gesagt hatte. «Wieso ist mir das nicht schon früher eingefallen?» tadelte sie sich selbst. Kein Wunder, wenn sie nie die Gedanken beisammenhatte! Doch jetzt fiel ihr alles wieder ein. Die Freundin hatte von einem fabelhaften Wesen berichtet, das im vorangegangenen Sommer zu Besuch gekommen war. Es war so absurd gutaussehend gewesen, so prangend in seinem exotischen Gefieder, so stolz und selbstsicher, daß ihre Freundin es, als sie es zum erstenmal über eine Lichtung schlendern sah, für eine Art Vision gehalten hatte. Doch dann hatte sie zu ihrer großen Freude herausgefunden, daß es nicht nur wirklich war, sondern obendrein so wirklich, daß es sich kraftvoll mit ihr paarte. Sie hatte sich ihm voller Ekstase hingegeben.

Alphonse, dieser fliegende Adonis, war lange genug im Wald

geblieben, um sich die ganze Schar der Vogelweibchen vorzunehmen. Dann flog er wieder nach Hause, nicht ohne sie alle herzlich einzuladen, ihn dort einmal zu besuchen. Trotz ihrer Sehnsucht hatte es keine von ihnen gewagt, die lange Reise tatsächlich auf sich zu nehmen.

«Wir sollten wirklich losziehen, alte Henne. Das wäre die Traumreise des Lebens», hatte ihre Freundin mit verhangenem Blick geschwärmt. «Ich habe noch keinen Hahn getroffen, der es im Gebüsch besser gebracht hätte.»

Heimlich verdrückte sich Bertha nach hinten und stahl sich dann aus der Versammlung davon. Sie mußte auf ein Wort hinüberfliegen …

Als Bertha zur Kleinen Lichtung zurückkehrte, fand sie die Versammlung in lärmendem Aufruhr vor. Sie hingegen hatte Glück gehabt. Ihre Freundin hatte die bereits erwähnten Details bestätigt und die Anweisungen exakt wiederholt, wie Alphonse, der goldene Pirol – denn genau das schien er zu sein –, zu finden war.

«Versuch dein Glück, meine Liebe», hatte sie Bertha gedrängt. «Ich wünschte, ich könnte mit dir kommen.» Dabei blickte sie sich reumütig in dem Chaos in ihrem Nest um. «Doch ich muß hierbleiben. Geh du nur, meine Liebe, und wenn du ihn gefunden hast, ruf mich bei ihm in Erinnerung.»

Bertha arbeitete sich unbeirrbar nach vorn und wartete, bis sich irgendwo in der Lärmwand ein Loch auftat. Ihrem mitgenommenen Aussehen nach zu urteilen, waren die Marketing-Nerze am Ende ihrer Weisheit angelangt. M1 schmetterte gerade den letzten Vorschlag einer Braunelle ab.

«Was sollen wir mit einem verdammten Wasserpieper anfangen?» schrie er. «Der ist ja noch langweiliger als du – und das will schon etwas heißen! Schaut euch doch an, wie ihr alle da herumsitzt. Ihr seid Hunderte von Tieren, und trotzdem fällt keinem einzigen etwas ein, worüber sich wirklich nachzudenken lohnte. Ihr seid alle unbrauchbar, unbrauchbar, unbrauchbar!»

Die Braunelle schniefte beleidigt, und ihre Kollegen schauten betreten zur Seite.

«Wenn nicht bald jemand mit einer brauchbaren Idee

kommt, sitzen wir hier noch die ganze Nacht», blaffte M1 drohend und warf Eule einen vorwurfsvollen Blick zu.

Eule hatte bereits über verschiedene Verwandte nachgedacht, besonders über die Schnee-Eule, einen großen, plüschigen Vogel, den er zwar noch nie gesehen hatte, der aber bestimmt, was die Lebensfreude anging, so manchen Punkt für sich verzeichnen konnte. Doch nachdem sogar der Steinadler aus dem Rennen geworfen worden war, wollte er nicht riskieren, sich vor allen anderen zu blamieren, indem er jemanden vorschlug, den er nicht herbeibringen konnte. Er hatte den eigenartigen Verdacht, daß Freddie eine gute Idee gehabt hätte, doch der war nicht anwesend; genausowenig wie Boris, der es abgelehnt hatte, an einer solchen «spinnermäßigen» Versammlung teilzunehmen.

«Ich zerbreche mir für niemanden den Kopf, schon gar nicht für diese beiden», hatte er ärgerlich hinzugefügt.

Das Schweigen hielt an, und M1 sah mit stechendem Blick ins Publikum hinab.

«Ich glaube, ich habe daff gefunden, wonach wir fuchen», meldete sich Bertha mit piepsender Stimme. «Eff ift ein Vogel namenf Pirol. Und ich weiff auch, wo einer mit Namen Alphonfe lebt.»

An mehreren Stellen wurde Kichern laut. Schnabel-Bertha war nun wirklich die letzte, von der man erwartet hätte, daß ihr etwas einfiel. Vielleicht ein doofes Täubchen mit irgendeinem romantischen Nonsens. Aber doch nicht eine Amsel, schon gar nicht ein so schäbiges und unattraktives Exemplar. Ausgerechnet Bertha mit ihrem gekreuzten Schnabel und dem schrecklichen Lispeln!

M1 war sich ebenfalls nicht sicher. Aber wenn dieser Pirol so wunderbar war, wie ihn Bertha jetzt beschrieb, konnte er sehr wohl genau das sein, wonach sie suchten. Doch schon äußerten einige Vogelmännchen aus der Versammlung vehemente Kritik.

«Wie willst du ihn denn dazu überreden, zurückzukommen? Willst du ihm was vorsingen?» rief ein Eichelhäher grob.

«Ich habe fo meine Methoden», lächelte Bertha geheimnisvoll und provozierte noch mehr Belustigung und Hohn in den Reihen der chauvinistischen Fraktion. Beide Marketing-Nerze sahen jedoch, daß sich mehrere Amseln einander zuzwinkerten und ihre gelben Schnäbel auf- und zuklappten. Was hatte das zu bedeuten? Sie hatten nicht viel für private Scherze übrig, da sie das Gefühl hatten, ihre Position würde dadurch unterminiert werden.

Berthas Vorschlag gewann an Gewicht, als sich plötzlich aus einer unerwarteten Ecke Unterstützung anbot. Das Amselweibchen gehörte einer Spezies im Wald an, bei der eindeutig die aufgeputzten Männchen den ganzen Spaß hatten. In den hoffnungsfrohen Tagen der Waldwächter hatten die Weibchen ständig dagegen protestiert, in einer so von Männern dominierten Gesellschaft leben zu müssen. Jetzt kam das alte Thema wieder hoch. Weiteres Öl wurde durch Berthas Lispeln auf die Flammen gegossen, denn in der BWW-Szene war sie als offiziell benachteiligt anerkannt und deshalb als besonders unterstützenswert eingestuft worden.

«Warum sollte Bertha denn nicht die beste Idee haben?» kreischten die Weibchen lautstark zu den Männchen hinüber.» Das ist doch typisch, alles so von vornherein von der Kralle zu weisen. Aber ihr macht euch natürlich Sorgen, daß euch ein Pirol allesamt in den Schatten stellen und eure Nester regieren könnte.»

Eule sah, daß Cowslip – weit davon entfernt, sich einzumischen – ruhelos von einer Pfote auf die andere trat. Er mußte grinsen, als ihm ihr Dilemma allmählich bewußt wurde. Nachdem sie sich dem WVS-Konzept als Ganzem gegenüber ablehnend geäußert hatte, war es jetzt opportun, diese Haltung aufzugeben und die feministische Lobby zu unterstützen. Sie mußte sich auf die eine oder andere Weise erklären.

Die Antwort kam rasch und, wie er sich im nachhinein klarmachte, recht vorhersehbar. Sie verabschiedete sich von ihrer bisherigen Antihaltung, als hätte sie sie niemals erwähnt, und sprang schamlos und direkt auf den Wagen der erfolgreichen Partei auf.

«Im Namen aller Betroffenen Wächter des Waldes verurteile ich die sexistischen Bemerkungen der ignoranten Chauvinisten aufs schärfste», erklärte sie. «Deshalb bestehe ich darauf, daß unsere Schwester für ihren Vorschlag ungeteilte Unterstützung erhält.»

Die Marketing-Nerze, ohnehin bereits am Rande der Verzweiflung dümpelnd, hörten hilflos zu. Berthas Parteigängerinnen war es eindeutig nur daran gelegen, die Hennenlobby zu unterstüzten. Alphonses Verdienste blieben ihnen herzlich gleichgültig. Trotzdem war es möglich, daß Berthas Idee in Betracht kam. Auch wenn sie dieses Tier nicht selbst beibringen konnte, so wußte sie doch wenigstens, wo es zu finden war. Die anderen Waldis mochten sich noch so verächtlich zeigen – ihnen war jedenfalls nichts Besseres eingefallen, mit Ausnahme natürlich des Steinadlers. Aber der war verständlicherweise abgeschmettert worden.

Inzwischen mußten die beiden Nerze auch zugeben, daß sie mit ihrer Weisheit am Ende waren. Wenn sie nicht bald eine Ware anbieten konnten, blühte ihnen zu Hause auf dem Plateau eine saftige Abreibung.

«Warum versuchen wir's nicht?» flüsterte M2.

«Weil sie ein totaler Dummkopf ist», entgegnete M1 flüsternd. Genau in diesem Moment mischte sich Raka unerwartet ein.

«Ich begleite Bertha. Wir holen Alphonse», krächzte sie.

Das gab den Ausschlag, besonders nachdem Eule und andere vernünftigere Männchen ihre Unterstützung deutlich machten. Als Cowslip sich erhob und eine Abstimmung verlangte, schluckte M1 auf nachdrückliche Einflüsterungen seines Bruders hin die beißenden Bemerkungen wieder hinunter, die ihm auf der Zunge lagen, und ließ sie gewähren. Obwohl sich einige Männchen trotzig der Stimme enthielten, wurde der Vorschlag angenommen, wobei nur die Bussarde, die noch immer der Steinadler wegen beleidigt waren, dagegen stimmten.

Auf dem Weg zurück zum Plateau trösteten die Marketing-Nerze einander, daß sie zumindest etwas Positives zu berichten hatten. Sie hatten Raka und Bertha sofort losgeschickt, ohne die Rücksprache mit ihrem Anführer abzuwarten, und sahen sich jetzt einer nervenaufreibenden Zeit des Wartens ausgeliefert. Inzwischen, falls den Waldis noch etwas Besseres einfiele, konnten sie Alphonse ja jederzeit wieder verwerfen.

«Schöne Aussichten», kommentierte M1 verbittert. Sein rechtes Auge zuckte noch immer.

«Kann man nie wissen», sagte M2 mit einem falschen Lachen, das seine Angst nicht ganz verbarg.

Sie beide wußten jedoch genau, daß ihr persönliches Schicksal, ganz abgesehen von dem des gesamten Waldes, jetzt nur noch an dem feinen Fädchen der Aussicht auf einen ausgesprochen geilen Pirol hing.

Raka flog schweigend ein gutes Stück über ihrer kleineren, brauneren Begleiterin dahin, und es sah fast so aus, als reisten sie nicht gemeinsam, sondern jede für sich, was der Krähe tatsächlich lieber gewesen wäre. Inzwischen hatte sie herausgefunden, daß Bertha so dämlich und einfältig war, wie sie einige Teilnehmer der Sitzung beschrieben hatten.

«Iffefnich ...!» rief sie ständig aus, als sie dem Band glänzender Volvers auf einem großen Rollweg folgten. «Iffefnich toll, fo entlangfufliegen? Guck mal dort, Raka! Iffefnich erftaunlich?»

Es war tatsächlich erstaunlich, mußte Raka zugeben, wie so viele Dinge, die sie unterwegs sahen. Bis jetzt hatte sie immer gedacht, ihr Krähenschwarm komme weit herum, wenn sie die Äcker und Felder der Umgebung absuchten. Doch nichts davon hatte sie darauf vorbereitet, was sie jetzt zu sehen bekam. Die Menschen schienen die ganze Welt in einen riesigen, wimmelnden Ameisenhaufen verwandelt zu haben. Alles war mit ihnen und ihren Dingen vollgestopft, und Raka hatte von dem Krach, der heraufdröhnte, bereits schreckliche Kopfschmerzen. Trotz allem blieb sie den Wundern und Geheimnissen gegenüber immun, die sich unter ihnen entfalteten, denn nichts sollte sie von ihrer Mission ablenken. Anders dagegen Bertha. Sie war einfach begeistert. Mit einem Schlag hatte sie sich vom Wald und seinen höhnischen, herrschsüchtigen Männchen und immer gleichen Weibchenpartys gelöst. Sie hatte sich zu einem atemberaubenden Abenteuer aufgemacht. Endlich kostete sie das Leben voll und ganz aus!

«Iffefnich wunderbar?» sang sie überschwenglich. «Iffefnich unglaublich? Iffefnich einfach unbefreiblich?»

«Halt den Schnabel!» fuhr Raka sie an. Aber es hatte keinen Zweck. Bertha war jetzt völlig in ihrer eigenen Welt gefangen.

Abgesehen von den unerträglichen Kommentaren verlief der Tag recht gut, und die beiden hatten inzwischen das Große Wasser, von dem Alphonse als dem größten Hindernis gesprochen hatte, erreicht. Obwohl sie das Land auf der anderen Seite sehen konnten, ordnete Raka eine Rast an. Es war kurz vor Sonnenuntergang, und da sie noch nie zuvor in ihrem Leben so lange in einem Stück geflogen war, glaubte sie, ihre Flügel würden abfallen. Sie ließ den Blick über die Landschaft schweifen, entdeckte ein passendes Wäldchen, und sie beide löschten ihren Durst an einem Fluß, bevor sie die jeweils bevorzugten Stellungen für die Nacht einnahmen. Raka klemmte sich in die Windung einer kräftigen Platane und Bertha hockte sich ein Stück weiter unten auf einen Ast.

Als es dunkel wurde, setzte das Gebrabbel wieder ein, die «Iffefnichs» wurden durch «Warefnichs» ersetzt, und Raka grunzte nur noch Einsilbiges zurück. Jetzt war ihr klar, daß sie nicht nachgedacht hatte, als sie sich freiwillig für diesen Ausflug gemeldet hatte. Statt dessen hatte sie sich von einer ungestümen und draufgängerischen Geste verleiten lassen. Berthas Beschreibung von Alphonse hatte sie beeindruckt, ebenso das Getratsche von damals, an das sie sich wieder erinnerte. Außerdem drohte das Brainstorming auseinanderzufallen. Hätte sie sich nicht eingemischt, wäre Bertha niedergebrüllt worden. Jetzt, im nachhinein, erkannte sie, daß praktisch die gesamte Unterstützung von seiten der scheinheiligen feministischen Lobby gekommen war, zu der Raka eindeutig nicht gehörte. Wie, fragte sie sich, hatte sie bloß glauben können, daß ein Wirrkopf wie Bertha jemals irgend jemanden zu etwas überreden konnte – schon gar jemand angeblich so Wunderbaren wie diesen Alphonse? Er würde sie einfach auslachen. Noch schlimmer: Sie würde ihn zu Tode langweilen. Was sollte Raka dann tun? Den Pirol einfach am Kragen packen und zum Wald zurückschleppen? Dabei war Bertha gerade jetzt am vorteilhaftesten in Szene gesetzt, dachte sie mißlaunig. Eine mondlose Nacht, die sie unsichtbar machte. Wenn wir dort ankommen, stülpe ich ihr vielleicht ein Blatt über den Kopf, dachte sie verzweifelt. Inzwischen mußte sie herausfinden, was – wenn überhaupt etwas – in diesem idiotischen Hirn vor sich ging.

«Du freust dich bestimmt darauf, ihn zu treffen», unterbrach sie das unablässige Geschnatter.

«Iffefnich riefig, daff wir hinfliegen?» ertönte gutgelaunt die Antwort.

Raka reckte ihren Hals über den Rand des Platanenastes, doch selbst das Zwielicht der Abenddämmerung machte es nicht besser. Bertha sah immer noch langweilig, trantütig und so unglaublich nestbacken aus.

«Du darfst das jetzt nicht zu persönlich nehmen, Bertha», sagte sie dann und nutzte die vertrauliche Atmosphäre der nächtlichen Dunkelheit aus. «Nicht, daß du nicht hübsch oder attraktiv oder so was bist. Aber ich kann mir trotzdem nicht so recht vorstellen, wie du Alphonse dazu überreden willst, mit uns mitzukommen. Hast du schon einen Plan?»

«Ich werde ihn verführen», kam es kichernd zurück.

Raka spürte deutlich, wie ihr der Geduldsfaden riß.

«Mach dich doch nicht lächerlich», brach es aus ihr hervor. «Sieh dich doch an – du bist nichts weiter als ein alter Federnsack. Alphonse hat Hunderte von Hennen, die er sich aussuchen kann. Was ist denn so besonders an dir, daß er sie alle sausen lassen sollte?»

Noch während sie redete, wurde Raka wütend auf sich. Sie wußte, daß es oft viel zu rasch mit ihr durchging. Doch der Tag war lang gewesen, außerdem war ihr Verhör nicht mehr als legitim. Als sie wütend auf die undeutliche Silhouette hinunterspähte, war sie sicher, daß Bertha lächelte.

«Weifft du ef denn nicht, Raka?» drang ihre vor Selbstvertrauen vibrierende Stimme herauf. «Eff fieht nun mal fo auff, daff ich die befte Fnäblerin im ganfen Wald bin.»

Schockiert verfiel Raka in tiefstes Schweigen. Daher also dieser verbogene Schnabel.

Kapitel 54

Roi du Bois

Am nächsten Morgen war Raka ziemlich durcheinander. Da sie es nicht gewohnt war, an einem fremden Ort ohne ein ordentliches Nest zu nächtigen, hatte sie nicht sehr tief geschlafen. Die eigenartig salzige Luft hatte sie schrecklich durstig gemacht, und die ganze Zeit über hatte das Große Wasser sie mit seinem unablässigen Rauschen gestört. Es klang wie pausenlose Windstöße, die durch den Wald brausten, obwohl sich kein Lüftchen regte. Außerdem hatten sie die Gedanken an das von Bertha angesprochene Thema beschäftigt. Im lärmigen Chaos der Krähenkolonie hatte sie sich stets aus den Kreisen der Weibchen herausgehalten, die sich über nichts anderes als diese ewigen Zusammenkünfte und Paarungen unterhielten, die ihrer Meinung nach nichts als eine Folge abartiger Praktiken waren. Nicht daß sie etwas gegen Sex hätte, versicherte sie sich, aber sie zog es vor, die Sache auf die geradlinige Art anzugehen.

Als sie sich zum Boden hinabschwangen und einige früh erwachte Würmer aufpickten, mied sie Berthas Blick, bis sie sich an die Überquerung des Großen Wassers machten. Sie sahen, daß die Aktivitäten der Menschen sogar auf der schier unendlichen Wasserfläche überhandnahmen. Die riesigen Dinger, die auf weißen Linien und Furchen kreuz und quer durch das ruhige Wasser glitten, erinnerten auf komische Weise an die Volvers, die die Äcker pflügten. Gibt es denn keinen Bereich, dachte Raka schaudernd, dem die Menschen nicht ihren Stempel aufdrücken?

Bertha hingegen war so holzköpfig enthusiastisch wie schon am Tag zuvor.

«Iffefnich fön belebt?» schrie sie in neuerlichen Variationen ihres ‹Iffefnich›-Liedes. «Guck mal daf da unten, Raka. Iffefnich riefig?»

Raka fuhr zusammen, ließ sich von einem willkommenen Aufwind hoch über Bertha treiben und konzentrierte sich auf die Route. Alphonses Beschreibungen hatten sich nach den Worten von Berthas Freundin recht kompliziert angehört. Doch dann hatten ihnen zwei Mauersegler detailliert Auskunft geben können und sie mit der Information, sie hätten früher einmal einen Pirol in jener Gegend gesehen, etwas beruhigt. Er habe tatsächlich so fabelhaft ausgesehen, wie Bertha behauptete, ergänzten sie enthusiastisch.

Nach ihren Anweisungen folgte Raka den verschiedenen breiten Rollwegen, flog die großen Menschensiedlungen an, die Alphonse als Anhaltspunkte genannt hatte, inklusive der monströsen Zusammenballung von Behausungen, die sie, seinen Worten nach, nicht verfehlen konnten.

«Iffefnich enorm grof?» schrie Bertha, als sie schier endlos darüber hinwegflogen und an dem Qualm, der die Luft erfüllte, beinahe erstickten. «Wie können die Menschen nur so eng beieinander wohnen?» fragte sich Raka. Es war ja schlimmer als in der Krähenkolonie!

Als sie auf der anderen Seite des Großen Wassers angekommen waren, suchte sie den breiten Rollweg und folgte ihm in Richtung der Mittagssonne, wobei sich bereits jetzt abzeichnete, daß es ein ungewöhnlich heißer Tag werden würde. Raka mochte die Hitze ohnehin nicht leiden, und die Wärme, die schon bald von der Erde aufstieg, machte den Weiterflug zu einer ziemlich holprigen Angelegenheit. Trotzdem war sie fest entschlossen, Alphonses Wald ohne Pause in einer Etappe zu erreichen.

Was sie tun sollten, sobald sie dort angekommen waren, wußte sie nicht so genau. Sie hatte noch keinen Plan, konnte jedoch Berthas beschwingtes Vertrauen in ihre abscheuliche Spezialität nicht unbedingt teilen. Der einzige Trost war der, daß sie diese Praktik nicht selbst ausüben mußte.

Kaum hatte Raka den sichelförmigen Wald erblickt, wußte sie, daß sie am Ziel waren. Man hatte ihnen gesagt, nach jener Form Ausschau zu halten, und auch die Überprüfung zusätzlicher Anhaltspunkte stimmte damit überein. Wo genau Alphonse in diesem Wald residierte, wußten sie freilich nicht.

«Frag einfach nach *moi*», hatte er Berthas Freundin bescheiden geraten. «Denn sie alle, sie kennen Alphonse.»

Da ihr nichts Besseres einfiel, landete Raka am Rande einer freien Fläche, der Großen Lichtung nicht unähnlich. Dort suchten sie den willkommenen Schatten einer üppig belaubten Birke. Sie erholten sich zunächst von den Strapazen des langen Fluges, und schon bald setzte sich ein kleiner Vogel, der sie an die Braunellen erinnerte, ganz in der Nähe auf einen Ast.

«Hallo», sagte Raka anstelle einer offiziellen Vorstellung. «Wir sind Freunde von Alphonse und kommen von jenseits des Großen Wassers, um ihn zu besuchen.»

Der braunellenähnliche Vogel betrachtete sie nervös und flog dann ohne ein Wort davon. Raka war sich nicht sicher, ob die Verständigung geklappt hatte, doch inzwischen waren sie und Bertha viel zu müde, um sich darüber Sorgen zu machen. Sie nickten ein, wurden jedoch schon bald von einem leisen Rascheln aufgeschreckt. Hastig flatterte das, was sie für ihre Beute halten mußten, auf die Mitte der Lichtung zu. Zunächst sah er nicht besonders aus, doch als die Strahlen der Nachmittagssonne ihn umspielten, blieb ihnen beiden vor Staunen der Schnabel offenstehen. Sah er lebenfroh aus? Er war spektakulär! Berthas Freundin hatte nicht übertrieben. Er sah beinahe wie eine himmlische Erscheinung aus. Er war ungefähr so groß wie die Amsel, aber da hörte die Ähnlichkeit auch schon auf. Alphonses Gefieder ähnelte keinem anderen, das sie jemals gesehen hatte. Kopf, Schwanz und Flügelspitzen waren schwarz, doch der Rest des Körpers glänzte in einer blendenden Mischung aus Gelb und Orange, was Raka sofort an das eigenartig riechende Zeug erinnerte, das die Menschen in ihre Felder pflanzten und von dem die Bienen behaupteten, es lasse ihren Honig eigenartig schmecken. Oder sah es eher wie reifer Mais aus, kurz bevor er diesen tiefen Goldton annahm? Oder wie die leuchtenden Butterblumen, die in der Langen Wiese schimmerten? Wo sollte man anfangen? Wo aufhören? Sie war einfach sprachlos.

Die Wirkung auf Bertha war noch eindeutiger. Raka blickte besorgt zu ihrer Reisegefährtin hinüber, die beinahe vom Ast gekippt wäre. Erst dann bemerkte sie, daß die Amsel in Ohnmacht gefallen war. Bertha war völlig hin und futsch.

Als ihm mitgeteilt wurde, daß Besucher auf ihn warteten, ergriff Alphonse einen Moment lang die helle Panik. Nach seiner wundersamen Rückkehr von der anderen Seite des Großen Wassers hatte ihn die Aura der Romantik, die er ausstrahlte, an die Spitze der Hackordnung befördert, und da er sich auf die Gegenwart konzentrierte, waren seine Reisen schon bald in der Vergangenheit versunken. Jetzt raste seine Erinnerung durch Hunderte von Erlebnissen. Obwohl er überall und ständig die betreffenden Hennen eingeladen hatte, ihn zu besuchen, war bislang zum Glück noch keine diesem Angebot gefolgt. Trotzdem hatte der Gedanke, eine seiner Urlaubsbekanntschaften könnte ihn eines Tages aufsuchen, ständig in seinem Hinterkopf herumgespukt. Aber konnte denn diese schlampig aussehende, unelegante *merle* mit ihrem verbogenen Schnabel eine davon sein? Und der *corbeau* bestimmt auch nicht. Viel zu plump und schwer für seinen Geschmack.

Nachdem Raka sie beide vorgestellt und erklärt hatte, woher sie kamen, war er nicht viel schlauer.

«Du mufft dich doch an meine Freundin erinnern», drängte die *merle*, Bertha. «Fie ifft fo wunderhübf.»

«*Ah oui*», entgegnete Alphonse vorsichtig und überprüfte automatisch den Effekt, den seine melodischen Töne auslösten. «Ein sehr schöner Ort, dort, wo sie wohnt, in die Nähe von Eure Alte Wald – sagt ihr es so?»

Er konnte sich an nichts mehr erinnern, schon gar nicht an ihre Freundin. Es war nur ein Wald gewesen, eine seiner vielen Vögeleien unterwegs. Er mußte das seltsame Paar loswerden, bevor sie hier auf seinem eigenen *territoire* alles durcheinanderbrachten.

Er ging auf sie zu, bis er die Amsel beinahe mit dem Schnabel berührte. Sie blinzelte ihm ihr Einverständnis zu, während Raka voller Abscheu seine ausgekochte Technik registrierte. Nicht daß er sich dabei besondere Mühe hätte geben müssen, wie sie ernüchtert feststellte. Berthas ekstatischer Ausdruck sagte alles.

«Sag mir doch, *mon petit chou*», umschmeichelte er sie, wobei er noch immer nicht genau wußte, was er von der ganzen Angelegenheit halten sollte, «warum seid ihr in meinen *bois* gekommen, eh?»

Bertha kratzte neckisch mit einer Kralle über den Boden.

«Funächft einmal, Alphonfe, können eff all deine Freundinnen kaum erwarten, dich wiederffufehen», antwortete sie schelmisch. «Komm bitte furück, fagen fie alle, fie erwarten dich.» Sie lächelte durchtrieben. «Wirklich fade, Alphonfe, ift eff jedoch, daff du niemalf den Alten Wald befucht haft. Dort wartet nämlich etwaf Fpetfiellef auf dich ...»

Sie senkte den Kopf und rieb ihren Schnabel im Gras, woraufhin Alphonse schwer zu atmen begann.

«*Spéciale*?» fragte er. Seine Beine versteiften sich, und er senkte den Schnabel, um damit den ihren zu berühren.

Ihre Rümpfe wackelten im Gleichklang.

«Verrat es mir doch, eh?»

«Wenn wir unf an einen privateren Ort begeben könnten, Alphonfe, könnte ich ef dir nicht nur verraten, fondern tfeigen.»

Raka gelang es nicht, ein angewidertes Schnauben zu unterdrücken. Bertha war doch wirklich eine unglaubliche Schnalle! Raka hatte sich die ganze Zeit über eher als *in loco parentis* gesehen oder zumindest als Gouvernante. Daß sie sich plötzlich wie ein schmieriger alter Hahn als Zuhälterin für eine Amsel betätigen mußte, damit hätte sie nicht gerechnet!

Raka war keine Voyeurin und legte auch keinen gesteigerten Wert darauf zu sehen, was da hinter dem nahe gelegenen Busch vor sich ging. Dem kehligen Stöhnen, das von hinter den Blättern zu ihr herüberdrang, konnte sie sich jedoch nicht verschließen. Gerade als sie sich fragte, wie lange sie diese entsetzlich peinliche Situation noch ertragen sollte, steigerte sich das Stöhnen und gipfelte in einem seufzenden Höhepunkt. Auf die lange Stille folgte ein lautes Rascheln, und Alphonse taumelte aus dem Unterholz. Er sah wie verwandelt aus. Sein lebensfroh glänzendes Gefieder war völlig zerzaust, er ging leicht O-beinig, und auf seinem Gesicht strahlte ein breites, seliges Lächeln. Hinter ihm tauchte Bertha auf, die schüchtern grinste und ein Bild der Unschuld abgab.

«Oh, là, là!» rief der Pirol in die Strahlen der untergehenden Sonne hinein, die sein Gefieder erfaßten und wieder neu entzündeten.

«Oh, là, là!» wiederholte er mit stierem Blick. Er hatte in seinem Leben in dieser Hinsicht gewiß mehr erhalten, als ihm zustand, aber so etwas wie diese Bertha ... Sie war *magnifique*! Er schlenderte an Raka vorbei, offenbar ohne sie wahrzunehmen, während Bertha verschwörerisch ihren verdrehten Schnabel kratzte. Die beiden Weibchen betrachteten den Seemannsgang ihres entschwindenden Opfers, und Raka mußte zugeben, daß Berthas Spezialität, wie widerlich auch immer, anscheinend direkt ins Schwarze getroffen hatte.

«Warum sollte isch in eure *bois* kommen, wo isch doch alles 'ier 'abe, was eine 'ahn brauch?» wehrte sich Alphonse.

Pünktlich bei Morgengrauen war er zurückgekehrt, um sich von Bertha bedienen zu lassen. Anschließend hatte sich Raka eingeschaltet und den Alten Wald als strikten Geschäftsvorschlag angesprochen.

«Wir bieten dir ein tolles Geschäft an», betonte sie. «Dort wird dich niemand behelligen. Du wirst der König aller Vögel sein. Weiterhin garantiere ich dir alles, was du dir vorstellen kannst – Sperlinge, Mauersegler, Tauben, einen Fasan, alles, was das Herz begehrt. Oder wie wäre es mit einem Bussard? Da hast du ordentlich was in den Flügeln.»

Alphonse sah plötzlich etwas gequält aus, und Raka wurde klar, daß sie es übertrieb, was jedoch nur in bester Absicht geschah. Sie konnte sich das entrüstete Krächzen der Bussardweibchen lebhaft vorstellen, von der Reaktion ihrer Männchen einmal ganz abgesehen. Trotzdem hielt sie an ihrem Plan fest. Sie und Eule hatten, ohne mit M1 und M2 Rücksprache zu halten, beschlossen, daß sie Alphonse alles versprechen durfte. Genaueres ließ sich später immer noch aushandeln.

«Sie gehören alle dir, alter Gockel», wiederholte sie strahlend. «Da hast du jede Menge zu vögeln. Wir haben alle Sorten im Angebot: blaue, große, kohlschwarze und langschwänzige. Oder darf es etwas Ausgefalleneres sein? Ein Schlundpumper vielleicht?»

Als sie ein Leuchten in Alphonses Augen wahrnahm, beeilte sie sich, in dieser Richtung weiterzumachen.

«Ich habe dir bereits ein persönliches Sklavinnenteam von Braunellen zusammengestellt. Sie haben die Anweisung, dir jeden Wunsch zu erfüllen!» Raka mußte lächeln, als sie sich daran erinnerte, wieviel Gefallen Eule an diesem Detail gefunden hätte. «Jeder Vogel, jedes Tier im Wald wird dein Untertan sein. Dann bist du nicht nur *roi* deiner gesamten Umgebung – sondern *empereur*!»

Alphonse senkte den Kopf, verschwand in einem leuchtendgelben Blitz und putzte sein Gefieder. Nicht nur *roi*, sondern gar *empereur*!

Raka überdachte noch einmal ihren Entschluß, die Menscheneindringlinge nicht zu erwähnen. Sie und Eule hatten vorher bereits die Entscheidung getroffen, daß dieses Detail Alphonse nur unnötig beunruhigen würde. Als sie jetzt noch einmal überlegte, kam sie jedoch zu der Ansicht, daß gerade darin die große Herausforderung für ihn bestehen konnte.

«Hättest du nicht Lust, berühmt zu werden, Alphonse?» fragte sie beiläufig.

Sie wußte sofort, daß sie die richtige Entscheidung getroffen hatte.

«Isch bin 'eute schon berühmt», gab Alphonse entschieden zurück. «Jeder 'ier im *bois* weiß, wer isch bin.»

«Daran hege ich keinen Zweifel», erwiderte Raka besänftigend. «Ich meine *wirklich* berühmt. Ich meine, hättest du nicht Lust, bereits zu Lebzeiten eine Legende zu sein, die überall angehimmelt wird, nicht nur in deinem heimatlichen *bois*, sondern in sämtlichen Annalen der Feld- und Waldgeschichte?»

«Wie denn das?» erkundigte sich Alphonse mißtrauisch.

Raka erzählte ihm, wie die Menschen in den Wald eingedrungen waren und daß er, Alphonse, als der einzige Vogel auserwählt worden war, der den Wald noch retten konnte. Dabei erwähnte sie die Nerze natürlich mit keinem Wort. Sie und Eule hatten sich dahingehend verständigt, daß es besser war, diese Information unter allen Umständen zurückzuhalten. Inzwischen erinnerte sich Alphonse daran, welche Begeisterung sein erster Besuch bei den Menschen auf der anderen Seite des Großen Wassers ausgelöst hatte. Wie oft hatten sie aufgeregt mit Fingern auf ihn gezeigt, und eine Gruppe hatte ihn sogar fast einen ganzen Tag lang verfolgt, was ihn etwas verunsichert hatte. Doch anstatt mit Peng-Pengs hatten sie mit eigenartigen Apparaten auf ihn gezielt, die ihnen riesige Augen verliehen und klickende Geräusche von sich gaben. Nach dem, was dieser *corbeau* sagte, paßte alles zusammen. Normalerweise hielt Alphonse überhaupt nichts von den Menschen. In seinem Land waren sie skrupellose Jäger, die sogar den winzigsten und harmlosesten Vögeln mit allem nachstellten, was sie in die Finger bekamen. Drüben, jenseits des Großen Wassers, waren sie ihm nicht so räuberisch vorgekommen. Vielleicht konnte er sogar eine *cause célèbre* werden. Er konnte vor verzückten und bewundernden Menschenansammlungen posieren. Er würde ein *étoile* sein. Kein Wunder, daß diese beiden von so weit hergekommen waren, um ihn aufzusuchen. Und was sie ihm anboten, war *pas ordinaire*, selbst an seinen hohen Standards gemessen.

Es galt noch eine andere Seite in Betracht zu ziehen, die er jedoch nicht erwähnen würde. Er machte sich nämlich in letzter Zeit Sorgen, weil sein bislang so glänzendes Gefieder erste Anzeichen von Grau aufwies. Gleichzeitig interessierte sich seine ergebene Anhängerschaft von Groupies immer mehr für junge Gespielen und nicht mehr so sehr für einen distinguierten Mann im besten Alter wie ihn. Nicht mehr lange, und es würde ihn ein junger Hahn herausfordern. Selbst wenn er dem ersten trotzte, so würde doch bald ein zweiter gegen ihn antreten. Am Ende würde man ihn stürzen, dann folgten weitere Herausforderungen und der unaufhaltsame Abstieg in der Hackordung. Er würde sich mit immer kläglicheren Positionen abfinden oder den *bois* verlassen müssen. Wohin sollte er schon gehen, abgesehen von dieser unerwarteten Möglichkeit: dem Angebot aus dem Alten Wald? Dort, als *empereur*, mußte er sich nicht länger auf den zweifellos vergänglichen Charme verlassen, den ihm sein Spiegelbild jedesmal nachhaltig in Erinnerung rief, wenn er sich im Teich betrachtete.

Er erwog selbstverständlich auch die Nachteile, die sich nicht von der Hand weisen ließen. Das Wetter war auf der anderen Seite des Großen Wassers nicht so gut, das Essen erbärmlich. Eine dermaßen einfallslose Auswahl an Nüssen, Samen und Beeren! Das würden jedoch die versprochenen Braunellensklavinnen mehr als wettmachen. Er könnte vom Angebot das Beste haben, ohne auch nur einen Flügel dafür bewegen zu müssen. Außerdem hätte er alle Zeit der Welt, um mit Bertha zusammenzusein, obendrein mit den vielen anderen Hennen, die ihm nach Wahl zu Willen zu sein hatten. Besser gesagt untendrunter, lächelte er vor sich hin, von seiner eigenen Pfiffigkeit begeistert.

Alles in allem konnte man zu diesem Angebot schlecht «*non*» sagen.

«Was hast du schon zu verlieren?» hakte Raka nach. «Wenn es dir nicht gefällt, kannst du jederzeit wieder zurückfliegen.»

«*Bon*», fällte Alphonse sein blitzschnelles Urteil. «Vielleischt werde isch kommen. Aber zuerst komme isch 'ier noch einmal, eh?»

Mit einem kurzen Wink seines Flügels bat er Bertha zu sich, die diplomatisch außer Hörweite gewartet hatte.

«Gefällt dir mein kleiner Scherz?» grinste er Raka an. Bertha führte ihn ins Gebüsch, senkte dienstbeflissen den Kopf und machte sich an die Arbeit. Was nicht heißen muß, daß man das Angenehme nicht mit dem Nützlichen verbinden kann, dachte sie, als sie bereits eifrig bei der Sache war.

Raka durfte wieder Däumchen drehen und tat ihr Bestes, Alphonses Grunzen auszublenden. Der Aufenthalt hier gefiel ihr ganz und gar nicht. Der *bois* war für ihren Geschmack viel zu heiß, trocken und staubig. Man konnte zwar viele andere Vögel treffen – angefangen bei den Bewohnern der örtlichen Krähenkolonie –, doch durfte sie sich unter keinen Umständen selbst dem süßen Leben hingeben. Schon so mußten genug Gerüchte über ihre und Berthas Anwesenheit die Runde machen. Obwohl ihre selbstgestellte Aufgabe darin bestand, Bertha und ihre gemeinsame Beute zurückzuführen, fühlte sie sich genau in diesem Moment völlig überflüssig. Bertha spann Alphonse so geschickt in ihr Netz ein wie eine gelernte Spinne.

Als Alphonse mit dem gleichen umnebelten und seligen Ausdruck hinter dem Strauch hervortorkelte und weitere «Oh, là, là» ausstieß, winkte sie die Amsel zur Seite.

«Es wird Zeit, daß wir das Geschäft abschließen», flüsterte sie.

«Am beften flagen wir tfu, folange der Ffnabel noch heiff ift», grinste Bertha zurück.

Raka war schockiert von ihrer Schamlosigkeit und starrte sie entrüstet an.

Alphonse hatte sich von unzähligen bewundernden Hennen zu verabschieden, die sich alle versammelt hatten, um seinem Abflug beizuwohnen. Als er ihnen die schöne Geschichte von der Rettung des *Vieux Bois* erzählte, entnahm Raka den Blicken, die Bertha zugeworfen wurden, daß die meisten von ihnen ihm dieses Motiv nicht abkauften.

Die Rückreise, lediglich von kleinen Pausen für «eine kleine *specialité*» unterbrochen, verlief ohne Zwischenfälle. Zu Rakas Erleichterung wurde Bertha so sehr von ihrem neuen Reisebegleiter abgelenkt, daß sie ihre ständigen «Iffefnichs» komplett vergaß und statt dessen, wie Raka sofort bemerkte, möglichst nahe bei Alphonse flog. Ihre braunen und gelben Farben vermengten sich, und wie sie so – offenbar aus purem Vergnügen – dicht an dicht dahinglitten und -flatterten, erinnerten sie an eine Riesenbiene. Bertha hatte sich Hals über Kopf verliebt, da war sich Raka inzwischen ganz sicher. Ob Alphonse nach einem Leben rastloser Ausschweifungen mit einer derart reinen Gefühlsregung umzugehen wußte, stand auf einem anderen Blatt. Obwohl sie sich sehr über Berthas Glück freute, wußte Raka, daß eine so leidenschaftliche Affäre alle möglichen Komplikationen mit sich bringen konnte. Außerdem bedrückte sie eine gewisse Vorahnung, daß Bertha bei diesem Geschäft gehörig verletzt werden würde. Sie war zwar gutgelaunt und willig, doch gemessen an Alphonse hatte sie bisher immer nur in der B-Liga gespielt.

Raka verscheuchte die düsteren Gedanken und konzentrierte sich darauf, sicher nach Hause zu kommen, wo sie Alphonse an M1 und M2 übergeben konnte.

Sie würde es ihnen überlassen, dem goldenen Pirol seinen neuen Job, für den er eigentlich importiert worden war, schmackhaft zu machen.

Kapitel 55

KUNDENDIENST

Als Bertha und Raka in der Kleinen Lichtung einflogen, wurden sie wie Helden empfangen. Während ihrer Abwesenheit waren noch mehr Menschen im Wald angekommen, und ein neuerliches Brainstorming war nach lautstarken gegenseitigen Beschuldigungen abgebrochen worden. Seitdem hatten sich die Marketing-Nerze schmollend auf das Plateau zurückgezogen und betrachteten den Pirol als die letzte Hoffnung für den Wald.

Eule, der von einem aufgeregten Eichhörnchen geweckt

worden war, erhielt einen vielversprechenden ersten Eindruck, als er über die drängelnde und schubsende Menge schwebte und sich dann neben Raka niederließ.

«Er ist wirklich nicht übel, was, Ollie?» strahlte sie ihn stolz an. «Aber vor allem gebührt Bertha Dank für diesen hervorragenden Job.» Sie konnte sich nicht dazu durchringen, Berthas überzeugende Qualitäten detaillierter zu schildern. «Sieh sie dir nur an», flüsterte sie und zeigte auf die Amsel, die ihre Beute hemmungslos anschmachtete. «Sie hat sich verliebt.»

«Ach du Kacke», stöhnte Eule. Wenn man sich schon mal auf Bertha verließ!

«Komm, ich stelle ihn dir vor», drängte Raka. «Zuvor mußt du jedoch wissen, daß er nur unter der Bedingung mitgekommen ist, daß er hier ‹Kaiser Alphonse I.› ist und alle ihm Gehorsam geloben.»

Die Idee mit dem Kaiser, eine momentane Eingebung, war allein auf Rakas Mist gewachsen. Jetzt wußte sie nicht, ob Eule sich übergangen fühlte. Zu ihrer Erleichterung schien er jedoch lediglich amüsiert zu sein.

«So wie die Dinge hier stehen, würde ich ihm sogar die Krallen ablecken», lächelte er.

Während der langen Wartezeit hatte Eule ausführlich Gelegenheit, sich erneut Gedanken über Marketing zu machen, und zwar gemeinsam mit Ula. Sie stand zwar nicht voll hinter ihm, ließ ihn aber wenigstens diesmal nicht ganz im Stich.

«Ich weiß nicht, was ich davon halten soll, Ollie», gestand sie ihm. «Andererseits sehe ich keine Alternative. Zumindest haben die Nerze eine konkrete Idee, was man von den Kaninchen noch nie behaupten konnte.»

Als auch andere Tiere sich zu gleichen Äußerungen durchrangen, kam Eule zu dem Schluß, daß er sich voll hinter die Initiative von M1 und M2 stellen mußte. In gewisser Hinsicht hatten die Marketing-Nerze die Waldbewohner auf die Probe gestellt. Er war entschlossen, ihnen zu beweisen, daß man sich auf sie verlassen konnte.

«Natürlich weiß er noch nichts von den Nerzen!» rief Raka über die Schulter zurück, als sie sich durch das Gedränge schoben.

«Darum kümmere ich mich», sagte Eule beruhigend.

«Herzlich willkommen im Alten Wald, Kaiser», begrüßte er den gelben Vogel untertänigst, wobei ihm auffiel, daß er aus der Nähe nicht ganz so eindrucksvoll wirkte. «Es ist uns eine große Ehre.»

«Das ist Ollie, unser Anführer», erklärte Raka. «Wie ich dir bereits versprochen habe, ist er überglücklich darüber, dich als Kaiser anzuerkennen. Es gibt allerdings noch eine andere Sache, über die er sich gern mit dir unterhalten würde ...»

Plötzlich entstand überall Unruhe. M1 und M2, offensichtlich wütend darüber, daß sie nicht als erste informiert worden waren, preschten auf die Lichtung. Alphonse hatte sie kaum erblickt, da war er auch schon hoch in der Luft, ein blendendes Gelb vor dem dunklen Grün der Bäume. Die Waldbewohner sahen ihm wie verzaubert nach, und die Marketing-Nerze, denen auch vor Staunen die Spucke wegblieb, stimmten in die allgemeinen Bewunderungsrufe ein. Ihr Zorn war verflogen.

«Sieh nur, wie lebensfroh!» kreischte M1.

«Absolut irisierend!» rief M2.

«Total übersprudelnd!» schrie M1.

Die Zwillinge fielen einander um den Hals, tanzten auf der Lichtung herum und jauchzten vor Vergnügen. Wenn schon die Waldis nervös gewesen waren, so war das kein Vergleich zur Spannung, die auf dem Plateau herrschte. Mega hatte ihnen unmißverständlich klargemacht, daß seine Geduld erschöpft war. Nur Alphonse selbst schloß sich der allgemeinen Feststimmung nicht an. Er saß weit oben im sicheren Wipfel einer hohen Buche und weigerte sich herunterzukommen. Statt dessen verkündete er, daß er sofort den Rückflug antreten werde.

Bertha nahm all ihren Mut zusammen und flog hinauf, um seine Empörung zu lindern.

«*Mais* isch 'abe von *ces animaux* ge'ört, Bertha», heulte er. «*Ils sont* Mörder *par excellence*.»

«Hier ift allef anderf, Alphonfe, mein Lieber», beruhigte ihn Bertha, die angesichts seiner Aufregung ganz bestürzt war. «In diefem Wald find fie auf unferer Feite. Fie find unfere Freunde, die unf bei der Vertreibung der Menffen helfen.»

Alphonse blieb jedoch untröstlich: «Wenn man solsche *amis* 'at, was braucht man da noch Feinde?»

Während Bertha ihn weiterhin anflehte, übernahm es Raka wie schon zuvor, ihm die Vorteile des Kaiserdaseins einzutrichtern.

«Isch 'ätte es wissen müssen, es klang alles so *facile*», jammerte der Pirol bitterlich und versuchte, sich mit seinem Dilemma zu arrangieren. Hier konnte er nicht bleiben; andererseits war es auch unmöglich, nach Hause zurückzukehren, nachdem er so vollmundig verkündet hatte, er müsse hinaus in die Welt, um einen Wald zu retten? Sein Versagen zuzugeben wäre die erste Stufe seines befürchteten Abstiegs.

Als er jedoch sah, daß Bertha, was die gefürchteten Nerze betraf, anscheinend recht hatte, besserte sich seine Laune rasch wieder. *Vraiment*, sie fraßen die anderen Tiere nicht auf, die ihrerseits von der Anwesenheit der Nerze nicht sonderlich beeindruckt schienen und statt dessen überaus freundlich zu ihm heraufwinkten. Währenddessen flog ein unablässiger Strom von Vögeln an ihm vorüber, die ihm Gehorsam gelobten, und einen Ast weiter unten erwarteten die versprochenen Braunellen schüchtern seine Befehle. Vielleicht war es doch nicht so schlimm. Das entscheidende Argument war jedoch Bertha. Alphonse hatte den versprochenen Schlundpumper bereits mit glasigen Augen betrachtet, und alle Arten von Hennen hatten sich ihm unverhohlen angeboten. Eigenartigerweise hatte er kein rechtes Interesse verspürt, was ihn zunächst in Panik versetzt hatte. Vielleicht bescherte ihm sein Aufenthalt in diesem fremden Land den Verlust seiner Libido? *Quelle horreur*!

Bei seinem letzten Besuch hatten die Tatsachen jedoch eine ganz andere Sprache gesprochen, und jedesmal, wenn er Bertha ansah, verzehrte ihn ein Feuer der Lust. Es ging sogar noch weiter. Er mußte ihr nur einen kurzen Blick zuwerfen, schon geriet er vollkommen aus dem Häuschen. Sie war nicht mehr die nestbackene schlampige Henne, für die er sie zunächst gehalten hatte. Eine außergewöhnliche innere Schönheit hatte ihr gewöhnliches Äußeres durchdrungen; sie sprach so freundlich und zärtlich mit ihm, daß sie offensichtlich in ihn verliebt sein mußte. Was für ein Unterschied zu den Vogelweibchen in seinem heimischen *bois*, die ihn umschwärmten und sich vor ihm produzierten, nur um sich hinter seinem Rücken gehässig den Schnabel über ihn zu zerreißen. Verblüfft stellte Alphonse fest, daß er sich zum erstenmal in seinem Leben für keine andere interessierte. Er wollte nur noch mit Bertha zusammensein. Da er jetzt obendrein Kaiser war, hatte er ihr sogar etwas zu bieten.

Taumelnden Sinnes blickte er tief in ihre schwarzen Augen.

«*Ma chère* Bertha, *mon amour*, möschtest du nischt meine Kaiserin sein, *à tout jamais*?»

«Oh, Alphonfe», hauchte sie ekstatisch. «Daf möchte ich.»

Eule kam allmählich vom Hin- und Herfliegen außer Atem. Oben im Baum beschränkte er sich darauf, nachhaltig zu dem, was Raka und Bertha sagten, zu nicken, bevor er auf den Waldboden zurücksauste, um noch mehr Vögel zu organisieren, die hinauffliegen und ihren Gehorsam geloben sollten. Nebenher hielt er auch die erdgebundenen Tiere immer wieder zu ergebenen Verbeugungen und Hofknicksen an.

Als Boris plötzlich auftauchte und sich nach der Ursache für all den Lärm erkundigte, mußte Eule nebenbei auch noch diese Krise bewältigen.

«Das ist Alphonse», erklärte er seinem alten Freund. «Er hat so viel Angst vor den Nerzen, daß er nicht herunterkommen will.»

«Kann man ihm nicht verdenken», grunzte Boris und nickte mit seinem gestreiften Kopf zu den Marketing-Nerzen hinüber. «Weißt du was? Ich verpasse einem dieser Mistkerle eine saftige Ohrfeige, damit er sieht, daß er keine Angst zu haben braucht.»

Einen Moment lang verspürte Eule die Versuchung. M1 und M2 schienen die ängstlichsten Nerze zu sein. Bei dem Anblick, wie sie kriecherisch nach oben winkten, fiel ihm wieder auf, wie schleimig sie waren. Doch Alphonse stand noch auf der Kippe. Beim geringsten Anzeichen von Gewalt würde er auf Nimmerwiedersehen fortfliegen.

«Lieber nicht, Boris», antwortete er widerstrebend.

«Ich verstehe dich nicht mehr, Ollie», schnaubte Boris. «Siehst du denn nicht, daß uns jede Zusammenarbeit mit diesen Dreckskerlen früher oder später Ärger einbringen wird? Warum nicht gleich jetzt?»

«Nein, Boris», erwiderte Eule entschieden. «Du darfst jetzt nicht alles gefährden. Wir müssen der Sache eine Chance geben. Denk an die Mühen, die Raka und Bertha auf sich genommen haben. Wenn du helfen willst, dann gelobe gemeinsam mit den anderen deinen Gehorsam.»

«Ich glaub', du spinnst», blubberte Boris. «Ich verbeuge mich doch nicht vor irgendeinem syphilitischen Vogel, nur weil er gelb und – wie hieß es doch gleich? – lebensfroh aussieht und sich obendrein nicht entblödet, sich Kaiser zu nennen!

Ihr solltet euch alle schämen!» rief er den versammelten Tieren zu, die den Schlagabtausch mit angehört hatten. «So vor jemandem zu kriechen! Habt ihr denn keinen Stolz mehr im Leib?»

Nervös beobachtete Eule die Reaktionen. Einige wichtige Figuren, etwa Freddie und die Bussarde, waren der Veranstaltung demonstrativ ferngeblieben, und er hatte bereits gehört, wie Cowslip ihren Busenfreundinnen einflüsterte, daß die Sklavinnenrolle einseitig auf die Braunellen abgewälzt worden sei. Wenn sich die BWW-Anhänger mit Boris zusammenschlossen, könnte es unangenehm werden. Als jedoch der zornige Blick des Dachses über sie hinwegstrich, sah Eule, wie sie die Augen niederschlugen. Er entspannte sich. Die unwahrscheinliche Allianz würde nicht zustande kommen.

«Tut mir leid, Boris», sagte er, und er meinte es auch so.

«Ich habe jedenfalls genug von diesem Unsinn», gab Boris zurück. «Ab jetzt brauchst du nicht mehr auf mich zu zählen.»

Eule sah Boris' Hinterteil mit gemischten Gefühlen nach, als der Dachs schwerfällig davonging. Er hegte den Verdacht, daß der Dachs möglicherweise sogar recht hatte. Die Verbrüderung mit den Nerzen konnte sehr wohl in einer Katastrophe enden. Aber das änderte nichts an ihrer gegenwärtigen Situation. Momentan saßen alle in der gleichen Falle.

Er wandte sich an einen Schwarm Feldmäuse mit weit aufgerissenen Augen, der gerade angekommen war.

«Alphonse sitzt dort oben im Baum», informierte er sie. «Die anderen zeigen euch, was ihr zu tun habt.»

Eine der Mäuse fing bereits mit der Unterwerfungszeremonie an, als Eule wieder hinauf in den Baumwipfel flog, wo er herausfand, daß Alphonse den Zwischenfall mit Boris nicht mitbekommen hatte und offensichtlich wieder obenauf war. Die wirkliche Überraschung war jedoch Bertha, die hemmungslosen Stolz ausstrahlte.

«Darf ich dir *la belle* Bertha vorstellen, die neue Kaiserin des Alten Waldes», begrüßte ihn Raka und drehte sich zur Seite, damit das Paar nicht sah, wie sie dabei mit den Augen rollte.

Eule gab sich alle Mühe, ein ernstes Gesicht zu wahren. Die schlampige Bertha als Kaiserin – besser gesagt, als «Kaiferin»! Sein nächster Gedanke galt den Problemen, die es mit den anderen Hennen geben würde. Da er wußte, daß Raka sich darüber im klaren war, was sie tat, akzeptierte er ihre Worte ohne weiteren Kommentar.

«Meine herzlichsten Glückwünsche, Kaiser!» tönte er statt dessen servil. «Du bist ein beneidenswerter Hahn!»

Alphonse grinste entwaffnend.

«*Belle Impératrice*, ich bin entzückt», fügte Eule an Bertha gewandt hinzu und verneigte sich kurz. Ein süßes Lächeln war seine Belohnung.

Jetzt schaltete sich Raka wieder ein: «Kaiser Alphonse I. hat die Voraussetzungen und Bedingungen bekanntgegeben, unter denen er bereit ist, hier in unserem Wald zu bleiben.»

«*Oui*», unterbrach sie der goldene Pirol schnabelrümpfend. «Diese Nerze müssen mir jetzt, wie alle andere Waldbewohner auch, ihre Ge'orsam geloben. Erst dann kann isch glauben, daß sie – wie 'ast du es genannt? – auf unsere Seite sind.»

Da Raka bestätigend nickte, hatte Eule nichts dagegen einzuwenden. Er flog hinunter zu den Marketing-Nerzen, um sie über die neuesten Entwicklungen aufzuklären. Sie regten sich maßlos auf.

«Was ist denn mit diesem blöden Vogel los?» stieß M1 durch die zusammengebissenen Zähne aus, während er weiterhin idiotisch nach oben grinste und mit der Pfote winkte. «Sieht er denn nicht, daß wir ihm freundlich gesinnt sind?»

«Ihr seht vielleicht so aus», antwortete Eule voller Befriedigung. «Er möchte aber, daß ihr es ihm beweist.»

Er winkte sie mit einer Schwinge aus der Menge heraus und direkt unter den Baum.

«Er bleibt nur dann hier, wenn ihr euch vor ihm verbeugt

und ihm als Kaiser Alphonse I. euren Gehorsam gelobt», erklärte er mit gesenkter Stimme.

«Was?» riefen die Nerzzwillinge entgeistert im Chor, als Raka herabgeflattert kam und sich der kleinen Gruppe anschloß.

«Eule erzählt die Wahrheit», bestätigte sie betont sachlich. «Wenn ihr euch nicht fügt, wird Alphonse auf der Stelle nach Hause zurückfliegen und niemals wiederkommen.»

M1 und M2 blickten Eule erschrocken an. Er zuckte hilflos die Achseln.

«Also, ich weigere mich jedenfalls», platzte M1 heraus. Er warf giftige Blicke nach oben. «Für wen hält sich dieser Flattermann, verdammt noch mal?»

«Für Kaiser Alphonse I.», antwortete Eule trocken. «Und das ist nicht unsere Schuld. Erinnert ihr euch noch daran, wie ihr uns erklärt habt, daß wir niemals einen Steinadler überreden könnten? Tja, als Alphonse darauf bestand, zum Kaiser gemacht zu werden, hatten Raka und Bertha keine andere Wahl.»

Er blinzelte Raka ermunternd zu, und beide sahen die Nerze mit tiefempfundener Freude über deren Niederlage an.

«Er hat erst jetzt von eurer Anwesenheit erfahren», klärte Eule sie auf. «Wie ihr seht, habt ihr ihn sehr beunruhigt. Ich muß euch auch noch etwas anderes sagen. Falls er wegfliegt, werde ich mich persönlich darum kümmern, daß euer Anführer erfährt, wer dafür verantwortlich zu machen ist.»

«Das wagst du nicht», stöhnte M1.

«Ich würde es nicht darauf ankommen lassen», entgegnete Eule mit vollem Ernst.

M1 und M2 berieten sich kurz. Mega hatte bereits deutlich gemacht, daß er keine weiteren Entschuldigungen mehr durchgehen ließe.

«Ihr habt mir doch erzählt, ihr seid die schlauen Marketing-Jungs», hatte er gegrollt. «Jetzt seid gefälligst schlau und seht zu, daß es läuft – und zwar sofort!»

Bei diesen Worten hatte Psycho sie mit seinen Knopfaugen intensiv angestarrt. Auch aus dieser Richtung war keine Gnade zu erwarten.

Es gab nichts mehr zu diskutieren.

«Na schön, du hast gewonnen», teilte M1 Eule resigniert

mit. «Aber nur, wenn wir es privat erledigen können. Kein anderes Tier darf dabei zusehen.»

Eule flog zum Baumwipfel hinauf und überbrachte die Nachricht dem einigermaßen besänftigten Pirol.

Als Ort für den Schwur der Marketing-Nerze wählte Ollie den Steinbruch und beauftragte Raka, dafür zu sorgen, daß sonst niemand in die Nähe kam – oder sich zumindest gut versteckte, wie er grinsend hinzufügte. Dann zog er los, um das Gebiet zu sondieren, fand den Steinbruch jedoch so verlassen vor wie eh und je. Es gab keine vollständig verborgene Stelle, und so entschied er sich schließlich für eine abgelegene Eberesche, nicht weit von dem Platz entfernt, wo er sich immer mit Burdock getroffen hatte. Wenn er Alphonse außerhalb der Reichweite der Nerze und unter dem Vorwand, ihm eine gebührend erhöhte Stellung zu verschaffen, auf einem Zweig plazierte, konnte er damit zumindest zu seiner Sicherheit beitragen. Das Selbstvertrauen des Pirols war durch die vielen Tiere, die ihm bereits ihre Ergebenheit geschworen hatten, offensichtlich regelrecht explodiert. Er hatte jedoch keine Vorstellung davon, welches Risiko er einging, wenn er seine Arroganz an den Nerzen ausprobierte. M1 und M2 konnten rasch zuschnappen.

Als sie mit steifen Beinen zum Steinbruch kamen, zeigte er ihnen den Baum und flog dann los, um Alphonse zu holen. Die beiden Nerze blickten sich unsicher um und hatten das unangenehme Gefühl, daß sie von nicht wenigen Augenpaaren beobachtet wurden. Dabei fragten sie sich entsetzt, was wohl schlimmer war: wenn die Waldis Zeugen dieser Zeremonie wurden oder ihre Nerzkollegen? Obwohl sie ringsum sämtliche Büsche sorgsam untersuchten, konnten sie niemanden entdecken. Dann kam Eule mit Alphonse zurück und wies ihn an, sich auf dem von ihm dazu bestimmten Ast niederzulassen.

Der Kaiser nahm an der Seite von Bertha darauf Platz.

«Wir haben uns doch die Anwesenheit aller anderen Tiere verbeten», protestierte M1 sofort.

Alphonse blickte ihn erzürnt an.

«Das 'ier ist nischt irgendein Tier. Das 'ier ist meine Kaiserin», wies er sie streng zurecht. «*Maintenant*, können wir, wie sagt man 'ier, fortfahren?

Premièrement, auf die Knie!»

Als sie sahen, daß Eule nicht daran dachte, zu ihren Gunsten einzugreifen, senkten die Marketing-Nerze, die Zähne zu einem gespenstischen Lächeln zusammengepreßt, kaum wahrnehmbar die Hinterläufe.

«*Plus bas*!»

Die Läufe senkten sich unwesentlich tiefer.

«'abt ihr misch nischt verstanden? *Encore plus bas*!»

Die Bäuche der Zwillinge gingen tiefer hinab, bis sie den scharfkantigen Boden des Steinbruchs berührten.

«*Bon*! *Maintenant*, jetzt schwört mir euren Ge'orsam!» befahl Alphonse.

«Wir, M1 und M2, erkennen dich hiermit in aller Demut als Kaiser Alphonse I. und damit als Herrscher des Waldes und aller seiner Bewohner an», murmelten die Nerze in jämmerlichem Gleichklang.

Alphonse stampfte mit dem Fuß auf den Ast.

«Ihr 'abt meine *belle* Kaiserin vergessen!» schrie er.

Die Marketing-Nerze warfen Eule flehentliche Blicke zu.

Er starrte mit versteinertem Gesicht zurück. Hier konnte nur Alphonse entscheiden, nicht er.

«Wir, M1 und M2, erkennen dich hiermit in aller Demut als Kaiser Alphonse I. an – gemeinsam mit *la belle* Kaiserin Bertha – und damit als Herrscher des Waldes und aller seiner Bewohner», wiederholten sie zerknirscht.

«Isch kann eusch nischt 'ören!» rief Alphonse und stellte den Kopf schräg. «*Plus fort*!»

Zu diesem Zeitpunkt waren die beiden Nerze davon überzeugt, im Gebüsch unterdrücktes Kichern zu hören. Sie hoben die Stimmen ein wenig an und wiederholten das Gelöbnis ein drittes Mal.

«*Bon*», verkündete Alphonse und betrachtete die beiden sich windenden Gestalten mit majestätischer Verachtung. «Isch akzeptiere 'iermit euer Gelöbnis und bekräftige eure neue Status als meine bescheidene Untertanen. Ihr dürft eusch jetzt aus *ma présence* zurückzie'en!»

Eule blinzelte. Hielt sich dieser ungewöhnliche Vogel tatsächlich für einen Kaiser? Bertha, die einiges mehr über die Nerze wußte, sah ausgesprochen kläglich drein.

Doch Alphonse war noch nicht fertig.

«'alt!» befahl er, was die Nerze zum sofortigen Erstarren veranlaßte. «Wenn man von seinem Kaiser entlassen wird, entfernt man sisch rückwärts, um ihm nischt den *derrière* in die *visage* zu strecken!»

«Wenn Blicke töten könnten», dachte Eule, als er zusah, wie das unglückliche Duo rückwärts davonschlich und mit den Bäuchen über die Steine kratzte, bis es endlich hinter den ersten Büschen außer Sichtweite war und sich rasch von diesem Ort des Grauens entfernte.

«Was tut man nicht alles, um die Kundschaft glücklich und zufrieden zu machen!» brach es aus M1 heraus, als sie den Pfad entlang zurück zum Plateau liefen. «Mal ehrlich, Zwo, ist dir schon jemals im Leben eine so eitle Kreatur begegnet?»

«Das Schlimme daran ist, daß er es ernst meint», erwiderte M2. «Er hält sich wohl für schlauer als Psycho.»

Doch obwohl sie innerlich nach dieser Erniedrigung vor Zorn bebten, war ihr Groll eher oberflächlich. Sogar als sie vor ihm im Staub lagen, hatten sie die Begeisterung für Alphonses optisches Potential nicht unterdrücken können. Ihr Bericht an Mega würde so strahlend ausfallen wie der neue WVS.

«Stars sind immer launisch», tröstete M2 seinen Bruder. Erst dann wagte er es, den Gedanken auszusprechen, der in ihrer beider Hinterköpfen wütete: «Was sollen wir tun, wenn er darauf besteht, daß auch Mega vor ihm auf die Knie fällt?»

«Daran darfst du nicht einmal denken», erwiderte M1 eilig. «Wir müssen nur dafür sorgen, daß die beiden sich niemals begegnen. Wir erzählen Mega, daß Alphonse schon vor uns zu Tode erschrocken ist und daß er, Mega, da er um so vieles mächtiger und stärker ist, sich von ihm fernhalten muß. Das wird er schon schlucken, oder?»

«Vielleicht», entgegnete M2 unsicher.

Doch seine Stimmung hob sich bereits wieder. Morgen, Kaiser oder nicht, würden sie den Vogel auf Trab bringen und so die Waldis auf ihre Seite ziehen. Selbst die dümmsten unter ihnen mußten kapieren, daß es keinen Sinn hatte, vor Alphonse im Staub zu kriechen oder ihn auch nur wahrzunehmen, wenn er sich nicht ihren Marketing-Zwängen unterwarf. In diesem Fall durfte er trotz aller Konsequenzen sofort in seinen verfluchten *bois* zurückfliegen!

«Es sei denn, wir ersparen ihm die Reise und verspeisen ihn zum Frühstück», grinste M1.

«Nummer eins auf der Stufenskala, was?» grinste sein Bruder zurück.

«Ganz klar», lächelte M1 und leckte sich die Lippen. Marketing-Fachleute mochten zwar sensibel sein, doch sie hatten ebensoviel Spaß an ihren heißen Spritzern wie alle anderen.

Kapitel 56

VOLLTREFFER!

Am nächsten Morgen fand die lange Reihe sonniger Tage ein jähes Ende. Als M1 und M2 auf der Kleinen Lichtung erschienen, war der Himmel wolkenverhangen. Alphonse war bereits mächtig am Regieren.

«*Non*!» schrie er seine Braunellensklavinnen an, während er die Auswahl an Leckereien begutachtete, die vor ihm ausgebreitet lag. Isch 'abe bereits gesagt, daß isch *pour mon petit déjeuner toujours* Schnecken und Froschschenkel 'aben will!»

Die Braunellen sahen sich mit den Grundsätzen der BWW-Ethik in Konflikt und schlichen bedrückt davon.

«*Bonjour*, Kaiser!» schrie M1 und verbeugte sich auf lächerlich übertriebene Weise, während sein Kaiser mehrere instinktiv gesträubte Federn unter Kontrolle bringen mußte. «Wie geht es Seiner Magnifizenz heute morgen – und natürlich nicht zu vergessen der *belle impératrice* Bertha?»

Die Zwillinge waren nach Megas verschwenderischem Lob vom Vorabend in bester Stimmung. All ihre Anforderungen waren sofort erfüllt worden. Maxi hatte den Lieblingen den strikten Befehl erteilt, den Pirol in keiner Weise zu erschrecken, und auch Mega hatte sich, nachdem sie ihn wie geplant bearbeitet hatten, dazu bereit erklärt, einen großen Bogen um ihn zu machen. Das beste war jedoch, daß sie selbst einen Ausweg gefunden hatten, wie sie mit ihrer Rolle umgehen konnten. Sie würden ihre Ergebenheit und Lobhudelei als Spiel auffassen und regelrecht auskosten. Wie weit könnten sie wohl gehen, bevor Alphonse bemerken würde, daß sie ihn nur aufzogen?

«Herrlichste Eminenz, wir sind gekommen, um dich auf den Pfad zum Megastar und des ewigwährenden Ruhmes zu geleiten», feixte M1 und leitete damit den geplanten Prozeß ein. «Wir, deine ergebenen und dienstbaren Untertanen, bitten dich um Erlaubnis, das Programm zu demonstrieren, das wir exklusiv vorbereitet haben, damit sich dein Glanz und deine Herrlichkeit in voller Pracht entfalten kann.»

Hinter seinem Rücken zog er ein Stück Rinde hervor, auf das er und sein Zwillingsbruder eine «Schauflug-Route» skizziert hatten. Zwei Faktoren waren dafür maßgeblich gewesen: Einerseits mußte Alphonses Menschenpublikum weit weg von der Ecke des Waldes gehalten werden, hinter der sich das Plateau befand; andererseits durfte er selbst den Fluß nicht überqueren. Das hielten sie nicht nur für zu riskant, sondern obendrein bildete das Wasser eine natürliche Barriere, die die erwarteten Menschenmassen zurückhielt. Oben auf die Rinde hatten sie einen Glotzer neben die Silhouette eines Vogels gemalt. Darunter zog sich eine ovale Route am Rand der Langen Wiese entlang, bis sie hinüber zur schiefen Erle am Schilfstreifen schwenkte.

«Das hier wird deine wichtigste Bühne sein, Euer Durchlauchtigste Buntheit», erklärte M1. «Hier müßtest du wegen der menschlichen Klickmaschinen, die dir, wir wir annehmen, bereits sehr vertraut sein dürften, eine Pause einlegen.»

Alphonse nickte herablassend.

«Anschließend, Euer Unglaublichste Gelbheit», fuhr M1 fort, der trotz des unterdrückten Glucksens von seiten seines Zwillingsbruders ein ernstes Gesicht bewahrte, «schlagen wir untertänigst vor, daß du am Fluß entlang zurückfliegst, wie hier zu sehen ist, und dann den Rundflug beendest, indem du über das Fünf-Balken-Gatter, hier zu sehen, und den Reitweg entlang wieder zurückkehrst.»

Alphonse residierte über seinen Braunellen und studierte die Skizze äußerst kritisch.

«Das ist mir genehm», verkündete er schließich. «Aber isch fliege nur unter der Bedingung, daß misch ma *belle Bertha* begleitet.»

«Wir lassen nicht zu, daß dieser alte Federnsack alles vermasselt», knurrte M1, der einen Moment vergessen hatte, daß er sich in demütigster Haltung befinden sollte.

«*Pardon*?» erkundigte sich Alphonse und blickte entrüstet nach unten. «Ihr versteht misch wohl nischt. *Je suis* Kaiser Alphonse I., und isch erlasse folgendes: *pas de* Bertha, *pas de* Show. *C'est tout*!»

Die Marketing-Nerze schauten flehentlich zu Eule hinüber.

«Ich bin mir nicht sicher, ob das sehr weise ist, Kaiser», sagte Eule und suchte fieberhaft nach einem Ausweg, bei dem der Pirol sich nicht allzusehr aufregte. Er mußte sich mit dem Vorschlag der Nerze anfreunden. So süß sie auch sein mochte, keiner wollte, daß Bertha den Plan gefährdete. «Bei allem Respekt *la belle impératrice* gegenüber, aber die Menschen kommen nur, um den Kaiser zu sehen.»

Alphonse stampfte mit dem Fuß auf.

«Ganz rischtig, isch bin der Kaiser. Und das 'eißt, es wird gemacht, was isch sage. Sonst gehe isch! *Maintenant*!»

Insgeheim wurde Alphonse Eule immer sympathischer. Er hatte zwar keine Ahnung, wie hart er hier am Wind segelte, doch es war überaus befriedigend, ihm dabei zuzuhören, wie er sich gegen die Vorschriften der Nerze auflehnte.

«Paßt auf, sonst läßt er euch vor versammelter Mannschaft euer Gelübde erneuern», raunte er M1 und M2 zu.

Ringsum ertönte hämisches Gekicher. Die Nerze hatten durchaus recht gehabt, als sie sich am vorangegangenen Abend von vielen Augenpaaren beobachtet wähnten. Seither sorgten lebhafte Beschreibungen ihrer Kriecherei im ganzen Wald für große Freude.

«Also gut, hochgeschätzter Kaiser», fiel M1 ein, um zu retten, was zu retten war. «*La belle impératrice* darf an deiner Seite fliegen. Schließlich ist sie so ungewöhnlich hübsch anzusehen, daß es eine Schande wäre, wenn sie den Glotzern entginge.»

Er grinste vor heimlichem Unernst und skizzierte den Umriß eines zweiten Vogels auf der Rinde, auf der die Schauflugroute aufgezeichnet war. Als Alphonse Bertha ein triumphierendes Lächeln zuwarf, erschrak Eule, wie bewundernd sie den Pirol anschmachtete. Eule hatte bereits versucht, sie zu warnen, denn er stimmte mit Raka überein, daß diese Verbindung in eine Katastrophe münden mußte.

«Stürz dich nicht zu tief hinein», hatte er Bertha gebeten.

Aber Bertha hörte offensichtlich nicht einmal zu. Raka hatte recht. Sie war bis über beide Ohren verknallt.

Alphonses erste Versuche, die Vogelglotzer auf sich aufmerksam zu machen, waren nicht so erfolgreich, wie es sich die Marketing-Nerze ausgemalt hatten. Sofort wurden unter den eifersüchtigen Fasanenmännchen Stimmen laut, Alphonse sei nicht ein Megastar, sondern vielmehr ein Megaflop. Sie hatten sich zuvor stets als die herrlichsten Vögel des Waldes angesehen und fühlten sich durch diesen neuen Rivalen ungerechtfertigterweise auf die Plätze verwiesen. Als die Schaurundflüge von Alphonse und Bertha die Volverfahrer weiterhin gleichgültig ließen, schlossen sich schon bald auch andere Vogelmännchen den Verhöhnungen der Fasane an, besonders die ebenso zurückgesetzten Amseln. Schließlich flatterte der Kaiser, nachdem er immer häufiger gequälte Blicke zurück zum Wald geworfen hatte, unter großem Gejohle zurück, ließ sich auf seinem Ast nieder und verkündete düster: «*Je suis fatigué.*»

M1 und M2 sahen ihn besorgt an, und die Braunellensklavinnen versuchten seine ermüdeten Lebensgeister mit kleinen Leckerbissen und einer Schnabelmassage wiederzubeleben. Alphonse war nicht nur seiner Aufgabe allmählich überdrüssig geworden, er wirkte auch nicht mehr so lebensfroh, und auch die Sonne weigerte sich nach wie vor, ihn anzustrahlen. Als er verkündete, er wolle die Flüge bis auf weiteres unterbrechen, blieben die Nerze nicht länger, um sich mit ihm darüber zu streiten. Statt dessen eilten sie zum Plateau zurück, denn sie waren mit ihrem von Mega ausbedungenen Bericht bereits arg im Verzug. Inzwischen bedauerten sie ihre übertrieben optimistischen Voraussagen eines sofortigen Ergebnisses bereits bitterlich.

«Es ist nicht unsere Schuld, großer Anführer», flehten sie mit weinerlichen Stimmen. «Die Menschen sitzen so abgekapselt in ihren Volvers, daß sie vom Rest der Welt keine Notiz nehmen.»

«Dann soll er eben direkt vor ihrer Nase herumfliegen!» bellte Mega wenig mitfühlend.

«Großer Anführer, das wäre zu riskant», erklärte M1. «Nicht

daß es um Alphonse schade wäre», fügte er hastig hinzu, «aber wir können nicht total auf ihn verzichten. Unsere einzige Hoffnung besteht darin, die Volvers auf eine andere Weise zum Anhalten zu bewegen.»

«*Eure* einzige Hoffnung, meinst du wohl», brummte Mega und fletschte die Zähne. «Ihr hättet früher daran denken sollen. Was wollt ihr jetzt tun?»

«Wir könnten ein Brainstorming einberufen», sagte M1 schwach und blickte verzweifelt zu seinem Zwillingsbruder hinüber.

Mega schaute ihn angewidert an und ließ Maxi und Psycho rufen. Dann klärte er sie kurz über die neue Situation auf.

«Psycho hat eine Ladung Kaninchen für seine Experimente», berichtete Maxi, der erpicht darauf war, endlich wieder selbst eingreifen zu dürfen. «Ich könnte den Muskelnerzen befehlen, sie auf den Rollweg zu legen. Wenn wir sie in einer langen Reihe quer über den Rollweg auslegen, müssen die Volvers anhalten oder sie überfahren. Ich glaube, sie werden anhalten; somit wäre unser Ziel erreicht. Falls nicht, ist es auch nicht weiter schlimm. Es ist jedenfalls ziemlich egal, wenn ein paar Kaninchen platt gefahren werden.»

Mega warf M1 und M2 einen vernichtenden Blick zu.

«Ein ausgezeichneter Vorschlag», beglückwünschte er Maxi, der vor lauter Stolz steif Haltung annahm. «Irgendwelche Ideen, Psycho?»

Sein Ränkeschmied hatte für diesen Abend ein Massenexperiment vorgesehen, erkannte jedoch sofort, daß er hier nachgeben mußte.

«Zerquetschte Kaninchen liefern gewiß wertvolle Zusatzinformationen für meine Dateien, Mega. Wenn ich einen Vorschlag einbringen dürfte: Wie wäre es, wenn wir sie dazu ermutigten, indem wir ihnen bei Erfolg der Aktion die Freiheit versprechen? Auf diese Weise haben sie alles zu gewinnen. Natürlich würden wir sie hinterher wieder einfangen», ergänzte er mit einem hohen, unheimlichen Kichern. «Ich werde sie sofort hochoffiziell für ein neues Verbrechen verurteilen, das ich mir gerade ausgedacht habe – mutwilliges Betreten des Rollwegs in bösartiger Absicht.»

Mega starrte ihn mit einer Mischung aus Bewunderung und

Abscheu an. Woher nahm er nur all diese perversen Ideen? Seine Gerichtsdramen amüsierten zwar die Lieblinge, aber persönlich mochte Mega sie überhaupt nicht. Hatte dieser widerliche Kriecher noch nie etwas von einem würdigen Tod gehört? Und doch, wenn er alle Eventualitäten bedachte, mußte er zugeben, daß der Vorschlag durchaus schlau war. Er bestätigte ihn daher mit einem kurzen, zustimmenden Nicken.

«Vorher sollten wir jedoch die Waldis darüber informieren», stammelte M1.

«Vergiß es», fiel Mega ihm barsch ins Wort. «Ihr dürft nur nicht vergessen, daß nicht allein die Kaninchen über die Klinge hopsen, wenn Alphonse seinen Job nicht erledigt. Dann seid ihr beide ebenfalls dran.»

Erst als die Waldbewohner sahen, wie die bedauernswerte Gefangenengruppe, von brüllenden Muskelnerzen vorangetrieben, sich über die Lange Wiese schleppte, erfuhren sie von Maxis «Operation Kaninchenkette». Eules Aufgabe bestand darin, den Aufruhr niederzukämpfen, als sie über die Brücke getrieben, auf den Rollweg geführt und dort von einer Seite zur anderen in einer Reihe hingelegt wurden. Die Wachmannschaft der Nerze versteckte sich unterhalb des Abhangs zum Flußufer. Eule schämte sich etwas, mit Hilfe seines Zisch- und Federbauschrituals Cowslip und andere verstörte BWW-Anhänger zum Schweigen zu bringen; dann erhob er sich in die Lüfte und flog wutentbrannt zum Plateau hinüber. Er mußte ein klares Wort mit dem Anführer der Nerze reden. Allein der Anblick der gefangenen Kaninchen war schockierend genug. Auch daß die Betroffenen Waldwächter der Geschichte angehörten, war kein ausreichender Trost. Wer Waldbewohner auf diese Art und Weise mißbrauchte, griff damit die Gemeinschaft an.

Dann sah er, wie die Marketing-Nerze winkend auf ihn zugelaufen kamen, und flog im Sturzflug zu ihnen hinunter.

«Tut uns schrecklich leid, Ollie, aber Mega sagte, wir müssen die Volvers irgendwie zum Anhalten bringen, sonst sind wir alle geliefert», verteidigte sich M1 nicht ganz der Wahrheit gemäß.

«Wir haben ihre Freiheit ausgehandelt, falls der Plan klappt», gab M2 zu bedenken.

«Und wenn nicht?» erkundigte sich Eule.

Aber M1 hörte nicht zu. «Wir haben jetzt keine Zeit, noch länger herumzudiskutieren», erinnerte er Eule. «Jeden Moment kann ein Volver vorbeikommen. Wenn Alphonse nicht bereit ist, sind die Karnickel sowieso dran.»

Eule wußte, daß er recht hatte, und erkannte, daß er den Streit auf später verschieben mußte. Er flog sofort zur Kleinen Lichtung zurück, wo Cowslip inzwischen nicht untätig geblieben war. Alphonse erklärte sich gerade mit den Kaninchen auf dem Rollweg solidarisch.

«*Vraiment*, ihr 'abt rescht! Das sind *pauvres lapins*, und auch sie sind meine demütigen Untertanen», sagte er. Die Braunellensklavinnen nickten zustimmend. «Isch werde nischt eher fliegen, bis die Nerze sie freigelassen 'aben!»

«Warum mußt du nur überall deine Nase reinstecken?» zischte Eule die zufrieden grinsende BWW-Anführerin an, als auch schon die Marketing-Nerze herangestoben kamen. Sie hatten ihre geleckten Manieren völlig abgelegt, hörten Alphonses pompöser Verweigerung nur einen winzigen Augenblick zu, dann machte M1 einen großen Satz und schnappte Bertha von der Seite des Kaisers weg. Als Alphonse Anstalten machte, ihm zu folgen, legte der Nerz seine Fänge um ihren Nacken und stieß ein tiefes Knurren aus. Jetzt erkannte Eule, daß die Marketing-Nerze ebenfalls von nackter Angst getrieben wurden. Ihr Anführer mußte ihnen ihr Ende ebenso gleichgültig in Aussicht gestellt haben wie den Kaninchen auf dem Rollweg.

Alphonse sah verunsichert aus.

«Wenn deine Kaiserin am Leben bleiben soll, mach dich bereit zum Abflug», befahl M2.

«*Vous etes fous*!» entfuhr es dem ungläubigen Alphonse, als Bertha ein verängstigtes Piepsen ausstieß. Doch er hatte sich bereits der Gewalt gebeugt. Einen Moment lang war die Arroganz, zu der er sich als Kaiser berechtigt glaubte, von ihm gewichen, und er war nichts anderes als ein mittelgroßer Vogel, der ebensoviel Angst vor den Nerzen hatte wie alle anderen auch.

Dann riß er sich wieder zusammen. «Bertha, *ma chérie*, isch werde diesen Nerzen zeigen, aus welschem 'olz wir Kaiser geschnitzt sind!» rief er. «Isch werde fliegen – *seulement pour toi*!»

In diesem Augenblick rief ein Buchfink von einem Baumwipfel herab: «Da kommt ein Volver!»

Es lag eher an Maxis drakonischen Drohungen als an Psychos Freiheitsversprechen, daß die Kaninchenkette ausharrte. Die Waldbewohner hielten sich schon die Augen zu, als der Volver in allerletzter Sekunde mit quietschenden Reifen zum Stehen kam. Die Kaninchen, denen jetzt schon alles egal war, blieben auch jetzt noch regungslos liegen, als das stinkende Ungetüm, das über ihren Köpfen lauerte, ein wütendes Geheul ausstieß. Doch statt sich einfach weiterzubewegen und sie von ihrem Elend zu erlösen, blieb es stehen, und auch der nächste Volver, der kurz danach eintraf, stoppte hinter dem ersten.

Die Marketing-Nerze warteten voller Spannung. Zwei Menschen stiegen aus dem Volver, gingen auf die Kette zu und stießen die Kaninchen mit den Fußspitzen an.

«Flieg schon, goldener Pirol!» rief M1.

Gerade als Alphonse aus dem Wald herausschoß, brach die Sonne durch die Wolken und ließ ihn in all seiner Herrlichkeit erstrahlen. Wie ein blendendgelber Klecks segelte er über die Lange Wiese und beschloß, die sorgfältig ausgearbeitete Schauflugroute zu vernachlässigen. Von der unerwarteten Wärme und Helligkeit beseelt, sauste er über den Fluß hinweg und kreiste direkt über den Köpfen der Menschen.

«*Courage, mes braves*!» rief er, tauchte tief hinab und bot seinem Publikum eine Folge übermütiger Kapriolen, die ihn in eine schillernde Vielfalt irisierender Blitze verwandelten. Inmitten der aufgeregten Schreie von unten erhoben die Menschen ihre blassen Gesichter gen Himmel, wo er eine Schleife flog und mit aufgebauschtem Gefieder erneut, diesmal jedoch viel langsamer, über sie hinwegsegelte. Erst dann überquerte er wieder den Fluß und zog sich in die Sicherheit seines Paradebaums zurück. Das Hämmern in seiner Brust ließ erst nach, als er versuchte, die Reaktion, die er ausgelöst hatte, zu beurteilen. Ein Mensch war bis zum Flußufer hinabgerannt und zeigte aufgeregt zu ihm herüber. Der andere war zurück in den Volver getaucht. Als er wieder daraus hervorkam, hielt er etwas vor sein Gesicht. Alphonse mußte vor lauter Erleichterung und Freude nach Atem ringen. Er hatte dieselben verrückten, starrenden Augen, die die Marketing-Nerze auf das Stück Rinde gemalt hatten. Es war ein Glotzer! Er hatte Bertha das Leben gerettet!

Mit von Stolz geschwellter Brust entfaltete er die Schwingen, um sich in voller Pracht zu zeigen, und sah ganz deutlich, daß die großen Doppelaugen auf ihm hafteten. Er hatte es geschafft! Zufrieden stieß er sich ab, nahm die abgesprochene Route wieder auf und flog über das Fünf-Balken-Gatter zurück.

Zusammen mit den anderen Waldbewohnern hatte Eule mit angehaltenem Atem zugeschaut. Nachdem Alphonse seiner Meinung nach die Situation durch sein rasches Nachgeben entschärft hatte, beschloß er, sich nicht einzumischen. Trotzdem machte ihn das Schicksal der Kaninchenkette nach wie vor nervös. «Nicht so nervös wie die Marketing-Nerze», dachte er, als er ihre angespannten Gesichter betrachtete und ihm auffiel, wie rasend das Augenlid von M1 zuckte. Das Zucken beschleunigte sich sogar noch, als Alphonse die Anleitungen mißachtete und den Fluß überflog; es legte sich erst wieder, als der Glotzer auftauchte.

«Volltreffer!» schrie er außer sich vor Freude. Die beiden Nerze umarmten sich triumphierend und erleichtert, und die Waldbewohner vervielfältigten diese Freude mit lauten Hurrarufen. Der Jubel steigerte sich noch, als Alphonse wieder bei ihnen landete, doch er hatte nur Augen für Bertha, die sofort freigelassen wurde. Sie rannte auf ihn zu, und ihr Gesichtsausdruck verriet, daß sie keine Sekunde an ihm gezweifelt hatte. Dann kamen die Marketing-Nerze herbei, vergaßen ihre knallharte Linie und klopften ihm auf die Schulter. M1 holte demonstrativ die Rinde mit der Schauflugroute herbei und kratzte einen fetten Haken neben die Skizze des Glotzers.

«Volltreffer!» rief er erneut, während Alphonse zum erstenmal ein gewisses Maß an Bescheidenheit an den Tag legte und mit gesenktem Kopf den ringsum aufbrandenden Applaus entgegennahm.

Auch Eule schuhute aus Leibeskräften zwischen den jubelnden Schreien und Pfiffen und sah, wie Raka erleichtert die Augen schloß. Er wußte genau, was sie jetzt empfand. Für alle hatte weit mehr auf dem Spiel gestanden, als die meisten ahnten. Besonders für Bertha.

Kapitel 57

Phase drei

Nach seinem ersten Erfolg war Alphonse nicht mehr aufzuhalten. Es bedurfte auch keiner Kaninchen mehr, um die Volvers zu stoppen. Während die Menschen ihre Aufmerksamkeit voll und ganz auf den goldenen Pirol richteten, war es den Gefangenen gelungen, die Gunst der Stunde zu nutzen und sich aus dem Staub zu machen. Der Beifall aus dem Wald wurde noch lauter, als sich abzuzeichnen begann, daß Maxi und seine Muskelnerze in der Falle saßen, nachdem immer mehr Volvers anhielten und ihre Insassen sich am Flußufer versammelten.

Die Marketing-Nerze, die wieder in den Untertanenmodus gewechselt hatten, baten ihren Kaiser, in Zukunft nicht erneut solche Risiken auf sich zu nehmen und nicht noch einmal auf die andere Seite des Flusses zu fliegen. Alphonse erklärte sich dazu nur allzugern bereit. Beide Parteien sahen stillschweigend über den Bertha-Zwischenfall hinweg.

«Als nächstes werden die richtig besessenen Glotzer davon erfahren», verkündete M1 am Ende des Tages überglücklich. «Das wiederum leitet zu Phase zwo über, für die wir einen substantiellen Anstieg der Publikumszahlen erwarten.»

Er sollte recht behalten, sogar früher als gedacht. Kaum hellte sich der Himmel am nächsten Morgen zu einem klassischen Sonnenaufgang auf, da war der Rollweg auch schon von Volvers übersät. Nachdem der Tag so herrlich angefangen hatte, blieb es bis zum Abend so, und alle Tiere spürten, daß sich der Wald auf eine Periode milden Wetters einrichtete. Beinahe wie zur Kompensation ihrer sonstigen Leiden waren sowohl der

Spätfrühling als auch der Sommer noch nie so schön gewesen, und viele Waldbewohner empfanden das gegenwärtige Wetter als nahezu perfekt. Wie die anderen spürte Eule einen leichten Stich von Melancholie, als er daran dachte, daß bald der längste Tag vorbei sein würde. Und doch galt auch das als Anlaß dafür, die Zeit auszukosten, bevor der Wald in die drückende Schwüle des Sommers hinüberglitt. Jeder Morgen wurde vom ekstatischen Jubel der Lerchen begrüßt, die ihre Freude in den blauesten Himmel hinaustirilierten, und jeder Tag endete mit einem Sonnenuntergang von unvergleichlicher Herrlichkeit. Dazwischen segelten weiße Wattewolken heiter über den Wald hinweg und spendeten nur ab und zu einen benötigten und ersehnten leichten Sommerschauer.

Der Wald reagierte bereits auf dieses wachstumsfördernde Klima. Sobald das frische Grün in den Bäumen einen Großteil des hellen Lichts abschirmte, hatten sich die Frühlingsblumen darangemacht, ihre Samen zu verteilen. Jetzt war die Zeit der Gräser und anderer, höher entwickelter Pflanzen gekommen, überall Triebe und Ranken auszubilden sowie die Lichtungen und Schneisen mit einem Teppich neuer Vegetation zu überziehen. Kräftige Schößlinge verwandelten sich in starke Pflanzen, die miteinander um das Sonnenlicht konkurrierten, während diejenigen mit biegsamen Fangarmen sich fröhlich an ihnen emporschlängelten. Die Pflanzen wuchsen jetzt mit einer konstanten, zuverlässigen Geschwindigkeit, die sich von der energischen Rücksichtslosigkeit unterschied, mit der sie sich anfangs hatten behaupten müssen. Jetzt ergötzten sie sich am Wechsel von Sonne und Regen, und den Wald erfüllte ein zuversichtliches Gefühl, als er spürte, wie er sich selbst als Ganzes erfolgreich reproduzierte. Alles war im Kraftwerk seines regelmäßigen Zyklus festgelegt, wo nichts und niemand an seiner Entwicklung gehindert wurde.

Dabei sah es überall so wunderschön aus, besonders dort, wo die tanzenden Blätter einen Filter bildeten, durch den gefleckten Sonnenlicht sickerte, im eindrucksvollen Kontrast zu den tiefen Schatten und der blendenden Helligkeit der Lichtungen. Am schönsten war jedoch, da stimmten viele Tiere überein, wenn die dicken Regentropfen gerade zu fallen aufgehört hatten und die darauf folgende Sonne sie als glitzernde

Lichtpunkte auf den erfrischten Blättern aufsuchte und ringsum feiner Dampf aus dem tropfnassen Gras aufstieg.

Der Wald summte, brummte, quakte, zwitscherte und raschelte vor neuem Leben, das meiste davon inzwischen bereits prächtig entwickelt. Die meisten jungen Vögel hatten sich aus unbeholfenen nackten Küken zu vollständig gefiederten Miniaturausgaben ihrer Eltern entwickelt und das Nest schon verlassen, und auch die anderen waren bald soweit. Zu Eules großem Bedauern schied Blinkie von ihren Eltern, bevor er seine Tochter richtig kennenlernen konnte. Er hatte zwar stets akzeptiert, daß Ula als Weibchen die stärkere Verbindung zu ihr hatte, aber dennoch beschwerte Eule sich darüber, daß er ausgeschlossen blieb, und er hatte den Eindruck, daß sie mehr Verantwortung übernahm, als ihr zustand. Wenn sie ihm jedoch vorwarf, er sei ja vollauf mit den anderen Angelegenheiten des Waldes beschäftigt, fiel ihm keine passende Antwort darauf ein. Sie wolle ihn damit nicht zurückweisen, betonte sie stets auf eine Art, die Eule so nicht mehr gewohnt war.

«Abgesehen von allem anderen liegt es doch daran, daß du wichtigere Dinge zu erledigen hast», versicherte sie ihm freundlich. «Vertraue mir, Ollie, ich werde sie zu einer tüchtigen Eule erziehen. Konzentriere du dich auf deine Aufgaben.»

Daraufhin hatte Eule sich in die Unvermeidbarkeit dessen, was sie gesagt hatte, ergeben und war ihrem Ratschlag gefolgt.

Doch nicht nur in seinem Nest und in den Nestern der anderen Vögel spielten sich derartig dramatische Veränderungen ab. Unten auf der Erde wuchsen ganze Würfe rosiger nackter Babys zu pelzigen Kindern heran, die ihre ersten, noch unsicheren Schritte ins eigene Leben wagten. Erschöpfte Eltern konnten sich wieder etwas mehr Ruhe gönnen. Für sie brach jetzt die Zeit der Erholung an, in der sie sich auf sich selbst besinnen und den Raubbau an der eigenen Gesundheit kurieren konnten, den die Aufzucht der Jungen mit sich brachte.

Die Sommergäste waren bereits vollzählig angereist. Schwalben schossen über den funkelnden Fluß, in dem die ersten Meerforellen und Lachse auf ihrer Laichwanderung munter planschten, um ihre Meeresparasiten loszuwerden, deren Griff sich, seit ihre Wirte sie aus ihren heimatlichen Salzgewässern entführt hatten, schon gelockert hatte. Die Fische, die mit einer aus dem Meer mit seinem reichen Leben gewonnenen Energie vorübereilten, hielten sich hier jedoch nicht lange auf. Nicht einmal die Nerze konnten sie fangen, so schnell und elegant durchschnitten sie die Strömung, um auf ihrer Mission möglichst rasch stromaufwärts zum Oberlauf des Flusses zu gelangen.

Als neue Wesen schälten sich überall unter der Erde und den Steinen – sowohl an Land als auch unter Wasser – monströs aussehende Larven aus ihren vorherigen Existenzen heraus, bevor sie sich, wie durch ein Wunder, in so unnatürlich buntschillernde Schönheiten wie die flirrenden Libellen verwandelten. An vielen Stellen erinnerten aufgeplatzte Kokons an die Brutplätze der vielen Schmetterlinge, die inzwischen lustig über die Lichtungen flatterten. Junikäfer, Wespen, Bienen, Motten und Fliegen sowie Käfer aller Arten, Größen und Farben schwirrten durch die Luft und erinnerten mit ihrer tanzenden Vielfalt an die ungestümen Tage der BWW und Organisationen wie «Schnakenattacke».

Die unüberschaubar vielfältigen Insektenpopulationen, die sich jetzt durch die üppige Vegetation kaute, diente wiederum als Nahrung für andere Tiere, obwohl der Austausch auch hier nicht nur einseitig verlief. Größere Tiere kratzten sich und fluchten über die Bisse einer Vielzahl hauptberuflicher Blutsauger, angefangen von den Flöhen bis hin zu den Zecken. Doch eigentlich machte es niemandem wirklich etwas aus. Die Waldbewohner genossen zwar grundsätzlich jeden Tag, an dem es allen gutging, das Wesentliche an dieser Zeit bestand jedoch darin, daß es eine Periode der Gnade und des Überflusses war, in der jeder genug zum Teilen hatte. Eine Zeit, in der verblaßte Hoffnungen wiedererwachten, daß der Wald trotz der Nerze weiterbestehen würde, so wie es ihn von jeher gegeben hatte.

Wie immer gab es jedoch auch hier nicht nur gute Nachrichten. Die frühe Morgensonne erfreute die Gemüter, wenn sie rasch die Kühle der kältesten Stunden vor der Dämmerung vertrieb, doch kaum kletterte sie etwas höher am Himmel hinauf, wurden ihre Strahlen unangenehm heiß und sengend. Nur wenige Tiere spielten mitten am Tag in der Hitze, die sich dann beinahe in einen Feind verwandelte, der die meisten Lebewesen in den willkommenen Schatten trieb. Für viele ging es ohnehin lediglich darum, die süße Zeit des Nichtstuns auf möglichst angenehme Weise zu verbringen. Für diejenigen mit nassen Außenhäuten war die Flucht vor der austrocknenden Hitze jedoch eine Frage auf Leben und Tod, und die harten, zusammengeschrumpelten Kadaver von Würmern und Schnekken erinnerten stets daran, wie es denen erging, die sich nicht rechtzeitig davonmachten. Bis zum späten Nachmittag ließ die Kraft der Sonne jedoch so weit nach, daß sich alle bis in die samtwarmen Abende hinein, die unweigerlich durch eine leichte Brise gemildert wurden, wieder im Freien vergnügen konnten. Sobald die Schatten länger wurden und dem Mantel des Waldes einen dunkleren Grünton verliehen, fächelten durch die Bäume kühle Winde. Wenn sie sich dann legten, ersetzten langsam und beinahe unmerklich die ersten Sterne das letzte Verglühen der Sonne. Die ganze Nacht über blieb die Temperatur angenehm warm.

Es war eine befreiende Atmosphäre, die Eules Glauben daran erneuerte, daß sich am Ende vielleicht doch noch alles zum Guten wenden werde. Eine so vertrauensvoll in sich selbst ruhende Einheit wie der Wald konnte doch nicht einfach zerstört werden? Jedenfalls hatten sich Alphonse und Bertha an diesem Morgen ihrem Publikum gezeigt, als wären sie für diese Rollen geboren.

Ein Gefühl der Erhabenheit durchdrang den Wald, als das glückliche Paar sich wirbelnd und in launigen Bogen aufschwang, so wie bei der Rückkehr aus Alphonses *bois*. Immer wieder flogen sie im Triumph zur Kleinen Lichtung zurück, wo sie sich von den Braunellen verwöhnen und von den anderen Tieren hochleben lassen ließen. Alle konnten sehen, wie eng sie miteinander verbunden waren, und die Freude an der gegenseitigen Gesellschaft spornte die anderen Vögel dermaßen an, daß sie darüber bald ihre Eifersucht vergessen hatten. Im Gegenteil, sie konnten nicht widerstehen, sich ihnen anzuschließen, und der Himmel war von Leben erfüllt, als sie übermütig über die Baumwipfel aufstiegen, was wiederum die Meute der wild gestikulierenden Glotzer immer stärker anschwellen ließ. Die Klickmaschinen feuerten pausenlos.

Der einzige Wermutstropfen war, daß die Menschen, die den Wald zerstörten, nach wie vor weiterarbeiteten. Zuerst war

Alphonse höchst alarmiert, als der gelbe Graber sein Getöse anstimmte, besonders dann, als die Marketing-Nerze den Pirol anwiesen, sich unter allen Umständen von ihm fernzuhalten. Schon kurz darauf mußten sie jedoch entdecken, daß der Kaiser die Gefahr, die von dem Graber ausging, offensichtlich ignorierte und seine Meinung geändert hatte.

«Mir ist aufgefallen, wie perfekt er zu meinem Gefieder paßt», verkündete er in einer seiner Flugpausen. «Isch glaube, er ist 'ier, um mein, wie sagt ihr noch, mein Thron zu sein.»

«Wohl kaum, Euer Eminenzigkeit», erwiderte M1 erschrocken.

«Du wagst es, mir zu widerspreschen?» rügte ihn Alphonse. «Bertha und isch sind schon jetzt so berühmt, daß ein zweiter Graber gekommen ist, damit auch sie einen Thron 'at.»

Die Marketing-Nerze spähten den Reitweg hinab und sahen zu ihrem großen Erstaunen, daß er recht hatte. Ein langer Volver mit einem weiteren gelben Graber auf dem Rücken hatte tatsächlich an der Brücke haltgemacht. Die Menschen, die ihn abluden, waren jetzt von einer Gruppe Glotzer umringt, und die beiden Fraktionen schoben einander ständig hin und her. Dann stieß der Graber eine schwarze Rauchwolke aus, riß sich los und kam die Lange Wiese herauf. Die Glotzer ließen ihn jedoch nicht einfach entkommen. Sie verfolgten ihn mit winkenden Armen und drohend geschüttelten Fäusten.

«Eine Konfrontationssituation!» kreischte M1 aufgeregt. «Wir haben Phase drei erreicht!»

Bevor sie ihn aufhalten konnten, stieß sich Alphonse von seinem Ast ab und flog aus dem Wald heraus. Die Nerze spürten ihre Herzen bis zum Hals hinauf schlagen, als sie sahen, wie er auf den Graber zusegelte und sich auf ihm niederließ. Daraufhin fingen die Glotzer an, mit den Armen zu wedeln, als wollten sie ihn verscheuchen. Alphonse besann sich offensichtlich eines Besseren, gab nach und kreiste über dem Schauplatz. Die Freude der Nerze kannte kaum Grenzen, als die Gruppe der Glotzer dem Graber den ganzen Reitweg herauf folgte, bis auf die Große Lichtung. Dort redeten sie auf die Arbeitermenschen ein und deuteten nach oben auf Alphonse. Ein wüster Wortwechsel entspann sich, dann erhob einer der Arbeitermenschen die Hand, zeigte damit auf Alphonse und machte ein Geräusch wie ein Peng-Peng. Prompt legten sich zwei Glotzer vor den Graber, genau wie die Kaninchen auf dem Rollweg, und hinderten ihn auf die gleiche Weise am Weiterfahren. Nach weiterem Schreien und Armwedeln verließen schließlich alle Menschen gemeinsam den Wald, die Arbeiter kehrten zu ihren Volvers zurück und rollten davon. Die Tiere bedrängten die Marketing-Nerze und wollten wissen, was das alles zu bedeuten habe, hatten jedoch keinen Erfolg damit.

«Das ist leider viel zu kompliziert für eure kleinen Waldi-Gehirne», lächelte M1 väterlich.

Doch die Tiere ließen nicht locker, und so erbarmte sich M2 letztendlich und erklärte sich bereit, eine Frage zu beantworten.

«Ist Alphonse jetzt berühmt genug, um den Wald zu retten?» fragte Eule einfach im Namen aller.

«Sagen wir mal so», strahlte M2. «Er ist jetzt der Vogel des Monats. Wir erwarten in Kürze einschneidende Veränderungen. Inzwischen bleibt es oberste Priorität, daß er weiterhin fliegt.»

«Damit haben wir ganz bestimmt keine Probleme», dachte Eule. Schwieriger würde es werden, ihn davon abzuhalten. Alphonse I. amüsierte sich kaiserlich.

Kapitel 58

Tatü!

Na, wie läuft's, ihr zwei?» grunzte Mega.

«Hervorragend», grinste M1 zuversichtlich. «Die Arbeitermenschen-Glotzer-Beziehung entwickelt sich zügig auf eine Konfrontation hin, wohingegen das Öffentlichkeitsprofil von Alphonse und Bertha Tag für Tag ansteigt. Unser letzter Schachzug besteht darin, daß wir die Schauflugroute einschränken. Es wird einen gemächlichen Start geben, mehrere Vormittagspausen, eine lange Mittagspause – und dann Riemen runter.»

«Riemen runter?» fragte Mega irritiert.

«Feierabend», warf M2 rasch ein.

«Warum?»

«Sobald sie einem aus der Hand fressen, muß man seine Kunden regelrecht aushungern.» M1 lächelte geheimnisvoll und tippte sich mit der Pfote seitlich an die Nase. «Erst wenn sie ausgehungert sind, werden sie richtig scharf auf die Ware!»

Mega sah immer noch ziemlich verwirrt aus, und M2 dachte insgeheim: «Der Wald ist die Ware! Vielleicht sollte man den Idiotensatz mal unserem Anführer beibringen, damit er mit seinen aufdringlichen Fragen aufhört.»

«Und was geschieht jetzt?» mischte sich Psycho ein.

«Wir warten ab.»

«Wie lange?» wollte Mega wissen. «Einen Mond?»

«Nein, nein, mein Anführer», beeilte M1 sich, ihm zu versichern. «Du mußt nur etwas Geduld aufbringen. Es läuft alles bestens.»

«Tatsächlich?» knurrte Mega. «Für mich nicht. Hier werden alle allmählich unruhig. Ich will ein Ergebnis, und zwar bald.»

«Baldigst», fügte Psycho gehässig hinzu.

Die Marketing-Nerze konnten sich ihre tiefen Seufzer nicht verkneifen.

«Sagtet ihr etwas?» fuhr Mega sie scharf an.

«Nein, großer Anführer», antwortete M1 rasch.

«Dann sorgt dafür, daß ihr heute abend etwas zu sagen habt», grummelte Mega und entfernte sich.

«Eigentlich hat Mega recht», sagte M2 – ziemlich verräterisch, wie sein Zwillingsbruder fand –, als die beiden den vertrauten Weg zur Kleinen Lichtung zurückgingen. «Allmählich müßte etwas passieren.»

«Und was?» fragte M1 wütend.

«Keine Ahnung», gestand M2. «Egal, was.»

«Das zum Beispiel?» fragte M1 wie nebenbei. Er war stehengeblieben und sah durch eine Lücke zwischen den Bäumen in das Tal hinab.

M2 folgte seinem Blick. Ein langer schwarzer Volver kam heran, blieb stehen, und die Tür öffnete sich. Heraus kam ein glitzernder Mensch. Als er zum Flußufer hinunterging, war er sofort von nickenden und sich verbeugenden Glotzern umgeben, die unterwürfig auf die Esche zeigten.

«Der erste VIH!» schrie er.

«Genau, Zwo! Wir haben's geschafft! Schnell!»

Zitternd vor Vorfreude raste das Nerzduo zur Kleinen Lichtung.

«Der VIH ist da!» rief M1 und tanzte wie verrückt im Kreis. «Direkt bei deinem Paradebaum, allerherrlichster Kaiser! Und jetzt: so *vite* wie möglich!»

Alphonse, der sich gerade einer der Braunellen-Massagen hingab, nach denen er inzwischen süchtig war, blickte ihn überheblich an.

«Sag mir zuerst, was das ist, ein – wie sagtest du noch – ein VIH», befahl er und bedeutete den Braunellen träge, mit der Behandlung fortzufahren.

«Ein Very Important Human, also ein Sehr Wichtiger Mensch, Euer Ausschweifigste Wunderbarkeit», brabbelte M1. «Derjenige, in dessen Macht es steht, den Wald zu retten. Bitte, bitte, Euer Höchste Majestätigkeit, und natürlich auch Euer Allergöttlichste Schönheit, geht hin und fliegt für ihn, wie ihr noch nie geflogen seid!»

Er rutschte fast auf den Knien.

Alphonse verscheuchte die Braunellen, entfaltete seine perfekt herausgeputzten Schwingen und betrachtete sie kritisch.

«*Bon*! Bertha und isch 'aben diesen Sehr Wischtigen Menschen natürlisch bereits erwartet», verkündete er mit kaiserlicher Lässigkeit. «Es wird eusch des'alb erfreuen, wenn ihr 'ört, daß wir zu diesem Anlaß eine kleine *spécialité* vorbereitet 'aben. Komm, *ma chérie*.»

M1' Bitte entsprechend flog das Liebespaar direkt zum Paradebaum. Zuerst sah es aus, als böten sie nur ihr gewohntes Seite-an-Seite-Schaufliegen dar. Doch dann fingen sie an zu singen.

Als unangefochtener Regent seines Reiches hatte sich Alphonse nie an den morgendlichen und abendlichen Chorälen beteiligt, mit denen seine Untertanen ihrer weltlichen Pflicht nachkamen und ihre Revieransprüche bestätigten. Jetzt entströmte seinem Schnabel jedoch ein süßer Melodienreigen, in den Bertha mit einer perfekten zweiten Stimme einfiel, und das Paar setzte zu einem freudigen Liebesduett an. Der VIH auf dem Rollweg rührte sich nicht, sondern blickte nur wie verzaubert herüber, und mehrere Glotzer eilten zu ihren Volvers, um die Maschinen abzustellen. Im ganzen Wald verstummte jedes Tier in wonniger Verzückung. Sogar der Fluß schien leiser über seine Stromschnellen zu plätschern und ließ die flüssigen Töne ungehindert auch zur anderer Seite des Tals klingen. Wie eine neidische Nachtigall später bemerkte, war es so still, daß man ein Blatt fallen hören konnte.

Nachdem sie zu einem gloriosen Crescendo gefunden hatten, verneigten Alphonse und Bertha kurz die Köpfchen vor ihrem noch immer verzauberten Publikum und flogen dann in den Wald zurück. Die Menschen auf dem Rollweg, auch der VIH, brachen in ekstatischen Applaus aus.

Am nächsten Nachmittag war alles vorbei. Noch ein langer schwarzer Volver kam an, und diesmal spuckte er zwei grimmig dreinblickende, in aufeinander abgestimmtes Grau gekleidete Menschen aus. Sie hielten sich nicht lange auf dem Rollweg auf, sondern marschierten sofort über die Brücke und auf den Weg, der zum Fünf-Balken-Gatter führte.

«Phase fünf!» jubelte M1.

«Zähl mal keine ungelegten Eier!» rief M2. «Aber es sieht wirklich gut aus.»

Die beiden Menschen hielten am Gatter an, zogen ein kleines weißes Rechteck hervor und befestigten es am oberen Balken. Dann kamen sie den aufgewühlten Reitweg herauf, wobei sie sich vorsichtig einen gangbaren Weg durch den Dreck suchten und sich immer wieder gegenseitig auf die schlimmsten Stellen aufmerksam machten. Als sie die Große Lichtung erreicht hatten, händigten sie jedem der Arbeitermenschen ein weißes Rechteck aus, bevor sie an die Graber herantraten und dort ebenfalls jeweils eins davon befestigten. Als sie ein Arbeiter davon abhalten wollte, entstand ein kurzer Streit, dann verabschiedeten sie sich wieder und gingen auf dem Reitweg zurück. An der Langen Wiese wurden sie vom lauten Jubel der Glotzer begrüßt, doch sie marschierten schnurstracks weiter zu ihrem schwarzen Volver und rollten davon.

Die Arbeitermenschen im Wald hatten ihre Tätigkeit eingestellt. Beide Graber waren zum Schweigen gebracht. Ungläubig standen die Arbeitermenschen beisammen, betrachteten die weißen Rechtecke und unterhielten sich in gedämpften Tönen. Schließlich packten sie widerwillig ihr Werkzeug zusammen und trotteten den Reitweg hinunter. Inzwischen hatten die Glotzer ihre gewohnten Aussichtspunkte verlassen und sich an der Brücke versammelt. Als die Arbeiter über die Brücke kamen, tanzten sie um sie herum und grinsten vor Freude.

M1 und M2 gerieten in Hochstimmung, als über die Lange Wiese der Klang aufgebrachter Stimmen herüberdrang. Die beiden Gruppen hatten sich auf Drohgebärden verlegt. Die Waldbewohner sahen atemlos zu, wie zwei Gegenspieler die Fäuste hoben und sich in Kampfposition stellten, während das wütende Gebrüll immer lauter wurde. Die Umstehenden drängten sich dichter heran, es wurde geschubst, und schon bald waren überall kleine Rangeleien im Gange. Die Menschen bekämpften einander, und die Tiere schrien vor Freude.

Als sich die streitende Meute bis auf den Rollweg ergoß, kam mit schrecklichem Getöse und Geheule ein Volver quietschend zum Stehen, auf dessen Dach ein blaues Licht unheimlich flackerte.

«Das ist ein Tatü!» schrien die Marketing-Nerze und tanzten triumphierend wie im Delirium umher. «Wir haben ein Tatü angelockt! Phase sechs wie geplant erreicht! Kampagne tausendprozentig erfolgreich! Die Schlacht ist geschlagen! Die Vorstellung ist vorbei! Vorhang runter! Wir haben es geschafft!»

«Was geschafft?» fragten die Tiere verdutzt.

«Den Wald zu retten, ihr Blödiane!» schrie M1. «Kapiert ihr denn nicht, daß die Menschen sich deshalb streiten?»

«Aber weshalb denn?» riefen die Tiere.

«Die Glotzer haben dafür gesorgt, ihr Schwachköpfe!» schrie M1. «Die weißen Rechtecke, ihr Blödmänner – durch die wird alles offiziell!»

Die Tiere starrten ihn verdattert an. Erwarteten die beiden Nerze wirklich, daß sie glaubten, etwas so Unbedeutendes wie ein weißes Rechteck hätte sie gerettet? Bis auf den ungewöhnlichen Anblick streitender Menschen war nicht viel geschehen. Andererseits stritten alle Spezies untereinander, und noch gab es keinen Hinweis, welche Seite in der wogenden und schreienden Menge gewonnen hatte.

Plötzlich piepste ein Fasanenmännchen, das die ganze Zeit schon über diese erstaunlichen Ereignisse meditiert hatte, aus voller Kehle: «Der Wald ist die Ware!»

«Genau!» schrien alle Tiere, die den vertrauten Satz dankbar aufnahmen, im Chor. «Der Wald ist die Ware!»

Inzwischen rannten die Marketing-Nerze bereits zu Alphonse hin, der zurückgeblieben war und sich von seiner Braunellen-Entourage hegen und pflegen ließ.

«Los, raus mit dir!» brüllten sie dem Pirol entgegen.

Alphonse sah sie erzürnt an.

«Du hast es geschafft! Geh jetzt raus und feiere deinen Erfolg, Euer höchst arrogante, pompöse, unglaublich eingebildete, unerträglich blöde und extrem gelbe Einfaltspinseligkeit», gellte M2, der sich vor Lachen kaum auf den Beinen halten konnte. Dann wandte er sich an Bertha: «Du natürlich auch, Euer höchst flachhirnigste Dümmlichkeit, Euer langweiligste Aufgedunsenheit und schrecklich krummschnabelige Unansehnlichkeit!»

Alphonse blieb der Schnabel offenstehen, und auch die Braunellen sperrten die Schnäbel vor Schreck weit auf.

M2 hatte noch mehr zu bieten: «Los jetzt, ihr blöden Vögel, sonst bringt ihr mich noch um!» rief er, hielt sich laut keckernd die Seite und wälzte sich auf dem Boden.

«Ich ergebe mich», heulte sein ebenfalls vor Lachen gekrümmter Bruder. »Du hast gewonnen, Zwo! Etwas Besseres als das fällt mir bestimmt nicht ein.»

Als Alphonse und Bertha keine Anstalten machten, sich von der Stelle zu bewegen, schlug die Stimmung der Nerze jedoch rasch wieder um.

«Fliegt jetzt, ihr Krücken! Alle beide!» fauchten sie und rannten auf das empörte Paar zu.

Alphonse und Bertha, die völlig verwirrt aussahen, erhoben sich überstürzt und flogen unsicher aus dem Wald heraus Richtung Rollweg, wo sich weitere Tatü-Volvers versammelt hatten, denen ganze Schwärme identisch aussehender Menschen entstiegen, die sich darum bemühten, den Streit zu schlichten. Als das Vogelpaar in ihr Blickfeld geriet, schauten alle nach oben: Glotzer, Tatü-Menschen und Arbeitermenschen, alle schauten zu ihnen hinauf, und die Glotzer boxten voller Freude in die Luft. Allmählich kam die Botschaft an, und Alphonse und Bertha vollführten eine Reihe von Siegesrollen über dem Tumult, was noch größeren Jubel auslöste. Sie beendeten ihre Vorführung mit einem atemberaubenden Schnörkel und flogen zu ihrem Paradebaum, wo sie sich, von einem Ohr zum anderen grinsend, niederließen und sich im Glanz der Anerkennung ihrer Gefolgschaft sonnten.

Als an diesem Abend der letzte Glotzer gegangen war, schlichen sich einige Tiere zum Fünf-Balken-Gatter hinunter. Obwohl niemand etwas sagte, lag ein Hauch von Euphorie in der trockenen Luft, ein Gefühl, als hätten sie – endlich, endlich – den Durchbruch geschafft. Am Himmel glitzerten hell die Sterne, und im wäßrigen Licht der über dem Wald stehenden Mondsichel erkannten sie, daß die weißen Rechtecke in Wahrheit mit kleinen schwarzen Flecken übersät waren. Kleinere, beweglichere Tiere kletterten am Gatter empor und schnüffelten an dem Rechteck, und eine mutige Wühlmaus knabberte sogar ein Ende davon an. Trotzdem fanden sie keinen Zugang zu dem Geheimnis, das sich offensichtlich dahinter verbarg. Wieso konnte ein machtloses Objekt wie dieses ihnen auf eine so seltsam unspektakuläre Weise die Rettung bringen?

Schließlich löste sich Cowslip aus ihrem Pulk von BWW-Kaninchen und behauptete, die Antwort auf das Rätsel zu kennen.

«Es ist eine Petition», verkündete sie blasiert und schenkte den anderen, unwissenden Tieren ein dümmlich überlegenes Lächeln. «Seht ihr, ihr hättet auf uns Wächter des Waldes hören sollen. Wir haben schon immer gesagt, daß eine Petition das geeignete Instrument ist, um etwas richtig zu erledigen.»

«Das ist alles dummes Gequatsche, wenn ihr mich fragt», schnaufte Boris – den niemand gefragt hatte –, bevor er Cowslip direkt und wütend anfuhr: «Du willst dich wohl mit den Lorbeeren deines verstorbenen Kollegen schmücken, du widerwärtige Spinnerin! Du darfst jedoch eins nicht vergessen: daß du allein das Wort der Nerze hast, daß diese sogenannte Petition auch funktioniert!»

Das ist richtig, dachten die anderen Tiere und sahen plötzlich betrübt aus. Eule, der mehr als sie wußte, behielt seine Gedanken für sich. Er wollte sich nicht auf eine Diskussion mit Boris einlassen. Doch Freddie hatte ihm bereits gesagt, daß das weiße Rechteck, das ursprünglich an der Brücke hing, besagte, daß die Arbeit anfangen sollte. Wenn jetzt ein neues Rechteck ankündigte, daß sie wieder aufhörte, war das zwar ein wenig verwirrend, bestätigte jedoch die Macht der weißen Rechtecke. »Die Marketing-Nerze», dachte Eule, «sagen die Wahrheit. Alphonse hat es geschafft.»

Schon bald sollte Eule erfahren, daß seine Vermutungen stimmten, denn die Menge der Glotzer auf dem Rollweg wurde jetzt, nachdem die Arbeiten der Menschen eingestellt waren, nur noch größer. Der Wald lag einige Tage wie verlassen da, bis eines Morgens eine kleine Armee Arbeiter über ihn herfiel, die beiden gelben Graber zum Leben erweckte und ringsum große Bestürzung hervorrief. Sie nahmen jedoch ihr Werk der Zerstörung nicht wieder auf, sondern zogen sich schmählich den Reitweg hinab zurück. An den Flanken der Graber klebten noch die kleinen weißen Rechtecke. Dann folgte ein regelrechter Volverkonvoi, der den ganzen Tag hin- und herfuhr, das Zeug der Arbeiter aufsammelte und mitnahm. Als in der Abenddämmerung der letzte Volver wegrumpelte, verschlossen seine Menschen das Fünf-Balken-Gatter hinter sich.

«Das war's!» verkündete M1 arrogant. Er machte sich bereit, zum Plateau zurückzukehren und Mega seinen definitiv letzten Bericht abzugeben. «So schnell sehen wir sie nicht wieder – solange du deine Rundflüge fortsetzt», fügte er mit einem finsteren Blick auf Alphonse hinzu.

«*Mais certainement*», gab Alphonse reserviert zurück. «Als meine bescheidenen Untertanen solltet ihr wissen, daß es nischt zu den Gewohn'eiten wahrer Kaiser ge'ört, ihre Publikum zu enttäuschen. Ihr dürft meiner Kaiserin und mir vertrauen. Wir fliegen auch ohne eusch.»

Die anderen Tiere applaudierten erleichtert, als die Marketing-Nerze davongingen. Vieles war ihnen zwar immer noch unklar, doch nachdem sie Zeugen des Resultats von Alphonses Anstrengungen geworden waren, hatten sie das Interesse an weiteren Nachfragen verloren. Ihnen genügte es zu wissen, daß sie in Sicherheit waren. Jetzt konnten sie die Menschen einfach wieder vergessen.

Kapitel 59

Rebellische Jugend

Der Wald stand bereits tief im schwülen Spätsommer. Nach einem klaren blauen Morgen bedeckte sich der mittägliche Himmel meist mit stahlgrauen Wolken, die ein gleißendes und blendendes Licht streuten, so daß alle die Augen verdrehen mußten. Das schöne Wetter mit seiner Abfolge glühendheißer Tage und erstickend warmer Nächte hielt nun beinahe einen ganzen Mond an; der Wald war ausgetrocknet und unangenehm staubig geworden. Gelegentlich hatte es ein bißchen geregnet, der ersehnte Wolkenbruch blieb jedoch aus, und auch der Morgentau war so bescheiden, daß man ihn eigentlich nicht ernsthaft zählen konnte. Alles und jeder sehnte sich nach Regen. Die Pflanzen auf dürrem, steinigem Boden, wie etwa im Steinbruch, waren braun und brüchig geworden, ausgedorrt von der sengenden Hitze, und auch die Blätter der anderen Büsche und Bäume hatten eine dunklere Färbung angenommen und waren im reifen Stadium ledern geworden. Einige hingen bereits schlaff herab. Auf dem Boden löste jede Bewegung auf ausgetrockneten Stöckchen und Blättern Rascheln und Knacken aus. An manchen Stellen war die Erde so ausgetrocknet, daß sie aufsprang und winzige Schluchten bildete, in die unvorsichtige Insekten hineinstürzten. Der Reitweg und die Große Lichtung waren vollends ruiniert. Die Fahrrinnen und der Dreck, von den Arbeitermenschen hinterlassen, hatten sich in eine unansehnliche Masse aus Furchen und Klumpen verwandelt, hart wie Stein. Der Bach in der Mitte des Waldes war versiegt, seine Teiche bis auf feuchte Häute aus klebrigem Morast ausgetrocknet, auf denen sich Spuren vergeblich nach Wasser suchender Tiere abzeichneten. Alle feuchten und moosigen Orte waren zu trockenen Flecken zusammengeschrumpft, und im Fluß, der ein nie gekanntes Niedrigwasser führte, wucherten Gräser und Algen.

Doch selbst ohne Regen war es oft schwül und drückend, wobei der schwere, muffige Geruch von Schafkerbel und Holunder noch zur stickigen Atmosphäre beitrug. Die letzten rosa Glocken des Fingerhuts hingen fast regungslos an ihren hohen Stielen, denn kaum ein Windstoß strich durch das Gras auf der Langen Wiese. Die lastende Hitze saugte so viel Energie auf, daß die meisten Tiere sich tagsüber sowenig wie möglich bewegten. Es waren die Tage der Hundsrosen, Tage, die die Waldbewohner sonst immer besonders liebten. In diesem Jahr mußten sie jedoch eher darunter leiden, besonders die Wühltiere, die verzweifelt im harten Erdboden kratzten, während sich die Würmer darin, immer der weichenden Feuchtigkeit auf der Spur, tiefer und tiefer zurückzogen. Dabei spürten alle im Wald, daß die Abende kürzer wurden und es langsam, aber unerbittlich der Großen Kälte entgegenging.

Es war eine Zeit der Mißtöne, in der sie oft ohne ersichtlichen Grund müde und gereizt waren – ganz abgesehen von dem Doppelproblem mit den Nerzen und Alphonse. Seit die Menschen den Wald verlassen hatten, schienen sich die Aktivitäten der Nerze eher verstärkt als reduziert zu haben, und Alphonse entwickelte sich zu einem immer dringlicheren Problem.

Da er seine Arbeit liebte, hatte er keinerlei Schwierigkeiten damit, sein Versprechen zu halten, das er den Marketing-Nerzen gegeben hatte.

«*Mon public* erwartet misch», verkündete er jeden Morgen, während der Braunellenschwarm noch um ihn herumwuselte. Die Schnecken und Froschschenkel waren vergessen. Er ernährte sich jetzt gierig von herkömmlicheren Leckerbissen, die sie ihm sklavisch servierten, und seine Kammerdiener arrangierten wieder und wieder sein Gefieder, bis jede einzelne Feder perfekt an ihrer Stelle saß.

Doch während er so großtuerisch umherflog und -schritt und dabei auf eine Weise posierte, die er einem Kaiser für angemessen hielt, löste seine Selbsteingenommenheit viel Unmut aus. Eifersüchtige Männchen der unterschiedlichsten Vogelarten hatten ohnehin den Schnabel voll davon, ständig hinter ihm zurückzustehen, und wurden noch wütender, als sie sahen, daß ihre Hennen bei seinem Anblick in Ohnmacht fielen. Dieser Alphonse ist total übergeschnappt, murmelten die Männchen, was die Hennen dazu veranlaßte, ihn schwärmerisch zu verteidigen. Warum seid *ihr* denn nicht so sexy und prunkvoll wie er? fragten sie. Normalerweise hätten sich die Männchen angesichts eines frechen Eindringlings zusammengeschlossen und ihn verjagt. Den Anweisungen der Marketing-Nerze zufolge war Alphonse jedoch bei bester Laune zu halten, und so mußten sie sich verunsichert beherrschen und zusehen, wie ihm jeder Wunsch so beflissen von den Augen abgelesen wurde, als wären die weißen Rechtecke niemals aufgetaucht.

«Wir haben unseren Job erledigt», lautete M1s höhnische Antwort auf die verhaltenen Beschwerden. «Jetzt seid ihr dran. Schiebt die Schuld nicht auf uns, wenn ihr Alphonse nicht leiden könnt. Wer hat ihn denn ausgesucht?»

Der Versuch der Nerze, sich von der täglichen Leitung der Schauflüge zu entbinden, ging jedoch schon bald nach hinten los. Nach einer sehr glücklichen Zeit, in der er und Bertha förmlich darin aufgingen, völlig unkontrolliert und zum puren Vergnügen zu fliegen, wurde Alphonse der täglichen Routine allmählich überdrüssig. Seine Liebesaffäre mit Bertha war so intensiv wie eh und je, und er genoß die Hitze, die ihn an das Klima in seinem eigenen *bois* erinnerte. Trotzdem mußte er immer öfter darüber nachdenken, weshalb er noch hier war. Die Flüge waren zum Alltag geworden, dem er ständig zu entfliehen versuchte. Er wurde launenhaft und unberechenbar. Zuerst schlichen sich Unregelmäßigkeiten in seinen Flugplan ein, dann fing er an, Bedingungen zu stellen: Er wollte nur noch bei angenehm sonnigem Wetter fliegen; in der Hitze des Tages mußte er eine lange Siesta halten, wobei alle anderen Tiere auf seinen kaiserlichen Erlaß hin still zu sein und ihn nicht zu stören hatten; er würde nur dann fliegen, wenn das Glotzerpublikum seiner Meinung nach groß genug war ...

Die Marketing-Nerze krochen vor ihm zu Kreuze und schmierten ihm gehörig Honig um den Schnabel. Wie konnte seine immerwährende Eminenz seine vielfältigen Fans nur enttäuschen und sich nicht in seiner vollen Herrlichkeit darbieten? Wie konnten sie denn jetzt noch ohne den erhabenen Anblick seiner höchst lebensprühenden Schönheit weiterleben, ihre Herzen erfreuen und ihre Träume in Erfüllung gehen lassen? Schon bald fanden sie jedoch heraus, daß sich die Schmeicheleien abnutzten.

Als Alphonse auch auf ihre ausgeklügeltsten Phrasen nicht mehr einging, schlugen sie einen rauheren Ton an. Es läge eindeutig in seiner Verantwortung weiterzumachen, ob ihm das nun gefiel oder nicht; andernfalls kämen die gelben Graber bald zurück!

Die neue Taktik war für eine Weile erfolgreich, aber nicht lange, und als sie ebenfalls nicht mehr griff, redeten M1 und M2 Klartext mit ihm. Wenn sie ihn nicht dazu überreden konnten, würden sie ihn eben zwingen. In Absprache mit Maxi blieb im Rotationssystem ständig ein Nerz in seiner Nähe, der seine Proteste zum Verstummen brachte und sowohl ihn als auch Bertha mit Zähnefletschen und lautem Knurren dazu trieb, die Rundflüge durchzuführen.

Unter diesem Druck ging Alphonse mißmutig dazu über, seine Pflichten nur noch nachlässig zu erfüllen. Das nächste Problem folgte auf dem Fuße. Sein Neuigkeitswert war gesunken, entsprechend kamen auch immer weniger Menschenzuschauer herbei. Gelegentlich verging der halbe Morgen, bevor der erste Glotzer sich unten am Fluß postierte, und an einem besonders peinlichen Nachmittag kam überhaupt niemand, woraufhin die empörten Proteste des Pirols einen neuen Höhepunkt erreichten, als sein Nerzwächter ihn dazu zwang, vor leerem Haus zu spielen.

«Er hat den Höhepunkt bereits überschritten», schloß M1 mit Bedauern, als er sich die Zuschauerkurve betrachtete, die jetzt eher einem Berg im Profil glich.

«Er ist auf dem absteigenden Ast», stimmte ihm M2 traurig zu. «Er fällt aus der Hitliste und wird wieder zu einem gewöhnlichen Vogel.»

Obendrein zu einem extrem widerwärtigen, wie die Waldbewohner nicht müde wurden zu beteuern.

Inzwischen wurden die Bemühungen der Marketing-Nerze, sowohl Alphonse in der Luft als auch das Interesse an ihm wachzuhalten, von der wachsenden Krise auf dem Plateau empfindlich unterlaufen. Den Anführern war schmerzhaft klargeworden, daß der Sommer nicht die beste Jahreszeit für Nerze war. Obwohl sie ihr dichtes Winterkleid gegen einen leichteren Sommerpelz eingewechselt hatten, fanden sie es noch immer unerträglich heiß und verbrachten die meiste Zeit japsend in ihren Behausungen oder beim Abkühlen unten am Fluß. Jetzt war die Wahrscheinlichkeit von Meinungsverschiedenheiten innerhalb der Kolonie am größten. Da die Gemüter ohnehin so erhitzt waren, bestand ständig die Gefahr, daß die kleinsten Streitigkeiten zu einem ausgewachsenen Aufstand ausarteten.

Das größte Problem ergab sich jedoch durch die Jungen. Die Geburt der neuen Generation war der Höhepunkt im Leben der Kolonie gewesen. Nach der Ankunft des Einzelkindes Minimus hatten alle Weibchen vollständige Würfe abgeliefert, eines von ihnen sogar die magische Sieben erreicht. Die übergroße Freude war spontan und tief empfunden gewesen, doch alsbald wurde jedem klar, daß die Neuankömmlinge ihre Eltern zahlenmäßig so übertrafen, daß sie eine regelrechte Bevölkerungsexplosion hervorriefen. Maxis ursprüngliche Warnung, als er auf den Platz im Steinbruch gedrängt hatte, sollte sich jetzt als berechtigt herausstellen.

Einen neuen Tiefpunkt hatten die nachbarschaftlichen Beziehungen erreicht. Infolge der Ausbaumanie mit ihrer Vielzahl an Erweiterungen kam man sich ständig gegenseitig ins Gehege, was Anlaß zu einer Reihe erbitterter Territorialkämpfe war. Je knapper der Raum wurde, desto verbissener bekriegten sich die Nachbarn, und die Probleme nahmen Tag für Tag zu, denn die Kleinkinder wuchsen rasch zu lebhaften Rangen heran. Als Provisorium wurden unten am Fluß einige neue Behausungen ins Steilufer gegraben, doch alle wußten, daß die Lösung nicht von Dauer sein konnte, da die Höhlen mit dem Ansteigen des Flusses überflutet werden würden. Immer wieder kam Gerede auf, man solle weiter oben am Hang auf dem Eichelballfeld eine zweite Kolonie gründen, doch die Marketing-Nerze versicherten Mega jedesmal, daß dadurch das eigentliche Problem nur verschoben werde. Die so sprunghaft vergrößerte Meute brauchte nicht nur auf dem Plateau mehr Platz, redeten sie ihm ins Gewissen. Sämtliche Nahrungsprognosen zeigten deutlich, daß eine Meute mit so vielen neuen hungrigen Mäulern auch größere Jagdgründe benötigte.

Kurz darauf reagierten die Marketing-Nerze mit ihrem «Projekt X» auf die neuen Probleme, einer Serie von Anfeuerungen und aufrüttelnden Reden, mit denen Mega die Jungen ermutigte auszuziehen und sich selbst neue Wälder zu erobern. Diese Idee erwies sich recht bald als untauglich, nachdem die Jungen klargemacht hatten, daß sie den Wald, das Plateau und den Wateramakomplex als die ihnen durch Geburtsrecht angestammte Heimat betrachteten. Sie verfügten nicht nur über die gleiche ungestüme Energie und das sture Vertrauen, das auch ihren Eltern damals eigen gewesen war, sondern im Gegensatz zu ihnen besaßen sie keinerlei Erinnerungen an das Käfigleben, die sie bremsten oder zusammenschweißten. Sie waren direkt in diesen Ort herrlicher Freiheit geboren und nahmen ihn ganz selbstverständlich als ihr Eigentum in Besitz.

Mega fühlte sich von dem Konflikt innerlich zerrissen. Die Kolonie hatte sich so erfolgreich etabliert, daß er nichts sehnlicher wünschte, als daß sie in aller Ruhe immer größer wurde. Gleichzeitig mußte er gerade aufgrund dieses Erfolges akzeptieren, daß sie unerbittlich auf den großen Knall zusteuerte. Da beide Generationen sich dazu entschlossen hatten, die jeweils andere zu vertreiben, lief alles auf die Frage hinaus, wer am Ende gewinnen würde. Mega wußte, daß die älteren Nerze sich diese Frage nicht stellen wollten. Ebenso wie er malten sie sich das Resultat nicht unbedingt zu ihren Gunsten aus. Er verstand ihre Haltung, die besagte, daß man, wenn man sich der Wahrheit stellte, den Traum von einer vereinten Kolonie aufgab. Trotzdem blieb ihnen keine andere Wahl.

«Wir müssen eine Anführerkonferenz einberufen und eine Strategie beschließen», informierte er Maxi. «Sie muß geheim stattfinden, weit entfernt vom Plateau.»

«Warum nehmen wir nicht den Steinbruch, mein Anführer?» schlug sein militärischer Berater mit großer Erleichterung vor. Sein Vertrauen in Mega hatte nie gewankt, und jetzt bewies sein Anführer erneut, daß er den Mumm besaß, sich der Situation zu stellen, um die alle seit langem einen großen Bogen machten.

Von den spitzkantigen Steinen des Steinbruchs aus blickten die Marketing-Nerze klagend zu dem Baum hinüber, unter dem sich die Anführer versammelt hatten. Durch einen unglücklichen Zufall war es genau der gleiche, von dem aus Alphonse sie gedemütigt hatte. Soviel sie wußten, war nichts von diesem schändlichen Kniefall bis zum Plateau vorgedrungen, doch allein die Erinnerung an den grausigen Vorfall beeinträchtigte ihre geistige Verfassung. Und Psychos Anwesenheit erst recht.

«Wir müssen klar und deutlich bekennen, daß ‹Projekt X› fehlgeschlagen ist», sagte er mit boshafter Genugtuung. «Meine Geheimdienstquellen besagen, daß die Jungen bereits allerlei Pläne aushecken, wie sie uns vertreiben können.

Natürlich sind das alles pubertäre Träume, Mega», fügte er mit einem schleimigen Lachen hinzu. «Nichts, was sich einem schnellen Hieb deiner Pranke widersetzen könnte. Trotzdem ist die Richtung klar, in die sich die Dinge entwickeln. Ich fürchte, uns bleibt jetzt nur noch die Entscheidung, ob die Kraftprobe zu unseren oder zu ihren Bedingungen ausgetragen wird.»

«Zu unseren», brummte Mega und fegte die kriecherische Zustimmung seines Ränkeschmieds mit einer Pfotenbewegung beiseite.

«Wir müssen die kleinen Scheißer wie Karnickel behandeln», blaffte Maxi. «Schmeißt sie raus. Dann haben wir keinen Ärger mehr.»

Maxi litt mehr als alle anderen unter der Aufsässigkeit der Jungen. Er fühlte sich in seine eigene Kindheit zurückversetzt, als er ständig seiner angeblich fehlenden Intelligenz wegen aufgezogen worden war.

«Nicht nur, daß sie frech und unverschämt sind, mein Anführer», heulte er. «Es scheint, als ob sie die Regeln einfach so zum Spaß brechen. Ich weiß nicht, was ich mit diesen Rabauken anfangen soll. Ich habe die ganze offizielle Palette mit ihnen durchexerziert, doch sogar die Karnickelkampagnen reizen sie nicht besonders. Anders als wir und unsere Generation scheinen sie nicht an die Kaninchenbedrohung zu glauben. Die kleinen Drecksäcke hören nicht auf, alles zu töten, was sich bewegt – sogar die Kaninchen im Wald, was gegen deine ausdrücklichen Befehle verstößt.

Ich habe gesehen, wie sie obszöne Gesten vor unserem Totem vollführt haben», schloß er mit vor Empörung zitternder Stimme und strich sich ehrfurchtsvoll die Barthaare. Er persönlich salutierte ausnahmslos jeden Morgen und jeden Abend vor dem steifen Katzenschwanz.

«Das ist wirklich übel, Maxi», pflichtete ihm Mega bei, obwohl er seltsamerweise bei diesem Thema recht leidenschaftslos blieb. Vielleicht hatte ihn der ständige Druck, unter dem er als Anführer stand, müde gemacht, doch das bezweifelte er. Seitdem er Psycho aus Nachlässigkeit erlaubt hatte, den Katzenschwanz für sein zynisches Karnickelspiel zu mißbrauchen, hatte er dem Symbol nie wieder die gleiche Bedeutung wie zuvor beigemessen. Er kam ihm bereits jetzt wie ein Überbleibsel aus einer Zeit vor, die schon so lange vergangen war, daß er sich nur noch mit Mühe an sie erinnern konnte. Es war wohl kaum von den Jungen, die nichts mehr damit verbanden, zu erwarten, daß sie ihn als das anerkannten, wofür er eigentlich stand.

«Was habt ihr denn dazu zu sagen?» fragte er M1 und M2.

«Ein ziemlich harter Brocken, Mega», erwiderte M1 in einem mißglückten Versuch von Aufrichtigkeit. «Wie wir alle wissen, zeigen die Kurven für die Nahrungsressourcen, daß wir auf eine permanente Defizitsituation mit einem unausweichlichen Zusammenbruch des Marktes zusteuern. Wir haben das ‹Projekt X› trotz allem noch nicht ganz aufgegeben. Weitere anfeuernde Reden über die Wonnen, sich unverbrauchte Wälder zu erobern, können uns letztendlich doch noch den Sieg bringen. Bis dahin haben wir uns jedoch etwas Neues ausgedacht, das wir für überaus aufregend halten: eine Nerzcharta.»

«Eine was?» Megas Stimme klang eiskalt.

«Eine Nerzcharta», wiederholte M2 und übernahm damit von seinem Bruder. «Ein Konzept, auf das wir ganz besonders stolz sind, großer Anführer. Wir überreichen den Jungen eine Urkunde, die ihnen alle möglichen Rechte zuspricht. Dann garantieren wir ihnen, daß sie, sollte es uns nicht gelingen, ihnen diese Rechte zu gewähren, das weitere Recht auf Entschädigung haben.»

Mega schüttelte sich. Der Erfolg der Pirolkampagne war zweifelsohne dem Zwillingspaar zuzuschreiben. Aber Gelöbnisse, Rechte, Entschädigung – was sollte das? Hier ging es doch darum, den Stil der Nerzführerschaft zu diskutieren!

«Natürlich werden wir ihnen nicht wirklich Entschädigung

zukommen lassen. Die Charta wird den Jungen trotzdem dabei helfen, ihre Existenz zu rekonzeptualisieren.»

«Was soll das denn heißen?» grollte Mega, fasziniert und erschrocken zugleich.

«Wir lehren sie, ihre Position anders zu sehen», wagte M1 einen verzweifelten Erklärungsversuch. «Momentan behaupten die Jungen, wir Anführer kümmerten uns nicht genügend um ihre Belange. Doch sobald uns eine Nerzcharta zur Rechenschaft verpflichtet, denken sie, sie hätten das Heft in der Hand. Brillant, oder? Ein wirklicher Durchbruch, finden wir übrigens beide.»

Mega unterdrückte seine spontane Erwiderung. Er brauchte das Bruderpaar noch, wie lästig und abgehoben sie inzwischen auch sein mochten.

«Sehr interessant, allerdings», antwortete er unbeteiligt.

Er wandte sich von den niedergeschlagenen Nerzen ab und Psycho zu, der die Unterhaltung mit nur schlecht verborgener Schadenfreude verfolgt hatte.

«Erzähl mir mehr von den Verschwörungen unserer Jungen», wies Mega ihn an.

«Wenn du es wirklich wissen willst, Mega: Es kursieren wilde Gerüchte darüber, dich umzulegen», antwortete Psycho nervös. «Natürlich hat keiner von ihnen den Mut, dich zu einem offenen Kampf herauszufordern», fügte er rasch hinzu. «Statt dessen haben sie über Hinterhalte diskutiert; unser Sicherheitssystem ist jedoch so gut, daß ich aus dieser Richtung kaum Gefahr wittere.»

Er lächelte Maxi einfältig an, doch der ignorierte ihn.

«Außerdem habe ich etwas in der Art gehört, daß man deine Autorität untergraben will, indem man dich lächerlich macht», keckerte er. «Der letzte Unsinn ist irgendein Kraut, dessen Namen sie einem Karnickelkampagnen-Kaninchen entlockt haben. Ich habe sie belauscht, wie sie darüber spekulierten, daß dir, wenn du es frißt, sämtliche Haare ausfallen. Das ist natürlich alles totaler Balla …»

Selbst wenn er Psychos ohnehin stets irren Augen keine Beachtung schenkte, war sich Mega sicher, daß da eine neuartige Verschlagenheit in seinem Verhalten anklang. Wie sehr ich doch auf ihn angewiesen bin, um auf dem laufenden zu bleiben, dachte er. Vielleicht sollte man sich wieder mehr selbst um verschiedene Dinge kümmern. Andererseits klang das alles eher wie Kinderkram und konnte seine Führerschaft nicht ernsthaft gefährden. Wußte Psycho denn nicht, daß die Jugend immer rebellisch war? Daß es völlig natürlich war, wenn sie die Älteren herausforderten und an seinem Thron sägten? Sie sollten stolz darauf sein, Nerze mit solchem Kampfgeist großzuziehen. Auf der anderen Seite sollte er sich vielleicht doch mit diesem Nerzchartaballa anfreunden. Wenigsten hielt es sie eine Zeitlang in Schach.

«Momentan handelt es sich noch um Kinderkrankheiten, Mega», ergänzte Mata ungefragt. «Ich habe die Mütter angewiesen, ihr möglichstes zu tun. Trotzdem sollten wir unser Augenmerk ganz besonders auf einen der Jungen richten – Minimus. Er ist der eigentliche Unruhestifter.»

Als Psycho bestätigend nickte, fiel Mega plötzlich auf, wie ähnlich sich die beiden waren. Beide waren kleinwüchsig und jetzt offensichtlich auch hinterhältig und abweichlerisch. In diesem Licht hatte er Minimus noch nicht betrachtet. Der kleine Jungnerz war bestimmt schlau, doch er schien sehr freundlich zu sein, heiter und willig.

«Jede Generation muß wohl einen von dieser Sorte haben, und nicht immer sind es die, die einem sogleich auffallen», fügte Mata hinzu und sprach damit seine Gedanken laut aus. Psycho zuckte zusammen.

«Sieht er nicht plötzlich selbst schuldbewußt aus?» fragte sich Mega, ertappte sich dann jedoch dabei, daß er Mata etwas fragte, was er sonst nur unter vier Augen mit ihr besprochen hätte.

«Wie sieht denn deine Prognose aus?»

«Die kleinen Kerlchen werden jeden Tag größer», entgegnete sie beiläufig. «Und kleine Zähnchen werden immer schärfer.»

Mega verzog das Gesicht. Was sollte er denn damit anfangen? Er suchte noch immer Matas Ratschlag und respektierte ihr Urteil, doch sein Verhältnis zu ihr veränderte sich. Nach wie vor teilten sie sich freundschaftlich den Bau – was die Jungen bereits dazu veranlaßt hatte, über den vielen Platz, den sie für sich beanspruchten, zu meckern –, doch seit einiger Zeit wuchs in ihm eine brennende Abneigung gegen sie. Seitdem der Nachwuchs zur Welt gekommen war, hatte er schmerzlich gespürt, daß er zwar theoretisch ihrer aller Vater, praktisch jedoch der Vater keines einzigen von ihnen war. Obwohl er mit Mata noch nicht über seine Gefühle gesprochen hatte, spürte er, daß sie sie kannte. Bedauerte sie inzwischen ihre Entscheidung, nicht Mutter werden zu wollen? War sie letztendlich doch kein so kalter Fisch? Er hatte sie einigemal dabei beobachtet, wie sie sehnsüchtige Blicke auf die jungen Mütter warf, die ihre Jungen säugten. Auch später hatte sie den gleichen Ausdruck auf dem Gesicht gehabt, als sie den jungen Nerzen zuschaute, wie sie tapsig nach Schmetterlingen, Insekten und trockenen Blättern, nach allem, was sich bewegte, haschten. Wie sollte sie angesichts dieser Lebenskraft, dieser Ausgelassenheit, dieses schieren Vergnügens am Leben nicht das gleiche wie er empfinden? Die Jungnerze mochten zwar Ärger verheißen, doch wenigstens waren sie das entgegengesetzte Ende des Spektrums der kaltherzigen Analyse, der sich ihre Anführer momentan verschrieben hatten. Die Jungen berechneten das Leben nicht, sie lebten es.

All das war so verwirrend, besonders dann, wenn die anderen Anführer nicht willens – oder unfähig – schienen, diesen Dingen ins Auge zu sehen. Die Konferenz schob die Probleme lediglich vor sich her, so wie er es selbst vielleicht auch tat. Was er jetzt brauchte, war mehr Zeit zum Nachdenken. Er konnte damit anfangen, indem er sich einen Raum zum Atmen verschaffte. Er würde allein zum Plateau zurückgehen, nicht wie sonst immer in der Begleitung eines der dumpfen Muskelnerze, die ihn pausenlos beschützten und allgegenwärtig diskret außerhalb der Hörweite warteten.

«Ich bestehe darauf, Maxi», schnitt er den lautstarken Protest seines Sicherheitsberaters ab.

Kapitel 60

Alles, was glänzt

Mega ging leichten Fußes den Pfad zwischen den Bäumen entlang.

«Herrsche, Nerzmania, Nerzmania beherrscht den Wald!» sang er zufrieden vor sich hin, knabberte an einem violetten Laufkäfer und spuckte ganz in Gedanken den harten Panzer aus. Wie gehofft, hatte sich seine schlechte Laune schlagartig verbessert, nachdem er den Steinbruch verlassen hatte, und jetzt genoß er das wunderbare Gefühl, durch sein eigenes Territorium zu schlendern. Obendrein witterte er in der schwülen Luft etwas besonders Drückendes, was auf ein herannahendes Gewitter schließen ließ. Das war dringend nötig, um die Spannung in der Atmosphäre zu bereinigen.

Als er sich dem Plateau näherte, wurde seine gute Laune jäh zerstört; in seinen wachen Sinnen sprang ein schrilles Warnsignal an. Etwas stimmte nicht! Er blieb stehen, um genauere Witterung aufzunehmen, doch der intensive Geruch des wilden Knoblauchs überdeckte alles andere. Erst als er sich auf seinen Gehörsinn konzentrierte, fiel ihm etwas Seltsames auf. Außer hier und dort einem vereinzelten Vogelruf war nichts zu hören. Vom Wateramakomplex, wo sonst immer fröhliches Getöse schallte, drang kein einziger Laut herüber. Es klang fast so, als läge das Hauptquartier der Nerze verlassen vor ihm – was ja nicht gut sein konnte!

Er ließ sich fallen, kroch dicht am Boden zu der Stechpalme hinüber und wartete auf den Anruf der diensthabenden Wache. Maxis Sicherheitstick bestimmte, daß sogar er, der Anführer, die Parole sagen mußte. Er hatte die Losung dieses Mondes – «nasses, glitschiges Fell» – schon auf der Zunge, doch auch als er immer näher herankam, erfolgte kein Anruf. Schließlich warf er einen Blick in den Busch und fand den Posten verlassen vor.

Erneut schrillten seine Alarmglocken. Sich während des Wachdienstes von seinem Posten zu entfernen war ein so abscheuliches Verbrechen, daß es bislang noch keiner gewagt hatte. Psychos Bemerkungen über einen Hinterhalt fluteten in Megas Gedanken. Die Vorsicht gebot ihm, sofort umzukehren oder zumindest eine andere Route zu wählen und auf Umwegen zum Plateau zu gelangen. Doch dann spürte er, wie ihn ein großer Zorn überkam. Warum sollte er warten? Er war der Anführer der Meute. War denn der Tag schon gekommen, an dem er es nicht mehr wagen durfte, ganz offen in sein eigenes Machtzentrum hineinzuspazieren?

Er stieg also weiter langsam den trockenen, sandigen Pfad hinauf, wohlwissend, daß er sich nicht ganz verbergen konnte und obendrein immer wieder auf trockene Blätter und Zweige trat, die unter seinen Pfoten knackten. Noch immer war von oben kein Laut zu hören; seine Sinne übertrugen unverkennbare Warnsignale. Oben angekommen, sprang er nicht wie sonst sorglos ins Gras, sondern hob zunächst den Kopf, um über die Kante zu schauen. Sein erster Blick bestätigte sein Mißtrauen. Kein einziger der Lieblinge war zu sehen, nur die Kaninchenstatue grinste ihn dümmlich an, daneben schaukelte der Katzenschwanz wie immer steif im Wind. Als Mega sah, was jetzt darunter lag, zuckte er vor Schreck zusammen. Wie um zu betonen, daß der Orangeton des Fells, das Wind und Wetter ausgesetzt war, an Leuchtkraft verloren hatte, war aus dem grünen Gras ein Meer von lebensfrohem Gelb geworden. Er konnte die beiden Flügel erkennen, den aufgerissenen Körper, und eine Kralle stand absurd in die Luft, ohne noch irgendwo am Rumpf befestigt zu sein. Nicht weit von Mega entfernt lag der abgerissene Kopf des goldenen Pirols. Ein lebloses Auge starrte Mega stumpf an, und das Loch in der Schädeldecke zeigte, daß Alphonse das Gehirn ausgesaugt worden war. Was war geschehen? In keinem seiner möglichen Szenarios hinsichtlich der Herausforderung durch die Jungen hatte Psycho etwas so Einschneidendes berücksichtigt. Wie konnten diese jugendlichen Idioten nur so selbstsüchtig sein? Sie mußten doch wissen, daß es zu ihrem eigenen Schaden war, wenn sie ausgerechnet die Kreatur töteten, die sie alle vor den Menschen schützte!

Nein, so dumm waren sie nicht, erkannte er bei näherem Nachdenken. Sie waren klug genug, um es zu tun, solange ihre Anführer auf der geheimen Konferenz abwesend waren. Maxi hatte Anweisungen gehabt, niemanden wissen zu lassen, wo sie waren, was wiederum erklärte, daß keiner der Getreuen sie hatte warnen können. Es war nicht nur klug – es war zu klug. Irgendwo mußte eine undichte Stelle sein, oder es hatte ihnen jemand einen Tip gegeben. Wer aber würde so etwas tun? Und selbst wenn: Wie konnten sie so rasch reagieren? Sie mußten es im voraus geplant haben. Das wiederum warf die Frage auf, warum Psychos Geheimdienst ihre Pläne nicht aufgedeckt hatte!

Mega blickte den Hang hinab und sah, daß die anderen noch nicht aus dem Wald herausgetreten waren. Er war auf sich allein angewiesen, völlig schutzlos. Wenn ihn die Jungen angreifen wollten, dann mußten sie es jetzt tun. Er riß sich zusammen, als er im Gebüsch gegenüber ein Geräusch zu vernehmen glaubte, während sein Verstand gleichzeitig sämtliche Möglichkeiten durchspielte. Nur weil kein einziger Nerz zu sehen war, mußte das nicht heißen, daß die ganze Meute beteiligt war. Er war sicher, daß seine Generation noch fest zu ihm stand. Aber wo waren seine treuen Anhänger? Aus Angst geflohen, er würde sie der Mittäterschaft beschuldigen? Oder hatten die Jungen sie unter irgendeinem Vorwand weggelockt? Vielleicht versteckten sie sich nur in ihren Behausungen, verloren ohne ihren Anführer?

Sein Kopf wandte sich zur Seite, als er das unmißverständliche Knacken eines trockenen Zweiges im Unterholz hörte, auf das ein unterdrücktes Schnaufen folgte. Also dort verbargen sich die feigen Hunde. So also zogen sie ihre Herausforderung auf: indem sie einen hilflosen Vogel angriffen, wenn ihnen ihr Anführer kurz den Rücken zukehrte, und sich dann versteckten. In diesem Falle würde er sie sich gleich an Ort und Stelle vorknöpfen.

All seine Sympathie für sie war vergessen, als er seine spitze Schnauze hob und ein tiefes, trotziges Bellen ausstieß.

«Ich weiß, daß ihr da drin seid!» zischte er zwischen den gebleckten Zähnen hervor. «Wenn ihr wahre Nerze seid, dann kommt raus und kämpft. Wenn nicht, seid für immer als die hinterhältigen Feiglinge gebrandmarkt, die ihr seid!»

Etwas raschelte, doch es kam keine Antwort.

«Kommt sofort raus, ihr feigen Hunde!» schrie er. «Ich, Mega, warte hier auf euch!»

Das Rascheln wurde lauter.

«Na schön, dann muß ich mir euch eben holen!» rief er und stakste sofort mit gesträubtem Fell und aufgebauschtem Schwanz über das Gras auf das Gebüsch zu. Nie im Leben war er so wütend gewesen. Es spielte keine Rolle, wie viele es waren. Und wenn die ganze Meute auf ihn losging! Er war bereit!

Ohne auf die gelben Federn unter seinen Pfoten zu achten, ging er zur Buche hinüber, sprang in die Luft und holte den Katzenschwanz mit einem gewaltigen Hieb herunter. Dann fing er an, ihn schneller und immer schneller über seinem Kopf kreisen zu lassen, wobei er unablässig vor Zorn und Enttäuschung brüllte, bis er schließlich losließ und ihn in die Büsche schleuderte. Als das Totem krachend zwischen das Gezweig sauste, verloren seine Gegner die Nerven. Ein Tumult brach los und ließ die Büsche erzittern. Er hörte Krachen und Knacken, verursacht von Körpern, die sich auf dem trockenen Boden entfernten.

«Kommt zurück, ihr Schufte!» schrie er und hüpfte vor Zorn auf und ab. «Ihr seid es nicht wert, Nerze genannt zu werden! Ihr seid mieser als die verdammten Karnickel!»

Er machte jedoch keine Anstalten, sie zu verfolgen. Dadurch, daß sie so feige den Schwanz einzogen, waren sie nicht einmal seiner Verachtung wert. Wenn sich die Schuldigen durch Flucht entziehen wollten, würde er es eben Psycho überlassen, sie zu identifizieren – was der Gleichung wiederum ganz neue Lösungsmöglichkeiten eröffnete. Jemand mußte ihn doch verraten und verkauft haben! Momentan war es jedoch angesagt, sich auf die Gegenwart zu konzentrieren, und zwar am besten, indem er alle Spuren des geschlachteten Vogels verwischte. Die Beseitigung des Anblicks war der erste Schritt dahin, den Zwischenfall aus dem Bewußtsein der Kolonie zu streichen.

Er ließ den Katzenschwanz dort liegen, wo er war, ging über das Plateau zurück und blickte über den Rand. Der Rest der Anführerriege befand sich auf halbem Weg den Hang herauf. Maxi schnaufte vorneweg, gefolgt von M1 und M2, und Psycho trödelte am Ende der Gruppe. Mata war nirgends zu sehen.

«Wo ist die Wache, mein Anführer?» rief Maxi alarmiert herauf. «Ist alles in Ordnung?»

«Natürlich ist alles in Ordnung!» schrie Mega zurück. «Aber ihr bleibt alle stehen, wo ihr seid!»

Seine Stimme klang so furchterregend, daß sie wie Statuen erstarrten. Dann wandte er sich dem verlassenen Plateau zu.

«Achtung, an alle Nerze!» rief er. «Wenn sich jemand in seinem Bau aufhält, so fordere ich ihn auf, unter allen Umständen dort zu bleiben. Ich werde diese Warnung nicht wiederholen!»

«Gab es einen Verstoß gegen die Sicherheitsbestimmungen, Mega?» drang Maxis besorgte Stimme von unten herauf.

«Ihr da unten hört mir ebenfalls zu!» schrie Mega hinunter. «Dann tut ihr genau, was ich euch sage.»

Er winkte sie auf das Plateau herauf und gewährte ihnen ein schockiertes Staunen.

«Wir unterhalten uns später darüber», knurrte er, als sie mit offenen Mäulern dastanden. Am meisten schien es die Marketing-Nerze zu treffen, was ihn nicht sehr verwunderte. Das Auge von M1 zuckte heftig, und M2 stand da wie vom Donner gerührt.

«Ich möchte, daß alle Teile auf einen Haufen zusammengetragen werden. Und damit meine ich jede einzelne Feder.»

Als sie auseinanderliefen, mieden sie seinen Blick. Er hingegen kauerte sich nieder und fraß den Körper des Pirols auf. Keiner von ihnen war jemals Zeuge eines derartig schwelenden Zorns gewesen, wie Mega ihn ausstrahlte. Die bedrohliche Atmosphäre um ihn herum ließ einen frösteln.

Als sie seinen Auftrag ausgeführt hatten, befahl er ihnen, den Haufen zu einem tiefen Loch weiter oben am Hang zu transportieren. Anschließend half er Maxi beim Verscharren. Dann durchstreiften sie das ganze Plateau, bis sie sämtliche Spuren restlos beseitigt hatten und er vollauf zufrieden war.

Alle Spuren – bis auf eine große leuchtende Flügelfeder, die er in seinem Bau versteckt hatte, als keiner von ihnen herschaute. Er würde schon bald für sie Verwendung finden.

Kapitel 61

Gegen die Wand

Das Gerücht von Alphonses Tod verbreitete sich in der Waldgemeinde wie ein Lauffeuer. Eule, der von einer aufgeregten Gefährtin Berthas rüde aus dem Tiefschlaf geweckt wurde, flog direkt zum Plateau hinüber. Welchen Kack hatten sich die Nerze denn nun schon wieder ausgedacht?

Bei seiner Ankunft bot sich ihm ein eigenartiger Anblick. Die Anführer der Nerze liefen umher und sammelten etwas ein, was eindeutig wie die Federn des toten Alphonse aussah; doch von der übrigen Belegschaft war keine Spur zu sehen. Der unglückselige Pirol war offenbar nicht nur getötet, sondern in Stücke gerissen worden; der Anblick des gelben Häufleins, in dem rote Flecken glänzten, ließ Eules Zuversicht sinken. Schlimmer noch war das Bild, das Mega bot, wie er gerade das größte Stück des Kadavers gierig in sich hineinschlang.

Eule versuchte gar nicht erst, sich mit ihm auszutauschen, sondern flog direkt zur Kleinen Lichtung zurück, wo Bertha sich die Augen ausweinte.

«Warum nur?» fragte sie wieder und wieder, und Raka versuchte sie zu trösten.

«Sie nimmt es sehr schwer», flüsterte die Krähe, nahm Berthas Kopf unter ihren Flügel und wiegte sie sanft. Ringsum stand ein Kreis bedrückt schweigender Tiere.

Eule schob die schockierten Braunellensklavinnen zur Seite und befragte sie so mitfühlend wie möglich, doch die Geschichte, die er sich aus ihren Aussagen zusammenreimte, ergab nicht viel Sinn. Offensichtlich hatte Alphonses Nerzwache eine kleine Pause gemacht, als ein junger Nerz, den die Braunellen noch nie zuvor gesehen hatten, herbeikam. Der Jungnerz informierte den Kaiser katzbuckelnd, daß seine Anwesenheit auf dem Plateau erwünscht sei. Mega wolle ihn nicht nur endlich persönlich kennenlernen, sondern ihm auch eine besondere Belohnung überreichen. Die beschränkten Braunellen hatten diesen Vorschlag sofort begrüßt, da sie das kleine und leicht kränklich wirkende Jungtier für genau den richtigen Überbringer einer solchen Botschaft hielten. Nachdem der Pirol sie in letzter Zeit wie Dreck behandelt hatte, wußten sie nur zu gut, daß die Alphonse-Show allmählich ausgedient hatte. Beifall von Seiten des Nerzanführers würde ihn nicht nur aufmuntern, sondern auch seiner Vorstellung wieder zu etwas mehr Pep verhelfen und somit die Last von ihren Schultern nehmen.

Obwohl er den Gesandten der Nerze in seiner normalen herablassenden Art behandelte, fühlte sich Alphonse offensichtlich doch geschmeichelt.

«Es ist an der Zeit, daß euer Anführer sisch mir persönlisch unterwirft», verkündete er blasiert. «Isch werde misch also entschließen mitzukommen, natürlisch in Begleitung von *ma belle impératrice.*»

Doch Bertha war zu erschöpft. Da sie erkannt hatte, daß der Nerz sie im besten Fall als Anhängsel, im schlimmsten als Behinderung ansah, hatte sie entschieden, daß ihre Anwesenheit alles nur unnötig verkomplizierte. Alphonse ließ dem Nerzanführer ausrichten, daß er das Plateau schon bald aufsuchen würde, bevor er sich besorgt um Bertha kümmerte und die Braunellen anwies, ihr ein paar erfrischende Beeren zu besorgen. Nach einer raschen Coiffure war er schließlich allein losgeflogen. Seither hatten sie nichts mehr von ihm gesehen.

Eule fluchte. Im nachhinein erschien Alphonses Verhalten unglaublich leichtsinnig. Wenn doch nur einige der verantwortungsbewußteren Waldbewohner zur Stelle gewesen wären. Aber auch das mußte sich der Pirol selbst zuschreiben. Er hatte sich so unerträglich aufgeführt, daß es kein Wunder war, wenn ihm alle so gut sie konnten aus dem Weg gingen.

Bertha sah es natürlich ganz anders: «Ich bin an allem fuld», schluchzte sie. «Wenn ich mitgegangen wäre, hätte ich mich opfern können. Jetft habe ich meinen armen Alphonfe verloren, mein armer Alphonfe …»

Eule und Raka sahen hilflos zu, wie sie den Kopf auf den Waldboden schlug.

«Ich fliege zum Plateau zurück», flüsterte Eule.

Doch Bertha hatte ihn gehört. «Ich komme mit», heulte sie. «Ich muff ihn fehen.»

Da er um den grausigen Anblick wußte, der sie erwartete, weigerte sich Eule strikt, sie mitzunehmen, was einen erneuten Ausbruch der Trauer zur Folge hatte.

«Ollie muß eine Mission erfüllen», versuchte Raka sie zu trösten und bedeutete ihm mit den Augen, einfach loszufliegen.

Mit einem letzten mitleidigen Blick auf Bertha schwang sich Eule von kalter Wut gepackt auf. Bis jetzt hatte es keinen Anlaß gegeben, an Megas Wort, Alphonse unter keinen Umständen ein Leid anzutun, zu zweifeln. Es mußte für diesen Vorfall eine vernünftige Erklärung geben.

Als er jedoch das Hauptquartier der Nerze erreichte, steigerten sich seine Wut und seine Verwirrung. Nichts wies mehr auf die traurigen Überreste Alphonses hin. Keine einzige gelbe Feder war mehr zu sehen. Statt dessen war die ganze Meute wieder versammelt und lauschte einer Ansprache Megas; Maxi und die Muskelnerze liefen mißmutig die Reihen ab. Es wurde immer seltsamer. Trotzdem wollte sich Eule nicht in eine Versammlung einmischen. Er mußte die Sache mit dem Anführer der Nerze unter vier Augen besprechen.

Also stieß er zur Stechpalme hinunter.

«Sag Mega, er soll zum Steinbruch kommen. Sofort!» zischte er die Wache gebieterisch an.

«Wie lautet die Parole?» kam die sture Antwort.

«Wenn du nicht sofort lostrabst, lautet sie für dich persönlich: Tod!» schrie Eule und zeigte auf Boris, der auf sie zugetrottet kam.

Der Wächter warf ihm einen Blick zu und sauste dann den Hang hinauf, während Eule zum Steinbruch davonflog und Boris sich selbst überließ. Wenn der Dachs unbedingt auf die Nerze losgehen wollte, dann viel Glück. Es hatte keinen Sinn, ihn noch länger zurückzuhalten.

Eule war von seinem gerechten Zorn so verblendet, daß ihm nicht einmal die Idee kam, Mega könnte zum Treffen nicht erscheinen. Er verspürte nur frisch entfachte Wut, als er sah, daß der Anführer der Nerze nicht allein, sondern in Begleitung Maxis kam.

«Schaff diesen Schwachkopf von hier weg!» kreischte er.

Mega schluckte, wies Maxi dann jedoch an, sich zurückzuziehen.

«Es könnte sich um eine Falle handeln, mein Anführer», fauchte sein Militärberater mit besorgtem Blick.

«Maxi, das ist ein Befehl!» erwiderte Mega barsch.

Mürrisch zog sich Maxi zurück, behielt die beiden jedoch die ganze Zeit über im Auge. Eule wartete, bis er außer Hörweite war. Dann wiederholte er Berthas einfache Frage: «Warum?»

«Tut mir leid. Es war nicht beabsichtigt», entgegnete Mega und sah dabei sehr zerknirscht aus.

Eule war verblüfft. Eine umgehende Entschuldigung hatte er nicht erwartet. Die Antwort reichte allerdings nicht aus.

«Ich habe doch selbst gesehen, wie du Alphonses Leiche aufgefressen hast», entfuhr es ihm wütend.

«Ich hatte keine andere Wahl. Wir mußten ihn verschwinden lassen», seufzte Mega betreten. «Nicht wir Anführer haben ihn getötet. Es waren die Jungen.»

Er machte eine Pause und sah sehr nachdenklich aus. Eule spürte, daß er Geduld aufbringen und Mega etwas Zeit lassen mußte.

«Was ich jetzt zu sagen habe, wird dir nicht gefallen, aber du mußt es glauben», fuhr der Anführer der Nerze schließlich fort. «Die Jungen haben in der Kolonie in letzter Zeit für einigen Ärger gesorgt. Bislang war es noch nichts Ernstes, deshalb hat keiner von uns damit gerechnet, daß es so weit kommen würde. Die Sache tut mir ebenso leid wie dir.»

Eule wartete. Schlagartig wurde ihm so manches klar. Nachdem die Menschen weg waren, hatte er eigentlich erwartet, daß die Nerze in ihr altes Verhalten zurückfielen. Doch wenn er ihn eben nicht falsch verstanden hatte, gab Mega zu, daß er die Kontrolle im Lager verloren hatte. Deshalb also war die Karnickelkampagne so viel brutaler geworden. Deshalb also wurden die Kaninchen inzwischen auch wieder innerhalb der Grenzen des Waldes getötet. Deshalb also kam ihm die Tyrannei der Nerze nicht nur schlimmer vor – sie war tatsächlich schlimmer geworden.

«Ich kümmere mich darum», ergänzte Mega und unterbrach Eules Gedankenkette. Er sah wild entschlossen aus. «In Zukunft wird es keinen Ärger mehr geben, das versichere ich dir.»

«Dafür ist es jetzt ein bißchen zu spät», gab Eule zurück und versuchte, sein Temperament unter Kontrolle zu halten.

Trotzdem glaubte er nach wie vor, er müsse dem Anführer der Nerze noch eine Chance geben. Und falls es ihm ernst damit war, die Schuldigen zu bestrafen, konnte ihm Eule mit einer nützlichen Information dienen.

«Vielleicht bringt dir das etwas: Alphonse wurde von einem jungen Nerz in die Falle gelockt, der ihm die Botschaft überbrachte, du wolltest ihn auf dem Plateau sprechen. Die Braunellen sagen, er sei eher klein und sehe recht kränklich aus. Natürlich ist Alphonse sofort darauf hereingefallen – «

«Danke», entgegnete Mega. «Das ist genau die Spur, die ich gesucht habe. Ich kümmere mich darum, keine Sorge.»

Und doch glaubte Eule ein leichtes Zaudern aus seiner Stimme herauszuhören; die sonstige Festigkeit und Überzeugungskraft fehlte. Wenn er es recht bedachte, hatte er den Anführer der Nerze noch nie zuvor so niedergeschlagen erlebt. «Kacke!» dachte er, als ihm plötzlich alles deutlich vor Augen stand. Er hat es versiebt. Er hat die Verbindung mit der Basis verloren. Bislang hatte Eule die Verhandlungen in der vollen Überzeugung geführt, daß der Anführer der Nerze in der Lage war, seine Versprechen auch zu halten. Das war die Grundlage ihrer Allianz. Wenn Mega jedoch nicht mehr mit eisernem Griff regierte, waren seine Zusicherungen wertlos. Alles mögliche konnte geschehen. Soweit Eule es beurteilen konnte, dürfte das, was Mega «einigen Ärger» genannt hatte, ein Euphemismus dafür sein, daß die Nerzkolonie am Rande eines Bürgerkriegs stand.

Sein Gegenüber tat ihm beinahe leid, und halb im Ernst versuchte Eule es jetzt mit einer freundschaftlichen Haltung von Anführer zu Anführer; das schien ihm auch der beste Weg zu sein, um an weitere Informationen zu kommen.

«Ich kenne das», sagte er mitfühlend. «Es gab Zeiten, da hatte ich ebenfalls den Eindruck, die Kontrolle verloren zu haben.»

Damit hatte er jedoch die Grenze bereits überschritten.

«Ich habe nicht die Kontrolle verloren», flammte Mega auf, plötzlich wieder ganz sein altes Selbst. «Ich mußte nicht hierherkommen, und ich muß dir nichts sagen, und ich lasse nicht zu, daß du dich einmischst. Du hältst dich da raus, hast du verstanden? Es ist eine reine Nerzangelegenheit.»

Wütend winkte er Maxi herbei und verließ ohne ein weiteres Wort den Steinbruch. Eule blieb einigermaßen ratlos zurück. Damit war nicht nur seine Zusammenarbeit mit dem Anführer der Nerze offenbar beendet, sondern er hatte auch nicht herausgefunden, warum Alphonses Überreste verschwunden oder wo sie abgeblieben waren. Der Anführer der Nerze hatte zwar den Körper gegessen, doch überall hatten Federn herumgelegen. Eule wußte nur, daß der Pirol so spurlos verschwunden war, als hätte er sich nie im Wald aufgehalten.

Eule blieb noch eine Weile in der friedlichen Abgeschiedenheit des Steinbruchs, um etwas nachzudenken. Bald kam er zu dem Schluß, daß er Megas Erklärungen akzeptieren mußte. Sie hörten sich glaubwürdig an, und sie beinhalteten obendrein eine andere Wahrheit, der sich Eule nicht länger verschließen konnte. Bis jetzt hatte er Einwände gegen eine Zusammenarbeit mit den Nerzen bei der Bekämpfung des gemeinsamen menschlichen Feindes unterdrückt und sein Taktieren gerechtfertigt, indem er Ulas Argument hinsichtlich ihrer unbestreitbaren Effektivität übernahm. Jetzt fiel ihm jedoch kein anderes Lebewesen ein, das noch etwas für sie übrig haben würde; am wenigsten natürlich die menschlichen Glotzer, die noch immer geduldig – und jetzt obendrein vergebens – auf dem Rollweg warteten, um einen Blick auf ihren seltenen Vogel zu erhaschen.

Plötzlich zuckte Eule zusammen. Er fühlte sich auf einmal so gedemütigt, daß er sich am liebsten selbst in den leicht spitz zulaufenden Hintern getreten hätte. Er war so dicht dran gewesen, daß er den Wald vor lauter Bäumen nicht mehr gesehen hatte. Wenn man schon von beschränkt redete! Und nicht nur er – sie alle hatten so gebannt in die falsche Richtung geblickt, daß sie die nächstliegende Lösung ihrer Probleme übersehen hatten. Jetzt hieß es nämlich, den Glotzern sowohl den Mord an Alphonse als auch die Anwesenheit der Nerze anzuzeigen. Die Glotzer würden den Tieren dann die Arbeit abnehmen und ihrerseits Rache üben. Wie aber sollten sie die Aufmerksamkeit ihrer zukünftigen Retter wecken? Er hätte als kleinen Hinweis einige von Alphonses Federn vor ihnen fallen lassen können, doch nachdem der Pirol restlos vom Erdboden verschwunden war, fiel diese Möglichkeit flach. Was blieb sonst noch?

Erschöpft mußte sich Eule eingestehen, daß er nur wieder Fragen aufwarf, die er nicht beantworten konnte. Höchstwahrscheinlich würde den Marketing-Nerzen etwas einfallen, dachte er mit grimmigem Humor, doch die konnte er schlecht konsultieren. Wer kam sonst noch in Frage, wenn er bedachte, daß er äußerst vorsichtig vorgehen mußte? Boris konnte er vertrauen, gewiß, doch mit ihm hatte er sich wegen des Pirols so zerstritten, daß sie nicht einmal mehr miteinander redeten. Die Kombination aus der «Will-ich-nicht-wissen»-Haltung des Dachses und seiner grundsätzlichen Phantasielosigkeit sprachen ohnehin nicht für brauchbare Ergebnisse. Jeder andere, an den er dachte, könnte sich rasch als Risiko erweisen. Eule mußte den Atem anhalten, als er sich vorstellte, welche Konsequenzen es hätte, wenn er Cowslip und die BWW-Gefolgschaft einweihte. Das wäre noch schlimmer als nutzlos, und Cowslip würde alles verspielen, indem sie als erstes eine Versammlung einberiefe. Wenn die Nerze dahinterkamen, was er vorhatte, dann war die Kacke wirklich am Dampfen. Einen derartigen Verrat würden sie ihm niemals verzeihen. Ihre Antwort würde der totale Krieg sein, und dann mußten alle im Wald dafür büßen – und er als derjenige, der die Idee gehabt hatte, ganz besonders. Darüber machte sich Eule keine Illusionen. Wenn es die Nerzmeute auf ihn abgesehen hatte, dann würden sie ihn früher oder später auch erwischen – und Ula gleich mit.

Erneut stieg vor seinem inneren Auge das Bild des roten Teppichs auf, die blutverschmierte Wiese des Massakers auf der Großen Lichtung. Es verblaßte und wurde von dem Anführer der Nerze abgelöst, wie er der Taube den Kopf abschlug. Eule hatte schon oft versucht, diese Bilder aus seiner Erinnerung zu löschen, doch sie verfolgten ihn immer weiter. Wenn ihnen sein Plan zu Ohren käme, würde jeder Augenblick so sein. Die Nerze würden nicht eher ruhen, bis sie alles niedergemacht hatten. Falls die jungen Nerze wirklich außer Kontrolle geraten waren, lautete die Alternative, daß sie die Waldgemeinschaft ausbluten ließen, nur etwas langsamer. Das Problem war so knotig wie der Ast einer Eiche, doch es brachte ihm überhaupt nichts, wenn er seine Zeit hier mit nutzlosen Überlegungen vergeudete. Zumindest konnte er Raka und Bertha mitteilen, warum Alphonse hatte sterben müssen.

Als er jedoch auf der Kleinen Lichtung ankam, war die kleine Amsel verschwunden.

«Sie sagte, sie müsse ein wenig allein sein, und ich habe ihren Wunsch respektiert», erklärte Raka. «Sie hat versprochen, bald wieder zurückzukommen.»

«Wo sind die anderen alle?»

«Cowslip hat die Braunellen geholt, und die anderen sind ihr gefolgt. Sie hat mir noch gesagt, daß sie eine außerordentliche Versammlung einberufe und daß du den Vorsitz übernehmen sollst.»

«Das kann sie erst einmal vergessen», sagte Eule kurz angebunden, und damit war das blöde Kaninchen für ihn erst einmal erledigt. Er konnte seine Zeit nicht mehr mit derlei Kack verplempern.

«Sie hält eben gern Versammlungen ab», entgegnete Raka nachsichtig.

Eule blickte sie an. Ihm fiel auf, wie bedrückt sie aussah.

«Was ist los mit dir?» fragte er.

«Ich mache mir Sorgen wegen Bertha, Ollie», gestand sie. «Sie müßte inzwischen längst zurück sein.»

«Es wird ihr schon nichts passieren. Sie ist doch ein großes Mädchen», sagte Eule zerstreut.

Er war bereits damit beschäftigt, einen Plan auszuarbeiten. Es mußte alles über die Bühne gehen, bevor die Glotzer herausfanden, daß Alphonse nicht mehr da war. Da sie keinen Grund dazu hatten, etwas anderes anzunehmen, dachten sie mit Sicherheit, er sei einfach wieder weggeflogen, und dann würde auch ihre Zahl rasch zusammenschmelzen. Er mußte sich bald jemandem anvertrauen, und Raka war die einzige Kreatur, die sein Vertrauen besaß. Zum einen war sie auch ein Vogel, und zum anderen hatte sie ihn noch nie im Stich gelassen – und sie hatte ein besonderes Interesse daran, den Nerzen in die Parade zu fahren, wobei sie Eule in ihrem gegenwärtigen Zustand herzlich leid tat. Sie hätte sich Bertha als Begleiterin anbieten können, aber schließlich war sie nicht ihre Aufseherin. Etwas völlig Neues würde sie auf andere Gedanken bringen.

Er holte tief Luft. «Ich möchte, daß du mir jetzt genau zuhörst, Raka ...»

«Es bleiben nur die Marketing-Nerze», überlegte Raka.

Die Krähe hatte Eules These sofort zugestimmt, doch wie ihm war auch ihr bislang noch niemand eingefallen, den sie um Hilfe bitten konnten. Außerdem hatte sie niedergeschlagen bemerkt, daß die Katastrophe mit Alphonse zu keinem schlechteren Zeitpunkt hätte eintreten können. Alle bereiteten sich auf die Große Kälte vor, und von jetzt an konnten nicht einmal mehr die Kaninchen sich schnell genug vermehren, um die Dezimierung ihrer Zahlen auszugleichen.

«Und natürlich Freddie», ergänzte sie, als würde sie laut denken.

«Dieser hinterlistige Drecksack!» entfuhr es Eule ärgerlich.

Gleichzeitig wußte er, daß sie recht hatte. Mit seinen Fähigkeiten, beide Seiten gegeneinander auszuspielen, war Freddie genau das Tier, das sie suchten. Andererseits, wie Eule wortreich einwarf, prädestinierte ihn seine unselige Verbindung zu den Nerzen möglicherweise zugleich zum Verräter, weshalb ihn Eule aus seinen ursprünglichen Überlegungen gestrichen hatte.

Raka wartete geduldig, bis er seine Tirade losgelassen hatte.

«Das weiß ich doch alles, Ollie», sagte sie leise. «Aber wen haben wir denn sonst?»

«Es ist zu riskant», protestierte Eule. «Es muß uns doch noch etwas Besseres einfallen!»

Gerade als Raka antworten wollte, flatterten zwei aufgeregte Amseln herbei und riefen: «Es geht um Bertha! Kommt schnell!»

Sie hatten Berthas Leiche mit gebrochenem Hals im Steinbruch gefunden. Der einzige Zeuge, ein schockierter Zaunkönig, berichtete, sie sei mit voller Geschwindigkeit gegen die Felswand geflogen, gerade so, als hätte sie sie nicht gesehen. Als er sich über den kleinen verdrehten Körper beugte, sah Eule, daß Raka den Tränen nahe war. Bertha war ihr eigenartigerweise sehr ans Herz gewachsen. Trotz ihrer Ernennung zur Kaiserin hatte die Amsel sich immer wieder mit der Krähe zu heimlichen Plaudereien getroffen. Raka hatte sie dafür bewundert, daß sie nicht größenwahnsinnig geworden war, gleichzeit hatte sie nicht aufgehört, sich Sorgen um sie zu machen. Jetzt hatten sich diese Sorgen als berechtigt herausgestellt.

«Arme Bertha», sagte sie betrübt. «Weißt du, es gab da eine Sache, die mich bei Alphonse immer faszinierte und die ich weder dir noch ihr gegenüber jemals erwähnt habe. Ich frage mich jetzt, ob sie es wußte.»

«Was denn?» fragte Eule, der nur mit halbem Ohr zuhörte.

«Gelb ist die Farbe der Gelehrigkeit», antwortete Raka.

Die Bemerkung verwirrte Eule. Das hatte er nicht gewußt. Er konnte sich auch nicht denken, was Bertha – oder Alphonse, wenn man es genau betrachtete – während ihrer tragisch kurzen Liebesaffäre gelernt haben könnte.

«Nicht sie – wir sollten etwas gelernt haben, Ollie», fügte die Krähe leise hinzu.

Eule sah sie erstaunt an. Trotz ihres rauhen und ungehobelten Äußeren war Raka bemerkenswert tiefsinniger Gedanken fähig. Das, was sie gesagt hatte, ließ auf einen Schlag alles leuchtend klar werden, als hätte eine Bö die letzten Nebelschleier von der Langen Wiese verjagt. Damals mochte es keine Alternative gegeben haben, doch jetzt verstand er voll und ganz, was für ein schrecklicher Fehler es gewesen war, sich mit den Nerzen zusammenzutun. Boris hatte die ganze Zeit über recht gehabt. Die Frage war auch nicht die, ob die Jungen wieder unter Kontrolle gebracht würden oder nicht, wie Mega sagte. Die ganze Situation war verfahren, als hätten sie alle wie die unglückselige Bertha die Köpfe gegen die Felswand geknallt. Eule konnte die Verzweiflung bereits spüren, die die Verbreitung dieser neuesten Nachricht im Wald hervorrufen würde. Er mußte sofort handeln.

«Ich habe meine Meinung geändert», verkündete er. «Ich fliege los und suche Freddie, egal, was bisher vorgefallen ist.»

«Das freut mich sehr, Ollie», erwiderte Raka dankbar. «Vergiß nie, daß er im Grunde seines Herzens immer ein echter Waldbewohner geblieben ist.»

«Ich versuche es», versprach Eule. «Aber es wird mir nicht leichtfallen.»

Kapitel 62

Die Abfuhr

Eule kreiste im Zwielicht der Dämmerung und beobachtete, wie Freddie vorsichtig aus seinem Bau hervorkam. Der Fuchs wohnte an der Stelle des Waldrandes, die am weitesten von den Nerzen entfernt lag, schon beinahe am Hügelkamm. Von dort aus hatte er einen guten Überblick über die angrenzenden Felder, konnte sich im Bedarfsfall aber auch schnell ins Dickicht des Waldes zurückziehen. «Typisch Freddie», dachte Eule. «Weder drinnen noch draußen.»

Der Fuchs signalisierte dem Rest der Familie, ihm zu folgen. Dann spielte er vor dem Bau mit seinem Nachwuchs und tollte mit den Kleinen umher. Als Eule sah, wie geduldig er ihre unbeholfenen Bisse und das Gezerre an seinem Pelz ertrug, staunte er darüber, was für ein Familientier Freddie im Grunde seines Herzens sein mußte. Von dieser Seite hatte ihn Eule noch nicht kennengelernt, doch als Freddie das Spiel liebevoll beendete, sah man deutlich, daß er es genossen hatte. Dann wünschte er den Rangen und seiner Füchsin eine gute Nacht und schlug seine altbekannte Route ein, die parallel zum Hügelkamm verlief. Falls er Eule über sich entdeckt hatte, so ließ er es sich nicht anmerken.

Wie er so da unten entlangtrottete, mußte Eule die leichtfüßige Eleganz bewundern, mit der er seinen langgestreckten Körper bewegte; sein herrlich rotes Fell erinnerte bereits an die ersten Verfärbungen des Herbstes und ergab einen wunderschönen Kontrast zum dunklen Grün des Grases. Wie majestätisch sein alter Freund aussah. Und – wenn man ihn so gut kannte wie er – wie leicht seine Wege zu erraten waren!

Eule glitt ungesehen hinab und postierte sich auf dem Ast einer kleinen Esche, wo Freddie ihn unweigerlich entdecken mußte, wenn er hinter einer Gruppe von Büschen hervorkam.

Der Fuchs erschien, verharrte mitten in der Bewegung und hob dann verdutzt die Pfote.

«Wie geht's, Freddie?» rief Eule freundlich.

«Prima, Ollie», antwortete der Fuchs argwöhnisch. «Und dir? Ist schon ziemlich lange her.»

«Es klingt nicht gerade, als hätte er mich sehr vermißt», dachte Eule. Verübeln konnte er es ihm allerdings nicht. Freddie hatte allen Grund dazu, diesem offensichtlich inszenierten Treffen gegenüber mißtrauisch zu sein.

«Mir geht's gut – abgesehen von den Nerzen», sagte Eule unverbindlich. «Wie wirkt sich denn ihre Gegenwart auf dein Leben aus?»

«Ich komme zurecht.»

«Jede Wette, du Hund», dachte Eule. «Wenn du ein bißchen ehrlicher wärst, würdest du zugeben, daß dir ihre Anwesenheit ganz nützlich ist, vielen Dank auch.»

«Stell dir vor, sie wüten jetzt wieder mit ungeahnter Brutalität. Ist es dir schon aufgefallen?» sagte Freddie dann unerwartet. «Ich habe sie noch nie so aggressiv gesehen. Diese Jungnerze sind wirklich ein Kaliber für sich.»

«Allerdings», pflichtete ihm Eule bei und packte die Gelegenheit beim Schopf. «Daß wir die Menschen losgeworden sind, hat an ihrem Verhalten nicht viel geändert, was? Sieht so aus, als hätten wir eine Tyrannei gegen die andere getauscht.»

Wie zur Bestätigung seiner Worte tönten jetzt plötzlich spitze Schreie aus der Richtung des Plateaus herüber, und beide versteiften sich, während sie herauszufinden versuchten, ob es sich um Schmerz oder Lust handelte. Lust, entschieden sie gleichzeitig und nickten einander zu.

«Schon wieder dieser blöde Wateramakomplex», seufzte Eule. «Bei dem Radau soll man noch eine ordentliche Tagruhe finden.»

Freddie nickte mitfühlend. Das durchdringende Geschrei verebbte, wurde jedoch kurz darauf von den letzten Lauten der Vögel ersetzt, die sich zur Nachtruhe betteten. Als der Krähenkonvoi über sie hinwegflatterte, blickte Eule hinauf, konnte Raka jedoch nirgends ausmachen. Das Schweigen dehnte sich aus, und Eule war klar, daß er derjenige war, der es brechen mußte. Freddie wartete immer, bis die andere Partei den Anfang machte.

«Ich halte dich doch nicht etwa auf?» erkundigte er sich beiläufig.

«Falls es dich interessiert: Ich habe gehört, daß letzte Nacht eine Karnickelkampagne war», erwiderte Freddie und sah ihn das erstemal direkt an. «Ich wollte mich mal umsehen, ob sie etwas übriggelassen haben. Ist aber nicht eilig.»

Er setzte sich, kratzte sich hinterm Ohr und grinste, nicht unbedingt unfreundlich.

«Hast du das mit Alphonse gehört?» fragte Eule.

Freddie konnte es schlecht abstreiten. Im ganzen Wald wurde seit Tagen über nichts anderes geredet.

«Ja, hab' ich.»

«Was hältst du davon?»

«Überrascht mich nicht.»

«Ich war jedenfalls angewidert», stieß Eule aus, über die gefühllose Reaktion des Fuchses erzürnt. «Nach allem, was er für uns getan hat, hätte er ein besseres Schicksal verdient.»

«So sind die Nerze eben.»

«Du mußt es ja wissen», dachte Eule aufgebracht. Er versuchte seinen Zorn zu unterdrücken, indem er sich an Rakas Bemerkung erinnerte, Freddie sei im Grunde seines Herzens ein Geschöpf des Waldes geblieben. Dann näherte er sich seinem Thema von der Seite.

«Du stehst ziemlich gut mit ihnen, stimmt das?»

«In gewisser Hinsicht mag das stimmen», entgegnete Freddie vorsichtig. «Wir müssen alle sehen, wo wir bleiben. Mehr aber auch nicht, Ollie. In letzter Zeit sind sie mir zu übermütig geworden.»

Eule war erstaunt. Es klang so gar nicht nach Freddie, eine Situation zu verdammen, die für ihn so manchen Vorteil barg.

«Sie sind anders als wir Waldbewohner, findest du nicht?» stimmte er ihm herzlich zu. «Sie haben keinen Respekt.» Er suchte nach den richtigen Worten. «Sie verstehen nichts vom Leben und Lebenlassen.»

«Bei ihnen heißt es eher leben und sterben lassen», bestätigte Freddie, ohne einen Moment nachzudenken. «Als sie ankamen, Ollie, da dachte ich: ‹Hier ist etwas Neues, etwas, was gut für uns sein kann – oder zumindest für mich.›» Er grinste auf seine ironische Art. «Ich konnte nichts Falsches daran entdecken, wenn der Wald einen neuen Anstrich bekam. Vielleicht würde alles viel interessanter werden.»

«Was führt dieser alte Gauner bloß im Schilde?» dachte Eule. Er hörte sich ja beinahe ehrlich an!

«Jetzt sehe ich alles klarer, Ollie. Du hattest recht. Die Nerze gehören nicht hierher, und sie werden nie hierher gehören. Es sind Fremdlinge.»

Da war das Wort, nach dem Ollie verzweifelt gesucht hatte.

«Da hast du die Pfote genau drauf, Freddie!» rief er erregt. «Es sind Fremdlinge.»

Jetzt war der Moment gekommen, wo er sich selbst erklären mußte.

«Die Menschen haben das schon vor uns erkannt. Deswegen halten sie die Nerze in Käfigen. Und nachdem sie auch noch Alphonse getötet haben, werden die Glotzer sie ebenso hassen wie wir. Was ich damit sagen will, Freddie», stotterte er, «ich meine, wenn sie wüßten, daß die Nerze hier sind und was sie getan haben, würden sie sie uns vielleicht vom Hals schaffen.»

Zack! Er hatte sich völlig in Freddies Pfoten begeben. Falls der Fuchs die Nerze davon unterrichtete, wäre das – ein altes BWW-Schlagwort kam ihm in den Sinn – das Ende des Waldes, wie sie ihn kannten.

Freddies Nase zuckte.

«Ich hatte schon ähnliche Gedanken, Ollie, aber das alles geht mich nichts mehr an», antwortete er sanft, bevor er seine Meinung wieder zu ändern schien. «Ich wollte dir etwas sagen, der alten Zeiten wegen; warum also nicht gleich hier und jetzt? Meine Familie und ich … Wir verlassen den Wald.»

Diese unverblümte Offenbarung erstaunte Eule sehr. Bis auf seine Eigenarten lebte Freddie im Wald wie alle anderen. Warum sollte er ihn verlassen wollen? Doch nicht wegen der Nerze? Gerade jetzt, wo der Fuchs von ihrem Massaker an den anderen Tieren so schamlos profitierte?

«Ich weiß, was du jetzt denkst, aber es hat nichts mit ihnen zu tun», fuhr Freddie fort und hob trotzig den Kopf, bevor er zu Boden sah und mit der Pfote einen kleinen Stein hin und her schob.

Eule fühlte sich verloren.

«Warum denn dann?»

Im Lauf der bisherigen Unterhaltung war die Nacht hereingebrochen, und da der Mond noch nicht über den Horizont gestiegen war, war es inzwischen fast stockdunkel.

«Komm doch morgen mal vorbei, dann erkläre ich dir alles. Wahrscheinlich verstehst du es besser, wenn du den Rest meiner Familie kennengelernt hast.»

Eule sah ein, daß er jetzt nicht weiterkommen würde. Trotzdem war er mit der Wiederaufnahme ihrer alten Freundschaft mehr als zufrieden. Wie hinterlistig und unzuverlässig Freddie auch sein mochte, es war ein Segen, sich mit jemandem zu unterhalten, der so scharfsinnig war. Außerdem fühlte er sich durch die Einladung sehr geehrt. Selbst in den Hochzeiten des Clubs der Toten Wühlmäuse hatten alle ihr Familienleben aus den Zusammenkünften herausgehalten.

«Sehr gern», antwortete er und fügte anstelle eines Dankeschöns hinzu: «Du hattest recht mit der Kaninchenkampagne letzte Nacht. Die Nerze haben ein Gehege weiter unten am Fluß überfallen, nicht weit vom Standplatz der Eisvögel entfernt. Die Krähen waren schon dort, aber es lohnt sich bestimmt noch.»

«Danke, Ollie», erwiderte Freddie freundlich lächelnd. «Vielleicht sollten wir Waldbewohner etwas besser zusammenhalten, hm?»

*

Die Einladung bei Freddie und seiner Füchsin am darauffolgenden Abend war für Eule eine angenehme Abwechslung. Er schaute Freddie dabei zu, wie er mit den Rangen spielte. Obwohl die Füchsin sehr ruhig und schüchtern zu sein schien, betete sie ihn offensichtlich ebensosehr an wie er sie. Die entspannte Familienatmosphäre machte Eule ein wenig eifersüchtig, und als sie sich in der hereinbrechenden Dämmerung auf den Weg zum Steinbruch machten, fühlte er sich Freddie tief verbunden. Sie waren rasch übereingekommen, daß es sich an diesem Ort am besten plaudern ließ. Als Eule, dort eingetroffen, leicht fröstelte, wußte er, daß es nicht allein der Nachtkühle zuzuschreiben war. Falls Freddie ihn verraten hatte, dann würde es sich hier herausstellen. Doch es gab keinen Hinterhalt, und die Anspannung ließ nach, als Freddie ihm für den Kaninchentip dankte.

«Nicht daß ich persönlich etwas gegen Kaninchen hätte, Ollie», ergänzte er sich rechtfertigend. «Es wäre nur die reinste Verschwendung, wenn man die Gelegenheit nicht wahrnähme.»

Eule lenkte sofort von diesem heiklen Thema ab.

«Warum willst du uns denn verlassen?»

«Was ist das Allerschlimmste in deinem Leben, Ollie?» kam die unerwartete Gegenfrage.

Auf derlei Gesprächsstoff war Eule überhaupt nicht vorbereitet. Über solche Dinge machte er sich nicht allzu viele Gedanken. »Die Nerze«, dachte er, «oder Ulas Nörgeleien.»

«Das Allerschlimmste in meinem Leben ist die Jagd», fuhr Freddie fort, ohne auf seine Antwort zu warten. «Für uns Füchse ist es immer das gleiche. Du denkst an nichts Böses, siehst zu, daß alles seinen Gang geht, versorgst die Familie, achtest darauf, daß der Bau schön sicher ist – und ab und zu zwackst du dir ein paar Momente ab und läßt es dir gutgehen. Plötzlich kommt eine Meute aufgehetzter Hunde über den nächsten Hügel, gefolgt von einem Haufen Menschen. Und sie sind hinter dir her, nur hinter dir.»

Eule blickte ihn verdutzt an. So lebhaft hatte er ihn noch nie gesehen.

«Natürlich weißt du tief im Herzen, daß es nicht ganz so schlimm ist», erzählte Freddie weiter. «Du kannst sie auf die eine oder andere Weise austricksen, kannst ihnen sogar davonlaufen, wenn du die Nerven behältst. Aber ein Ausrutscher, ein falscher Haken, und du bist verloren. Und je älter du wirst, desto schlechter stehen die Chancen.»

Er sah Eule mit untypischer Direktheit an.

«Die Unsicherheit ist am schlimmsten, Ollie – daß du nie weißt, ob das, wofür du von jeher gearbeitet hast, nicht morgen schon zunichte ist. Vergiß die Glotzermenschen, die uns retten sollen. Sie haben zwar die Graber zum Verstummen gebracht, aber haben sie je etwas gegen die Jagd unternommen?»

Eule hatte immer gedacht, die Menschen hätten Gründe genug, um die Freddies dieser Welt zu jagen. Wenn man beispielsweise an die Hühnerstallorgien dachte … Füchse gingen in jeder Hinsicht zu weit. Das brachte viele Tiere in Rage – und wahrscheinlich auch die Menschen.

«Nicht ganz leicht, hm?» flüchtete er sich in eine neutrale Phrase.

«Es ist verdammt hart, kann ich dir sagen», erwiderte Freddie verbittert. «Deshalb haben wir wie schon viele andere Fuchsfamilien beschlossen, daß es heutzutage sicherer ist, näher bei den Menschen zu leben, anstatt sich von ihnen fernzuhalten. Aus diesem Grund muß man in eine ihrer großen Ansiedlungen umziehen.

Weißt du eigentlich, Ollie, daß die Menschen in Dörfern und Städten Nahrung einfach wegwerfen? Und was für Nahrung: exotisches Fleisch, feurige Soßen, einen leckeren Stoff namens Käse, knusprige Knochen – du kannst dir diese Köstlichkeiten nicht vorstellen. Sie sammeln es für unsereinen sogar in großen Tonnen, was uns Füchsen entgegenkommt, wie du dir vorstellen kannst.

Wir sind zwar problemlos dazu in der Lage, für unseren Lebensunterhalt zu töten», ergänzte er ironisch, «doch wir ziehen es vor, wenn das jemand anders für uns erledigt.»

«Zum Beispiel die Nerze», dachte Eule unbarmherzig, achtete jedoch peinlich darauf, nichts zu sagen, was Freddies Monolog unterbrach. Noch nie zuvor hatte er erlebt, daß sich Freddie so geöffnet hatte, und er setzte dabei einen faszinierenden Kontrapunkt zum unumstößlichen Ethos des Waldes.

«Was für ein Überfluß, Ollie, du würdest es nicht glauben!»

«Hört sich phantastisch an», entgegnete Ollie und meinte es durchaus wörtlich. Er hatte schon immer vermutet, daß die großen Menschenbehausungen der vollkommene Alptraum waren. «Aber du weißt, was die BWW-Anhänger zum Gras sagen, das auf der anderen Seite des Zauns immer viel grüner ist? Wahrscheinlich bist du zu sehr in deinen eigenen Bahnen verhaftet, um noch einmal von vorn anzufangen.»

«Für mich persönlich wird die Trennung schmerzlich sein», gab Freddie zu. «Aber ich muß an die Kinder denken, Ollie. Sie erzählen nur noch von den bunten Lichtern, dem Straßenleben, der Mülltonnenjagd. Was wirklich den Ausschlag gibt, ist jedoch die Tatsache, daß es in den großen Menschensiedlungen zwar Millionen von Volvers gibt, aber weit und breit keine Jagd. Deshalb sagen jetzt alle Füchse: ‹Wenn wir sie nicht schlagen können, schließen wir uns ihnen eben an.›

Die Welt verändert sich, Ollie, und mit ihr der Wald. Es sind nicht nur die Nerze. Alles geschieht jetzt viel schneller, der Druck wird immer größer. Es wird für alle immer schwieriger, der Tradition treu zu bleiben, das weißt du selbst.»

Er machte eine Pause und sah sehr nachdenklich aus. Ollie schwieg fasziniert.

«Ich werde dir etwas sagen, Ollie, etwas, was ich noch niemandem gesagt habe, außer vielleicht einem oder zwei anderen Füchsen. Es handelt sich um die letzte Erinnerung an meine Mutter. Eines Tages, als ich noch sehr klein war, hörten wir die Jagd. Eigenartig, findest du nicht, wie man sich an manche Dinge noch so deutlich erinnert?

‹Mami muß draußen rasch etwas ganz Wichtiges erledigen, meine Kleinen›, sagte sie zu uns Rangen. ‹Ihr müßt mir aber versprechen, daß ihr ganz still und ruhig bleibt, solange ich weg bin, und keinen Mucks von euch gebt. Und was auch geschehen mag, denkt immer daran, daß eure Mami euch liebt.›

Ich sehe sie noch immer vor mir, ihre Silhouette vor dem Licht am Eingang des Baus. Sie sah aus, als würde ihr das Herz brechen. Noch nie zuvor hatte ich wirkliche Angst in ihrem Gesicht gesehen, doch damals war es ganz deutlich, und irgendwie wußte ich, daß ich sie nie wiedersehen würde.

Wir drängten uns alle dicht aneinander, als die Erde um uns herum zu beben anfing, und dann warteten wir und warteten, doch sie kam nie mehr zurück. Heute weiß ich natürlich, daß sie die Jagd abgelenkt hat. Damals jedoch glaubte ich, sie hätte uns einfach im Stich gelassen. Mein Vater tat sein Bestes, um sie zu ersetzen, doch er konnte uns nicht die Mutterliebe schenken, die wir brauchten. Das Leben war lange Zeit sehr hart.»

«Das ist furchtbar, Freddie», sagte Eule tief bewegt.

Plötzlich überfiel ihn das Bedürfnis, seine eigene Erfahrung mitzuteilen.

«Auch ich habe meine Eltern verloren, weißt du. Mein Vater verschwand während der letzten Großen Kälte. Er ist einfach so verschwunden, nachdem er meiner Mutter wie gewohnt an die Wange gepickt hatte. Sie suchte den ganzen Wald nach ihm ab, dann ein immer weiteres Gebiet, aber sie fand keine Spur von ihm. Dann verschwand sie auf ebenso mysteriöse Weise.

Ich habe lange Zeit nach beiden gesucht, doch nie etwas herausgefunden. Soweit ich weiß, ist es durchaus möglich, daß sie noch immer dort draußen herumfliegt und ihn sucht. In gewisser Hinsicht muß ich sogar sagen, Freddie, daß ihr Verschwinden eine Erleichterung war. Noch nie zuvor habe ich jemanden so schnell verfallen sehen. Es war schrecklich. Sie verging buchstäblich vor meinen Augen ...»

Er unterbrach sich, wollte nicht länger daran denken.

«Deine Geschichte hört sich trotzdem schlimmer an», sagte er nachdenklich. «Schade nur, daß man nicht Jagd auf Nerze anstatt auf Füchse macht.»

«Allerdings», erwiderte Freddie mit einem bösen Grinsen.

Er hatte erst lange und intensiv darüber nachgedacht, bevor er den Entschluß gefaßt hatte, die Nerze auszuliefern. Doch der Mord an dem Pirol empörte ihn noch immer. Es war dumm, sinnlos und brutal. So weit würde er niemals gehen – es sei denn, er war völlig auf Hühnerstallorgie gepolt. Er hatte genug von ihnen, so viel wurde ihm bald klar – und nicht, weil er sich seiner Kollaboration schämte. Damals war ihm alles ganz in Ordnung vorgekommen. Im Tausch gegen einen Waffenstillstand hatte er ihnen einige Informationen geliefert. Doch jetzt wußte er, wie er den einen oder anderen Fehler wiedergutmachen konnte. Mehr noch, mit etwas Glück konnte er drei Sorten verhaßter Kreaturen auf einen Streich töten: Menschen, Jagdhunde und Nerze. Denn wenn sich die Nerze artgemäß verhielten, würden sie nicht vor einem Angriff zurückweichen. Dann stand ein abscheuliches Pack gegen das andere; und die Menschen mittendrin.

Er ließ die Bombe hochgehen: «Was, wenn nicht eure Glotzer, sondern die Jäger die Nerze entdeckten?»

Eule war platt. Allein der Gedanke an dieses Aufeinanderprallen verknotete ihm die Gehirnwindungen.

«Wie denn das?» fragte er, während er noch um klarere Gedanken rang.

«Ich locke sie auf das Plateau», antwortete Freddie gelassen, leckte sich die Lefzen und grinste von einem Ohr zum anderen.

Eule starrte ihn ungläubig an. «Das kannst du nicht.»

«Warum nicht? Ich muß mich ihnen nur als Köder anbieten, dann folgt mir die ganze Jagd überallhin.»

«Aber das Risiko!»

«Es ist nicht ganz einfach, Ollie, das darfst du mir glauben. Aber du kennst mich. Ich gehöre nicht zu denen, die sich unnötig einer Gefahr aussetzen. Ich würde den Vorschlag nicht machen, wenn ich nicht davon überzeugt wäre, daß ich die Sache durchziehen kann.»

«Da hat er recht», dachte Eule, der den Vorschlag noch immer nicht in seinem vollen Ausmaß überschaute. Wenn es Freddie ernst damit war – was man bei ihm nie so genau wußte –, dann war Eule sofort und bedingungslos dafür. Der Plan hörte sich ganz nach Freddie an, gerissen, aber es war eine besondere Art von Gerissenheit. Und wenn er funktionierte … Sämtliche Probleme wären auf wunderbare Weise gelöst! Die Beißer würden gebissen, die Jäger gejagt, der Kreis wäre geschlossen! Natürlich grenzte dieser Mut an Tollkühnheit, aber wenn Freddie dazu bereit war, warum sollte sich Eule ihm in den Weg stellen?

«Einverstanden», antwortete er, ohne weiter darüber nachzudenken. «Wie kann ich dir dabei helfen?»

«Indem du den Schnabel hältst», lachte Freddie. «Überlaß es mir, den Nerzen eine Abfuhr zu erteilen.»

Jetzt mußte auch Eule lachen. Dann spreizte er eine Schwinge und klopfte Freddie auf die Schulter. Wenn man ihn zum Freund hatte, war er manchmal wirklich unglaublich.

Kapitel 63

Jetzt sind wir alle Opfer

Nachdem er alle Spuren von Alphonse beseitigt hatte, ließ Mega durch Maxi überall verkünden, daß er diejenigen Nerze, die freiwillig zurückkehrten, mit Nachsicht behandeln würde. Nach und nach trafen die schuldbewußten Mitglieder der Meute in kleinen Grüppchen auf dem Plateau ein, wo ihnen befohlen wurde, sich bis auf weiteres in ihren Behausungen aufzuhalten. Als alle wieder zur Stelle waren, wurden sie verhört. Da sie bis auf den letzten Nerz voll geständig waren, dauerte es nicht lange, bis die Schuldigen ausgemacht waren. Die Älteren waren ebenso beschämt darüber, daß sie weggelaufen waren, wie die Jungen über ihre Tat. Sie behaupteten, das alles nicht gewollt zu haben. Es sei ein Spiel gewesen, ein Spiel, das zu weit gegangen sei.

«Eigentlich waren M1 und M2 die Auslöser», quiekte Minimus. «Wir haben gehört, wie sie sich einmal fragten, wer sie wohl von diesem querulierenden Vogel erlösen würde. Also beschlossen wir, ihnen zu helfen. Anfangs war es mehr ein Scherz, doch dann geriet er ein wenig außer Kontrolle. Es tut uns allen sehr leid.»

«Zweifellos», fiel Mata sarkastisch ein. «Dir vermutlich am allermeisten.»

Minimus blickte zerknirscht drein, wohingegen Mega, der dieser Begründung mit besonderem Interesse und nicht minder großem Mißtrauen gelauscht hatte, sich seine Antwort für später aufhob. Er behielt Eules Information darüber, auf welche Weise Alphonse zum Plateau gelockt worden war, für sich, um den kleinen Nerz persönlich damit zu konfrontieren. Nachdem die Befragungen beendet waren, setzte sich ein beinahe vollständiges Bild der Abfolge der Ereignisse zusammen – bis auf die Tatsache, daß alle beteuerten, es sei ihnen ein Rätsel, weshalb Alphonse sich so arglos auf dem Plateau niedergelassen hatte. Über das, was danach geschehen war, waren sich alle einig. Das plötzliche Auftauchen des Pirols hatte die Jungtiere verrückt gemacht. Ihm blieben nur wenige kurze Momente, in denen er umherstolzierte und pompös verkündete, er sei gekommen, um seine Belohnung abzuholen, dann stürzte sich die kreischende Meute auch schon auf ihn.

Keiner der Verantwortlichen konnte rechtzeitig eingreifen, bevor der blutrünstige Mob ihn getötet und den Leichnam anschließend in wilder Raserei in Stücke gerissen hatte. Erst als sie ausreichend Dampf abgelassen hatten, wurde ihnen bewußt, was sie da angerichtet hatten. Die ersten waren, wie Mega richtig vermutet hatte, sofort geflohen. Andere, die befürchteten, man würde ihnen bei der Rückkehr ihrer Anführer die Schuld zuschieben, folgten ihrem Beispiel, und so setzte ein eigendynamischer Prozeß ein, in dessen Verlauf alle Nerze das Lager verließen. Die ganze Zeit über, erklärten die älteren Nerze, gab es keine Möglichkeit, die Anführer zu alarmieren, da niemand wußte, wo sie sich aufhielten.

Mega war zufrieden, daß er zumindest einen Teil des Bildes richtig interpretiert hatte, und machte sich anschließend an das Verhör desjenigen, der besonders tief in der Tinte saß: Alphonses Bewacher. Es handelte sich um ein ganz gewöhnliches Weibchen, nicht besonders klug, aber, laut Psycho, ohne besondere Auffälligkeiten, was Unruhestiftung anbelangte. Außerdem war sie sichtlich bestürzt über die Geschichte.

«Ich weiß, daß ich unrecht getan habe», schluchzte sie. «Aber Alphonse ärgerte mich so sehr, daß ich unbedingt eine Pause einlegen mußte, sonst wäre ich explodiert. Alles schien in Ordnung zu sein, und ich war nur einen kurzen Moment weg. Ich bin nicht die erste, die das gemacht hat. Frag die anderen», verteidigte sie sich. «Du kannst dir nicht vorstellen, wie aufreibend es war, auf ihn aufzupassen, und was wir dabei alles ertragen mußten.»

«Du sagst also, du warst so aufgebracht, daß du ihn selbst getötet hättest, wenn du länger dortgeblieben wärest?» fragte Mega und fing sie damit an ihrem eigenen Haken.

«Nein, nicht so, mein Anführer», murmelte sie elend.

«Was hast du dann unternommen?» fragte er.

«Als ich sah, daß er weg war, rannte ich sofort zum Plateau zurück. Doch dort war bereits alles geschehen, und ich konnte weder Maxi noch dich finden. Dann bekam ich Angst und rannte mit den anderen davon.»

Voll Verachtung ließ Mega sie gehen. Wie alle später bestätigten, klang ihre Entschuldigung zwar recht schwach, doch sie befreite sie von dem Verdacht, an einem Komplott beteiligt zu sein. Tatsächlich verstand jeder, der bereits zum Dienst bei Alphonse eingeteilt gewesen war, ihre Aussage.

Dann wandte sich die Diskussion der Frage zu, wie mit den – in vieler Hinsicht – rotznäsigen Jungen zu verfahren sei.

«Nachdem sie deine Befehle so offen mißachtet haben, mein Anführer, sollten wir sie wie die Karnickel exekutieren», bellte Maxi aufgebracht. «Ich würde das Exekutionskommando gern persönlich befehligen, wenn ich das hinzufügen darf!»

«Wir können doch keine ganze Generation umbringen», erwiderte Mega entrüstet. Kein Wunder, daß die Jungen Witze über Maxi machten.

«Es wäre *die* Chance, sie loszuwerden und unser Dilemma zu lösen», protestierte Maxi. «Sie haben uns herausgefordert. Wir können es ihnen nicht einfach durchgehen lassen. Im Interesse von Disziplin und Sicherheit muß jemand bestraft werden. Laß uns wenigstens die Rädelsführer hinrichten!»

«Und wer genau soll das sein, Maxi?» erkundigte sich Mega mit eiskalter Stimme.

«Ich muß zugeben, daß wir das momentan noch nicht wissen, mein Anführer. Aber wenn du mir erlaubst, daß ich die Schrauben etwas fester anziehe, finde ich es gewiß schnell heraus.»

«Das ist meine Aufgabe!» heulte Psycho auf.

Mega blickte die beiden an und dachte, daß Maxi bis zu einem gewissen Grad recht hatte. Es war ihre Chance, den Jungen eine Lektion zu erteilen; aber nicht auf die Weise, die er vorschlug. Der Hauptgrund, weshalb die Angelegenheit bei der geheimen Führungskonferenz vertagt worden war, war der, daß die älteren Nerze zwar die elterliche Autorität hatten, den Jungen aber zahlenmäßig so hoffnungslos unterlegen waren, daß sie bei einer direkten Konfrontation womöglich den kürzeren zögen. Eine Hexenjagd, besonders wenn sie mit der Maxi eigenen Brutalität durchgeführt wurde, könnte schnell einen Bürgerkrieg entfachen oder zumindest den Boden dafür bereiten. Wahrscheinlich gelänge es ihnen, die Rädelsführer zu entlarven, doch damit würden sie sich die ewige Feindschaft der restlichen Jungnerze einhandeln.

Es gab noch ein anderes spezifisches Problem.

«Wie wir gehört haben, waren die Jungen allesamt daran beteiligt», erinnerte er die anderen. «Von unserer Generation hat jedoch keiner etwas unternommen, um sie aufzuhalten. Damit sind alle auf die eine oder andere Art schuldig. Wenn wir einen bestrafen, müssen wir sie alle bestrafen. Glaubst du wirklich, daß wir das tun können? Wir würden uns sämtliche Sympathien verscherzen.»

«Genau, Mega, ich hätte es nicht besser formulieren können», mischte sich Psycho wieder ein. Er wechselte rasch die Pferde, um seinem Rivalen eins auszuwischen. «Jetzt haben wir die Chance, nicht zu verlieren, sondern uns als Sympathieträger sogar noch deutlicher ins Bewußtsein zu rufen. Alles, was wir tun müssen, ist, die Karte ‹Mega der Gnadenreiche› erneut auszuspielen. Erinnert ihr euch noch, wie wir sie bei den Ältesten einsetzten, nachdem Ramses von … wir wissen von wem … umgebracht wurde?» Wieder hatte er Maxi einen Dolchstoß versetzt. «Scheiß sie nur mal wieder ordentlich zusammen, Mega, die ganze Bande. Sie sollen sich wie Würmer vorkommen. Aber bestrafe sie nicht. Dann erscheinst du ihnen als der nachsichtige, huldvolle Mega, und sie halten weiterhin zu uns. Wir warten, bis etwas Gras über die Sache gewachsen ist, derweil arbeite ich ein wenig hinter den Kulissen. Ich werde dir die Namen der wirklichen Schuldigen schon bringen.»

«O ja, daran zweifle ich keinen Moment», dachte Mega. «Vielleicht fängst du ja gleich bei dir selbst an. Oder bei Mata?» Nach dem Schock der Entdeckung, daß jemand aus der Führungsriege den Jungen einen Tip gegeben haben mußte, hatte er lange und intensiv nachgedacht. Er war sich ganz sicher, daß Maxi ihm trotz all seiner Verfehlungen völlig ergeben war. Eigentlich gerade wegen seiner Fehler, denn er hatte nicht genügend Phantasie, um einen derartigen Plan auszuhecken. M1 und M2 verfügten nicht über die nötigen Nerven, außerdem lag es in ihrem berechtigten Interesse, daß die Alphonse-Show weiterlief. Besonders schwer fiel es Mega, einzuschätzen, welches Ziel der Verräter eigentlich damit verfolgte. Zuerst vermutete er, die Jungen hätten einen Hinterhalt geplant und dann die Nerven verloren, doch schon bald wurde ihm klar, daß das nicht der Fall sein konnte. Seine Entscheidung, allein zum Plateau zurückzukehren, war ganz spontan erfolgt. Er selbst hatte bis kurz davor nichts davon gewußt. Was blieb noch? Sollte die Führungsriege in die Position der Aggressoren geschoben werden, indem sie so reagierte, wie Maxi es vorgeschlagen hatte? Machten dann Psycho oder Mata – oder beide – mit den Verschwörern gemeinsame Sache, um ihn zu stürzen? Er konnte es nicht herausfinden. Wie auch immer, es war offensichtlich, in welche Richtung der Anschlag gezielt hatte. «Und vielleicht noch immer zielt», dachte er. Deshalb hatte er seine Entscheidung hinsichtlich des weiteren Vorgehens getroffen, bevor die anderen ihre Vorschläge vortragen konnten.

Zuerst wollte er jedoch wissen, was die beiden Verdächtigen zu sagen hatten.

Matas Beitrag war wie immer recht knapp gehalten, fiel jedoch im Gegensatz zu ihren gewohnten Rätseln scharf und prägnant aus.

«Alphonse war ausgereizt», sagte sie kaltschnäuzig. «Wir alle haben gesehen, wie sein Publikum immer mehr schrumpfte, und wir wußten, daß er schon lange die Lust verloren hatte. Wahrscheinlich wäre er ohnehin bald davongeflogen, er hat es bereits mehrfach angedroht. Er ist nur ein Opfer mehr. Das kann jedem von uns passieren.»

«Tatsächlich?» entgegnete Mega ebenso kaltschnäuzig.

«Ja, Mega, es ist so», sagte sie bestimmt. «Nur ihr Männchen glaubt, ihr habt alles unter Kontrolle. Inzwischen müßte es jedoch selbst euch klargeworden sein, daß auch wir Nerze, wie überlegen wir auch sein mögen, letztendlich ebenso Opfer sind wie alle anderen. Was unterscheidet uns denn von ihnen? Wir müssen auf die Umstände reagieren wie alle anderen Tiere auch. Was tun wir denn jetzt gerade?»

«Vielleicht ist es einigen von uns klarer als anderen, daß wir Opfer sind», knurrte Mega zurück und suchte in ihrem Gesicht nach irgendwelchen Hinweisen. Wenn sie wirklich daran beteiligt war, hatte sie ganz schöne Nerven, die Angelegenheit auf einer so allgemeinen Ebene zur Sprache zu bringen! Hatte sie recht? Glaubte er wirklich, er kontrollierte die Welt? Früher einmal, vielleicht ja, aber jetzt nicht mehr. Das hieß jedoch noch lange nicht, daß man die Nerze ebenso zu Opfern machen mußte wie alle anderen Tiere. Schließlich waren sie doch diejenigen, die die Bedingungen stellten. Wenn sie überhaupt Opfer waren, dann allein die ihres eigenen Tuns, nicht die der von außen aufgezwungenen Umstände. Dabei wollte er keineswegs eine Lanze für Alphonse brechen. Im Gegenteil, er hatte es stets geflissentlich vermieden, ihm von Angesicht zu Angesicht entgegenzutreten, da er wußte, er würde ihn wohl noch stärker als alle anderen verabscheuen.

Er machte sich nicht die Mühe, den Meinungsaustausch durch eine Befragung der Marketing-Nerze abzurunden, die sich ungewöhnlich still verhielten und als in Ungnade gefallen ansahen. Die Aussage von Minimus hatte sie eindeutig entlarvt. Keiner der Jungen konnte sich einen Ausdruck wie «querulierend» ausdenken.

«Wir haben es nicht so gemeint, großer Anführer», redete sich M1 wie alle anderen heraus. «Wir wollten ganz bestimmt nicht, daß jemand diesen Vogel tötet, der für uns alle das goldene Ei gelegt hat. Unseren einzigartigen WVS. Vielleicht haben wir etwas in der Richtung gesagt, das mag sein, aber wir haben es doch nicht so gemeint. Die Jungen hätten erkennen müssen, daß es sich nur um eine Redensart handelte.»

«Alles, was ihr tut, ist nur eine Redensart, ganz abgesehen von dem, was ihr sagt!» antwortete Mega vernichtend.

Jetzt schickte er sich an, dem Recht Genüge zu tun, wie er es schon vorab beschlossen hatte.

«Ich werde überhaupt nichts unternehmen», verkündete er. «Kein allgemeines Zusammenscheißen noch sonst etwas. Ich werde die ganze Angelegenheit begraben, so wie wir Alphonse selbst begraben haben. Keiner von euch wird ihn jemals wieder erwähnen. Wir fangen noch einmal ganz von vorne an.»

«Wir können doch nicht so tun, als sei nichts geschehen, mein Anführer», platzte es aus Maxi heraus.

«Erinnere dich nur daran, daß nichts geschehen wäre, wenn dein Bewacher uns nicht im Stich gelassen hätte», fuhr ihn Mega an.

Maxi verstummte und traute sich nicht, noch ein weiteres Wort zu sagen. Megas Stimme vibrierte mit der gleichen Autorität und Endgültigkeit wie zu dem Zeitpunkt, als sie auf das Plateau zurückgekehrt waren und den Kadaver des Pirols entdeckt hatten. Maxi erkannte, daß kein Widerspruch geduldet würde, und das wiederum imponierte ihm. Nachdem er eine Zeitlang das Gefühl gehabt hatte, Mega entglitten endgültig die Zügel, begrüßte er es, wenn sein Anführer wieder zu seinem wahren Selbst zurückfand.

*

Als Mega geduldig im Steinbruch wartete, blickte er sich um und rief sich die vorangegangenen Treffen noch einmal in Erinnerung. Zuletzt hatte er sich hier mit Eule getroffen, was wiederum dazu geführt hatte, daß er heute wieder hier saß.

«Was mag wohl aus dem Anführer der Waldbewohner geworden sein?» fragte er sich. Obwohl er am Ende ihres letzten Treffens die Geduld verloren hatte, schätzte er ihn noch immer als einen Vogel, mit dem man Geschäfte machen konnte. Andererseits gab es jetzt nicht mehr allzu viele Geschäfte zwischen ihnen abzuwickeln.

Er betrachtete die braunen, verwelkten Pflanzen um sich herum, dann folgten seine Augen der nackten Felswand bis hinauf zur Kante. Wie unfreundlich dieser Ort war – und wie verlassen. Es schien, als würden ihn alle anderen Tiere absichtlich meiden. Trotzdem machte ihn gerade seine Verlassenheit so attraktiv. Es war der einzige Ort im Wald und den angrenzenden Feldern, an dem er sich wirklich allein und ungestört fühlte. Er fragte sich, ob jemals eines der Waldtiere hierherkam, um sich ein wenig Ruhe und Zeit zum Nachdenken zu gönnen. Allein das Bewußtsein, hier zu sein, beruhigte ihn, und er machte sich keine Sorgen, daß Minimus nicht zu ihrem Treffen kommen könnte. Der kleine Jungnerz hatte sich bereits verspätet, doch dafür gab es viele mögliche Gründe. Mega hatte ihm eingebleut, das Treffen absolut geheimzuhalten, doch er konnte sich vorstellen, wie schwer es für Minimus war, sich der Aufmerksamkeit seiner Freunde unauffällig zu entziehen.

Mega ließ seine Gedanken weiter schweifen. Die Geschwindigkeit, mit der er sich vom Schock über den Mord an Alphonse erholt hatte, erstaunte ihn selbst. Dieses Gefühl hatte beinahe sofort, eigentlich noch auf dem Plateau, eingesetzt. Sobald er den Katzenschwanz von sich geschleudert und seinen Trotz hinausgebrüllt hatte, war er sich der immensen Erleichterung bewußt geworden, die ihn erfüllt hatte. Plötzlich war er wieder auf sich selbst zurückgeworfen, ohne Berater oder Assistenten, die ihm seine Gegenspieler vom Leib hielten – oder ihm hinterher sagten, was er zu tun und zu lassen hatte. Als der Wächter Eules Nachricht überbrachte, hatte er sich, gegen Psychos Proteste, dazu entschlossen, den Anführer der Waldbewohner allein zu treffen. Maxi hatte das Problem mit dem Dachs, der sich auf das Plateau zubewegte, durch die Demonstration schierer Übermacht gelöst und ihn so zum Rückzug gezwungen. Anschließend hatte er Mega darum gebeten, ihn zur Vorsicht begleiten zu dürfen. Mega hatte nachgegeben, dann jedoch Eules Wunsch respektiert, daß sich Maxi fernhalten solle. Wieder einmal hatte sich sein Instinkt als richtig erwiesen. Nur auf diesem Wege hatte er die wichtige Information erhalten, wie Alphonse aus dem Wald gelockt worden war; eine Information, auf die er es abgesehen hatte.

Seither war ihm Matas Bemerkung, sie alle seien Opfer, nicht mehr aus dem Kopf gegangen. Je mehr er darüber nachdachte, um so unangemessener erschien sie ihm, es sei denn, sie spielte darauf an, daß er ein Opfer seiner sogenannten Mitanführer geworden war. Er hatte sich die Zügel der Macht aus den Händen nehmen lassen. Die jetzige Situation war zum Großteil seine eigene Schuld, weil er gestattet und sich zum Teil sogar darauf verlassen hatte, daß die anderen seine Aufgaben für ihn erledigten. Wahre Führerschaft war nicht die Teamarbeit, die er zugelassen hatte, sie bestand nicht in einem Komitee, in dem jeder etwas zu sagen hatte. Es war die Sache eines einzelnen wie damals, als er den Ältesten den Fehdehandschuh vor die Füße geworfen hatte. Kein Wunder, daß sich die Jungen gegen ihn wandten, ob nun mit oder ohne Zutun eines Verräters. Was gab er denn schon für ein Vorbild ab? Nicht sie widerten ihn an, er selbst war sich zuwider geworden! Die Jungen brauchten eine energische, aber faire Vaterfigur, jemanden, den sie respektieren konnten und dem sie sich mit Freuden unterwarfen. Nicht nur jemanden, der sie auf ihre Plätze verwies, wie Maxi dachte, sondern einen, der sie inspirierte, indem er ein Vorbild abgab, dem sie nacheifern konnten. Schließlich wußte jeder von ihnen, daß er nicht nur ihr Anführer, sondern in gewisser Hinsicht ihr wirklicher Vater war. Dabei mußte er ihnen wie ein verweichlichter alter Furz vorkommen, der von seiner Horde übereifriger, selbstsüchtiger Ratgeber nach Gutdünken herumgeschubst wurde. Schlimmer noch, zumindest in letzter Zeit mußten einige, wenn auch nicht alle, wissen, daß einer dieser Ratgeber ihn sogar hinterging. Kein Wunder, daß sie sich die Freiheit nahmen und Amok liefen. Er mußte in ihren Augen wie ein Schwächling wirken!

Das Bild des aufgedunsenen Massam mit dem fast ebenso fetten Gabbla an seiner Seite tauchte vor seinem inneren Auge auf. Dann sah er sich selbst, das Haar auf halbseidene Art nach oben gekämmt, wie es ihm die Marketing-Nerze geraten hatten, und neben sich den ständig einflüsternden Psycho als mageres Ebenbild Gabblas. Derart in politische Machenschaften verstrickt, mußte er den Jungen ebenso erscheinen, wie die Ältesten ihm damals. Ohne sich dessen bewußt zu sein, hatte er seinen Ratgebern erlaubt, ihn zu degradieren. Was war nur seit dem Augenblick, in dem Sheba ihn über sein Schicksal aufgeklärt und er es so fest in die Hand genommen hatte, aus seinem Kampfgeist geworden? Damals war sein Verstand so kristallklar, und er war unbeirrbar entschlossen, sein Leben für das, woran er glaubte, zu opfern.

Die gleiche Hingabe hatte er an Burdock festgestellt, kurz bevor er ihn mit dem Katzenschwanz erdrosselte. Auch wenn er nur ein Kaninchen war, so hatte er doch begriffen, daß das Leben mehr bedeutete, als immer nur sich selbst in den Vordergrund zu stellen. Vielleicht war es auch selbstsüchtig, wenn man konsequent durchsetzte, was man für richtig hielt, doch immerhin erhob man seine wahren Prinzipien und Überzeugungen zum Hauptzweck seines Lebens. Sie wurden zum einzigen Maßstab, nach dem man sich zu richten hatte. Ständig maß man sich daran. Genau hier lag die wirkliche Macht, nicht, wie Maxi oder Psycho meinten, in der Ausübung negativer Kontrolle über andere. Es war etwas von anderen Wesen völlig Unabhängiges, etwas, was einem unanfechtbare Kraft verlieh. Deshalb hatte er Burdock so schnell umgebracht, bevor er sich dem Rest der Meute mitteilen konnte. Es war nicht die Frage, was der Hase gesagt hätte, sondern die Art und Weise, wie er es getan hätte. Alle Nerze hätten sofort instinktiv erkannt, daß er über die innere Kraft verfügte. Tatsächlich hatte sich die Botschaft «Ich vergebe dir, denn du weißt nicht, was du tust» tief in Megas Bewußtsein gebrannt. Gerade eben hatte er sie bezüglich der Jungen in die Praxis umgesetzt.

Apropos, wo blieb eigentlich Minimus?

Kaum hatte sich Mega von seiner Träumerei losgerissen, vom unbequemen Steinboden erhoben und die Beine gestreckt, da kam der kleine Jungnerz auch schon um die Ecke.

«Tut mir leid, daß ich mich verspätet habe, mein Anführer», sagte er frohgemut und klang nicht im mindesten schuldbewußt. «Ich hatte den Eindruck, daß Psycho mich verfolgte, und wollte mich doppelt versichern, daß ich ihn auch wirklich abgeschüttelt habe.»

«Ist schon in Ordnung», sagte Mega freundschaftlich und notierte sich in Gedanken die Bemerkung über Psycho. «Wie geht es dir?»

«Gut, danke, mein Anführer», antwortete Minimus höflich. «Und selbst?»

«Gut», sagte Mega ebenso höflich, bevor er hinüber zu dem Baum schlenderte, unter dem erst vor kurzem die Zusammenkunft der Führerriege erfolgt war. Dort hatte er die große gelbe Schwingenfeder hingelegt, die er die ganze Zeit über heimlich in seinem Bau versteckt hatte.

Er wartete, bis Minimus sie entdeckte.

«Hast du irgendwelche Nachrichten? Wird vielleicht meine Anwesenheit auf dem Plateau dringend erwünscht?» fragte er.

«Es gab einmal eine solche Nachricht, aber für jemand anderen», entgegnete der Jungnerz. Er sah todernst dabei aus, gleichzeitig wirkte er überaus gelassen. «Wie auch immer, ich hoffe, daß meine Anwesenheit hier bedeutet, daß sie von demjenigen empfangen wurde, für den sie eigentlich bestimmt war – und das bist du selbst, mein Anführer.»

Kapitel 64

Minimierung

Mega bedachte den jungen Nerz vor sich mit einem kritischen Blick. Es war noch immer zu sehen, daß Minimus ein kränkliches Kind gewesen war. Auch wenn er nach der Geburt rasch zugenommen hatte, war er doch, obwohl der erste seiner Generation, zugleich der kleinste geblieben. «Dabei ist er perfekt gebaut», dachte Mega, «weder zwergenhaft noch rattig wie Psycho, auch ohne dessen spitziges Gesicht und die irren Augen.» Statt dessen hatte er ein freundliches, offenes Gesicht, und sein im allgemeinen unbekümmertes

Auftreten strafte Matas vernichtende Einschätzung Lügen. Weit mehr interessierte Mega jedoch, wie der Jungnerz sich jetzt verhielt. Auf den Anblick der gelben Feder reagierte er absolut lässig, als habe er nichts zu verstecken, sich für nichts zu schämen.

«Woher wußtet ihr, daß wir Anführer nicht im Lager sein würden?» fragte Mega ohne Umschweife.

Der Jungnerz zögerte, sah ihn dann jedoch offen und ehrlich an.

«Das war ganz einfach. Wir haben gehört, wie Maxi den Muskelnerzen die entsprechenden Befehle gab.»

«Wie ist euch das gelungen?» Mega stand vor Staunen der Mund offen.

Maxi konnte doch nicht so dumm sein!

«Wir haben es nicht direkt von ihm gehört», erklärte Minimus. «Wie du weißt, werden die gefangenen Kaninchen für Psychos Experimente erst einmal in seiner Kaserne untergebracht. Ein paar von uns haben vor einiger Zeit damit angefangen, Geschäfte mit ihnen zu machen. Wir boten ihnen die Freiheit an, wenn sie uns interessante Neuigkeiten, die sie aufschnappten, weitererzählten.

Natürlich hatten wir niemals vor, sie zu befreien, und wahrscheinlich rechneten sie auch gar nicht damit. Doch sie waren so verzweifelt, daß sie uns halfen. Es war leicht, ab und zu hineinzugelangen und sie zu besuchen; wir erzählten Maxi und den Muskelnerzen, wir wollten sie genauer studieren, damit wir bei den Karnickelkampagnen besser abschneiden.»

Megas Unterkiefer klappte beinahe bis zum Boden hinab. Er hatte also seine Ratgeber die ganze Zeit über zu Unrecht verurteilt. Er hatte sich von seiner Phantasie zum Narren halten lassen und war zu falschen Schlüssen gelangt. Er hatte ihnen zu Unrecht sein Vertrauen entzogen. Die Tatsache, daß Maxi mit seinem übertriebenen Sicherheitsfimmel ihre Sache unabsichtlich verraten hatte, war eine ganz andere Frage – weniger des Vertrauens als der Kompetenz. Doch nachdem die Saat des Mißtrauens erst einmal gesät war, war sie so schnell gewachsen, daß er sich in eine Position gebracht hatte, von der er nicht mehr abweichen konnte. Es sei denn, das, was Minimus gesagt hatte, war Teil einer ausgeklügelten Vertuschungsaktion. Das wiederum führte in die zwielichtige Welt des Psycho-Denkens, in der man mit nichts und niemandem so umging, wie es den Anschein hatte. Das war nicht Megas Welt, wie sehr er sich auch zeitweise von ihr hatte absorbieren lassen. Allem Anschein nach war es auch nicht die Welt dieses aufrichtigen, liebenswerten Jungnerzes, der nur zu bereit schien, Fragen offen zu beantworten.

«Dann hatte also keiner der anderen Anführer – Psycho, Mata, Maxi, M1 oder M2 – etwas damit zu tun?» fragte er zur Sicherheit nach.

«Nein. Es war alles unsere Idee. Das heißt, meine und die einiger anderer Junger; es haben nicht alle mitgemacht.»

«Ich verstehe trotzdem noch nicht alles. Warum wolltet ihr ihn überhaupt töten?»

«Er ging uns allen schrecklich auf den Geist», erwiderte Minimus. «Immer wenn wir Wachdienst bei ihm hatten, behandelte er uns wie den letzten Dreck. Keiner von uns hat sich je so erniedrigt gefühlt. Es widersprach allem, was man uns beigebracht hat, allem, was wir fühlen, nämlich, daß wir stolz darauf sind, Nerze zu sein. Wir konnten einfach nicht verstehen, warum wir uns das gefallen lassen sollten, und so wurde er zur ultimativen Herausforderung im Wald. Wir spornten uns gegenseitig an, ihm eins auszuwischen. Als wir dann noch, wie ich dir bereits sagte, die Äußerung der Marketing-Nerze hörten, war das Maß voll.»

«Aber es ging doch darum, daß er den Wald rettet.»

Minimus zögerte einen Moment. «Das wußten wir. Doch einige Freunde und ich empfanden gerade das als einen Grund mehr, ihn uns vom Hals zu schaffen.»

«Wozu sollte das denn gut sein?» fragte Mega verwirrt.

Fast fürchtete er sich vor dem, was dieser unbestreitbar kluge Jungnerz antworten könnte. Er redete beinahe wie ein Erwachsener – wenn nicht sogar reifer.

«Tja, mein Anführer, da ich noch so jung bin, kann ich es nur aus meiner Perspektive ausdrücken. Es macht dir doch nichts aus, wenn ich kein Blatt vor den Mund nehme, oder?»

«Ganz im Gegenteil. Ich bitte dich darum», entgegnete Mega ernst.

«Nun, wenn ich für mich und einige der Jungen sprechen

darf, wenn auch selbstverständlich nicht für alle, dann muß ich sagen, wir fühlen uns hier sehr eingepfercht», erläuterte Minimus. «Das Plateau und der Wateramakomplex sind schön und gut. Aber die Enge, der Wahn mit den Bauverschönerungen, die endlosen Eichelball-Wettbewerbe, die ewige Fragerei von M1 und M2, dann Maxi, der uns in die Schranken weist, und Psycho, der überall herumschleicht ... Wir finden nicht, daß wir Nerze zu einem solchen Dasein geschaffen wurden.

Ja, wir wissen, daß uns der Wald und die umliegenden Felder zur Verfügung stehen, aber das bringt nicht viel, wenn es Regeln gibt, wo wir töten dürfen und wo nicht. Dann dieser Karnickelerlaß und die generalstabsmäßig vorbereiteten Karnickelkampagnen mit den Freßwettbewerben und Psychos Verhören! Vielleicht glauben die Alten noch daran, aber wir können uns nicht vorstellen, daß die Kaninchen die Macht an sich reißen. Sie kommen uns nicht sehr gefährlich vor. Wir sehen in ihnen lediglich heiße Spritzer.

Wie soll ich es am besten ausdrücken, mein Anführer? Diese ganze Organisation scheint uns vor allem von unseren natürlichen Bedürfnissen abzuhalten. Wir finden, daß das Leben mehr zu bieten hat, doch unsere Anführer scheinen fest dazu entschlossen, uns zu ducken und keine Veränderungen zuzulassen.

Drücke ich mich klar genug aus?» fragte er besorgt.

«Ich höre, was du sagst», entgegnete Mega, der eine eigenartige Erregung unterdrücken mußte. «Trotzdem, warum mußtet ihr Alphonse töten?»

«Wir dachten, damit müsse sich einfach etwas verändern», antwortete der Jungnerz aufrichtig. «Wenn es stimmte, daß er den Wald rettete und uns damit hierbleiben ließ, dann müßten nach seinem Tod wohl oder übel alle von hier weg.»

«Aber ihr hättet doch gehen können», rief Mega, von plötzlichem Zorn erfüllt. Auch seiner Toleranz waren gewisse Grenzen gesetzt. Er hatte sich in M1 und M2 getäuscht. Ihr «Projekt X» zielte aber trotz allem in die richtige Richtung. Warum nur waren die Jungen nicht darauf angesprungen?

«Habt ihr nicht zugehört?» fragte er Minimus. «Habe ich euch nicht wiederholt von der Herrlichkeit der Eroberung neuer Wälder erzählt?»

«Doch, schon, mein Anführer», erwiderte Minimus und sah zum erstenmal leicht verängstigt aus, gab aber kein bißchen nach. «Das hat uns am meisten geärgert. Es klang immer so, als wolltet ihr uns loswerden, und das war das letzte, was wir wollten – zumindest einige von uns. Wir möchten ausziehen und neue Wälder erobern. Wir glauben, daß Nerze dazu geboren sind. Aber nicht auf uns allein gestellt, mit dem Gefühl, zurückgewiesen worden zu sein. Im Gegenteil. Wir möchten daß du … daß du uns hinausführst. Wir möchten dir folgen.»

Eine Woge der Zärtlichkeit überflutete Mega, und er betrachtete den kleinen Kerl voller Zuneigung. Die ganze Zeit über hatten die Jungen nichts sehnlicher gewünscht, als seine Meute zu sein, seine Familie! Wenn er das doch nur gewußt hätte! Und er, das fühlte er jetzt ganz deutlich, wollte das gleiche. Das Kind, der Säugling, dachte er, dieser Minimus hat recht. Vergeßt das Plateau, vergeßt den Wateramakomplex, vergeßt den ganzen Wald des Unternehmungsgeistes! Er hätte den Marketing-Nerzen niemals gestatten dürfen, ihn in die nebensächlichen Bemühungen, diesen Ort zu retten, einzubinden. Es war nicht mehr als ein zeitlich begrenzter Umweg, der sie obendrein in eine Sackgasse führte. Vergeßt die Zusammenarbeit mit den hoffnungslosen Waldis! Vergeßt den WVS-Balla! Und das wiederum bedeutete, wie er jetzt durch die Augen dieses klarsichtigen Jungen erkannt hatte, vergeßt Alphonse! Die Waldis, nicht die Nerze, klebten an diesem Wald hier fest, ob es ihnen paßte oder nicht. Nur ihnen hatte der Pirol Nutzen gebracht. Wenn man es aus ungetrübter Nerzperspektive betrachtete, war Alphonse keine befreiende Kraft gewesen, sondern ein Mühlstein, der sie immer tiefer hinabzog, indem er sie hier festhielt.

Zunächst war ihnen der Wald wie die absolute Freiheit vorgekommen. Keiner von ihnen würde jemals die zitternde Erregung dieser ersten heißen Spritzer und eingedrückten Schädeldecken vergessen. Und das war auch gut so! Doch was sie inzwischen vergessen hatten, war, daß dies hier nur als Ausgangspunkt gedacht war. Den Jungen, die nichts anderes kannten, mußte es wie ein Gefängnis vorkommen, als ebenso beengend, wie damals ihre Eltern die Käfige empfunden hatten. Wahrhaftige Nerze wußten instinktiv, daß sie sich nicht in die beengenden Gegebenheiten eines bestimmten Gebiets fügten, wie wunderbar es auch sein mochte. Es verlangte sie nicht nach der Sicherheit eines vertrauten Terrains, wenn es immer nur das gleiche Einerlei war. Ihrer Natur nach waren sie rauhe, brutale, rastlose Energiebündel; Marodeure, Vandalen, Rächer, die in einen Landstrich einfielen und ihn total auf den Kopf stellten. Und dann waren sie so schnell wieder weg, wie sie gekommen waren, unterwegs, freie Geister, die nichts und niemandem gehorchten. Als er sah, daß Minimus ihn fragend anschaute, riß sich Mega von seinen Gedanken los.

«Wirst du das tun, Vater?» fragte der Junge leise und blickte in Megas Augen, die ebenso schwarz waren wie die seinen. «Führst du uns hinaus? Mich und die anderen, die darauf warten?»

«Vater», dachte Mega mit plötzlicher Erregung. Hier sprach sein Kind zu ihm. Alle diese Jungen waren seine Söhne – und seine Töchter!

«Ja, mein Sohn», versprach er.

Seine Gedanken flogen davon. Er würde seine Ratgeber fallenlassen, ob es ihnen gefiel oder nicht. Sollten sie doch im Wald des Unternehmungsgeistes glücklich werden, wenn sie das wollten, er jedenfalls würde gehen! Natürlich gab es neue Wälder zu erobern, sie waren schon immer dort draußen und warteten auf sie. Er würde noch einmal ganz von vorn anfangen, noch einmal diesen ruhmreichen Moment erleben, als er die Meute den Rollweg hinunter ins Mondlicht geführt hatte, hinter sich die entschlossenen, suchenden Gesichter, über sich nichts als den Himmel und die Sterne. Und an seiner Seite würde sein unerschrockener Sohn gehen, der vielleicht körperlich etwas klein geraten war, zum Ausgleich jedoch einen so erwachsenen Kopf auf den Schultern trug.

Mega dachte daran zurück, wie er Mo, Minimus' Mutter, geschwängert hatte. Sie hatten viel Spaß miteinander gehabt, nicht so, wie es mit vielen der verängstigten und ehrfürchtigen anderen Weibchen gewesen war. Das absolute Gegenstück zu Mata, hatte er damals gedacht, ein unkompliziertes, natürliches Wesen, das wußte, wie man sich amüsierte. Wie seine eigene Mutter Sheba hatte sie sich, als Mutter von nur einem einzigen Jungen, nicht viel aus den Hänseleien der anderen

Weibchen gemacht. Bei dem Gedanken daran mußte er schlucken. Wieso war ihm das nicht schon früher aufgefallen? Minimus war ihm ähnlich. Als Einzelkind mußte auch er wissen, wie es war, ein Außenseiter zu sein. Er würde Minimus adoptieren, damit er seinen Vater so kennenlernte, wie es Mega selbst mit Solomon verwehrt geblieben war. Sheba würde es gewiß so haben wollen. Sie hatte es immer sehr bedauert, daß ihr Sohn diese Erfahrung nicht machen konnte. Mo hatte sich ebenfalls mit keinem anderen Männchen eingelassen und stets entschieden auf ihrer Unabhängigkeit beharrt. Mit Genugtuung hatte Mega verfolgt, wie sie alles daran setzte, ihrem Sohn zu einem guten Start ins Leben zu verhelfen. Wenn sie ebenfalls mitkommen wollte, warum nicht? Sie wäre eine gute Freundin und Gefährtin, und zusammen würden sie eine Familie sein, die sich eine Zukunft aufbaute. Minimus wäre dann nicht nur sein Sohn, sondern sein Ratgeber, einer, dem er völlig vertrauen und den er darauf vorbereiten konnte, eines Tages seinen Platz einzunehmen. Kein Helfer, sondern ein Erbe, den das Blut an ihn band. Seine ganze neue Meute würde mit ihm auf diese Weise verbunden sein. Mit einem neuen Verständnis für die gemeinsame Sache würde er sie auf dieser Mission anführen, und es würde sich nicht um das übliche Zielformulierungsballa der Marketing-Nerze handeln, sondern um die einzige Mission, über die sich zu reden lohnte – die Mission der Freiheit.

Er öffnete die Pfoten weit und streckte sie Minimus entgegen.

«Mein Sohn!» lächelte er.

«Vater!» antwortete der Kleine, rannte zu ihm und warf sich in seine Vorderläufe.

Beide schwiegen eine lange Zeit und genossen den engen, herzlichen Kontakt ihrer Umarmung.

Als er im Licht des frühen Morgens zum Plateau zurückschlenderte, mit Minimus an seiner Seite und dem Rest der Meute um sich herum, verspürte Mega eine tiefere Zufriedenheit als je zuvor. Die Ermordung von Alphonse hatte sich als die Katharsis erwiesen, die nicht nur er, sondern alle nötig gehabt hatten. Der neue Geist, der die Kolonie erfaßte, zeigte sich in der Zunahme von Kaninchenkampagnen wie dieser, von der sie gerade zurückkehrten und die alle Teilnehmer glücklich und erschöpft als die erfolgreichste überhaupt bezeichneten. Alles hatte funktioniert, vom ersten perfekten Vorstoß bis zum ebenso perfekten Freßwettbewerb. Maxi leuchete vor Stolz, weil er persönlich den Einzelrekord gebrochen und die Bestmarke jetzt auf zwei ganze Kaninchen, einen Kopf und zwei Beine heraufgeschraubt hatte; Psycho hingegen rieb sich die Pfoten beim Anblick der ansehnlichen Herde von Gefangenen, die ihm für seine Experimente zugeführt werden würden.

Natürlich war nicht alles sofort und ohne Probleme über die Bühne gegangen, und Mega hatte eine persönliche Auseinandersetzung mit Mata ausfechten müssen, die ihn in ihrem Bau nach dem zukunftsträchtigen Treffen mit seinem frisch adoptierten Sohn zur Rede gestellt hatte.

«Ich weiß, was du vorhast», hatte sie gefaucht. «Und es widert mich an, wenn ich sehe, daß du dich so zum Narren machst. Von mir einmal abgesehen, falls du überhaupt einen Gedanken an mich verschwendet hast, was ich bezweifle. Du weißt genau, daß Minimus der Jungnerz ist, vor dem ich dich am meisten gewarnt habe.

Siehst du denn nicht, daß er dich um seine Pfote wickelt? Ich kann mir lebhaft vorstellen, was für kluge Reden der mickrige Zwerg geschwungen hat, vor allem, daß er ein eingeborener Sohn ist wie du, daß er anders ist als die anderen, ein Außenseiter. Aber du bist ja so dumm, daß du sein Theater nicht einmal mehr durchschaust, habe ich recht? Du bist darauf hereingefallen, Mega, und merke dir meine Worte gut: Du wirst es noch sehr bereuen! Seine Mutter kannst du von mir aus haben.»

Ihre Gehässigkeit hatte Mega schockiert, aber auch die Schnelligkeit, mit der sie erfaßte, was im Steinbruch geschehen war. Er hatte Minimus' Mutter besucht und war dort sehr herzlich empfangen worden. Der Besuch hatte jedoch nicht ausdrücken sollen, daß er Mata ersetzen wollte. Im Gegenteil, er hatte seine ursprüngliche Entscheidung noch einmal überdacht und war zu dem Schluß gekommen, seine Ratgeber nicht fallenzulassen, sondern sie einzuladen, sich an der Suche nach der herrlichen neuen Welt zu beteiligen. «Weiß sie das?»

fragte er sich. Wenn ja, ließ sie es sich nicht anmerken, und sie reagierte darauf mit der Ankündigung, daß sie in eine eigene Behausung umziehen würde.

Er hatte nicht versucht, mit ihr über das, was sie sagte, zu diskutieren. Sie tat ihm beinahe leid. Tief in seinem Inneren fühlte er, daß sie nicht nur wegen Minimus verbittert war. Nach ihrem Entschluß, keine Kinder haben zu wollen, hätte jedes Junge eine solche Reaktion hervorgerufen, wenn auch nicht in diesem Ausmaß. Trotzdem konnten ihre Ansichten über Minimus nicht entgegengesetzter ausfallen. Hatte sie etwa das Band, das zwischen ihm und dem Jungen bestand, schon vor ihm gesehen und versucht, die Beziehung zu unterlaufen? War sie unter dieser kalten, fischigen Hülle wirklich ähnlich warmherzig wie Minimus' Mutter, nur einfach nicht dazu fähig, ihre Gefühle nach außen dringen zu lassen? Er wußte es nicht, und es hatte auch keinen Sinn, länger darüber nachzudenken, so traurig es auch sein mochte. Er hatte seine Entscheidung getroffen, und wenn die ihre ebenso unumstößlich war, dann mußte er sie respektieren.

Er und Minimus hatten sich schon bald damit beschäftigt, die Jungen auszuwählen, die sie mitnehmen wollten. Mega war von der schnellen Auffassungsgabe seines Sohnes hellauf begeistert. Er war scharfsinnig, dabei jedoch immer fair und positiv, und die Jungen taten im allgemeinen ihr Bestes, obwohl sie nicht wußten, welche Pläne da für sie geschmiedet wurden. Als sie merkten, daß Mega ihnen eine zweite Chance gab, reagierten sie positiv auf die Nachsicht des Anführers, wobei besonders Maxi sich über ihren frisch entfachten Eifer freute. Mega hatte ihm noch nicht von der Sicherheitslücke im Kaninchengefängnis berichtet, löste das Problem jedoch teilweise dadurch, daß er Psycho dazu anhielt, seine Kaninchenexperimente zu beschleunigen, womit auch Psycho zufriedengestellt war. M1 und M2 gab er grünes Licht für ihren Nerzcharta-Balla und vermittelte ihnen das Gefühl, wieder in die Gemeinschaft aufgenommen zu sein. Das alles veranlaßte er ohne zynische Hintergedanken, obwohl er wußte, daß er sie schon bald klammheimlich verlassen würde. Nachdem er nicht mehr direkt betroffen war, konnte er plötzlich vieles gelassener betrachten. Er wollte im Guten von hier weggehen, ohne Groll, und den

Zurückbleibenden nur das Beste wünschen. Was sie anschließend daraus machten, war ihre Sache, doch zumindest wollte er dafür sorgen, daß sie eine gute Ausgangsbasis hatten.

*

Die Kampagne hatte so lange dauert, daß es schon beinahe Tag war, als sie auf dem Plateau ankamen, und man einigte sich darauf, Psychos Schauprozesse auf den Abend zu verschieben. Erschöpft und vollgefressen wie alle anderen auch, machte sich Mega auf den Weg in seinen Bau, um ein wenig zu schlafen. Nachdem er mehrere der Jungen genau beobachtet hatte, war die Entscheidung gefallen, wen er, Mo und Minimus, mitnehmen würden. Jetzt gab es nichts mehr, was sie zurückhielt. Es war Zeit zu gehen. Heute waren keine großen Aktionen mehr zu erwarten, so viel war sicher, doch schon am Abend würden alle wieder erfrischt und ausgeruht sein. Es gab noch einen anderen Grund, weshalb er diesen Zeitpunkt für ihre Abreise ausgewählt hatte. Die ganze Kampagne über hatte die gelbe Scheibe des zunehmenden Erntemondes die Landschaft beleuchtet. Heute nacht würde sie prall und rund sein. Sobald sie aufging, würden sie sich davonmachen.

Mega fiel in einen Halbschlaf, der von wirren Gedanken an den Mondwahn der alten Käfigtage zerrissen war.

«Raus! Raus! Raus! Wir kommen raus!» murmelte er leise und sah die Nerze, die er mitnahm, einen nach dem anderen gegen den Maschendraht springen, bis der von der Wucht des Aufpralls erzitterte und dröhnte.

«Los! Los! Los! Du schaffst es!»

«Meganerz! Meganerz! Er ist der Nerz! Er ist der Nerz!»

«Ich bin der Nerz», dachte er und sank in einen tiefen, zufriedenen Schlaf. Und heute nacht würde er das zweifelsfrei beweisen.

Weder er noch einer der anderen hörten in ihrem wie betäubten Schlaf den ersten Ruf des Jagdhorns. Nur die diensthabende Wache spitzte die Ohren, zögerte aber zunächst, ihre Anführer zu stören. Erst als der Lärm immer näher und näher kam, beschloß sie, daß sie keine andere Wahl hatte, und verließ ihren Posten in der Stechpalme. Obwohl es bereits hellichter Tag war, konnte sie noch immer nichts durch die Baumstämme erkennen. Inzwischen war jedoch klar, daß die Geräusche von der Langen Wiese herkamen. Und zweifellos kamen sie sehr schnell näher.

Von einer namenlosen Panik gepackt, rannte der Posten zur Kaserne, um Maxi wachzurütteln.

Kapitel 65

Die letzte Jagd

Obwohl den Waldbewohnern die Jagd nicht unbekannt war, hatten sie sich durch das bunte Treiben nie direkt bedroht gefühlt. Hin und wieder stob sie in einem erschreckenden Wirbel aus Lärm und Farben über die angrenzenden Felder, doch soweit bekannt war, hatte sie sich noch niemals bis in den Wald verirrt. Schon vor langer Zeit hatten alle Tiere gelernt, daß die Jagd allein dem Fuchs galt und daß sie, solange sie sich fern von ihm hielten, in Sicherheit waren. Eule hatte Raka nur unvollständig informiert und ihr erzählt, Freddie wolle sich etwas ausdenken. Daher war Ollie der einzige, der wirklich wußte, was es bedeutete, als ihn einige Tage später das Tuten des noch weit entfernten Jagdhorns aus dem Schlaf aufschreckte. Wie elektrisiert schoß er auf den Ast vor seinem Nest hinaus, wo er das rufende Tuten erneut und diesmal lauter wahrnahm. Er drehte den Kopf und stellte fest, daß der Lärm von weiter flußaufwärts herüberdrang.

«Was ist denn jetzt schon wieder?» fragte Ula mürrisch vom Nest her. «Schläfst du denn niemals?»

«Die Jagd ist unterwegs», flüsterte Eule dramatisch.

«Na und?» ertönte die verschlafene Antwort. «Sie kommt doch nie in den Wald. Hoffentlich erwischen sie Freddie!»

Ulas Kommentare hinsichtlich der BWW waren schon gehässig genug gewesen, doch nachdem der Fuchs angeblich mit den Nerzen fraternisiert hatte, spuckte sie nur noch Gift und Galle über ihn.

«Du hast vielleicht Freunde!» hatte sie damals geschrien. Sie stimmte mit Raka überein, daß der korrekte Standpunkt darin bestand, die Nerze im Wald zu akzeptieren, wenn nötig sogar die Kräfte mit ihnen zu vereinen – wie es die Waldbewohner auch getan hatten –, sich ansonsten aber so gut es ging von ihnen fernzuhalten und schon gar nicht auf ihre Seite überzuwechseln.

«Wenn sein Plan nicht aufgeht, erwischen sie ihn wirklich», gab Eule rätselhaft zurück und erhob sich durch die Zweige in die Lüfte.

Kaum war er über den Baumwipfeln, da sah er Freddie auch schon über die Brücke und auf die Lange Wiese flitzen. Sein rotes Fell war lehmbespritzt, und er sah aus, als hätte er bereits ein strammes Rennen hinter sich. Trotzdem gelang es ihm, selbstbewußt mit der Pfote zu winken, um anzudeuten, daß er noch lange nicht am Ende war. Als der Fuchs in rasendem Tempo über die Lange Wiese sprintete, lief Eule beim schrecklichen Anblick dessen, was da hinter ihm herkam, ein eiskalter Schauer über den Rücken. Erst jetzt wurde ihm klar, welch ein außergewöhnliches Risiko Freddie da auf sich genommen hatte. Die Jagdhunde waren ihm auf den Fersen und stießen pausenlos ihren japsenden und kläffenden Radau aus. Es waren so viele, und sie waren so riesig, und hinter ihnen galoppierten so viele Reiter! Freddie erreichte das andere Ende der Wiese, glitt sicher durch den Zaun in den Wald hinein und ließ damit eine solche Lücke zwischen sich und den Hunden und Pferden entstehen, daß er zunächst einmal außer Reichweite war. Leichtfüßig spurtete er zwischen den Bäumen hindurch und den Hügel zum Plateau hinauf, wo er seine Silhouette verlokkend vor dem Morgenhimmel aufbaute und so lange wartete, bis der erste Hund ihm fast in die Rute schnappte. Dann verschwand er hinter der Kante.

Seine Verfolger schlugen jede Vorsicht in den Wind, und die ganze Jagd stürzte in rasendem Tempo hinter ihm her. Einen Augenblick herrschte Stille. Dann brach ein unbeschreiblicher Tumult los.

Freddie mochte ein Opportunist sein, doch anstatt impulsiv zu handeln, arbeitete er seine Pläne stets sorgfältig aus. So wußte er von Anfang an, daß er dieses Geschehen nur innerhalb gewisser Grenzen kontrollieren konnte. Er hatte verschiedene Wege zum Plateau ausprobiert, sogar eine Reihe von Testläufen durchgeführt, doch eigentlich war er nicht so recht überzeugt von dem, was er tat. Es war ihm unmöglich, genau den Ort zu bestimmen, wo er auf die Jagd traf, und die größte Unbekannte in seiner Gleichung blieb die Frage, in welcher Verfassung sie die Nerze überraschen würden, wenn er und – hoffentlich – seine Verfolger plötzlich über sie hereinbrachen. Die allererste Priorität bestand darin, die eigene Haut zu retten, und dabei verließ sich Freddie ganz auf seine Geschwindigkeit. Er würde quer über das Plateau rasen, noch bevor einer der Nerze reagieren konnte, und auf der anderen Seite in den Fluß springen, was er auch normalerweise tun würde, um seine Fährte zu verwischen. «Es kommt mir doch sehr entgegen», dachte er grinsend, «den schrecklichen Wateramakomplex als Fluchtroute zu benutzen.» Er rechnete fest damit, daß die Nerze sich verteidigten und wehrten, doch selbst wenn sie davonrannten, lenkten sie wenigstens einige der Hunde von ihm ab, und die Menschen waren auf ihren Pferden nicht in der Lage, ihm den Steilhang hinab zu folgen.

Nach langem Überlegen hatte er sich dazu entschlossen, seine Füchsin nicht in den Plan einzuweihen, um sie nicht zu beunruhigen. Was die Waldangelegenheiten betraf, ließ sie ihm ohnehin freie Hand. Nach der Ankunft der Nerze war er mit ihr übereingekommen, daß er allein mit ihnen verhandelte. Sie wußte kaum etwas davon, wie er inzwischen darüber dachte, war jedoch entzückt von seiner Ankündigung, daß sie endlich in die Stadt übersiedelten. Seit der Geburt der Kinder war sie, mehr noch als er, überzeugt davon, daß dort ihre Zukunft lag.

Bis zu diesem sonnigen Morgen hatte Freddie die Hundezwinger genau beobachtet. Als ihm die hektischen Aktivitäten an diesem Morgen verrieten, daß die Jagd unmittelbar bevorstand, rannte er zu seinem Bau zurück, wies seine aufgeregte Familie an, viele Felder entfernt an einem sicheren Ort auf ihn zu warten, und entschuldigte sich unter dem Vorwand, er müsse sich hier und da noch verabschieden. Mit hochschnellendem Adrenalinspiegel sauste er davon, um sich selbst der Jagd als Köder anzubieten. Die Gelegenheit ergab sich schneller als gedacht. Die Jagd hatte einen seiner Kollegen aufgescheucht und verfolgte ihn nun in grober Richtung auf den Wald hin. Freddie schnitt ihnen quer über die Felder den Weg ab, gesellte sich neben das Opfer und teilte ihm mit, daß er seinen Job übernehmen würde. Sein Kollege hielt sich nicht lange mit Nachfragen auf, lächelte ihm dankbar, aber verständnislos zu, schlug sich in die Büsche und überließ Freddie Ruhm und Ehre des Wettlaufs.

Freddie hatte ursprünglich vor, seine Energie aufzusparen, indem er die Jagd zunächst in einem leichten Trab anführte, doch jetzt, da sein Blut bereits heftig pulsierte, flüchtete er sofort, so schnell er konnte. Dabei kam ihm zugute, daß er viel näher am Alten Wald war, als er vorausgeplant hatte. Jetzt, da die Entfernungen, die er zurücklegen mußte, so zusammengeschrumpft waren, würde die Jagd kurz und rasant verlaufen.

«Du schaffst es», redete er sich ein, als die Hunde seinen Geruch aufnahmen. Er beschleunigte auf Höchstgeschwindigkeit und keuchte schon jetzt schwer, nicht zuletzt auch der nervlichen Anspannung wegen. Auf den ersten drei, vier Feldern wünschte er sich sehr, irgendwo anders zu sein. «Du schaffst es», wiederholte er stumm, als er durch die zweite Hecke glitt, wobei er sorgfältig eine Stelle mit einem tiefen Graben aussuchte, die den Pferden möglichst viel Schwierigkeiten bereitete. «Du schaffst es», sagte er schon mit viel mehr Selbstvertrauen, als er in einen gleichmäßigeren Sprint verfiel, der die Entfernung nur so wegfraß. «Du schaffst es. Du bist ein Fuchs und somit viel schlauer als diese dummen Hunde – wie sie jetzt gleich herausfinden werden. Du hast es gleich geschafft», wandelte er seinen Spruch ab, als er ein kleines Stück oberhalb des Waldes über den Rollweg setzte. «Du hast es gleich geschafft», jubelte er, als er über die Brücke und auf die Lange Wiese raste und Ollie aus dem Wald herausfliegen sah. Er winkte ihm kurz zu und warf einen Blick zu den Glotzern hinüber, die staunend und erschrocken aufraunten. Er erregte mehr Aufmerksamkeit als Alphonse. «Gleich bist du dort», sagte er sich, als er endlich in den Wald eintauchte.

Die ganze Zeit über sah er das angsterfüllte Gesicht seiner Mutter vor sich, wie sie damals wegging, um das gleiche gefährliche Spiel zu spielen, und er mußte sich zusammenreißen, um nicht in Panik zu geraten. «Nicht über ungelegte Eier gackern», rief er sich ins Gedächtnis, raste den Hang zum Plateau hinauf und fürchtete sich plötzlich davor, was ihn dort oben erwarten mochte. An der Kante des Hangs blieb er stehen, und sein Herz machte vor Freude einen Satz, als seine Gleichung mit dem unbekannten Faktor aufging. Er hatte Glück. Die Nerze waren nicht nur da, sie rannten aufgeregt und verwirrt durcheinander. Einige wenige hatten einen Ring um ihren Anführer gebildet, doch die übrigen liefen planlos hin und her, während Maxi auf sie einbrüllte. Sie benahmen sich wie kopflose Hühner – genau wie er es sich erhofft hatte. Er nahm den Anblick in sich auf, suchte rasch die beste Route durch das Gerangel aus und schaute dann zurück. Wieder schlug ihm das Herz bis zum Hals, diesmal jedoch vor Angst. Er hatte es fast zu knapp berechnet. Das Maul des Anführers der Jagdhunde war bereits so dicht an ihm dran, daß er glaubte, er könne seinen stinkenden Atem riechen.

Freddie schnellte auf das kurze Gras und flitzte auf den Rand des Steilufers zu. Zwei tollkühne Nerze stellten sich ihm entgegen, doch er wich ihnen mit Leichtigkeit aus, während der Rest vor Erstaunen wie gelähmt dastand. Dann war er hindurch und auf der Wateramarutsche, ließ sich fallen und klatschte in das angenehm tiefe Wasser. Ohne zu zögern paddelte er flußabwärts und auf das andere Ufer zu, wo er kurzzeitig aus dem Wasser stieg. Weiter ging es, immer weiter flußabwärts, und er durchschwamm den Fluß mehrere Male, bis er sicher war, seine Fährte verwischt zu haben. Erst dann gönnte er sich eine Verschnaufpause, schüttelte sich kräftig und spitzte die Ohren. Nach dem fürchterlichen Schreien und Kreischen vom Plateau her zu urteilen, war sein Plan aufgegangen. Er verzichtete jedoch darauf, zurückzugehen und sich davon zu überzeugen. Wie auch immer es ausgehen mochte, er hatte seinen Teil dazu beigetragen und sich auf ehrenhafte Weise vom Alten Wald verabschiedet. Jetzt war es an der Zeit, sich dem neuen Leben in der Stadt zuzuwenden, solange er noch ein gutes Stück Wegs zurücklegen konnte.

Mit noch immer pumpender Brust und tropfendem Fell trottete er davon, um über einen weitausholenden Umweg wieder zu seiner Familie zu stoßen.

Die Jagd war auch für die Nerze nichts Neues. Freddie hatte sie darüber informiert, dabei jedoch stets betont, daß sie niemals in den Wald kam, eine Aussage, die sich Psycho bei mehreren Befragungen hatte bestätigen lassen. Danach hatte Maxi dieses Menschenphänomen als Alarmstufe «Gelb» eingestuft, da es extrem unwahrscheinlich war, daß es jemals in die Nähe des Plateaus gelangen würde. «Was könnte einen Fuchs schon dazu verleiten, in unsere Richtung zu laufen?» hatte er zu Mega gesagt.

Die schwerfälligen Schritte der Wache, die den Alarm auslöste, zeugten von der gleichen Haltung. Als sie sich endlich dazu durchgerungen hatte und es ihr auch gelungen war, Maxi wach zu rütteln, brach die Jagd bereits durch das Unterholz des Waldes und schreckte die leichteren Schläfer auf.

Maxi eilte sofort zu Megas Bau hinüber.

«Sie kommen direkt auf uns zu!» schrie er. «Was sollen wir tun?»

Mega rannte hinaus und versuchte wütend, Klarheit in seinen benebelten Kopf zu bekommen. Doch sobald er ins Freie trat, erkannte er, daß es bereits zu spät war. Die Truppen, die aus ihren Behausungen taumelten, wurden sofort von Panik ergriffen und liefen völlig ziellos umher. Er eilte zum Katzenschwanz hinüber und schrie alle an, sie sollten sich um ihn herum aufbauen. Maxi rannte zum Rand des Plateaus hinüber und hoffte verzweifelt, daß noch Zeit genug sei, um das Notfluchtprogramm einzuleiten, das sie schon bei Custard angewandt hatten. Als er jedoch Freddie auf halber Strecke den Abhang heraufsausen sah, beugte er sich ins Unvermeidliche dessen, was nun gleich geschehen würde.

Mega, der bereits erkannt hatte, daß keiner ihrer Pläne etwas Derartiges vorsah, versuchte noch immer, eine geordnete Gruppe zu formieren, hatte jedoch nicht viel Erfolg damit. Die Meute blieb ein unorganisierter Haufen.

«Jeder Nerz für sich!» schrie er verzweifelt und wandte sich dem Feind entgegen, als sich Freddies Gestalt am Rand des Plateaus abzeichnete.

«Du elender Dreckskerl!» war alles, was er herausbrachte, bevor der Fuchs geschmeidig an ihnen vorbeiflitzte, dicht gefolgt vom ersten Jagdhund.

Doch so unorganisiert sie auch sein mochten, seine Truppe ließ ihn – und auch Freddie – nicht im Stich. Bis auf den letzten Nerz waren sie fest entschlossen, ihr Terrain gemeinsam zu verteidigen.

Die Hunde kamen mit voller Geschwindigkeit den steilen Hang heraufgejagt und verloren kurzzeitig das Gleichgewicht, als sie auf die Ebene hinausschossen. Dort bremsten sie mit ausgestreckten Vorderläufen scharf ab, als sie sich einer Masse neuer, unerwarteter Beutetiere gegenübersahen, die ihnen den Weg versperrten, während ihr Fuchs gerade über den gegenüberliegenden Rand verschwand. Verdutzt blieben sie stehen. Bisher waren sie noch nie mit einer derartigen Situation konfrontiert gewesen, und ihre Menschen waren noch nicht da, um ihnen zu sagen, was zu tun sei. Da sie nicht wußten, ob sie angreifen sollten oder nicht, liefen die Hunde zunächst einmal auf und ab, bis die Nerze die Initiative ergriffen, auf sie zustürmten und ihnen an die Kehlen sprangen. Die Hunde jaulten vor Schmerz und Erstaunen, doch es wollte ihnen nicht gelingen, die wütenden Angreifer abzuschütteln. Füchse wehrten sich nie! Angesichts so vieler zu allem entschlossener Feinde brach die Disziplin der Hundemeute zusammen. Plötzlich sah sich jeder Hund auf sich allein gestellt, in der Rolle des Verteidigers.

Eule, der von oben zuschaute, war fasziniert von der Präzision von Freddies Gedankengängen. Niemand, der sah, was sich hier abspielte, würde jemals den Mut der Nerze anzweifeln. Das Jaulen und Winseln der Hunde schlug von Triumph in Schrecken um, die Tiere waren wie von Sinnen. Einige gingen blutüberströmt zu Boden; die Nerze verbissen sich in sie mit unerbittlicher Härte. Andere Hunde verloren völlig die Kontrolle über sich, wußten nicht, wohin, drehten sich im Kreis, schnappten blindwütig in die Luft, und wiederum andere rannten bereits mit eingezogenem Schwanz davon. Einer von ihnen wurde, wie Eule erstaunt feststellte, sogar von einem Nerz gejagt, statt ihn seinerseits zu jagen!

Die Schlacht verlief jedoch nicht überall so einseitig. Am anderen Ende des Getümmels hatte eine Gruppe von Hunden einen Nerz umzingelt und schleuderte ihn in die Luft, um ihn mit weit geöffneten Mäulern aufzufangen. Eule lief ein Schauer über den Rücken, als er die schrillen, doch noch immer trotzigen Todesschreie hörte. Das wäre auch Freddies Schicksal gewesen, wenn er seinen Zeitplan nicht so genau abgestimmt hätte. Die kräftigen Kiefer der Hunde klappten über den ausgestreckten Gliedmaßen zusammen und zogen, bis der Leib des Nerzes, begleitet von einem schauerlichen Schrei, mitten entzweiriß.

Inzwischen waren die Menschen auf ihren Pferden herangekommen und donnerten auf das Plateau. Die vormals geschlossene Gruppe hatte sich in ein weit auseinandergezogenes Feld verwandelt, nachdem die Reiter, um in den Wald zu gelangen, zunächst über den Zaun setzen und sich anschließend zwischen den Bäumen hindurchkämpfen mußten. Jetzt verstand Eule, weshalb sie vorher nie in den Wald gekommen waren. Die Pferde waren viel zu groß, um mit ihnen den Spuren oder Pfaden kleinerer Tiere zu folgen, und er konnte die Reiter fluchen hören, während sie versuchten, sich die tieferen Äste vom Leib zu halten, die sie aus dem Sattel zu werfen drohten. Sobald sie jedoch aus dem Wald heraus und auf dem vergleichsweise offenen Hang angelangt waren, fühlten sie sich wieder in ihrem Element und trieben die Pferde nicht mehr mit Flüchen, sondern mit kehligen Schreien an. Sie donnerten den Hang hinauf, Gras und Erde flogen zu beiden Seiten davon; oben stürmten sie voran, nur um hilflos in das blutige Getümmel hineinzugeraten.

Die Nerze konzentrierten ihre Aufmerksamkeit jetzt auf die Beine der Pferde. Die erschrockenen Tiere wieherten vor Angst und verdrehten die Augen, traten aus und bockten, und ihre Reiter beugten sich seitlich herab, um diese unerwarteten Gegenspieler mit den Peitschen zu verjagen. Doch die Nerze waren zu schnell und wichen den wütenden Schlägen behende aus. Inzwischen kamen immer mehr Pferde über den Rand des Abhangs herauf und drängten sich auf dem überfüllten Plateau. Schon bald war es dort so beengt, daß die Pferde gegeneinanderstießen; sie fühlten sich eingepfercht und reagierten nur noch panischer. Schließlich gingen einige von ihnen wild um sich tretend zu Boden.

Jetzt, wo die Menschen von den Pferderücken kugelten, machten sich die Nerze daran, ihre wahren Feinde direkt anzugreifen. Eule beobachtete, wie einer heftig mit den Händen herumfuchtelte und einen Nerz wegreißen wollte, der ihm an die Gurgel gesprungen war. Andere Menschen kamen ihm zu Hilfe, packten das Tier von hinten und zogen aus Leibeskräften. Aber der Nerz ließ nicht los. Der Mensch, in den er sich verbissen hatte, torkelte umher, brüllte vor Angst und Schmerzen, bis ihn seine Kameraden endlich von dem Tier befreiten, es zu Boden schleuderten und auf ihm herumtrampelten, bis es sich nicht mehr rührte. Überall auf dem Plateau, inmitten des wogenden Gewühls aus Pferden und Hunden, waren die Menschen verzweifelt in Einzelkämpfe verwickelt, wobei sie stets versuchten, auf den Füßen oder im Sattel zu bleiben und dabei die von allen Seiten auf sie eindringenden Angreifer abzuwehren. Einen Moment lang dachte Eule, sie würden sich geschlagen geben und davonlaufen. Dann hörte er den Klang des Jagdhorns und sah, wie die anderen Menschen auf den Bläser zuliefen und dort einen festgefügten Kreis bildeten. Seite an Seite gelang es ihnen allmählich, die Nerze zurückzudrängen.

Als hätten die Nerze die Durchschlagskraft dieser neuen Formation eingesehen, zogen sie sich zurück und lockten die Menschen hinter sich her. Als sie herankamen, rannte eine Horde Nerze plötzlich auf eine Gruppe noch immer aufsitzender Reiter zu, die sich unvorsichtigerweise ein wenig von den anderen entfernt hatte. Entweder durch Glück oder aufgrund von Berechnung trieben die Nerze sie, indem sie nach den Fesseln der Pferde schnappten, so vor sich her, daß die Pferde rückwärts gehen mußten; auf diese Weise wurden Rosse und Reiter immer weiter von ihren Artgenossen entfernt. Eule blickte wie gebannt von seinem hervorragenden Aussichtsplatz hinunter und erkannte jetzt, was sie vorhatten. Die Pferde, die vor Angst wild bockten und austraten und nicht mehr auf die Befehle ihrer hilflosen Reiter hörten, wurden unerbittlich rückwärts auf das Steilufer zugetrieben. Erst als ihre Hinterhufe den Rand berührten, wurde ihnen die noch größere Gefahr bewußt, in der sie jetzt schwebten. Die Nerze wagten einen genau abgestimmten gemeinsamen Angriff und brachten die Pferde dazu, sich auf den Hinterbeinen aufzurichten. Alle drei wankten nebeneinander dicht am Abgrund, stemmten die

Hufe verzweifelt in den bröckelnden Boden; dann rutschten sie unerbittlich über den Rand.

Das erste prallte schräg vom Stamm der umgestürzten Esche ab, warf seinen Reiter aus dem Sattel und landete mit einem widerlichen Schmatzen halb im Wasser und halb auf dem schlammigen Uferstreifen, wo es mit unnatürlich verdrehtem Hals reglos liegenblieb. Die beiden anderen tauchten ins tiefere Wasser und warfen ebenfalls ihre Reiter ab. Ihr Strampeln wurde immer verzweifelter, das Wasser um sie herum schäumte und sprudelte. Eule sah, daß eines der Tiere mit einem Hinterlauf irgendwo festhing. Dem anderen war es inzwischen gelungen, sich loszureißen, und es schwamm sofort auf den Uferstreifen zu. Das wiederum schien die Panik seines Gefährten nur noch zu vergrößern, fast so, als fühlte es sich jetzt allein seinem Schicksal überlassen. Je mehr es sich im Wasser aufbäumte, desto fester schien es sich zu verfangen. Eule sah, wie sein Körper immer weiter versank, bis nur noch der Kopf aus dem Wasser herausragte. Mit entblößten Zähnen und fast völlig weißen Augen schielte es flehentlich zu ihm herauf, dann verschwand es mit einem verzweifelten Wiehern unter der Wasseroberfläche, als würde es von einer Riesenklaue nach unten gezogen.

Obwohl die Schlacht auf dem Plateau weitertobte, nahm Eule den Augenblick des Schweigens wahr, der eintrat, als die Reiter, die sicher am Ufer saßen, einander erschrocken anblickten und darauf warteten, daß das Pferd wieder auftauchte. Als das nicht geschah, schrien sie aus Leibeskräften zu ihren Gefährten hinauf, die ihre Versuche, die Nerze zurückzuschlagen, aufgaben und herüberrannten, um – ebenso machtlos – von oben auf das Wasser hinunterzublicken.

In diesem Moment hörte Eule eine Serie schriller Schnatterlaute. Die restlichen Nerze ergriffen die Flucht, einige von ihnen liefen direkt in den Wald hinein. Die meisten hasteten jedoch in einer letzten trotzigen Geste durch die Menschengruppe und sprangen auf die Baumrutsche, genau wie Freddie. Als sie inmitten der sprudelnden Blasen, die von unten aufstiegen, ins Wasser klatschten, konnte Eule kaum fassen, daß sie noch in einer solchen Situation die Nerven und die Geistesgegenwart aufbrachten, den korrekten Fluchtweg zu benutzen. Auch wenn die Nerze allein ihren Hundegegnern körperlich und zahlenmäßig unterlegen gewesen waren, so hatten sie sich doch durch eine Kombination aus Strategie und Mut besser aus der Affäre gezogen, als er vermutet hätte. «Oder Freddie», dachte er. Wenn nur der Fuchs sein Werk hätte begutachten können!

Doch auch die Nerze hatten ihren Preis bezahlt. Eine ganze Reihe von Nerzkadavern lag ausgestreckt auf dem Plateau, ebenso mindesten drei Hunde, die sich nicht rührten, vielleicht sogar tot waren. Ihre rachsüchtigen Kollegen hatten sich unterdessen lautstark an die Verfolgung der flüchtigen Nerze gemacht und veranlaßten eine neuerliche Panik unter den reiterlosen Pferden, die ziellos zwischen den Bäumen umherirrten.

Kurz darauf liefen die Menschen auf dem Schlachtfeld umher, betrachteten die Opfer und untersuchten gegenseitig ihre Wunden. Einen Moment lang herrschte Ruhe.

Dann kamen die Glotzer.

Obwohl sich niemand um einen Ersatz für Alphonse gekümmert hatte, bezogen die Glotzer nach wie vor jeden Tag auf dem Rollweg Stellung. Die Waldtiere hatten darauf gewartet, daß die Marketing-Nerze auftauchten, um vielleicht die Idee der Bussarde mit den Steinadlern aufzufrischen. Als das nicht geschah, fiel sogar Cowslip nichts mehr ein. Der Führung durch die Nerze beraubt, mußten sich die Waldbewohner eingestehen, daß sie verloren waren.

Obwohl die Zahl der Glotzer verglichen mit den Massen zu Alphonses besten Zeiten beträchtlich geschrumpft war, hatte dieser sonnige Morgen wieder eine recht gute Ausbeute gebracht. Sie saßen am Flußufer und blickten mit ihren verrückten Glotzaugen angestrengt zum Wald herüber, als Freddie den Rollweg entlang auf sie zurannte. Nachdem er über die Brücke und an Alphonses Paradebaum vorbeigehetzt war und nun über die Lange Wiese raste, erhoben sie sich mit offenen Mündern. Ihre Verwunderung steigerte sich noch, als die wilde Jagd hinter ihm herkam; da schüttelten sie die Fäuste gegen ihre menschlichen Feinde. Richtig Leben kam in ihre Reaktionen jedoch erst, als oben auf dem Plateau die Hölle losbrach.

Einige rannten zurück, um in Freddies Fußstapfen den Fluß über die Brücke zu überqueren, andere sprangen jedoch gleich an Ort und Stelle in das kiesige, seichte Wasser und wateten hinüber. Am anderen Ufer fanden sie sich zu einer entschlossenen Gruppe zusammen, die den Spuren der Jagd durch den jetzt niedergerissenen Zaun folgte. Wie eine Armee von Rächern erklommen sie den Hang zum Plateau. Unterwegs hatten sie sich sogar mit Knüppeln bewaffnet. Als sie oben ankamen, machten sie sich nicht erst die Mühe, die Situation genauer zu betrachten, sondern stürzten sich gleich auf ihre Mitmenschen. Eule kam es so vor, als reagierten die Jagdmenschen darauf noch wütender als auf die Attacke der Nerze. Während er auf die Masse umherkugelnder Körper hinabblickte und das Klatschen der Stöcke und Peitschen vernahm, schoß es ihm durch den Kopf, daß es keine erbitterteren Auseinandersetzungen gab als die Kämpfe zwischen Angehörigen der gleichen Spezies. Zur Ehrenrettung der Glotzer mußte er sagen, daß sie sich hervorragend schlugen, wenn nicht sogar effektiver als ihre Jägergegner. Vielleicht waren sie auch nur ausgeruhter, jedenfalls hielten sie sich ganz ausgezeichnet.

Trotzdem kam ihm der Streit, wie damals die Auseinandersetzung mit den Arbeitermenschen auf dem Rollweg, im Vergleich mit der Nerzattacke eigenartig zahm vor. Fehlte den Menschen trotz ihrer vielen Hilfsmittel etwa der Killerinstinkt – zumindest, wenn sie sich untereinander bekriegten? Der Kampf schwächte sich eindeutig zu einer Reihe sinnloser Raufereien ab.

Dann hörte Eule das erste Tatü-Geräusch und blickte hinüber zum Rollweg, wo ein weißer Volver mit einem hellen, blinkenden Licht herbeigebraust kam. Er drehte mit einem kreischenden Geräusch um, raste über die Brücke und holperte über die Lange Wiese herauf, bis er plötzlich an einer sumpfigen Stelle steckenblieb. Ein Trupp gleich aussehender Menschen quoll heraus und rannte sofort auf den Wald zu, während aus der Ferne schon weitere Tatü-Geräusche herüberklangen. Das, soviel wußte Eule bereits, würde diesen Teil der Geschichte beenden. Von Freddies Triumph begeistert, machte er sich auf den Heimflug. Es würde wohl noch eine Zeitlang dauern, bis allen die volle Bedeutung des heutigen Tages bewußt wurde, doch ganz grob gesagt hieß es wohl, daß die Tyrannei der Nerze beendet war.

Es sei denn, wie ihm schon jetzt ein eigenartiges Gefühl einreden wollte, sie hatten den Wald noch nicht verlassen.

Kapitel 66

Nach Hause

Den Tieren lag nicht viel daran, die Säuberungsaktion näher zu beobachten, die für den Rest des Tages den Wald mit Menschen geradezu überschwemmte. Ob Retter oder nicht, die alte Weisheit, daß man sich von ihnen fernzuhalten hatte, galt noch immer. Alle versteckten sich, solange die Menschen überall herumtrampelten und den Wald nach verlorenen Pferden und Hunden durchkämmten. Den Glotzern und den Jagdmenschen in ihren roten Mänteln hatten sich viele andere angeschlossen; Gerüchte machten die Runde, die Arbeitermenschen seien wieder zurück, und auf der Straße reihten sich so viele Volvers aneinander, daß der Andrang sogar Alphonses beste Zeiten in den Schatten stellte. Die unterschiedlichen Menschen, die auf dem Plateau umherpirschten, sahen unheimlich grimmig und entschlossen aus. Sie unterhielten sich leise, und einige markierten Stellen mit weißen Rechtecken, ähnlich denen, die den Wald gerettet hatten. Zwischen ihnen wanderte der verloren wirkende Mensch mit dem gelben Hund umher. Der Hund wurde an der kurzen Leine gehalten, kauerte sich ängstlich an sein Herrchen und wurde erst dann wieder lebendig, als er endlich weggeführt wurde. Inzwischen standen Menschenweibchen oben am Steilufer und weinten, während Menschen in schwarzen Häuten in den tiefen Teich stiegen und schließlich den Kadaver des ertrunkenen Pferdes an die Oberfläche holten. Es wurde zusammen mit dem Pferd, das sich den Hals gebrochen hatte, mit Stricken ans Ufer gezogen, auf einen Volver geladen und über die Lange Wiese weggefahren.

Dann fingen die Menschen damit an, das Plateau systematisch und gründlich zu zerstören, und die Tiere zitterten und bebten, als sie sahen, daß die Rache weit grausamer ausfiel als alles, was sie sich hätten ausdenken können. Zuerst gruben sie die ehemaligen Kaninchenbaue auf und zerstampften sie; dann kamen wieder die Brummer zum Einsatz, mit denen sie die Überreste der Buche fällten und mühelos die umgestürzte Esche zerlegten, die den Wateramakomplex gebildet hatte. Die größeren Stücke wurden in den Fluß geworfen, ein Stück stromabwärts geflößt und dort auf großen Volvers abgefahren, wohingegen die kleineren Stücke, die zerlegte Buche und die Kaninchenstatue in der Mitte des Plateaus zu einem großen Haufen aufgetürmt wurden. Dann kam der größte Schrecken überhaupt. Eine neue Maschine, ganz anders als die, die die Tiere schon kannten, wurde mühsam durch den Wald geschleppt, und andere Menschen folgten ihr mit Behältern, aus denen sie eine fürchterlich stinkende Flüssigkeit über das gesamte Gebiet gossen.

Eine Horde Menschen machte sich am Rande des Plateaus an der Maschine zu schaffen und sprang nach rückwärts weg, als sie plötzlich zum Leben erwachte. Eine riesige Flammenzunge schoß aus ihrem Maul, rot und wütend, und sie stieß ein unglaublich lautes Brüllen aus. Die anderen Menschen rannten in den Schutz der Bäume, als hätten sie auf einmal selbst Angst davor bekommen. Der Mensch, der sie bediente, zielte mit der Flammenzunge hoch in die Luft, bevor er sie nach unten lenkte und ihren feurigen Hauch fauchend über den Erdboden streichen ließ, woraufhin das verbliebene Gras und die Reste der beiden Bäume sofort in Flammen aufgingen. Die Flammen schossen hoch auf und schickten einen Funkenregen in den Himmel, zischend und flackernd breiteten sich die gelben Brände nach allen Seiten aus, machten sich ausgehungert über die Flüssigkeit her, die den Boden durchtränkt hatte. Von weiteren fauchenden Stößen der roten Zunge vorangetrieben, erreichten die Flammen den Rand des Plateaus, wo sie schließlich verloschen. Die Blätter der umstehenden Bäume zitterten im Wind des Feuersturms, dann sanken sie beinahe gleichzeitig in sich zusammen und schrumpften in der enormen Hitze, die sie in spröde Flocken verwandelte. Das Fauchen wurde lauter, als sich das Feuer auf den Haufen zusammengesägter Äste konzentrierte, die zischten und knisterten und knackten, während sie von den Flammen verzehrt wurden. Ringsum achteten die Menschen darauf, daß das Feuer sich nicht ausbreitete, und trampelten auf rauchenden Grasnarben herum.

Währenddessen loderte das Feuer in der Mitte immer höher. Teilweise wurden die gelben Flammen von der dicken Rauchsäule, die in den Himmel stieg, verdeckt, einer Rauchsäule, die immer dicker und dichter wurde, bis sie schließlich die Sonne ausblendete. Die scharfumrissenen Silhouetten der Menschen verwandelten sich in undeutliche Gestalten, die im Dämmerlicht der wabernden Rauchwolken umherstapften und vor ungezügeltem Triumph schrien und jubelten. Inzwischen ging ein Ascheregen auf sie nieder, der das ganze Gebiet mit einem gleichmäßigen grauen, hier und da von schwarzen, schmierigen, verdächtig aussehenden Partikeln durchsetzten Film bedeckte. Ein fettiger Schaum bildete sich auf der Oberfläche des Großen Teichs, der Rauch stieg immer höher, und der beißende Niederschlag breitete sich aus, bis die Asche des Scheiterhaufens so weit verwehte, daß sie jeden Flecken des Waldes verdreckte.

Sobald die Flammen erloschen waren, verliefen sich auch die Menschen allmählich. Zufrieden gingen sie in kleinen Grüppchen durch den Wald zurück, nahmen auch ihre Ausrüstung wieder mit und nickten einander zu, als wollten sie sich zu einer hervorragend erledigten Aufgabe beglückwünschen. Der Rückzug hatte etwas Endgültiges, wie alle Tiere sofort spürten. Rasch verließen sie ihre Verstecke. «Sie sind weg», flüsterten sie einander zu, «sie sind weg.»

Obwohl einige Tiere sich vorgenommen hatten, näher an das Plateau heranzuschleichen, gab es nur wenige, die den Ort, der ihnen so viele Monde verwehrt gewesen war, tatsächlich betreten wollten. Das lag vor allem daran, daß die umwälzenden Ereignisse so unerwartet und um so schockierender über sie gekommen waren. Einer oder zwei traten vorsichtig auf die bröckeligen Aschehügel, zogen sich jedoch rasch wieder zurück, als diese in grauen Wölkchen in sich zusammenfielen. Da sie die Hitze spürten, die einzelne glühende Reste und die versengte Erde selbst noch ausstrahlten, beschränkten sie sich darauf, sich verwundert umzublicken. Die Menschen verstanden es wirklich, ganze Arbeit zu leisten! Die Nerzkolonie war buchstäblich vom Angesicht der Erde radiert worden. Sie und ihre Bewohner, ob tot oder lebendig, waren verschwunden, als hätten sie niemals existiert. An ihrer Stelle gab es nur noch einen stinkenden, düsteren Kreis des Todes und der Zerstörung, bei dessen Anblick sich die Herzen der Tiere mit Grauen füllten. Innerhalb dieses Kreises rührte sich nichts mehr, und das verlieh ihm eine Atmosphäre brütender Melancholie. Ringsum standen die rauchgeschwärzten Bäume in schweigender Trauer. Wie still und verlassen der Ort wirkte, jetzt, da seine treibende Kraft entfernt worden war! Man konnte sich nur noch schwer vorstellen, daß hier das betriebsame Zentrum eines derartig fürchterlichen Terrorregimes gelegen hatte. Trotzdem schwebte etwas über diesem Ort, eine Aura, die den Tieren wie beim Steinbruch das Gefühl gab, daß ihm für alle Zeit ein Stempel aufgedrückt war. Wie der Steinbruch war es etwas Böses, etwas, was allen Tieren Schauer über den Rücken jagte. Die Kraft dieses Etwas war so groß, daß niemand ein Wort hervorbrachte, auch die Kaninchen nicht.

Eule hielt sich nicht lange auf. Er ließ die sprachlosen Tiere weiter glotzen und flog zu Freddies Bau hinüber, fand ihn aber, wie erwartet, verlassen vor. Wenn der mutige Fuchs nur hätte bleiben können, um den Dank der Waldbewohner entgegenzunehmen! Inzwischen mußte er schon ein gutes Stück Wegs zu seiner neuen Heimat zurückgelegt haben. Eule würde ihn vermissen. Vielleicht würde er ihn ja eines Tages sogar besuchen, obwohl er es bezweifelte; als Freddie ihm erzählt hatte, welche Menschensiedlung er sich ausgesucht hatte, war Eule entsetzt gewesen.

«Die große, Ollie», hatte er mit einem schelmischen Grinsen gesagt.

«Da kannst du doch nicht hingehen, Freddie!» hatte Ollie entrüstet geantwortet. Auf der Suche nach seinen Eltern hatte er diese Stadt einigemal überflogen. Allein ihre Größe, ganz abgesehen vom Ausmaß der menschlichen Tätigkeiten darin, hatte ihn ganz verwirrt, und er war mehrere Tage krank gewesen.

«Wenn ich mich schon verändern will, dann aber gleich richtig», hatte Freddie gelächelt. «Auch wenn du es nicht glaubst, aber in den alten Knochen steckt noch ein bißchen Leben, Ollie. Und wenn die Arbeiter zurückkommen, wird es hier mindestens genauso hektisch.»

Diese Bemerkung hatte etwas berührt, dessen Eule sich jetzt sehr bewußt wurde. Wenn es im Alten Wald nichts Außergewöhnliches mehr gab, dann war er allen Schandtaten wieder schutzlos ausgeliefert. Würden die Arbeitermenschen zurückkommen? Freddie war davon überzeugt. «Ich weiß nicht», mußte sich Eule wieder einmal eingestehen.

«Nein», verkündete Cowslip jetzt.

Die BWW-Anführerin, die sich während der Tätigkeiten der Menschen zurückgezogen hatte, tauchte jetzt, den Rücken durch heimliche Diskussionen im Untergrund gestärkt, wieder auf. Als Eule sich weigerte, einer Versammlung aller Tiere vorzusitzen, fing sie sofort wieder Streit mit ihm an, und als andere Tiere sich um sie herum versammelten, wurde ihm klar, daß sie das Treffen auch ohne seine Zustimmung auf der Stelle abhalten würde. Er ließ es einfach geschehen. Schließlich hatte er ihnen etwas mitzuteilen.

«Ihr alle seid Freddie zu großem Dank verpflichtet», informierte er sie. «Es war seine Idee, und er führte sie mit bemerkenswerter Tapferkeit aus. Leider ist er nicht mehr hier, damit ihr ihm persönlich dafür danken könnt. Ein wesentlicher Punkt seines Plans bestand darin, daß er den Wald verlassen und für immer in die große Stadt der Menschen ziehen wollte. Einige von euch Vögeln kennen sie vielleicht, es ist diejenige hinter den fünf Tälern.

Mir bleibt nur zu sagen, daß ich weiß, daß wir ihm alle viel Glück wünschen», schloß er und machte es damit absichtlich so kurz wie möglich. Das letzte, was er jetzt brauchte, waren vertrackte Diskussionen hinsichtlich Freddies Doppelschlag gegen die Jagd, ganz abgesehen von der fundamentalen Entscheidung, den menschlichen Feind zu benutzen, um damit den Nerzfeind zu besiegen.

Ein dünner Applaus war seine Belohnung. Die meisten Tiere hatten inzwischen halbwegs begriffen, was geschehen war, doch es gehörte eine nicht ganz alltägliche geistige Beweglichkeit dazu, den Fuchs plötzlich als Helden zu feiern.

«Freddie handelte nur aus Eigeninteresse», tönte Cowslip selbstgefällig. «Er wollte sich lediglich an der Jagd rächen. Ganz im Gegensatz zu uns Waldwächtern, die wir stets uneigennützig gehandelt haben, zum Wohle aller.»

«Willst du nicht einmal anerkennen, daß der Wald ihm ein wenig Dank schuldet?» fragte Eule ungläubig, wobei er sich gleichzeitig darüber ärgerte, daß dieses langgesichtige Kaninchen seine Pfote so zielsicher auf Freddies verdecktes Motiv gelegt hatte.

«Schuldet?» erwiderte Cowslip arrogant. «Es gibt keine Schuld. Die Nerze wollten uns ohnehin verlassen. Es wäre nur eine Frage der Zeit gewesen. Wie du siehst, können auch Kreaturen wie sie nicht immer weitermachen, ohne ihre Fehler einzusehen. Auch den Arbeitermenschen wird es so ergehen, wenn sie es nicht bereits eingesehen haben.»

«Wie kannst du dir nur so sicher sein?» fragte Eule wütend.

«Ich weiß es nicht genau!» antwortete Cowslip, die jetzt ihrerseits wütend wurde. «Vielleicht haben sie das Interesse verloren oder sind woanders hingezogen. Alles mögliche kann passiert sein. Warum denn so negativ, wenn du ebensogut positiv denken könntest?»

«Weil deine Art des positiven Denkens lupenreine Kacke ist!» kreischte Eule, der jetzt wirklich genug von diesem Gequatsche hatte. «Das sind doch nichts weiter als blöde, hoffnungsfrohe Behauptungen, die sich auf nichts anderem als auf warmer Luft gründen. Sind woanders hingezogen, haben das Interesse verloren, sehen ihre Fehler ein – es gibt keinen Anhaltspunkt, der deine Aussagen unterstützte!»

Zornig bemerkte Eule, daß er sich auf ein Streitgespräch eingelassen hatte, etwas, was er unter allen Umständen vermeiden wollte. Doch jetzt konnte er sich nicht mehr bremsen.

«Immer richtest du es so ein, daß du nicht verlieren kannst, was?» beschuldigte er sie. «Du rechtfertigst die Zukunft, damit du im nachhinein behaupten kannst, sie habe sich aufgrund deines Tuns so entwickelt. Wenn die Menschen nicht mehr zurückkommen, dann haben wir das dir zu verdanken. Und wenn doch, dann drehst du dich einfach weg und sagst, das sei doch nicht deine Schuld und es gebe nichts, was du dagegen tun könntest. ‹Wenigstens haben wir es versucht›, wirst du winseln, und dann wälzt du die Schuld auf andere Tiere wie mich ab, weil wir keine – wie ihr es nennt – ‹positive Haltung› einnehmen.

Na ja, wenigstens die Nerze hatten eine positive Haltung. Sie haben die Verantwortung für ihre Handlungen übernommen. Wann willst du dich mitsamt deinen Waldwächter-Spießgesellen endlich wie alle anderen benehmen und eure Fehler einsehen? Dein Leben ist ein einziger Schwindel, nichts anderes als eine miese Show! Kein Wunder, daß du deine Ahnungslosigkeit hinter diesem dämlichen Grinsen verbirgst.»

Inzwischen war Eule nicht nur ganz unplanmäßig wütend geworden, sondern völlig außer sich. Auch Cowslip hatte das erkannt und schenkte ihm prompt das dämlichste Grinsen, das er jemals gesehen hatte.

«Wir machen keine Fehler, oder?» lächelte sie herablassend und wandte sich Unterstützung heischend an ihre Kaninchenkameraden und die Braunellen. «Das Recht ist auf unserer Seite. Du bist wie alle Raubtiere – so ungeduldig. Du wirst nie verstehen, daß alles letztendlich denjenigen zufällt, die warten können.»

«Nein, das werde ich verdammt noch mal nicht!» brüllte Eule. «Und wir sollten auch jetzt nicht unsere Zeit mit Abwarten verplempern. Wir sollten sofort ausschwärmen und die Nerze aufspüren!»

Die anderen Tiere sahen betreten zu Boden. Viele staunten über Freddies Phantasie und Wagemut, andere drückten leise ihr Bedauern über das aus, was sie in der Vergangenheit über ihn gesagt hatten. Doch als gebrannte Kinder scheuten sie das Feuer. Sie wagten nicht, sich an einer Aktion zu beteiligen, durch die sie erneut den Zorn der Nerze auf sich lenken würden. Eule konnte das einigermaßen verstehen. Die Überlebenden der Nerzhorde mußten jetzt verzweifelt und deshalb um so gefährlicher sein. Eule war sich trotzdem ganz sicher, daß es getan werden mußte.

Gerade als Cowslip zu einer Entgegnung ansetzte, kam Boris herbeigeschnauft.

«Habe ich dich gerade sagen hören, daß wir ausschwärmen und die Nerze suchen sollen?» blaffte er. «Falsch, Ollie! Falsch, falsch, falsch! Wir sollten sie schleunigst vergessen.

Ein Glück, daß sie weg sind – mehr Worte sollten wir darüber nicht verlieren.»

«Aber das könnte deine Chance sein, so richtig loszulegen, Boris», protestierte Ollie, der sich daran erinnerte, wie rasch der Dachs seinen Angriff auf das Plateau abgeblasen hatte. «Sie sind jetzt so am Boden zerstört, daß wir sie vielleicht allein fertigmachen können. Wir könnten ihnen auch noch einmal die Menschen auf den Hals schicken.»

An dieser Stelle widmeten ihm die anderen Tiere ein wenig mehr Aufmerksamkeit. Es würde alle sehr beruhigen, wenn sie sicher sein könnten, daß die Nerze nie mehr zurückkehrten.

«Wir wissen, daß sie nicht alle getötet wurden», drängte Eule. «Ich selbst habe viele entkommen sehen. Wir müssen herausfinden, wo sie sich aufhalten und wie viele noch übrig sind, bevor wir uns jemals von ihnen befreit fühlen können.»

Boris zog die Lippen zurück und bleckte angewidert die Zähne.

«So wie du redest, Ollie, frage ich mich allmählich, auf wessen Seite du eigentlich stehst», brummte er.

Eule mußte schwer schlucken. Das ging zu weit. Und obwohl Cowslip voller Genugtuung grinste, hatten es auch die anderen bemerkt.

«Nimm das zurück!» wurden einzelne Rufe laut.

«Schäm dich!»

Als Boris nur abwehrend knurrte, startete Eule seinen letzten Versuch.

«Ich weiß nicht, wie es euch geht, aber ich habe vor, sie endgültig fertigzumachen», verkündete er.

«Du bist besessen, Ollie», schnaufte Boris wütend. «Sie sind weg, aber du kannst nicht von ihnen lassen, was? ‹Bleib weg, sonst erwischen sie dich.› Dir ist wohl nie aufgegangen, daß sich das ebenso auf die Nerze wie auf die Menschen bezieht. Das war schon von jeher dein Problem, Ollie. Du konntest dich nirgendwo raushalten, und so geht es dir heute noch.»

Da sie wußten, wie tief diese Worte Ollie ins Herz schneiden mußten, verhielten sich die anderen Tiere still. Bis auf Cowslip.

«Sag's ihm, Boris!» schrie sie triumphierend und grinste vor unverhohlener Freude über diesen Streit. «Siehst du Ollie, selbst er weiß, daß am Ende die Vernunft über alles siegt.»

Doch das ließ sich der Dachs nicht gefallen.

«Erzähl mir nichts über Vernunft, du blöde Spinnerin!» fuhr er Cowslip an und wackelte auf sie zu. «Vergiß Ollie. Jetzt, wo die Nerze weg sind, ist es wohl Zeit, auch dich loszuwerden.»

Eule sah fasziniert zu. Erkannte Cowslip denn nicht, daß Boris momentan von all den Geschehnissen so aufgebracht war, daß er seine Wut an jemandem auslassen mußte?

Zu spät bemerkte das Kaninchen, daß es den Zorn des Dachses auf sich gezogen hatte. Sie ging einige Schritte zurück und sah sich verunsichert um, als die Braunellen und die restlichen Kaninchen sich von ihr distanzierten, indem sie sich nicht von der Stelle rührten.

«Das ist jetzt aber wirklich nicht nötig», verteidigte sie sich und grinste noch falscher und dämlicher als je zuvor. «Boris, sei bitte vernünftig.»

Doch es war zu spät. Mit einem unerwartet flinken Satz, der so gar nicht zu seinem plumpen Körper passen wollte, war der Dachs bereits hinter sie gesprungen und schloß seine Kiefer um ihr enormes Hinterteil. Dann schüttelte er sie so heftig, daß ihr ganzer Körper durcheinandergerüttelt wurde. Cowslip stieß mehrere schrille Schreie aus. Eule nahm an, daß sie zunächst eher von ihrem verletzten Stolz herrührten, doch als Boris immer noch nicht losließ, wurde ihm plötzlich klar, daß er ihr keine Gnade erweisen würde.

«Helft mir, Wächter, Kameraden!» flehte sie die erschrocken zuschauenden Kaninchen und Braunellen an, während sie versuchte, sich loszureißen.

Als ihr niemand zu Hilfe eilte, änderte sich der Tenor ihrer Schreie.

«Feiglinge!» schrie sie. «Ihr seht lieber zu, wie ich sterbe, bevor ihr irgend etwas unternehmt!»

Trotzdem rührte keiner auch nur eine Pfote. Eule überlegte sich gerade, ob er eingreifen sollte, als Boris sie abrupt losließ.

«Jetzt mach endlich das einzige, wozu du gut bist, du verquasselte, beschissene Spinnerin», knurrte er. «Hau ab und komm nie wieder zurück, oder ich beiße dir deinen Hintern glatt ab.»

Cowslip warf noch einen schreckerfüllten Blick in die Runde, dann verzog sie sich ohne ein weiteres Wort hakenschlagend in die Büsche. Ein enormes Grinsen spaltete Boris' gestreiftes Gesicht, als er die beiden riesigen roten Striemen sah, die sich bereits auf ihrem hervorstehenden Hinterteil abzeichneten.

«Das hätte ich schon vor langer Zeit tun sollen», seufzte er zufrieden und fuhr sich mit der Zunge über die Lefzen, sammelte einige Fetzen Fell und spuckte sie auf die Erde.

«In Zukunft werden wir uns nicht mehr in ihr täuschen», nickte er vor sich hin. «Dieses Zeichen wird sie bis in alle Zeiten brandmarken!»

Eule strahlte ihn an. Mit diesem Befreiungsschlag hatte er die Würde des Kaninchens so zerstört, daß Eule zweifelte, ob es sich jemals wieder davon erholte.

«Möchte jemand von euch sie noch mal wiedersehen?» erkundigte sich Boris mit blitzenden Augen bei der zitternden Versammlung von Vegetariern.

Kläglich schüttelten alle die Köpfe.

«Dann seid so gut und verzieht euch ebenfalls!» rief der Dachs.

Nachdem sie hastig davongestürzt waren, kam er zu Eule herüber.

«Tut mir leid, wenn ich dich mit meinem Gerede aufgeregt habe, Ollie», entschuldigte er sich. «Du weißt, wie sehr mir dieser ganze Kram auf die Nerven ging. Ich möchte nur, daß alles wieder wie früher wird.»

Eule war etwas aus der Fassung, denn inzwischen hatte ihn das ungute Gefühl beschlichen, in den Worten des Dachses, was seine Besessenheit betraf, könne ein Fünkchen Wahrheit liegen. Bislang hatte er noch nicht darüber nachgedacht, doch er spürte bereits, daß das Verschwinden der Nerze ein klaffendes Loch in seine Existenz gerissen hatte. Ein ganzer Bereich seines Lebens war mit einem Schlag verschwunden – eine dunkle Seite, auf der er sich, das wußte er genau, nicht aufhalten sollte.

Trotzdem konnte er sich der Faszination nicht entziehen.

«Ich werde sie trotzdem suchen, Boris», sagte er so sanft wie möglich.

«Dann geh doch!» Der Dachs verlor erneut die Geduld. «Wenn es dir Spaß macht! Laß sie aber wissen, daß sie wissen, daß du der einzige bist, der sich für sie interessiert. Keiner von uns möchte jemals wieder etwas mit ihnen zu tun haben.»

«Jedenfalls nicht, solange sie sich nicht in der Nähe deines Baus aufhalten, was?» Eule hatte sich wieder einmal nicht beherrschen können, zumal ihm das Verhalten von Orwella, dem Otter, wieder einmal in Erinnerung kam.

«Da hast du wenigstens einmal recht», schrie der Dachs zurück. «Und was für die Nerze gilt, gilt auch für dich, Ollie. Ein Glück, daß ihr weg seid!»

Eule blieb noch eine Weile allein mit Raka traurig und nachdenklich sitzen. Dann riß er sich zusammen. Nachdem sie sich so heroisch angeboten hatte, Alphonse aufzusuchen, würde die Krähe bestimmt auch ihn unterstützen.

Doch Raka, die zuvor mit lebhafter Freude zugeschaut hatte, wie Cowslip ihre Abreibung bekam, ergriff zuerst das Wort: «Mir geht's da wie Boris, Ollie, tut mir leid», sagte sie ungewöhnlich leise. «Ich möchte, daß alles vorbei ist. Bertha hat mir den Rest gegeben. Seitdem sie tot ist, habe ich keinen rechten Mumm mehr. Freddie hat uns ein wunderbares Geschenk hinterlassen; warum begnügen wir uns nicht damit?»

«Wir müssen sie finden, Raka, verstehst du das denn nicht?» entgegnete Ollie bitter enttäuscht. «Andernfalls können sie einen Überraschungsangriff starten.»

«Ganz richtig, Ollie», krächzte Raka, die jetzt ebenfalls zornig wurde. «So wie beim erstenmal. In der Zwischenzeit können wir wenigstens leben wie vorher auch, anstatt uns ständig Sorgen darum zu machen, was geschehen könnte. Das Leben ist zu kurz, Ollie, wenn du so weitermachst, zerrüttest du dich selbst.»

Eule wollte ihr eine ebenso wütende Antwort geben, hielt sich jedoch zurück. Warum stritten sich bloß alle ausgerechnet in dem Augenblick, da sie gewonnen hatten?

«Was läuft nur falsch, Raka?» fragte er verzweifelt. «Alles scheint auseinanderzubrechen.»

«Ich weiß es auch nicht, Ollie», gab die Krähe mißgelaunt, aber etwas ruhiger zurück. «Mir ist es bereits in der Krähenkolonie aufgefallen, als ich mit Alphonse zurückkam. Ich kann nicht direkt die Kralle darauf legen, aber seitdem die Nerze aufgetaucht sind – und dann natürlich die Menschen –, scheinen alle viel ekliger zueinander geworden zu sein oder zumindest nicht mehr so fürsorglich.

Natürlich nicht so wie die Kaninchen», ergänzte sie und starrte ins Weite, während sie ihre Gedanken sammelte. «Es dreht sich nicht nur um leere Worte. Mir fiel es eher am Verhalten der Tiere auf. Ich hatte das Gefühl, daß es nicht mehr das alte Geben und Nehmen war. Weißt du, was ich meine, Ollie? Sieh doch mal uns Krähen an. Wir haben uns schon von jeher gekabbelt und gestritten, doch im Grunde gab es immer eine gewisse Kameraderie, ein gegenseitiges Akzeptieren, trotz aller individuellen Fehler. Toleranz würdest du es, glaube ich, nennen. Es könnte ja nur an mir liegen, ich habe jedoch den Eindruck, daß es davon nicht mehr viel gibt. Die Gemeinschaft scheint nicht mehr so gut zu funktionieren wie früher. Es ist so, als würde jeder plötzlich nur noch an sich selbst denken. Im ganzen Wald herrscht ein rauheres Klima.

Hast du schon jemals daran gedacht, Ollie, daß dir persönlich das gleiche passiert ist? Ula jedenfalls ist davon überzeugt.»

Bis zu diesem Punkt hatte Eule ihr problemlos folgen können. Jetzt fühlte er sich beleidigt.

«Das ist das Elend mit euch Weibchen! Ihr wollt immer alles nett und harmonisch haben!» rief er aufgebracht. «Erinnerst du dich noch an Dandelion und ihre ‹Seid-nett-zueinander›-Kacke? Die Welt ist heutzutage nicht mehr so, Raka. Man muß hart sein, wenn man in ihr zurechtkommen will. Das haben dir die Nerze doch sicherlich beigebracht?»

Sie sah ihn traurig an, sagte jedoch nichts.

«Was ist jetzt, kommst du mit oder nicht?» schrie er schließlich.

Sie blickte ihn nur weiterhin mit von Sorgen getrübtem Blick an.

«Du hast wirklich alles andere hinter dir gelassen, stimmt's?» fragte sie dann.

«Ob hinter oder vor mir, ich gehe jetzt», rief Eule trotzig und erhob sich mit einigen wütenden Flügelschlägen.

Um seine Aggression loszuwerden flog er in voller Geschwindigkeit eine weitausholende Kurve, bevor er ziellos herumschwebte und auf die Hilfe des Vollmonds wartete, der schon in der vergangenen Nacht so groß und hell gewesen war. Doch bevor er aufgehen konnte, ballten sich schwarze Wolken zusammen, die Himmelsschleusen öffneten sich, und der treibende Regen ließ die Sicht gegen Null sinken. Eule fluchte. Er hätte viel früher mit seiner Suche beginnen sollen. Jetzt schien es beinahe, als hätten sich die Elemente mit seinen Tierkollegen verbündet und würden ihm signalisieren, sein Treiben einzustellen. Da er wußte, daß jede verräterische Nerzspur vom Regen verwischt wurde, flog er mürrisch zu seiner Buche zurück, wo er über die Schwierigkeiten nachdachte, die er mit seiner sich selbst auferlegten Aufgabe hatte. Er hatte gesehen, wie die Nerze davongerannt waren. Aber welche Richtung hatten sie eingeschlagen? Wie weit waren sie gekommen? Die größte Unbekannte bestand darin, daß er nicht wußte, wie schwer einige von ihnen verletzt waren. Vielleicht hatten sie ihre Verwundeten einfach ihrem Schicksal überlassen und sich von ihnen getrennt, doch Eule war sicher, daß sie beieinandergeblieben waren.

«Kein Glück heute?» fragte Ula mitfühlend, als er tropfend ins Nest kroch und beinahe auf der glitschigen Rinde des durchnäßten Buchenastes ausgerutscht wäre.

«Was denkst du denn?» antwortete er vorsichtig und schüttelte sich den Regen aus dem Gefieder. «Trotzdem gebe ich nicht auf», fügte er hinzu und sah ihr tief in die Augen.

«Das solltest du auch nicht, Ollie», sagte sie leise. «Du mußt zuerst mit ihnen fertig werden, bevor du wieder zu mir zurückkommen kannst.»

«War ich denn fort, Ula?» fragte er. Er wußte nicht genau, was sie meinte, was ihn zu gleichen Teilen erstaunte und verunsicherte. Doch er spürte, daß sie eine wichtige Saite angeschlagen hatte.

«Weiter, als dir je bewußt werden wird, Ollie», antwortete sie ruhig. «In den letzten paar Monden warst du sehr weit weg.»

Eule starrte in den soliden Regenvorhang hinaus. Ula klang so verständnisvoll, als würde ein völlig anderer Vogel mit ihm reden. Nein, kein anderer Vogel, vielmehr ihr altes Selbst, so wie sie früher einmal gewesen war, besorgt, unterstützend, verständnisvoll. Trotzdem mußte er noch immer den entscheidenden Knoten lösen.

«Warum bist du dann nicht mit mir gekommen, Ula?» fragte er freundlich.

«Weil du mich zurückgelassen hast, Ollie. Ich wollte mit dir gehen, doch dann merkte ich, daß ich dir dorthin nicht folgen konnte. Niemand konnte das. Du mußtest ganz allein sein, um dorthin zu finden.»

Eule starrte weiterhin in den Regen hinaus, der so laut auf die Blätter und den Waldboden trommelte, daß Ulas Worte nur mit Mühe zu verstehen waren.

«Und wo bin ich jetzt?» fragte er durch das Getöse und verspürte ganz plötzlich das Bedürfnis nach ihrem Rat.

«Du bist auf dem Weg nach Hause, Ollie. Zu mir und zu allen anderen.»

Bei diesem Gedanken wurde es Ollie ganz warm ums Herz.

«Heißt du mich denn willkommen, Ula?» fragte er leise.

«Aber natürlich», lächelte sie. «Du weißt, daß ich dich noch immer liebe, immer geliebt habe. Ich muß dir auch noch etwas anderes verraten, mein Liebling: Was auch immer ich gesagt habe, ich habe dich niemals wirklich für einen Deppen gehalten. Komm her, ich will dich drücken, Ollie. Ich weiß, es war nicht leicht für dich. Aber jetzt ist es bald vorbei.»

Eule lächelte ergriffen zurück und hüpfte über den Nestboden auf sie zu. Das Nest machte einen kuscheligen Eindruck; aber es war nicht so einladend wie ihre zärtliche und freudige Umarmung. Erst jetzt wurde ihm deutlich, wie sehr er ihre Gesellschaft vermißt hatte. Er mußte sie, ohne es zu bemerken, ausgeschlossen haben, während er all seine Energie auf andere Dinge konzentriert hatte.

«Alles gehört jetzt wieder uns, Ollie», erinnerte sie ihn mit einem verschwörerischen Grinsen. «Wir wollen wieder zu den alten Tagen zurückkehren, einverstanden?»

Plötzlich wünschte Ollie wie alle anderen auch, daß alles wieder normal würde. Doch die Nerze waren noch immer dort draußen. Ob er nun von ihnen besessen war oder nicht, er mußte sie aufspüren, ehe er die Sache auf sich beruhen lassen konnte, so oder so.

«Läßt du mich zuvor noch einmal ziehen, meine Liebe?» fragte er, während er sie fest an sich drückte und die Wärme ihres Körpers an seinem spürte.

«Aber sicher doch, mein Lieber», flüsterte sie. «Ich habe dich doch immer tun lassen, was du tun mußtest. Wenn du zurückkommst, werden wir uns auf das konzentrieren, was du tun möchtest.»

Eule umarmte sie voller Dankbarkeit. Am liebsten würde er zu Hause bleiben. Doch erst mußte er der Gewalt der Elemente trotzen und sich hinauf in den Rachen des Sturms schwingen.

Kapitel 67

Wir werden wieder herrschen

In der fünften Nacht kehrte Eule enttäuscht nach Hause zurück. Die Nerze hatten sich zu gut versteckt. Ula ermutigte ihn noch immer von ganzem Herzen, doch jedesmal, wenn er sich im Wald blicken ließ, stichelte Boris, der noch immer darüber wütend war, daß Eule sich weigerte, die Sache auf sich beruhen zu lassen.

«Immer noch besessen, Ollie?» rief er zur Buche hinauf. «Immer noch nicht gelernt loszulassen?»

Die höhnischen Bemerkungen des Dachses stachelten Eule nur noch mehr an; gerade hatte er einen neuerlichen Versuch gestartet und war bis weit über die fünf Täler hinausgeflogen, an den Rand der großen Menschensiedlung, in die es Freddie gezogen hatte. Dieses Unterfangen hatte sich leider als genauso fruchtlos wie alle anderen Versuche erwiesen, und als er zurück über das Moor flog, schenkte er der kargen, leblosen Landschaft unter sich kaum Beachtung. Plötzlich registrierte er im Augenwinkel eine Bewegung – ein Tier, das eilig über die Heide huschte. Er machte eine abrupte Kehrtwende, um es zu verfolgen, als es auch schon in einem dichten Ginstergestrüpp verschwand. Nachdem er fast reglos einige Momente in der Luft verharrt hatte, tauchte es auf einem kahlen Erdflecken wieder auf, und er konnte einen genaueren Blick darauf werfen. Erregt erkannte er, daß es sich um einen Nerz handeln mußte. Dieser rasche, kraftvolle Lauf, der ihn über den Boden schnellen ließ, als bewegte er sich wie ein Fisch im Wasser, ließ keinen Zweifel zu. Zu Eules noch größerer Freude trug er etwas im Maul. Wenn Ollie Glück hatte, war der Nerz gerade jagen gewesen und jetzt auf dem Rückweg zum Lager.

Er wartete, bis das Tier den Rollweg erreicht hatte, der seine Route kreuzte und wo es sich ihm am deutlichsten zeigen mußte. Statt ihn zu überqueren glitt es jedoch zum Bach hinunter, dessen Lauf es gefolgt war, und verschwand im Wasserdurchlaß unter dem Rollweg. Eule erinnerte sich daran, wie er als junger Vogel einmal eine solche Röhre untersucht hatte, weil er sie für einen guten Ort zum Fang von Wassermäusen hielt. Doch wie die meisten Produkte der Menschen hatte sie sich als kalt und unbelebt herausgestellt, mit einer unheimlichen Atmosphäre, die ihm überhaupt nicht behagte.

Mit ein paar Flügelschlägen glitt er auf die andere Seite des Rollwegs hinüber und wartete darauf, daß das Tier wieder auftauchte. Als das nicht geschah, war er verwirrt. Es schien ganz so, als würde der Nerz dort drin bleiben, was Ollie an seinen Sinnen hätte zweifeln lassen, wüßte er nicht, daß er sich völlig auf sie verlassen durfte. Das konnte doch unmöglich das Versteck der Nerze sein. Es war Wahnsinn, direkt am Rollweg zu bleiben, wenn die Menschen noch hinter einem her waren, besonders wenn sich ringsum ein Brachland erstreckte, das keine Möglichkeit zum Verstecken bot. Dann dachte er noch einmal darüber nach, und die Idee kam ihm nicht mehr so verrückt vor. Zunächst einmal würde es erklären, warum er sie an den tausend anderen, viel wahrscheinlicheren Orten, die er abgesucht hatte, nicht finden konnte. Nicht in hundert Jahreszeiten hätte er daran gedacht, dort nach ihnen zu suchen, und die Menschen würden wahrscheinlich erst recht nicht darauf kommen. Wenn das Tier da drinnen ein Nerz war, dann war er sehr gerissen – ein typischer Nerzeinfall. Und doch nagte ein letzter Zweifel an Eule. Er konnte nicht ganz sicher sein, ob es sich nicht doch um ein Wiesel oder einen Hermelin handelte, vielleicht sogar um einen von denen, die den Alten Wald vor so langer Zeit verlassen hatten. Sein Zweifel wurde von einer weiteren Unsicherheit genährt. Wünschte er sich wirklich, jetzt, da er womöglich so dicht dran war, daß die Nerze hier steckten? Oder wäre es ihm nicht lieber, er würde sie niemals finden? Ging es ihm am Ende wie den anderen, die nichts mehr von alldem wissen wollten? Aber es war zu spät. Als Anführer des Waldes war es seine Pflicht, genauer nachzusehen.

Er landete auf der niedrigen Böschung des Baches, nicht weit entfernt von der Stelle, an der das Tier verschwunden war, und spitzte seine empfindlichen Ohren. Ein Gemurmel drang durch das Wasserplätschern und verriet ihm, daß sich dort drinnen mehr als nur ein Tier befand, aber nicht, wie viele. Anscheinend hatten sie ihn noch nicht bemerkt. Einen Augenblick fragte er sich, ob er sich nicht einfach davonstehlen sollte. Dann wurde ihm klar, daß das unmöglich war. Die runde Öffnung der Röhre zog ihn unwiderstehlich an. Er mußte es herausfinden. Er war darauf bedacht, immer nur auf trockene Steine zu treten, die seinen Klauen einen sicheren Halt gaben; er fand seine Balance und spähte in die dunkle Tiefe hinein.

Das erste, was er erblickte und was seine schwebenden Zweifel sofort beseitigte, war der schwarz-orangefarbene Katzenschwanz, der in der Nähe des Eingangs nachlässig an die Wand gelehnt war. Daneben lag die zusammengesunkene Gestalt von M1 – oder war es M2? Welcher auch immer, er rührte sich jedenfalls nicht. Weiter hinten, wo es dunkler war, drängte sich eine kleine Gruppe von Nerzen um einen Steinbrocken, der mitten im flachen Wasserlauf lag, und riß heißhungrig an dem Kadaver, der gerade hereingebracht worden war. Ein anderer Nerz bewegte sich langsam auf sie zu; er zog einen Hinterlauf nach. Eule identifizierte ihn als den grimmig dreinblickenden Maxi. Einige andere, die eindeutig verletzt waren, lagen auf dem grünen Schleim an den Rändern des dünnen Rinnsals. Einer leckte sich unablässig den aufgerissenen Bauch, ein anderer lag mit geschlossenen Augen regungslos neben ihm. Eule nahm einen leichten Verwesungsgeruch wahr, den Gestank des Todes.

Maxi war der erste, der ihn entdeckte. Sofort blieb er stehen und zischte eine Warnung, die die anderen herumfahren ließ. Eule schreckte ungewollt zurück, beruhigte sich jedoch gleich wieder einigermaßen. Die Aura überlegener Macht war von ihnen gewichen; statt dessen waren sie eine bemitleidenswerte

Ansammlung heruntergekommener Kreaturen, deren Pelze mit Dreck und – in den meisten Fällen – auch mit Blut verschmiert waren. Als sie sich trotzig fauchend an die Wände der Röhre zurückzogen, stand plötzlich Mega an vorderster Front. Sein Anblick war so schrecklich, daß Eule sich eines Anflugs von Mitleid nicht erwehren konnte. Der Kopf des Anführers der Nerze war von getrocknetem Blut verkrustet, und eine klaffende Wunde an einer Seite verlieh seinem ganzen Gesicht ein schiefes, gespenstisches Aussehen. Ein Auge war so unter verfilztem Pelz versteckt, daß Eule vermutete, Mega habe es im Kampf verloren.

«Du!» spuckte Mega giftig, wobei ein loser Hautfetzen neben seinem Maul obszön zuckte. «Ich hätte mir denken können, daß du es bist. Aber wir sind nicht hinter dir her. Wir wollen diesen elenden Fuchs Freddie. Wir hätten wissen müssen, daß er uns hereinlegen würde.»

Die Worte klangen zwar verwaschen, doch die alte Schärfe drang noch durch.

«Wenn du den Saukerl siehst, sag ihm, daß er offiziell bereits tot ist», fuhr Mega fort, fast so, als habe er sich auf diesen Moment vorbereitet. «Wir haben uns geschworen, ihn aufzuspüren, und wenn es bis zum Ende unserer Tage dauern sollte. Unsere Jagd ist anders als die der Menschen. Bei uns gibt es kein Entkommen. Wenn wir ihn haben, wird es wie bei einer seiner Hühnerhausorgien zugehen, nur daß er dann das Huhn ist. Das kannst du ihm von mir ausrichten: Niemand, absolut niemand verrät uns Nerze auf diese Weise und kann sich hinterher noch lange damit rühmen.»

«Der Drecksack wird sich wünschen, nie geboren worden zu sein!» sekundierte ihm Maxi dröhnend und unter grimmigen Beifallsbekundungen.

Eule hörte sich das alles wie benommen an und dachte, daß die Aggression nur mehr wie ein schwaches Echo der alten Tage klang. Noch nie zuvor hatte er besiegte Nerze gesehen. Der Anblick war erbärmlich. Trotz Megas Getöse wirkten die anderen eher so, als duckten sie sich hier verzweifelt in ihrem Versteck. Keiner schien herauskommen und ihn angreifen zu wollen. Trotzdem behielt er die Umgebung peinlichst genau im Auge, falls einer oder mehrere andere von Ausflügen zurückkommen und versuchen würden, ihn anzuspringen. Er konnte nicht vorsichtig genug sein, egal, wie kläglich sie aussahen, und auch ihre Drohung dem Fuchs gegenüber war wohl ernst zu nehmen.

«Freddie ist nicht mehr da.» Er konnte sich diese Antwort nicht verkneifen. «Aber nicht er ist am Ende, sondern du, Mega, bist es. Ihr werdet ihn in tausend Monden nicht finden.»

«Wir wissen, wo er ist», quiekte etwas, was an Psychos Stimme erinnerte, aus dem Hintergrund.

Eule drehte erschrocken den Kopf, konnte aber nicht herausfinden, woher die Stimme gekommen war.

«Dann sagt es mir doch», rief er trotzig in die Dunkelheit hinein.

«Er ist in die große Stadt der Menschen gegangen, fünf Täler von hier», erklärte Psycho selbstbewußt, wobei er sich Eule zum erstenmal zeigte. Er kam hinter Maxi hervor und sah ziemlich unversehrt aus.

«Woher wißt ihr das?» fragte Eule, der seine Mischung aus Schrecken und Erstaunen zu verbergen suchte.

«Wir waren noch einmal im Wald, du Blödmann», erwiderte Psycho höhnisch. «Ihr glaubt doch nicht, ihr werdet uns so einfach los, oder?»

Mega lächelte grausam, als er sah, daß Eule seine Bestürzung nicht länger verbergen konnte. Er hatte sich nichts dabei gedacht, als er den Waldbewohnern Freddies Ziel mitteilte, und seither hatte jeder im Wald darüber geredet. Es dürfte für einen Stoßtrupp der Nerze keine Schwierigkeit gewesen sein, ein unglückseliges Kaninchen oder eine Maus zu fangen und die wichtigsten Informationen aus ihnen herauszupressen. Wie hatte er nur so gedankenlos sein und ausgerechnet das Geschöpf verraten können, das sie alle gerettet hatte! Statt sicher bei den Menschen zu leben, hatte Freddie durch ihn jetzt wirklich ein Problem am Hals. Und er wußte es noch nicht einmal.

«Ihr habt euch immer für so verdammt klug gehalten, was?» fauchte Mega, dessen Stimme die Wände der Röhre einen unheimlichen Klang verliehen. «Die Menschen auf diese Weise hereinzubringen, ihr verfluchten Waldis! Wir Nerze würden niemals so tief sinken. Du weißt besser als ich, wie verabscheuungswürdig das war. Und dann ziehst du herum und verkündest überall, du seist der große Anführer, der das alles zuwege gebracht hat.»

Eule antwortete nicht. Er spielte auf Zeit. Nach dem ersten Schock half ihm die letzte falsche Aussage, sein Gleichgewicht zurückzugewinnen. Es konnte sich nur um Vermutungen handeln, obendrein um unzutreffende. Eule hatte sich bewußt herausgezogen und dem abwesenden Freddie allen Ruhm überlassen, zum Teil, weil es eigentlich die Idee des Fuchses gewesen war, zum Teil aber auch, weil er das Gefühl hatte, daß der ganzen Episode etwas Unehrenhaftes zugrunde lag. Er wollte nicht näher darüber nachdenken.

«Ihr habt es nicht anders gewollt», antwortete er kurz angebunden und mit gleichgültiger Stimme.

Auch wenn die Nerze noch immer ernst zu nehmende Gegner waren – ihr Zauber war beinahe gebrochen. Jetzt waren sie aus dem Wald heraus, und er erkannte sie als das, was sie eigentlich waren: fremdartiges Gesindel. Wenn er sich nicht täuschte, fühlte er sich zum erstenmal von ihnen gelangweilt.

«Ach so, wir haben es nicht anders gewollt», grollte Mega, wobei der Funke des Hasses in seinem lauernden Blick von einem kälteren Glimmen ersetzt wurde. «Du und deine beschränkten Waldi-Freunde dachtet wohl, ihr hättet uns für alle Zeiten vertrieben? Da liegst du absolut falsch, du dummer Sack.»

«Mega hat recht», ergänzte Psycho in seinem schrillen Qieken und kletterte auf die Schultern seines Anführers. «Wir kommen zurück. Aber selbst wenn es uns egal wäre, so haben wir euren elenden Wald bereits so sehr mit Nerzdenken infiziert, daß er sich radikal verändert hat. Niemand, der uns und unsere Lebensweise erlebt hat, kann das jemals vergessen, auch wenn er sich noch so viel Mühe gibt. Glaub keinen Moment, du könntest so tun, als wären wir nicht dagewesen. Wir haben euren Wald aufgemischt. Er wird nie wieder so sein, wie ihr ihn kanntet.»

Eule konnte nicht verhindern, daß er ängstlich eine Kralle hob. Etwas an diesem Psycho ging ihm direkt unter die Haut. Und was er gesagt hatte, paßte so perfekt zu der Unruhe, die Raka geäußert hatte. Einen Moment lang bedauerte Eule, daß er sich jemals auf die Suche nach den Nerzen gemacht hatte. Er mußte jetzt verschwinden, bevor er zu sehr hineingezogen wurde.

Und doch trieb ihn das Verlangen, sie auszuhorchen, dazu, noch länger auszuharren.

«Wart's ab», knurrte Mega, wobei der lose Hautfetzen auf und ab hüpfte. «Du wirst schon noch herausfinden, wie sich euer Wald verändert hat – falls du es nicht jetzt schon weißt. Und eines Tages kommen wir zurück und werden ihn erneut beherrschen.»

«Jawohl, wir werden wieder herrschen», ertönte ein schwacher Chor.

Eule mußte sich zusammennehmen. Er wußte nicht, ob er lachen oder weinen sollte. In ihrer gegenwärtigen Verfassung konnte diese Truppe nicht einmal eine Versammlung der Wächter des Waldes leiten.

«Ihr seid draußen, und ihr bleibt draußen», entgegnete er schneidend. «Und ihr könnt euch selbst die Schuld daran zuschreiben. Ihr habt nie in den Wald gehört – Freddie hat das genau erkannt. Ihr wart wie ein Fremdkörper, der alles zerstört. Deshalb hat er getan, was er getan hat. Es hieß ihr oder wir, und das wußte er.»

Er schüttelte den Kopf. Er vergeudete nur seine Worte. Doch vielleicht gab es einen Weg, es so auszudrücken, daß es bis zu ihnen durchdrang.

«Was diese ganze Kacke angeht, daß ihr wieder herrschen werdet», verkündete er mit großer Genugtuung, «das ist nur Balla, nichts als blöder, unausgegorener Balla!»

Als ihm vielstimmiges wütendes Knurren entgegenschallte, spürte er eine erregende Zufriedenheit. Damit war seine Mission beendet, und es war an der Zeit, sich zu verabschieden. Er stieß sich von seinem Stein ab und flog ein kurzes Stück am Ufer entlang. Dann landete er erneut, noch immer nicht dazu in der Lage, sich loszureißen. Es kam ihm vor, als reichte es nicht aus, sie mit diesen Worten zurückzulassen. Er brauchte ein Zeichen, etwas, was ihm unzweifelhaft bestätigte, daß sie erledigt waren. Etwas, was ihr Ende bezeugte.

Während er noch regungslos auf dem Fleck verharrte, hörte er kratzende Geräusche von der harten Innenseite der Wasserröhre. Maxis heisere Stimme stieß eine Reihe durchdringender Kommandos aus, woraufhin eine Folge weicher Aufschläge ertönte. Dann hörten diese Geräusche abrupt auf. Was hatten sie vor? Es hatte sich angehört, als rutschten sie alle umher. Aber warum? Und warum waren sie jetzt so still?

Er wartete, bis er es nicht länger aushielt. Dann flatterte er wieder zum Bachbett hinunter und wagte aus sicherer Entfernung erneut einen spähenden Blick in die Tunnelöffnung. Wie zuvor erblickte er zunächst den Katzenschwanz. Doch jetzt lehnte er nicht mehr verloren an der Wand. Er war in einen Spalt im Boden gerammt und ragte steif und stolz empor. Doch es war vielmehr das, was hinter dem Katzenschwanz sichtbar wurde, was Eules Nackenfedern sich sträuben ließ. Die Nerze hatten sich weiter in die pechschwarze Dunkelheit zurückgezogen und aneinandergedrängt. Sie kamen ihm vor wie eine solide Mauer funkelnder Augen, aus der das einzelne große in ihrer Mitte am wildesten und verrücktesten von allen hervorleuchtete.

Eule spürte, wie eine Woge der Bosheit auf ihn zuschwappte. Erschrocken verfiel er instinktiv in sein furchterregendes Gezische und Federbauschen. Die Augenwand starrte ihn, ohne zu zucken, weiterhin an. Er riß seine schwarzen Augenkreise so weit es ging auf und zischte aus vollem Leib. Die Augen zeigten sich unbeeindruckt. Das Wechselspiel zog sich noch eine Zeitlang hin, bis er mit einem verächtlichen Schnauben den Blickkontakt abbrach.

Erschüttert und wütend zog er sich auf das Ufer zurück. Wie konnten sie es wagen, ihm derartig zu trotzen! Und dann sträubten sich die Federn an seinem Nacken erneut. Leise tönte ein dünner Klang aus dem Ende der Röhre bis zu ihm:

Herrsche Nerzmania
Nerzmania beherrscht den Wald …

Zutiefst erschrocken flatterte er unwillkürlich in die Luft. Er schwebte mit voll ausgestreckten Beinen und Klauen über der Mitte des Flüßchens. Er forderte sie zum Kampf heraus. Sobald einer auch nur die Schnauze herausstreckte, würde er zuschlagen. Doch die runde Öffnung der Röhre starrte ihn leer an, wohingegen der Gesang weiterging. Er hatte leise begonnen, doch jetzt wurde er stärker, erfuhr durch die Röhrenwände sogar eine eigenartig hallende Verstärkung.

Wir machen alle Tiere
Ohne Zaudern kalt!

Herrsche, Nerzmania
Herrsche Tag und Nacht ...

Als die Lautstärke zunahm, veränderten sich die Stimmen der Nerze. Sie waren nicht mehr dünn und fahrig, fast wie die der Braunellen, sondern sie wurden mit jedem Wort bestimmter und selbstbewußter! Zu seinem großen Entsetzen nahm Eule wahr, wie der alte triumphierende Klang erneut zum Durchbruch kam. Plötzlich war er wieder im Wald und hörte diese Hymne vom Plateau herüberdröhnen, so wie in den Tagen der überwundenen arroganten Nerztyrannei.

In Wäldern und in Feldern
Wird niemals mehr gelacht!

Jetzt wurden diese fürchterlichen Worte, laut hallend durch die Verstärkung der Röhrenwände, voller Inbrunst hinausgebrüllt. Erneut schob sich die Doppelvision des Blutmeeres beim Massaker auf der Großen Lichtung und des in hohem Bogen davonfliegenden Taubenkopfes vor Eules inneres Auge. Er schüttelte sich ungläubig. Das war doch wohl ein Traum! Nach allem, was sie durchgemacht hatten, nachdem sie derartig dezimiert worden waren, schien es unmöglich, daß dieses Häuflein Überlebender noch immer so kraftvoll klang. Und doch war es so – sie jagten ihm auch beim drittenmal einen grauenhaften Schrecken ein.

Eule konnte nicht länger zuhören und schwang sich, beinahe panisch, mit wild schlagenden Schwingen empor, wo er sofort um möglichst große Höhe und Entfernung rang. Er schloß die Ohren und bewegte die Schwingen mit aller Kraft. Erst als er sich dem Alten Wald näherte, verlangsamte er seinen Flug und wagte es, noch einmal zu lauschen.

Zu seiner großen Erleichterung war der unheimliche Gesang in der Entfernung verklungen.

Kapitel 68

Die Grenze des Möglichen

Als Eule über der Langen Wiese hereinkam, schimmerte es bereits am Horizont, und die Hymne der Nerze wurde von den ersten frohgemuten Tönen des Chors zu Ehren des Sonnenaufgangs übertönt. Weiches Licht lag auf dem geisterhaften Nebel, der das Gras eingehüllt hatte und noch immer gespenstisch aus dem klaren Fluß emporquirlte. Jetzt, wo die Sonne immer später aufging, wurde auch der Frühnebel wieder dichter.

Die ganze Nacht über hatte er seine rankenhaften Fühler wie lebendige Wesen ausgestreckt, bis sie sich blindlings miteinander verbanden, sämtliche Senken und Furchen unter sich zudeckten und schließlich alles mit einem soliden Guß überzogen. Darüber erhob sich das Panorama des Waldes, als schwebte es auf dem Nebel dahin, so wunderschön und vollkommen wie eh und je. Eule blickte auf seine Welt hinab, die in dieser Sekunde wie erstarrt unter ihm lag und dabei doch in ständigem Wandel begriffen war. Und das in jeder Hinsicht: vom Tag zur Nacht, vom Sommer zum Winter, von der Vergangenheit in die Zukunft, von Nerzen zu keinen Nerzen, von Menschen zu keinen Menschen. Auf dem Rollweg fuhren keine Volvers, und auch später würden es nicht viele werden. Nach den aufregenden Ereignissen direkt im Anschluß an die dramatische Jagd tauchten die Glotzer inzwischen nur noch unregelmäßig und auch dann nur in geringer Zahl auf. An ihren Bewegungen ließ sich kaum noch Begeisterung ablesen, als wüßten sie, daß Alphonse nie mehr erscheinen würde. Die wenigen Volvers entsprachen ohnehin der Jahreszeit. Ob Alphonse oder kein Alphonse, das Sinken der Zahl der Volver auf dem Rollweg war immer ein Zeichen dafür, daß der Sommer sich dem Ende zuneigte. Die hohe Luftfeuchtigkeit und der nur noch langsam in die Pflanzen aufsteigende Saft deuteten ebenfalls an, daß die Große Kälte im Anmarsch war. Wenn das Wachstum nachließ und die grüne Vegetation sich auf dem

Rückzug befand, endete das große Sommerfest des Waldes so unspektakulär wie immer. Wie ein altes Wesen, das nach und nach seine Sinne und Fertigkeiten verlor, brach der Wald allmählich in sich zusammen.

«Überall sehe ich nur noch Veränderung und Verfall», schoß es Eule durch den Sinn, als er über dem Fluß kreiste.

Die letzten Schwalben waren schon aufgewacht und kurvten verspielt umher, um Insekten und Fliegen zu schnappen, deren natürliche Lebenszeit ohnehin fast abgelaufen war. Viele waren bereits so schwerfällig, daß der nächste Frost sie hinwegraffen würde. Die Schwalben hingegen sammelten sich, um schon bald wie Schönwettersegler, die es an eine sonnigere Küste zog, in die wärmeren Winterquartiere umzusiedeln. Eule winkte ihnen gutgelaunt mit der Schwinge zu, und sie winkten grüßend zurück. Sie hatten nicht viel von dem, was im Wald geschehen war, mitbekommen und würden ohne jedes Bedauern, ohne sich ordentlich zu verabschieden, davonfliegen. Für sie bedeutete der Wald nicht das gleiche wie für seine Dauerbewohner, die nirgendwo sonst hinkonnten. Das war der Hauptgrund, weshalb Eule diese Zeit so sehr liebte. Besucher blieben immer nur Besucher. Das Gefühl, wirklich hierherzugehören, daß dieser Ort wirklich die Heimat war, stellte sich nur dann ein, wenn man sich hier Tag für Tag aufhielt, wenn man die schweren Zeiten ebenso durchmachte wie die schönen.

Als er ein Eichhörnchen erblickte, das eifrig Vorräte sammelte, sauste er in die Baumwipfel hinab, um guten Tag zu sagen. Es schnatterte freundlich zurück, war jedoch eindeutig so sehr beschäftigt, daß Eule es nicht länger aufhielt. «Wie gut es mir doch geht, daß meine Existenz nicht von verschwindenden Insekten oder gehorteten Nüssen abhängt», dachte er, als er einen weiten Bogen über den Rollweg flog. Durch die fallenden Blätter und das absterbende Sommergras war seine Beute noch einfacher zu entdecken als sonst, und die längeren Nächte bedeuteten mehr Dunkelheit, in der er jagen konnte. Ohne die Nerze wäre Eule rundum glücklich gewesen. Statt dessen befiel ihn eine große Verzagtheit. Auch wenn der Alte Wald, oberflächlich betrachtet, unverändert wirkte, mußte er sich doch eingestehen, daß sich unter dieser Oberfläche alles verändert hatte. Wieder erinnerte er sich an die Worte Burdocks vor so langer Zeit.

Er hatte gehofft, ja, er war sogar davon überzeugt gewesen, daß nach dem Verschwinden der Nerze der Wald wieder in den Zustand zurückversetzt werden würde, in dem er war, bevor sie ihn mit ihrer Anwesenheit verseucht hatten. Jetzt mußten er und alle anderen Tiere sich der Realität stellen, auf die Raka bereits zielsicher gedeutet hatte: Der Wald war ein anderer geworden. Auch wenn jeder versuchte, es so gut es ging zu ignorieren, und einige sich dessen womöglich wirklich nicht bewußt waren, so mußte Eule jetzt mit einem Gefühl abgrundtiefer Hilflosigkeit anerkennen, daß Psycho sehr wohl recht behalten könnte. Die Nerze hatten dem Wald ihren Stempel aufgedrückt. Das Nerzdenken war in jeden Spalt, in jede Pore der Gesellschaft des Waldes eingedrungen und hatte sie wie ein Virus infiziert. Als er sich dessen bewußt wurde, fühlte er sich unglaublich müde. Endlich verstand er, wovon der Ehrwürdige Buck und später auch Burdock gesprochen hatten! Es war eine lange Reise gewesen, die ihn zu einem so fundamentalen Verständnis geführt hatte, das ihn bis in seine Wurzeln erschütterte. All diese Anstrengungen, all die Mühe! Freddies mutige und selbstlose Geste, Berthas Selbstmord, der Mord an dem unglückseligen Alphonse, der Mord an Burdock und der dummen Taube – sollte das alles vergebens gewesen sein? Es schüttelte ihn, als er wieder an die Wand aus Augen denken mußte, mit Megas einzelnem verrücktem Auge mittendrin, und sein Kopf dröhnte von der hochmütigen Hymne der Nerze, die aus der Röhre unter dem Rollweg heraushallte.

Jedenfalls war es nicht seine Schuld. Er hatte sich der Aufgabe verpflichtet gefühlt, die anderen durch diesen Alptraum von Ereignissen zu führen, auch wenn seine Motive gelegentlich sehr selbstsüchtig gewesen sein mochten. «Gravität und Hintergründigkeit», erinnerte er sich mit einem schiefen Lächeln. Wie albern ihm das jetzt vorkam. Die meiste Zeit über hatte er sich eher wie ein Kaninchen als wie ein Raubvogel aufgeführt, hatte auf die Geschehnisse reagiert, anstatt sie auszulösen, und letztendlich war er nicht klüger als alle anderen gewesen. Natürlich mit Ausnahme der allwissenden Cowslip. Doch wie es die Ereignisse so anschaulich demonstrierten, hielten sie und ihre Waldwächterfreunde ebensowenig die Kontrolle über diese Ereignisse – und schon gar nicht über ihr Leben – in Händen wie etwa die Mitglieder der Würmer-Befreiungsfront, die sie einst so dröge repräsentiert hatte. Sie konnten nichts anderes machen als dasitzen; sie waren zu erschrokken, um zu handeln, bis ein Unglück sie überwältigte, fast als ob sie das Unglück absichtlich heraufbeschworen hätten.

Eule schüttelte sich heftig und konzentrierte sich auf die Gegenwart. Seine nächste Aufgabe war es, Bericht darüber zu erstatten, daß er die überlebenden Nerze ausfindig gemacht hatte. «Was soll ich ihnen nur sagen?» fragte er sich. Eigentlich wollten sie nur hören, daß die Nerze geschlagen waren, fertig, ein für allemal erledigt. Er könnte sie einfach anlügen und ihnen erzählen, er habe sie alle tot aufgefunden; was über kurz oder lang vielleicht sogar der Wirklichkeit entsprach. Abgesehen von ihren Wunden wurden sie weiterhin durch die magere Kost an ihrem grausam elenden Aufenthaltsort geschwächt, und auch die Menschen waren vermutlich noch immer hinter ihnen her. Sie konnten nicht bis in alle Ewigkeit in diesem Kanalrohr bleiben. Durften sich die Waldbewohner darauf verlassen, daß die Menschen sie erledigten, sobald sie wieder daraus hervorkrochen?

Ohne weiter darüber nachzudenken, wußte er, daß die Antwort «nein» lauten mußte. Statt dessen konnte er, falls ihm danach war, jedem erzählen, daß die Nerze bereits erneut mit einem Stoßtrupp im Wald gewesen waren. Solange noch ein Funken Leben in ihnen steckte, gab es bei ihnen nicht nur Hoffnung, sondern gleich Gewißheit. Die einzige und entscheidende Frage war nicht die, ob sie überlebten, sondern wo.

Eule riß sich von seinem Lieblingskurs über dem Hügelkamm los, den er ganz unbewußt eingeschlagen hatte. Er verspürte das Bedürfnis, das Plateau zu inspizieren, um sicherzugehen, daß es dort wirklich überhaupt kein Leben mehr gab. Als er im heller werdenden Tageslicht darüber hinwegglitt, zuckte er plötzlich zusammen. Unter ihm bewegte sich ein heller Streifen über die schwarze, verkohlte Erde, doch als er genauer hinsah, stellte es sich nur als eine einzelne gelbe Feder heraus. Dort unten rührte sich der letzte Überrest von Alphonse, wehte in der sanften Brise des neuen Morgens davon.

Dann stach ihm eine andere Bewegung ins Auge. Eine Wühlmaus, die spät nach Hause zurückkehrte, hastete nervös über die trostlosen Erhebungen und Vertiefungen des verwüsteten Ödlands. Eule hatte sich vor seiner Begegnung mit den Nerzen ordentlich gestärkt und war kein bißchen hungrig. Trotzdem empfand er plötzlich ein irrationales und überwältigendes Verlangen zu töten. Ohne nachzudenken, stürzte er hinab, packte die Wühlmaus und stieg sofort wieder in die Luft, wobei er ihre schrillen Schreie mit einem Klauenreflex zum Verstummen brachte. Wie immer befriedigte ihn die perfekte Meisterschaft seiner Tötungsaktion, diese Meisterschaft, die ihm Sicherheit verlieh und die Dandelions irreführende Gedanken damals für eine Zeitlang außer Kraft gesetzt hatten. Doch er spürte auch etwas anderes, etwas, was ihn in die Zeit zurückversetzte, als er noch ein Eulchen war und seine ersten unbeholfenen Erfahrungen mit lebender Beute sammelte. In jenem Stadium seines Lebens, in dem er noch von seinen Eltern gefüttert wurde, mußte er seine Nahrung nicht selbst töten. Und doch empfand er eine unglaubliche Erregung dabei, andere Tiere wie lebendige Spielzeuge zu behandeln, mit ihnen zu spielen, sie zu quälen, ganz herunterzuschlucken oder sogar freizulassen, wie es ihm beliebte. Die Offenbarung dieser beeindruckenden Macht, in der Lage zu sein, zu töten und zu töten und immer weiter zu töten, erregte ihn schon damals auf ungeahnte Weise. Er war ein Lebewesen, das andere Leben nach Gutdünken beenden konnte, einfach so. Von der Macht dieser Erinnerung gepackt, fiel ihm jetzt auf, daß er dieses Gefühl seither nicht mehr erlebt hatte. Nachdem er die Macht einigemal gespürt hatte, legte er sie schon bald beiseite und wandte sie nur auf die Beschaffung der Nahrung an, die er wirklich brauchte.

Dieses alte Gefühl war jetzt, nachdem es sein ganzes Wesen für eine kurze Zeit wieder intensiv durchdrungen hatte, ebenso rasch wieder verflogen. Mit ihm natürlich auch jedes weitere Verlangen nach dem Kadaver, den er bei sich trug. Er flog noch einige Zeit mit ihm umher, und da ihm nichts Besseres einfiel, kehrte er wieder zum Plateau zurück, wo er dem Leben der Maus vor kurzem ein Ende bereitet hatte. Er öffnete die Klaue, blickte nach unten, sah, wie der kleine Körper auf dem

Boden aufprallte, in einer Staubwolke den «Tote-Wühlmaus-Hüpfer» vollführte und dann liegenblieb. «Ein sinnloses Opfer mehr», dachte er, von sich selbst angewidert, «so sinnlos wie die achtlos von den Nerzen beiseite geworfenen Kadaver.» Er könnte versuchen, sich dadurch herauszureden, daß die Wühlmaus aufgrund ihrer mangelnden Vorsicht selbst daran schuld war, doch das stimmte nicht. Er selbst war getroffen worden, und zwar von einem Anfall von Nerzdenken!

Schockiert drehte Eule um und flog zur Großen Lichtung. Er wollte sich von derlei Gedanken ablenken, indem er den anderen Tieren die Neuigkeiten von den Nerzen überbrachte, obwohl er sich dabei auf die wichtigsten Details beschränken würde. Falls ihn jemand fragte, wollte er hinzufügen, daß seiner persönlichen Überzeugung nach die Nerze nie wieder in den Wald zurückkehrten. Danach wollte er seinen Rücktritt vom Posten des Anführers der Waldbewohner bekanntgeben. Wenn es nach ihm ginge, würde keine einzige Versammlung mehr stattfinden. Er würde sich dahingehend erklären, daß zuerst die Nerze und dann die Menschen die Tiere zusammengeführt hätten. Wenn jetzt beide Unterdrücker wieder verschwunden waren, welchen Sinn sollte das alles noch haben?

Sogar falls die Menschen zurückkamen – und Eule hatte sich dazu durchgerungen, daß allzu viele Gedanken in dieser Richtung kaum etwas einbrachten –, waren weitere Versammlungen sinnlos. Ohne die Nerze waren die Waldbewohner wieder ohnmächtig wie zuvor. Vielleicht hatte Freddie sogar recht, wenn er dicht bei den Menschen siedelte; er hatte klar und deutlich erkannt, daß sie die Sicherheit des Lebens im Wald bereits zerstört hatten. Andererseits hatte der Wald in der Vergangenheit schon ganz andere Veränderungen überstanden, wovon der verlassene Steinbruch stummes Zeugnis ablegte. Und doch spürte Eule, daß die gegenwärtigen Veränderungen nicht nur anders, sondern unendlich tiefgreifender waren. Raka hatte ihm ein anschauliches Bild dessen ausgemalt, wie sich die Menschen den Rest der Welt untertan gemacht hatten. Es war nicht sonderlich überraschend, daß der Alte Wald keine immune und isolierte Einheit mehr darstellte. Wenn man zurückdachte, hatten die Tiere genau aus dem Grund so lange die Augen vor den Menschen verschlossen, weil sie wußten, wie es einmal kommen würde. Wie konnte in dieser Zeit auch nur ein Tier davon ausgehen, in einer unantastbaren Zufluchtsstätte zu leben?

Denn, und auch das wollte Eule betonen, die Veränderung war nicht nur tiefgreifender, sie erfolgte auch viel schneller, wodurch sie unendlich destabilisierender wirkte. Nicht nur im Alten Wald, auf der ganzen Welt wurde alles immer schneller und immer voller. Überall lief man sich gegenseitig über die Füße und bekam immer mehr Impulse von außen. Schon allein das bedeutete, daß die alte Ordnung zu Ende war. Neue Gedanken, neue Ideen, Dinge, von denen die Tiere noch nicht einmal geträumt hatten, das alles würde hereinfluten und die Konstanten auflösen, an denen sich alle bislang festgehalten hatten. Waren es denn überhaupt Konstanten gewesen – oder bloß eine verbissene Grimasse, mit der man die Realität anstarrte? Oder nur eine Geistesverfassung, die niemandem erlaubte, das, was sie zu bieten hatte, zu verändern?

Denn es lag nicht nur an den Nerzen oder den Menschen im Wald. Etwas in dem, was der Ehrwürdige Buck «das große Ganze» genannt hätte, veränderte sich. Alles befand sich in einem Zustand der Unbeständigkeit, des Fließens. Schon allein das Wetter bestätigte das, es war so wechselhaft. Sie konnten sich nicht einmal mehr darauf verlassen, daß die Jahreszeiten pünktlich aufeinander folgten. Jeder Gedanke der Kaninchen, daß hinter den Geschehnissen Vernunft und Ordnung walteten, mußte jetzt als hinfällig betrachtet werden. Alles verwandelte sich zusehends in ein Chaos, das sämtliche auf der Vergangenheit fußenden Aussagen zunichte machte. Eule wußte nicht, warum. Vielleicht waren die Menschen mit ihrem unablässigen Treiben schuld daran. Vielleicht waren aber auch sie, genau wie die Waldbewohner, in diesen gewaltigen Veränderungen befangen, auf die sie keinen Einfluß hatten. Was auch immer, der eigentliche Haken an der Sache war der, daß sowohl der Einfluß der Menschen als auch der der Nerze dem Wald aufgepfropft wurde und daß er vor einem Hintergrund ablief, der sich jetzt selbst gewaltig und unberechenbar veränderte. Was also kam zuerst, das Huhn oder das Ei? Welche Ironie, daß nach der Vertreibung der Nerze der Erntemond am

Himmel stand. Was für eine bittersüße Ernte hatte der Wald eingefahren!

Denn jetzt, da die Nerze und die Menschen weg waren, mußte sich jeder einzelne den Fragen stellen, die die Eindringlinge aufgeworfen hatten. Doch Eule war nicht mehr von Psychos Ansicht überzeugt, daß im Wald, sobald er sich einmal mit dem Nerzvirus angesteckt habe, automatisch eine härtere Gangart eingelegt werden würde. Nachdem sie nun einmal Bekanntschaft damit geschlossen hatten, so viel war richtig, war es jetzt das Vorrecht aller im Alten Wald, nach Nerzart zu leben. Doch, und das würde er jedem einzelnen sagen, von Raka über Boris bis hin zu Cowslip und den Braunellen, es war nicht nur ein Vorrecht, sondern etwas, was sie annehmen mußten, um damit umgehen zu lernen. Jeder mußte sich um sein eigenes Leben kümmern, ob er es wollte oder nicht, und selbst entscheiden, auf welcher Seite der Gleichung er sich einordnete. Die eigentlichen Opfer würden diejenigen sein, die auf dem Zaun dazwischen balancierten, sich in schwammige Besorgnis um die anderen flüchteten oder behaupteten, irgendein Kack wie der Wald- und Wiesenkodex oder das Gesetz über die kreatürlichen Rechte würde ihre Rettung sein. Sie mußten lernen, für sich selbst die Verantwortung zu übernehmen! Es hatte auch keinen Sinn, so zu tun, als sei das leicht. Man konnte es nur schaffen, wenn man die Grundannahme akzeptierte, daß das Leben schwierig ist. Die Opfer waren also diejenigen, die sich dieser Erkenntnis verschlossen. Aber wenn sie das taten, mußten sie akzeptieren, daß sie auch diese Variante frei gewählt hatten – schließlich war die Opferrolle der einfachste Ausweg. Doch für diejenigen, die sich der Herausforderung stellten, blieb das Zeichen, das die Nerze auf jedem einzelnen von ihnen hinterlassen hatten, unauslöschlich. Und während jeder ganz individuell seine eigenen Schlüsse zog, entschieden sie dadurch alle gemeinsam, ob die Zukunft gut oder schlecht wurde.

Und wie stand es mit ihm selbst? Seine Wahl war eine der offensten überhaupt. Wie seine Eltern ihm ganz richtig beigebracht hatten, war er einer der mächtigsten Raubvögel im Wald. Der Wald und die Welt waren seine Spielwiesen, auf denen er sich ganz nach Belieben bewegen konnte. Zwar hatte er, zu seinem eigenen Entsetzen, gerade eben selbst eine Dosis Nerzdenken erfahren, doch seine ursprüngliche Niedergeschlagenheit, was die Nerze betraf, war verflogen. Er war ihnen näher gewesen als viele andere Tiere, und vielleicht war deshalb etwas mehr von ihrem Einfluß auf ihn abgefärbt. Inzwischen, und das war viel wichtiger, dachte er an das Stöhnen und Klagen der Kaninchen über die «guten alten Zeiten» zurück. Selbst wenn es die je gegeben haben sollte, würde er keine Zeit mehr mit derlei Kack vergeuden! Er lebte schließlich, wie sie auch, im Hier und Jetzt. Weshalb sollte er den Nerzen erlauben, sein Leben zu beeinträchtigen? Nur weil sie in seiner Nähe gelebt und ihm eine neue Art zu Denken vorgeführt hatten, mußte das noch lange nicht heißen, daß er es ihnen gleichzutun hatte. Das einzige Stück Nerzdenken, das sie alle annehmen mußten, lag in der Kunst, den Augenblick zu packen. Er mußte für die Nacht leben! *Carpe noctem*!

Das wiederum bedeutete jedoch nicht, daß er dem Beispiel der Nerze folgen und zu einem Massenmörder mutieren mußte. Aggression durfte nicht mit Aktion verwechselt werden, soviel war Eule klargeworden. Jetzt sah er auch, daß Nerzdenken nicht die Lösung sein konnte; im Gegenteil, es war das Problem! Schlachten um des Schlachtens willen, mehr zu töten, als man brauchte oder verwerten konnte, war nicht mehr als ein blindes Umsichschlagen. Es war weder klug noch tapfer, noch mutig, weder riskant noch waghalsig – nichts von alledem, wofür es gern ausgegeben wurde. Sein Fehler lag vielmehr darin, daß es unfähig war, sich zu verändern. Sobald sich seine Verfechter dafür entschieden hatten, konnten sie nicht mehr davon lassen. Sie waren in ihrem eigenen, dumpfen, rigiden Denken gefangen, das sich immer zu einem Negativum addierte und sie dazu zwang, in ihrem niemals endenden Verlangen nach Befriedigung die Grenze weiter und weiter auszudehnen. Zu seinem eigenen Heil mußte er jetzt dieses Negative aus seinem Leben tilgen. Er hatte gesehen, wie diejenigen, die Nerzdenken praktizierten, steil aufstiegen, doch hinterher kam unweigerlich ein ähnlich rasanter Sturz. Es war nichts als ein erniedrigender, verrohender Salto, der einen genau dort wieder ausspie, wo man angefangen hatte – oder an einem weit schlimmeren Ort.

Wenn nicht nur der Wald, sondern die ganze Welt immer rastloser wurde und deshalb immer verwirrender, dann mußte er dadurch Halt finden, daß er das wahre Glück in sich selbst entdeckte. Seine einzige Sicherheit lag darin, nicht davor zurückzuschrecken, er selbst zu sein. Eine Sicherheit, die nirgendwo sonst und bei keinem anderen angesiedelt werden konnte, egal, wie sehr es ihm dieser oder jener Aspekt antun mochte. Er mußte das tun, was er tat, ehrlich und ohne Angst oder bequeme Auswege. Er mußte nicht perfekt sein – wie konnte jemand denn perfekt sein? –, doch stets sein Bestes dazu beitragen, um sicherzustellen, daß für andere genug Platz blieb, anstatt sie den eigenen selbstsüchtigen Zwecken zu opfern. Er mußte gerne nehmen, um gerne geben zu können. Und doch konnte er, wie alle anderen auch, nur dann mit sich selbst in Frieden leben, wenn er mit allen anderen im Wald in Frieden lebte. Zorn war das Schrecklichste überhaupt, Toleranz hingegen war der Schlüssel zu allem. Er war eine Eule, und eine Wühlmaus war eine Wühlmaus. Er sollte sie dafür lieben. Und trotzdem sollte er natürlich froh darüber sein, sie fressen zu dürfen. Hoffentlich empfanden bald alle so. Verliebt in das Ganze, dieses ineinandergreifende System von Kreisläufen, bei dem nichts von Dauer war, alles sich ständig veränderte, und bei dem nur eins zählte: einfach dazusein!

Er wünschte, der Ehrwürdige Buck wäre jetzt bei ihm. Was würde der alte Weise wohl zu den Konsequenzen sagen, die das große Unglück, das er prophezeit hatte, mit sich gebracht hatte? Er hatte immer betont, daß alle gleich seien, gleich in dem, was sie taten, und gleich in dem, was sie sagten. Die Nerze, die Menschen, Cowslip, er selbst – alle Teil und Baustein des gleichen reichhaltigen Musters, nicht weniger als die Bäume, die den Wald ausmachten, oder die Sterne, die darauf hinabschienen.

Und was für Sterne waren da seit kurzem zu sehen! So hell und klar, daß er am liebsten hinaufgelangt und sie berührt hätte, während andere eigenartige Exemplare periodisch über den Himmel huschten, als könnten sie fliegen, genau wie er. Sie sausten so schnell, daß sie sich selbst ausbrannten, unfähig, ihre selbstmörderische Geschwindigkeit abzubremsen. Wie die Nerze, dachte er plötzlich. Aber was kümmerten ihn die

Sterne – oder die verdammten Nerze! Der Alte Wald hingegen, das war etwas anderes, in den konnte man sich regelrecht verlieben! Obwohl Eules Träume samt und sonders zerbrochen, der Reitweg zerstört, die Mächtige Eiche gefällt waren, so blieb der Wald nach wie vor ein herrlicher Ort. Allein der Anblick, wie seine Myriaden von Bewohnern sich an diesem schönen Morgen erfreuten, stimmte Eule sofort sanft und friedlich. Wie konnte jemand, der noch all seine Sinne beisammenhatte, angesichts dieser Vielfalt von Lebensformen, die nebeneinander existierten, nicht den Atem anhalten? Wie konnte man nicht wünschen, der Magie solcher Geheimnisse und Wunder teilhaftig zu werden? Wie konnte man bei einem derartigen Kaleidoskop an Formen und Farben, Dunkelheit und Licht, Ruhe und Sturm etwas anderes als reine Freude empfinden? Und da war er selbst, hoch über allem und doch ein Teil davon, mit Flügeln zum Fliegen. Er mußte fliegen. Er mußte schweben und kreisen und im Sturzflug hinuntersausen – einfach nur, um dieses unglaubliche Wunder zu feiern. Er mußte sich darin wohl fühlen, es an sich drücken und bis zum letzten Tropfen auskosten!

Die ersten Strahlen der Morgensonne strichen über die Wipfel der Ulmen in der Nähe des Hügelkamms, wo sie einen wahren Chor rauher Krächzlaute auslösten, als die Bewohner der Krähenkolonie sich in die Luft erhoben. Eule sah, wie Raka mit den anderen aufstieg und sich schwarz vor dem makellosen Eierschalenblau des Himmels abzeichnete.

Als sie ihn erblickte, winkte sie freudig.

«Auf dem Weg zur Arbeit, Raka?» rief er ihr freundlich zu.

«Klar, Ollie», krächzte sie glücklich zurück. «Weißt du, es gibt nichts, was ich lieber täte. Wie geht's Ula?»

«Könnte nicht besser gehen», erwiderte er und meinte es von ganzem Herzen.

Seit seine Partnerin seine Nerzjagd mit einem derarig anteilnehmenden Verständnis begleitete, hatte Eule das Gefühl, ein tonnenschweres Gewicht sei von seinen Schultern gefallen. Erst jetzt wurde ihm klar, wie allein er ohne sie gewesen war. Doch jetzt ging er nach Hause, um sein Leben mit ihr zu teilen, er ging nach Hause, nachdem er sich mit dem Nerzvirus auseinandergesetzt und für die Zukunft neu gewappnet hatte.

Was auch immer sie bringen mochte – nichts konnte sie ihm jetzt noch verderben. Er war er selbst und lebte für den Augenblick. Und er fühlte sich wohl dabei. Niemals, noch niemals zuvor hatte er sich so unglaublich lebendig gefühlt.

Liebevoll schaute er dem Krähenkonvoi nach, bis die einzelnen Silhouetten nur noch kleine schwarze Pünktchen waren. Die gute alte Raka, so treu und zuverlässig, wenn es darauf ankam, und dann wieder überglücklich, wenn sie zu ihrem einfachen Leben zurückkehren konnte. Er wurde fast eifersüchtig auf die Geborgenheit, die sie als Teil einer so festen Gemeinschaft erfuhr, mit einer derartig geregelten und gleichförmigen Routine.

Doch auch er war endlich wieder er selbst. Unwillkürlich kippte er nach vorn und gab sich einem pfeifenden Sturzflug hin. Die Luft sauste an seinem Gesicht vorbei, und der Wind rüttelte an seinem Körper, als er auf die Baumwipfel hinunterschoß. Sie reckten sich ihm entgegen, um ihn willkommen zu heißen, und dann war er zwischen ihnen, kam mit angespannten Schwingen in die Horizontale, drehte, bremste, zögerte, beschleunigte, zog hinauf und tauchte wieder ab. Er berührte eins, dann ein anderes, noch ein weiteres, bis nur noch eine Folge zitternder Blätter den Pfad seiner wirbelnden Passage markierte. Die ganze Zeit über schwebte das Gesicht des schon lange verschwundenen Vaters vor ihm, und seine Stimme raunte in seinen Ohren.

«Die Grenze, Ollie, versuche immer, die Grenze des Möglichen zu erreichen. Aber überschreite sie niemals.»

Nachbemerkung und Dank

Der «Alte Wald» ist ein Produkt meiner Phantasie und basiert auf besonders schönen Erinnerungen an die Yorkshire Dales, Cumbria, und das Tal des River Camel in North Cornwall.

Ich möchte den vielen Menschen danken, die mir beim Schreiben dieses Buches auf die eine oder andere Weise geholfen haben. Insbesondere meiner Frau Susie für ihre Inspiration, dann meinen Freunden Roger Mitchell, John «Chalkie» Backland und Ray Bowler, die für mich untrennbar mit der Landschaft Cornwalls verbunden sind, wo das Buch entstand.

Mein Dank gilt auch meinen Agenten, Carole Blake und Julian Friedman, für ihre Hilfe und Ermutigung sowie allen bei Simon und Schuster für ihre unermüdliche Arbeit.

Am meisten bin ich jedoch Nick Webb für sein unerschütterliches Vertrauen verpflichtet, das er von Anfang an in dieses Projekt setzte.

St. Mabyn
North Cornwall